Erstes Buch. 1717
Maximilian

Es machte Gott, der große Schöpfer, aus einem Goldmacher einen Töpfer.
Johann Friedrich Böttger
(1682-1719)

1

Der Regen ergoß sich an diesem Februarnachmittag des Jahres 1717 aus tiefhängenden, dunklen Wolken über Paris, die die Türme von Notre-Dame einhüllten. Unaufhörlich trommelten die Regentropfen gegen die hohen Fenster. Dennoch übertönten sie nicht das gleichmäßige Hämmern des Meißels, der jenseits der Scheiben in einem Künstleratelier mit präzisen Schlägen, die durch die stille Straße im Bezirk Saint-Germain-de-Prés hallten, gegen den Marmorblock geführt wurde. Die Fenster waren nicht dicht und ließen Zugluft und Feuchtigkeit in den riesigen Raum, so daß die Glut im Kamin leise zischte und die Flammen der Kerzen flackerten. Der abstoßende Geruch von Abfall und Fäulnis strömte durch die Ritzen in den Fensterrahmen und vermischte sich mit dem Duft von Bienenwachs, das in einem Eimer im Brennofen zerschmolzen wurde, Gänsefett und Terpentin und dem beißenden Aroma von Pech.

Maître Conchard hob den Kopf von dem Wachsgemisch, das er in einem speziellen Tiegel zubereitete. Er war ein kleiner, untersetzter Mann, der weniger durch seine Erscheinung, als vielmehr durch sein handwerkliches Geschick und künstlerisches Können auffiel. Die nach altem Rezept hergestellte Mixtur erleichterte es ihm, aus dem Wachs Figuren zu formen. Tierische Fette machten das Wachs weicher, der Zusatz von Terpentinöl erhöhte die Haftfähigkeit, und Pech erleichterte schließlich den Prozeß des Erhärtens und schenkte der Mixtur zudem eine andere Farbe.

Der Bildhauer Conchard arbeitete streng nach den Regeln der Renaissance, die von Giorgio Vasari, einem Schüler Michelangelos, in blumiger Erzählweise aufgeschrieben und der Nachwelt hinterlassen worden waren. Das hieß, daß Conchard seine Skulpturen zuerst als Modell in Wachs herausarbeitete und die körperlich anstrengendere Arbeit, nämlich die am Stein, seinem Assistenten überließ. So hatte es Michelangelo gehalten, als dieser 1501 bis 1504 seinen *David* erschaffen hatte. Und so hielt es Maître Conchard, seit er vor zwei Jahren, unmittelbar vor dem Tode König Ludwig XIV., den Auftrag erhalten hatte, einen Engelsbrunnen für den Park des königlichen Lustschlosses von Marly zu entwerfen.

Die Darstellung der Figuren sollten sich an den berühmten Altarbildern des Gianlorenzo Bernini orientieren, und Maître Conchard dankte dem Himmel, der jenen Studenten der schönen Künste zu ihm geführt hatte, der dem kalten Marmorblock jetzt mit gezielten, gleichmäßigen Schlägen Leben einhauchte. Denn Maximilian Altenberg war zuvor zwei Jahre durch Italien gereist, hatte in Venedig, Florenz und Rom das Werk der alten Meister studiert und war deshalb besser als die meisten anderen Schüler der *Académie Royale de Peinture et de Sculpture* geeignet gewesen, als Assistent des berühmten Maître Conchard aufgenommen und unterrichtet zu werden.

Mit Bedauern beobachtete der alte Künstler, wie die Engelsfiguren ihrer Vollendung immer näher kamen. Sobald der Brunnen fertiggestellt war, würde Maximilian Altenberg Paris verlassen. Vor ein paar Wochen hatte er die Nachricht vom Tode seines Vaters erhalten und mit einer traurigen Mischung aus Bedauern und Verzweiflung gesagt: »Vier Jahre lang bin ich herumgezogen. Es wird Zeit, daß ich heimkehre.« Seine Heimat lag eine Wochenreise von Paris entfernt im Kurfürstentum Sachsen, dessen Hauptstadt Dresden zu einer Perle barocker Kunst werden sollte. Für den jungen Bildhauer Maximilian Altenberg bot sich also ein weites Feld.

Dieser senkte den Arm und legte den Meißel auf einen Schemel. Mit Schnüren, die von einem viereckigen Holzrahmen herabhingen, maß er sorgfältig die Kennzeichnungen im lebensgroßen Wachsmodell ab und verglich diese mit den in den Marmor gebohrten Punkten. Auf diese Weise konnte eine maßstabgerechte Übertragung von dem Modell auf den Block erfolgen. Da Maximilian Altenberg seine Arbeit fast beendet hatte, war die Abmessung nur noch eine Kontrolle auf dem Weg zur Perfektion.

Plötzlich durchbrach Maître Conchard das betriebsame Schweigen. Er fragte: »Habt Ihr Verbindungen in Dresden?«

Aus seinen Gedanken gerissen hob Maximilian den Kopf. Er war ein hochgewachsener junger Mann von Ende Zwanzig mit einem athletischen Körper, der in seiner Geschmeidigkeit eher an die Figur eines aristokratischen Fechtmeisters erinnerte und weniger an einen Handwerker. Sein braunes Haar, das jetzt mit einer dicken Staubschicht bedeckt war, schien ebenso ungebändigt wie sein Charakter und lockte sich im Nacken. Sein markant geschnittenes Gesicht war so schmutzig wie sein Haar, aber seine dunklen Augen leuchteten wie zwei blank polierte Steine aus schwarzer Jade. *Er sieht aus wie ein Kavalier, warum ist er wohl ein Künstler geworden?* hatte sich Maître Conchard in den vergangenen zwei Jahren oft gefragt. Denn eines hatte Maximilian Altenberg immer vermieden: Er hatte so gut wie nie von seiner Herkunft erzählt.

»Ich? Verbindungen in Dresden?« wiederholte der junge Bildhauer ziemlich unbeteiligt.

»Nun, Ihr werdet Verbindungen brauchen«, erwiderte Maître Conchard, »wenn Ihr erst wieder in Eurer Heimat seid. Ich werde Euch ein Empfehlungsschreiben an den sächsischen Hofbildhauer Balthasar Permoser geben. Außerdem solltet Ihr Euch an Euren Studienkollegen von der Akademie, Louis de Silvestre, erinnern. Wie man hört, ist er jetzt Hofmaler bei Eurem König August.«

Maximilian zögerte kaum merklich. Er hätte seinem Meister aus vollem Herzen dankbar sein müssen für dessen Großzügigkeit, doch die Empfehlungen deckten sich nicht mit Maximilians Wünschen. Deshalb fiel seine Antwort zwar höflich, aber vage aus: »Das ist mehr, als ich erwarten kann, Maître.«

»Ein leerer Magen führt zu einem leeren Kopf und der wiederum läßt die Hände ruhen«, behauptete Maître Conchard, während er zufrieden über seinen rundlichen Bauch strich. »Es wäre zu bedauern, wenn Ihr Euer Talent dem Mammon opfern müßtet. Das Geld darf nicht vor Eurem Sinn für die Kunst stehen. Das tut es aber, wenn Ihr keinen Sou besitzt, um Euch zu ernähren.«

Maximilian spielte nachdenklich mit den Schnüren, die zum Vermessen der Skulptur und ihres Modells dienten. Er wußte, daß er verpflichtet war, Maître Conchard irgendwann die Wahrheit zu sagen. Den Zeitpunkt dafür hatte er lange genug hinausgezögert, und dieser Augenblick war vermutlich ebenso gut wie jeder andere auch.

»Ich danke Euch für Euer Mitgefühl«, hob er an, »aber vor unmittelbarer Not stehe ich glücklicherweise nicht. Seid unbesorgt.«

»Ihr habt mehr Sicherheiten als Euer Talent?« erkundigte sich Maître Conchard ohne Zorn, und es klang eher wie die Feststellung einer Tatsache als eine Frage. Wenn er ehrlich zu sich sein wollte, mußte er sich eingestehen, daß er von Anfang an der Überzeugung war, bei Maximilian Altenberg handelte es sich nicht bloß um einen reisenden Studenten. Dennoch hatte der Meister seinen Schüler nie mit Fragen bedrängt. Zwar interessierte ihn Maximilians Herkunft, aber es war die Aufgabe des Jüngeren, davon zu berichten, wann immer ihm der Sinn danach stand. Fast jeder Mann hatte so seine Geheimnisse (selbst der ›Sonnenkönig‹ hatte seine Ehe mit Madame de Maintenon lange verheimlicht), welches Recht hatte Maître Conchard, die Lebensbeichte seines Schülers unter Zwang zu erfahren?

»Mein Vater war ein sehr vermögender Mann«, berichtete Maximilian endlich. »Obwohl ich nur der vierte und jüngste Sohn bin, ist mein Erbe ausreichend. Ich werde für den Rest meines Lebens gut versorgt sein.«

Maître Conchard warf einen raschen Blick auf den Tiegel mit der Wachsmischung. Obwohl die Mixtur die richtige Konsistenz erreicht hatte, um zu Rollen geformt zu werden, aus denen sich später, auf Holzgerüsten oder Drahtgestellen befestigt, Modelle fertigen ließen, entschied der Bildhauer, daß er seine Aufmerksamkeit jetzt ungeteilt der Herkunft seines Schülers zuwenden mußte. Er war dankbar für das Vertrauen, das Maximilian ihm zum Abschied entgegenbrachte.

Er fragte: »Was machen Eure Brüder?«

Ein zärtliches Lächeln glomm in Maximilians Augen auf. Offensichtlich hegte er eine tiefe Zuneigung zu seinen Brüdern, was Maître Conchard als erfreulich empfand. Er, der Sohn eines Weinbauern aus Burgund, hatte von seinen Brüdern nur die bitteren Trauben der Verachtung geerntet, als er beschlossen hatte, seiner Begabung zu folgen und Künstler zu werden. Selbst als er zum Hofbildhauer erhoben wurde und den Kontakt zu seiner Familie erneut gesucht hatte, verweigerte man ihm einen Besuch. Ein Mann, der nicht in den Weinbergen schuftete, war ihrer Meinung nach keinen Sou wert. Nach dieser Erniedrigung hatte Maître Conchard einen jungen Diener als Familienmitglied in sein Haus aufgenommen. In diesem Punkt hielt er es ähnlich wie Leonardo da Vinci . . .

»Meine Brüder tun das, was die Tradition von ihnen verlangt. Friedrich, mein ältester Bruder, hat die Rittergüter und den Familiensitz geerbt.« Maître Conchards Augen weiteten sich überrascht. Er hatte nicht erwartet, daß Maximilians Vater *so* reich gewesen war. »Martin, der Zweitgeborene, mußte sich der Kirche verschreiben. Nikolaus, mein dritter Bruder, wurde Offizier. Das ist so etwas wie ein Geburtsrecht. Deshalb bekam nur ich die Chance, tatsächlich das tun zu dürfen, was mein Talent verlangte. Für einen vierten Sohn gibt es keine Traditionen. Meistens allerdings auch kein Geld mehr. Also hatte ich großes Glück.«

»Das klingt so, als entstammtet Ihr einer einflußreichen Familie«, warf Maître Conchard ein, der seine Neugier nun doch nicht mehr, so wie beabsichtigt, im Zaum halten konnte.

»Ja«, erwiderte Maximilian einfach. »Mein Vater wurde als Graf geboren. Da dies ein Erbtitel ist, dürfen sich seine vier Söhne ebenso nennen. Oh, schaut nicht so erstaunt, Maître Conchard, ich lege keinen Wert auf derartige Formen. Mein Sinn für Äußerlichkeiten steckt mehr hier drinnen«, er klopfte mit den Fingerknöcheln gegen den Marmorblock, aus dem Engel geworden waren.

»Maximilian *von* Altenberg also.« Maître Conchard betonte das Adelsprädikat, das so einfach so viele Türen öffnen konnte. »Ihr habt Euren Titel gut zu verbergen verstanden. Warum die Mühe?«

Maximilian zuckte mit den Achseln. »Ich bin ein Handwerker und kein Graf.«

Tatsächlich gab es einen anderen Grund: Sein Vater war ein Despot gewesen, dem er sich durch das Weglassen des angeborenen Titels zu entziehen suchte. Da der Weg seiner drei Brüder praktisch vom ersten Tag an vorbestimmt gewesen war, hatte der alte Graf Friedrich, Martin und Nikolaus weitgehend in Ruhe gelassen. Eine Reihe von Kindermädchen, Gouvernanten und Hauslehrern kümmerten sich um ihr Wohl. Ganz anders bei Maximilian. Da dieser frei aller traditioneller Zwänge aufwachsen konnte, versuchte sein Vater, die eigenen unerfüllten Wünsche und Hoffnungen durch den Sohn zu erleben. Doch all das, was sein Vater von ihm verlangte, war für Maximilian eine Tortur: Er haßte die Jagd, weil er es verabscheuungswürdig fand, Tiere zu töten; er legte keinen Wert darauf, zur See zu fahren – weder auf einem Kriegs- noch auf einem Handelsschiff; seidene Kleider und ordentlich gepudertes Haar waren ihm unwichtig, ebenso wenig Interesse zeigte er an den hohlköpfigen jungen Mädchen, die man in sein Schlafzimmer schickte und die Ben Jonson für einen englischen Komponisten und Cervantes für eine italienische Oper hielten. Maximilian hatte nur Augen für die schönen Künste. Er wollte formen und dadurch verstehen. Zwar hätte ihn auch die sprichwörtliche Schönheit der adeligen jungen Sächsinnen anregen müssen, doch er suchte bei einer Frau mehr nach dem Intellekt. Eine belesene Dame, die eher durchschnittlich attraktiv war, zog er der hübschesten Blonden vor, die meist nicht einmal den Namen ihrer Schneiderin wußte. Da Maximilian also in keinster Weise die Neigungen seines Vaters teilte, sah er sich irgendwann gezwungen, das Weite zu suchen. Der Ausbruch des schwelenden Familienkrieges hätte seiner Mutter das Herz gebrochen. Außerdem hätte sein Vater verhindert, daß er an die Schule Dresdner Bildhauerkunst aufgenommen worden wäre, was Maximilians Wunsch gewesen war. Glücklicherweise verfügte Maximilian aus dem Erbe seines Großvaters mütterlicherseits über ein kleines Legat, so daß er schließlich eine vier Jahre dauernde Reise durch die Kunstschätze Italiens und Frankreichs antreten konnte. Eine Studienreise, die ihn von allen Zwängen befreite.

Doch von alldem erzählte er seinem Meister nichts. Statt dessen sagte er: »Ich möchte durch mein Talent brillieren, nicht durch meine gesellschaftliche Stellung. Das ist alles.«

Maître Conchard schüttelte den Kopf. »Ihr seid ein Narr, Monsieur«, behauptete er freundlich mit einem Unterton, den er für väterlich hielt und der eine gespielte Rüge sein sollte. »Wißt Ihr nicht, daß der Erfolg die Krone eines Künstlers ist? Ihr habt Talent, aber offenbar wenig Verstand. Wenn Ihr sowieso bei Hofe empfangen werdet, könnt Ihr Euch viele Umwege sparen und schneller ans Ziel gelangen. Denn ohne die Gunst eines einflußreichen Mannes könnt Ihr Eure Zukunft vergessen.«

Der Jüngere spielte weiter mit den Schnüren und schwieg trotzig. Er wußte, daß Maître Conchard recht hatte. Vielleicht würde er sich in Dresden auch tatsächlich der Hofgesellschaft anschließen, die aus einer Reihe von Künstlern bestand. August, der sächsische Kurfürst und König von Polen, der von seinem Volk dank seiner Muskelkraft *der Starke* und von seinen politischen Freunden wegen seines hervorragenden Geschmacks auch *der Prächtige* genannt wurde, hatte einen stark ausgeprägten Sinn für die schönen Künste, in dem er den Vorstellungen des verstorbenen französischen Herrschers, dem vierzehnten Ludwig, nacheiferte. Doch Maximilian hatte einen letzten Rest Rebellion gegen das müßige Leben jener Gesellschaft, die sein Vater so geschätzt hatte, noch nicht verloren. Deshalb würde er sich vorläufig von diesen Kreisen fernhalten.

»Ich werde mein Bestes tun, damit der bürgerliche Monsieur

Altenberg einen Mäzen findet«, versprach Maître Conchard. »Doch solltet Ihr mir zuvor erklären, welche Ziele Ihr in Eurer Heimat verfolgt?«

Maximilians Augen in dem staubverkrusteten Gesicht leuchteten auf. »Es ist das weiße, indianische Porzellan, dem die Zukunft gehört. Ein gutes Feld, das auch ein Bildhauer beackern kann. Mein Ziel heißt Meißen.«

»Die sächsische Porzellanmanufaktur?« Maître Conchard starrte seinen Schüler fassungslos an. »Habt Ihr vier Jahre lang die schönen Künste studiert, um am Ende ein Töpfer zu werden? Habe ich Euch Marmorblöcke behauen lassen, damit Ihr schließlich Teller und Schüsseln fertigt? Mein Gott, welche Verschwendung Eures Talentes!«

»Ihr seid zu streng«, beschwichtigte Maximilian seinen Meister. »Was macht es für einen Unterschied, eine Skulptur aus einfachem Ton zu formen oder aus Porzellanerde? In Meißen hat man schon vor Jahren damit begonnen, Figuren aus Porzellanerde herzustellen. Dieses bedarf höchster Bildhauerkunst. Man hat sogar das Haupt der Proserpina nach dem Vorbild des großen Bernini gefertigt!«

Da Maître Conchard dem nichts entgegensetzen konnte, zog er es vor, verdrossen zu schweigen.

Maximilian überlegte einen Augenblick, ob er seinen Meister in ein unmittelbares Geheimnis einweihen sollte. Schließlich sprang er von dem Holzpodest, auf dem er gestanden und die letzten Feinheiten am Kopf eines Engels herausgearbeitet hatte. Er trat in jene Ecke des Ateliers, in der er seine Sachen aufzuheben pflegte. Aus seinem abgewetzten Lederbeutel zog er ein unförmiges Paket. Mit vorsichtigen, fast zärtlichen Griffen befreite er einen Gegenstand von mehreren Lagen Papier und einer dicken Schicht Stoff. Dann hielt er, ähnlich einem Athleten im antiken Griechenland, triumphierend wie den Laubkranz des Siegers, ein Gefäß in die Höhe. Es war eine kleine Amphore aus Keramik, die mit zierlichen Ornamenten und perfekt gearbeiteten Blüten geschmückt war.

»Mit viel Glück erreichte ich den Zugang zur königlichen

Manufaktur in Saint-Cloud«, erklärte Maximilian, während Maître Conchard das Gefäß skeptisch in der Hand wog. »Man zeigte mir dort einige Handgriffe zur Herstellung des sogenannten weißen französischen Porzellans. Natürlich ist es nur Steinzeug und nicht das echte indianische Porzellan, wie es in China und Japan und seit einigen Jahren auch in Sachsen hergestellt wird. Jedenfalls durfte ich dieses Stück eigenhändig formen. Ohne eitel erscheinen zu wollen, möchte ich behaupten, daß es mir außerordentlich gut gelungen ist.«

Das mußte Maître Conchard zwar insgeheim auch zugeben, doch er war noch nicht bereit, den Neigungen seines Schülers zu folgen. »Ihr wollt also Figuren aus Porzellan formen«, sinnierte der Meister nachdenklich. »Welch merkwürdige Idee! Ich habe noch nie von einem Bildhauer gehört, der aus einem Material Skulpturen formte, deren Rezeptur ein Geheimnis ist. Niemand weiß, aus welchem Ton das indianische Porzellan hergestellt wird. Wie wollt Ihr also damit arbeiten?«

»Genau wie in Saint-Cloud«, behauptete Maximilian freimütig. Seine Zuversicht schien ebenso groß wie seine Entschlußkraft. »Wenn ich erst in der Porzellanmanufaktur zu Meißen vorgesprochen habe, werde ich schon erfahren, was hinter dem Geheimnis der Porzellanerde steckt.«

Maître Conchard seufzte. »Es hat eintausend Jahre anstrengendster Bemühungen gekostet, das Porzellangeheimnis der Chinesen und Japaner zu lüften. Glaubt Ihr, Ihr werdet es in zwei Minuten erfahren? Wenn dem so ist, seid Ihr ein noch größerer Narr, als ich bereits angenommen hatte.«

»Man braucht in Meißen gute Bildhauer«, entgegnete Maximilian. »In einem seiner Briefe hat mein ältester Bruder Friedrich mir dieses ausdrücklich versichert. Die besten Künstler Sachsens sollen Versuche gemacht haben: Johann Jakob Irminger gilt als Vorformer in Meißen und Paul Heermann soll vier Taler Honorar für vier Porzellanfiguren erhalten haben . . .«

»Ich dachte, am Geld sei Euch nicht gelegen.«

»Das ist es auch nicht, aber wenn meiner Hände Arbeit gut bezahlt wird, brauche ich nichts dagegen zu haben, nicht wahr?«

Maître Conchard reichte Maximilian das Keramikgefäß, der es daraufhin wieder sorgfältig verpackte. »Nun, ich werde Euch nicht davon abhalten können, Küchengeschirr herzustellen. Dennoch werde ich die notwendigen Empfehlungsschreiben für Euch verfassen. Ihr wißt nicht, ob Ihr eines Tages doch einen Mäzen braucht.«

»Bis dahin ist noch Zeit«, versicherte Maximilian. »Vorläufig bleibe ich in Paris. Die Engelsfiguren für den Brunnen sind noch nicht fertig.«

»Ja«, murmelte Maître Conchard. Er wußte nicht, ob er sich über die Fertigstellung des Auftrages Seiner Majestät Ludwig XIV. freuen sollte oder ob das Ende von Maximilian Altenbergs Studium in Paris gleichzeitig das Finale einer glanzvollen Zeit markierte. Der ›Sonnenkönig‹ hatte die Staatskassen durch seine Begeisterung für den Krieg geleert, aber er hatte fast ebenso viel Geld in die Kultur seines Landes investiert. Dieses zuletzt auch durch die Gründung der Kunstakademie. Seinem designierten Nachfolger aber, dem damals fünfjährigen Enkel, soll Ludwig XIV. vor fast zwei Jahren auf dem Sterbebett geraten haben: »Eifere mir nicht nach in meiner Vorliebe für Bauten . . .« Noch wurden die Regierungsgeschäfte vom Vater des Knaben geführt. Doch was würde werden, wenn der Herzog von Orleans die Macht aus den Händen legte und sich der spätere König an den seinerzeitigen Rat erinnerte? Maître Conchard seufzte. Es war ein Glück, daß er sich in den vergangenen Jahren des künstlerischen Überflusses einen beachtlichen Goldsäckel zulegen konnte.

»Der Brunnen wird in spätestens acht Wochen bereit zum Aufstellen sein«, sagte Maître Conchard mit energischer Stimme. »Dann ist es Ende April, und das Wetter ist günstig zum Reisen. Wir dürfen also keine Zeit verlieren. Laßt mich wissen, junger Narr, wie die Geschäfte in Meißen gehen.«

2

Friedrich August I. von Wettin, Kurfürst von Sachsen und unter dem Namen August II. König von Polen, war ein ausgesprochen gutaussehender Mann. Zweifellos hatte ihn der liebe Gott mit allen Vorzügen ausgestattet, die sich ein Vertreter des männlichen Geschlechts nur wünschen konnte, einschließlich eines kräftigen, durchtrainierten Körpers und einer beeindruckend großen Statur. Er besaß ein ausdrucksvolles Gesicht mit einer prägnanten Kinnpartie und leidenschaftlichen Lippen. Sein Wesen wirkte auf die Damenwelt äußerst anziehend, er war charmant, ritterlich und klug. Als Liebhaber war er ausdauernd und leidenschaftlich; sein Schönheitssinn war nicht nur sehr stark ausgeprägt, sondern nahm schon fast eine sinnliche Form von Fanatismus an.

An diesem trüben Februarmorgen hielt er sich in seinem Lieblingssitz, dem Jagschloß Dianenburg auf (eigentlich hieß das Schloß seit über 170 Jahren Moritzburg, aber August hatte es dank seiner Liebe zur Antike auf den Namen der römischen Göttin der Jagd umgetauft). Nach dem Gelage der vergangenen Nacht litt er unter einem entsetzlichen Kater. Es war zu viel des Billardspiels gewesen, zu viel des Weines, und wahrscheinlich hatte er später auch zu viel Geld beim Kartenspiel verloren. Das einzige, von dem er in der vergangenen Nacht kein Zuviel erlebt hatte, war die Liebe. Die junge Gräfin Dönhoff, die bei Hofe ganz offiziell als ›kleine Hure‹ oder ›Luderchen‹ bezeichnet wurde, begann August zu langweilen. Außerdem hielt sie sich vorwiegend in Warschau oder Krakau auf. Von dort war der Hofstaat zwar gerade nach Dresden zurückgekehrt, doch gerade das zwang August, sozusagen *à la carte* zu leben, was ihn auf Dauer ermüdete. Es eilte, den Platz der Favoritin des Königs neu zu besetzen, aber da er sich nun einmal selten an den Blüten der sächsischen Bäume erfreute, obwohl dort nach einem Sprichwort ja die hübschen Mädchen wachsen, lebte er vorübergehend relativ enthaltsam.

Natürlich gab es immer mal wieder ein erfreuliches Gesicht

in der Hofgesellschaft, das Augusts Mußestunden versüßen konnte. Zuletzt hatte er ein Schäferstündchen mit einer aus Wien stammenden Katharina Baroneß Serafin erlebt – von genossen haben konnte nicht unbedingt die Rede sein. Ihr hübsches Puppengesicht hatte ihm anfänglich gefallen, aber bald hatte er festgestellt, daß sich unter den blonden Locken wenig Hirn befand. Deshalb zog August, der sich gerne mit erfahrenen, intelligenten und weltgewandten Frauen umgab, vorläufig die Gesellschaft von Männern und Wein und Glücksspiel einer unerfüllten Liebesnacht vor.

Während der kurfürstlich-königliche Leibbarbier Weiß seiner üblichen morgendlichen Tätigkeit nachging, entschied August, daß ein wenig frische Luft die beste Medizin sei, um seinen Körper und seinen Geist von den Schmerzen des nächtlichen Lasters zu befreien. Gleichzeitig dachte er, wie dumm es war, daß er sich nicht mehr daran erinnern konnte, wieviel Geld er beim Kartenspiel verloren hatte. Ihm war klar, daß man ihn nach umfangreicher Zecherei bestens betrügen konnte, aber er ärgerte sich weniger über die, die seine Trunkenheit ausnutzten, als vielmehr über sich selbst, der diese Schwäche zuließ.

Der Schimmel mit dem Monarchen trabte über hart gefrorene Wiesen, vorbei an Bäumen, deren Äste sich bizarr wie die Fangarme einer Krake in den grauen Himmel streckten. Ein düsteres Bild freilich, das nicht gerade dazu geeignet war, Augusts Laune zu heben. Die eisige Morgenluft schien ihm eher eine Erkältung einzubringen, als seinen Kopfschmerz zu lindern, und wahrscheinlich, so dachte er, waren die Menschen, darunter selbst die einfachsten Bauern, die bei diesem Wetter zu Hause geblieben waren, vernünftiger als er selbst.

Er lenkte sein Pferd zur Poststraße, die eine der wichtigsten Verkehrsverbindungen im kurfürstlichen Sachsen war, woran er selbst keinen geringen Anteil besaß. Bereits vor rund zwanzig Jahren hatte er als damals frischgekürter Kurfürst erkannt, daß für die Wirtschaft seines Landes sichere Straßen von Vorteil seien, besonders natürlich der vielbefahrene Weg von Dresden nach Leipzig. August hatte also in bestimmten Meilenabständen viereckige Eichensäulen, die mit dem kurfürstlichen Wappen versehen waren, an den Straßenrand setzen lassen, die die Entfernungen zu den nächsten Hauptpoststellen angaben. Dieser damals neumodischen Einrichtung folgte erst etwa fünfzehn Jahre später eine weitere Neuerung, nämlich die exakte Vermessung der sächsischen Straßen durch einen Geographen, der den Auftrag erhielt, eine verbesserte Postlandkarte herzustellen.

Als August an diesem Morgen zur Poststraße ritt, die die Ländereien des Jagdschlosses Moritzburg von den Gütern des Grafen Morhoff trennte, entdeckte er zufällig den Meß- und Geometrischen Wagen des Landpfarrers Adam Zürner. Auf seinem Beobachtungsposten hoch zu Roß an das vergoldete Kupferstandbild erinnernd, das den Neustädter Markt in Dresden schmückte, betrachtete August mit wachsendem Vergnügen und deutlich gebesserter Laune die Tätigkeiten der Geographen. Denn hier wurden Vermessungen durchgeführt, die er im vergangenen Jahr in Auftrag gegeben hatte.

Die bereits 1704 veröffentlichten Landkarten des *Théatre du Piemont et de la Savoye* zum Vorbild nehmend, hatte der Kurfürst-König mit eigener Hand das Konzept für einen sächsischen Atlas skizziert. Dieser sollte – als Novum – neben der Generalkarte des Landes viele kleine, spezialisierte Darstellungen von rund zwanzig August wichtig erscheinenden Rittergütern, Herrschaftshäusern, Lustschlössern, Dörfern und Städten enthalten. Zur Herstellung dieses umfangreichen Werkes wurde Adam Zürner zum kurfürstlichen Geographen ernannt, doch das war für den einstigen Landpfarrer sicher nicht die eigentliche Ehre. Denn etwa gleichzeitig wurde dieser zur Preußischen Akademie der Wissenschaften berufen, die der im Vorjahr verstorbene gebürtige Sachse Gottfried Wilhelm Leibnitz 1711 gegründet hatte.

Die Arbeiter hatten ihren Kurfürsten erkannt und versanken in tiefen Verbeugungen oder jedenfalls ungelenken Verrenkungen, mit denen sie ihre Ehrfurcht vor dem Monarchen zeigten. Dieser deutete mit einer gemessenen Handbewegung an, daß sie sich in ihrer Tätigkeit nicht stören lassen sollten, woraufhin die Arbeiter schweigend und sichtlich befangen mit den Vermessungen fortfuhren.

Bei dem Meß- und Geometrischen Wagen, den Zürner entwickelt hatte, handelte es sich um eine umgebaute Kutsche, deren Räder mit einem komplizierten Zählwerk im Inneren des Wagens verbunden waren. Jede Radumdrehung bedeutete gleichzeitig ein gewisses Entfernungsmaß, das auf diese Weise aufgezeichnet werden konnte. Mit akribischer Genauigkeit verfolgten die Geographen die Vermessungen und waren nach einer Weile wieder so sehr in ihre Tätigkeit vertieft, daß sie nicht die beißende Kälte und auch nicht mehr die interessierten Blicke ihres Herrschers spürten.

Für den Rückweg nach Moritzburg wählte August eine Abkürzung, die direkt am Schloß des Grafen Morhoff, an den Stallungen und an den Häusern der Pächter und ehemaligen Leibeigenen vorbeiführte, denen der alte Graf vor Jahren die persönliche Freiheit geschenkt hatte, als diese Art Sklaventreiberei westlich der Oder zunehmend seltener wurde. Während die Landwirtschaft in Rußland – und auch in Polen – noch fast ausschließlich von leibeigenen Bauern betrieben wurde, hatten sich diese in Preußen, Sachsen und anderen deutschen Ländern, in Frankreich und England bereits in Pächter verwandelt, die jedoch gegenüber den Rittergutsbesitzern kaum mehr Freiheiten besaßen als ihre Ahnen, wenn auch meistens bedeutend besser behandelt wurden. Doch derartige persönliche Probleme berührten August nicht unbedingt. Immerhin regierte er als Kurfürst in Sachsen ein Land, das zu den fortschrittlichsten und reichsten Nationen Europas zählte und dessen Bevölkerung es vergleichsweise wirtschaftlich sehr gut ging. Als König von Polen hatte August diesbezüglich weit größere Sorgen.

August veränderte ein wenig seinen Sitz auf dem Pferderücken, drückte seine Sporen in die Flanken des Tieres und neigte sich leicht nach vorne. Im Galopp rasten Pferd und Reiter über die sich in einer endlos scheinenden Weite zum Horizont erstreckenden Felder. Plötzlich mischte sich die klare Winterluft mit dem Geruch von Qualm, und August registrierte überrascht, wie sich der Himmel hinter dichten Rauchwolken verdunkelte.

Es war pure Neugier, die den Kurfürst-König veranlaßte, den Rauchschwaden entgegenzureiten. Normalerweise hätte ihn ein Feuer nicht interessiert, denn das kam auf dem Land immer wieder mal vor. Aber er fragte sich, ob möglicherweise das Herrenhaus der morhoffschen Besitzungen in Gefahr war – und damit die Kunstschätze, die der Graf als sächsischer Gesandter in Paris angesammelt und vor Jahren in seine Heimat gebracht hatte, einer Bedrohung ausgesetzt waren. Die Leute sagten, die Enkelin des Grafen habe die Gemälde mit einer List – über die allerdings keiner etwas Genaues sagen konnte –, sie habe also mit einer Mischung aus Klugheit und Dreistigkeit die Gemäldesammlung vor den schwedischen Plünderern gerettet, als Sachsen infolge des Nordischen Krieges und des zwischen August und dem schwedischen König Karl XII. ausgehandelten, umstrittenen Friedens von Altranstädt vor rund zehn Jahren von schwedischen Truppen besetzt worden war.

Eines der Nebengebäude stand in Flammen. Vermutlich war es ein Heuschober, denn das Feuer breitete sich in der eisigen Trockenheit mit rasanter Geschwindigkeit aus. August zügelte sein Pferd in sicherem Abstand zu dem Geschehen. Der Wind hatte etwas gedreht, so daß das Herrenhaus ungefährdet schien. Da deshalb die Kunstwerke gesichert waren, verlor der Brand für den Kurfürst-König an Bedeutung. Doch ein anfänglich flüchtiger Blick ließ ihn innehalten.

Die Löscharbeiten wurden von einer zierlichen Frau befehligt, die von den vierschrötigen Männern, die sich im Gutshof versammelt hatten, mit absolutem Gehorsam respektiert wurde. Mit sparsamen Bewegungen und offenbar präzisen Anweisungen kommandierte sie die Bauern, Knechte und Pferdepfleger wie ein General seine Truppe. Obwohl August zu weit entfernt war, um zu hören, was gesprochen wurde, wurde deutlich, daß niemand der Dame widersprach oder gar an ihren Worten zweifelte. Wassereimer wurden herbeigeschleppt, eine Kette wurde gebildet, und die Dame schien sich nicht einmal zu schade, selbst anzupacken. Dabei war sie optisch alles andere als die Furie, die sie vorgab zu sein. Von ihr ging vielmehr eine Mischung aus Zerbrechlichkeit, Weiblichkeit und Temperament aus, die August auf den ersten Blick faszinierte.

Natürlich war es dem Herrscher unmöglich, in das Geschehen einzugreifen. Er wies nicht einmal seine Begleiter, Offiziere seiner Leibgarde, an, dem Löschtrupp zu Hilfe zu eilen. Ersteres wäre ein Bruch aller gesellschaftlichen Regeln und mit unnötigem Aufsehen verbunden gewesen, das andere schien unnötig, da die Dame und ihre Leute offensichtlich sehr gut alleine mit dem Feuer fertig wurden. August wendete sein Pferd und galoppierte auf direktem Weg nach Moritzburg zurück.

Bevor sich der Kurfürst-König seinen Pflichten widmete, ließ er seinen Kammerdiener zu einem Gespräch unter vier Augen kommen. Georg Spiegel, der dank seiner Verdienste um das private wie politische Wohl seines Herren zum Oberleutnant befördert worden war und demnächst in den Adelsstand erhoben werden sollte, war vermutlich der einzige Mensch am sächsisch-polnischen Hofe, dem August absolutes Vertrauen schenken konnte. Diese Treue hatte der Kammerdiener am deutlichsten durch die Heirat mit der schönen Türkin Fatima unter Beweis gestellt, die tatsächlich Augusts Geliebte gewesen war. Doch nicht nur pikante Aufgaben hatte Spiegel zuverlässig erledigt, auch knifflige, politische Botschaften waren bei ihm in sicheren Händen.

In kurzen Worten schilderte August seine Beobachtungen. »Ich erwarte unverzüglich Informationen über die Dame«, schloß er seinen Bericht. »Allerdings verlange ich unbedingte Diskretion. Er soll mir mit seinen Nachforschungen nicht den alten Morhoff zum Feinde machen.«

Der Grund für die Diskretion, um die August seinen Kammerdiener bat, war weniger die eigene, in Sachsen inzwischen sprichwörtlich unglückliche Ehe, der man den Beinamen ›Tragödie‹ gegeben hatte, als vielmehr der ständige Ärger, den der Kurfürst-König mit der sächsischen Aristokratie hatte. Diese vertrat häufig andere politische Ansichten als ihr Herrscher, was weder seinem Ansehen noch seiner Eitelkeit zuträglich war. August akzeptierte wohlmeinende Kritik, er ließ sich sogar auf Fehler aufmerksam machen, aber er duldete keinen Angriff auf seine Position.

Allerdings hatte sich Heinrich Graf Morhoff seit seinem Rückzug aus diplomatischen Diensten völlig aus den Querelen und Intrigen der Hofgesellschaft herausgehalten. Doch der frisch verliebte Kurfürst-König, der ebenso schnell entflammbar war wie ein ausgetrockneter Strohballen, fürchtete den Zorn des alten Mannes. August hielt das Objekt seiner Begierde für die Ehefrau des gräflichen Gutsverwalters, und zweifellos würde es zu politischen Verstimmungen führen, wenn sich herausstellen sollte, daß der Ehemann seine Rechte geltend machte. Ein Privatkrieg mit einem hochwohlgeborenen und angesehenen Mann wie dem Grafen Morhoff war das letzte, was August sich in seiner derzeitigen politischen Lage wünschen konnte.

Freilich war kaum anzunehmen, daß der Gutsverwalter Schwierigkeiten machen würde. Es gab eine Schmähschrift aus dem Jahre 1704, die von Augusts damaligem Kammerherrn Johann Friedrich von Wolframsdorff verfaßt worden sein sollte, die sich unter anderem eben mit den Vorlieben des Königs und der ›Geduld‹ seiner männlichen Untertanen auseinandersetzte. Obwohl der Herrscher mit einer öffentlichen Bücherverbrennung auf dem Dresdner Altmarkt im Jahre 1708 dem Spuk ein Ende zu setzen versucht hatte, kursierten noch heute Abschriften des diffamierenden *Portrait de la Cour de Pologne*. Über die Damen in Dresden hieß es da: »Man sagt den sächsischen Damen nach, daß sie gefallsüchtig und boshaft sind und darauf ausgehen, von denen, die mit ihnen verkehren, Geschenke zu ergattern und sie zu rupfen. Es gibt eine eigene Klasse Leute bei Hofe, die, da sie aus eigenen Mitteln nicht leben können, ihre Frauen dem Vergnügen des Königs opfern, um sich in seiner Gunst zu erhalten . . .«

Dennoch – oder vielleicht gerade deshalb – erfaßte August ein gewisser Taumel leidenschaftlicher Freude und Erwartung, als er von Spiegel die Nachricht erhielt, daß es sich bei der zierlichen, aber willensstarken Person um die Enkelin des alten Grafen Morhoff handelte – um jene Frau also, die schon den Schweden getrotzt hatte. Eine Dame allerdings, die aufgrund des zurückgezogenen Lebens ihres Großvaters nie bei Hofe erschien.

Heinrich Graf Morhoff, seines Zeichens sächsischer Gesandter a.D. und einer der vermögendsten Rittergutsbesitzer im Lande, hatte zwei Kinder gehabt. Sein Sohn war vor etwas mehr als zwanzig Jahren im Gefolge Augusts im Krieg gegen die Türken auf einem Schlachtfeld nahe dem ungarischen Temesvar gefallen. Die Tochter hatte sich während Morhoffs Zeit am Hofe zu Versailles verliebt und war eine gänzlich unpassende Ehe mit einem Franzosen eingegangen. Diese Verbindung war deshalb so unsäglich, da es sich bei dem Ehemann um einen Hugenotten handelte. Zwar war Morhoffs Tochter ebenfalls Protestantin, aber ihre Erziehung und ihr Glaube stützten sich auf die Thesen Luthers und nicht auf die des Reformers Calvin, dessen Lehren allerdings von den französischen Protestanten befürwortet wurden, die man Hugenotten nannte.

Unglückseligerweise ereilte Morhoffs Tochter das gleiche Schicksal wie die alte Gräfin: Sie starb bei der Geburt eines kleinen Mädchens am Fieber. Tief erschüttert über die Tragödie seiner Familie kehrte Graf Morhoff in die selbstgewählte Einsamkeit nach Sachsen zurück. Dadurch blieb ihm jenes Ereignis erspart, das seiner Enkeltochter auch den Vater nahm: Die Verfolgung der Hugenotten durch die Soldaten König Ludwig XIV. von Frankreich und die Aufhebung des 1598 erlassenen Edikts von Nantes, das den Hugenotten Glaubensfreiheit in Frankreich zusicherte.

Als im Jahre 1685 die Kirchen und Wohnhäuser der andersdenkenden, weil nicht katholischen Minderheit in Frankreich niedergebrannt oder enteignet wurden, die Männer ihrer Ämter und Berufe enthoben und ihre Frauen vergewaltigt wurden, war die kleine Sophie gerade mal sechs Jahre alt. Ihr Vater, der sich schützend vor sein Haus und eine Zwangseinquartierung durch die Truppen des Königs gestellt hatte, war niedergemetzelt worden. Es waren Tage unvorstellbaren Grauens, die in ihrer Entsetzlichkeit an die Bartholomäusnacht vom 24. August 1572 erinnerten, als im Auftrage der damaligen französischen Königinmutter Katharina von Medici zweitausend Hugenotten allein in Paris auf grausamste Weise umgebracht worden waren; in den Provinzen starben rund zweihunderttausend Menschen.

Obwohl furchtbare Strafen über ertappte protestantische Flüchtlinge verhängt wurden, sahen viele Hugenotten als einzigen Ausweg die Emigration. Wer sich freilich nicht in die Vereinigten Niederlande, nach England, in die Schweiz oder nach Brandenburg-Preußen durchschlagen konnte, versuchte der Härte der französischen Armee und dem katholischen Fanatismus des zornigen Kriegsministers Louvois durch eine Flucht ins ländliche Südfrankreich zu entgehen. Dieses war letztlich auch nur ein Rettungsversuch, und viele Hugenotten begingen lieber Selbstmord, als sich der Unsicherheit und schließlich Folterung, Mord und Totschlag auszusetzen.

Ohne Verwandte in Paris, die sich ihrer hätten annehmen können, und meilenweit von ihrem sächsischen Großvater entfernt, wurde die kleine Sophie von ihrer Gouvernante und einem Hauslehrer auf einen Wagen in Richtung Süden verfrachtet. Die vernünftige und umsichtige Kinderfrau hatte nicht vergessen, Sophie heimlich mit dem Inhalt des väterlichen Stahlschranks zu versorgen, so daß das kleine Mädchen über ausreichende Mittel verfügte, die eine Weiterreise über die Schweiz nach Sachsen ermöglicht hätten. Eingenäht in den Leib ihrer Puppe, die sie während der Flucht eng an sich gepreßt hielt, trug Sophie jene Goldmünzen am Herzen, die einst die Mitgift ihrer Mutter gewesen waren und die ihr stolzer Vater niemals angerührt hatte.

Obwohl Sophies Reise in einem kleinen Dorf im Rhône-Tal endete, erlebte sie eine relativ sichere Kindheit auf französischem Boden. Ein Freund ihres Vaters brachte die Kleine auf dem Weingut eines Bekannten unter, bevor er selbst versuchte, über die Alpenpässe nach Italien und später vielleicht in die Schweiz zu gelangen, wo sein Glaube nicht verfolgt wurde. Der

Mann hätte Sophie gerne mitgenommen, doch für ein Kind war die Flucht unmöglich. Es stellte ein Sicherheitsrisiko dar und würde, falls sie nicht von französischen Soldaten gestellt, in Galeerenhaft genommen oder umgebracht würden, während der Flucht vermutlich irgendeiner Krankheit erliegen.

Der Weinbauer war ein umgänglicher Mann, der sich gerne des kleinen Mädchens annahm, zumal er – obwohl katholisch – mit den Reformen der Calvinisten sympathisierte. So gestattete Jean Paul de Bouvier seinem Schützling heimliche Religionsstunden und verlangte lediglich aus Gründen ihrer Sicherheit ihre Teilnahme an der Messe. Auch seine Frau versuchte glücklicherweise nie, Sophies Glauben oder ihre Herkunft auf die eine oder andere Weise gegen sie zu verwenden.

Madame de Bouvier starb jung und ohne ihrem untröstlichen Gatten ein eigenes Kind hinterlassen zu haben. Inzwischen war Sophie zu einem zauberhaften jungen Mädchen herangewachsen, das von dem großzügigen und einsamen Winzer vergöttert wurde. Mit einer Mischung aus Anhänglichkeit, Vaterkomplex und Dankbarkeit verliebte sich Sophie in den wesentlich älteren Mann. Jean Paul, der ein Kind zur Frau erblühen sah, konnte ihren naiven Verführungsversuchen kaum widerstehen. Sophies fünfzehnten Geburtstag feierten sie in seinem Bett; drei Monate später war sie schwanger.

Doch das war nicht das eigentliche Problem. Jean Paul de Bouvier wollte Sophie sehr gerne heiraten, doch ihr Glaube verlangte, die Trauung von einem calvinistischen Priester vollziehen zu lassen. Nun waren die heimlichen Gottesdienste der Hugenotten eine Sache, die Vermählung eines angesehenen – katholischen – Bürgers eine andere. Die Hochzeit des Weingutbesitzers war eine öffentliche Angelegenheit, die mit dem Besten aus seinen Kellern gefeiert werden mußte. Aber das war unmöglich, denn eine öffentliche katholische Trauung war für Sophie ausgeschlossen, die sich nach dem grausamen Schicksal ihres Vaters auf fast fanatische Weise ihrem Glauben verpflichtet fühlte. Der kluge Jean Paul de Bouvier fand einen Kompromiß: Unter dem Vorwand, Sophie zu dem überfälligen

Besuch zu ihren Verwandten nach Sachsen zu bringen, reisten sie in die Schweiz. Das war zwar für die Schwangere äußerst beschwerlich, doch hier konnten die Liebenden wenigstens ungeachtet einer Verfolgung nach den Ritualen ihrer Kirche heiraten. Anschließend vollzogen sie eine zweite, katholische Eheschließung, die für Sophie allerdings bedeutungslos blieb.

Jean Paul und Sophie de Bouvier lebten als angesehene, unbescholtene Bürger. Das änderte sich schlagartig durch den Tod des Winzers. Seine Nachbarn, die ihn geachtet und deshalb nicht an den Pranger gestellt hatten, verleumdeten seine Witwe als Erbschleicherin. Sie war eine Fremde in ihrem Kreis und sollte nicht ungeschoren davonkommen. Sophies Heiratsurkunde wurde angezweifelt, sie wurde enteignet und vom Gut ihres Mannes vertrieben, das sich auf diese Weise ein entfernter Cousin aneignete. Was blieb ihr anderes übrig, als fortzugehen aus dem Land, in dem sie nicht glauben und leben durfte, wie sie es für richtig hielt? Obwohl sie ihren Großvater niemals gesehen hatte, erschien es Sophie nur selbstverständlich, Obhut bei dem einzigen Mitglied ihrer Familie zu suchen, das ihr geblieben war. So fand die Witwe Jean Paul de Bouviers vor gut zehn Jahren eine neue Heimat in Sachsen.

Sophie lebte sehr zurückgezogen auf dem Besitz ihrer Ahnen. Die prachtvolle Hofgesellschaft war nicht so recht nach ihrem Geschmack. Immerhin hatte sie die meiste Zeit ihres Lebens in einem kleinen Dorf und auf einem Weingut verbracht. Es fügte sich gut, daß auch ihr Großvater keinerlei Interesse an der Pracht des Hofes zeigte. Als äußerst patente und sachverständige Frau unterstützte sie ihn bei der Verwaltung des riesigen Besitzes derer von Morhoff, was ihre Zeit so intensiv in Anspruch nahm, daß ihr eigentlich erst zu spät auffiel, daß sie die persönlichen Tragödien und die Einsamkeit eines Mannes teilte, der doppelt so alt war wie sie, in ihrem Alter aber durchaus glücklich und erfolgreich gewesen war. Zum erstenmal nach langer Zeit bemerkte sie die Kälte in ihrem Bett, als sie sich in einer Winternacht, von Schlaflosigkeit geplagt, hin und her wälzte. Just in diesem Augenblick führte ein Scheunenbrand einen

Mann zu ihr, der wie dazu geschaffen war, sie aus der Lethargie ihres Lebens zu befreien.

Die perfekte Gelegenheit, Sophie de Bouvier näherzukommen, war der Karneval zu Dresden. Immerhin hatte August bei ähnlicher Gelegenheit schon einmal sehr erfolgreich um die Gunst einer anderen Schönheit geworben, und er war viel zu kunstsinnig und phantasievoll, um eine Liebesaffäre mit einer Begegnung der plumpen Art zu beginnen. Doch hatte er sich selten in Abenteuer gestürzt, deren Ausgang noch offen war. So war es für ihn zwar kein Problem, der Enkelin des Grafen Morhoff eine Einladung zum Hofball zukommen zu lassen, weitaus schwieriger erwies sich vielmehr die Frage, mit welcher List der Kurfürst-König den Panzer der Abgeschiedenheit der Morhoffs durchbrechen könnte. Er setzte auf eine weibliche Schwäche und schickte seiner Angebeteten mitsamt der Einladung ein Kostüm.

Um eine Frau zu werben, war für August etwas ungewohnt, da sich die meisten Vertreterinnen des weiblichen Geschlechts freiwillig in sein Bett legten. Etwa wie die Gräfin Wartenberg, ihres Zeichens Gemahlin des ersten preußischen Staatsministers. Zu einem *tête-à-tête* war es mit der Dame allerdings nicht gekommen, denn August wurde im letzten Moment durch das Auftauchen von Thomas Wenworth, seines Zeichens Lord Raby und III. Lord of Strafford, gestört, dem englischen Gesandten am preußischen Hof und Liebhaber der leidenschaftlichen Ministersgattin. Ähnliche Abenteuer hatte August viele erlebt, und er fragte sich mehr als einmal, ob es ihm gelingen würde, königliche Würde zu bewahren, wenn er um die Gunst der Morhoff-Enkelin warb. Doch das minderte den Reiz des Spiels keineswegs.

Die Dresdner Residenz erstrahlte in atemberaubendem Glanz. Der Karneval war einer der Höhepunkte der gesellschaftlichen Saison und wurde mit entsprechendem Aufwand gefeiert. Die Kerzen, die das Schloß erhellten, waren kaum zu zählen, die Speisen und Getränke, die gereicht wurden, hätten leicht die doppelte Zahl an Gästen verköstigt, und der Kurfürst-König persönlich hatte dafür gesorgt, daß die Hofkapelle die neuesten Melodien Antonio Vivaldis einstudierte und außerdem eigens für diesen Anlaß den Geigenvirtuosen Georg Pisendel aus Venedig eingeladen.

Die anwesenden Damen in ihren phantasievollen, aufregenden Kostümen und Masken rundeten das Bild des bunten Treibens ab, das sich dem Gastgeber bot, der höflich dem Geplauder einiger Würdenträger lauschte und gleichzeitig die Freitreppe im Auge behielt, über die Sophie de Bouvier eintreten mußte. August stellte mit freudiger Überraschung fest, daß er aufgeregt war, und fühlte sich plötzlich so jung und unbeschwert wie einst bei einem großen Ball im Schloß zu Versailles, als er den Glanz des Spiegelsaals zum erstenmal ausgekostet hatte. Damals siebzehnjährig, hatte ihn sein Vater auf ›Kavalierstour‹ nach Frankreich, Spanien und Italien geschickt. Diese Reise war insofern ein voller Erfolg gewesen, weil sie Augusts Interesse für Kunst geweckt hatte; aber es war auch eine Schule in Lebens- und Liebesdingen gewesen . . .

Seine Augen leuchteten auf, die Erinnerungen waren umgehend vergessen. Auf dem obersten Treppenabsatz stand Sophie de Bouvier, deren Auftritt in der Residenz einer zweiten Schaumgeburt der Aphrodite glich. In der weißen Tunika der griechischen Göttin schien sie über der wogenden Menge im Ballsaal zu schweben. Im Gegenlicht Tausender von Kerzen zeichneten sich unter dem dünngewebten Stoff der Tunika die weichen Linien ihres schlanken Körpers ab. Das Gewand ließ erahnen, was August noch nicht kannte und um so heftiger begehrte. Sein Herz machte einen Sprung: Sie trug das Kostüm, das er ihr mit der Einladung geschickt hatte.

August von Sachsen und Polen, der sich gerne als eine Art moderner Herkules feiern ließ und eine tiefe Liebe zur Geschichte der Antike hegte, war seinerseits als Adonis maskiert. Eine durchaus passende Kostümwahl, denn der schöne Jüngling war in der griechischen Mythologie der Liebhaber von Aphrodite gewesen. Die Garderobe war wie die Requisiten einer italienischen Komödie – gleichzeitig Frage und Antwort – auch für August ein wichtiger Teil seiner Inszenierung.

Der Kurfürst-König trat aus der Gruppe, die ihn umringte. Er ging Sophie genau zwei Stufen entgegen, dann streckte er die Hand aus und genoß den Anblick, wie sie aufreizend langsam auf ihn zuschritt. Er erwiderte ihr Lächeln, und vor den Augen der versammelten Hofgesellschaft führte er sie in einen Nebenraum, der für diesen Abend und die damit verbundenen besonderen Zwecke der Lustbarkeit eingerichtet worden war. Daß der Gastgeber derart demonstrativ mit einer Dame im Séparée verschwand, war mehr als nur eine bloße Demonstration seiner Wahl, die ja schon durch die Kostümierung deutlich wurde. Es war ein Hinweis an alle Anwesenden, daß der Kurfürst-König eine neue Favoritin auserkoren hatte.

Wenn August geglaubt hatte, Sophie darauf aufmerksam machen zu müssen, daß Aphrodite und Adonis in der Antike ein Liebespaar gewesen waren, so irrte er sich. Die Frau, deren Tatkraft und Entschlossenheit er bewunderte, war keineswegs eine Unschuld vom Lande, sondern erwies sich als äußerst gebildet.

Der Raum war wie eine mediterrane Grotte mit Efeuranken, stark duftenden Topfblumen und Springbrunnen dekoriert worden, doch aus diesen Quellen sprudelte ungarischer Wein. Während sie sich umsah, bemerkte Sophie lächelnd: »Meines Wissens nach haben Aphrodite und Adonis auf der Insel Zypern im Quellwasser gebadet, Majestät, nicht aber in Wein.«

Es war ein Spiel, dem sie sich mit wachsendem Genuß hingab. Dennoch wußte Sophie, daß sie mit ihrem Erscheinen bei Hofe – noch dazu in diesem Kostüm – bereits eine Entscheidung getroffen hatte, die kaum mehr zu korrigieren war. In erster Linie hatte Neugier sie hierher geführt, und natürlich war sie auch geschmeichelt über das Interesse des Herrschers, eines ›Traummannes‹ sozusagen, der sie aus ihrer Einsamkeit befreite und sicherlich mit genügend Spaß versorgen würde. Andererseits aber war klar, daß sie einen Schritt zu weit gegangen war; es war unmöglich, August jetzt noch zurückzuweisen – selbst wenn sie dies gewollt hätte.

August reichte ihr ein Glas Tokajer. »Würdet Ihr ein Wasserschloß dieser Grotte vorziehen, Madame?«

Sie wußte, was hinter seiner spielerisch gestellten Frage steckte. Nun gut, sie würde die neue Geliebte des Kurfürst-Königs werden. Wenn sie dem Klatsch glauben durfte, so versorgte August seine Favoritinnen zunächst mit einem Palais, in dem er ungestört und scheinbar unbeobachtet ein- und ausgehen konnte. Doch Sophie beabsichtigte, sich einen gewissen persönlichen Freiraum zu erhalten, in dem sie keine Geschenke von ihm annahm. Sie verfügte über genug eigene Mittel, um ein königliches Liebesnest einzurichten. Das würde sie am Ende ihrer Liaison vor jener finanziellen Situation schützen, in der sich die Gräfin Cosel befand: Augusts langjährige Mätresse lebte seit dem vergangenen Weihnachtsabend auf der Festung Stolpe – und das nicht ganz freiwillig. Sie hatte zu hoch gespielt und sich niemals mit dem Gewonnenen zufriedengegeben. Obwohl Anna Constanze Gräfin Cosel schließlich wie eine Königin an Augusts Seite lebte, schien es ihr nicht genug gewesen zu sein. Hinter vorgehaltener Hand sprach man von einem schriftlichen Heiratsversprechen, das sie ihm in einer schwachen Stunde abgenommen hatte und mit dem sie ihn später zu erpressen versuchte. Die Quintessenz war – nach einer Reihe von unschönen Begegnungen – die faktische Enteignung der Cosel. Sie händigte August ihre Juwelen aus und übergab das Taschenbergpalais zu Dresden und Lustschloß Pillnitz – alles Geschenke aus glücklicheren Tagen.

All diese Gedanken schossen durch Sophies Kopf, als sie am Wein nippte und seine Blicke auf sich gerichtet fühlte. Sie hob die Lider. Dabei streiften ihre Augen unwillkürlich seine Hand, die sein Glas umschlossen hielt. Überrascht starrte sie auf den verkrüppelten, steifen Mittelfinger des Kurfürst-Königs.

Seine Augen folgten ihrem Blick. »Das ist das Souvenir eines Bären«, sagte er gelassen. »Wart Ihr schon einmal auf einer Bärenhatz, Madame? Nein? Nun, es ist ein gewisses Risiko dabei, aber mein Leben lang habe ich einem sich aufrichtenden Bären die Zunge im Maul herumgedreht und ihn auf diese Weise gebändigt.« Als er den Schrecken in ihren Augen sah, fuhr er wohlgefällig fort: »Welche Jagd ist schon ohne Gefahr? Während einer Bärenhatz in Polen wurde ich gebissen. Mein Mittelfinger ist Zeugnis dafür, daß am Ende ich der Sieger blieb.«

»Was für ein Glück«, murmelte sie.

Obwohl ihre Bemerkung ganz spontan gewesen war, war sie natürlich genau das, was er hören wollte. Nachdem seine Eitelkeit auf diese Weise zufriedengestellt und ihre Zuneigung zu vermuten war, beschloß er, zum Angriff überzugehen.

»Der russische Zar ist ein Glückspilz«, bemerkte August. »Ungeachtet aller Konventionen und der Diplomatie heiratete Peter die Frau, die er liebt. Katharina ist nur ein einfaches Bauernmädchen, und sie begleitete sein Leben schon eine Weile. Alle Prinzessinnen, die Zarin werden wollten, blieben von ihm unbeachtet.«

Sophie wußte nicht recht, was sie darauf antworten sollte. Seine Ehetragödie war allgemein bekannt. Im Januar vor vierundzwanzig Jahren hatte August die Bayreuther Prinzessin Christiane Eberhardine geheiratet. Doch seit Anbeginn lebte das Paar mehr oder weniger getrennt. Die Kurfürstin von Sachsen hatte beispielsweise niemals polnischen Boden betreten und weilte nur höchst selten in der Residenz zu Dresden, wo der private August praktisch ein Doppelleben mit wechselnden Frauen an seiner Seite führte.

»Wißt Ihr, Madame, was Euer König mit einem Leibeigenen gemein hat?« fragte August und stellte sein Glas auf einem Beistelltischchen ab.

Ohne ihre Antwort abzuwarten, fuhr er, ihren Blick mit seinen Augen festhaltend, fort: »Jeder meiner freien Untertanen hat die Chance, eine Mariage aus Liebe zu vollziehen. Ein armer Tropf wie der König dagegen ist aus politischen Gründen an eine Frau gebunden, die er nicht ausstehen kann . . . Es ist ein großes Glück, daß es Augenblicke gibt, in denen ich – gleich einem ganz normalen Bürger – in den Armen einer geliebten Frau liegen darf.«

Bei diesen Worten nahm er ihr das Glas aus den Händen und stellte es mit fast aufreizender Vorsicht ab. Er richtete sich auf und trat so dicht neben sie, daß zwischen ihren Körpern kaum mehr Platz für eine Feder gewesen wäre. Seine Finger spielten verträumt mit einer Strähne ihrer dunkelbraunen Locken. Nachdenklich blickte er auf die zierliche Frau hinab, die er um mehr als eine Haupteslänge überragte.

Er ist nett, fuhr es ihr durch den Kopf. Ein wenig überrascht betrachtete sie den Herrscher plötzlich von einer anderen Warte: Sie sah ihn als einen Mann, dessen einzige Sehnsucht Zärtlichkeit und Leidenschaft waren, dem sie sich unerwartet nahe und vielleicht sogar ein bißchen überlegen fühlte, denn es lag nun an ihr, ihm einen Hauch von wahrem Glück und Liebe zu schenken. Jeder von ihnen lebte in einem Käfig der eigenen Geschichte und Traditionen, doch besaß sie die Möglichkeit, einen Ausbruch zu wagen, während seine Gefangenschaft lebenslänglich war.

»Ich bin zu klein für Euch, Majestät«, bemerkte sie mit vor Nervosität zitternder Stimme.

August sagte kein Wort, ließ lediglich seine Hände auf ihre Schultern sinken. Die Wärme seiner Berührung strömte durch ihren Körper.

»Ich könnte mich auf die Zehenspitzen stellen . . .«, erwog sie.

»Sei still«, flüsterte er rauh und beugte sich über ihre Lippen, während sich ihr Körper dem seinen entgegendrängte. Mit leiser Verwunderung bemerkte Sophie die unendliche Zärtlichkeit, die von diesem Riesen ausging, und in fast halsbrecherischer Weise verliebte sie sich in ihn.

3

Als der Bildhauer Maximilian Altenberg nach zweijährigem Studienaufenthalt Ende April des Jahres 1717 Paris verließ, befand sich sein ein Jahr älterer Bruder vor den Toren der Stadt Jüterbog bei Potsdam. Nikolaus war – ebenso wie alle anderen Söhne des verstorbenen Grafen Altenberg – ein gutaussehender Mann, gerade dreißig Jahre alt, hochgewachsen mit einem schlanken, vom vielen Reiten und zahllosen Fechtstunden durchtrainierten Körper. Das lockige, dunkelbraune Haar trug er zu einem perfekten Zopf zusammengebunden, den Dreispitz tief in die hohe Denkerstirn gezogen, die alle vier Altenberg-Brüder auf gewisse Weise kennzeichnete. Das leuchtende Rot seiner Uniform paßte gut zu seinem sonnengebräunten Gesicht mit den dunklen Augen. Er entsprach genau jenem Typ eines sächsischen Kavalleriehauptmannes, der von den jungen Mädchen bei Hofe heimlich angehimmelt und von erwachsenen, erfahrenen Frauen schamlos verführt wurde.

An diesem sonnigen 1. Mai kam er seinem Dienst bei einer Verabredung seines Kurfürsts und Königs mit dem König von Preußen nach. Während er in Sichtweite die wartenden Offiziere der preußischen Armee ausmachte, schickte er ein Stoßgebet zum Himmel. Er dankte Gott, daß er auf der sächsischen Seite der Grenze geboren worden war. Es erschien ihm kaum vorstellbar, in einer Armee wie der des für seine Sparsamkeit berühmten preußischen Königs zu dienen. Kein Pomp, kein gepflegt-bequemes Offiziersleben, keine Laster – Friedrich Wilhelm I. sorgte für Zucht und Disziplin, er hatte seinem Volk sogar eine allgemeine Kleiderordnung aufgezwungen. Die unterschiedliche Lebensqualität in Berlin und Dresden, von der viele Reisende berichteten, war nur ein Beweis für die differenzierten Ansichten der jeweiligen Herrscher.

Als dritter Sohn des Grafen von Altenberg geboren, hatte Nikolaus in seiner Berufswahl keine freie Entscheidung gehabt. Obwohl Nikolaus – ebenso wie Maximilian – mehr ein Liebhaber der schönen Künste denn des Militärs war, fühlte er sich recht wohl in seiner Rolle. Schon als Kind auf fast preußische Art und Weise zu Disziplin und Gehorsam erzogen, bedeutete der Alltag bei der Truppe wenig Neues. Da seine Familie seit Generationen zur Hofgesellschaft gehörte, gelang es Nikolaus auch als Offizier, das muntere Treiben am Dresdner Hof zu genießen. Hinzu kam, daß die traditionellen Wurzeln derer von Altenberg seiner Karriere einen Glanz verliehen, den er alleine niemals hätte bewirken können. So war aus ihm der gutaussehende Held geworden, der mit Tapferkeit und Ausdauer bei Wagenrennen und Reitturnieren brillierte und von seinen Soldaten geschätzt und geachtet wurde. Andererseits war er aber auch der kunstsinnige, charmante Liebhaber, der zahlreichen Frauen den Kopf verdrehte und viele schlaflose Nächte bei angenehmer Gesellschaft in den Ehebetten von verheirateten Damen der Hofgesellschaft zubrachte, während deren Männer auf Reisen waren, mit ihren Kumpanen zechten, in den Armen ihrer jeweiligen Mätressen lagen oder dem gerade so beliebten Billardspiel frönten. Nikolaus von Altenberg kam es – wie den meisten Männern seiner Generation – nicht darauf an, ob seine augenblickliche Geliebte verheiratet war oder nicht. Seine Abenteuer waren ja nie von Dauer. Die Rolle des begehrten Junggesellen gefiel ihm, an Heirat dachte er deshalb noch nicht. Seine einzigen Verpflichtungen sollten vorläufig die Armee bleiben und die Achtung jener Traditionen, die sein Name verlangte.

»Was meinst du, Stachwitz«, wandte er sich an seinen Kameraden, den Leutnant Christoph von Stachwitz, der neben ihm die staubige Landstraße entlangritt, »ob unsere Jungens auch ein bißchen Vergnügen in Preußen haben werden?«

Stachwitz drehte sich im Sattel kurz um und warf über die Schulter einen mitleidsvollen Blick auf die sechshundert hochgewachsenen jungen Unteroffiziere aus verschiedenen sächsischen Reiterregimentern, die von den Offizieren eskortiert wurden.

»Ich fürchte«, Stachwitz seufzte in gespielter Entrüstung, »die Preußen können das Wort ›Vergnügen‹ nicht einmal buchstabieren. Du weißt schon: V wie Vögeln, E wie ...«

»Schon gut, schon gut«, unterbrach Nikolaus grinsend. »Bring mich nicht auf falsche Gedanken. Der Weg zurück nach Hause ist noch lang, und die Mädchen in Preußen sollen nicht halb so hübsch und vor allem nicht so zugänglich sein wie unsere Sächsinnen.«

»Hast du's schon gehört, Altenberg? In ganz Sachsen soll es keine Jungfrau von achtzehn Jahren mehr geben. Vielleicht sollte ich mich doch mal in Berlin-Cölln umsehen.«

»Interessiert mich nicht. Ich ziehe erfahrene Frauen vor. Mein Bruder Maximilian schrieb mir, die Französinnen heiraten im Durchschnitt mit sechsundzwanzig Jahren, die Venezianerinnen mit neunundzwanzig. Ich finde das sehr vernünftig. So hat jede die Möglichkeit, ausgiebig ihre Erfahrungen zu sammeln. Und wenn eine Frau dann verheiratet ist, weiß sie wenigstens, daß sie nichts verpaßt hat.«

Stachwitz seufzte noch einmal. Diesmal allerdings aus vollem Herzen. »Du bist herzlos und wenig romantisch, Altenberg. Wo liegt der Quell deines berühmten Charmes? Ich würde eine Jungfrau vorziehen. Kannst du dir denn nicht vorstellen, wie wundervoll es ist, ihre Unschuld zu entdecken und gleichzeitig derjenige zu sein, der ihre Lust erwecken hilft?«

»Nein«, gab Nikolaus trocken zurück. »Ich kann mir lediglich vorstellen, daß es für bestimmte Männer reizvoll ist, im Bett sozusagen konkurrenzlos zu sein. Ich nehme es mit jeder Konkurrenz auf. Das erhöht den Reiz des Spiels.«

»Hört, hört!« tönte Stachwitz.

»Schau dir unseren Kurfürst-König an«, fuhr Nikolaus unbeeindruckt von Stachwitz' offensichtlicher Belustigung so ernsthaft fort, als bespreche er ein schwerwiegendes wissenschaftliches Problem. »Seine Majestät treibt es auch am liebsten mit nicht mehr ganz so jungen Frauen . . .«

»Und die Dönhoff?« warf Stachwitz ein.

»Stimmt, die war ziemlich jung«, gab Nikolaus zu, »aber was war mit der Rochlitz, der Königsmarck und der Cosel?«

»Schnee von gestern. Diese Affären waren zu einer Zeit, als ich noch in meine Gouvernante verliebt war.«

Nikolaus grinste. »Dann präsentiere ich dir den neuesten Namen: Sophie de Bouvier.«

»Wer ist das?«

»Die neue Mätresse. Es wundert mich, daß du noch nichts von ihr gehört hast. Ganz Dresden spricht seit Wochen von nichts anderem . . .«

»Ich habe nicht das Glück, bei Hofe aus- und eingehen zu können. Außerdem war ich in den letzten Wochen praktisch ununterbrochen in der Garnison. Wie du weißt, mußte ich mich mit den niederen Aufgaben der Organisation unseres Tauschhandels hier befassen, während ihr hohen Herren das Leben genossen habt. Aber, erzähle, wer ist die neue Favoritin unseres Kurfürst-Königs?«

»Eine Französin sächsischer Abstammung, sagt man. Ich hatte das Vergnügen, die Dame anläßlich eines Violinkonzertes zu sehen. Bedauerlicherweise wurde ich ihr nicht vorgestellt, denn sie ist tatsächlich von außerordentlich sinnlicher Schönheit. Zudem ist sie die Erbin des Grafen Morhoff und hat Geld wie Heu. Auch das mag ein Anreiz für unseren Kurfürst-König sein.«

»Mit dem Geld ist es eine schwierige Sache«, sinnierte Stachwitz. Flüchtig deutete er auf die sechshundert Unteroffiziere, vorwiegend Dragoner, die hinter der Eskorte in gemächlichem Schritt ihrem Ziel entgegenritten. »Jeder dieser Jungens ist dem König von Preußen zwanzig Taler wert. Und als Zugabe erhält August noch hunderteinundfünfzig Stück ostasiatisches Porzellan aus den preußischen Schlössern Oranienburg und Charlottenburg. Friedrich Wilhelm von Preußen zahlt viel Geld für den Besitz der ›Langen Kerls‹, und unser König gibt es für ein paar Scherben wieder aus.«

Die Reiterkolonne hatte den Treffpunkt außerhalb Jüterbogs erreicht, wo die preußischen Abgesandten in ihren blauen Uniformröcken bereits warteten. Die Offiziere saßen hochaufgerichtet auf ihren edlen Pferden aus den berühmten Gestüten Georgenburg und Redefin. Hinter der Eskorte standen mehrere Wagen mit der kostbaren Fracht aus dem Besitz des preußischen

Königs. Die Mienen der Offiziere waren so ernst wie die Aufgabe, die sie hier zu erfüllen hatten.

August, dessen größte Leidenschaft nicht die Frauen, sondern die schönen Künste im allgemeinen, aber das in Mode befindliche chinesische oder ›indianische‹ Porzellan im besonderen war, hatte seine Agenten beauftragt, in ganz Europa nach Schätzen für die kurfürstlich sächsische und königlich polnische Sammlung zu suchen. Dabei wurde man auch in den preußischen Schlössern fündig. Der sächsische Minister des Inneren und der Finanzen, Christoph Heinrich von Watzdorf, arbeitete den Vorschlag eines ungewöhnlichen, wenn auch lukrativen Tauschgeschäftes aus. Er unterbreitete seine Ideen Augusts oberstem Ratgeber, dem Generalfeldmarschall Jakob Heinrich von Flemming: Dragoner aus Sachsen sollten gegen Porzellan aus Preußen eingetauscht werden. Ein für alle Beteiligten erfreulicher Handel, denn Friedrich Wilhelm von Preußen hegte eine sprichwörtliche Schwäche für die sogenannten ›Langen Kerls‹, die er nicht ausschließlich in eigenen Landen rekrutieren konnte. August dagegen, der sich wegen seines glanzvollen Lebens in ständigen finanziellen Schwierigkeiten befand, würde durch die Zahlung eines Kopfgeldes und der Übernahme des kostbaren Porzellans einen doppelten Gewinn einstreichen. Eine sichere Vereinbarung also.

»Seine Majestät will die Kunstsammlungen in Dresden der Öffentlichkeit zugänglich machen«, bemerkte Nikolaus. »Das Volk soll seine Schätze mit eigenen Augen sehen und bewundern können.«

»Wie ungewöhnlich!« erwiderte Stachwitz. »Wozu soll das gut sein? Daß das gemeine Volk Werte begaffen kann, die es nicht versteht, bringt ihm kaum mehr Brot.«

»Mein Bruder Maximilian behauptet, daß dieses für einen Künstler ein großes Problem sei. Ein Mann, der Großes geschaffen hat, sieht sein Werk vielleicht niemals wieder, nachdem er es seinem Auftraggeber ausgehändigt hat. Wer nicht gerade für die katholische Kirche arbeitet und Altarbilder herstellt, verliert sein Werk im wahrsten Sinne des Wortes aus den Augen. In einer öffentlichen Kunstsammlung kann er es zumindest immer wieder anschauen.«

»Und was hat er dann davon?«

Nikolaus zuckte mit den Achseln. »Ich weiß es nicht, aber hat Leonardo da Vinci nicht auch das Portrait der Mona Lisa gerne wieder in seinen Besitz genommen?«

»Er hat es zweimal verschachert, der alte Fuchs.« Stachwitz grinste. »Zuerst an einen Medici und dann an den König von Frankreich. Das ist schlau, Altenberg, sonst nichts.«

»Es ist nicht sicher, ob Leonardo da Vinci das Gemälde noch selbst an seinen Freund, den König von Frankreich, verkauft hat oder ob es sein Diener und Erbe verschacherte«, gab Nikolaus nachdenklich zurück. »Im übrigen könnte es doch aber sein, daß der Künstler sein großes Werk bei sich haben wollte, als er Italien verlassen mußte und nach Frankreich zog. Sozusagen als Beweis seiner Schaffenskraft. Erscheint dir das nicht plausibel?«

»Hört, hört! Ich suchte nach deinem Sinn für Romantik, Altenberg, und wo finde ich ihn?« spottete Stachwitz. »Nicht in der Erinnerung einer Liebesnacht, sondern beim Gedanken an das Bildnis einer Frau, die vor zweihundert Jahren lebte.«

Nikolaus schwieg. Jede weitere Diskussion erübrigte sich. Er würde aus dem nüchternen Stachwitz, dessen Lebensgeister nur durch die leidenschaftliche Umarmung einer Frau oder einer Gallone Branntwein geweckt wurden, keinen Kunstliebhaber machen können. Sein Freund würde niemals die kurfürstlich-königlichen Sammlungen besuchen und beim Anblick der Kunstwerke, wie etwa Gemälden oder Porzellan, in einen Freudentaumel ausbrechen, der tatsächlich vergleichbar mit einem Liebesabenteuer war. Er konnte Stachwitz nicht begreiflich machen, daß August seine Sammlungen dem Volke mit demselben Stolz öffnete, mit dem er sich auch mit einer wunderschönen Frau an seiner Seite zeigte. *Seht her*, sollte das heißen, *was ich erreicht habe: Dieses ist mein Besitz!* Und dabei war es gleichgültig, ob es sich um ein lebendiges Wesen oder um ein von genialer Hand geschaffenes Porträt handelte.

Mit gespieltem Interesse ließ Hauptmann Nikolaus von Altenberg die militärische Zeremonie über sich ergehen, die den Tauschhandel begleitete. In stolzer Haltung erfüllte er sämtliche Anforderungen des Protokolls, als sei er eine Marionette, deren Fäden vom Kurfürst-König selbst gezogen wurden. Während er dem Paukenschlag der Trommler lauschte, wanderten Nikolaus' Gedanken zurück nach Sachsen. Er hoffte auf einige Tage Urlaub, die er auf dem elterlichen Besitz, Schloß Altenberg an der Elbe, verbringen würde. Normalerweise zog es ihn nicht so oft dorthin. Die beflissene Rechtschaffenheit seines ältesten Bruders Friedrich, dessen einziges Laster der Genuß allzu vielen Weins und üppiger Mahlzeiten zu sein schien, entnervte, und die Farblosigkeit seiner Schwägerin Charlotte, einer geborenen Flemming, langweilte ihn. Mehr als einmal hatte er sich gefragt, ob Friedrich im Essen und Trinken eine Kompensation seiner Lust fand oder etwa gar kein Interesse an der Leidenschaft hatte. Denn eine Mätresse besaß Nikolaus' ältester Bruder offenbar nicht.

Der Grund für den beabsichtigten Aufenthalt auf dem Schloß seiner Ahnen hieß Maximilian. In endlosen Briefen hatte der das Leben in Venedig und Paris beschrieben, aber auch seine Studien an den dortigen Akademien der Künste und in den Werkstätten namhafter Bildhauer und Maler. Nikolaus freute sich darauf, in Maximilians blumiger Erzählweise von dessen Erlebnissen zu hören.

Vorher allerdings mußte er seinen Auftrag erfüllen und kostbarste Teller, Vasen und andere Gefäße sicher nach Dresden bringen. Der Kurfürst-König wollte ein Porzellanschloß erbauen, wie es seinesgleichen in der westlichen Welt suchte. Vergleichbar lediglich mit der sagenumwobenen vierundachtzig Meter hohen Porzellanpagode im chinesischen Nanking, von der schon der venezianische Kaufmann und Reisende Marco Polo berichtet hatte. Nikolaus lächelte in sich hinein. Er würde alles in seiner Macht Stehende tun, um August zufriedenzustellen. Sofern es ihn betraf, sollte der König sein Porzellanschloß haben. Und dies nicht nur, weil er als Offizier zur Treue verpflichtet war, sondern auch als Mann, der den Kunstsinn seines Herrschers teilte.

4

Fasziniert beobachtete Maximilian Altenberg die junge Frau. Die Szene erinnerte ihn an Gemälde von Tizian oder Poussin, die er in Venedig und Paris gesehen hatte. Unwillkürlich glaubte er an ein Traumbild, denn es war kaum vorstellbar, Zeuge derart intensiver Erotik zu werden, die gleichsam ein Beweis für Unschuld war. Natürlich fühlte sich die junge Frau gänzlich unbeobachtet, und er schämte sich auch ein bißchen, wie er, versteckt durch einen Blätterschleier, still auf seinem Pferd verharrte, um sie anzuschauen. Es erschien ihm unmöglich, seinen Blick abzuwenden und weiter seinem Weg zu folgen.

Sie lag nackt ausgestreckt im silbrig schimmernden Bett eines Baches. Das Wasser sprudelte wie aus Tausenden von kleinen Quellen um ihren Körper, benetzte die alabasterweißen Schultern, warf wie Diamanten glitzernde Tropfen auf ihre festen Brüste, spielte um die wohlgeformten Hüften, die sie, gleich einem Liebhaber, der Frühlingssonne entgegenhob, ein Bein hatte sie angewinkelt. Offensichtlich genoß sie die Erfrischung durch das kühle Wasser ebenso wie die Wärme der blassen Sonne. Die Züge in ihrem feingeschnittenen Gesicht waren vollkommen entspannt, die Augen geschlossen, der Mund leicht geöffnet, als warte sie auf einen Kuß. Ihr langes, dunkles Haar lag naß an ihrem Kopf an, was ihrem Aussehen eine gewisse Strenge verlieh, die ihre Sinnlichkeit verstärkte.

Diese ›Venus im Bade‹ war eine Überraschung für Maximilian. Nicht nur, weil sie so unerwartet kam, sondern weil die Umstände so ungewöhnlich waren. Er konnte sich nicht erinnern, je von einer Frau gehört zu haben, die derart ungeniert in einem Bach mitten im Wald badete, meilenweit abgeschieden von einer menschlichen Behausung. Die meisten Frauen hätten sich vermutlich gefürchtet, so alleine mit sich und der Natur. Oder aber sie hätten sich geschämt für derart offen präsentierte Freizügigkeit. Der sich im Bach räkelnde Körper stellte in seiner Pose für jeden Mann eine Einladung dar, obwohl das Verhalten der jungen Frau bar jeder Absicht war, denn sie fühlte sich sicher und unbeobachtet.

Mattigkeit überkam Maximilian. Der Ritt nach Sachsen war anstrengend gewesen. Zwar war seine Reise bald beendet, doch ihm stand noch ein letztes Stück Weg bevor. Sehnsuchtsvoll starrte er auf den wunderschönen Körper der jungen Frau. Er wünschte, er könnte sich neben sie legen und seinen Kopf zwischen ihre Brüsten betten. Das wäre der gerechte Preis nach der langen Reise in seine Heimat.

Sechs Tage lang hatte er fast ununterbrochen im Sattel gesessen. Er, der niemals ein so passionierter Reiter gewesen war wie seine beiden Brüder Friedrich und Nikolaus. Dennoch hatte er sich gegen die Postkutsche entschieden, da sie länger unterwegs und meistens noch unbequemer als ein Pferderücken war. Für Maximilian bedeutete sein Pferd nichts anderes als ein Fortbewegungsmittel. Dennoch fragte er sich – und er fragte es sich eigentlich schon sein Leben lang –, wieso er außer Atem geriet, wenn sein Pferd galoppierte, und seine eigenen Knochen nach einem langen Ritt schmerzten, wobei doch aber das Tier gelaufen war und nicht er.

Während er sich weiter seinen Träumereien hingab und das Bildnis hinter dem Blätterdach mit den erotischen Darstellungen antiker Göttinnen verschmolz, die er auf berühmten Gemälden in Italien und Frankreich gesehen hatte, zog eine Schwalbe einen engen Kreis über der Buche am Waldweg. Wäre Maximilian nicht so müde und durch den Anblick der nackten, jungen Frau nicht völlig abgelenkt gewesen, hätte er gewußt, daß der Vogel sein dösendes Pferd aufschrecken würde. So aber traf ihn die plötzliche Bewegung des Pferdes völlig unerwartet.

Das Tier tänzelte, machte einen Satz zur Seite. Maximilian, der auf dem Sattel so entspannt wie in einem Sessel gesessen hatte, versuchte ein paar Sekunden zu spät, die Muskulatur seiner Schenkel anzuspannen und die Knie gegen den Pferdeleib zu pressen. Kopfüber rutschte er aus dem Sattel und erinnerte sich im Fallen nur, daß er versuchen mußte, mit der Schulter abzurollen, um schlimmen Verletzungen vorzubeugen. Dann wurde es dunkel um ihn.

Jemand schüttete ihm eiskaltes Wasser ins Gesicht. Vermutlich war der Inhalt eines größeren Eimers über seinem Kopf ausgegossen worden, denn er hatte einen Herzschlag lang das Gefühl, zu ertrinken. Jedoch verfehlte das Wasser nicht seinen Zweck: Er erwachte aus seiner Ohnmacht. Hustend und prustend richtete er sich auf, sank aber sofort wieder zurück, als der stechende Schmerz in seinem Kopf zu einem unerträglichen Hämmern wurde. Trotzdem schlug er die Augen auf.

Mit einer Mischung aus Überraschung und einem Glücksgefühl, wie er es nach der Vollendung etwa einer Statue empfand, starrte er auf die junge Frau neben seinem Lager. Als sie sich über ihn beugte, berührte ihr seidiges Haar seine Wange. Es war wie ein Hauch, wie der sanfte Flügelschlag eines Schmetterlings. Er registrierte, daß ihr Haar die Farbe polierten Mahagonis besaß. Naß und glatt am Kopf angelegt hatte es eher dunkelbraun ausgesehen. Er sah in saphirblaue Augen, die ihn sorgenvoll anschauten.

Unwillkürlich wanderten seine Blicke zu ihren Brüsten. Doch sie war angezogen. Ihr Körper steckte in einfacher Kleidung, die ihre sinnlichen Formen nur ahnen ließ: Ein weiter, brauner Leinenrock schwang um Hüften und Beine, und mit jedem ihrer gleichmäßigen Atemzüge senkte sich ihre Brust unter einem unmodernen, bis zum Hals zugeknöpften, weißen Hemd. Er schloß die Augen, um seine Phantasie durch die Erinnerung an die Badende zu beflügeln. Doch die starke erotische Ausstrahlung der nackten Schönheit mischte sich mit dem Bild der hübschen, aber durchaus sittsamen jungen Frau, die neben ihm kniete und nicht einmal halb so lasziv auf ihn wirkte wie vorhin beim Bade im Bach.

Wieviel Zeit war seither vergangen? Oder hatte er nur geträumt? War er im Sattel eingeschlafen und deshalb vom Pferd gefallen? Als er aufsah, studierte er ihr Gesicht. Die geschulten Augen des Künstlers erkannten die feinen Linien. Sie war es also tatsächlich. Es war schließlich unvorstellbar, daß er von einer Frau träumte, bevor ihr begegnet zu sein.

»Himmel oder Hölle?« fragte Maximilian.

Lächelnd richtete sie sich auf. »Wald«, erwiderte sie. »Ihr seid vom Pferd gestürzt und wart ohnmächtig.« Sie zögerte, ihre Stimme wurde unsicher: »Oder erinnert Ihr Euch nicht mehr?«

»Doch, doch«, versicherte er ihr, wobei er sich allerdings im stillen eingestand, daß er sich bedeutend mehr an ihr Bad erinnerte als an den Sturz vom Pferd. Doch eine praktische Überlegung fand die Oberhand: »Was ist aus dem Tier geworden? Wenn das Pferd das Weite gesucht hat, muß ich meine Reise zu Fuß fortsetzen, und das erscheint mir nicht besonders vergnüglich.«

»Keine Sorge. Ich habe Euer Pferd eingefangen und angebunden. Ihr könnt bequem weiterreiten.« Kopfschüttelnd, die Hände in die Hüften gestemmt, blickte sie auf den derangierten jungen Mann hinab. »Ich verstehe allerdings nicht, was Euch hier in die Abgeschiedenheit des Waldes geführt hat. Ihr hättet Euch verirren können.«

»Kaum, denn dies ist eine Abkürzung zu meinem Elternhaus, die ich seit meiner Kindheit benutze.«

Durch seine Kopfschmerzen in seinem Denkprozeß etwas behindert, fiel ihm erst mit einiger Verspätung auf, daß sie offenbar gut mit Pferden umzugehen verstand. Skeptisch musterte er sie. Vermutlich war sie ein Bauernmädchen oder eine Magd, die die Freiheit und Abgeschiedenheit des Waldes schätzte. Ihre einfache Kleidung entsprach der eines Mädchens vom Lande, was seine Meinung bestärkte. Andererseits war da eine Unsicherheit...

Ihre Sprache, fuhr es Maximilian durch den Kopf. Ihre Stimme klang so sanft, ihre Worte waren so wohlgesetzt wie die einer Dame von Stand. *Irgendetwas stimmt hier nicht*, dachte er. Er war zwar vier Jahre lang nicht in Sachsen gewesen, aber er konnte sich schwerlich vorstellen, daß sich die Sitten und Gebräuche in dieser doch relativ kurzen Zeit derart gravierend verändert hatten. Bauernmädchen, Mägde oder Schäferinnen führten nicht die Sprache der oberen Gesellschaft. Einen flüchtigen Augenblick lang erwog er, ob sie möglicherweise eine echte Hexe sei. Aber die Inquisition war schon vor Jahren abgeschafft worden, und die Geschichten der Hexenverbrennungen waren eigentlich nur noch dazu da, ungezogenen Kindern Angst einzujagen. Unwillkürlich schmunzelte er über sich selbst.

»Wenn Ihr diesen Weg seit Eurer Kindheit benutzt, wart Ihr allerdings lange auf Reisen«, bemerkte sie in seine Gedanken hinein.

»Wie kommt Sie darauf?« fragte er verblüfft.

Auch wenn sie wie eine Dame klang, so kam es ihm nicht in den Sinn, sie entsprechend zu behandeln. Die Umstände ihrer Begegnung, ihr Aussehen waren zu wenig konventionell dafür. Deshalb sprach er sie mit jenem Personalpronomen an, mit dem er einfache Mädchen oder das Gesinde auf den Rittergütern seines Vaters anzureden pflegte. Über gewisse Traditionen, mit denen sein Charakter fester verwurzelt schien als mit dem bloßen Adelsprädikat, das er so gerne ablegte, konnte sich Maximilian eben doch nicht hinwegsetzen.

»Ich hätte Euch gesehen, wenn Ihr diesen Weg öfter benutzen würdet«, erwiderte sie sachlich. Als sie seinen erstaunten Gesichtsausdruck bemerkte, fügte sie hinzu: »Seit geraumer Zeit lebe ich hier im Wald. Wer hier entlangkommt, kommt auch bei mir vorbei. Doch das sind nicht viele.«

»Sie lebt im Wald?« Über diese merkwürdige Information vergaß Maximilian sogar seinen stechenden Kopfschmerz. »Großer Gott, was tut ein Mädchen hier mitten im Wald?«

Sie lächelte. »Leben tu' ich. Das ist doch schon eine ganze Menge mehr, als manch anderem beschieden ist.«

»Sie lebt hier im Wald?« wiederholte er. »Das ist viel zu wenig...«

Ihre Stimme klang erstaunlich grob, als sie ihn unterbrach: »Das geht Euch nichts an!«

»Hm«, machte Maximilian. Er befühlte seinen Schädel und ertastete eine Beule. Mit zusammengebissenen Zähnen versuchte er, so behende es unter den gegebenen Umständen möglich war, aufzustehen. Sein Kopf schmerzte höllisch. Allzu gerne hätte er seine Stirn und Schläfen im nahen Bach abgekühlt, aber er wollte dem Mädchen nicht erzählen, daß er das Gewässer kannte. Dieses Wissen würde zu einer peinlichen Situation führen, denn sie würde natürlich annehmen, daß er sie gesehen hatte. Selbst wenn ihr Schamgefühl doch nicht so ausgeprägt war, wie es jetzt den Anschein hatte, so hatte Maximilian keine Lust mehr auf derartige Intimitäten. Wenigstens die Kopfschmerzen hatten ihm dies ausgetrieben.

»Wie fühlt Ihr Euch?« wollte sie in freundlicherem Ton wissen.

»Es geht«, sagte er und übertrieb gewaltig.

»Ihr solltet Euch noch etwas ausruhen, bevor Ihr weiterreitet. Wenn Ihr erlaubt, mache ich Euch einen kühlen Umschlag. Kennt Ihr den Bach dort drüben? Das Wasser würde Euren Kopf kühlen und den Schmerz lindern.«

Maximilian spürte, wie er errötete. Mit einer kleinen Verbeugung, die weniger höflich sein, als vielmehr seinen Gesichtsausdruck verbergen sollte, lehnte er dankend ab. »Ich habe einen langen Ritt hinter mir und sehne mich nach nichts mehr als nach meinem Bett. Trotzdem vielen Dank für Ihre Hilfe.«

Er hob den Kopf und sah völlig unbeabsichtigt direkt in ihre Augen. Sein Blick verschmolz mit dem ihren und ließ ihn nicht mehr los. Ihre Augen schimmerten jetzt nicht mehr so klar und saphirblau wie vorhin, sondern waren dunkel und mit einem Stich ins Grüne. Da war eine Intensität in ihrem Blick, der ihn an die Tiefe der klaren Bergseen in den Alpen erinnerte. Er sah Traurigkeit und Sehnsucht, Einsamkeit und – Furcht. Gefühle, die er nicht verstand und die ihn verwirrten. Zu seiner eigenen Überraschung hörte er sich plötzlich fragen: »Wie ist Ihr Name?«

»Constanze«, sagte sie. Ein Strahlen, als sei das Wissen um

ihren Namen ein großes Glück, glänzte in ihren Augen auf. »Ich heiße Constanze.«

»Maximilian Altenberg«, stellte er sich vor und kam sich dabei allerdings ziemlich lächerlich vor.

Sie streckte ihm ihre Hand entgegen. »Guten Tag, mein Herr. Ich freue mich, Eure Bekanntschaft machen zu dürfen.«

Das muß sie irgendwo gelesen haben, fuhr es ihm durch den Kopf, doch gleich darauf formulierte er im Geiste eine neue Frage: *Wieso kann ein einfaches Mädchen wie sie lesen?* Wider besseres Wissen hob er an: »Vielleicht reite ich wieder einmal durch diesen Wald. Wenn Sie hier wohnt, so sag Sie mir, wo das ist, und ich werde Sie eines Tages besuchen.«

Constanze zögerte. Es erstaunte ihn, diesen Wettstreit ihrer Gefühle in ihren Augen zu lesen. Ihre Blicke waren wie ein offenes Buch, das jetzt von Sehnsucht und Unsicherheit erzählte, doch immer wieder war da diese Furcht. Als wolle sie sich von irgend etwas überzeugen, von dem er nicht wußte, sagte sie mit trotzig fester Stimme: »Wenn Ihr mich besuchen wollt, werdet Ihr mich finden, Maximilian Altenberg. Ihr braucht nur im Umkreis einer Meile zu suchen.«

Jetzt wird sie kokett! dachte Maximilian. *O Gott, kokette Weiber sind mir zuwider*!

Doch bevor er einen klaren Gedanken fassen und eine vernünftige Antwort formulieren konnte, hatte sie sich ohne ein weiteres Wort umgedreht und lief davon. Der Waldboden war weich, und ihre bloßen Füße machten beim Laufen keinen Lärm. Es herrschte wieder Stille im Wald, unterbrochen nur vom leisen Gurgeln des Bachs und dem Surren der Mücken. Maximilian starrte auf das Blätterwerk, hinter dem das Mädchen verschwunden war, und fragte sich zum wiederholten Male an diesem Tag, ob er geträumt hatte.

5

Die Kutsche raste in unerhörtem Tempo die Auffahrt von Schloß Lichtenburg bei Torgau hinauf. Die beiden Insassen wurden regelrecht durchgeschüttelt, und Martin von Altenberg bemerkte mit einem heimlichen, schadenfrohen Grinsen, daß Propst Lindenau erst bleich wurde, seine Gesichtsfarbe inzwischen aber ein beängstigendes Grün angenommen hatte. Martin hatte sich in den vergangenen Wochen redlich Mühe gegeben, seinen Vorgesetzten wenigstens sympathisch zu finden, doch leider waren alle derartigen Versuche vergeblich gewesen. Nicht zuletzt deshalb, weil auch er von Lindenau nur notwendigerweise akzeptiert, nicht aber geschätzt wurde. Matthias Lindenau war ein verbitterter Mann, dem das puritanische Leben und die Thesen Martin Luthers zwar über alles gingen, der aber bedauerlicherweise in seinem Glauben keine Erfüllung gefunden zu haben schien. Auf gewisse Weise nahm er Martin von Altenberg übel, daß dieser seine Arbeit liebte und darin aufging, obwohl er sie nicht aus Berufung, wie Lindenau selbst, sondern aus Tradition aufgenommen hatte. Außerdem nahm der ältere dem jungen Mann übel, daß dessen Name fast alle Türen bei Hof öffnete, was er, Lindenau, sich im Laufe der Jahre erst mühsam hatte erarbeiten müssen. Vor allem nämlich waren es eben dessen aristokratische Herkunft und die damit verbundenen gesellschaftlichen Beziehungen, die den Pastor Martin von Altenberg vor wenigen Monaten zum Assistenten des Propstes gemacht hatten.

Martin befürchtete, daß sein Vorgesetzter gleich die Contenance verlieren und sich übergeben würde. Unwillkürlich drückte er sich ein wenig mehr in die Ecke. Um Lindenau von seinem rebellischen Magen abzulenken, fragte Martin höflich: »Warum die Eile so kurz vor unserem Ziel?«

»Die Königinmutter hat uns auf dem schnellsten Wege herbeibefohlen«, erklärte Lindenau, während er mit zittrigen Fingern in seinem Rock nach einem Taschentuch suchte. Schließlich hatte er es gefunden und wischte sich damit die

Schweißperlen von Stirn und Glatze. »Wie würde es aussehen, wenn wir im Schritt vorfahren würden, da uns höchste Eile befohlen wurde?«

Martin fragte sich, welchen Nutzen die Königinmutter von dem Besuch hätte, wenn der Propst sich wegen seiner angeschlagenen Gesundheit zurückziehen mußte, aber er schwieg. Er wußte, daß Lindenau niemals zugeben würde, daß er zu alt für derartige Reisen war. Die rasante Fahrt in eine politische Intrige war nichts mehr für seinen empfindlichen Magen. Martin war sich sicher, daß es sich bei der Einladung nach Schloß Lichtenburg um nichts anderes als die Planung einer Hofintrige handelte. Welchen Grund sollte es sonst zu derartiger Eile geben? Zwar befand sich die Königinmutter bereits jenseits der Grenze zum Greisenalter, doch gab es keinerlei Hinweise darauf, daß sich ihr Leben einem baldigen Ende zuneigte. Deshalb brauchte Lindenau also ganz sicher keine Verspätung zu fürchten.

Schaukelnd hielt der Wagen vor dem Portal, und als der Kutscher mit einem energischen Ruck die Bremse zog, bäumten sich die Pferde mit einem wütenden Wiehern auf.

Lindenau stieß einen Seufzer der Erleichterung aus, als die Wagentür geöffnet und der Tritt herabgelassen wurde. Mit noch immer zitternden Händen stülpte er sich die Perücke über und ließ sich dann von einem Pagen aus dem Wagen helfen.

Martin kletterte behende aus der Kutsche. Einen Augenblick lang blieb er tief durchatmend auf dem Vorplatz stehen. Nach der stickigen Enge des Wagens genoß er es, seine Lungen mit der klaren Frühlingsluft zu füllen. Er hatte sich auf dem Land von Kindes Beinen an lieber aufgehalten als in der Stadt. Deshalb hätte ihm der Platz als Pastor einer kleinen Landgemeinde durchaus genügt, doch man hatte ihn dank seiner Herkunft zu Höherem und infolgedessen einer kirchlichen Karriere berufen, an der ihm eigentlich nichts lag.

Während Lindenau mit offensichtlichem Genuß die Fürsorglichkeit des Pagen über sich ergehen ließ, betrachtete Martin den Witwensitz der Königinmutter. Anna Sophie hatte sich nach dem Tode ihres Gemahls, Kurfürst Johann Georg III., vor rund sechsundzwanzig Jahren nach Schloß Lichtenburg zurückgezogen. Es war ein beeindruckendes Gebäude und für einen Witwensitz erstaunlich groß, aber Martin wußte, daß die Königinmutter einen eigenen Hofstaat von fast hundert Personen unterhielt, die schließlich untergebracht werden mußten. Darunter befanden sich eine Reihe von Aristokraten aus Holstein und Dänemark, die Anna Sophies Erinnerung an ihre Heimat lebendig hielten (sie war eine gebürtige Prinzessin von Dänemark). Nach Dresden kam sie so gut wie nie, was sie allerdings nicht daran hinderte, eine Reihe von Spionen zu bezahlen, die sie über alle Begebenheiten in der Residenz informierten, so daß die alte Dame hinter den Kulissen geschickt die Fäden ziehen konnte.

Mit einer gewissen Bewunderung beobachtete Martin, wie rasch sich Lindenau von der anstrengenden Fahrt erholte. Der Propst nutzte den kurzen Weg durch die Eingangshalle zum Empfangsraum, um wieder zu Kräften zu kommen, was ihm erstaunlich gut gelang. Als die Ankunft der beiden Geistlichen schließlich gemeldet wurde, war bereits wieder etwas Farbe in Lindenaus Wangen zurückgekehrt.

Überrascht registrierte Martin, daß sich außer der Königinmutter nur noch eine Person im Empfangsraum befand. Von den üblicherweise anwesenden Hofdamen fehlte jede Spur. Neben dem Sessel Anna Sophies erkannte Martin die hochgewachsene Gestalt der Kurfürstin Christiane Eberhardine. Er war der rechtmäßigen Ehefrau Augusts nur einmal eher flüchtig begegnet, da diese in der Nähe ihrer Schwiegermutter zurückgezogen auf den Schlössern Pretzsch und Hartenfels lebte und ebenfalls so gut wie nie nach Dresden reiste, aber er erkannte ihr schmales Gesicht mit der langen Nase und dem winzigen Mund auf Anhieb.

Christiane Eberhardine war einst ein hübsches junges Mädchen gewesen, deren ruhige, traurige Augen Zeugnis ihrer wenig erfreulichen Ehe ablegten. Man sagte, sie sei auf den ersten Blick hoffnungslos in August verliebt gewesen, doch bedauerlicherweise hatte sie es nie verstanden, seine Zuneigung in dem Maße zu gewinnen, in dem sie es sich erhofft hatte. Im Gegenteil: Etwa gleichzeitig mit Augusts damaliger Favoritin, Aurora Gräfin Königsmarck, hatte Christiane Eberhardine dem Kurfürsten einen Sohn geschenkt, und es war nur allzu deutlich, welcher Sproß ein wahres ›Kind der Liebe‹ gewesen war. Später hatte es August sogar zugelassen, daß seine Frau von einer seiner Mätressen, der polnischen Gräfin Lubomirska, einer späteren Fürstin Teschen, öffentlich bloßgestellt wurde. Als einzige Zuflucht betrachtete die Kurfürstin ihre Kirche. Nur im Gebet soll sie Zufriedenheit gefunden haben, weshalb sie auch als ›sächsische Betsäule‹ verspottet wurde.

Nach dem üblichen Begrüßungszeremoniell erkundigte sich die Königinmutter ohne Umschweife bei Propst Lindenau: »Bringt Ihr Neuigkeiten aus Dresden?«

Der alte Mann zuckte mit seinen knöchernen Schultern. »Es sind wahrlich keine guten Neuigkeiten, Durchlaucht. Die Gerüchte verdichten sich, daß die Konversion des Kronprinzen zum katholischen Glauben noch in diesem Jahr öffentlich bekanntgegeben wird ...«

»Oh«, machte die Kurfürstin. Erschrocken legte sie die Hand an ihre Lippen. Ob die Information des Propstes sie derart schokkierte oder der eigene kleine Temperamentsausbruch, war für Martin von Altenberg nicht ersichtlich.

»Außerdem«, fuhr Lindenau nach einer kleinen Pause fort, »kommt es in der Bevölkerung immer wieder zu Ausschreitungen und höchst unerfreulichen Szenen.« Er zögerte, dann gestand er: »In aller Öffentlichkeit schlagen sich Protestanten und Katholiken. Letztere werden immer impertinenter in ihren Forderungen.«

»Polen ist der Untergang des Hauses Wettin«, behauptete die Königinmutter, und Martin zog ob dieser ketzerischen Bemerkung hörbar den Atem ein. Er wußte zwar, daß Anna Sophie sich ebenso wie die Ehefrau des Kurfürst-Königs weigerte, polnischen Boden zu betreten, er hatte aber nicht geglaubt, daß deren Antipathie derart offen ausgesprochen wurde.

»Ich hätte meinem Sohn die dänische Königskrone beschafft«, sprach die alte Dame weiter, »die er mit Würde und in der Tradition seiner Ahnen hätte tragen können. Die polnische Sache ist eine Narretei. Katholisch mußte er werden, um König von Polen zu sein. Damit hat er den Glauben seiner Väter und seines Volkes verraten. Wofür haben sie im Dreißigjährigen Krieg gelitten? Weshalb wurde Sachsen damals zerstört? Dafür, daß sich August später mit seinem Cousin, dem König von Schweden, um Polen streiten mußte und wir wieder die Schweden im Lande hatten.«

Plötzlich blickte sie Martin scharf an. »Welche ist Seine Meinung, junger Pastor von Altenberg?«

Diese war das letzte, was er der Königinmutter unter den gegebenen Umständen anvertrauen würde.

»Nun, der König hat per Dekret erklärt, daß Sachsen protestantisch bleibe. Er bezeichnete seine Religion als Privatangelegenheit«, wich Martin aus. »Möglicherweise konnte Seine Majestät nicht mehr tun.« Er unterließ es, daran zu erinnern, daß Papst Clemens XII. sogar seinen eigenen Neffen nach Dresden geschickt hatte, um August eben in dieser Angelegenheit zu beeinflussen.

Mit einem einzigen Wort wurde Martin von Anna Sophie zurechtgewiesen: »Papperlapapp!«

Nach einer Minute peinlichen Schweigens fügte die Königinmutter verbittert hinzu: »August hat den Katholiken erlaubt, in Sachsen Kirchen zu bauen und Messen zu lesen. Als könnten sie nicht in Polen bleiben! Und er hat mir die Erziehung meines Enkels entzogen, um ihn dem Einfluß der Jesuiten zu übergeben. Das ist ein Affront gegen die protestantische Tradition des Hauses Wettin und gegen den Augsburgischen Religionsfrieden, der die Religionsfrage in den deutschen Ländern eindeutig regelt. August hat sich nicht würdig erwiesen, Kurfürst der Sachsen zu sein!«

Wie Schuppen fiel es Martin von den Augen. Der Zweck seiner Reise war Augusts Sturz. Lieber Gott, fuhr es ihm durch den Kopf, sie plant seine Entmachtung und hat mich zum Helfershelfer auserkoren. Wenn die Intrige der Königinmutter mißlang, bedeutete dies für ihn zweifellos ein wenig erfreuliches Lebensende auf der Festung Königstein, wenn nicht gar die Hinrichtung wegen Verrats. Er schluckte und warf einen verzweifelten Blick auf seinen Vorgesetzten, doch die Augen von Propst Lindenau leuchteten auf vor Begeisterung.

Der alte Mann zeigte unerwartetes Temperament, als er lebhaft ausführte: »Darf ich offen sprechen, Durchlaucht? Der Kronprinz wäre – mit Verlaub gesagt – keine bessere Wahl. Er ist nicht nur zum katholischen Glauben übergetreten, er wurde, wie Ihr selbst sagtet, von Jesuiten zum Manne erzogen. Friedrich August, Euer Enkel, soll die Tochter des Kaisers in Wien heiraten. Als Habsburgerin ist Maria Josepha natürlich auch katholisch. Eine unheilige Alliance.«

»Ich weiß«, bestätigte die Königinmutter. »Es ist mir unverständlich, wieso Friedrich August einer Konversion zustimmen konnte, nachdem er von meinem Hofprediger hier auf Lichtenburg eingesegnet wurde. Daß er nach seiner Konfirmation zum katholischen Glauben übergetreten ist, ist ein Schlag gegen alle meine Bemühungen«, sie neigte leicht den Kopf in Richtung ihrer Schwiegertochter, »und die seiner Mutter. Er ist offenbar ebenso schwach wie sein Vater.«

Vermutlich war die Abkehr des Sohnes vom protestantischen Glauben die größte Enttäuschung für die leidgeprüfte Kurfürstin. Denn Christiane Eberhardine murmelte: »Es macht mich zur unglückseligsten Frau auf Erden.«

Martin hätte ihr gerne seinen persönlichen Zuspruch gegeben, doch er traute sich nicht einmal, sich von seinem Platz zu rühren. Die Atmosphäre im Empfangszimmer der Königinmutter war so angespannt wie die Natur kurz vor einem schweren Gewitter. Die Sonne spiegelte sich in den Kristallen der schweren Lüster, und die Strahlen blendeten ihn einen Augenblick lang als seien sie Blitze. Unwillkürlich erwartete er einen Donnerschlag, doch es erklang nur die leise, aber harte Stimme Anna Sophies:

»Wir müssen nach anderen Verwandten Ausschau halten.

Unser Vetter, Herzog Moritz-Wilhelm von Sachsen-Zeitz, zeigt gute Ansätze in der Verwaltung seiner Ländereien und Regierung seiner Pächter, die man sich zunutze machen könnte.«

»Moritz-Wilhelm ist seit zwei Jahren katholisch«, warf die Kurfürstin ein.

»Das bedeutet nichts. Ich hörte, daß er daran interessiert ist, zum protestantischen Glauben zurückzukehren. Andererseits würde der Herzog von Weißenfels gerne Kurfürst werden. Nun, Propst Lindenau, welchen Rat würdet Ihr uns geben?«

Überraschenderweise zögerte Lindenau. Martin hatte erwartet, daß sich sein Vorgesetzter bereits Gedanken über die von der Königinmutter und der Kurfürstin geplanten Intrige gemacht hatte, wurde aber enttäuscht.

»Im Augenblick bin ich zu keinem Rat fähig, Durchlaucht«, erwiderte Lindenau. »Jedenfalls nicht, sofern es eine bestimmte Person beträfe. Es gilt, einige Dinge abzuwägen, bevor man sich entscheidet. Es ist wichtig, die Loyalität dieser Person zum König zu bestimmen. Ein treuer Diener seines Herrschers würde sich niemals auf diese ... ein Komplott einlassen.«

»Die sächsische Aristokratie ist wandelbar in ihren Ansichten und nur oberflächlich betrachtet loyal«, bemerkte die Königinmutter. »Ich glaube kaum, daß uns hier Schwierigkeiten bevorstehen. Die Feinde Augusts im eigenen Land sind zahlreicher als jenseits der Grenzen.«

Das trifft zu, dachte Martin, aber die Feindschaft kann sich schnell in Freundschaft verwandeln, wenn die Aristokratie ihre Pracht und ihr Vergnügen schwinden sieht. Ein von der Königinmutter auserwählter, gläubiger Protestant könnte schnell einen Wandel des feudalen Lebens der Hofgesellschaft herbeiführen – und sich damit haarsträubend unbeliebt machen. Martin schüttelte im Geiste seinen Kopf. Er glaubte nicht, daß es so einfach sein würde, August zu entmachten.

»Kümmert Euch darum, Propst Lindenau«, befahl die Königinmutter. »Schickt mir den jungen Altenberg her, wenn Ihr eine Liste von geeigneten Personen erstellt habt. Es muß aber schnell gehen. Auf jeden Fall, bevor die Konversion Friedrich Augusts öffentlich bekannt gegeben wird.«

»Die Unruhe im Volk, die sich zweifellos ausbreitet, wenn der Übertritt des Kronprinzen zum katholischen Glauben bekannt wird«, bestätigte Lindenau, »könnte nützlich für Eure Pläne sein, Durchlaucht. Ihr habt mein Versprechen, daß mein Assistent und ich so schnell es geht in Eurem Sinne arbeiten werden.«

»Solange unsere Pläne noch nicht abgeschlossen sind, sollten wir uns einem anderen, dringenden Problem zuwenden«, antwortete Anna Sophie zu Martins größter Bestürzung. Reichte eine derart folgenschwere Hofintrige wie die geplante Entmachtung des Herrschers nicht für einen Nachmittag aus? Offenbar verfügte die Königinmutter noch über weiteres Geschütz, das sie aufzufahren beabsichtigte.

Im Hinblick auf die Anwesenheit ihrer Schwiegertochter nicht besonders rücksichtsvoll, fuhr Anna Sophie fort: »Wie man hört, liegt mein Sohn im Bett mit einer calvinistischen Französin. Das ist ein Skandal.«

Die Lutheraner Sachsens hegten eine tiefe Abneigung gegen ihre Glaubensbrüder, die dem Reformer Johann Calvin folgten. Obwohl sie auch Protestanten waren, wurden die aus Frankreich geflohenen Hugenotten in Sachsen – anders als im Königreich Preußen – mit Intoleranz begrüßt. Es war ihnen hierzulande nicht einmal erlaubt, eine eigene Kirche zu bauen. Martin war bekannt, daß die Hugenotten in einem Provisorium in Leipzig heimliche Gottesdienste abhielten. Die meisten französischen Protestanten machten daher einen Bogen um das sonderbare Kurfürstentum, das sich zur Bastion lutherischen Glaubens erklärt hatte und gleichzeitig von einem katholischen Herrscher regiert wurde.

»Sophie de Bouvier«, Lindenau senkte die Stimme, als er ihren Namen nannte, »ist die Enkelin des Grafen Morhoff.«

»Dieser Umstand macht sie keinesfalls zu einer akzeptablen Dame«, versetzte die Königinmutter. »Zuverlässige Spione haben mir berichtet, daß diese Person Geldmittel zur Verfügung stellt, um die alte Peterskirche zu Dresden wieder aufbauen zu lassen, jenes Gotteshaus, das im Dreißigjährigen Krieg von den Schweden und ihrem König, einem Calvinisten, zerstört wurde.«

Martin fragte sich, woher die Abneigung der Königinmutter gegen die Hugenotten stammte. Seines Wissens nach hatte Anna Sophie vor vier Jahrzehnten den Theologen Philipp Jakob Spener an den Hof zu Dresden geholt. Dieser war den Calvinisten – ja sogar den Katholiken – gegenüber äußerst tolerant eingestellt, hatte aber gegen die absolutistische Pracht bei Hofe laut gewettert. Doch nicht nur die Aristokratie mit ihrem ausschweifenden Leben sah eine Gefahr in Speners Thesen des Pietismus. Er machte sich eine Reihe bedeutender Leipziger Theologen zu Feinden, und schließlich konnte selbst Anna Sophie ihren Berater nicht mehr schützen. Kein Wunder also, daß Kurfürst Johann Georg, der Vater Augusts, den unbequemen Hofprediger eines Tages des Landes verwiesen hatte. Doch Martin hatte angenommen, daß die Königinmutter den Thesen Speners die Treue gehalten hatte. Was sich nun als Irrtum herausstellte.

»Aurora von Königsmarck war eine Dame«, ließ sich erstaunlicherweise Christiane Eberhardine vernehmen. »Danach bevorzugte Seine Majestät offenbar weniger Eleganz.«

Martin fand diese Bemerkung hinsichtlich der prachtvollen Erscheinung der Gräfin Cosel eher als ein Zeichen der Eifersucht und komisch, aber er verkniff sich ein Lächeln.

Als habe sie seine Gedanken erraten, sagte die Königinmutter: »Die Gräfin Cosel hat Sachsen mehr als eine ganze Armee gekostet. Ihre Einmischung in die Politik und ihre Gewichtigkeit bei Hofe drohten zu eskalieren. Ich wünsche nicht, daß sich derartige Vorfälle wiederholen.«

»Die Einmischung von Madame de Bouvier in die religiösen Angelegenheiten des Landes ist tatsächlich fatal«, behauptete Lindenau eifrig. »Der einzige Unterschied zur Cosel dürfte sein, daß sie weniger teuer ist.«

»Ich spreche nicht von Geld!« Die Stimme der Königinmutter schwoll zum erwarteten Donnerwetter an. »Ich spreche von ihrem Einfluß. Nicht alle Mitglieder der Hofgesellschaft sind Sophie de Bouvier wohlgesonnen, wie man hört. Andererseits soll sie äußerst schön, gebildet und kultiviert sein. Außerdem ist mein Sohn vernarrt in sie. Das heißt: Sie besäße alle Mittel, sich Macht zu verschaffen...«

»... und Vorteile für ihre Kirche«, platzte Martin heraus.

Einen Augenblick lang herrschte betretenes Schweigen. Martin war die Situation entsetzlich peinlich. Er benahm sich derart ungeschickt, als habe er keine Ahnung von den ungeschriebenen Gesetzen der Hofgesellschaft. Niemand durfte es wagen, die Königinmutter zu unterbrechen. Gleich einem ertappten Verbrecher blickte er schuldbewußt auf den fein gewobenen Seidenteppich zu seinen Füßen. Dennoch stahl sich ein Lächeln in seine Augen. Vielleicht würde sich seine Hofkarriere auf diese Weise erledigen, und der Propst würde ihn in seine geliebte Pastorei auf dem Lande entlassen. Doch zur allgemeinen Überraschung kicherte Anna Sophie.

»Er glänzt nicht gerade durch sein Benehmen, junger Altenberg, wohl aber durch seine Scharfsichtigkeit.«

Lindenau stieß einen Seufzer der Erleichterung aus. Er sagte: »Haben Ihre Durchlaucht irgendwelche Vorschläge hinsichtlich Madame de Bouviers?«

»Ja, natürlich, sie muß verschwinden«, versetzte die alte Dame prompt.

Eine Schrecksekunde lang fragte sich Martin, ob er an einem Komplott teilnehmen sollte, das zur Entführung der derzeitigen Favoritin des Kurfürst-Königs führen würde. In Anbetracht des Alters der beiden Hauptakteure und der gesellschaftlichen Stellung der dritten beteiligten Person bliebe die rein kriminelle Handlung vermutlich an ihm hängen. Bei näherer Betrachtung erschienen ihm derart drastische Maßnahmen allerdings doch recht unwahrscheinlich.

»Mein Sohn ist leicht entflammbar«, ließ sich die Königinmutter weiter vernehmen. Sie warf einen scharfen Blick auf ihre Schwiegertochter, bevor sie behauptete: »Er nimmt jede, die man ihm ins Bett legt. Es ist also an Euch, Lindenau, für diesen Zweck eine geeignetere Person ausfindig zu machen.«

»Mit Verlaub, Durchlaucht, ich bin ein Mann der Kirche und kein Kuppler«, protestierte der Propst überraschend unverfroren.

Anna Sophie blickte zu Martin auf. »Und Er, junger Altenberg, wie steht es mit Ihm? Er ist jung und besitzt einen guten Namen. Kann Er uns vielleicht helfen? Es soll keinesfalls zu Seinem Nachteil sein.«

Martin schickte ein Stoßgebet zum Himmel mit der Bitte, Gott möge ihn aus dieser schrecklichen Situation befreien. Laut sagte er: »Durchlaucht, ich bitte untertänigst um Vergebung, aber auch ich bin nur ein Mann der Kirche . . .«

»Unsinn! Er lebt in Dresden, ist jung und besitzt Zugang zu den Kreisen bei Hofe. Ich habe noch nie gehört, daß man einen Altenberg ausgeschlossen hat. Auch wenn Er selbst nur für seine Kirche lebt, was, nebenbei bemerkt, sehr lobenswert ist . . ., Er kennt den Klatsch. Also: Gibt es in der Residenz eine Frau, die man August durch ein geschicktes Manöver zuführen könnte, damit er diese Französin auf dem schnellsten Wege vergißt?«

»Durchlaucht, ich weiß es wirklich nicht«, hob Martin an und suchte in seinem Gehirn verzweifelt nach dem bißchen Hofklatsch, das er neulich von seiner Schwägerin, der Frau seines älteren Bruders Friedrich, aufgeschnappt hatte. Schließlich fiel ihm etwas ein: »Wenn ich mich recht besinne, gibt es da tatsächlich eine Frau, die selbst sehr an der Gewogenheit von Seiner Majestät interessiert ist. Bevor Sophie de Bouvier auftauchte, soll die andere in hoher Gunst gestanden haben. Ich bin sicher, daß sie jederzeit ihre Mithilfe zusichern wird, wenn es darum geht, die neue Favoritin des Königs zu werden.« Er warf einen flüchtigen Blick auf Christiane Eberhardine und bewunderte den Gleichmut, mit dem diese auf die Affären ihres geliebten Mannes reagierte, der überall, anscheinend nur nicht in ihrem Bett, Erfüllung zu finden schien.

»Na, bravo!« kommentierte die Königinmutter den Hofklatsch.

»Wer ist diese weibliche Person, von der Er spricht?« erkundigte sich die Kurfürstin.

»Die Baroneß Serafin«, erklärte Martin.

»Ach, die«, die Königinmutter nahm diese Information mit einer zornigen Handbewegung zur Kenntnis. »Dumm wie Bohnenstroh mit dem Gesicht einer albernen Puppe.«

»Katharina von Serafin ist Katholikin und dem Hof zu Wien eng verbunden«, meldete sich Lindenau zu Wort.

»Politisch sicherlich keine schlechte Wahl«, überlegte Anna Sophie. »Auf der anderen Seite kann ich diese zügellosen Katholikinnen nicht mehr ertragen. Was haben diese Personen uns nicht alles geboten. Mein Sohn mußte sie ja auch dutzendfach aus Polen mitbringen. Unerhört, diese Frauenzimmer. Gibt es denn in ganz Sachsen kein Weibsstück, für das sich der König interessiert?«

Lindenau zuckte mit den Schultern. »Im Augenblick, fürchte ich, nein.«

Martin erinnerte sich, daß die Königinmutter selbst äußerst unangenehme Erfahrungen mit einer Sächsin gemacht hatte. Ihr eigener Mann und später auch ihr erstgeborener Sohn, der ältere Bruder Augusts, waren nacheinander dem Charme von Mutter und Tochter Neidschütz erlegen. Im Falle des Sohnes mit fatalen, ja tödlichen Folgen. Anna Sophies Ehemann, der seinen Pagen allerdings jeder Mätresse vorgezogen hatte, war eines Tages ein Fräulein von Haugwitz als Favoritin zugeführt worden. Diese wurde mit einem General von Neidschütz verheiratet und gebar eine Tochter. Magdalena Sybilla, spätere Gräfin Rochlitz, wurde die Geliebte des jüngeren Johann Georg, Augusts Bruders. Sie verstarb an den Blattern, und der junge Kurfürst folgte ihr drei Wochen später in den Tod. Die Folge war ein unendlich peinlicher Hexenprozeß gegen die Generalin von Neidschütz und zahlreiche hohe Hofbeamte, die sowohl für den Tod von Johann Georg III. als auch seines ältesten Sohnes Johann Georg IV. verantwortlich gewesen sein sollten. Vor genau zwanzig Jahren hatte diese Affäre die Hofgesellschaft in einen nie dagewesenen Skandal verwickelt. Und während Martin jetzt die Königinmutter beobachtete, fragte er sich, wieviel Mitschuld diese Frau an den damaligen Intrigen und lächerlichen Anschuldigungen trug, die zahlreiche Familien gedemütigt, wenn nicht sogar in den Ruin oder in den Tod getrieben hatten.

»Hat Er keine Schwester?« fragte die Königinmutter plötzlich.

Martin, noch vollkommen in seinen Gedanken versunken, blickte überrascht auf und erkannte zu spät und erst, als alle Augen erwartungsvoll auf ihn gerichtet waren, daß Anna Sophie ihre unerwartete Frage an ihn gerichtet hatte. Er errötete und beeilte sich zu stammeln: »Nein ... ehmm ... tut mir leid ..., ich bedauere.«

»Und eine Ehefrau hat Er auch nicht?« bohrte Anna Sophie gnadenlos weiter.

»Nein. Wir sind vier Brüder, Durchlaucht, und nur der Älteste von uns ist bislang verheiratet.«

»Ah!« Die Königinmutter lächelte erfreut. »Endlich eine gute Nachricht. Wer ist sie, Seine Schwägerin? Käme die Person als neue Mätresse in Frage?«

»Mein Bruder Friedrich hatte die Ehre, Fräulein Charlotte von Flemming heiraten zu dürfen.«

Anna Sophie ballte ihre kleine weiße, von blauen Adern durchzogene, knöcherige Hand zur Faust und haute damit ungewöhnlich heftig auf einen Tisch.

»Erst schlägt Er mir eine Katholikin vor und nun auch noch die Tochter des obersten Ratgebers meines Sohnes. An Frauenspersonen dieser Art bin ich nicht interessiert. Er soll gehen, junger Altenberg, und nach einer vernünftigen Wahl Ausschau halten. Und denke Er daran: Wir sprechen hier nicht von Liebe, sondern von Politik. Der einzige Mensch, der an der ganzen Angelegenheit Vergnügen finden muß, ist der König.«

Martin verneigte sich seufzend. Zumindest brauchte er seinem Bruder nicht klarzumachen, warum er dessen Frau in Augusts Bett legen mußte. Aber: Wo sollte ausgerechnet er eine neue Mätresse für den Kurfürst-König finden? Vor allem fragte sich Martin, ob August tatsächlich so leicht manipulierbar war. Immerhin hatte es Jahre gedauert, bis ein ehrgeiziger Mann wie Jakob Heinrich von Flemming selbst seinen Einfluß geltend machen konnte und seine Intrigen gegen die Gräfin Cosel erfolgreich waren.

Vielleicht wäre es hilfreich, wenn Martin die Bekanntschaft von Sophie de Bouvier suchte und zunächst einmal selbst herausfand, ob die Enkelin des Grafen Morhoff tatsächlich die calvinistische Fanatikerin war, die der Propst und die Königinmutter fürchteten. Die Frage war nur, bei welcher Gelegenheit es Martin gelingen könnte, die neue Mätresse Augusts kennenzulernen.

6

Erzähle!« drängte der Kavalleriehauptmann Nikolaus von Altenberg seinen jüngsten Bruder. »Gibt es in Paris und Venedig tatsächlich *Liebesschulen* für adelige Herren?«

»Schon möglich«, erwiderte Maximilan, ohne den Kopf von seiner Arbeit zu heben. Seine geschickten Hände kneteten eine Lehmkugel, die er zuvor aus einem einfachen Tonklumpen geformt hatte. Vorsichtig tasteten seine Finger über die Oberfläche, griffen dann in einen Topf mit gebackenem Mehl und mengten dieses unter den Ton, damit der wiederum seine weiche Konsistenz behielt und nicht so rasch austrocknete. Dann modellierte er aus der neu entstandenen Kugel eine Elypse, die schließlich vage die Konturen eines menschlichen Gesichts annahm.

Nikolaus hatte Maximilian in dem kleinen Schuppen am Rande der berühmten Gartenanlagen von Schloß Altenberg gefunden. Früher waren in diesem Holzhaus die Gartengeräte aufgehoben worden, bis die vier Brüder entdeckten, daß es ein wunderbares Versteck war, und es zur Spielhütte umfunktionierten. Hier hatte der junge Maximilian seine ersten heimlichen Versuche als Bildhauer gewagt, ohne dem drohenden Auge seines Vaters ausgesetzt zu sein. Als Maximilian jetzt nach vierjähriger Abwesenheit heimgekehrt war, hatte er zu seiner Überraschung, aber auch größten Freude festgestellt, daß Friedrich den Schuppen hatte säubern und mit allen wichtigen Utensilien eines Künstlers ausstatten lassen. Infolgedessen verfügte Maximilian Altenberg nun über ein eigenes Atelier, von dem er in Paris bei Maître Conchard nicht einmal zu träumen gewagt hatte.

Seit seiner Rückkehr nach Sachsen verbrachte er seine Zeit hauptsächlich in diesem Raum, der nicht nur seinem Handwerk diente, sondern auch seine Sinne beflügelte. An den Außenwänden der Hütte waren Klematis und Glyzinien gepflanzt worden, deren weißer und blauer Blütenregen sich zwar erst im Sommer ergießen würde, doch bereits die Frühlingsluft wehte einen betörenden Duft durch die geöffneten Fenster in das nach Erde, Wachs und Terpentin riechende Atelier. Wenn Maximilian bei seiner Arbeit einmal den Kopf hob und hinausschaute, blickte er durch ein Netz aus zartgrünen Birkenblättern auf das in der Ferne glitzernde Wasser der Elbe. Er sah Vögel aus den Elbwiesen emporsteigen, und häufig konnte er auch die zahlreichen Flöße und Schiffe beobachten, die mit ihrer Handelsware auf dem Weg nach Norden waren. Es war ein wohltuender Ausblick für den Künstler, wenn seine Augen vom angestrengten Starren auf die Feinheiten einer Skulptur schmerzten.

»Nun sag schon«, Nikolaus wurde allmählich ungeduldig, »wie sind die Frauen in Paris und Venedig?«

»Ebenso langweilig wie die in Dresden«, behauptete Maximilian. »Schön sind sie sicher, aber das allein macht sie nicht interessant, nicht wahr?«

»Darüber läßt sich streiten«, meinte Nikolaus. »Sind sie willig oder zieren sie sich gar sehr?«

Maximilian wußte genau, was sein Bruder hören wollte, und entschied, daß er ihn nun lange genug auf die Folter gespannt hatte. Während seine Finger eine schmale Nase und Wangen mit hohen, zarten Backenknochen modellierten und er mit seinen Gedanken eigentlich weder hier in seinem Atelier noch in Venedig weilte, berichtete er Nikolaus von der berühmtesten ›Liebesschule‹ des erotischen Zentrums seiner Generation.

»Die schönen jungen Nonnen in den Klöstern Venedigs gelten als die besten Lehrmeisterinnen in Liebesdingen. Es bedarf nur eines halbwegs guten Aussehens, ein wenig Sympathie und einer gefüllten Börse, um erhört zu werden.«

Nikolaus fiel das Kinn herab. »Katholische Nonnen?« fragte er verblüfft. »Wer, um alles in der Welt, traut sich an eine katholische Nonne heran?«

»Prinzen, Diplomaten und einflußreiche Kaufleute«, antwortete Maximilian gelassen. »Die Sache hat eine Reihe von Vorteilen: Die Mädchen geben ihre früh erworbenen Erfahrungen mit Freuden weiter, so daß sie ihre Jugend nicht ausschließlich der Kirche opfern müssen. Anderseits lernt ein Mann auf diese Weise die Feinheiten der Liebe kennen, ohne sich mit leichten Mädchen vergnügen zu müssen oder gar an eine Dame zu geraten, die vielleicht heiraten will – oder noch schlimmer – bereits mit einem eifersüchtigen Mann verheiratet ist, der einen zum Duell fordert. Zudem kann man sich den ganzen romantischen Unfug schenken und der Natur entsprechend schnell zum wesentlichsten Punkt der Beziehung kommen.«

Nikolaus starrte ihn an. »Das klingt so, als hättest du die Freuden eines Klosters genossen ...!«

»Das habe ich«, gestand Maximilian mit einem breiten Grinsen. »Anfänglich freilich weniger aus Lust denn aus Neugier. In Venedig redet alle Welt von den Nonnen, und natürlich wollte ich sehen, ob die Geschichten als Jägerlatein zu verstehen sind. Am Ende – so muß ich gestehen – war ich recht beeindruckt von dem, was ein Mann in den Klöstern geboten bekommt.«

Nikolaus, der auf einem Schemel neben der Tür saß, lehnte sich zurück und schlug ein Bein über das andere. Er stellte sich vor, wie sein Freund Stachwitz auf diesen Bericht reagieren würde, und lächelte.

»Ich hätte nie erwartet, daß ausgerechnet du mit deiner Vorliebe für Bücherwürmer eines Tages die reinen Sinnesfreuden der körperlichen Liebe dergestalt genießen würdest.«

»Nun, die Nonnen sind sehr gebildet, mußt du wissen. Was sollen sie auch sonst tun den ganzen Tag? Außer ihren Studien, dem dauernden Beten und einer Nadelarbeit bleibt ihnen keine der Tätigkeiten, die junge Frauen normalerweise verrichten...«

Maximilian versuchte, sich an die verheißungsvollen Lippen eines bestimmten Mädchens zu erinnern und dem Tongesicht ein wenig Sinnlichkeit einzuhauchen, aber merkwürdigerweise schienen seine Finger das Bild in seinem Geist nicht vollenden zu können. Der Künstler, der stets von sich behauptet hatte, ein gutes optisches Gedächtnis zu besitzen, konnte sich an die Einzelheiten einfach nicht mehr genau erinnern. Er verwischte die Konturen und begann noch einmal von vorne.

»Ich sehe, auch ich muß dringend nach Venedig reisen«, sinnierte Nikolaus. »Das scheint mir in jedem Fall vergnüglicher zu sein als eine Eskorte nach Preußen. Die Sinnlichkeit einer schönen Frau ist noch immer begehrenswerter als hundert Vasen. Gibt es vielleicht in Venedig ein Porzellan, das ich dem Kurfürst-König beschaffen könnte?«

»Nein. In Venedig werden nur Spiegel und Glaswaren hergestellt.«

»Das weiß ich. Die einzige Porzellanmanufaktur der westlichen Welt befindet sich in Sachsen. Was ich wissen wollte, ist, ob es in Venedig vergleichbare Schätze mit denen in Preußen gibt, die man nach Sachsen eskortieren müßte.«

»Das ist gut möglich.« Maximilian hob endlich den Kopf von seiner Arbeit. »Wie steht es in Meißen? Was hört man von der kurfürstlich-königlichen Porzellanmanufaktur?«

»Verschiedenes«, antwortete Nikolaus. »Die einen sagen, die Manufaktur wirft bereits Gewinne ab, obwohl die Hälfte der gesamten Produktion für die Sammlungen des Königs bestimmt ist. Nun sollen die Zuschüsse, die seine Majestät zahlt, allerdings nicht gerade gering sein. Andererseits gibt es Beschwerden über den Meister Böttger und seine Art, die Administration zu führen.«

»Neider gibt es überall . . .«

»Stimmt, aber in diesem Herbst jährt sich zum zehnten Male der Tag, an dem Böttger das Geheimnis der Porzellanerde gefunden hat. Die Leute sollten sich doch allmählich an den Gedanken gewöhnt haben, daß der ›Goldmacher‹ unseres Königs eine ebenfalls ziemlich lukrative Ware gefunden hat. Aber sie sind mißtrauisch. Man sagt, das sei der Grund für Böttgers Schwierigkeiten, gute Künstler für die Fertigung der Scherben zu finden, die er wiederum braucht, um gegen die Importe aus China konkurrieren zu können . . .«

Nikolaus unterbrach sich, als ihm ein Licht aufging. Er sah seinen Bruder verblüfft an und fragte: »Denkst du an eine Mitarbeit in Meißen?«

»Allerdings«, bestätigte Maximilian. »Nur war ich bisher zu sehr mit meiner Wiedersehensfreude beschäftigt, daß ich noch gar keine Zeit hatte, bei Böttger vorstellig zu werden.«

»Was für eine Verschwendung!« rief Nikolaus entrüstet aus. »Vier Jahre lang rackerst du dich in Italien und Frankreich ab . . .«, er grinste anzüglich. »Na ja, vielleicht ist ›abrackern‹ nicht das richtige Verb.« Er wurde wieder ernst: »Jedenfalls warst du sicher nicht vier Jahre lang auf Studienreisen, um anschließend in einer Manufaktur zum Töpfer zu werden. Geh nach Dresden, Maximilian, dort gibt es wirklich etwas zu tun: Die Bautätigkeit in der Stadt ist enorm, und der König will ein neues Opernhaus errichten lassen, das alles bisher Dagewesene in den Schatten stellen soll . . .«

»Du bist gut informiert«, warf Maximilian tatsächlich beeindruckt ein. Nikolaus hatte recht, er sollte wirklich so schnell wie möglich einmal nach Dresden reiten und sich ansehen, wie jene Gebäude in der Residenz fertiggestellt wurden, die sich bei seiner Abreise vor vier Jahren in der Planung oder bereits im Bau befunden hatten. Außerdem war es sicherlich aufregend, die Veränderungen und Erneuerungen, die Planungen und deren Ausführungen in der stetig wachsenden Stadt zu beobachten. Dennoch wollte Maximilian nur ein Zuschauer bei dieser Betriebsamkeit sein.

»Ich bin kein Baumeister, Nikolaus, sondern Bildhauer.«

»Was macht das für einen Unterschied? Jeder Baumeister braucht einen Bildhauer. Stell dir doch einmal vor, welchen Eindruck du auf die Frau deines Herzens machen würdest, wenn du mit ihr einen Spaziergang durch Dresden unternimmst und auf das eine oder andere Palais zeigst und sagst: ›Ich habe die Verzierungen an diesem Bauwerk erschaffen.‹ Frauen haben einen ausgeprägten Sinn für Schönheit. Sie werden dich für deine Kunst lieben.« Er senkte die Stimme, um in verschwörerischem Ton hinzuzufügen: »Und auf mich als deinen Bruder fällt dann sicher auch etwas von dieser Liebe ab.«

Maximilian schmunzelte. »Tut mir leid, aber als Handwerker und als Künstler interessiere ich mich nicht so sehr für die Arbeiten am Stein.«

»Willst du Kaffeetassen modellieren?«

»Nein, nicht unbedingt. Mein Sinn steht eher nach Skulpturen, Figuren aus Porzellan, verstehst du?«

»Welchen Unterschied machen die Materialien, wenn das Ergebnis das gleiche ist?«

»Das Handwerk macht den Unterschied. Übrigens waren die verschiedenen Techniken schon in der Antike bekannt. Später brachte es der große Michelangelo auf den Punkt, und auch Georgio Vasari hat die unterschiedlichen Arbeitsweisen in seiner Abhandlung über Bildhauerei niedergeschrieben.«

Maximilian winkte Nikolaus an seinen staubübersäten Holztisch heran, an dem er noch immer versuchte, in eine Tonkugel Anmut, Sinnlichkeit und Schönheit zu modellieren. Er griff unter das nasse Tuch, das einen Topf abdeckte, in dem das Handwerksmaterial feucht und somit formbar gehalten wurde.

»Sieh mal, plastische Figuren aus weichem Material wie Ton oder Wachs erreicht man durch das Hinzufügen des Grundstoffs«, erklärte Maximilian. »Dagegen muß man bei Marmorfiguren oder bei Skulpturen aus anderen harten Materialien so viel wie eben notwendig wegnehmen. Vasari sagt, daß der Bildhauer bei Stein alles Überflüssige entfernen und auf die Form reduzieren solle, die er sich im Geiste vorstellt. Dabei arbeitet man auch heute noch mit praktisch denselben Materialien und Techniken wie in der Antike.«

»Mein kleiner Bruder als Nachfolger eines Phidias – was gefällt dir an dieser Vorstellung nicht?«

»Ich will etwas Neues schaffen. Seit der Rennaissance und den ersten Ausgrabungen antiker Statuen tun die Künstler wenig anderes, als dem Stil der alten Griechen oder dem der Römer nachzueifern. Damit ist Großes geschaffen worden, unbestritten, aber *ich* möchte es eben mit etwas anderem versuchen.«

»Die Herstellung von Porzellan ist auch nicht gerade neu«, gab Nikolaus zu bedenken: »Die Chinesen üben sich seit über tausend Jahren darin.«

Maximilian schwieg. *Aber für mich ist es neu!* wollte er erwidern. *Und für Millionen Menschen, die sich bislang nur an der Porzellanmode aus China orientierten. Ich will dabei sein, wenn wir in meiner Heimat etwas Eigenständiges herstellen.* Doch hatte es keinen Sinn, Nikolaus etwas erklären zu wollen, wofür dieser im Augenblick blind war ...

»Was machst du da eigentlich?« fragte Nikolaus in Maximilians Gedanken hinein.

»Ein Gesicht«, lautete die einsilbige Antwort.

»Das sehe ich.« Nikolaus nahm seinem Bruder die zum Kopf modellierte Tonkugel aus den Händen und unterzog das Antlitz einer eingehenden Betrachtung. »Hübsches Ding«, stellte er fest. »Ist das deine Erinnerung an eine junge venezianische Nonne?«

Maximilian lächelte. »Nein, eine sächsische ...« Ja, was war sie eigentlich? Eine Nackte, die er gleich einer ›Venus im Bade‹ in einem Bach gefunden hatte? Ein Bauernmädchen? Eine Magd, die einen Mann in ihrer lasziven Unschuld den Verstand raubte und dafür noch vor einigen Jahren als Hexe verbrannt worden wäre? »Eine Schäferin«, sagte Maximilian.

»Wenn du Figuren aus Porzellan machen willst, solltest du dich mehr um Mongolen und Tartaren kümmern«, versetzte

Nikolaus. »Chinoiserien sind in Mode. Keine Schäferinnen aus Sachsen.«

Maximilian nahm ihm das Tongesicht aus der Hand und bettete es vorsichtig auf ein feuchtes Tuch. »Ich habe dir doch gesagt, daß ich keine Figuren modellieren will, die andere Künstler früher oder besser hergestellt haben. Ich will niemanden kopieren. Warum sollte eine Sächsin nicht das Vorbild für eine Figur aus der Kurfürstlich-sächsischen und königlich-polnischen Manufaktur zu Meißen sein?«

»Keine Chance.« Nikolaus tippte grinsend auf den vollen Mund in dem feinzügigen Antlitz. »Außerdem hast du hier eine ganze Menge durcheinandergebracht, mein Bester. Ich habe noch nie eine Schäferin mit einem solchen Gesicht gesehen. Und erst diese leidenschaftlichen Lippen. Gut getroffen, das muß ich schon sagen, aber sie gehören eindeutig zu deiner venezianischen Nonne. Oder waren es mehrere? Das mußt du mir noch einmal genau erzählen!« Damit machte er es sich wieder auf dem Schemel bequem und setzte die erwartungsvolle Haltung eines Mannes auf, der auf eine dringende Nachricht wartet.

7

Constanze wartete auf den Tag, an dem sie ihren Verstand verlieren würde. Seit etwa einem Jahr lebte sie in der Einsamkeit des Waldes, sammelte Blüten und Beeren, lernte viel über Pflanzen und Tiere. Am Anfang war ihr die Ruhe des Waldes wie ein unendlicher Trost erschienen, als Balsam für ihre Seele und ihre Wunden. Sie hatte das Alleinsein genossen und jeden neuen Tag, den Gott ihr schenkte, mit einem Dankesgebet begonnen und sich mit einem Lachen in die Natur gestürzt. Sie hatte den Wechsel der Jahreszeiten wie ein Wunder erlebt und sich eingebildet, daß die Schönheit ihrer kleinen Welt ausreiche, um ihrem Leben einen Sinn zu geben. Doch irgendwann begann die Sorge um die Gesundheit ihres Geistes die Oberhand zu gewinnen.

Das einzige, was Constanze bislang verloren hatte, war allerdings ›nur‹ ihr Gedächtnis. Sie konnte sich an nichts mehr erinnern, was vor ihrem Leben im Wald geschehen war. Erstaunlicherweise wußte sie zwar, daß sie lesen und schreiben konnte, und sie erinnerte sich auch daran, gewisse Handgriffe des Alltags einmal erlernt zu haben, aber die eigene Vergangenheit lag im dunkeln. Lediglich der Klang ihres Namens kam ihr bekannt vor.

Doch nicht einmal an das Gesicht der Frau, die sie hin und wieder im Wald besucht und behauptet hatte, ihre Mutter zu sein, konnte sie sich erinnern. Auf ihre Fragen hatte die ›Mutter‹ niemals geantwortet. Auch nicht auf das drängendste ihrer Probleme: »Warum bin ich hier und nicht dort, wo mein Zuhause ist?« Denn daß es nicht üblich war, in einer Art Verbannung einsam im Wald zu leben, war Constanze durchaus klar. Soweit funktionierte ihr Geist. Aber die Mutter sagte nur: »Du warst sehr krank, und das macht es unmöglich für dich, ein normales Leben zu führen.« Einmal war sie in Tränen ausgebrochen und hatte immer wieder geflüstert: »Es tut mir so leid.« Danach hatte Constanze nie wieder eine Frage nach ihrer Vergangenheit gestellt.

In den vergangenen Wochen waren die Besuche ihrer Mutter seltener geworden, und Constanze vermißte sie. Nicht, weil sie sich plötzlich an irgend etwas erinnerte, sondern weil ihr die Gespräche mit dieser Frau fehlten, und vor allem, weil sie den Klang der eigenen Stimme in der Unterhaltung mit einem anderen Menschen vermißte. Sie sehnte sich nach der Zuneigung ihrer Besucherin und danach, die eigenen verworrenen Gefühle in Vertrauen und Liebe verwandeln zu können. Einige Tage lang quälte sie sich mit der Frage, ob sie etwas getan hatte, was ihre Mutter möglicherweise erzürnte und ihr Fernbleiben erklärte. Die Tränen der älteren Frau hatten sie seinerzeit tief beschämt. Nie hatte Constanze geglaubt, daß ein so schönes Gesicht wie das ihrer Mutter so stark Verzweiflung auszudrücken vermochte.

Um so verblüffter reagierte Constanze, als plötzlich der junge Mann von seinem Pferd und in ihr Leben fiel. Er war der erste unfreiwillige ›Gast‹ in ›ihrem‹ Wald. Sie hielt ihn für ein Zeichen des Himmels. Für eine Art Gegenleistung. Wenn ihre Mutter nicht kommen konnte, so schickte ihr Gott wenigstens andere Gesellschaft, die sie davor bewahren würde, ihren Verstand zu verlieren. Dennoch war sie vorsichtig gewesen. Instinktiv hatte sie vermieden, dem Fremden allzu viel von sich zu offenbaren. Wer wußte denn, was er mit ihren freimütig preisgegebenen Informationen alles anfangen könnte? Vielleicht könnte er damit der liebevollen Frau schaden, die behauptete, ihre Mutter zu sein. Zwar war sie sich nicht klar darüber, welchen Schaden sie anrichten könnte, aber es war immerhin ein Fakt, den sie nicht verleugnen konnte und statt dessen berücksichtigen mußte. Zu ihrer eigenen Überraschung stellte sie fest, daß sie wahrscheinlich die Macht besaß, ein anderes Leben zu zerstören. Es war ein ganz erstaunliches Gefühl, auf diese Weise plötzlich einen Teil der eigenen Geschichte kennenzulernen – und wenn es auch nur eine Vermutung war, so war es mehr, als Constanze in den vergangenen Monaten erfahren hatte.

Andererseits wünschte sie sich Gesellschaft. Die Begegnung mit dem ungeschickten Reiter hatte die Monotonie ihres Alltags durchbrochen und eine Saite in ihrem Innerem zum Klingen gebracht, von deren Existenz Constanze nichts geahnt hatte: Die Sehnsucht nach der Nähe eines Mannes, nach zärtlichen Berührungen und nach seiner Liebe. Obwohl sie sich nicht daran erinnern konnte, ob sie jemals verliebt gewesen war, so wußte sie doch in den Tiefen ihres Herzens, daß es etwas zwischen Himmel und Erde gab, dem sie sich nicht würde entziehen können – und wollen.

Sie lebte in einem Blockhaus in einer Waldlichtung nahe dem Ort, wo Maximilian vom Pferd gestürzt war. Für einen flüchtigen Betrachter war die Hütte von Sträuchern und Bäumen mit ihrem dichten Blätterwerk gut verborgen, doch er hatte mehrere Stunden darauf verwendet, das Heim der Waldbewohnerin zu suchen, und es schließlich auch gefunden. Ein idealer Ort für einen Einsiedler, stellte er in Gedanken fest, als er zielstrebig in die Sonne trat und auf das Haus zuschritt.

An der Bank, die neben der Eingangstür an die Hausmauer genagelt worden war, lag ein mittelgroßer, blonder Hund, der offensichtlich in seinen Mittagsschlaf vertieft war. Als er jedoch den fremden Mann witterte, erwachte er aus seinem Schlummer, winselte und bellte, wedelte mit seiner buschigen Rute und sprang wie wild herum. Offenbar freute sich das Tier über den Besuch.

Während sich Maximilian über den Hund beugte, erschien Constanze in der Tür. Aufgeschreckt von dem Bellen stand sie einen Augenblick lang da und beobachtete, wie Maximilian über das seidige Fell des Hundes strich. Als Maximilian den Kopf hob, erwiderte sie sein Lächeln.

»Ein Wachhund ist das ja nicht gerade«, bemerkte er, während der Hund mit feuchter Schnauze neugierig an seinen Stiefeln schnupperte.

»Er ist mein Kamerad, kein Polizist«, erklärte Constanze.

Darauf fiel ihm keine Antwort ein, und deshalb betrachtete er nur stumm ihr Gesicht. Das Antlitz seiner Tonfigur reichte nicht annähernd an die Wirklichkeit heran. Es fehlte ihr an der Wärme ihrer Augen, an der Offenheit ihres Lächelns. Vielleicht lag das daran, daß er sich mehr an die starke Erotik der Badenden erinnert hatte als an die Freundlichkeit der angezogenen Constanze. *Ich müßte sie skizzieren, um die feinen Züge herausarbeiten zu können*, fuhr es ihm durch den Kopf.

»Seid Ihr zu Fuß unterwegs?« unterbrach Constanze seine Gedanken.

»Ich habe mein Pferd an einem sicheren Ort angebunden, wo es einwenig das frische Gras genießen kann.«

Sie trat aus der Tür auf ihn zu. »Wart Ihr wieder lange unterwegs?« fragte sie, wartete aber seine Antwort nicht ab, sondern fuhr fort: »Ich würde Euch auf eine Stärkung einladen, wenn Euch meine Hütte genügt. Wenn Ihr meine Einladung annehmen möchtet, könnte ich Euch einen starken Tee zubereiten . . .«

Maximilian starrte sie an. »Sie kocht Tee? Schwarzen Tee?«
»Ja, eine chinesische Mischung«, antwortete Constanze arglos. »Mögt Ihr dieses Getränk nicht? Ich weiß, viele Menschen bevorzugen Kaffee, aber ich habe leider keine Kaffeebohnen da. Aber glaubt mir, mein Tee ist köstlich und genauso anregend wie Kaffee.«

Mädchen und Frauen ihres Standes tranken Maximilians Erfahrung nach höchst selten Tee oder Kaffee; und wenn, dann aus medizinischen Gründen. Die modernen Kaffeehäuser in den Städten dienten fast ausschließlich dem leiblichen Wohl und Zeitvertreib hochrangiger Kundschaft. Es war eher grotesk, von einer jungen Frau wie Constanze mit einer Selbstverständlichkeit zum Tee in deren Hütte gebeten zu werden, als handle es sich um ihren Empfangsnachmittag in einem Palais. Sie ist doch eine Hexe, stellte Maximilian fest.

Er verneigte sich formvollendet. »Danke für die Einladung, ein Becher Tee wäre mir sehr angenehm.«

Mit einer einladenden Handbewegung bat Constanze ihren Gast einzutreten. Einen Augenblick lang blieb Maximilian an der Tür stehen, um seine Augen an das Dämmerlicht in der Hütte zu gewöhnen. Nach einer Weile registrierte er, daß der Raum zwar einen sehr sauberen, aber doch ziemlich unordentlichen Eindruck machte. Überall stapelten sich Bücher, lose Blätter, Tintenfässer und Federkiele. Dort, wo noch ein bißchen Platz war, standen Körbe mit getrockneten Blüten und Vasen mit frischen Blumen und Gräsern. Ein wuchtiges Himmelbett mit wunderschön gedrechselten Säulen und verschossenen, ehemals rosenfarbenen Brokatvorhängen nahm den größten Teil des Zimmers ein, daneben stand ein mit Büchern und Manuskripten überladener Schreibtisch. An der gegenüberliegenden Wand befand sich der Ofen, in den Constanze jetzt mit flinken Händen Holz und Papier schichtete.

»Der Tee ist gleich fertig«, rief sie über die Schulter.

Kommentarlos sah er sich weiter um. Er entdeckte Einzelheiten wie den schön gerahmten Spiegel neben der Tür und das Bord mit den Küchenutensilien und Gefäßen, die sie neben dem

Ofen aufbewahrte. Unwillkürlich fixierte er das Geschirr, eine offenbar wahllos zusammengestellte Anzahl von Tassen, Tellern und Schalen unterschiedlichster Qualität. Er sah Steinzeug und Fayencen, sogar einen angeschlagenen Keramikteller mit blauer Zeichnung, den er für das Erzeugnis der holländischen Manufaktur in Delft hielt. Doch dann erblickte er eine terrakottarote Schale, die mit dem Muster eines Kristallglases verziert und wie Marmor poliert war.

Mit zwei Schritten stand Maximilian an dem Küchenbord. Erstaunt nahm er die Schüssel aus dem Regal, wog sie in der Hand und betrachtete sie so genau, als studiere er den Pinselstrich eines berühmten Malers auf einem Gemälde.

»Das ist Jaspisporzellan«, murmelte er.

Er sprach mehr zu sich selbst als zu der jungen Frau, die gerade den kupfernen Wasserkessel in den Ofen hing. Während er abwechselnd von der Schale auf Constanze und zurückblickte, wurde Maximilian von einer jähen Erkenntnis ergriffen: Das Mädchen Constanze war eine gemeine Diebin und das Blockhaus im Wald war ihr Versteck. Als habe er die Büchse der Pandora geöffnet, erkannte er plötzlich Constanzes Geheimnis: Wahrscheinlich hatte sie in einem vornehmen Haus gearbeitet und sich dort die Sprache und die Manieren ihrer Herrschaft aneignen können, später hatte sie genau diese Leute bestohlen und sich in den Wald geflüchtet, als man ihrem falschen Spiel auf die Schliche gekommen war.

»Das ist Jaspisporzellan«, wiederholte Maximilian mit fester Stimme.

»Woher hat Sie es?«

Mit einem gelassenen Gesichtsausdruck und gänzlich unschuldigen Augen antwortete sie: »Es ist ein Geschenk. Meine Mutter hat es mir gebracht.«

Das war die banalste Ausrede, fand Maximilian, die ihr in diesem Augenblick eingefallen sein mochte – aber so simpel, daß sie sie Lügen strafte. Er glaubte nicht an eine Mutter, die ihre Tochter einsam im Wald wohnen ließ und derart kostbare Geschenke machte. Er starrte Constanze an und wunderte sich, daß er noch immer dieselbe Person vor sich sah. Sie mochte eine Lügnerin und eine Diebin sein, aber diese Erkenntnis veränderte nichts an dem Eindruck, den sie auf ihn machte.

Obwohl er sich bemühte, nicht allzu streng zu klingen, konnte er seiner Stimme den scharfen Unterton nicht ganz nehmen: »Das ist das Porzellan des Königs. Wie kommt Ihre Mutter dazu?«

»Was geht's Euch an?« gab sie zurück. »Kann man es denn nicht kaufen, das Jaspisporzellan des Königs?«

»Doch, man kann es kaufen, aber es ist sehr teuer, und folglich können es sich nicht viele Leute leisten.«

»Aha«, war ihr einziger Kommentar.

Sie drehte ihm den Rücken zu und nahm mit scheinbarer Gleichgültigkeit eine so stark angelaufene silberne Dose vom Bord, das er kaum erkennen konnte, ob sie tatsächlich aus echtem Silber hergestellt war. Der aromatische Duft von Teeblättern strömte aus der Öffnung, als Constanze den Deckel hob und einen Löffel hineintauchte. Vorsichtig darauf bedacht, keinen einzigen Krümel zu verlieren, füllte sie den Tee in eine angeschlagene Keramikkanne mit der berühmten Blaumalerei aus Delft.

Maximilian wußte nicht recht, wie er sich verhalten sollte. Er fragte sich, ob er es nicht doch lieber gesehen hätte, wenn sie eine Hexe gewesen wäre. Die Tatsache, daß sich hier in der Hütte eine Diebin mit all ihrem gestohlenen Gut befand, behagte ihm nicht sonderlich. Verbrecher gehörten normalerweise nicht zu seinem Umgang. Andererseits war Constanze eine hübsche Frau, die es, wenn auch vermutlich unbewußt, verstand, ihn in ihren Bann zu ziehen. Daß er annahm, ihr Geheimnis entschlüsselt zu haben, schmälerte etwas ihren Reiz. Doch auch wenn er glaubte, ihr Reservoir an Überraschungen zu kennen, so war die Erinnerung an ihre erotische Ausstrahlung stark genug, um sein Bleiben zu rechtfertigen.

Seine Gefühle waren ein Wechselbad aus Anziehung und Ablehnung. Während sein Verstand sich von ihr zu entfernen versuchte, wurde sein Körper um so mehr von ihr angezogen.

Schließlich dämmerte ihm in diesem Wettstreit ein Ausweg: Vielleicht war sie doch keine gemeine Diebin oder jedenfalls nicht abgrundtief schlecht. Es könnte doch sein, daß sie durch gewisse Umstände gezwungen gewesen war, zu stehlen. War sie nicht auf diese Weise quasi unschuldig? Maximilian wußte, daß er vor der Realität zu flüchten versuchte, aber er tat es gerne.

Seufzend stellte er die Schale aus Jaspisporzellan zurück an ihren Platz.

»Was tut Sie mit den ganzen Büchern und Zetteln?« wollte er wissen.

»Die Bücher lese ich, auf die *Zettel*«, sie sprach das Wort leicht spöttisch in seinem überheblichen Tonfall aus, »schreibe ich.«

»Wie bitte? Sie kann lesen und schreiben? Wer hat Ihr das denn beigebracht?«

Ihre Stirn legte sich in Falten. »Keine Ahnung«, entfuhr es ihr. Doch nach der ersten Schrecksekunde kehrte ihre Gelassenheit zurück, und sie sagte ruhig: »Lesen und Schreiben sind ein angenehmer Zeitvertreib und eine gute Gesellschaft.«

Vor lauter Überraschung hatte er ihr Zögern nicht bemerkt, und ihre Antwort verwirrte ihn zutiefst. Er dachte daran, daß er sie darauf hinweisen könnte, daß eigentlich nur junge Damen die Zeit aufbrachten, sich mit Poesie zu befassen, aber statt dessen fragte er ehrlich interessiert: »Was liest Sie?«

»So allerlei.« Sie reichte ihm einen Becher Tee. »Im Augenblick befasse ich mich mit Vergil. Kennt Ihr Vergil?«

Er hielt seinen Becher gut fest, doch konnte er nicht verhindern, daß etwas Tee überschwappte. »Woher weiß Sie von der neuesten Mode in Dresden? Jeder bei Hofe versucht sich an Vergil. Sogar meine langweilige Schwägerin. Da mich meine Studienreisen auch nach Rom führten, habe ich mich für Vergil interessiert. Jeder, der etwas über das antike Rom erfahren möchte, kommt kaum an dem Werk dieses Dichters vorbei.«

Ihre Augen leuchteten auf. »Ihr wart in Rom? Oh, wie wunderbar. Würdet Ihr mir einmal von dort erzählen?« Im nächsten

Moment wurde sie sich ihres ungestümen Verhaltens bewußt. Mit gesenkter Stimme fragte sie: »Würdet Ihr denn wiederkommen, um mir von Euren Reisen zu berichten?«

Maximilian wußte, daß ihn nichts und niemand davon abhalten könnte, wieder in diese unordentliche Behausung dieser außergewöhnlichen Frau zu kommen. Daß sie eine Diebin war, hatte keine Bedeutung mehr.

»Ich werde Ihr von Rom und Venedig erzählen«, versprach er, »und von Florenz und Paris.«

Constanze sagte: »Wie wunderbar, daß Ihr auch in Paris wart! Davon müßt Ihr mir erzählen. Habt Ihr von Molière gehört?«

»Aber ja. Wenn Ihr möchtet, können wir auch über Molière sprechen.«

Einen Herzschlag später fragte er sich: *Was tue ich hier eigentlich?* Er führte mit einer jungen Frau, die sich in der Einsamkeit des Waldes versteckt hielt, Konversation wie mit einer Dame der Hofgesellschaft. Ganz automatisch hatte er sogar die Anrede gewechselt. Irgendwie wurde er das Gefühl nicht los, als würde er sie ebenso zu umwerben versuchen wie ein Mädchen seines Standes. Das war merkwürdig, und er erkannte sich selbst nicht mehr. Mit einer Frau wie Constanze ging man ins Bett, wenn man es wollte, aber man spielte normalerweise nicht den Kavalier.

»Schade«, fuhr er, sich auf ihre gesellschaftliche Stellung besinnend fort, »daß Sie kein Französisch spricht, denn dann könnte Sie . . .«

»Wer sagt Euch, daß ich kein Französisch spreche?« Errötend senkte sie ihren Kopf über den Teebecher, den sie in beiden Händen hielt. »Es ist wohl nicht anständig, ich weiß, aber ich liebe die Komödien von Molière. Sie zu lesen bereitet mir unsagbares Vergnügen. Ich sitze dann hier in meinem Zimmer und lache aus vollem Halse. Nur der Hund ist mein Zeuge.«

Da Maximilian inzwischen beschlossen hatte, sich von nichts, aber auch gar nichts mehr aus der Fassung bringen zu lassen, hakte er die verblüffende Mitteilung über ihre Fremdsprachen-

Kenntnisse mit einem inneren Achselzucken ab. Statt dessen malte er in seinem Kopf ein Bild: Er sah Constanze im Geiste vor sich, nur mit einem leichten Hemd bekleidet, dessen Träger von ihren Schultern rutschten und ihre herrlichen Brüste entblößten. Sie saß auf ihrem Bett und war in eines der Bücher vertieft und schmunzelte über die gesellschaftskritischen, bissigen, aber höchst vergnüglichen Passagen eines französischen Romans. Zuerst war da ein stilles Lächeln auf ihren Lippen, das zu einem lauten Lachen anschwoll und diesen unwirklichen Ort mit Freude erfüllte.

»So möchte ich Sie malen«, murmelte er, tief in seine Gedanken versunken.

»Wie?« fragte sie prompt.

Es war wie das plötzliche Erwachen aus einem schönen Traum. Maximilian brauchte einige Sekunden, um sich zu sammeln. Dann erklärte er Constanze, daß er sie beim Lesen eines Buches zu zeichnen beabsichtige. Zu seiner Überraschung brach sie daraufhin in schallendes Gelächter aus.

»Wie kommt Ihr denn nur auf die Idee? Seid Ihr ein Künstler? Dann müßt Ihr doch viele andere Frauen kennen, die Euch als Modell zur Verfügung stehen. Warum wollt Ihr ausgerechnet mich zeichnen?«

»Warum nicht?« gab er lächelnd zurück. »Ich weiß, ich bin Ihr sehr viel schuldig: Einen Eimer Wasser, einen Becher Tee und Ihre Freundlichkeit. Doch ich möchte noch ein Bild dazurechnen können.«

Maximilian verabschiedete sich bald. Er hatte seinen Tee ausgetrunken, und es schien nicht mehr viel zu sagen zu geben. Mit dem Versprechen, in den nächsten Tagen mit seinem ›Handwerkszeug‹ wiederzukommen und Constanze von seinen Studienreisen zu erzählen, während er sie zeichnete, ging er davon. Sie hatte keine Ahnung, woher er kam oder wohin er ging. Verwirrt stellte sie fest, daß er mehr von ihr wußte, als sie von ihm. Doch eigentlich war ihr das gleichgültig. Die Angst, die sie anfänglich gespürt hatte, begann sich in Vertrauen umzukehren. Was sollte sie ihm schon von sich erzählen? Es gab ja nichts, denn sie kannte sich ja selbst nicht.

Nachdem Maximilian gegangen war, trat Constanze vor den Spiegel. Zum erstenmal interessierte sie sich für ihr Aussehen. Sie probierte verschiedene Phantasiefrisuren aus, knöpfte ihr Hemd auf und betrachtete ihr Dekolleté. Hatte ihr ein Mann einmal gesagt, daß sie schön sei? Hatte sie sich je angezogen, um einem bestimmten Mann zu gefallen? Wie würde es wohl aussehen, wenn sie ein bis zum Busen tief ausgeschnittenes Abendkleid tragen könnte? Gleichzeitig fragte sie sich, ob sie je eine solche Toilette getragen und einen Ball besucht hatte. Sie erinnerte sich nicht.

8

Das größte Geschenk, das Kurfürstin Christiane Eberhardine ihrem angetrauten Gemahl zu dessen siebenundvierzigsten Geburtstag machte, war, allen Festlichkeiten an diesem 12. Mai fernzubleiben. Während seine Gattin im Torgauischen weilte, feierte August in Dresden mit seiner ›offiziellen‹ Geliebten ein rauschendes Fest. Zum Geburtstags-Souper waren achtzehn Würdenträger in das sogenannte Lusthaus der Jungfernbastei eingeladen worden. Es war üblich, daß nur ausgewählte Personen an Augusts Tafel speisten. Der Rest der Hofgesellschaft war entweder so hochwohlgeboren, daß man als Zuschauer die Tischmanieren des Kurfürst-Königs bewundern durfte, oder aber man feierte ausgelassen in anderen Räumen des Schlößchens.

Auf der äußeren Festungsspitze der Jungfernbastei war vor etwa hundert Jahren ein terrassenartiges Lusthaus in italienischem Stil errichtet worden. Das vierundzwanzig Meter hohe Rennaissancegebäude besaß eine eindrucksvolle Kuppel, die vollständig aus reinem Kupfer hergestellt war. Die großen Portale und zahlreichen Fenster sorgten im Inneren des Lusthauses für Helligkeit und für eine wunderschöne Aussicht auf die Stadt, den Fluß und die Elbhänge. Die Säle, in denen an diesem Abend Tausende von Kerzen leuchteten, waren mit Marmor, vergoldeten Schnitzereien und Fresken verziert worden. Auf der Galerie spielte die Hofkapelle zunächst Tafelmusik von Michel-Richard Delalande und Johann Sebastian Bach, später *Concerti* von Georg Friedrich Händel.

Sophie de Bouvier saß an der Festtafel an der bevorzugten rechten Seite des Kurfürst-Königs. Sie haßte es, vor den Augen anderer Menschen zu speisen. Glücklicherweise tat sie dies äußerst selten, aber sie kam sich dabei immer wie ein Tanzbär vor, der mit einer Mischung aus Sensationssucht, Abscheu und einem unbestimmten Nervenkitzel beobachtet wird.

Mit gierigen Blicken verschlangen die Hofdamen, die als Zuschauerinnen beim Souper zugelassen waren, jede ihrer Bewegungen. Wenn Sophie sich ihrem Suppenlöffel entgegenbeugte und plötzlich die Augen hob, konnte sie hingegen absolut sicher sein, einen männlichen Gast dabei zu ertappen, wie er in ihr Dekolleté glotzte. Dabei fragte sie sich, was ihr unangenehmer war: der Neid der Damen, denen es nicht erlaubt war, an der Tafel, geschweige denn an der Seite des Herrschers zu speisen, oder die Lüsternheit der Männer. Bei letzteren machte es wenig Unterschied, ob sie die Ehre hatten, bei Tisch zu sitzen oder in vorderster Reihe daneben oder davor zu stehen. Doch, fuhr es Sophie durch den Kopf, es gibt einen Unterschied: *Die stehenden Kerle haben einen besseren Einblick in meinen Ausschnitt.*

»Der Hof zu Dresden ist der wohl prächtigste und galanteste der Welt«, hörte Sophie den englischen Gesandten sagen.

»*Mais non*«, widersprach sein französischer Kollege ein wenig überheblich, »der prächtigste Hof befindet sich in Versailles. Alles andere ist nur eine Kopie.«

Lord Scott übte sich in bissigem, britischen Humor, als er antwortete: »Seht doch: Der König von Polen benutzt eine Gabel zum Essen, während Euer verstorbener König, Ludwig XIV., mit den Fingern zu speisen pflegte wie ein Bauer. Wer also ist der prächtigere Monarch?«

Unwillkürlich lächelte Sophie. Weder mit der einen noch mit der anderen Bemerkung hatte der britische Gesandte unrecht. Die Tatsache, daß der Sonnenkönig die um die Jahrhundertwende eingeführten Tischmanieren und das Benutzen der neumodischen Gabel niemals erlernt hatte, war allgemein bekannt.

»Warum nimmt sich Seine Majestät keine sächsische Geliebte?« hörte Sophie in diesem Augenblick eine weibliche Stimme, deren Sanftheit kaum den intriganten Unterton verbergen konnte. »Die Freizügigkeit der Französinnen haben wir doch allemal.«

»Das sächsische Blut ist das schönste und vornehmste in Deutschland«, stimmte eine andere Frau zu.

Sophie versuchte, die Stimmen zu orten, doch in dem Gewirr aus den üblichen Tischgeräuschen, der Musik, den allgemeinen Unterhaltungen und anschwellendem Gelächter konnte sie die Sprecherinnen nicht erkennen.

Mit scharfem Blick beobachtete sie die umherscharwenzelnden Damen. Sie waren alle nach der neuesten englischen und französischen Mode mit dem sogenannten *Manteau de Cour* gekleidet, einer Schleppe, die von der Schulter herab über die Reifröcke auf den Boden fiel. Die Röcke waren leicht gefältelt, und die Korsagen drückten selbst die Brüste der schmächtigsten Person so stark nach oben, daß jede Dame über ein üppiges Dekolleté verfügte. *Und wenn sie es übertreiben*, dachte Sophie, *haben sie mit spätestens dreißig einen Hängebusen, der ohne die Stäbe der Korsage gar nicht mehr halten kann.*

Böse Zungen behaupteten, die Damen der Dresdner Hofgesellschaft würden sich wie Zieräffchen benehmen. Tatsächlich wählten sie eine äußerst affektierte Sprache und lispelten dabei; sie hatten eine niedliche Art, auf den hohen Absätzen ihrer reich verzierten Pantoffeln aus Kalbs- oder Glacéleder einherzutrippeln, die von einfältigen Vertretern des männlichen Geschlechts vermutlich ganz ›entzückend‹ genannt wurde, die in Sophies Augen lediglich albern und übertrieben war. Dennoch galt genau dieses Gehabe als absolute Vollkommenheit des gängigen Schönheitsideals.

»Die sächsischen Frauen, so sagt man«, hörte Sophie wieder die erste Stimme sprechen, »seien schöner als die Engländerinnen und feuriger als die Italienerinnen...«

»Und Ihr seid schmeichelhafter und zärtlicher als alle anderen Wesen auf der Welt«, mischte sich ein charmanter Kavalier ein, dessen Identität Sophie ebenso wenig ausmachen konnte wie die der Damen. Allerdings erkannte sie in seinem Tonfall die etwas harten Klänge eines Slawen. *Wahrscheinlich ein Hofbeamter, den August aus Warschau mitgebracht hat*, dachte sie.

»Nun, meine schöne Sächsin, über wen lästert Ihr gerade? Wollt Ihr mir einen Tanz schenken, wenn Ihr damit fertig seid?«

»Wir fragten uns gerade, wie lange wohl die Affäre des Königs mit dieser Französin dauern mag«, zwitscherte die Angesprochene. »Schließen wir eine Wette ab, wie lange wir ihr geben. Meint Ihr nicht, Madame de Bouvier ist nur eine Episode, und es gelüstet Seine Majestät bald nach jüngerem Blut?«

Die Sächsinnen sind bösartig und hinterhältig, dachte Sophie verärgert. *Warum nur konnte ich mich nicht in einen Mann verlieben, der mit seinen Freunden bei Tisch sitzt und nicht mit seinen Feinden feiert?*

Eine der Damen, die im Gewühl der Gäste in der Nähe von Augusts Tafel standen und sich über die Vorzüge der sächsischen Frauen unterhielten, war Katharina von Serafin. Obwohl sie in Wien geboren worden war, bemühte sie sich stets, den Manieren und dem Gehabe der sächsischen Frauen nachzueifern und sich damit die Gunst einiger Höflinge zu sichern.

Das fiel der Baroneß nicht weiter schwer, denn der liebe Gott hatte ihr ein Aussehen geschenkt, das eigentlich nur lieblich zu nennen war. Ihr fehlte es zwar an der blendenden Schönheit der *grandes dames* ihres Zeitalters wie etwa der Gräfin Königsmarck, der Gräfin Cosel oder auch Sophie de Bouvier. Aber sie war ein niedliches Geschöpf, das es mit einem unschuldig-naiven Wimpernschlag verstand, so manches Herz zu brechen. Katharina von Serafin war von zierlicher, üppiger Figur, die sie mit viel Geschmack zu kleiden und entsprechend zur Geltung zu bringen verstand. Sie besaß das fein gemeißelte Gesicht einer Puppe mit einer süßen Stupsnase, großen veilchenblauen Augen und einem kleinen, herzförmigen Mund. Ihr Haar war platinblond, lang und dick und nahm keine Frisur übel, so daß sie niemals eine Perücke zu tragen brauchte.

Trotz all dieser Vorzüge hatte Katharina es nicht verstanden, den Kurfürst-König in ihrem Bett zu halten. Es war ihr unbegreiflich, was August bei Sophie de Bouvier fand, was sie ihm nicht hätte auch bieten können. Außerdem war die Französin mindestens zehn Jahre älter als sie. Daß August aber nach seinen zahlreichen schwierigen Eskapaden die ruhige Ausgeglichenheit einer älteren Frau der fordernden Leidenschaft der jüngeren vorzog, kam ihr nicht in den Sinn. Auch nicht, daß dem gebildeten, kunstsinnigen König ein intellektuelles Gespräch ebenso wichtig sein könnte wie eine zügellose Liebesnacht.

Doch Katharina war nicht bereit, sich geschlagen zu geben und das Feld zu räumen. Ehrgeizig und selbstzufrieden wollte sie auf ihre Stunde warten. Daß diese eines Tages kommen würde, dessen war sie sich absolut sicher. Wenn der Zufall ihr nicht die Gelegenheit verschaffte, auf die sie wartete, so würde sie ihrem Schicksal auf die Sprünge helfen. Auf diesen Moment wartend, harrte sie buchstäblich in der zweiten Reihe bei Hofe aus.

Der junge Mann, der neben die Baroneß Serafin getreten war, beugte sich zu ihr und flüsterte in ihr niedliches, kleines Ohr: »Ihr meint, bis Seine Majestät nach Euch verlangt, nicht wahr?«

Katharina errötete und senkte die Lider mit den langen, dichten Wimpern. »Ihr seid impertinent, Monsieur«, zirpte sie.

Er grinste. »Was hattet Ihr erwartet? Kommt, schenkt mir diesen Tanz ... und vielleicht noch ein wenig mehr von Eurer Gunst.«

Sie lächelte ihn an und reichte ihm ihre Hand. Er sieht nicht schlecht aus, dachte sie dabei, aber ich muß aufpassen. August war seinen Mätressen gegenüber erfahrungsgemäß sehr loyal, andererseits aber auch vorsichtig. Wenn Katharina eines Tages den Platz von Sophie de Bouvier einnehmen wollte, durfte sie vorher nicht mit der halben männlichen Hofgesellschaft schlafen. Sofern sie weiterhin Interesse am König hatte, sollte sie ihre Tugend bewahren, was ihr freilich nicht gerade leicht gemacht wurde.

Der Kavalier hatte ihr Schweigen als Einverständnis gewertet. Er nahm ihre Hand und zog sie durch das Gedränge in den Saal nebenan, in dem sich jener Teil der Gesellschaft, der nicht am Souper teilnahm, zur Ballettmusik von Jean-Baptiste Lully zum Tanz versammelt hatte. Noch war es hier weniger voll als im Speiseraum, aber das würde sich ändern, sobald August mit Sophie zum Tanz schritt.

Der russische Gesandte lehnte gegen eine der römischen Marmorsäulen und beobachtete das Geschehen. Er genoß den Tokajer ebenso wie das herrliche Ambiente des Lusthauses, das er zuvor nur einmal hatte genießen dürfen, nämlich anläßlich des Besuches von Zar Peter I., der hier residiert hatte. *Die Sachsen verstehen es, rauschende Feste zu feiern*, dachte der Russe anerkennend. Es war unwahrscheinlich, praktisch jede Nacht wurden in Dresden irgendwelche Vergnügungen geboten: Auftritte italienischer Komödianten, Tanz – und Musikveranstaltungen, Billardturniere und andere Spiele, Wettkämpfe oder Feste in den verschiedenen Privatpalais'. Es überraschte Fürst Daschkow ebenso wie die meisten anderen ausländischen Besucher der Residenz, daß trotz all dieser Ausschweifungen das alltägliche Leben im Sinne deutscher Ordnung und Disziplin ablief. Hier bewahrheitete sich wohl das Sprichwort, daß derjenige auch arbeiten könne, der die ganze Nacht gezecht hatte. Die Sachsen hatten ganz eindeutig den Beweis angetreten.

Fürst Daschkows Blick auf die Tanzenden wurde interessierter, als er die Baroneß Serafin in Begleitung des Grafen Rakowski entdeckte. Ein passendes Paar, fuhr es dem Diplomaten durch den Kopf: Eine Intrigantin und ein Abenteurer, die beide für das Erreichen ihrer Ziele über Leichen gehen würden!

Es ist schon seltsam, welch bunte Mischung an Charakteren sich in Dresden versammelt hatte, überlegte Daschkow, zumal es eines überhaupt nicht gab: Geheimnisse. Tatsächlich kannte jeder jeden und wußte über die Schwächen des einzelnen sehr gut Bescheid. Diskretion war nicht unbedingt das Nobelste an diesem Hof. Zwar besaß Dresden immerhin rund vierzigtausend Einwohner, doch die Größe der Stadt machte ihre Gesellschaft keineswegs unübersichtlicher.

Der russische Gesandte fragte sich, womit Graf Andrzej Rakowski derzeit sein Geld verdiente. Das Amüsement in Dresden war nicht billig und die Liebe einer Mätresse mußte zudem mit kostspieligen Geschenken erkauft werden. Der Glücksritter aus Warschau hatte früher einmal als Spion für Daschkow gearbeitet, doch die Gemeinsamkeiten waren im Sande verlaufen, weil der Pole offenbar ein lukrativeres Betätigungsfeld gefunden hatte. Daschkow hatte in diesem Zusammenhang von Goldmacherei flüstern hören, aber für so findig hielt er den polnischen Lebemann denn doch nicht.

Vielleicht war es ein Wink des Schicksals, daß Daschkow bei diesem Ball zufällig auf Graf Rakowski gestoßen war. Je mehr der Russe über die Möglichkeiten und die Gier des Polen nachdachte, desto deutlicher erschien vor seinem geistigen Auge der Sinn dieser Begegnung. Rakowski war zweifellos sein Mann!

Fürst Daschkow verneigte sich leicht zum Gruß, als Katharina von Serafin und Andrzej Rakowski bei der *Promenade* in seine Richtung sahen. Später würde er die Gelegenheit zu einem Vier-Augen-Gespräch schon finden. Bis dahin würde er sich ganz dem Wein und seinen Plänen hingeben.

In diesem Augenblick krachten die ersten Schüsse ...

Die Mauern der Jungfernbastei bebten, die Fenster des Lusthauses klirrten. Die Musik endete mit den atonalen Knirschgeräuschen der Instrumente. Das Mauerwerk erzitterte, und einige Spiegel fielen von ihren Haken und krachend zu Boden. Erschrockene Damen flüchteten sich in die Arme mutigerer Herren, die von der holden Weiblichkeit sogleich als Helden gefeiert wurden. Ohnmachtsanfälle folgten und diesen sogenannte Wiederbelebungsversuche. Aus dem Aufschrei in der Schrecksekunde der ersten Schüsse wurde so sehr schnell Geturtel und Geflüster.

Sophie griff unwillkürlich nach Augusts Hand. Doch der Kurfürst-König schien weder besorgt noch beeindruckt über den Kanonendonner. Er strahlte seine Geliebte an und nahm sie fürsorglich in seine Arme. »Ein Salut auf meine Gesundheit!« übertönte er mit seinem vollen Tenor den Lärm.

»*O mon Dieu*«, hauchte Sophie, »ich bin sehr um Eure Gesundheit besorgt, Sire, aber warum muß denn so laut auf Euer Wohl geschossen werden?«

»Dreihundert Schuß aus allen Kanonenrohren«, erwiderte August, »das bin ich meinem Ansehen und meinem Volke schuldig, liebste Sophie.« Tatsächlich legte der König großen Wert auf die Demonstration seiner Macht, Volksnähe und -verbundenheit. August, der ein guter Beobachter und großer Menschenkenner war, zeigte sich auf Reisen ebenso interessiert für die Belange seiner Untertanen wie er es verstand, sie in seine Feste einzugliedern. Selbst der Genuß großer Mengen Weins änderte nichts an seiner fast schon provokativ zur Schau gestellten Liebe zu seinem Volk.

Sophie hob den Kopf von seiner Schulter und blickte in seine Augen. »Die Böller sind ein Zeichen Eurer Macht, nicht wahr?«

»Was sonst? Das Volk verlangt nach derartigen Vergnügungen. Mir gefällt es übrigens auch. Komm, Sophie, trink mit mir auf mein Wohl. Es ist mein Geburtstag. Ich bin sehr glücklich, und daran ist deine Anwesenheit nicht ganz unschuldig.«

Seht her, all ihr eingebildeten und intriganten Sächsinnen, fuhr es ihr durch den Kopf, während sie ihr Glas hob und dabei seine Augen nicht losließ, *er liebt mich! Er liebt mich wirklich. Nur mich.*

»Was habt Ihr mit Eurer Dame gemacht?« erkundigte sich Fürst Daschkow bei Graf Rakowski.

Die beiden Männer waren dem allgemeinen Tumult entgangen, indem sie auf die Terrasse traten. Einen Augenblick hingen Daschkow und Rakowski ihren eigenen Gedanken nach, während sie den Blick hinab auf die im Mondlicht geheimnisvoll schimmernden Fluten der Elbe und die erleuchtete Residenzstadt genossen. Daschkow fragte sich, ob die Stadt, die Zar Peter 1703 an der Newa im nördlichen Rußland zu bauen begonnen hatte und die den Namen ihres Gründers trug, eines Tages ebenso schön und berühmt wie Dresden sein würde. Er liebte sein Vaterland und würde alles tun, dessen Weg zur Großmacht zu sichern. Und wenn er dafür einen Lebemann und Abenteurer wie Rakowski bezahlen mußte.

Daschkow wandte sich zu Rakowski um. Der zuckte angesichts der letzten Böller nicht einmal mit der Wimper. *Er hat Nerven wie Drahtseile*, stellte der Diplomat zufrieden fest.

»Nun, wo habt Ihr Eure Dame gelassen, Rakowski? Soweit ich es sehen konnte, hieltet Ihr die schöne Baroneß Serafin in den Armen. Gefällt sie Euch nicht?«

»Eine Freundin überwacht ihre Ohnmacht«, antwortete Rakowski. »Ehrlich gesagt, die Baroneß ist ein hübsches Ding, aber ich bin nicht interessiert. Wir spielten zwar das alte Spiel, aber mehr war es auch nicht. Ich habe nicht die Absicht, mit dem König in Konkurrenz zu treten.«

Das ist ein gutes Stichwort, fand Daschkow. Er sagte: »Nun, vielleicht wollt Ihr nicht bei der Dame mit dem König konkurrieren. Wie aber steht es mit Eurer Lust auf anderen Gebieten?«

Rakowski hob die Augenbrauen. »Was sollte ein Mann mit Katharina von Serafin wohl anderes tun als ins Bett zu gehen?«

»Ich spreche nicht von der Dame. Das sagte ich bereits. Hört mir genau zu. Ich werde nichts von dem wiederholen, was ich Euch jetzt zu sagen beabsichtige. Es ist nur für Eure Ohren bestimmt, und wenn Ihr meiner Meinung seid, kommen wir ins Geschäft. Sonst vergeßt die Angelegenheit schnellstens wieder.«

Rakowski nickte schweigend.

»Wart Ihr schon einmal auf der Albrechtsburg zu Meißen?« erkundigte sich Fürst Daschkow.

»Nein. Ihr?«

»Allerdings. Ich hatte vor vier Jahren die Gelegenheit, die Porzellanmanufaktur und das Warenlager zu besichtigen.«

»Gut für Euch. Nur wenige Auserwählte kommen an den Wachen vorbei in das Allerheiligste der Albrechtsburg. Wenn man sieht, wieviel Mühe der König darauf verwendet, seine Porzellanmanufaktur bewachen zu lassen, könnte man annehmen, Böttger stelle tatsächlich die Goldberge her, die er Seiner Majestät einst versprach.«

»Man kann eine Menge sehen, aber das Schlämm- und das Brennhaus bleiben verschlossen. Für jeden Besucher, selbst für den höchsten Gast.«

Rakowski lachte auf. »Wollt Ihr, daß ich bei Böttger einbreche? Das kann nicht Euer Ernst sein, Fürst.«

»Macht es, wie Ihr es für richtig haltet. Was ich will, ist die Rezeptur zur Herstellung des weißen Porzellans.«

Diese Eröffnung quittierte Rakowski mit Schweigen. Nachdenklich starrte er in die Dunkelheit unter ihm. Seit August am 23. Januar 1710 in drei Sprachen ein Patent für die Porzellanherstellung hatte drucken und gleichzeitig die Nachricht von der Eröffnung einer eigenen Manufaktur hatte verbreiten lassen, versuchten immer wieder Glücksritter, Spione, Diplomaten oder Monarchen selbst, das Monopol des Kurfürst-Königs in Sachsen zu brechen. Das weiße Porzellan wurde seit jenem Jahr auf der Leipziger Messe ausgestellt, August verschenkte das eine oder andere Stück aus der Meissner Manufaktur an Staatsgäste, und inzwischen stand es auch offiziell zum Verkauf, doch niemand hatte bis jetzt herausfinden können, welches Geheimnis die Herstellung barg.

»Der Zar will in Moskau eine eigene Porzellanmanufaktur errichten«, erklärte Fürst Daschkow, »doch dafür müssen wir die Rezeptur der Dresdner Töpfer kennen. Koste es, was es wolle.«

Rakowski wandte den Kopf, und Fürst Daschkow erkannte im Schein einer Fackel die Gier, die in den blauen Augen des Polen aufleuchtete. Er hatte also angebissen! Doch das wollte der Pole noch nicht zugeben; seine Mitarbeit war ja vor allem eine Frage des Preises. Rakowski sagte: »Es sollen einige Leute aus Böttgers Diensten über die Grenzen geflohen sein und in Preußen eine Manufaktur eröffnet haben . . .«

Fürst Daschkow machte eine wegwerfende Handbewegung. »Schon wahr, aber das Porzellan aus der Manufaktur in Plaue ist nicht weiß und nicht von der Qualität wie die Scherben aus Meißen. Der König von Preußen mag sich einen Bären aufbinden haben lassen, aber der Zar ist nicht so einfältig wie Friedrich Wilhelm. Wißt Ihr, Rakowski, was der Zar und der König von Polen gemeinsam haben, was dem König von Preußen allerdings fehlt?« Der Diplomat legte eine Pause ein, dann: »Bildung und Kunstsinn. Deshalb würde sich Zar Peter niemals mit minderwertiger Qualität abgeben.«

Rakowski schwieg wieder, und Daschkow fuhr fort: »Allerdings ist die Manufaktur im preußischen Plaue durch Verrat gegründet worden. Wer sagt Euch, daß ein klügerer Mann nicht ein ähnliches Vorhaben besser in die Tat umsetzen könnte?«

»Ihr meint, man müßte einen Spion einsetzen«, sinnierte der Pole. »Nun, in Meißen, und vor allem auf der Albrechtsburg, gibt es einige gut besuchte Weinschänken. Ich bin sicher, dort findet man einen Mann aus Böttgers Nähe, der gegen einen vernünftigen Betrag bereit wäre, sein Wissen zu verkaufen. Warum nicht an den Zaren?«

Rakowski zog eine goldene Schnupftabakdose aus seiner Rocktasche.

»Ich glaube«, sagte er nach einer Pause, »die Idee gefällt mir. Brechen wir also das Monopol unseres Gastgebers. Was ist Ihnen das wert, mein Fürst? Wie hoch könnte wohl der Betrag sein, den wir alle für vernünftig erachten würden?«

Nachdem sich Katharina von Serafin von ihrer Ohnmacht erholt und ihre Tugend bewahrt hatte, ließ sie sich im Gewühl der Feiernden mal hierhin und mal dorthin treiben. Schließlich blieb sie wie angewurzelt stehen, als sie den Kurfürst-König und Sophie de Bouvier beim Tanz beobachtete. Augusts Blicke sprachen Bände. Er sah seine Favoritin mit einem derart verliebten

Ausdruck in den Augen an, daß Katharina einen Herzschlag lang glaubte, die Übelkeit in ihrem Magen nicht länger zurückdrängen zu können und sich übergeben zu müssen. Sie wünschte, seine leidenschaftlichen Hände würden ihr Korsett etwas lockern und ihr damit zu sehr viel mehr als nur Wohlbefinden verhelfen. Unwillkürlich atmete sie tief durch. Eifersucht nagte an ihr. Es war offensichtlich, daß es nicht ausreichen würde, nur auf ›ihre‹ Stunde zu warten. Sie mußte etwas unternehmen.

Sophie de Bouvier galt als treue Untertanin ihres Herrschers. Nach Katharinas Meinung aber gab es keinen einzigen Menschen auf der Welt mit einer reinweißen Weste. Jeder hatte so seine kleinen Geheimnisse, die im geeigneten Augenblick zum großen Skandal aufflammen könnten. Und wenn Augusts derzeitige Mätresse tatsächlich ein solcher Engel war, wie angenommen wurde, dann mußte Katharina schnellstens etwas finden, woraus sich eine Intrige spinnen ließ.

9

Johann Friedrich Böttger trommelte nervös mit den Fingern auf einem Buchdeckel herum. Der Mann, der vor zehn Jahren mit Unterstützung des Naturwissenschaftlers Ehrenfried Walther von Tschirnhaus und des Bergwerksingenieurs Gottfried Pabst von Ohain das Arkanum für das weiße europäische Hartporzellan gefunden hatte, war seit ihrer Gründung der Administrator der Kurfürstlich-sächsischen und königlich-polnischen Porzellanmanufaktur, die zunächst in Dresden eröffnet und bald nach Meißen übersiedelt war.

»Es ist auf den Tag genau sieben Jahre her«, erklärte Böttger, »daß die Manufaktur auf der Albrechtsburg zu Meißen offiziell gegründet wurde. Ihr habt Euch ein gutes Datum für Euren Besuch ausgesucht, Herr Altenberg.«

Maximilian lächelte. Eigentlich war es Zufall gewesen, daß er sich an diesem 6. Juni auf den Weg nach Meißen gemacht hatte, aber wenn Böttger dies als Wink des Schicksals betrachtete, so sollte es ihm nicht zum Nachteil gereichen.

Johann Friedrich Böttger war, obwohl als Alchimist ein bedeutender Naturwissenschaftler, sicher nicht frei von Aberglaube. Erst fünfunddreißig Jahre alt, befand er sich heute auf dem Höhepunkt seines beruflichen wie persönlichen Lebens. Als Sohn eines Münzmeisters ging er beim Apotheker Zorn in Berlin in die Lehre, wo er erste, angeblich erfolgreiche Versuche anstellte, chemisches, also künstliches Gold zu produzieren. Als König Friedrich Wilhelm von Preußen von der Kunstfertigkeit des jungen Arkanisten erfuhr, versuchte er diesen für eigene Zwecke zu benutzen, doch Böttger konnte sich dem ›Zugriff‹ des Königs durch die Flucht nach Sachsen entziehen. Hier ging es ihm freilich nicht besser, denn der Ruf des jungen Mannes war ihm über die Grenze vorausgeeilt. Zwar wurde Böttger Augusts Gefangener, erhielt aber ausreichend Geld und Möglichkeiten, um seine alchimistischen Studien fortzusetzen und den Stein der Weisen zu finden, der zur Goldproduktion nötig war. Unter Mithilfe des Barons von Tschirnhausen und Pabst von Ohains brannte er statt dessen 1706 die ersten Scherben roten Porzellans, des sogenannten *Jaspisporzellans*, und entdeckte im Herbst 1707 die Rezeptur für das weiße, europäische Porzellan. Nachdem August seinem bislang gescheiterten Goldmacher aber erfolgreichen Porzellanhersteller nach zwölfjähriger Gefangenschaft 1714 die persönliche Freiheit schenkte, überließ er Böttger im Jahr darauf die Porzellanmanufaktur zur ›lebenslangen Disposition‹.

»Im Grunde ist jeder Tag recht, an dem ich meine Arbeit bei Euch beginnen kann«, sagte Maximilian.

»Ihr seid begeisterungsfähig. Das freut mich. Habt Ihr schon Porzellanfiguren aus Meißen gesehen?«

»Bedauerlicherweise nicht. Ich hörte aber von Figuren der italienischen Komödie und von der Kopie der Bernini-Proserpina. Man sagt auch, Ihr habt Gefäße und Pokale in erstaunlichsten Formen hergestellt. Wie ich hörte, sollen Hofsilberarbeiter Irminger und der Goldschmied Georg Funke für die Verzierungen und Goldmalereien zuständig sein...«

»Ihr seid gut informiert, Herr Altenberg. Das stimmt. Bisher konnten wir nur mit Gold malen. Wir arbeiten an der Herstellung von Porzellanfarben. Meine Mitarbeiter David Köhler und Johann Georg Mehlhorn sind schon eifrig dabei. Nur mit der Blaumalerei haben wir noch Schwierigkeiten. Der König hat tausend Taler für denjenigen ausgeschrieben, der die Rezeptur findet. Nun ja, wir werden sehen, wer am Ende Geld und Lob gewinnt.«

Maximilian fühlte, wie ihm Schweißperlen den Nacken hinabrannen. Es war stickig in Böttgers Arbeitszimmer. Das lag nicht nur an der sommerlichen Wärme dieses Junitages. Es war heiß in den Räumen der Manufaktur. Das ununterbrochene Feuern der Brennöfen bewirkte eine stetig hohe Temperatur, die selbst durch die dicksten Wände zu dringen schien. In der Luft hing der Duft verbrannter Kohle und der Modergeruch feuchter Erde.

»Ihr müßt mir einiges erklären«, bat Maximilian, »wenn Ihr gestattet, daß ich für die Porzellanmanufaktur arbeite. Etwa die Rezeptur und den Brennvorgang. Beides ist von elementarer Wichtigkeit für mein Handwerk.«

»Das stimmt, doch...« Böttger schwieg in beredtem Schweigen. Er musterte den Bildhauer mit einem Blick, als wolle er durch ihn hindurch oder zumindest bis in die tiefsten Abgründe seiner Seele schauen. Maximilian hielt den Blicken dieser großen, dunklen Augen stand und betrachtete seinerseits sein Gegenüber. Johann Friedrich Böttger wirkte bedeutend älter, als er tatsächlich war, durch sein Gesicht mit der langen, scharfgeschnittenen Nase zogen sich tiefe Falten, wie zur Erinnerung an die jahrelange Festungshaft und die zahllosen Nächte, die der Alchimist auf der Suche nach dem Stein der Weisen und des Arkanums des Porzellans in seinem Laboratorium verbracht hatte. Unwillkürlich fragte sich Maximilian, ob die ungesunde, gräuliche Gesichtsfarbe Böttgers dadurch zu erklären war oder ob der Administrator der Porzellanmanufaktur tatsächlich so krank war, wie behauptet wurde. Dieses Unwohlsein, so hieß es, äußerte sich seit gut einem Jahr durch krampfartige Anfälle. Manche sprachen das dem übertriebenen Tabak- und Brantweingenuß Böttgers zu, andere behaupteten, der permanente Aufenthalt in chemischen Laboratorien zerstöre den Körper des einst so kräftigen Mannes, von dessen Lebhaftigkeit kaum etwas übriggeblieben war. Maximilian bemerkte ein kleines Zittern, das durch die Gliedmaßen seines Gegenübers zog.

»Das Porzellanarkanum ist ein seit Jahren wohlgehütetes Geheimnis«, fuhr Böttger ruhig fort, als bemerke er nicht, daß er die Kontrolle über seine Hände zu verlieren schien. »Jeder, der in der Manufaktur arbeitet, mußte einen heiligen Eid schwören und seine Verschwiegenheit garantieren. Wenn Ihr also bereit seid, in die Dienste des Königs einzutreten, so geht dies hier nicht ohne Euren Schwur.«

»Nichts einfacher als das.« Maximilian hob feierlich die rechte Hand. »Ich schwöre bei Gott, daß ich Euer Geheimnis wie mein Leben schützen und bewahren werde.«

»Ihr stellt Euch das zu einfach vor, Herr Altenberg. Üblicherweise werden alle Künstler und Arbeiter einer genauesten Prüfung unterzogen. Zu viele Spione haben schon versucht, Einlaß in die Manufaktur zu erhalten. Samuel Kempe, ein alter Weggefährte, den ich immer wieder zu schützen versuchte, hat meine Freundschaft mit Verrat gedankt. Allerdings haben wir es dem preußischen König auf ebensolchem Wege heimgezahlt. Meine Spione haben berichtet, daß von der Manufaktur in Plaue keine Konkurrenz zu befürchten ist. Man stellt rotes Jaspisporzellan her, aber die Produktion von weißen Scherben ist dort nichts anderes als ein ferner Wunschtraum. Dennoch streben Gott und die Welt nach unseren Erfolgen.«

»Was tut Ihr mit den Spaziergängern auf dem Schloßplatz?« warf Maximilian ein. »Als ich hierher kam, sah ich eine Menge Leute, die neben dem Eingang des Manufakturgebäudes einhergingen. Gut, Ihr habt die unteren Fenster zumauern lassen, aber fürchtet Ihr nicht, eines Tages dennoch von Gaffern belästigt zu werden?«

»Das ist ein Problem, ja, vor allem an Sonntagen, wenn die Leute zum Gottesdienst in die Schloßkirche pilgern. Aber der Eingang ist immer von einer Schildwache besetzt, so daß wir die ungebetenen Gäste nicht allzu sehr fürchten müssen. Weitaus größere Sorgen bereitet uns die Schänke am Schloßplatz. Sie gehört zum Domkapitel, und alle Versuche, sie zu kaufen oder zu pachten, scheiterten. So kommt eine Menge Volk auf die Albrechtsburg, was ein gewisses Risiko bedeutet. Ihr seht also, Vorsicht ist angebracht.«

»Was kann ich tun?« fragte Maximilian enttäuscht. »Ich kann Euch nicht mehr als mein Wort als Ehrenmann geben.«

»Euer Name bürgt für Euer Wort.« In der kleinen Pause, die Böttger einlegte, wanderten Maximilians Gedanken zu seinem Vater. Er haßte es, den eigenen Erfolg ausgerechnet auf das Ansehen seiner Familie gründen zu müssen. Bevor er jedoch widersprechen konnte, fuhr Böttger fort: »Ich kann auf die Formel, nach der jeder vereidigt wird, der in der Manufaktur arbeitet, nicht verzichten.«

Johann Melchior Steinbrück, seines Zeichens Inspektor in Meißen und als solcher praktisch der Assistent des Administrators Böttger, fungierte als Zeuge. Er war ein hochgebildeter Mann von bald fünfzig Jahren, ehemaliger Student der Universität Halle und später als Sekretär des Barons Tschirnhausen in die Geheimnisse der Naturwissenschaften eingeführt, beschäftigte sich heute überwiegend mit der Verwaltung und den Bilanzen der Manufaktur, die durch Böttgers etwas chaotische Betriebsführung ziemlich durcheinandergerieten. Vor einem Jahr hatte er Böttgers Halbschwester geheiratet und sich durch diese späte Ehe auch persönlich an den Alchimisten gebunden.

Maximilian Altenberg mußte sich nun vor dem väterlich-freundlichen Zeugen Steinbrück verpflichten, kein ungebranntes Geschirr oder andere Porzellangegenstände zu veruntreuen oder einem Fremden zu übergeben, die Scherben ohne Genehmigung zu versenden, zu verkaufen oder zu verschenken; er durfte auch keinesfalls Porzellan für den eigenen Bedarf brennen oder selbständige Versuche durchführen, vor allen Dingen natürlich nicht heimlich. Dem neuen Mitarbeiter war es verboten, sich um die verschiedenen Tätigkeiten der Arbeiter zu kümmern, Fragen zu stellen, die außerhalb seines Handwerks lagen, und eigenen alchimistischen Forschungen nachzugehen. Absolutes Stillschweigen über alle Vorgänge in der Manufaktur zu Meißen war ebenfalls angesagt und durch einen Schwur *bei Leib und Leben* und in Gottes Namen zu besiegeln.

Böttger reichte Maximilian die Hand. »Willkommen, Herr Altenberg. Ihr könnt sofort mit Eurer Arbeit beginnen. Wenn Ihr es wünscht, wird Herr Steinbrück so freundlich sein und Euch durch die Manufaktur führen. Mich müßt Ihr entschuldigen, denn ich muß einige Papiere erledigen. Wenn es Eure Zeit erlaubt, gebt mir die Ehre, mich zum Abendessen in meinem Heim in Dresden zu besuchen . . . Steinbrück, schickt mir bitte Pyrner herein.«

Nachdem Maximilian die Einladung dankend angenommen hatte, folgte er Steinbrück hinaus. Dieser flüsterte: »Jungfer Liesgen ist eine gute Köchin, Ihr werdet sehen. Ein Jammer, daß der Meister so wenig ißt. Es geht ihm gar nicht gut. Deshalb soll sein Kammerdiener kommen. Wir haben schon manches Mal gedacht, die Krampfanfälle würden seinem Leben auf der Stelle ein Ende setzen, aber er kämpft dagegen an. Es steht schlimm um Böttger.«

Um von den Sorgen um die Gesundheit des Administrators abzulenken, fragte Maximilian: »Ist Jungfer Liesgen Böttgers Haushälterin?«

»Mehr als das. Christine Elisabeth Klunger, wie sie tatsächlich heißt, ist seine Mätresse.«

Die beiden Männer schritten durch endlose Flure und Gewölbe. Der südwestliche Teil der Albrechtsburg beheimatete die Porzellanmanufaktur. In den ehemaligen Stallungen und Küchen befand sich das Brennhaus, in dem die runden, etagenförmigen Öfen gefeuert wurden, wofür man pro Brand durchschnittlich zwölftausend Bohlen Kohle verwendete. Ein knappes Dutzend Arbeiter und Lehrlinge waren an den Brennöfen beschäftigt. Schweißnaß schufteten sie für den geringen Lohn von durchschnittlich zehn Talern im Monat, der aber seit Jahren so gut wie niemals pünktlich bezahlt wurde. Ihre Köpfe schützten die Männer mit Turbanen aus Lumpen, ihre muskulösen Körper glänzten naß im Schein des lodernden Feuers. Doch die Hitze war nicht die einzige harte Bedingung ihres Berufs: Zwölf Stunden täglich verrichteten die Männer gewissenhaft ihre Arbeit, nur unterbrochen von einer Stunde Mittagspause, und bei der geringsten Disziplinlosigkeit drohten harte Strafen: Wer zwei Stunden seiner Arbeitszeit versäumte, erhielt einen Abzug von fünfzig Prozent des Tageslohnes. Ebensolche Geldbußen fielen auch bei Schlamperei an. Wer Unfrieden unter den Arbeitern stiftete, wurde ebenfalls zur Kasse gebeten. Der Unglückliche, der aus Versehen ein Porzellangefäß zerbrach, war gezwungen, eben diesen Gegenstand nach Feierabend noch einmal zu fertigen oder durch einen tiefen Griff in seine Taschen finanziell zu ersetzen. Letzteres war freilich das Hauptproblem der Herstellung, denn viele Scherben überlebten den Brand nicht. Deshalb hatte Steinbrück vor einiger Zeit den Begriff ›Glückstopf‹ erfunden, wenn ein Gefäß unbeschadet fertiggestellt werden konnte.

»Es kommt auf die Temperatur an«, erklärte Steinbrück seinem Gast. »Das ist eines der Geheimnisse bei der Porzellanherstellung. Die Scherben müssen zunächst bei einer Temperatur gebrannt werden, bei der normalerweise Silber zu schmelzen ist, das sind etwa neunhundertsechzig Grad Celsius.

Anschließend werden sie glasiert und nochmals bei weit über tausend Grad gebrannt, einer Hitze, bei der Gold schmilzt. Auf diese Weise erreicht man das sogenannte Hartporzellan. Es heißt so, weil es härter ist als das chinesische Porzellan. Die indianischen Scherben erweichen bei hohen Temperaturen.«

»Wollt Ihr mich verwirren, Steinbrück?« fragte Maximilian. »Ihr erklärt mir das Herstellungsverfahren in umgekehrter Reihenfolge. Eigentlich würde ich gerne mit der Besichtigung des Schlämmhauses beginnen. Irgendwo müssen doch die Substanzen verarbeitet werden, aus denen das Porzellan entsteht. Die Kenntnis der Rezeptur ist für mich als Bildhauer nicht nur einfach von Interesse, sondern aus handwerklicher Sicht sogar von großer Bedeutung. Erinnert Euch, ich habe meinen Eid geleistet.«

Steinbrück lächelte. »Ihr habt recht. Mein Fehler liegt in der Anordnung unserer Räumlichkeiten begründet. Ich wollte mit Euch von unten nach oben durch die Manufaktur gehen, aber wir sollten es vermutlich genau andersherum versuchen.«

Im obersten Stockwerk des Schlosses befand sich die sogenannte Porzellanfabrik. Hier waren Massebereiter dabei, den Ton zu mischen, und die Töpfer stellten ebenso die Gußformen wie auch die Gefäße selbst her, die später im Untergeschoß gebrannt werden würden. Hier wurde das Jaspisporzellan hergestellt und natürlich auch die europäische Version des weißen Porzellans. Staunend beobachtete Maximilian die ungebrannten Gefäße aus hellgrauem Ton, die abgedeckt und feucht gehalten wurden. Steinbrück lächelte, als er bemerkte, daß der Bildhauer seinen Daumen in einen Tiegel tauchte und die Substanz nachdenklich zwischen den Fingern zerrieb.

»Auf diese Weise werdet Ihr das Geheimnis kaum ergründen können«, witzelte Steinbrück.

Maximilian hob fragend die Augenbrauen. »Nun?«

»Kaolin, Colditzer Ton und Alabaster. Dazu muß ich Euch eine Geschichte erzählen: Veit Hans Schnorr von Carolsfeld . . . Ihr kennt ihn gewiß . . . Nein? Eurer Familie ist dieser Bergwerks- und Hüttenbesitzer aus dem Erzgebirge sicherlich bekannt . . . Nun, Kaolin ist ein gewinnträchtiger Ton, und Herr Schnorr von Carolsfeld handelte schon vor der Gründung der Porzellanmanufaktur mit weißer Erde von seinen Ländereien.«

»Wofür verkaufte er es?«

Steinbrück zögerte und gönnte sich den Genuß seiner Pointe, die er wie einen edlen Wein auf der Zunge zergehen ließ: »Die Erde, aus der wir weißes Porzellan herstellen, wurde früher zum Pudern von Perücken verwendet. Originell, nicht wahr?«

Maximilian lachte. »Mein Gott, soll das heißen: Das Arkanum, um das sich heute alle Welt reißt, ist nichts weiter als Perückenpuder?«

»Ihr habt recht. Allerdings kommt es natürlich nicht nur auf den besonderen Ton an, sondern auf die Menge der verschiedenen Substanzen. Die besten Ergebnisse werden mit einem Masseversatz von neun Teilen Colditzer Ton, ebensoviel Kaolin und drei Teilen Alabaster als Flußmittel erreicht. Das ist es. Jetzt kennt Ihr das Geheimnis des weißen Porzellans.«

Steinbrück führte Maximilian einen langen Gang entlang zurück zur Treppe. »Im ersten Stock befinden sich die Räume, wo die Erde und der Marmor gelagert werden, aber das könnt Ihr Euch später ansehen. Zuerst will ich Euch die Glasurkammer und die Räume zeigen, wo die Töpfer, Schleifer, Emaillierer und Porzellanmaler arbeiten. Die liegen nämlich genau unter uns. Hier entlang, bitte.«

10

Ich habe Euch lange nicht gesehen, meine Tochter«, tadelte der Priester hinter dem kleinen Gitterfenster in der Holzverkleidung des Beichtstuhls mit leiser Stimme.

»Es ist eine Sünde, nicht regelmäßig zur Beichte zu kommen«, flüsterte Katharina von Serafin demütig. »Ich bitte um Vergebung, Eure Eminenz.«

»Betet einen Rosenkranz«, entschied Leo Conti. Damit waren Katharinas Verfehlungen aus kirchlicher Sicht Genüge getan und man konnte zum Geschäftlichen übergehen.

Es war durchaus nicht üblich, daß Bischof Leo Conti, ein enger Vertrauter des Papstes, höchstpersönlich die Beichte abnahm. Dennoch war es eine geeignete Möglichkeit, unter vier Augen Angelegenheiten im Sinne des Heiligen Vaters, der Politik und höfischer Intrigen zu besprechen – ohne allzu neugierige Ohren befürchten zu müssen, von denen es in den Amtsräumen des Ordinariats zu Dresden nur so wimmelte. In der katholischen Hofkapelle dagegen herrschte an diesem Vormittag Stille. Da die Morgenmesse längst gelesen und auch die

Beichtstunde offiziell noch nicht begonnen hatte, konnte Leo Conti seine Unterhaltung mit der Baroneß Serafin unbeobachtet fortsetzen.

»Man hört von einer Verschwörung gegen den König«, flüsterte der Bischof. »Irregeleitete Kräfte wollen verhindern, daß die Konversion des Kronprinzen öffentlich bekannt wird. Wißt Ihr etwas darüber?«

»Nur so viel, wie Ihr selbst wißt. Es kursieren Gerüchte, aber Genaueres ist mir nicht bekannt.«

Leo Conti stieß ein ärgerliches Knurren aus. Er war – ebenso wie der Heilige Vater – ein Gegner der Reformation. Der politische Machtanspruch der katholischen Kirche war auch nach dem Dreißigjährigen Krieg ungebrochen, und Papst Klemens XI. war dabei sogar so weit gegangen, daß er lautstark gegen die Erhebung des protestantischen Kurfürsten von Brandenburg zum König von Preußen im Jahre 1701 gewettert hatte. Zwar war der Protest noch nicht verhallt, aber relativ unwirksam. Seiner eigenen Karriere zuliebe versuchte Leo Conti nun, den Heiligen Vater zu beeindrucken und die traditionell protestantischen Sachsen zum katholischen Glauben zu bekehren. Bei ihrem König und dessen ehelichem Sohn war dies bereits geglückt und vom Papst honoriert worden. Jetzt galt es, die öffentliche Meinung durch die politisch günstige Verlobung mit Friedrich August und Maria Josepha von Habsburg auf die Seite Roms zu ziehen. Außerdem wollte sich Leo Conti den Dank des Kaisers in Wien sichern.

An sich wäre das alles nicht so schwierig gewesen, denn der Bischof hielt sich in seiner Meinung streng an den Augsburgischen Religionsfrieden von 1555. Danach stand jedem deutschen Monarchen die Wahl seiner Religion frei, dessen Volk aber mußte sich danach richten und die Konfession des Herrschers annehmen. Somit hätten die traditionell protestantischen Sachsen eigentlich bereits vor zehn Jahren katholisch werden müssen. Das hatte August durch geschickte Schachzüge wie die Religionsversicherungsdekrete zwar immer wieder verhindert, aber die Anstrengungen der Katholiken in eigenem Interesse waren ebenso groß wie der Glaube der Protestanten an die Versprechen ihres Königs gering waren.

»Augusts Beichtvater hält sich an seine Schweigepflicht. Von Karl Moritz Vota ist nichts zu erfahren«, erklärte der Bischof nachdenklich. »Es ist aber von allerhöchstem Interesse, die Meinung des Königs in dieser Angelegenheit zu kennen.«

Katharina lächelte. »Ganz sicher läßt er sich nicht freiwillig entmachten.«

»Der König ist schwach. Jeder weiß, daß seine Stärke nur auf seine Muskelkraft zurückzuführen ist, nicht aber auf sein diplomatisches Geschick«, widersprach Leo Conti ungehalten. »Was wißt Ihr über diese Frau, die sich Augusts Favoritin nennt?«

Einen Augenblick lang preßte Katharina die Lippen aufeinander, um bei der Erinnerung an Sophie und August beim Tanz im Lusthaus vor Zorn nicht laut aufzuschreien. Dann aber faßte sie sich wieder und antwortete leise: »Sie heißt Sophie de Bouvier, ist die Enkelin des Grafen Morhoff, Witwe und eine französische Hugenottin. Ich bedauere, mehr gibt es nicht zu sagen. Meine Bemühungen, etwas Nachteiliges ... ich meine, etwas Interessantes über diese Person zu erfahren, sind bisher fehlgeschlagen.«

»Wir sind in großer Sorge, meine Tochter. Ihr habt Eure Sache offenbar nicht gut genug gemacht. Wie konnte es passieren, daß der König mit dieser Frau tändelt?«

»Soviel ich weiß«, erwiderte Katharina zähneknirschend, »wurde ihre Begegnung nicht bei Hofe herbeigeführt. So war sie kaum zu verhindern, nicht wahr?«

»Ein katholischer König verliebt in eine Protestantin! Das ist ungeheuerlich und dem Heiligen Vater kaum zu erklären. Ihr solltet Euch ein wenig mehr anstrengen, meine Tochter. Ich bin sicher, Ihr könntet den König wieder auf Eure Seite ziehen. Der Papst wäre sehr glücklich, eine Katholikin an der Seite Augusts zu wissen.«

So einfach kann sich das auch nur ein katholischer Priester vorstellen, fuhr es Katharina durch den Kopf. Sie war verärgert, zeigte dies aber nicht und sagte demütig: »Ich werde mein

Bestes geben, Eure Eminenz, aber ich kann für nichts garantieren.«

»Es könnte fatale Folgen haben, wenn die Protestantin ihren Einfluß geltend macht. Auf jeden Fall muß verhindert werden, daß die Bekanntmachung der Konversion des Kronprinzen verschoben wird.«

»Die Verlobung von Friedrich August mit Maria Josepha ist schon zu lange geplant, um verschoben zu werden. Man sagte, der König sei ein enger Freund des verstorbenen Kaisers Leopold gewesen. Die beiden Majestäten sollen schon vor der Geburt ihrer Kinder eine Heirat verabredet haben. Es ist kaum vorstellbar, daß ein so altes Versprechen aufgehoben werden könnte.«

Sie hat ein Spatzengehirn, dachte Leo Conti. Er flüsterte: »Meine Tochter, Politik hat wenig mit gegebenen Versprechen zu tun. Hat der König nicht den mit den Schweden geschlossenen Frieden von Altranstädt gebrochen und sich damit die Krone von Polen zurückgeholt? Andererseits bin ich sicher, daß August dem König von Schweden sein Wort gab, Stanislaw Leszczinski die Macht in Warschau zu lassen. Verlobungen können ebenso umgestoßen werden wie Versprechen. Beides ist im Grunde irrelevant.«

Sie seufzte. »Es wird eine Weile dauern, bis ich den König soweit habe, daß er meinem Einfluß traut. Dazu wird die Zeit kaum reichen. Der einzige Mensch, dem August uneingeschränkt sein Ohr schenkt, ist Flemming.«

»Flemmings Interessen gelten eher dem König in Berlin als dem Kaiser in Wien«, bemerkte der Bischof. »Das bedeutet: Er vertraut der Macht eines Protestanten und mißtraut dem Erfolg eines katholischen Monarchen. Es ist unvorstellbar. Dieser Mann räumt dem Königreich Preußen für die Zukunft eine wichtigere Position ein als dem österreichischen Kaiser. Von dieser Seite ist keinerlei Unterstützung zu erwarten.«

»Was kann ich denn dann tun, um Euch . . .«, sie legte eine wirkungsvolle Pause ein, »und dem Heiligen Vater zu Diensten zu sein?«

»Verdrängt Sophie de Bouvier. Es ist mir gleichgültig, welche Mittel Ihr benutzt, um diese ketzerische protestantische Person beim König in Mißkredit zu bringen. Vor ein paar Jahren noch hätte man eine Frau wie diese der Hexerei beschuldigt und sie auf diese Weise aus dem Wege geräumt. Bedauerlicherweise ist das in Sachsen nicht mehr möglich. Deshalb müßt Ihr Euch einer anderen List bedienen, meine Tochter. Wenn es nichts gegen dieses Weib vorzubringen gibt, dann solltet Ihr Eure Phantasie bemühen.«

Katharina rutschte im Beichtstuhl unruhig hin und her. Die Knie taten ihr weh, doch plötzlich fühlte sie den Schmerz kaum noch. Gab ihr Leo Conti hier tatsächlich so etwas wie einen apostolischen Segen für eine Intrige? Die Frage war nur: Was konnte sie tun, um Sophie de Bouvier beim Kurfürst-König in Mißkredit zu bringen? August war vielleicht eingebildet, machthungrig und in diplomatischem Sinne schwach, aber dumm war er keinesfalls. Er zeigte sich stets recht loyal seinen Freunden gegenüber – und er besaß einen ausgeprägten Ehrenkodex, der manchmal schon an Lächerlichkeit grenzte. Doch andererseits war genau das sein schwächster Punkt. Katharina lächelte. Wenn sie bewirken könnte, daß August den Eindruck gewann, Sophie sei ihm untreu oder verrate ihn gar, dann war es um die derzeitige Favoritin des Kurfürst-Königs geschehen – und um deren protestantischen Einfluß, den die katholische Kirche anscheinend so fürchtete.

»Betet Euren Rosenkranz, meine Tochter«, mahnte Leo Conti. »So werdet Ihr frei von allen Sünden sein.«

Katharina nickte kaum merklich. Sie raffte ihre Röcke und verließ den Beichtstuhl. Einen Augenblick lang zögerte sie, während sie sich im Geiste die Frage stellte, ob es wirklich nötig war, den auferlegten Rosenkranz zu beten. Doch dann besann sie sich auf Leo Contis scharfe Augen, die sie mit Sicherheit beobachteten. Also kniete sie sich folgsam in eine Bank nahe dem Altar, zog die silberne Perlenkette mit dem Kreuz am Ende aus ihrem Beutel und begann die Gebete mit einsilbiger Monotonie vor sich hin zu murmeln. Bei der Sache war sie jedoch nicht. Und wenn sie tatsächlich betete, so darum, daß Gott ihr bei der Lösung ihres Problems behilflich sein mochte. So kniete sie also in der Bank und wartete gleichsam auf die göttliche Eingebung für ihre Hofintrige als auch auf den Klang von Leo Contis Schritten, die sich in Richtung der Sakristei entfernten.

Als Katharina sicher war, daß der Bischof die Kirche verlassen hatte, erhob sie sich. Sie murmelte ein zusätzliches *Ave Maria* und verließ, so rasch es in dieser würdevollen Umgebung möglich war, das Gotteshaus. Hinter dem Ausgang empfing sie gleißendes Sonnenlicht. Einen Augenblick lang blieb Katharina auf der Suche nach einer Droschke zögernd stehen. Lieber wartete sie noch eine Weile im Schatten des Kirchenportals als ihren Teint der Sonne auszusetzen.

Ein elegant gekleideter Herr schritt über die Straße und änderte, als er Katharina entdeckte, seine ursprünglich geplante Richtung. Er ging direkt auf sie zu. Im ersten Augenblick erkannte sie ihn nicht, da sie von der Sonne geblendet wurde, doch als sie den slawischen Akzent in seinen höflichen Grußworten vernahm, wußte sie sofort, um wen es sich handelte.

»Graf Rakowski«, zwitscherte Katharina, »wie schön, Euch zu treffen. Ich habe schon so lange auf die Gelegenheit gewartet, Euch wiederzusehen.« Natürlich stimmte das nicht, aber das brauchte Andrzej Rakowski ja nicht zu wissen.

Er verneigte sich galant. »Wie kann ich Euch für so viel Wohlwollen danken, Baroneß?« Da diese Frage rein rhetorisch war, fuhr er fort: »Macht mir die Freude und laßt Euch zu einem Spaziergang einladen. Die Wege am Fluß sind schattig, und es weht ein laues Lüftchen, um Euch abzukühlen.«

»Eigentlich habe ich heute noch allerlei zu tun . . .« Katharina brach in beredtem Schweigen ab, runzelte auf entzückende Weise ihre Stirn, klimperte zweimal nachdenklich mit den Wimpern und nahm anschließend seinen Arm: »Aber es gibt nichts, was sich nicht aufschieben ließe. Wenn es Euch Freude macht, so werde ich Euch gerne auf einem Spaziergang begleiten.«

»Wir könnten uns den Garten der ehemaligen holländischen Gesandtschaft anschauen«, schlug Rakowski vor, »und sehen, wie die Arbeiten vorangehen. Wie man hört, soll das Porzellanschloß von Seiner Majestät in den nächsten Wochen eröffnet werden.«

Katharina nahm diese Information schweigend zur Kenntnis. Sie schenkte ihrem Galan zwar ein strahlendes Lächeln, doch in ihrem Inneren nagten schon wieder Zorn und Eifersucht. War sie derartig unwichtig geworden, daß die Hofgesellschaft sie nicht einmal mehr über solchermaßen glanzvolle Veranstaltungen wie die bevorstehende Eröffnung des Porzellanschlosses informierte? Sie mußte auf jeden Fall dafür sorgen, daß sie eine Einladung erhielt, wenn sie ihre Ziele weiterverfolgen und Leo Conti zu Diensten sein wollte.

Rakowski betrachtete ihr Schweigen als Widerstand gegen seine Pläne. »Langweilt Euch das Holländische Palais? Wenn ja, bitte ich um Verzeihung. Dieses ganze Gerede um das Porzellan ist sicherlich auch etwas übertrieben.«

Noch mit eigenen Gefühlen ringend murmelte Katharina: »Nein, nein, ich interessiere mich für Porzellan. Erzählt mir etwas davon.« Dieser Wunsch war eine Lüge. Tatsächlich wollte sie Rakowski über irgend etwas reden lassen, um sich ihren Gedanken überlassen zu können.

»Spione trachten danach, das sächsische Monopol in der Porzellanherstellung zu brechen«, berichtete Rakowski.

Katharina schenkte ihm einen erschrockenen Blick aus weit aufgerissenen Kulleraugen. »Tatsächlich?« zirpte sie, obwohl es ihr absolut einerlei war, wer wem das Porzellangeheimnis abluchste.

Ein Blick in Katharinas Augen genügte. Diese ließen Rakowski zwar nicht die eigenen Absichten vergessen, aber er gestattete sich eine gewisse Selbstgefälligkeit bei dem Gedanken, daß er schlauer vorging als die Agenten anderer ambitionierter Herrscher. Er lächelte und wünschte, Katharina mit der Wahrheit ebenso überraschen wie blenden zu können. Gleichzeitig fragte er sich, ob er nicht Katharinas Verlockungen nachgeben sollte. Wenn er schon darauf aus war, August das Porzellanmonopol zu entreißen, so könnte es doch auch einen Versuch wert sein, mit den sprichwörtlichen Liebeskünsten des Kurfürst-Königs zu konkurrieren.

»Die Spione schwirren wie die Fliegen um Böttgers Arbeiter herum, wenn diese sich in den Weinschänken in Meißen ausruhen. Findet Ihr es nicht niederträchtig, auf diese Weise an eine Rezeptur zu gelangen, die dem Kurfürst-König gehört?«

»Wie bösartig!«

»Ja, gefährlich und verboten obendrein.« Rakowski seufzte bei dem Gedanken, wie schwierig es war, diese ›Niedertracht‹ in die Tat umzusetzen. Seit Wochen verbrachte er viele Stunden in der Schänke auf der Albrechtsburg, kostete von dem billigen Wein, den die Arbeiter tranken, und versuchte, ihr Vertrauen zu gewinnen. Auf diese Weise würde er den Mann ausfindig machen können, der kompetent und willens war, seinen Meister zu verraten und deshalb für eine Abwerbung nach Sankt Petersburg in Frage kam. Es war ziemlich zeitaufwendig und nervenaufreibend, dem russischen Zaren zu einer eigenen Porzellanmanufaktur zu verhelfen, zumal Rakowski sich in einfachen Handwerkerkreisen bewegen mußte, deren Gesellschaft er normalerweise nicht suchte. Doch er wurde gut bezahlt.

Katharinas Augen drückten ehrliche Überraschung aus. »Wovon sprecht Ihr? Was ist verboten?«

»Niemand darf das Porzellangeheimnis preisgeben«, erklärte Rakowski geduldig. »Die Arbeiter der Manufaktur mußten alle einen Eid ablegen. Seine Majestät würde einen Bruch dieses Schwurs zweifellos als Hochverrat betrachten. Die Folgen könnten für einen allzu geschwätzigen Mann fatal sein. Deshalb ist es so schwierig, die Rezeptur zu erfahren.«

Katharina knabberte auf rührende Weise auf ihrer Unterlippe. Sie erinnerte Rakowski an ein kleines Mädchen, das sich über den Verlust einer Puppe ärgert und sich überlegt, wie es möglichst schnell zu einem neuen Spielzeug kommt. Er mochte Frauen wie Katharina, denn diese machten meistens wenig Schwierigkeiten. Sie waren naiv, aber raffiniert, in mancher Hinsicht vom selben Schlage wie er. Es machte ihm nichts aus, von einer Frau benutzt zu werden, wenn es denn zu seinem

Genuß geschah. Die Lust war dazu da, persönliche Ziele zu erreichen, nicht aber, um irgendein Liebesglück zu erfahren, über das in Gedichten fabuliert wurde. Es gab da ein Erlebnis in seiner Vergangenheit, an das er sich, wenn überhaupt, nur noch selten erinnerte. Damals war die Liebe eines ahnungslosen Mädchens zur Bedrohung geworden...

Katharina unterbrach Rakowskis Gedanken: »Der König würde also jeden verdammen, der auch nur annähernd mit dem Verrat des Porzellangeheimnisses zu tun hat, nicht wahr?«

Rakowski spürte, wie das Blut in seine Lenden schoß. Lag es an dem Druck von Katharinas Fingern auf seinem Arm oder war es das gefährlich lustvolle Wissen um die Gefahr, in der er schwebte?

»Festungshaft wäre nur die geringste Strafe!«

Katharinas Augen bekamen einen eigentümlichen Glanz, als sie jetzt voll konzentriert zu Rakowski aufblickte. Gab ihr der Pole tatsächlich den Schlüssel zum Ende der Sophie de Bouvier? War es wirklich so simpel? Katharina mußte unbedingt mehr über diese Sache erfahren. Wenn es sein mußte, war sie sogar gewillt, ihm ihr Bett gegen Informationen über die Porzellanmanufaktur zu öffnen.

Sie strahlte ihn mit einem betörenden Lächeln an. »Das klingt ungemein aufregend.« Sie befeuchtete ihre Unterlippe mit ihrer kleinen, himbeerroten Zunge. »Darüber müßt Ihr mir mehr erzählen, mein Graf.«

11

Irgendwo in der Ferne glaubte Constanze etwas erkennen zu können. Doch als sie den Kopf wandte, gab es nichts Neues zu sehen. Sie blickte auf ihre Hütte und auf den Hund, der im Schatten der Bank döste. Wahrscheinlich war sie von einem Spiel des Sonnenlichts getäuscht worden. In der letzten Zeit hatte sie häufig das Gefühl, außerhalb ihres Gesichtskreises

Dinge zu bemerken, die, wenn sie ihnen ihre Aufmerksamkeit schenkte, plötzlich verschwunden waren. Manchmal fragte sie sich, ob es sich dabei vielleicht um Bruchstücke ihrer Erinnerungen handelte, die wie Sternschnuppen vom Himmel fielen, sichtbar, aber nicht greifbar waren und nichts als Leere hinterließen.

»Bitte, Constanze, nicht zappeln«, mahnte Maximilian. Mit flinken Bewegungen warf er ein paar Kreidestriche auf das Papier auf seinen Knien.

»Ich mag nicht mehr«, quengelte sie und rutschte von dem Baumstumpf, auf dem sie gesessen hatte. Als könne sie dadurch ihre Unzufriedenheit verscheuchen, klopfte sie mit übertriebener Energie ein paar Blätter und im Stoff hängengebliebene Erde von ihrem Rock. »Ist es Euch recht, wenn wir eine Pause machen? Mein Nacken ist ganz steif und ...«

Sie war neben Maximilian getreten. Überrascht unterbrach sie sich. Da war es wieder! Während sie auf ihr eigenes Gesicht blickte, das ihr als Kohlezeichnung entgegensah, tauchte irgendwo in ihrem Gesichtskreis ein Schatten auf. Doch dieser verschwand, bevor sie ihn identifizieren konnte. Es war, als wollte sie nach Wasser greifen und es festhalten – es rann ihr immer wieder durch die Finger.

Aber etwas war anders. Vor ihrem geistigen Auge stand plötzlich ein Name: »Rosalba Carriera.«

»Was?«

Constanze seufzte. Sie war verzweifelt, denn sie konnte die Bruchstücke, die aus dem Vergessen in den Vordergrund zu drängen begannen, nicht ordnen und infolgedessen auch nicht verstehen. Wahrscheinlich stand sie kurz davor, dem Wahnsinn zu verfallen. »Mir fiel plötzlich ein Name ein, den ich irgendwo gehört haben muß. Ich habe keine Ahnung, um wen es sich handelt. Rosalba Carriera«, wiederholte sie traurig. Ob sie wohl einmal eine Freundin gehabt hatte, die so hieß? »Klingt hübsch, nicht wahr?«

»Ihr wißt nicht, wer Rosalba Carriera ist?« fragte Maximilian erstaunt.

Jetzt war es an Constanze, verblüfft zu sein. »Nein. Müßte ich das? Kennt Ihr sie?«

»Nun, Ihr wißt doch sonst so viel. Ihr seid belesen und sprecht Französisch. Deshalb ist es merkwürdig, daß Ihr den Namen Rosalba Carriera kennt, aber nicht wißt, um wen es sich dabei handelt.« Plötzlich leuchtete Schalk in seinen dunklen Augen auf. »Oder, sagt es schon, verspottet Ihr auf diese Weise mein Talent als Porträtzeichner?«

Es war tatsächlich ihr Humor, der Maximilian immer wieder in die Hütte im Wald zog. Constanze lachte gerne. Sie hatte ein frohes, freundliches Wesen, das sich ganz selten in an Hoffnungslosigkeit erinnernde Düsternis verwandelte, jedoch schnell immer wieder aufzuhellen schien. Er schrieb diese Verzweiflung ihrer Einsamkeit zu und redete sich ein, eine gute Tat zu begehen, wenn er sie in ihrer Behausung besuchte.

Das war freilich nicht der einzige Grund, der seine Schritte – oder die seines Pferdes – in den abgelegensten Teil des Waldes führte. Sie gehörte zu den wenigen Frauen, mit denen er sich unvoreingenommen unterhalten konnte. Sie schien nichts von ihm zu erwarten, und er brauchte sich nicht in einen katzbuckelnden Galan zu verwandeln, um ihre Aufmerksamkeit zu erheischen. Allerdings hatte sich ihre starke erotische Anziehungskraft inzwischen weitgehend verflüchtigt. Das Bild der lasziven Badenden verblaßte hinter dem Intellekt der nachdenklichen, wenn auch fröhlichen jungen Frau. *Es ist wie bei einer Männerfreundschaft*, dachte Maximilian manchmal, *wir sind wie Kameraden*.

Oft streiften sie scheinbar planlos durch den Wald. Dabei plauderte sie munter drauflos. Sie nannte ihm die Namen der wilden Blumen am Wegesrand, benutzte unendlich poetische Formulierungen, um den jetzt in voller Blüte stehenden gelben Wiesenpippau zu beschreiben und sprach mit ihrer sanften, gepflegten Stimme von den schmackhaften Desserts, die sie aus den Walderdbeeren zubereitete, die süß und im Überfluß unter den Sträuchern am Wegesrand zu finden waren. Mit ihren lyrisch anmutenden Worten, mit ihrer offenen Herzlichkeit und ihrem Humor eröffnete sie dem Künstler eine Welt, die er bislang nur am Rande wahrgenommen hatte. Daß Constanze mit fast übermenschlicher Zärtlichkeit ihr Zuhause im Wald beschrieb, hinterließ auf ihn einen tiefen Eindruck.

»Mir ist nicht nach Späßen zumute«, sagte Constanze ungewohnt heftig. »Sagt mir, wer ist Rosalba Carriera?«

»Ihr habt zweifellos irgendwo etwas über die Carriera gelesen«, erwiderte Maximilian. »Sie ist eine berühmte Porträtmalerin aus Venedig. Ihre Bilder sind seit einer Ausstellung in Paris sehr gefragt. Sie ist bei Hofe beliebt und hat viele Porträts von Prinzen und Prinzessinnen geschaffen.«

Sie war sich absolut sicher, daß sie niemals etwas über eine Künstlerin namens Rosalba Carriera gelesen hatte. Jedenfalls nicht im vergangenen Jahr. Andererseits war ihr nicht erst seit dem Auftauchen Maximilian Altenbergs klar, daß es Künstler gab, die Gemälde herstellten, die von reichen Sammlern bestellt worden waren oder später aufgekauft wurden. Da mußte es doch irgendwo eine Verbindung zu ihrer Vergangenheit geben. Wie eine Tapetentür, die man auf den ersten Blick nicht wahrnahm, die aber ganz eindeutig in einen vorläufig verschlossenen Raum führte.

»Kennt Ihr Sammlungen in Sachsen, die Porträts von Rosalba Carriera besitzen?« erkundigte sich Constanze.

Maximilian fragte sich sekundenlang, ob Constanze ihm diese Information womöglich entlockte, um auf Diebestour zu gehen. Doch dann zuckte er mit den Achseln. Was ging's ihn an? *Du solltest sie vor ihren eigenen Handlungen schützen!* mahnte eine Stimme in seinem Innersten. Doch wußte er auch, daß Constanze stark und entschlossen genug war, ihren Willen durchzusetzen, einerlei, was er davon hielt. Ausweichend antwortete er: »Nun, der König besitzt einige Bilder, die er sich aus Venedig mitbringen ließ. Sicherlich auch seine Minister, und vermutlich können sich einige bedeutende Hofschranzen an den Porträts der Carriera freuen. Ich habe keine Ahnung, weil ich zu lange im Ausland war, um auf dem neuesten Stand zu sein.«

Constanze schwieg. Sie sah keine Verbindung zwischen dem,

was Maximilian gesagt hatte, und ihrem eigenen Leben. Die Enttäuschung über den Verlust eines Hoffnungsschimmers ließ ihre Haut blasser erscheinen, und ihre Mundwinkel zogen sich ein wenig herab. Es war immer das gleiche: Wenn sie glaubte, endlich der eigenen Identität auf der Spur zu sein, so zerstörte ihre Frage sofort wieder alles. Das war bei ihrer Mutter so, die sie ja nicht mehr zu fragen wagte, und nun auch bei Maximilian, obwohl der wenigstens unvoreingenommen reagierte.

Maximilian deutete die Traurigkeit in ihren Zügen falsch. Er lächelte ihr aufmunternd zu. »Wenn Ihr wollt, werdet Ihr Euch die Porträts der Carriera sicher eines Tages anschauen können. Es heißt, der König plant, seine Sammlungen der Öffentlichkeit zugänglich zu machen. Das bedeutet, daß jedermann an den Bildern vorbeispazieren und von dem Genuß der Betrachtung profitieren kann.«

»Hm«, machte Constanze, der bewußt war, daß es keine Möglichkeit gab, ihr Zuhause im Wald zu verlassen. Sie ahnte ja nicht einmal, wie weit die Residenz entfernt lag, geschweige denn, wie sie an Geld für die Reise oder überhaupt an ein Transportmittel gelangen sollte.

Plötzlich sehnte sie sich danach, ihre Verzweiflung mit einem menschlichen Wesen zu teilen. Mit ihrer Mutter sprach sie niemals über die Mutlosigkeit, die sie in letzter Zeit immer häufiger überfiel. Lediglich ihrem Hund flüsterte sie ihre Sorgen ins Ohr. Der hörte zwar geduldig zu, aber er konnte ihr keine Hilfe sein, und auf Dauer war das einfach zu wenig. Sie fühlte sich unendlich alleingelassen.

Anfangs hatte sie vermieden, sich Maximilian zu öffnen und auf seine Fragen zu antworten. Inzwischen unterließ er es sogar, in sie zu drängen und ihr Mysterium zu entschlüsseln. Als sei es ein stillschweigendes Übereinkommen, sprachen sie meist über alles andere, nur nicht über sich selbst. Doch jetzt sehnte sich Constanze danach, Maximilian von sich zu erzählen. Die Frage war nur: Konnte sie ihm vertrauen? Sie glaubte ihn inzwischen gut genug zu kennen, aber eigentlich konnte sie sich ja nicht einmal daran erinnern, wie man mit anderen Menschen umging. Ihr Wissen hatte sie aus der Literatur gewonnen, die sie in sich aufsog wie ein Schwamm die Feuchtigkeit.

Constanze fühlte sich entsetzlich bei dem Gedanken, daß sie sich auf Maximilian, der so überraschend in ihr Leben getreten war und ihre Einsamkeit auf so scheinbar selbstverständliche Weise vertrieb, vielleicht nicht verlassen konnte. Sie blickte ihm in die Augen. »Kann ich Euch vertrauen?« fragte sie.

»Selbstverständlich!«

Seine Stimme klang ernsthaft und aufrichtig. Seine Augen begegneten ihrem Blick offen und ohne Falschheit. Dennoch blieb ein Rest Ungewißheit zurück. Was würde geschehen, wenn sie einem fremden Menschen ihre Geschichte erzählte? Oder zumindest jenen Teil, der ihr bekannt war. Versetzte sie sich damit selbst in Schwierigkeiten – oder womöglich ihre Mutter? Obwohl sie sich nicht klar darüber war, was sie sich von Maximilian eigentlich erhoffte, beschloß sie, den Weg, den sie eben beschritten hatte, zu Ende zu gehen. Sie nahm all ihren Mut zusammen und sagte sich, daß es gleichgültig war, wie bitter es enden würde. Es war ja alles schon schlimm genug.

»Ich lag im Sterben«, platzte sie heraus.

Die Hand, mit der er Korrekturen an seiner Kohlezeichnung vorgenommen hatte, sank herab. In seinen Augen stand nichts als Fassungslosigkeit.

»Ich lag im Sterben«, wiederholte Constanze bedeutend ruhiger, »und habe darüber mein Gedächtnis verloren.«

Nachdem sie die bittere Wahrheit ausgesprochen hatte, fühlte sie sich keineswegs besser. Es war das erste Mal, daß sie sie mit eigenen Worten formulierte. Nie hatte sie ihre eigene Stimme gehört, die wiederholte, was ihre Mutter ihr gesagt hatte. Die Wahrheit klang plötzlich schmerzlicher – und endgültiger!

Unwillkürlich traten Tränen in Constanzes Augen. In einer Mischung aus Verzweiflung und Scham schlug sie die Hände vor das Gesicht. Sie konnte Maximilian nicht mehr in die Augen sehen. Sie wollte nicht über die Bestürzung nachdenken, die sie flüchtig in seinem Blick bemerkt hatte.

Ein leises Schluchzen entrang sich ihrer Kehle, als sie sich umwandte und gegen einen Baumstamm lehnte. Vielleicht konnte nur die Natur ihr Trost geben, denn sie war der einzige verläßliche Freund in ihrer Einsamkeit.

Maximilian sah sie an, aber nahm sie dabei kaum war. Vor seinem geistigen Auge tauchten all jene Fragen auf, die er sich in den Wochen seit ihrer ersten Begegnung immer wieder gestellt hatte. Zugegeben, im Laufe der Zeit waren die Antworten zunehmend unwichtiger geworden, denn in ihrer Freundschaft überwogen andere Dinge als das Wissen um ihr Mysterium. Es war ein Schock für ihn, mit einem Schlag eine einzige plausible Erklärung für Constanzes wundersames Verhalten aufgetischt zu bekommen. Diese Betrachtung des Rätsels Lösung war für ihn im ersten Moment schwieriger zu verkraften als der Inhalt ihrer Eröffnung.

Ihr Benehmen und ihre Bildung fügten sich nunmehr zu einem perfekten Bild: Die schöne junge Frau, die Französisch sprach, sich mit sanfter Stimme gewählt auszudrücken verstand, die belesen war, Einladungen zum Tee aussprach, als handele es sich um ihren Empfangsnachmittag, und mit Pferden umzugehen wußte, dabei aber niemals wie ein einfaches Mädchen vom Lande wirkte – Constanze war eindeutig eine Person von Stand. Das erklärte auch das Vorhandensein der wertvollen Gegenstände in ihrer Hütte. Wahrscheinlich hatte man ihr diese Sachen überlassen, um ihr etwas von ihrem eigentlichen Zuhause zu geben. Sie war also keine Diebin, keine Kriminelle, die ihn in den dunklen Abgrund ihrer Verbrechen mitreißen könnte.

Vor Erleichterung über diese Erkenntnis hätte Maximilian beinahe laut aufgelacht. Doch glücklicherweise bemerkte er gerade noch rechtzeitig ihre zuckenden Schultern. Ein untrügliches Zeichen, daß sie weinte.

Erst jetzt dämmerte ihm, was ihr Schicksal im Klartext bedeutete. Vergeblich versuchte er sich vorzustellen, wie es wohl wäre, wenn er sich an einen gewissen Zeitraum seiner Vergangenheit nicht würde erinnern können. Natürlich gab es Gelegenheiten – besonders hinsichtlich seines Vaters –, die er lieber der Vergessenheit opferte. Andererseits waren ihm die Erinnerungen daran lieber als gar kein Rückblick auf sein Leben. Die Vorstellung, die eigene Identität zu verlieren, erschütterte ihn. *Wie sehr muß sie gelitten haben*, fuhr es ihm durch den Kopf. Ohne daß er Zeit hatte, darüber nachzudenken, veränderten sich seine Gefühle für Constanze. Sein Beschützerinstinkt flammte in ihm auf und der brennende Wunsch, ihr ihr eigentliches Leben zurückgeben zu können.

Das melodische Hämmern eines Spechts unterbrach Maximilians Gedanken. Im Geäst eines Baumes raschelte es, eine Mücke surrte an seinem Kopf vorbei, und er holte aus, um nach dem Insekt zu schlagen. Dieser mechanische Handgriff weckte ihn aus seiner Fassungslosigkeit. Fast taumelnd, wie ein Schlafwandler, der auf den Zinnen eines Daches zum Mond aufsieht und sich kaum halten kann, trat er neben Constanze. Unsicher streckte er die Hand aus und berührte ihre Schulter.

»Ich bin nicht verrückt«, brachte sie unter Tränen kaum hörbar heraus.

»Das weiß ich«, antwortete er ernst. »Kein Mädchen, das so intelligent ist wie Ihr, kann gleichzeitig wahnsinnig sein.«

Er fingerte in seiner Weste nach einem Taschentuch. Unwillkürlich dachte er an seinen Bruder Nikolaus, der immer eine Sammlung blütenweißer Spitzentücher parat hatte, um damit gegebenenfalls die Tränen einer Dame trocknen zu können. Er nannte ihn deshalb manchmal scherzhaft einen ›Poussierstengel‹. Doch jetzt wünschte er sich wenigstens ein Minimum von Nikolaus' Vorrat. Endlich fand er einen zerknüllten Leinenlumpen, der so aussah, als habe er sich darin die Hände nach einem Töpferversuch abgewischt.

»Ich würde Euch gerne ein Taschentuch anbieten«, sagte er sanft. »Leider kann ich jedoch nur mit einem nicht ganz sauberen Flicken dienen.«

»Das macht nichts«, behauptete sie, wandte sich um und hob ihm ihr tränennasses Gesicht entgegen. »Ihr habt sicher nicht oft mit hysterischen Weibern zu tun . . .«

»Unsinn.« Mit unendlich zärtlichen Händen tupfte er die Tränenspuren von ihren Wangen. »Ihr seid ebenso wenig hysterisch wie verrückt. Ich würde noch viel mehr schluchzen, wenn ich durchmachen müßte, was Ihr erlebt habt.«

Ein Lächeln spielte um ihre Lippen, als sie ihm das Taschentuch aus der Hand nahm. Ihre Finger berührten sich dabei, und Constanze zuckte so heftig zusammen, daß sie ihm das Tuch förmlich aus der Hand riß. Verlegen senkte sie die Lider. Sie spürte, wie sich ihr Verhältnis zu Maximilian veränderte. Um den Zauber zu durchbrechen, der sie verwirrte, schneuzte sie sich heftigst in den durch Tonrückstände harten Stoff.

»Was ist passiert, Constanze?« fragte Maximilian. »Wieso ist Euch so viel Leid geschehen?«

Sie schluckte. »Meine Mutter sagt, es sei ein Reitunfall gewesen. Ich weiß es nicht. Ich kann mich nicht erinnern. Sie sagt auch, ich sei sehr lange bewußtlos gewesen, und die Familie rechnete mit...«, sie zerdrückte das Tuch in ihren Händen, »... mit meinem Ende. Aber ich erwachte dann doch aus dem Delirium. Den Rest wißt Ihr.«

»Nicht ganz«, er stützte sich mit der Hand an dem Baum ab, an dem sie lehnte. »Wer ist Eure Familie?«

Ihre Augen weiteten sich, und er las darin wieder jene Furcht, die ihm gleich zu Beginn ihrer Bekanntschaft aufgefallen war. »Ich weiß es doch nicht«, flüsterte sie.

Sekundenlang fragte er sich, ob sie die Wahrheit sprach. Er folgerte ganz richtig, daß sie in ihrem Zustand der Amnesie ein Schandfleck für ihre Familie darstellte – je nobler die Herrschaften waren, desto größer das Problem. Zu seinem Mitgefühl mischte sich Ärger über ihre Eltern, die wahrscheinlich nur an die eigene gesellschaftliche Stellung dachten und dafür Constanzes Jugend opferten.

»Würde es denn etwas ändern, wenn ich mich an meinen Familiennamen erinnern würde?«

Er schüttelte den Kopf. Liebevoll strich er über ihre Wange. »Nein, vermutlich nicht. Ich frage mich nur, was das für Menschen sind, die Euch dieser Einsamkeit aussetzen?«

Ihre Gegenfrage klang so logisch und sachlich, und ihm wurde klar, daß sie selbst schon etliche Male über eben dieses Problem gegrübelt hatte. Es war wie ein Strohhalm, an den sie sich klammerte, um niemanden verurteilen zu müssen: »Was blieb ihnen anderes übrig, als eine Tochter heimlich verschwinden zu lassen, die von ihren Freunden wahrscheinlich als geisteskrank bezeichnet worden wäre?«

Maximilian war sich bewußt, daß seine Erwiderung brutal klang, aber er konnte ihr nicht helfen, indem er sie vor ihrer Vergangenheit schützte: »Sie hätten versuchen können, Euer Erinnerungsvermögen aufzubauen.«

Sie sah ihn verblüfft an.

»Als Ihr vorhin meine Skizzen saht, hattet Ihr Euch an den Namen Rosalba Carriera erinnert«, fuhr er fort. »Ich bin sicher, daß Euch so manches wieder einfallen würde, wenn Ihr einen Anhaltspunkt bekämt. Da Ihr aber offensichtlich nicht im Wald aufgewachsen seid, erscheint mir dieser Ort alles andere als günstig, um Eurem Gedächtnis auf die Sprünge zu helfen.«

»Darüber habe ich noch nie nachgedacht«, murmelte Constanze mehr zu sich selbst.

Ihre Gedanken wanderten sechzehn Monate zurück zu jenen Tagen, als sie aus ihrer Bewußtlosigkeit erwacht war. Angestrengt überlegte sie, wie sie ihr Zuhause damals gesehen hatte. Doch auch diese Erinnerung war keineswegs lebendig, sie verschwamm immer wieder, und schließlich blieb nur das Bild ihres Himmelbettes zurück, so, als lichteten unbekannte Hände ein Stückchen den dichten Nebel, der alles andere verschloß. Ihr Gedächtnis schien erst seit dem Tage richtig zu funktionieren, als sie in ihrem Bett in dem Blockhaus im Wald erwacht war und von ihrer Mutter eine heiße Brühe eingeflößt bekam.

»Wie kommt Ihr darauf, daß ich nicht im Wald aufgewachsen bin?« fragte Constanze.

Er lächelte. »Weil Ihr so seid, wie Ihr seid. Mir scheint, daß Ihr weniger im Wald, als vielmehr von einer Gouvernante und einem ausgezeichneten Hauslehrer erzogen wurdet. Glücklicherweise habt Ihr früh genug Euer Gedächtnis verloren, um Euch nicht zu sehr an die Verhaltensmuster zu gewöhnen, die man von einer Dame erwartet...«

Er biß sich verlegen auf die Unterlippe, als er sich der Ungeheuerlichkeit seiner Bemerkung bewußt wurde. Verlegen stammelte er eine Entschuldigung, doch Constanze war viel zu verwirrt, um diese zu registrieren.

»Ihr glaubt also, daß ich aus einer hochgestellten Familie komme?« wunderte sie sich. Zwangsläufig dachte sie an ihre Mutter. Da sie keinen Vergleich hatte, wußte sie nicht, ob diese sich modern und teuer kleidete. Natürlich trug sie andere Garderobe als Constanze, aber irgendwie war ihr nie bewußt geworden, daß ihre Mutter möglicherweise eine vornehme Dame war. Vorstellbar war es allerdings. Und es erklärte vieles. Einschließlich ihrer Furcht, diese Frau durch das eigene Schicksal in Verruf zu bringen.

»Allerdings glaube ich, daß Ihr von ausgezeichneter Herkunft seid«, versetzte Maximilian. »Das ist nur logisch, wenn man all die Bücher sieht, mit denen Ihr Euch umgebt. Einfache Leute haben weniger mit dem geschriebenen Wort im Sinn. Erinnert Ihr Euch, wie mir bei meinem ersten Besuch das Jaspisporzellan auffiel? Das ist das Porzellan der Könige, Constanze.«

Plötzlich fiel ihr etwas ein: »Ihr behauptet, ein einfacher Handwerker zu sein. Wieso wißt Ihr denn dann so viel davon?«

»Ich bin Künstler und Handwerker«, antwortete er geduldig, wohl wissend, daß er ihr auch seinen Teil der Wahrheit schuldete, »aber ich bin in gesellschaftlicher Hinsicht kein einfacher Mann. Jedenfalls nicht, sofern es meine Familie betrifft.«

Sie wurde bleich. Verrat fürchtend, kamen wieder ihre Ängste hoch und mischten sich mit Wut und Enttäuschung. Einen Herzschlag lang glaubte sie, eine kalte Hand würde sich um ihren Hals legen und zudrücken. Unwillkürlich japste sie nach Luft. Sie beruhigte sich erst wieder, als ihr eine zweite Möglichkeit einfiel: Vielleicht hatte ihre Familie diesen Mann geschickt, um ihr zu helfen, in die Zivilisation zurückzukehren...

Doch Maximilian erzählte eine andere Geschichte. Er stemmte sich von dem Baum ab und marschierte ruhelos auf dem kleinen schattigen Platz im Wald hin und her, während er von seinen Eltern und Geschwistern sprach. Er erzählte ihr von der Verbundenheit mit der Tradition, dem Pflichtbewußtsein gegenüber seiner adeligen Herkunft und seiner Begabung, die schließlich die Oberhand gewonnen und ihn beinahe seiner Familie entfremdet hatte. Zum erstenmal sprach Maximilian offen aus, was er seit Monaten dachte: Wäre sein Vater nicht im Februar gestorben – er wäre nicht nach Sachsen zurückgekehrt. Wahrscheinlich hätte er sich in Paris niedergelassen und wäre letztendlich zu bequem gewesen, jemals wieder in seine Heimat zu reisen. So war es fast ein Glück, daß ein Herzanfall seinen Vater hinweggerafft hatte.

Er beendete seine Wanderung dicht vor Constanze und sprach aus, was er noch nie zuvor einem anderen Menschen anvertraut hatte: »Ich fühle mich so schuldig. Als hätte ich den Tod meines Vaters mit eigener Hand herbeigeführt.« Er ließ den Kopf hängen, und die Locken, die ihm ungebändigt in die Stirn fielen, berührten fast ihre Brust.

Sie dachte daran, daß sie nichts über ihren Vater wußte. Sie erinnerte sich nicht an seine Gesichtszüge, nicht daran, ob er freundlich war oder ein unverbesserlicher Dickschädel wie Maximilians alter Herr. Hatte er sie als kleines Mädchen auf seinen Knien geschaukelt? Hatte er ihr einmal ein Pony geschenkt? Hatte er voller Stolz ihren Arm genommen, als sie ihren ersten Ball besucht hatte? Sie hatte nicht einmal die leiseste Ahnung von dem Namen ihres Vaters.

Zaghaft zunächst, dann zielstrebiger, umfing sie Maximilians Mitte. Er lehnte sich gegen sie, vergrub den Kopf in ihrer Halsbeuge und sog den süßen Duft nach Kölnisch Wasser und Wiesengräsern ein, der in ihrem Haar hing. Wie tröstlich doch die Umarmung einer Frau sein konnte! Er umschloß ihren schmalen Körper mit seinen Armen. Da war keine Leidenschaft in dieser Geste, nur unendlich viel Zärtlichkeit und das gemeinsame Wissen um die Tücken des Schicksals, die so gefährlich waren wie die Felsen im Meer, die jedoch mit dem Geschick eines glücklichen Kapitäns umrundet werden konnten. Sie hielten einander fest und brauchten einander so, wie jedes Schiff irgendwann einmal einen Anker braucht.

12

»Meine Sammelleidenschaft ist wie eine *Maladie*«, verkündete August. Ein unsicheres Kichern der Damen und ein gekünsteltes Gelächter der Herren antworteten ihm, so daß der Kurfürst-König erklärend fortfuhr: »Wissen Sie nicht, daß es mit den Orangen wie mit dem Porzellan ist, daß diejenigen, die an der Krankheit leiden, das eine oder andere besitzen zu wollen, niemals finden, genug zu haben, sondern immer mehr haben möchten?«

»Noch mehr, Majestät?« erkundigte sich Jakob Heinrich Graf von Flemming mit hochgezogenen Augenbrauen, aber stolzgeschwellter Brust, denn der zweite Mann im Kurfürstlich-sächsischen königlich-polnischen Staate war der ursprüngliche Besitzer des Holländischen Palais'. Er hatte den Rohbau vor zwei Jahren erworben, zwischenzeitlich an den Gesandten aus Den Haag vermietet und schließlich an August verkauft. Böse Zungen behaupteten, daß Flemming von Anfang an auf eine Übernahme des Gebäudes durch den Herrscher spekuliert hatte, der auf diese Weise das Gesetz zur Genehmigung eines Neubaus durch die Ständeversammlung unterlief und die Bauruine später nach eigenen Vorstellungen umgestalten lassen konnte.

»Mir scheint, Ihr habt Euer Porzellanschloß erhalten«, fügte Flemming angesichts Tausender von Scherben, die im Holländischen Palais ausgestellt wurden hinzu.

»Meine Gratulation!« ließ sich Innen- und Finanzminister Christoph Heinrich von Watzdorf vernehmen. »Das Holländische Palais ist einzigartig, unübertrefflich. Es scheint mir tatsächlich prächtiger zu sein als das *Trianon de Porcelaine* in Versailles.«

»Ludwig XIV. ließ die Wände seines Lustschlößchens mit porzellanartiger Fayence verkleiden«, erklärte der Kurfürst-König, »nicht aber mit echtem Porzellan. Das ist der wesentlichste Unterschied zwischen seinem und meinem Porzellanschloß.«

Zufrieden schritt er durch die hohen Räume, die die Baumeister vom Boden bis zur Decke mit Porzellankacheln verkleidet oder mit Etageren versehen hatten, die mit Vasen oder anderen Porzellangefäßen dekoriert waren. Die glänzenden weißen Oberflächen der Scherben waren mit bunten Farben bemalt – und somit chinesischen Ursprungs – oder reich mit Goldmalereien oder Silberwerk verziert. Neben den importierten Sammelstücken waren reichlich Produkte aus der eigenen Manufaktur in Meißen ausgestellt, die von so unvergleichlicher Qualität waren, daß das Porzellan tatsächlich so durchscheinend schimmerte wie das Blütenblatt einer Narzisse im Sonnenlicht. Dazwischen gab es das braunrote oder rot-schwarz gemaserte Jaspisporzellan. Vor allem Beispiele jener Porträtplaketten, die August bei Staatsbesuchen zu verschenken pflegte. Selbstverständlich gab es keine anderen Lichtquellen als Leuchter aus Porzellan. Alles in allem war hier auf Geheiß des Kurfürst-Königs ein Reservoir an feinsten Gegenständen zusammengetragen worden, das sowohl in dieser Masse als auch in seiner Schönheit seinesgleichen suchte.

August blieb neben einem hohen Gefäß stehen, dessen Deckel fast bis an seine Hüfte reichte. Er wandte sich zu der Dame an seiner Seite um. Ihr kobaltblaues Kleid hatte die gleiche Farbe wie die Malereien auf den chinesischen Amphoren, registrierte er, und die Haut ihres Dekolletés schimmerte so rein und weiß wie feinstes ›indianisches‹ Porzellan. Es war tatsächlich wie eine Krankheit: Er mußte sich fast zwanghaft mit Schönheit umgeben, und wenn sich diese nicht so ohne weiteres in Sachsen finden ließ, würde er sie sich selbst vom anderen Ende der Welt holen, um sie zu besitzen. Das betraf Gemälde wie Bauwerke, die er in Dresden oder auch Warschau neu erschaffen ließ, das betraf aber auch Porzellan – und Frauen.

»Nun, Sophie, wie gefällt Euch Unser Porzellanschloß?«

»Ich wünschte, ich wäre ein Dichter, dann könnte ich in Worte fassen, was ich sehe und empfinde«, erwiderte Sophie. »Allein *schön* zu sagen, wird Eurem Holländischen Palais nicht gerecht, Sire. Man kann Eure Sammlung nicht genug bewundern.«

»Unsere Pläne waren nicht schlecht«, stimmte der Kurfürst-König zwar selbstgerecht, aber in Hinblick auf das sensationelle Inventar des Holländischen Palais' durchaus angebracht zu. »Besonders Unsere Idee, die Kunstkammern aufzulösen und meine Sammlungen in speziellen Räumen unterzubringen, erweist sich als richtig.«

Tatsächlich waren Augusts Überlegungen hinsichtlich der Spezifizierung seiner Sammlungen fast revolutionär zu nennen. Entgegen der landläufigen Meinung seiner Generation wagte er es, seine Schätze nicht nur nach den üblichen Kriterien wie Herstellungsdatum oder politischem Einfluß zu zeigen. Augusts Zusammenstellung wurde durch das Material bestimmt, nicht durch die historische Klassifizierung. Dieses war die Basis für den Bau seines ›Porzellanschlosses‹ geworden, in dem das Porzellan überdies nach konservatorischen Erfordernissen, künstlerischer Praxis und optischer Wirkung präsentiert wurde, was einem absoluten Novum entsprach. Den Erfolg der heutigen Eröffnung des Holländischen Palais' konnte August also durchaus auch als persönlichen Sieg werten.

»Als nächstes werden wir die Fertigstellung des *Grünen Gewölbes* vorantreiben«, wandte sich August an seinen Innen- und Finanzminister. »Wir möchten endlich einen vortrefflichen Ausstellungsplatz für Unsere Gemäldesammlung haben. Was schätzt Ihr, Watzdorf, wieviele Bilder mögen Wir wohl Unser eigen nennen? Vierhundert, fünfhundert...?«

»Eher fünfhundert, Majestät«, antwortete der Minister wie aus der Pistole geschossen.

»Laßt eine Inventarliste erstellen«, wies der Monarch an, bevor er sich durch eine der hohen Türen auf die Terrasse begab, die auf eine atemberaubend schöne Gartenanlage hinausführte. In sanften Treppen dehnten sich Rabatten, Rasenflächen,

Springbrunnen und Spazierwege bis zum Elbufer aus. August wandte sich um und reichte Sophie seine Hand, die ihre Röcke raffte und nach ihm durch die Tür ins Freie trat. Dabei streiften seine Blicke voller Zufriedenheit die strenge, aber wuchtige Sandsteinfassade. Charakteristisch für den Palast und dessen Bestimmung allerdings waren die geschwungenen Dächer, die an chinesische oder japanische Bauten erinnerten.

»Ein Gebäude ist nicht nur ein Haus«, sinnierte August. »Es ist eine bauliche Hülle, die mit der Innenarchitektur harmonieren muß, denn sonst ist sie störend für das Auge. Unsere Oberlandbaumeister haben gute Arbeit geleistet, nicht wahr?«

»Zweifellos macht Ihr mit Hilfe Eurer Oberlandbaumeister Dresden zur schönsten Stadt der Welt«, stimmte Sophie zu.

Das war nicht nur so hingesagt, um ihrem Geliebten eine Freude zu bereiten. Sie wußte, daß August sich persönlich sehr für die Fortschritte in der Stadtplanung einsetzte, und sie bewunderte sein Geschick. Nicht nur, daß er sich selbst als Architekt versuchte und erstaunlich gute Skizzen anfertigte, die zum Teil sogar umgesetzt wurden. Jeden Freitag mußten sich die Abteilungsleiter der verschiedenen Bauämter – je nach Jahreszeit – zwischen sechs und acht Uhr morgens beim Kurfürst-König einfinden, um die Bauplanungen zu besprechen, und August nahm sehr regen Anteil an der Ausführung seiner Vorstellungen.

Der kurfürstlich-sächsische Militärberater August Christoph Wackerbarth trat mit einer soldatisch knappen Verbeugung vor. »Majestät, Hauptmann Graf von Altenberg bittet, vorgestellt werden zu dürfen. Er kommandierte jene Eskorte, die die ›Dragonervasen‹ und anderes Porzellan aus Preußen nach Dresden brachte.«

»Nur her mit ihm. Er hat Glück, daß er mir keine Scherben brachte. Andernfalls hätte er auf der Festung Königstein Quartier bezogen.« August drückte zärtlich Sophies Hand. »Entschuldigt mich.«

Sie neigte lächelnd ihr Haupt. Als sei sie stark an der Bepflanzung der Gartenanlagen interessiert, wandte sie sich ab und blickte über die mit Zierbüschen und Blumenbeeten angelegten Grünflächen. Menschen verschiedenster Herkunft und Garderobe flanierten in der Abenddämmerung über die Spazierwege. Unwillkürlich lächelte Sophie. Es war typisch für August, daß er Vertreter der unterschiedlichsten Schichten seines Volkes eingeladen hatte. Es war ihm wichtig, die Nähe seiner Untertanen zu spüren. Das unterschied ihn vermutlich von anderen absolutistischen Monarchen. Ebenso wie seine – für manche Aristokraten unverständliche – Marotte, vorwiegend Bürgerliche in wichtigen Positionen der Bauämter einzusetzen.

»Madame, verzeiht, wenn ich die Unverfrorenheit besitze, Euch anzusprechen, aber es ist niemand in der Nähe, den ich bitten könnte, mich vorzustellen.«

Verblüfft und gleichsam ärgerlich wandte sich Sophie um und sah sich einem Geistlichen gegenüber, was ihre Überraschung nur noch steigerte. An seiner schlichten, dunklen Garderobe erkannte sie den protestantischen Pastor. Lediglich sein mit teuren Spitzen verziertes Rüschenhemd ließ vermuten, daß es sich bei dem Priester um einen wohlhabenden Mann handelte. Er hatte ein überraschend jungendliches Gesicht mit offenen, dunklen Augen, in denen Freundlichkeit und ein ausgeprägter Sinn für Humor blitzten. Obwohl Sophie jeder Couleur von Geistlichkeit mit gewisser Vorsicht begegnete, wußte sie, daß ihr dieser Mann auf Anhieb sympathisch war.

Er verrenkte seine langen Gliedmaßen zu einer Verbeugung. »Mein Name ist Altenberg. Martin von Altenberg.«

»Altenberg?« wiederholte sie stirnrunzelnd. »Seine Majestät spricht gerade mit einem Hauptmann von Altenberg. Habt Ihr Euch so schnell in einen Pastor verwandelt?«

Martin lächelte. »Hauptmann Nikolaus von Altenberg ist mein Bruder, Madame. Er besaß die Freundlichkeit, mir eine Einladung zu verschaffen.«

»Ich habe gehört, daß ein Altenberg nicht um eine Einladung bei Hofe bitten muß.«

»Das ändert sich, wenn man der Assistent von Propst Lindenau ist«, erwiderte Martin gelassen, als störe ihn dieser feine

Fleck auf seiner weißen Weste nicht. Tatsächlich wurden die religiösen Gäste der Königinmutter und der Kurfürstin in Augusts Residenz nicht besonders gerne gesehen. Andererseits übten sich die protestantischen Priester auch lieber in reiner Theologie und in religiösen Wortgefechten als in den lästerlichen Vergnügungen der Hofgesellschaft.

Sophie wandte ihre Aufmerksamkeit wieder den Gartenanlagen zu, wo sie geschäftiges Treiben an der Bootsanlegestelle am Fluß entdeckte. Sobald die Sonne untergegangen war, würde ein Feuerwerk den Kurfürst-König und seine Gäste entzücken. Sophie liebte ebenso wie August die bunten Lichter der Pyrotechnik. Auch diese Leidenschaft hatte er von den Chinesen übernommen – wie das Porzellan.

Sie blickte zurück in Martins Gesicht. »Warum wolltet Ihr mich kennenlernen, Herr von Altenberg?«

»Ihr seid eine sehr schöne Frau, Madame. Ist es da verwunderlich, wenn ich Eure Bekanntschaft suche?«

Sie seufzte. »Ihr seid ein Schmeichler. Das paßt nicht zu Eurem Beruf und deshalb sind Eure Komplimente unglaubwürdig. Was ist es also? Soll ich Euch zu einer Audienz beim König verhelfen?«

Martin blickte in ihre Augen. »Und wenn es so wäre?«

»Dann würdet Ihr Eure Zeit vertun«, versetzte sie, ohne seinem Blick auszuweichen.

»Ihr würdet mir nicht helfen?«

»Nein«, ihre Stimme klang überraschend scharf. »Es scheint, daß Ihr mich verwechselt. Ich mag die Favoritin des Königs sein, nicht aber sein Hofmarschall. Deshalb habe ich auf die Empfangslisten keinen Einfluß. Nebenbei bemerkt wünsche ich diesen auch nicht.«

Nach dieser heftigen Erwiderung fragte sich Martin, ob Sophie de Bouvier so durchtrieben war, daß sie nach außen die Heilige spielte, dafür aber in Augusts Schlafgemach ihre Intrigen spann. Oder war das Bild, das die Königinmutter von der Mätresse ihres Sohnes hatte, eine Fälschung? Vielleicht meinte Sophie es so ehrlich, wie sie es sagte.

»Es tut mir leid, Madame«, Martin lächelte freundlich, »wenn ich Euch verletzt habe. Tatsächlich geht es mir nicht um eine Audienz. Ihr habt ganz recht, ein Altenberg hat bei Hofe viele Möglichkeiten. Wenn auch ich nicht persönlich, so könnte ich doch einen meiner Brüder . . . Jedenfalls war es wirklich nur mein aufrichtiger Wunsch, Eure Bekanntschaft zu machen, der mich so unverschämt werden ließ. Euer Name ist in aller Munde.«

Sie erwiderte mit einer Mischung aus Humor, Tadel und Spott: »Ich kann mir nicht vorstellen, daß sich ein protestantischer Geistlicher mit dem Klatsch der Hofgesellschaft befaßt.«

»Um gewisse Gegebenheiten kommt auch ein Geistlicher nicht herum.«

Martin trat nervös von einem Bein auf das andere. Da er nicht wußte, was er mit seinen Händen tun sollte, verschränkte er sie hinter seinem Rücken. Die Situation war ihm reichlich unangenehm. Es war nicht zu erwarten, daß Sophie auf Anhieb freimütig über ihre Religion sprechen würde. Andererseits konnte er sie keinem Verhör unterziehen. Er wußte, daß er sie einlullen und belügen mußte, um etwas über ihre Pläne hinsichtlich eines Gotteshauses für die Hugenotten zu erfahren. Oder über das falsche Spiel, welches sie angeblich mit dem Kurfürst-König trieb . . .

Sophies Augen hielten seinen Blick mit einer Intensität fest, die ihn erröten ließ. Als könne sie in seinen Zügen lesen, stellte sie sachlich fest: »Ich nehme an, Ihr wollt mit mir über meinen Glauben sprechen.« Dabei war ihre Stimme überraschend sanft und so verständnisvoll, als wisse sie um den Wettstreit seiner Gefühle.

Martin senkte die Lider. »Wären meine Fragen so verwunderlich, Madame? Ihr müßt zugeben, daß die vorliegende Konstellation meiner Kirche gewisse Sorgen bereiten könnte.«

»Wahrscheinlich habt Ihr recht.«

Es hatte keinen Sinn, mit lächerlichem Geplänkel um die Wahrheit herumzureden: »Sind diese Sorgen berechtigt?«

Sophie wandte sich wieder um, als suche sie in den Gartenanlagen nach der Antwort auf seine Frage. Der auffrischende Abendwind wehte Gelächter und Stimmenfetzen zu ihnen herüber. Einen Augenblick lang schweiften Sophies Gedanken ab. Es war Mitte August, und die Zeit war abzusehen, wann dieser wunderschöne Sommer beendet sein würde. Sie mußte unbedingt nach Schloß Elbland zu ihrem Großvater reisen und die üblichen Arbeiten beaufsichtigen, die mit dem Herbst einhergingen. Der Verwalter war zwar ein fähiger Mann, aber sie mußte wieder einmal nach Hause, um nach dem Rechten zu sehen. Viel zu lange war sie schon in Dresden. Andererseits wollte sie August nicht von der Seite weichen, denn wer konnte wissen, was geschehen würde, wenn sie nicht mehr da war ...

Der Gedanke an den Mann, dem ihre Liebe gehörte, brachte sie wieder in die Gegenwart zurück. Sie sagte: »Ihr solltet wissen, Herr von Altenberg, daß sich der König keinem Menschen gegenüber verpflichtet fühlt, nur sich selbst. Beantwortet das Eure Frage?«

»In gewisser Weise – ja. Andererseits müßt Ihr verstehen, daß die Sorgen meiner Kirche durchaus berechtigt sein könnten. Der Religionskonflikt im Lande ist eine stetige Bedrohung des allgemeinen Friedens. Wir hatten genug Kriege in Sachsen, so daß wir diesen Kampf in den Herzen der Menschen nicht riskieren dürfen.«

»Seine Majestät hat niemals irgendeinem Menschen dessen Religion vorgeworfen oder einer Kirche – weder dem katholischen noch dem protestantischen Klerus – in irgendeiner Weise geschadet«, entgegnete sie mit einer für diese zierliche Person ungewöhnlichen Energie. »Es ist schändlich, dem König Parteinahme vorzuwerfen, denn niemand bemüht sich so stark um Neutralität zwischen der Kirche Polens und der Kirche Sachsens wie er.« Sie zögerte einen Moment, fuhr dann aber mit gesenkter Stimme fort: »Dasselbe kann man von den Vertretern der einen oder anderen Religionsgruppe allerdings nicht behaupten.«

Mit einemmal wurde Martin klar, was August an dieser Frau schätzen mußte. Ihre klare Urteilskraft, ihre Intelligenz, die absolute Loyalität, die sie ihm entgegenbrachte, waren zweifellos Faktoren, die ihre Schönheit verstärkten. Denn Sophie hatte natürlich absolut recht. Nicht nur die Protestanten in Sachsen intrigierten seit Jahren gegen den Kurfürst-König.

Der polnische Kardinalprimas Michael Radziejowski hatte zwar ebenso wie der polnische Adelsclan in der Abstimmung über den künftigen polnischen König im Jahre 1698 den zum katholischen Glauben übergetretenen Kurfürsten von Sachsen gewählt, die Geistlichkeit zwischen Minsk und Krakau hatte aber trotzdem niemals aufgehört, die Sachsen als Ketzer zu bezeichnen. Andererseits feierten die traditionell katholischen Polen den protestantischen König von Schweden wie einen neuen Messias. Als der streng soldatisch erzogene Karl XII. auf seinen Feldzügen auch Polen eroberte, hielt man den König für einen Erlöser, der von ›Gott, dem Herrn‹ geschickt worden war. Dabei übersahen die wankelmütigen Herren in Warschau, daß achtzig Prozent der polnischen Landgüter während des Nordischen Krieges in unkrautüberwucherte Wüsten verwandelt und allein in der Stadt Posen sechzig Prozent der Häuser vernichtet worden waren – von den schwedischen Eroberern.

»Seine Majestät zeigt eine Toleranz in Glaubens- und Standesfragen, die Ihr in anderen Fürstenhäusern vergeblich suchen werdet, Herr Pastor von Altenberg«, fuhr Sophie fort. »Wollt Ihr oder Eure Kirche dem König zum Vorwurf machen, daß er den persönlichen Ehrgeiz besitzt, im dauernden Wettstreit der europäischen Mächte eine der siegreichen Kräfte zu sein?«

Martins Augenbrauen hoben sich erstaunt. Noch nie hatte er mit einer Frau eine derartige Unterhaltung geführt. Er war hin- und hergerissen zwischen seinem Wunsch, diese Debatte mit Sophie fortzusetzen und dabei die Klingen zu wetzen wie bei einem freundschaftlichen Degenduell unter Männern, gleichzeitig war er aber irritiert über die ungewöhnliche politische Bildung der Dame. Sicher gab es berühmte Frauen, die große Salons führten und Unterhaltungen bestreiten konnten, die die intellektuellsten Männer vor Neid erblassen ließen. Doch Martin hatte wenig Erfahrung auf dem Parkett der Hofgesellschaft gesammelt. Wenn es sich nicht gerade um eine Frau wie die Königinmutter handelte, war er es nicht gewöhnt, politische Konversation mit einer Vertreterin des weiblichen Geschlechts zu führen.

Unwillkürlich fiel Martin die Gräfin Cosel ein. Augusts ehemalige Mätresse hatte sich massiv in politische Belange eingemischt und sich auf Grund der unterschiedlichen Ansichten vor allem Flemming zum Feind gemacht. Das führte schließlich auch zu ihrem Sturz. Hatte die Königinmutter doch recht, und August hatte sich inzwischen wieder eine Frau zur Favoritin auserkoren, deren Machtgier ebenso groß war wie ihre Intelligenz und Schönheit? Das allerdings wäre hinsichtlich des religiösen Konflikts wirklich fatal.

»Die Reformation hat dieses Land einmal stark verändert«, hob Martin schließlich an. »Die Lehren des Protestantismus sind die Basis unseres Glaubens, Madame. Sachsen ist die Heimat von Luthers Thesen. Dafür hat dieses Land einen hohen Blutzoll entrichtet. Ist es unter diesen Gegebenheiten denn so schwer zu verstehen, daß sich Ängste ausbreiten, wenn man um die Staatsreligion fürchtet?«

»Ich sagte Euch bereits, daß niemand um die Staatsreligion Sachsens zu fürchten braucht«, versetzte sie. »Ein Dekret des Königs macht dies deutlich.«

»Dennoch sind gewisse Kräfte beunruhigt.«

Sie lächelte ironisch. »Verzeiht mir meine Unwissenheit, wenn ich mich irre, aber war Sachsen nicht einmal eine Bastion katholischen Glaubens? Unduldsamkeit hätte daraus ganz sicher nicht das Geburtsland der Reformation gemacht.«

»Dennoch sollte immer wieder daran erinnert werden, daß *dieses* das Land ist, das Martin Luther beschützte.«

Ein Schatten der Erkenntnis leuchtete in Sophies Blick auf. Gleichzeitig sah Martin Empörung in ihren Augen aufflammen und Enttäuschung. Sie klappte den Mund zu einer Antwort auf, schien jedoch nicht die rechten Worte zu finden.

»Ihr seid Französin, Madame, eine Ausländerin. Vielleicht könnt Ihr deshalb unsere Bedenken nicht so ohne weiteres verstehen.« Eigentlich hatte Martin etwas Nettes, Einrenkendes sagen wollen. Doch zu spät bemerkte er, daß es genau das Falsche war.

Sophies Augen wurden hart. »Allerdings«, entgegnete sie, »ich bin Französin, und ich habe am eigene Leibe erfahren, wohin Intoleranz in Glaubensfragen führen kann. Das ist es aber, was Euch in Wirklichkeit Sorgen bereitet, nicht wahr? Daß ich an die Lehren Johann Calvins glaube, nicht an die Thesen Luthers. Ihr fürchtet um die Macht Eurer Kirche, wenn eine dritte religiöse Kraft in Sachsen erstarkt.« Mit einer wütenden Handbewegung raffte sie ihre Röcke. »Wer immer Euch zu diesem unerfreulichen Gespräch geschickt hat, Herr Pastor von Altenberg, sagt ihm, daß ich nicht die Absicht habe, Seine Majestät zu einer weiteren Konversion zu missionieren.«

Sie wollte an ihm vorbeirauschen, doch Martin hielt sie am Arm fest. Es war gänzlich unschicklich und auch mehr eine Reflexbewegung denn eine überlegte Handlung. Er wußte plötzlich nur noch, daß er diese Frau bewunderte und sie nicht einfach gehen lassen wollte. Jedenfalls nicht mit diesem Gefühl der Verachtung. Er wünschte sich, ihr Freund zu sein, nicht aber ihr Verräter.

»Was fällt Euch an?« zischte Sophie.

Ihre Augen blickten suchend über die Gruppen umstehender Höflinge, die sich glänzend zu unterhalten schienen. Der König war nicht unter den Anwesenden. Offenbar war er zurück ins Innere des Palais' gegangen, um sich an seiner Porzellansammlung zu erfreuen oder um Hauptmann von Altenberg eben jene Schätze zu zeigen, die dieser heil aus Preußen transportiert hatte.

Sophie fragte sich, was August mit einem Mann machen würde, von dem sie sich belästigt fühlte. Blitzschnell überlegte sie, von welchem der Anwesenden die kleine Szene mit Martin von Altenberg beobachtet worden war. Natürlich sah niemand sie direkt an. In gespieltem Desinteresse war jedes Mitglied der Hofgesellschaft bestens geübt.

»Laßt mich sofort los«, raunte sie erheblich sanfter, als ihre

Worte klingen sollten. »Wenn Ihr's nicht um meinetwillen tun wollt, so um Eures Halses willen.«

»Mein Hals ist mir egal, Madame«, brach es aus Martin zu seiner eigenen Überraschung heraus. »Ich könnte es nicht ertragen, Euch so gehen zu lassen.«

»Macht Euch nicht zum Märtyrer eines Problems, das für den König gar nicht existiert.« Sophie lächelte. »Wenn Ihr mich loslassen wollt, habt Ihr die Chance, Euch von mir zu verabschieden, wie es sich geziemt. Ansonsten werde ich unverzüglich nach den Wachen rufen.«

Martin ließ sie los. Schamesröte überzog sein Gesicht. Verlegen knackte er mit den Fingern seiner Hand, die eben noch ihren Arm berührt hatte. Mit einem tiefen Seufzer entschuldigte er sich: »Verzeiht mir, Madame, ich wollte nicht, daß Ihr mich für einen Heuchler haltet. Ich bin unendlich glücklich darüber, Eure Bekanntschaft gemacht zu haben ... Und das ist die Wahrheit.«

Sie neigte huldvoll den Kopf. »Danke.« Sie lächelte ohne die geringste Spur eines persönlichen Empfindens. Sie sah ihn an wie jeden anderen Mann bei Hofe, dem sie einen Moment ihrer kostbaren Zeit gewährte. Martin dachte, daß er selbst die Glut der Entrüstung in ihrem Blick diesem gleichgültigen Ausdruck ihrer Augen vorziehen würde. Als ihre Worte seine Gedanken unterbrachen, fand er sich ungewollt heftig wieder auf den Boden der Tatsachen zurückversetzt: »Ich glaube, Seine Majestät verlangt nach mir. Wenn Ihr mich jetzt bitte entschuldigen wollt.«

Martin verneigte sich mit formvollendeter Höflichkeit. Er sah ihr nach, wie sie mit anmutigen Bewegungen in den hinter der Terrasse liegenden Saal rauschte. Dabei mußte er sich im Geiste unmißverständlich klarmachen, daß diese Frau einem anderen gehörte. Einen Herzschlag lang gestattete er sich den Traum, daß ihm Sophie einmal ihre Loyalität und Zuneigung schenken würde. Dann aber wurde er sich schlagartig der Lächerlichkeit seiner Haltung bewußt. Er, der zur Karriere im Klerus bestimmte zweite Sohn des Grafen Altenberg, hatte sich um ein Haar in die gegenwärtige Favoritin des Kurfürst-Königs verliebt. Wie ein Narr stand er da und starrte ihr nach, gleichsam erfüllt von unendlicher Sehnsucht, die der leere Platz neben ihm nur noch verstärkte. Als kleiner Junge hatte er einmal eine ähnliche Zuneigung empfunden. Martin schmunzelte bei dem Gedanken daran: Er hatte sich in ein Kälbchen verliebt. Seine Empfindungen, als er erfuhr, daß das Tier zur Schlachtbank geführt worden war, waren ähnlich verzweifelt gewesen wie die Erkenntnis, daß Sophie unerreichbar für ihn war.

Die Erinnerung an den Auftrag der Königinmutter mischte sich in den Wirrwarr seiner Gefühle. Martin wünschte, er könnte Sophie vor den Intrigen der Hofgesellschaft schützen. Doch es blieb ihm nichts, als Gottes Hilfe anzuflehen und für ihr Wohlergehen zu beten.

13

Exakt zwei Monate später setzte Gräfin Virmont mit gespreizten Fingern eine zierliche Mokkatasse aus goldverziertem Meissener Porzellan auf den dazu passenden Unterteller. »Alle Welt macht so ein Aufsehen um dieses Geschirr. Könnt Ihr das verstehen, meine Lieben?« fragte sie ihre Freundinnen und fügte, ohne eine Antwort abzuwarten, hinzu: »Es handelt sich doch bloß um ein paar Scherben.«

»Diese Porzellanmode habe ich nie verstanden«, pflichtete ihr die Gattin des Generals von der Schulenburg bei. »Wahrscheinlich ist es nichts für das weibliche Geschlecht, da doch vorwiegend Herren dieser Sammelleidenschaft frönen.«

Gräfin Virmont senkte mit einem gequälten Seufzen die Lider. »Oh, wie recht Ihr habt. Tatsächlich ist auch mein Gemahl ganz vernarrt in dieses Geschirr. Wir haben es nur um seinetwillen angeschafft. Er hat daran mehr Interesse als an seiner Geliebten, fürchte ich, so daß er häufiger als früher zu Hause ist und ich so gut wie keine Zeit mehr für meine eigenen Bedürfnisse habe.« Sie untermauerte diese Aussage mit einem neuerlichen Aufstöhnen.

Jede der anwesenden Damen der Hofgesellschaft, die Gräfin Virmont an diesem kühlen Oktobernachmittag in ihr Palais gebeten hatte, wußte, welcher Gestalt die ›Bedürfnisse‹ ihrer Gastgeberin waren. Da sie eine große Bewunderin der schönen Künste war, verbrachte die Gattin des österreichischen Gesandten in Dresden viel Zeit in den Theatern. Man kannte sie als Mäzenin, die mit der finanziellen Unterstützung für die eine oder andere Wanderbühne niemals geizte. Manche Mitglieder der Hofgesellschaft munkelten, die Gräfin habe auch ein persönliches Interesse an den jugendlichen Helden der Italienischen Komödie, doch Genaues konnte niemand sagen.

Katharina von Serafin war vom zum Kaffee gereichten Branntwein schon etwas beschwipst und brachte das Gespräch prompt leise kichernd auf den Punkt: »Ihr meint wohl, Ihr habt keine Zeit mehr für Euren Geliebten...«

Die Gräfin errötete pflichtschuldigst. »Wie könnt Ihr nur annehmen...«, entrüstete sie sich mit einer Stimme, die mehr freundlich als schockiert klang, und brach dann in beredtem Schweigen ab.

Während die anwesenden Damen das angeschnittene Thema weiter ausbauten und die angeblichen neuen Favoritinnen und Liebschaften angesehener Hofangestellter durchhechelten, lehnte sich Katharina in ihrem Stuhl zurück. Sie war unendlich müde und schloß einen Augenblick die Augen. Die mit gesenkten Stimmen geführte Unterhaltung klang in ihren Ohren wie das leise Murmeln eines Bachs. Der Duft der Orangenblüten war betäubend und einschläfernd zugleich. Welch angenehmer Zeitvertreib, dachte Katharina, den Empfangsnachmittag in einer Orangerie verbringen zu können. Der Bau von Gewächshäusern, in denen Orangen- und Feigenbäume und Lorbeerbüsche angepflanzt wurden, war eine luxuriöse Modeerscheinung, die Gräfin Virmont offenbar höher schätzte als den Gebrauch des feinen ›indianischen‹ Porzellans. Diese Extravaganz ihrer

Einladung machte die Gattin des kaiserlichen Gesandten denn auch zu einer außerordentlich beliebten Gastgeberin.

Eine Hand legte sich auf Katharinas Finger. »Ist Euch nicht wohl, meine Liebe?« erkundigte sich die Gattin des spanischen Gesandten besorgt.

Katharina schlug die Augen auf. »O doch, es geht mir gut. Ich bin nur ein bißchen müde . . .«

»Habt Ihr etwa ein pikantes Geheimnis, von dem Eure Freundinnen noch nichts wissen?« Gräfin Schulenburg strahlte ob der zu erwartenden Neuigkeiten. »Sagt nur noch, der König ist seiner Mätresse überdrüssig geworden und zu Euch zurückgekehrt.«

Zwei hektische rosa Flecken leuchteten durch die Puderschicht auf Katharinas Wangen. Die Tatsache, daß sie den König nach einer flüchtigen Tändelei an Sophie de Bouvier verloren hatte, war allgemein bekannt. Mehr als die bloße Eifersucht schmerzte sie denn auch das Wissen der Hofgesellschaft um den Verlust ihres Einflusses. Am schlimmsten war allerdings, daß sich August noch immer stark zu der Frau hingezogen fühlte, die er immerhin seit inzwischen acht Monaten seine Favoritin nannte, und ein Ende dieser Beziehung nicht in Sicht war. Katharinas Bemühungen hinsichtlich einer Diskreditierung der Rivalin hatte bislang nichts gebracht. So fühlte sie sich langsam nicht nur um die Aufmerksamkeit des Königs betrogen, sondern auch um all ihre Hoffnungen gebracht.

Sie blickte in die erwartungsvoll aufgerissenen Augen der anwesenden Damen. Wie gerne hätte sie in diesem Moment über die Neugier und den Spott der anderen triumphiert. Doch sie konnte nicht einmal zugeben, daß sie eine schlaflose Nacht hinter sich hatte, weil sie von Kummer und Zorn gequält worden war.

»Ihr habt ganz recht, ich habe mir einen neuen Geliebten zugelegt«, log Katharina. »Eine Frau kann schließlich nicht ewig auf den Mann ihres Herzens warten, auch wenn es sich dabei um einen König handelt. Das wäre doch zu viel verlangt, nicht wahr?«

Ein träumerisches Lächeln glitzerte in den Augen der Gräfin

Virmont. »Nun, es heißt, daß es sich lohne, auf den König zu warten. Seine Majestät ist schließlich nicht irgendein Mann. Er sei ein wahrer Adonis, sagt man, und als Liebhaber ebenso stark und unübertroffen wie bei seinen kleinen Spielchen, wenn er Hufeisen verbiegt oder dergleichen.«

Das Gekicher ihrer weiblichen Gäste klang mehr als zustimmend. Jede der anwesenden Damen hätte ihre rechte Hand für eine Liebesstunde mit dem König gegeben.

Der Frohsinn ihrer Freundinnen versetzte Katharina einen Stich. Jede dieser Frauen war wohlhabend und mit einem mächtigen Mann verheiratet oder zumindest fest liiert. Liebe bedeutete für sie in erster Linie einfach nur Glück, und Leidenschaft war ein Synonym für Entspannung. Katharina allerdings, ungebunden und von Haus aus mit weniger Reichtum als Schönheit ausgestattet, strebte nach Höherem. Liebe hieß in ihren Augen Macht, und die Leidenschaft war nichts anderes als ein Mittel zum Zweck. Zwar gab es bedeutend unangenehmere Zeitgenossen als August von Sachsen und Polen, die dazu beitragen könnten, Katharinas Position zu stärken, doch warum sollte sie nicht das Angenehme mit dem Nützlichen verbinden? Ihre Freundinnen würden Katharinas Machtanspruch niemals verstehen, denn jede von ihnen würde sich zweifellos nur deshalb in Augusts Bett legen, um dessen legendäre Stärke persönlich auszuprobieren.

»Mir scheint es augenblicklich sinnlos, sich Hoffnungen hinsichtlich des Königs zu machen«, meldete sich Fürstin Palffy zu Wort. »Seine Majestät ist völlig vernarrt in Madame de Bouvier. Diese Französinnen haben ja auch einen gewissen Ruf ... *Olàlà*! Ich wüßte nicht, wer ihm so schnell etwas Besseres bieten könnte.«

Katharina schluckte den deutlichen Affront ebenso wie die bitterböse Entgegnung herunter, die ihr eingefallen war. Ihre sogenannten Freundinnen hatten sie also schon abgeschrieben! Mit zitternden Knien erhob sie sich. »Meine Müdigkeit ist wirklich unverzeihlich«, wandte sie sich mit gezwungener, aber fester Stimme an ihre Gastgeberin. »Darf ich mich in Eurem Boudoir ein wenig frisch machen?«

»Selbstverständlich, meine Liebe.« Gräfin Virmont machte ebenfalls Anstalten, aufzustehen. »Ich werde Euch begleiten und...«

»Nein, nein«, wehrte Katharina ab, »macht Euch keine Mühe. Ich kenne den Weg und möchte Euch nicht Euren anderen Gästen entführen. Wenn Ihr Euch einen Moment gedulden wollt – ich bin gleich wieder da.« Mit diesen Worten segelte sie um den Kaffeetisch der Damen herum und zur Tür der Orangerie.

»Das arme Kind«, hörte sie im Hinausgehen Gräfin Schulenburg sagen, »sie macht sich doch tatsächlich noch immer Hoffnungen auf den König. Dabei steht doch wirklich außer Frage, wem das Herz seiner Majestät gehört.«

Katharina schlug die Tür mit einer solchen Wucht zu, daß das Glas zitterte.

Der Oktobernachmittag war kühl und bewölkt. Der auffrischende Wind trieb die buntgefärbten Blätter der Bäume über die Kieswege, wirbelte die herabgefallenen Blüten der letzten Astern auf und trieb sie auf die Rasenflächen und Terrassentreppen. Die sterbende Natur hob Katharinas Laune zwar nicht, doch die kühle Luft belebte ihre Sinne. Tief durchatmend, den Schal fest um ihre Schultern ziehend, schritt sie durch die Gartenanlagen des Virmont-Palais' und ärgerte sich darüber, daß sie derart die Contenance verloren hatte. Ihre Schwäche zu zeigen, bedeutete alles andere, als ihrem Ziel nahe zu sein.

Ratlos stand Katharina vor den hohen Terrassentüren, die ins Innere der Gesandtschaft führten. Obwohl sie behauptet hatte, den Weg zu kennen, konnte sie sich jetzt nicht mehr daran erinnern, welches Portal in die Eingangshalle und damit zum Treppenaufgang in den ersten Stock und zu Gräfin Virmonts Privaträumen führte. Offenbar hatten die Lakaien noch keine Kerzen entzündet, denn hinter den Fenstern herrschte undefinierbare Dunkelheit, die Katharinas Spiegelbild zurückwarf. Während sie sich noch fragte, ob sie jede Türklinke ausprobieren sollte, entdeckte sie hinter einem Fenster ein Licht. In der Annahme, daß dies der richtige Weg ins Palais war, öffnete sie die Tür.

»... und die Anweisungen von Herrn Hofkriegsagenten Du

Paquier sind unmißverständlich«, hörte Katharina eine Männerstimme sagen, die sie nicht kannte, deren Klang sie aber eindeutig entnahm, daß der Sprecher aus Wien stammte.

»Die Gründung oder Verbesserung der Manufakturen sind ein wichtiger Schritt in die Zukunft«, bestätigte ein zweiter Bariton, den Katharina als die Stimme Graf Virmonts identifizierte. »Die Industrie in Sachsen befindet sich auf einem einzigartig hohen Standard. Das betrifft besonders die Porzellanmanufaktur. Wir können uns dafür beglückwünschen, daß der Kaiser nun die Möglichkeit besitzt, das Porzellanmonopol zu brechen.«

Unwillkürlich hielt Katharina den Atem an. Sie hatte sich ins Arbeitszimmer des österreichischen Gesandten verlaufen, in dem dieser ein offensichtlich geschäftliches, vielleicht sogar geheimes Gespräch führte. Daß sie den zweiten Redner nicht erkennen konnte, tat ihrem Interesse keinen Abbruch. Fast geräuschlos schloß sie die Terrassentür. Hinter den schweren Samtportieren verborgen, lauschte sie der Konversation.

»Die Wiener Porzellanmanufaktur wird im Hause des Grafen Kufstein, gleich neben den Gärten des Fürsten von Liechtenstein, in der Dreimohrengasse untergebracht werden«, berichtete der Besucher. »Herr Du Paquier konnte die Herren Becker und Zerder als Geldgeber gewinnen, was dem Kaiser nur recht sein kann. So muß seine Majestät nicht zu tief in die eigene Tasche greifen, um die Porzellanherstellung voranzutreiben.«

»Es war zweifellos nicht allzu kostspielig, Böttgers Stiefbruder die Pläne der Porzellanbrennöfen abzukaufen«, meinte Graf Virmont. »Der arme Mann ist mit seiner Familie geschlagen. Der leibliche Bruder befindet sich seit Jahren in den verschiedensten Gefängnissen, und der Stiefbruder brennt mit maßstabgerechten Zeichnungen der Öfen durch.«

»Gerade mal fünfzig Taler kosteten die Pläne«, antwortete der andere. »Das ist nicht viel, wenn man bedenkt, daß Ihr für die Abwerbung des Goldschmiedegesellen Hunger über hundert Taler bezahlt habt.«

»Die Pläne für den Bau der Brennöfen sollen von mindestens ebenso großer Bedeutung sein wie die Massebereitung selbst. Außerdem hat Jost Tiemann, Böttgers Halbbruder, meines Wissens nach in Meißen nicht mehr als zwölf Taler pro Monat verdient. Da sind fünfzig Taler doch ein recht schöner Gewinn. So kann er nun die Malerei und Kriegsbaukunst studieren, wegen der er im August ja offiziell nach Wien gezogen ist.«

»Herr Du Paquier zeigt sich äußerst zufrieden mit Eurer Abwerbung, Exzellenz, und sendet Euch die besten Wünsche und Empfehlungen.« Katharina hörte, wie Gläser klirrten. Offenbar feierten die Herren den Verrat am Kurfürst-König mit einem edlen Getränk. »Dennoch werden wir weiter ein Auge auf die Mitarbeiter der Meissener Manufaktur haben müssen und alles versuchen, den einen oder anderen zu einer Reise nach Wien überreden zu können.«

»Ich bin sicher, Christoph Conrad Hunger wird Euch bei der Suche nach den geeigneten Personen behilflich sein. Er war wohl nur seit Jahresbeginn für Böttger tätig, dennoch dürfte er über die verräterischsten Absichten seiner Kollegen im Bilde sein. Diesbezüglich hat Herr Du Paquier nichts zu befürchten. Der Fortgang der Wiener Porzellanmanufaktur ist meiner Ansicht nach sichergestellt.«

Abrupt wechselte der Gesandte das Thema. »Bringt Ihr Neuigkeiten vom Prinzen Eugen?« erkundigte sich Graf Virmont.

»Wie Ihr wißt, hat Prinz Eugen von Savoyen die Türken bei Belgrad vernichtend geschlagen. Die Straßensänger in Wien nennen den Feldmarschall in ihren Balladen seither nur noch ›Prinz Eugen, den edlen Ritter‹...«

Diese Seite kaiserlicher Politik interessierte Katharina nicht, vor allem, da es sich bei dem Prinzen Eugen um keinen sonderlich attraktiven Mann handelte. Er war zwar ein großartiger Feldherr und erfreute sich auch als Staatsmann allgemeiner Anerkennung, aber ein Frauenheld war er nicht. Außerdem hatte der stetige Konflikt des Kaisers mit den Türken so gut wie gar nichts zu tun mit dem Kurfürst-König oder Katharinas persönlichem Machtanspruch. Wohl aber die Informationen, die sie über den Verrat des Porzellangeheimnisses gewonnen hatte. Mit diesem Wissen würde sie etwas anzufangen verstehen. Was, das würde sie sich später überlegen. Wichtig war nur, daß sie dank ihrer Aufmerksamkeit irgendwie in der Lage sein würde, etwas gegen Sophie de Bouvier zu unternehmen. Allein diese Tatsache beschleunigte ihren Herzschlag und weckte Lebensgeister in ihrem Inneren, an die sie bereits gar nicht mehr geglaubt hatte.

Ebenso geräuschlos wie sie in das Arbeitszimmer des kaiserlichen Gesandten gekommen war, verließ sie es auch wieder. Die beiden Männer waren so sehr in ihre Debatte über die österreichischen Stellungen während des Türkenfeldzuges vertieft, daß sie nicht einmal merkten, wie sich die Portieren durch einen leisen Luftzug blähten.

14

Die Teestunde des Grafen Morhoff verlief ruhiger und bestand nur aus zwei Personen: dem alten Herrn und seiner Enkelin. Heinrich von Morhoff hatte bereits achtzig Jahre auf seinen breiten Schultern, war aber trotz des fortgeschrittenen Greisenalters eine beeindruckende Persönlichkeit. Er war ein aufrechter, kultivierter und kunstsinniger Mann, der für gewöhnlich die Einsamkeit seiner Bibliothek den unsinnigen Gesprächen vorzog, die mit einer gewissen beleidigenden Nachsichtigkeit häufig mit alten Menschen geführt werden, der lieber in der Betrachtung seiner Gemäldesammlung versank, als seine Augen mit der Neugier der Hofgesellschaft zu füttern.

Seit nunmehr fünfzehn Jahren außer Dienst und seit Februar praktisch alleine lebend in seinem Schloß, da Sophie die meiste Zeit in der Nähe des Kurfürst-Königs weilte, war der Haushalt vollkommen auf die Bedürfnisse des Grafen eingerichtet worden. Er trank eine chinesische Teemischung, die Sophie nicht schmeckte, die sie aber klaglos akzeptierte, und das Feuer im

Kamin wurde, obwohl der Herbstwind an den Fenstern rüttelte, so niedrig gehalten, daß sie trotz eines wollenen Umhangs fröstelte; ihrem Großvater aber war die kühle Zimmertemperatur angenehm.

Ein Zittern durchlief Sophies Körper, als die Glut im Kamin zischte und sie durch das Erkerfenster den aufkommenden Sturm beobachtete. Es war draußen vermutlich nur unwesentlich kälter als in diesem Raum, dennoch war ihr nicht wohl bei dem Gedanken an den bevorstehenden Ausritt. Allerdings würde nicht einmal das schlimmste Unwetter sie von ihren Pflichten abgehalten haben.

»Ich sehe, daß dich das Leben in der Residenz zu verweichlichen beginnt, meine Liebe«, sagte Graf Morhoff, der ihr Frösteln bemerkt hatte. »Ein kühles Zimmer hält den Geist lebendig, der darin wohnt. Überheizte Räume machen müde und träge.«

»Das ist es nicht, Großvater«, beeilte sich Sophie zu sagen. Dabei fühlte sie sich so klein und hilflos wie das junge Mädchen, das vor fünfundzwanzig Jahren von Jean Paul de Bouvier durch die kühlen Weinkeller geführt worden war, die sie auch in ihrer Unheimlichkeit hatten frösteln lassen. »Ich werde später noch ausreiten, aber das Wetter behagt mir nicht.«

»Dann bleib im Hause. Es ist wirklich kein Wetter für den Ausritt einer Dame ...«

»Aber die neuen Zäune ...«, hob sie an.

»Der Verwalter hat sie kontrolliert ...«

»Dennoch ist es besser, wenn ich nach dem Rechten schaue ...«

»Sprich nicht solchen Unsinn! Du bist nicht gestern von Dresden hierher gereist, um die neuen Zäune zu inspizieren.« Ein Lächeln huschte über das wettergegerbte, faltige Gesicht des Grafen Morhoff. »Allerdings: Wenn du nicht morgen wieder abfahren wolltest, könntest du mich glauben machen, daß du nur wegen der neuen Zäune auf das Gut gekommen bist.«

Sophie senkte die Lider. Ihre Blicke streiften dabei die überraschend ruhigen und kräftigen Hände des alten Mannes. Wie gerne hätte sie sich ihrem Großvater anvertraut, der in ihrem ganzen Leben der einzige Halt gewesen war und allen Schicksalsschlägen wie eine Festung dem Angriff getrotzt hatte. Dennoch gab es zwischen ihr und ihm seit rund eineinhalb Jahren ein ungeschriebenes Gesetz: Niemals durfte der Name jener Person fallen, die die Zuneigung von Großvater und Enkeltochter in Frage gestellt und deren Weiterleben zu Sophies größtem Geheimnis geworden war.

Es war nicht etwa so, daß der alte Graf mit starrsinniger Härte auf das Schicksal anderer Menschen reagierte, er glaubte, nur auf diese Weise Sophie beschützen zu können – ganz besonders, nachdem sie sich als Mätresse des Königs in verstärktem Maße des Klatsches, der Anmaßung und der Feindschaft der Hofgesellschaft aussetzte.

Heinrich von Morhoff räusperte sich. Sophie wußte, daß er ihren Weg kannte, denn er machte nicht die geringsten Anstalten, eine Begleitung für ihren Ausritt vorzuschlagen: »Sei vorsichtig, wenn du durch den Wald kommst. Der junge Altenberg berichtete von einer Wildschweinfamilie ganz in der Nähe.«

»Altenberg?« Sophie stutzte. Aus dem Hintergrund ihres Gedächtnisses schienen die gütigen, dunklen Augen eines Mannes zu treten. Seinen verwundeten Blick hatte sie nicht vergessen können. »Welcher Altenberg?« fragte sie.

»Das Leben in der Residenz verweichlicht dich nicht nur, es scheint dich auch zu verwirren«, versetzte ihr Großvater. »Hast du vergessen, daß unsere Ländereien im Süden an den Besitz des Grafen Altenberg grenzen?«

»Nein, aber mir war nicht bekannt, daß du nachbarschaftliche Beziehungen zu Graf Altenberg pflegst.«

Morhoff nippte an seinem Tee, bevor er fortfuhr: »Der Alte war ein rechthaberischer Wirrkopf. Gesegnet mit einer wunderbaren Frau und vier gut geratenen Söhnen, war er dennoch nicht in der Lage, seinem Leben irgendeine Freude abzugewinnen. Er hätte wahrlich einen besseren Preußen abgegeben. Nichts als Disziplin im Kopf, die Jagd und Soldatentum. Wahrscheinlich konnte er das Wort ›Kultur‹ nicht einmal buchstabieren.

Du hast recht, meine Liebe, das war wirklich kein Nachbar, mit dem man irgendeine Art von Beziehungen pflegt. Glücklicherweise war ich zu viel im Ausland und zu wenig bei Hofe, um diesem Schleimer allzu oft zu begegnen, der seine Tage in der Residenz mit Kratzbuckeln verbrachte.«

Sophie versuchte, die vertrauenerweckenden Augen mit dem Mann in Verbindung zu bringen, den ihr Großvater voller Verachtung beschrieb. Da es ihr nicht gelang, fragte sie nun ehrlich interessiert: »Wie kommt es, daß du mit Graf Altenberg eine Unterhaltung über Wildschweine geführt hast?«

»Er machte irgendwann im Sommer seine Aufwartung. Vielleicht war es auch im Frühjahr. Ich weiß es nicht mehr. Jedenfalls war es zu einer Zeit, als du in Dresden weiltest, meine Liebe, sonst hätte dich sicherlich auch die Gräfin besucht.« Mit einem gewissen Schalk bemerkte der alte Herr voller Zufriedenheit die Verwirrung, die er in Sophies Zügen las. Schmunzelnd erklärte er: »Natürlich spreche ich nicht vom alten Grafen. Der ist tot. Starb irgendwann im Winter. Da warst du auch in Dresden ... Du bist eigentlich nur noch in der Residenz, nicht wahr?«

Ruhig erwiderte Sophie: »Ich bin an der Seite des Mannes, den ich liebe.«

»Hmmm«, machte ihr Großvater. Er betrachtete nachdenklich die Lichtpunkte der Kerzen, die sich in der bernsteinbraunen Flüssigkeit in seiner Tasse spiegelten. Nach einer Weile hob er den Blick und sah Sophie direkt an: »Ich mißbillige deine Wahl nicht, meine Liebe. Wie könnte ich? Aber ich frage mich, ob du dir darüber im klaren bist, daß deine Religion – wie jede andere christliche Religion übrigens auch – den Ehebruch als Sünde betrachtet.«

Sophie starrte den Grafen sprachlos an. Natürlich kannte sie die zehn Gebote, die die moralische Basis der christlichen Gesellschaft bildeten. Grundsätzlich hatte Heinrich von Morhoff also recht, aber die Allgemeinheit ging davon aus, daß ein absolutistischer Herrscher sozusagen als Krönung seines Lebens über den Genuß der freien Liebe verfügen durfte. Beim gemeinen Volk fiel Ehebruch zwar theoretisch unter Strafe, ebenso das Zusammenleben unverheirateter Paare wie auch die Kuppelei. Allerdings hatten die bekanntesten Theologen und Rechtsgelehrten der Universität Halle nach eingehender Prüfung einen Dispens für die Hofgesellschaft ausgesprochen. In einem Gutachten behaupteten die Herren Thomasius, Grundling und von Ludewig, daß die Fürsten und hochgestellten Herren allein nur vor Gott Rechenschaft abzulegen hätten, nicht aber vor irgendeiner irdischen Moralinstitution. Diese vor Jahren in lateinischer Sprache niedergeschriebenen Richtlinien wurden vom Volk ebenso wie von der Kirche anstandslos akzeptiert. Hinzu kam, daß August selbst gegenüber Sophie deutlich gemacht hatte, warum er die Freuden der geistigen wie körperlichen Liebe außerhalb seiner Ehe suchte – ein persönlicher Dispens sozusagen, der ein schlechtes Gewissen gar nicht aufkommen ließ.

»Du bist nicht wie die Dönhoff«, fuhr Graf Morhoff fort, »die in der Hofgesellschaft als ›Hure‹ bezeichnet wurde. Flemming selbst hat sie ja so genannt. Du bist aber auch keine zweite Cosel, deren Ehrgeiz jeden Machtanspruch überstieg. Sophie, du liebst den König aus ganzem Herzen – und deshalb bist du verletzlicher als jede andere.«

Sophie senkte die Lider. Sie wünschte, es würde ihr irgendeine Möglichkeit einfallen, dieses Gespräch zu beenden. Ihr Großvater hatte nur teilweise recht – und das wußte er ebenso wie sie. Es war nicht nur die Liebe, die sie verletzlicher machte. Es gab in ihrem Leben jenes dunkle Geheimnis, dessen Offenbarung zu einem Skandal führen und ihr Augusts Vertrauen entziehen würde. Daran bestand kein Zweifel. Andererseits war sie sich vollkommen sicher, daß sie ihr Schweigen bewahren mußte. Sie wußte ja selbst nicht einmal genau, was in jener bedeutungsvollen Nacht im März vorigen Jahres geschehen war – und die Folgen würden im Verborgenen bleiben. Es sei denn . . . !

Ein schrecklicher Gedanke brachte sie auf die Nachbarn ihres Großvaters zurück, die nicht einmal einen halben Tagesritt entfernt lebten.

»Hast du dem jungen Altenberg einen Gegenbesuch abgestattet?« fragte sie.

In den Zügen des alten Mannes spiegelte sich ein Wettstreit seiner Gefühle. Verwirrung lag in seinen gütigen Augen, die so viel Leid gesehen hatten und sich in der Betrachtung künstlerischen Glanzes auszuruhen vermochten. Ganz offensichtlich konnte er Sophies Gedankengang nicht folgen. Nach einer Weile schien er seine Empfindungen wieder unter Kontrolle zu haben, denn er antwortete in gleichmütigem Ton: »Nein, ich habe dem jungen Altenberg keinen Gegenbesuch abgestattet. Für derartige gesellschaftliche Gepflogenheiten bin ich glücklicherweise zu alt. Er allerdings war noch ein-, zweimal hier, und ich muß zugeben, daß ich die Gesellschaft Friedrich Altenbergs zu schätzen begonnen habe.«

»Tatsächlich?« Sophie lächelte in der Erinnerung an die dunklen Augen. »Ich hatte vor einiger Zeit die Gelegenheit, einen Verwandten deines Altenbergs kennenzulernen. Einen höchst interessanten, wenn auch ein wenig impertinenten Pastor.«

»Impertinenz erscheint mir kein passendes Adjektiv für einen Geistlichen zu sein«, meinte Graf Morhoff. »Wie dem auch sei, Friedrich von Altenberg ist ein umgänglicher Mann, dem viel am leiblichen Wohl liegt. Er versteht auch einiges von Kunst. Ein Wunder, bei dem Vater! Allerdings betätigt sich sein jüngster Bruder in Künstlerkreisen, wodurch er wahrscheinlich einige Kenntnisse über Malerei und Bildhauerei erlangen konnte. Den Rest lernt er von mir. Er kann gut zuhören, der junge Altenberg.« Lächelnd fügte der alte Mann hinzu: »Wahrscheinlich ist das eines der wenigen erfreulichen Ergebnisse der väterlichen Erziehung.«

Sophie trank den letzten Schluck Tee und setzte die Tasse aus chinesischem Porzellan vorsichtig auf den dazu passenden Untertelller. Ein Blick aus dem Fenster sagte ihr, daß es höchste Zeit war, zu ihrem Ausritt aufzubrechen. Der Wind schien sich zu einem Unwetter zu steigern. Außerdem nahte die Dämmerung, und sie wollte vermeiden, zu lange in der Dunkelheit unterwegs zu sein.

»Großvater, erlaube mir bitte, aufzubrechen. Es wird Zeit, daß ich mich ein wenig auf dem Gut umsehe und die neuen Zäune inspiziere.«

Morhoff tätschelte die Hand seiner Enkelin. »Laß es nicht zu spät werden. Ich erwarte dich am Abend zurück.« Unter halbgeschlossenen Lidern beobachtete er, wie sie sich voller Eleganz erhob. Als das Rascheln ihrer Seidenröcke die Tür erreichte, murmelte er. »Es ist schön, dich wieder hier zu haben, Sophie.«

Der Herbstwind rüttelte und zerrte an den Fensterläden des Blockhauses. Er wirbelte die Blätter vor der Eingangstür auf und ließ die Glut im Ofen zischen. Dennoch hatte sich das Wetter überraschend lange gehalten, und trotz des stürmischen Tages brach unmittelbar vor der Dämmerung doch noch die Sonne durch die rasch über den Himmel ziehenden Wolken. Die Natur tauchte in ein sonderbar klares Licht, ließ Bäume und Wiesen wie gewaschen erscheinen.

Constanze saß am Fenster und nutzte die unerwartete Helligkeit, um sich mit ihrer Flickwäsche zu befassen. Sie liebte dieses Wetter, denn es gab ihr mehr als sonst das Gefühl, daß ihre Hütte ein Hort der Geborgenheit war. Der Herbst erinnerte sie in seiner Unberechenbarkeit, die sich zwischen Schönheit und sterbender Natur abspielte, mehr als jede andere Jahreszeit an das eigene Schicksal. Deshalb war Constanze die Dämmerung die liebste Stunde des Tages, denn dieses Halbdunkel – nicht Tag und nicht Nacht – schien ebenso wenig zu wissen, wohin es gehörte wie Constanze selbst.

Ein leises Knurren des Hundes ließ Constanze aufmerksam werden. Über den Saum des zu flickenden Hemdes blickend, bemerkte sie die Reiterin, die aus dem Schutz des Waldes über die Lichtung und der Hütte entgegenritt. Mit einer Mischung aus Stolz und Ehrfurcht beobachtete Constanze die Frau auf dem schlanken Pferd, das in geschmeidigen Bewegungen durch die sich im Wind biegenden Grashalme trabte. Eine aufrechte Gestalt, im Damensattel sitzend, die mit den anmutigen Bewegungen des Tieres zu verschmelzen schien.

Der kastanienrote Samtrock des Reitkostüms flatterte wie eine Fahne um die dunkelbraunen Flanken des Pferdes, und der Wind spielte mit den Federn an ihrem Hut. Vor dem klaren, sonnigen Licht, das den Wald in ein tiefes Grün tauchte, wirkten Reiterin und Pferd wie der farbige Mittelpunkt auf einem düsteren Gemälde.

Die Dame zügelte ihr Roß vor der Hütte. Zögernd drehte sie den Kopf, blickte sogar über die Schulter zurück, als wolle sie sich nach möglichen Verfolgern umsehen. Schließlich wandte sie ihre ungeteilte Aufmerksamkeit dem Blockhaus und seiner Bewohnerin zu. »Constanze!« rief sie. »Besuch ist da!« Dann ließ sie sich langsam aus dem Sattel gleiten.

Der Schweif des Hundes klopfte wie der rhythmische Schlag einer Uhr auf die Holzdielen.

Constanze löste sich aus ihrer Erstarrung. Es war eigentlich immer so. Sie konnte nicht begreifen, daß diese wunderschöne, elegante Erscheinung ihre Mutter sein sollte. Manchmal suchte sie im Spiegel nach einer Ähnlichkeit – und konnte diese in gewissen Zügen ihres Gesichtes auch finden. Aber es erschien ihr in solchen Momenten, als sehe sie nur die wenig erfolgreiche Fälschung eines vollendeten Kunstwerks. Sie konnte sich nicht erinnern, ob ihr irgendwann einmal beigebracht worden war, wie wertvoll die Garderobe für den optischen Eindruck eines Menschen war, aber jeder Besuch ihrer Mutter trat zweifellos für diese These ein.

Unwillkürlich mußte sie lächeln. Sie dachte an den anderen Besuch, den sie seit dem vergangenen Frühling in ihrer Hütte empfing. Zweifellos trat Maximilian Altenberg den Gegenbeweis in Sachen Kleidung an.

Während die Reiterin den Steigbügel hochzog, den Sattelgurt lockerte und die Zügel um die für diesen Zweck vorgesehene Halterung am Blockhaus schlang, legte Constanze ihre Handarbeit zur Seite und strich mit flüchtigen Bewegungen ihren einfachen Wollrock glatt. Zögernd, weil sie auch nach der langen Zeit, die sie im Wald verbrachte, nicht wußte, ob sie die Dame, die ihre Mutter zu sein behauptete, umarmen und küssen oder einfach nur mit einem ehrfürchtigen Knicks begrüßen sollte, trat sie in den Türrahmen.

»Guten Tag, Mutter«, hob Constanze an.

»Mein liebes Kind, wie gut du aussiehst!« rief die Besucherin aufrichtig erfreut aus. »Es tut mir so leid, daß ich so lange nicht kommen konnte. Verzeih mir bitte!«

Und dann schloß Sophie de Bouvier ihre Tochter in die Arme.

15

Graf Flemming marschierte blicklos durch den Empfangsraum und den Audienzsaal, an den salutierenden Wachen vorbei ins Arbeitszimmer des Monarchen. August stand an einem der hohen Fenster, während er seinem Sekretär eine Depesche diktierte. Der Kurfürst-König griff fast nie selbst zur Feder – und wenn, so meistens nur in privater Angelegenheit. Diese ›Faulheit‹ lag weniger an einer Demonstration seiner absolutistischen Macht als vielmehr an der Tatsache, daß sein Sinn für Rechtschreibung eher merkwürdig war. August schrieb ohne Rücksicht auf die Orthographie so, wie er sprach. Besonders seine in Französisch abgefaßten Briefe ließen sich deshalb nur entziffern, wenn man sie laut vorlas. Aus diesem Grunde bediente er sich praktischerweise den Dienstleistungen eines eigens für diesen Zweck angestellten Sekretärs oder seines Archivars und Chronisten.

Das Klappen der Tür unterbrach Augusts Diktat. Ärgerlich über die Störung wandte sich der Kurfürst-König vom Fenster ab. Als er Flemming sah, hoben sich seine buschigen Augenbrauen. »Was ist?« fragte er ungewöhnlich schroff.

»Ich bitte um Entschuldigung, Sire«, Flemming verneigte sich, »mein Besuch ist von äußerster Dringlichkeit. Ein Kurier brachte soeben Nachrichten aus Wien und Berlin.«

August lehnte sich in erwartungsvoller Pose mit verschränkten Armen gegen das Fensterkreuz. Den Schreiber übersah er ebenso wie Flemming dies tat. Bedienstete galten als unsichtbar, allen voran natürlich der Sekretär, der ohnehin mit zu vielen Einzelheiten aus dem politischen Leben vertraut war. Sozusagen ›unter vier Augen‹ befand sich August überdies nur beim Schäferstündchen mit seiner jeweiligen Mätresse. Ansonsten hatte er als öffentliche Person so gut wie kein Privatleben.

»Claudius Du Paquiers Bestrebungen, in Wien eine Porzellanmanufaktur zu gründen, scheinen voranzukommen«, berichtete Flemming. »Der Kaiser soll zu einem schriftlichen Privilegium bereit sein, das dem Kriegsagenten auf fünfundzwanzig Jahre das alleinige Recht zur Porzellanherstellung sichert.«

»Das klingt so, als hätten die Wiener das Arkanum gefunden«, knurrte August.

»Es scheint so«, stimmte Flemming zu. »Letztlich war es nur eine Frage der Zeit, wann Eure Neider, Sire, zu den schärfsten Maßnahmen greifen würden, um Euer Porzellanmonopol zu brechen.«

»Der Kaiser brauchte nur in Ruhe zu warten, bis ihm die Früchte unserer Arbeit in den Schoß fielen«, erwiderte August. »Dort, wo viele Menschen an einem Wunderwerk beteiligt sind, gibt es immer Verrat. Das war in der Antike so, und die menschliche Natur hat sich bis heute nicht gewandelt.«

»Möglicherweise haben die schlechten Zustände in der Manufaktur zu Meißen zur Flucht des Goldschmiedegesellen Hunger geführt«, meinte Flemming vorsichtig. »Die Beschwerden gegen Herrn Böttger werden immer zahlreicher, Sire. Es wird offen von Mißständen auf der Albrechtsburg gesprochen. Daß sich Böttger und seine Leute dreimal täglich mit Branntwein volltrinken, scheint noch der harmloseste Vorwurf zu sein.«

»Ach«, August machte eine wegwerfende Handbewegung, »Schwierigkeiten gab es immer. Entweder waren es die angeblich schlechten Arbeitsbedingungen, oder es war die Gewinnsucht der einzelnen Mitarbeiter. Allerdings habt Ihr in einem Punkt recht: Böttger hat im trunkenen Zustand schon viel Unsinn begangen. Seine Vorliebe für den Branntwein hat sich als teures Vergnügen herausgestellt, als er, seiner Sinne nicht mehr mächtig, Wechsel verteilte, ohne darüber nachzudenken, was er eigentlich anrichtete.«

»Herr Böttger scheint häufig nicht zu wissen, was er anrichtet«, erwiderte Flemming. »Der Manufakturinspektor Steinbrück beklagt in einem geheimen Papier, Herr Böttger wäre sehr freimütig darin, einem jeden Mitarbeiter die Rezeptur zu nennen und die Öfen sehen zu lassen, die zur Porzellanherstellung benötigt werden. Das ermöglicht auch einem verräterischen Aug' und Ohr den Zugang zu dem Geheimnis des Arkanums.«

August nickte nachdenklich. »Wir werden eine Kommission einsetzen, Flemming. Sorgt dafür, daß entsprechende Männer zur Kontrolle der Manufaktur bestimmt und so schnell wie möglich nach Meißen geschickt werden. Auf diese Weise sollte der ärgste Schaden abgewendet werden können.«

Diese Effizienz und schnelle Auffassungsgabe des Kurfürst-Königs gehörte zu den Dingen, die Flemming an seinem Herrscher schätzte. Er, der über eine weniger große Begabung verfügte und sich den eigenen Weg nach oben hart erarbeitet hatte, bewunderte den kühlen Verstand Augusts.

»Dennoch müßt Ihr damit rechnen, Sire, daß die Abwerbungsversuche nicht nachlassen.«

»Wir werden dagegen gewappnet sein, Flemming. Aber das steht vermutlich nicht in den Depeschen aus Wien und Berlin. Was gibt es sonst noch?«

»Der kaiserliche Hof und der päpstliche Nuntius bestätigten die offizielle Konversion des Kronprinzen zu Wien am Einunddreißigsten dieses Monats . . .«

»Ach, du lieber Himmel«, fuhr August dazwischen. Er stemmte sich von dem Fensterkreuz ab und trat auf Flemming zu. »Das ist der zweihundertste Jahrestag, an dem Luther seine fünfundneunzig Thesen an der Schloßkirche zu Wittenberg anbrachte. Das wird Ärger mit der sächsischen Geistlichkeit geben.« Doch diese Erkenntnis schien ihn eher zu belustigen. Lächelnd fügte er hinzu: »Nun, diese Herrschaften werden sich endlich daran gewöhnen müssen, daß meine Religion meine Privatangelegenheit ist. Ebenso die meines Sohnes.«

Flemming zögerte. Daß die Religion eines Monarchen durchaus nicht dessen Privatangelegenheit war, brauchte er August eigentlich nicht zu sagen. Auch wenn dieser als zweitgeborener Sohn niemals zum Herrscher erzogen worden war, so war er doch lange genug in Amt und Würden, um diese kleinen Ressentiments der Staatsraison zu kennen. Andererseits wußte Flemming auch, daß August tatsächlich meinte, was er sagte: Obwohl er seine Religion aus politischen Erwägungen gewechselt hatte, um die Königskrone Polens zu erlangen, so betrachtete er seinen Glauben als persönliche Entscheidung, womit er den Augsburgischen Religionsfrieden eindeutig unterlief. Flemming war klar, daß deshalb sowohl die Geistlichkeit Sachsens, als auch andere Fürstenhäuser das Datum der Konversion des neunzehnjährigen Kronprinzen als Affront betrachteten.

Flemming entschied sich, eine weitere Charakterstärke des Kurfürst-Königs zu nutzen. Man konnte August stets die Wahrheit sagen, wenn man in entsprechendem Ton vorging. Flemming sagte: »Die Verlobung des Kronprinzen mit Erzherzogin Maria Josepha von Habsburg könnte vorläufig verschoben werden...«

August maß seinen obersten Hofmarschall mit strengem Blick. »Ich betrachte diese Verlobung als einen Erfolg meiner Politik. Der Hof zu Dresden wird in der Rangordnung der deutschen Fürstenhäuser steigen. Wir haben die Hand nach der Kaiserkrone ausgestreckt, Flemming, wir werden sie nicht zurückziehen. Die ›Pragmatische Sanktion‹ des Kaisers bezieht sich auf das Erstgeburtsrecht männlicher oder weiblicher Nachkommen. Obwohl Karls Tochter Maria Theresia im Mai geboren wurde, bleibt Maria Josepha an oberster Stelle der Thronfolge. Es wäre nicht im Sinne des Hauses Wettin, von der Heiratsvereinbarung zurückzutreten.«

»Das ist richtig, Majestät.« Flemming schluckte, obwohl er genau wußte, daß die Auslegung des österreichischen Erbfolgegesetzes Ansichtssache und Augusts Meinung durch die Geburt der Prinzessin Maria Theresia in Gefahr war. »Jedoch verbindet nicht nur die sächsische Geistlichkeit größte Bedenken mit der Verlobung des Kronprinzen.«

August begann, in seinem Arbeitszimmer auf und ab zu marschieren. »Ich habe dem Kaiser mein Wort gegeben«, erinnerte er. »Es ist für mich eine Frage der Ehre, dieses Versprechen zu halten.«

»Der König von Preußen hat allergrößte Bedenken hinsichtlich einer Allianz zwischen Sachsen-Polen und den österreichischen Erblanden. Damit würde Euer Anspruch auf die Vererbbarkeit der polnischen Königskrone verstärkt.«

»Ach, welch ein Unsinn!« Auf seinem Rückweg durch das Arbeitszimmer blieb der Kurfürst-König vor seinem obersten Minister stehen. »Natürlich strebe ich die Erblichkeit der polnischen Krone an, aber eines Tages werde ich es Friedrich August vermutlich freistellen, König von Polen zu werden. Wißt Ihr was, Flemming, der König von Preußen ist nicht nur geizig, sondern auch engstirnig.«

»Dennoch hätte eine Verbindung mit dem Hause Brandenburg-Preußen durchaus positive Aspekte...«

»Nein! Erinnert Ihr Euch an jenen Tag, als unser ärgster Feind, mein Vetter, König Karl von Schweden, unerkannt durch die Stadttore in Dresden einritt? Wer hat mir damals nicht alles geraten, Karl in Festungshaft zu nehmen.« Augusts Lächeln wirkte plötzlich bitter, seine Augen bewölkten sich. Die beiden Männer in seinem Arbeitszimmer, der Oberhofmarschall und der Sekretär, waren sicher, daß der Monarch in diesem Augenblick an die Gräfin Cosel dachte. Seine damalige Mätresse hatte mit Vehemenz für eine Verhaftung des schwedischen Königs gestimmt und August deshalb stark unter Druck gesetzt. Dennoch hatte er sein Karl XII. gegebenes Versprechen gehalten und diesen unbehelligt wieder abziehen lassen. Der Kurfürst von Sachsen hatte den König von Schweden sogar bis vor die Stadttore eskortiert, obwohl er mehr als einmal von diesem gedemütigt worden war. Letztendlich aber war August der Glücklichere von beiden. Er hatte seine Königswürde zurückerhalten, während Karl einen aussichtslosen Kampf in der russischen Steppe ausfocht, die den Schweden für immer ihre Großmachtstellung nehmen würde.

»Das Schicksal war auf meiner Seite«, verkündete August und nahm die Wanderung durch das Arbeitszimmer wieder auf. »Friedrich August wird Maria Josepha heiraten. Aus ihr soll eine energische junge Dame geworden sein. Das ist gut für den Kronprinzen. Er pflegt ohnehin viel zu viele Männerfreundschaften.«

»Unter diesem Aspekt schlage ich untertänigst vor, Sire, daß Ihr das Religionsversicherungsdekret für die Protestanten in Sachsen erneuert. So könnten Befürchtungen hinsichtlich einer Gegenreformation aus dem Wege geräumt werden.«

»Zweifellos«, stimmte August zu. »Allerdings fürchte ich, daß der Heilige Vater nicht einverstanden sein dürfte.«

Flemming lächelte. »Sire, Ihr übt Euch in der christlichen Tugend der Toleranz und Nächstenliebe. Wie kann es nur angehen, daß sowohl der katholische als auch der protestantische Klerus genau dieses nicht wünschen? Möglicherweise seid Ihr Eurer Zeit voraus, Majestät.«

»Ich blicke mit großem Interesse nach Brandenburg-Preußen«, antwortete August. »Was immer man gegen Friedrich Wilhelm sagen mag, seine Toleranzpolitik gegenüber den Religionen scheint auf fruchtbaren Boden zu stoßen ... Oh, Flemming, kennt Ihr schon den neuesten Witz, den man sich erzählt?«

»Nein, Sire.« Flemming fragte gar nicht erst nach. Auch wenn er den Witz schon gekannt hätte, würde er es nicht zugeben.

August schmunzelte, wobei seine kräftige Kinnpartie weniger energisch wirkte. »Was ist der Unterschied zwischen den Königen von Preußen und Polen?« wollte er wissen. »Der König von Preußen dreht jeden Groschen dreimal um, bevor er ihn ausgibt. Der König von Polen hingegen gibt jeden Groschen dreimal aus, bevor er ihn hat.« Und August lachte über den eigenen Witz so herzlich, als wäre die sprichwörtliche Geldknappheit in seinen Staatskassen tatsächlich nichts anderes als ein Ulk.

Während Flemming sich mit einem Spitzentaschentuch Lachtränen aus den Augenwinkeln wischte, fuhr August ernsthaft fort: »Wir werden eine Hochzeit ausrichten, Flemming, die zur größten dieses Jahrhunderts wird. Gleichgültig, was es kostet. Wie geht es mit dem Goldmachen voran?«

Vor vier Jahren war ein Mann in Dresden aufgetaucht, der sich Hector von Klettenberg nannte. Ein dubioses Empfehlungsschreiben wies ihn als ›wahren Adeptus‹ aus. Eine erste Probe seines alchimistischen Könnens hatte Klettenberg dem Kurfürst-König kurz vor Weihnachten desselben Jahres in der Dresdner Hofapotheke gegeben. Dieser geglückte Versuch, künstliches Gold herzustellen, wurde von August reich belohnt: Er verpflichtete sich gegenüber Klettenberg, diesem eine monatliche Summe von eintausend Talern auszuzahlen. Klettenberg, der vom Rat seiner Heimatstadt Frankfurt am Main nach dem tödlichen Ausgang eines Duells und wegen horrender Schulden gesucht wurde, genoß in den vergangenen vier Jahren alle Annehmlichkeiten eines luxuriösen Lebens. Das einzige, was er bei all den Möglichkeiten, die es in Dresden gab, übersah, war die Herstellung des gewünschten Goldes.

»Wir werden uns weiterhin an die Eintreibung der Steuern halten müssen, Sire, vom Baron Klettenberg scheint vorläufig nichts zu erwarten zu sein«, erwiderte Flemming.

»Wenn ich mich recht entsinne, hatte ich dem Goldmacher eine vertragliche Frist von vierzehn Monaten eingeräumt, um den sagenhaften *Stein der Weisen* zu finden. Ihr solltet Klettenberg im Auge behalten, Flemming.«

»Hofapotheker Werner tut dies bereits . . .«

»Böttger hat seine alchimistischen Arbeiten ebenfalls wieder aufgenommen, wie er Uns kürzlich in einem Schreiben berichtete. Das ist auch etwas, das die Kommission beachten muß. Macht Euch an die Arbeit, Flemming, Wir wollen keine Zeit verlieren.«

Der zweite Mann im Staate verneigte sich. »Sofort, Majestät. Gestattet mir nur noch eine Frage: Gedenkt Ihr in diesem Winter daran, wieder nach Warschau zu reisen? Wenn ja, so sollten Vorbereitungen getroffen werden.«

Insgeheim betrachtete Flemming seine Frage lediglich als

Höflichkeitsfloskel. Er war sich sicher, daß Sophie de Bouvier den Kurfürst-König – ebenso wie seinerzeit die Gräfin Cosel – in Sachsen festhalten würde. Da nicht zu erwarten war, daß die derzeitige Favoritin ihre vielgerühmten familiären Verpflichtungen gegenüber dem Grafen Morhoff außer acht lassen und zu einer monatelangen Vergnügungsreise antreten würde, nahm Flemming an, daß sich der Kurfürst-König dem Willen dieser Frau beugen würde.

Zu Flemmings größten Überraschung antwortete August aber: »Wir werden nach Polen reisen. Ich möchte Madame de Bouvier die Schönheiten Unseres Landes zeigen. Sie wird an Unserer Handelsroute durch das österreichische Schlesien interessiert sein, denn sie interessiert sich für alle Belange meiner Politik. Seht, Flemming, durch die Hochzeit des Kronprinzen wird Uns die Möglichkeit zu Gebietsforderungen an den Kaiser gegeben werden. Ich möchte Böhmen und Schlesien dem Kurfürstentum Sachsen einverleiben. Das ergibt gute Aussichten für den Handel mit unseren Waren und gleichzeitig ein gehobenes Ansehen unseres Volkes. Je mehr Handel betrieben und Industrien gegründet werden können, desto besser wird es den Sachsen gehen.«

Flemming lächelte. *Desto mehr Steuern können die Sachsen bezahlen*, fuhr es ihm durch den Kopf.

»Sobald Madame de Bouvier von ihrem Besuch bei Graf Morhoff zurück ist, werde ich mich zu Unseren Reiseplänen äußern«, erklärte August. »Wir werden nach Warschau fahren. Darauf könnt Ihr Euch verlassen.«

16

Andrzej Rakowski schwang die Beine aus dem Bett und schlug die Decke zurück. Die in seinem Schlafzimmer herrschende Kälte ließ ihn einen Augenblick schaudern. In der Dunkelheit versuchte er, nach seinem Hemd zu greifen. Er erinnerte sich daran, es über den Stuhl neben dem Bett geworfen zu haben. Doch seine Hände griffen ins Leere. Er tastete sich weiter vor und stieß dabei gegen die Rotweinpokale, die auf dem Nachttisch standen. Die Gläser fielen um, und das Klirren kam ihm vor wie der dröhnende Klang einer Kirchenglocke.

»*Guwno!*« fluchte der Pole.

»Was ist los?« ließ sich eine verschlafene Stimme aus den Tiefen der Daunenkissen vernehmen.

Mit einer Mischung aus väterlicher Fürsorge und nervöser Zärtlichkeit klopfte er dort auf die Decke, wo er den üppigen Körper seiner neuesten Eroberung vermutete. »Schlaf weiter«, flüsterte er. »Ich bin gleich wieder da, muß mir nur etwas Erleichterung verschaffen nach dem vielen Wein.«

Er verharrte einige Minuten lang reglos in seiner Haltung, nahm auch nicht die Hand von der Stelle, wo er die Wölbung ihrer Schulter fühlte. Angespannt achtete er auf ihren Atem, der so gleichmäßig war wie der eines von Weihnachten träumenden Kindes. Erst als er absolut sicher war, daß seine Geliebte schlief, richtete er sich auf, um sich wieder auf die Suche nach einem Kleidungsstück zu machen. Diesmal hatte er auf Anhieb Glück. Erleichtert warf er sich das Hemd über, tastete unter seinem Kopfkissen nach dem dort verwahrten Schlüssel, stand auf und verließ den Raum.

Üblicherweise lud Rakowski keine sogenannten *ehrbaren* Frauen in sein Bett ein. Dieses behielt er jenen Mädchen vor, die er mit barer Münze für ihre Gunst bezahlte und nach geleisteten Diensten wieder wegschickte. Mit einer vornehmen Dame konnte er auf diese Weise nicht verfahren, die wollte umworben – oder noch schlimmer – nach dem Höhepunkt der Liebesnacht in seinen Armen einschlafen und nicht sofort nach Hause gehen. Deshalb zog es der polnische Graf für gewöhnlich vor, sich mit der Angebeteten statt in seiner eigenen Wohnung in einem verschwiegenen Jagdhaus oder im Gästezimmer einer gemeinsamen Freundin zu vergnügen. Auf diese Weise blieb es ihm überlassen, zu gehen – wann und wohin es ihn gelüstete. Er brauchte sich nicht auf einen gemeinsamen Morgen vorzubereiten, der nach den körperlichen Höchstleistungen der Nacht höchstens ein schaler Nachschlag war.

Sein Hauptproblem bestand darin, daß Rakowski ein Meister seines Geschlechts war, wenn es darum ging, einer Frau den Hof zu machen und dabei die eigene Phantasie lebendig zu halten. Er liebte das Prickeln und die geheime Vorstellung, ihr vor allen Leuten die Kleider vom Leibe zu reißen, wenn man sich auf Hoffesten, im Theater, bei Turnieren oder in der Stadt zufällig begegnete. Doch da eine derart öffentliche Zurschaustellung seiner Manneskraft nicht möglich war, beschränkte er sich auf gewisse Träume, die allerdings in dem Augenblick vernichtet waren, wenn er mit der betreffenden Dame in trauter Zweisamkeit im Bett lag. Der Reiz der Frau war vorbei, das Prickeln dahin, denn nun kannte er ja, was er in Seide verpackt auf einer offiziellen Veranstaltung traf. So kam es, daß er sich höchst selten mehr als ein einziges Mal mit derselben Bettgenossin vergnügte.

Mit Katharina von Serafin verhielt es sich anders. Ursprünglich hatte er sie tatsächlich nur umworben, um eine einzige Nacht lang von ihrer Üppigkeit zu kosten. Doch plötzlich war ihm aufgegangen, wie nützlich sie für seine Ziele werden konnte. Die Tatsache, daß Katharina vom Kurfürst-König verschmäht worden war und anschließend keinen neuen Liebhaber in der Hofgesellschaft gefunden hatte, ließ ihre große Verletzlichkeit vermuten. Keine der Kurtisanen Augusts hatten jemals ein böses Wort gegen den ehemaligen Geliebten verlauten lassen; die Gräfin Königsmarck hatte sich sogar – Jahre nach ihrer Affäre – vor dem König von Schweden auf die Knie geworfen, um für August und das Kurfüstentum Sachsen um Gnade zu bitten. Doch Katharina besaß nicht die Größe ihrer berühmten Vorgängerin. Das machte sie zu einer Art Racheengel, dem Werkzeug des nach Reichtum strebenden Rakowski.

Als sie an einem stürmischen Oktoberabend vor zwei Wochen vor der Tür der Pension stand, in dem er Zimmer gemietet hatte, war seine Überraschung nicht besonders groß gewesen. Er hielt es für eine Frage der Zeit, nicht für eine Frage des Geschmacks, wann sie sich in seine Arme werfen würde. Zweifellos hätte er es vorgezogen, in ihrem Bett zu Gast zu sein, doch sie entschädigte seine übliche Vorsicht in vielerlei Hinsicht.

Katharina, die begierige kleine Plaudertasche, berichtete von der Gründung einer Porzellanmanufaktur in Wien und von den Bemühungen des Kaisers in Wien, wichtige Angestellte aus Meißen abzuwerben. Diese Informationen waren für Rakowski ein schwerer Schlag, der sich in gleicher Mission, aber aus bedeutend niedrigeren Beweggründen, dem russischen Zaren ebenso verpflichtet fühlte wie Graf Virmont seinem Herrscher. Andererseits machte ihr naives Mitteilungsbedürfnis die neue Geliebte des Grafen Rakowski zu einer idealen Spionin, denn Katharina hatte ihre vierte Liebesnacht mit einem unersetzbaren Geschenk gefeiert. Zwischen ihren Brüsten hatte sie einen Schlüssel versteckt, den sie am Wochenende zuvor irgendwo in der Residenz entwendet hatte. Wo, spielte keine Rolle. Da Rakowski als Mann keine Eifersucht kannte, wäre es ihm sogar einerlei gewesen, wenn Katharina durch eine andere Liebesgeschichte zu diesem Schlüssel gekommen wäre. Wichtig war nur, daß sie fraglos tat, worum er sie bat, und daß sie die Mittel organisierte, die seinen Zweck erfüllten.

Der Schlüssel, den Katharina besorgt hatte, ruhte in seiner Faust. Das Eisen war kalt, doch er fragte sich, ob er Feuer berühre. Denn er hielt in seiner Hand das Sesam-öffne-dich zum Arkanum der Porzellanherstellung.

Rakowskis Bemühungen, in Meißen einen geeigneten Mann für die Eröffnung einer Porzellanmanufaktur in Petersburg zu finden, waren gescheitert. Nächtelang hatte er den billigen Wein in der Schänke auf der Albrechtsburg getrunken, hatte Runden für die Manufakturarbeiter ausgegeben, hatte in dem gemieteten Zimmer in einem Gasthof zu Meißen die eine oder andere Schankkellnerin beglückt, um von dieser die Gewohnheiten der Arbeiter zu erfahren. Er war den verheirateten Männern in die Meißner Vorstädte Fischergasse, Vorbrücke oder Hintermauer gefolgt, um sich ein Bild von deren Familienleben zu machen. Doch all dies hatte Rakowski keinen Schritt weitergebracht. Es schien in der Kurfürstlich-sächsischen und königlich-polnischen Manufaktur keinen Mann zu geben, der das Geheimnis um die Porzellanherstellung kannte, aber erpreßbar genug war, um dieses auszuplaudern. Jedenfalls keinen, den der Graf aus Polen ausmachen konnte.

Es hatte eine Weile gedauert, bis Rakowski schließlich klargeworden war, daß durch Nötigung kein Manufakturmitarbeiter zum Verrat bereit war. Geldgeschenke waren ihm zu kostbar. Sie könnten den falschen Mann bereichern, ihn selbst aber um einiges ärmer machen. Um die finanziellen Mittel seines Betruges beneidete er Graf Virmont. Als Gesandter hatte dieser andere Möglichkeiten als Rakowski, der nur ein Mittelsmann des Fürsten Daschkow war. Eine Entführung kam ebenfalls nicht in Betracht, denn Rakowski zog es vor, alleine zu arbeiten, was es von vorneherein unmöglich machte, einen wahrscheinlich vierschrötigen Arbeiter zu überwältigen.

Irgendwann ging Rakowski schließlich auf, daß nur eine Verstandeslösung Erfolg garantierte. Es mußte eine Möglichkeit geben, sich bei einer geeigneten Person als Vertreter des Königs auszugeben und auf diesem Wege die Rezeptur einfach zu erbitten. Da auf der Albrechtsburg Tag und Nacht Wachsoldaten patroullierten und Passierscheine kontrollierten, war es unmöglich, mit dieser Lüge einfach in ein Büro zu marschieren. Niemand tat dies ohne ein Empfehlungsschreiben. Rakowski mußte also den Beweis seiner Kompetenz anderweitig besorgen.

Katharina brachte ihn auf die Idee. Eines Nachts hatte sie nackt an dem Fenster seines Schlafzimmers gestanden. Ihre mondbeschienene Gestalt hatte sich gegen das Dunkel hinter den Scheiben schemenhaft wie weiße Gaze abgehoben. Stumm betrachtete er den Körper, der regungslos gleich einer Marmorstatue am Fenster lehnte, jedoch zu üppig und zu weich war, um ihn an eine bestimmte antike Figur zu erinnern. Schließlich stand er vom Bett auf und zog sie in seine Arme.

»Paß auf«, raunte Katharina, »daß uns der Nachtwächter nicht sieht, sonst werden wir ein öffentliches Ärgernis.«

»Er wird uns nicht sehen«, sagte Rakowski rauh, während sich seine Hände gegen ihre Hinterbacken preßten.

»Vielleicht aber sieht uns der ›Dresdner Mönch‹«, gab sie zurück. Ihr Körper schauderte leicht, und er wußte nicht, ob das an seinen Berührungen oder an ihrer Furcht vor dem Geist lag.

Der Gedanke, von einem schrecklichen Gespenst beim Liebesspiel beobachtet zu werden, beflügelte Rakowskis Lust. Man behauptete von dem sogenannten ›Dresdner Mönch‹, daß er auf dem Festungswall der Stadt sein Unwesen trieb. Er war ein furchterregender Geist, der in der Hand eine Laterne trug und unter dem Arm seinen Kopf, der offenbar mit einem Schwert von seinem ursprünglichen Platz getrennt worden war. Natürlich gab es keine genauen Hinweise auf die Identität des Geistes, doch immerhin hatte er es fertiggebracht, einmal sogar die Schildwachen zu erschrecken.

Als Rakowski am nächsten Morgen lächelnd an seine nächtlichen Phantasien dachte, nahm plötzlich ein Plan Gestalt an. Auf dem Festungswall der Residenzstadt war vor mehr als einem halben Jahrhundert ein aus rohen, schwarz gestrichenen Brettern und mit Ziegeln überdachter Gang erbaut worden. So manches Geheimnis rangte sich um diesen ›Schwarzen Gang‹, der mit kleinen Fenstern und schweren Eisentüren versehen war. Vermutlich war er aus militärischen Gründen errichtet worden, denn er bot zweifellos nicht nur einen prächtigen Blick auf die Stadt, sondern vor allem auf die Festungsanlagen der Residenz. Das Histörchen, daß ein Vorfahr des Kurfürsten den Gang hatte bauen lassen, um seine Geliebte trockenen Fußes einmal rund um Dresden zu führen, war in Anbetracht der berühmten Elbbrücken kaum glaubhaft. Jedenfalls wurde der Schwarze Gang schwer bewacht, und nur engste Mitglieder der Hofgesellschaft besaßen einen Schlüssel, um diesen zu betreten. Doch von diesem Vorrecht machten wenige Gebrauch, zu unheimlich war der Weg über dem Festungswall.

Rakowski begann, in der Weinschänke auf der Albrechtsburg

mit Geschichten über den Schwarzen Gang und den Dresdner Mönch zu prahlen. Er erfand haarsträubende Märchen über den Geist und dessen Schabernack, schwang aber auch große Reden über geheime Treffen mit vornehmen Damen oberhalb des Festungswalls. Besonders diese Lügen wurden von den ausgezehrten Arbeitern der Manufaktur begierig aufgesogen, deren Phantasie sich höchstens auf ein Schäferstündchen mit der drallen Schankmagd richtete. Was aber der Pole vor allem zu bezwecken versuchte, war, durch seine Geschichten ein quasi authentisches Bild seiner Zugehörigkeit zum engsten Kreis der Hofgesellschaft zu zeichnen.

Seine Zunge erwies sich als geniale Waffe. Schneller als erwartet gewann Rakowski unter seinen Zuhörern gewisse Freunde, die auf seine hin und wieder eingeworfenen Fragen über die Porzellanmanufaktur gedankenlos Auskunft erteilten. Auf diese Weise lernte er auch die Männer besser kennen und entschied sich schließlich für den jungen Schreiber Jakob Viehbach, der erst seit kurzem als Untergebener des Buchhalters Wittig in der Manufaktur beschäftigt war, aber Zugang zu allen Papieren in den Büros der Administratoren hatte. Jakob Viehbach kam irgendwo von der Lausitz, ein junger Träumer, der mit staunenden Augen das Leben in den Städten beobachtete und einem Mann wie Rakowski bereitwillig auf den Leim ging.

Inzwischen hatte auch Rakowski von den Klagen gegen Johann Friedrich Böttger gehört. Ihm war auch zu Ohren gekommen, daß in absehbarer Zeit eine Kommission die Geschehnisse in der Manufaktur überprüfen würde. Es galt also, zu handeln, bevor zu viele Hofbeamte die Albrechtsburg bevölkerten und den polnischen Grafen, den angeblichen Vertrauten des Oberhofmarschalls Flemming, entlarvten.

Rakowski machte sich die Unruhe in der Porzellanmanufaktur zunutze. »Der König beauftragte mich, im geheimen nach dem Rechten zu forschen«, erklärte er dem ahnungslosen Jakob Viehbach seine Anwesenheit. »Eine offizielle Kommission ist natürlich notwendig, wirbelt aber zu viel Staub auf.« Der junge Schreiber nahm diese Information zur Kenntnis und bat

Rakowski, für ihn ein gutes Wort bei den hohen Herren einzulegen.

Am nächsten Abend nahm der Pole seinen neuen Freund zur Seite. »Bei Hofe vertraut man Euch, mein Junge. Deshalb seid Ihr auserwählt worden, dem König in einem Geheimauftrag zu Diensten zu sein.« Jakob schwieg beeindruckt. »Man befürchtet, daß Herr Böttger sämtliche Unterlagen zerstört, wenn sein Lebenswerk durch die Kommissionsprüfung in Gefahr gerät. Deshalb muß eine Abschrift des Arkanums gerettet werden, bevor die Situation eskaliert. Wollt Ihr diese besorgen?«

Jakob zögerte. »Ich habe einen Eid geleistet«, erwiderte er. »Es ist Hochverrat, wenn ich ihn breche.«

Rakowski redete eine Weile auf den jungen Mann ein, schleimte ein bißchen, drohte mit der Wut des Königs, wenn die Rezeptur zur Herstellung des Porzellans verloren ginge, berichtete aber auch von den Goldbergen, die für jenen Helden bereitstünden, der eben dieses Arkanum gerettet hatte. Zwei Stunden und ebenso viele Liter Wein dauerte es, bis der Graf schließlich mit seiner Pointe aufwartete: »Wenn Ihr mir meinen Auftrag nicht glaubt, so könnt Ihr Euch kommende Nacht am Schwarzen Gang zu Dresden davon überzeugen. Ihr wißt doch, nur die engsten Vertrauten des Königs haben Zugang. Ich werde Euch hinbringen – und der König persönlich wird Euch für Eure Zuverlässigkeit danken.«

Bleierne Dunkelheit lastete über Dresden. Regenwolken verdunkelten den Mond, die Lichter der Straßenlaternen flackerten müde in ihren Glaskäfigen. Es herrschte absolute Stille. Die Schildwachen schienen eingedöst zu sein. Niemand bemerkte den Mann im schwarzen Umhang, der durch die Straßen schlich. Ganz bewußt hatte Rakowski diese Garderobe gewählt, die er dank einer Kapuze ganz schnell in eine Mönchskutte verwandeln konnte. Auf diese Weise würde er sich bei Gefahr in den Geist verwandeln. Zur Sicherheit trug er aber auch eine geladene Pistole im Hosenbund.

Rakowski hatte sich mit Jakob am Zeughaus verabredet, wo

sich in der Festungsmauer eine der Wendeltreppen befand, die zum Schwarzen Gang hinaufführte. Der junge Mann wartete bereits im Schatten eines Torbogens. Ärgerlich registrierte Rakowski den in leuchtenden Farben gehaltenen Rock des Schreibers und die mit weißen Spitzen verzierten Manschetten, die in der Dunkelheit wie Lichtquellen wirkten. Tölpel, dachte er und zwang sich, seinen ersten Impuls zu unterdrücken, Jakob niederzuschlagen und auszurauben.

»Herr Graf!« rief Jakob freudig und kein bißchen leise aus.

Blitzschnell preßte Rakowski eine Hand auf den Mund des erstaunten jungen Mannes. »Ruhe!«

Nachdem Jakob genickt hatte, schob er ihn tiefer in den dunklen Torbogen hinein und flüsterte: »Wollt Ihr die Wachen herbeirufen? Ich warne Euch. Wenn irgend jemand außer dem König, Euch und mir von unserem Fait accompli erfährt, steht Euch ein Aufenthalt auf der Festung Königstein bevor.« Ein erschreckender Gedanke zuckte durch seinen Kopf: »Habt Ihr in Meißen geplaudert, oder kann ich noch immer Eures Stillschweigens sicher sein?«

»Ihr habt mein Wort«, erwiderte der junge Mann prompt. Er räusperte sich, senkte seine Stimme und fügte hinzu: »Beim heiligen Benno, Ihr könnt Euch auf mein Stillschweigen verlassen.«

Rakowski nickte schweigend. Er warf einen vorsichtigen Blick auf die Straße. Diese lag ebenso verlassen da wie noch vor wenigen Minuten, als er an den Hausmauern entlanggeschlichen war. Der Blick zum Himmel ließ ihn dennoch zögern. Als wollte ihm der Himmel behilflich sein, bewegte sich eine dunkle Wolkenwand auf den Mond zu. Rakowski wartete einige Sekunden, bis die ersten Wolken den Mond verhüllten. Dann zerrte er an Jakobs Arm und schob den jungen Mann energisch vor sich her zur Festungsmauer. Jakobs Schritte hallten auf den Pflastersteinen wie Kanonenschüsse. Doch auch jetzt schien sie niemand zu hören.

Während Rakowski den Schlüssel aus der Tasche seines Umhangs zog, dankte er im stillen der Mutter Gottes für ihre

Gnade, die allgemeine Sicherheit im wenig kriminellen Sachsen und die Trägheit der Schildwachen. In Polen wäre ihm wenigstens ein Dieb auf den Fersen gewesen, wenn schon kein Soldat.

Die Eisentür war schwerer als erwartet. In letzter Sekunde konnte Rakowski verhindern, daß sie mit lautem Krach ins Schloß zurückfiel. Er stemmte sich dagegen, drückte sie schließlich auf und ließ Jakob voran in den winzigen Raum gehen, in dem sich die zwei Männer nur deshalb gemeinsam aufhalten konnten, weil Jakob bereits die ersten Stufen der Wendeltreppe erklommen hatte.

Rakowski ließ die Tür leise ins Schloß gleiten und steckte den Schlüssel wieder in die Tasche. Diesen Fluchtweg mußte er sich offenhalten. Es wäre zu gefährlich gewesen, ordentlich abzuschließen. Er mußte auf sein Glück vertrauen und hoffen, daß niemand die unverschlossene Tür bemerkte.

»Ich sehe nichts«, beschwerte sich Jakob von seinem Treppenabsatz.

»Halt den Mund, Memme«, zischte Rakowski.

Mit zwei Schritten stand er hinter dem jungen Mann. Der Lauf seiner Pistole preßte sich in den feinen Rock, den Jakob eigens für seine Begegnung mit dem König ausgewählt hatte. Unwillkürlich erstarrte er.

»Weitergehen!« befahl Rakowski.

Jakob tastete sich vorsichtig voran. Einmal stolperte er in der Dunkelheit. Als sich der Druck der Pistole daraufhin verstärkte, rappelte er sich wieder auf und stieg weiter nach oben.

Endlich öffnete sich vor den beiden Männern der sogenannte Schwarze Gang, eine Art Flur, keine zwei Meter breit, aber scheinbar unendlich lang. Durch die Fenster drang so gut wie kein Licht, die weiterziehenden Wolken verschleierten immer wieder den Mond.

Jakob sah sich zweifelnd um. Durch eines der schmalen Fenster glaubte er, die Lichter der Jungfernbastei zu erkennen und die Schatten der alten Frauenkirche auszumachen, die in diesen Tagen abgerissen wurde. Er horchte, aber kein menschlicher

Laut drang an sein Ohr. Der schwere Atem seines Begleiters kam ihm seltsam unmenschlich vor.

»Wo ist der König?« wagte er zu flüstern.

»Glaubtet Ihr etwa, Seine Majestät würde hier auf Euch warten?« Rakowski lachte leise. »Wie dumm Ihr doch seid, Viehbach. Damit Ihr in Eurer unsäglichen Dummheit nicht noch mehr Fehler begeht, gebt mir die Rezeptur. Habt Ihr Kenntnis über das Arkanum?«

»Ja!« erwiderte Jakob mit unerwartet fester Stimme.

Rakowski senkte die Pistole und streckte die andere Hand aus. »Dann gebt mir die Aufzeichnungen.«

»Nein!«

Wieder dieses unheimliche Lachen. »Wollt Ihr dem König etwa als gemeiner Schwindler gegenübertreten?«

Jakob versuchte, seinen Begleiter in der Dunkelheit auszumachen. Doch er konnte lediglich schemenhafte Umrisse einer Gestalt neben sich sehen. Die Tatsache, daß sich der Graf im Schatten hielt, beunruhigte den jungen Mann.

»Ich werde die Rezeptur nur dem König persönlich geben.«

»Irrtum, mein Junge, Ihr werdet sie mir geben.« Rakowski legte seinen Arm in einer freundschaftlich-väterlichen Geste um die Schultern des Jüngeren. »Ihr würdet Seine Majestät erzürnen, wenn Ihr mir nicht vertrautet. Nun?«

Jakob schwieg.

Rakowskis Griff wurde fester. »Der Beweis meiner Legitimation ist der Schlüssel zum Schwarzen Gang. Nun seid Ihr hier. Also, wo sind Eure Aufzeichnungen?«

Plötzlich erinnerte sich Jakob an die Legenden um den Dresdner Mönch. Er sah Rakowskis Umhang, nicht aber dessen Gesicht. *Hatte sich der nette Graf aus Polen, der Vertraute des Oberhofmarschalls, etwa in den gefürchteten Geist verwandelt?* Unwillkürlich zitterte der junge Schreiber, der aus einer Welt stammte, in der Aberglaube mit der Muttermilch getrunken wurde.

Rakowski setzte den Pistolenlauf auf Jakobs Brust. »Es ist keine Zeit für Geplänkel, mein Junge. Wenn Ihr mir nicht so-

fort Eure Aufzeichnungen gebt, werde ich Euch erschießen.«
Er lachte wieder. »So wahr mir Gott helfe. Darauf könnt Ihr
Euch verlassen.«

Einen Herzschlag lang spielte Jakob mit dem Gedanken, um
sein Leben zu flehen. Mit bitterer Härte war ihm klargeworden,
daß er einem Betrüger zum Opfer gefallen war. Besser noch:
einem Gespenst. Es wunderte ihn keine Sekunde, daß der polnische Graf über den Schlüssel verfügte. Er schien ja sozusagen der Hausherr im Schwarzen Gang zu sein.

»Ihr seid der Teufel in Person«, flüsterte Jakob mit einer gewissen Ehrfurcht, schickte aber gleichzeitig ein Dankesgebet
an den sächsischen Nationalheiligen Benno zum Himmel. *Es
war göttliche Fügung*, dachte Jakob, *daß ich Vorkehrungen
getroffen habe, die mich daran hindern werden, als Verräter zu
sterben.*

Die beharrliche Reglosigkeit des jungen Schreibers irritierte
Rakowski. Ahnte Jakob etwa, daß er niemals abdrücken würde,
weil ein Schuß die Wachen herbeirufen würde? So viel Grips traute
er ihm nicht zu. Oder wurde Rakowski von Jakob etwa unterschätzt? Glaubte der Junge vielleicht, Rakowski würde sich nicht
trauen, einen Menschen um seiner eigenen Geldgier willen zu
töten? Der Pole grinste. Diese Idee paßte besser zu dem jungen
Narren. Er konnte nicht wissen, daß Rakowski bereits zwei Menschen auf dem Gewissen hatte. Des Mitarbeiters Böttgers, der vor
eineinhalb Jahren den Fehler begangen hatte, Rakowski hintergehen zu wollen, hatte er sich damals auf einfachste Weise entledigt. Er hatte ihn erschlagen. Schwerer wog der Fall des jungen
Mädchens, das zufällig zur Zeugin der Tat geworden war...

Rakowski riß sich zusammen. »Ich werde die Rezeptur in
jedem Fall erhalten. Wenn Ihr mir sie nicht freiwillig aushändigt, werde ich sie mir nach Eurem Tode nehmen.«

Überraschenderweise lächelte Jakob. »Freiwillig werde ich
Euch die Rezeptur niemals überlassen. Lieber sterbe ich als
Ehrenmann, denn als Verräter weiterzuleben.«

Rakowski sagte ihm nicht, daß er in jedem Fall sterben würde.

In einem letzten Versuch, sich gegen die übermächtige Gewalt des anderen aufzulehnen, versuchte Jakob, der Umklammerung zu entkommen. Es war die ganz normale Regung eines Menschen in Todesangst. Es war nur ein Gezappel im Arm des Mörders.

Rakowski entledigte sich Jakob Viehbachs innerhalb weniger Minuten. Er schlug mit dem Heft der Pistole so lange auf den Hinterkopf des überrumpelten und schwächlichen jungen Mannes ein, bis dieser zusammensackte. Blut quoll aus den Wunden, aus den Öffnungen von Nase und Ohren, und sickerte durch seine geöffneten Lippen. Es besudelte die weißen Spitzen am Hals des Sterbenden.

Jakob lag regungslos am Boden, aber er atmete noch, als Rakowski sich niederkniete. In dem Bewußtsein, daß jeden Augenblick durch Zufall die offene Tür entdeckt werden könnte, trieb sich Rakowski zur Eile. Mit nervösen Fingern suchte er in den Westentaschen des Schreibers nach dessen Aufzeichnungen.

Plötzlich hob sich der Brustkorb des jungen Mannes in einer heftigen Anstrengung. Ein heiseres Lachen drang aus seiner Kehle.

»Ihr werdet nicht finden, was Ihr begehrt«, flüsterte Jakob mit gebrochener Stimme. »Es gibt keine schriftlichen Aufzeichnungen ... Ich habe alles ... auswendig gelernt ...«

Der geschundene Körper sackte in sich zusammen. Jakob Viehbach war tot.

Eine Weile quälte sich Rakowski mit dem Gedanken, was er mit der Leiche tun sollte. Sein ursprünglicher Plan hatte vorgesehen, den jungen Mann lediglich bewußtlos zu schlagen und ans Elbufer zu tragen. Gegen die mögliche Begegnung mit einem Nachtwächter wäre Rakowski gewappnet gewesen, indem er behauptet hätte, er würde einen betrunkenen Kumpan nach Hause bringen. Anschließend hätte er Jakob in der Elbe ertränkt. Wer immer den Leichnam gefunden hätte, mußte annehmen, der junge Mann sei nach einer Sauftour in die Fluten gestürzt und ertrunken. Doch dieser Plan scheiterte an der blutüberströmten Leiche.

Es blieb Rakowski schließlich nichts anderes übrig, als Viehbach im Schwarzen Gang zu belassen. Vermutlich würde man den Dresdner Mönch für den Täter halten und sich erst bei einer Untersuchung fragen, wie der unbescholtene junge Schreiber aus Meißen eigentlich hierher gekommen war. Unwillkürlich fragte sich Rakowski, ob man seine Person mit der Tat in Verbindung bringen könnte. Wenn ja, so war Angeberei nicht strafbar, denn niemand konnte ihm nachweisen, daß er in den Besitz des Schlüssels gelangt war. Dennoch war Vorsicht angesagt. Er würde sich eine Weile lang von der Schänke auf der Albrechtsburg fernhalten müssen.

Leise schlich Rakowski die Wendeltreppe hinab. Er bemühte sich, die auf seinen Mord folgende Erregung niederzukämpfen, seinen rasenden Herzschlag zu ignorieren und seinen Atem durch tiefe Lungenzüge zu kontrollieren.

Endlich hatte er die Eisentür erreicht. Der Griff gab nach, vorsichtig zog er die Tür auf.

Von Ferne hörte Rakowski die Räder eines Fuhrwerks. Sein erster Instinkt riet ihm, sich in der Festungsmauer zu verstecken. Aber die Gefahr einer Entdeckung war zu groß, wenn die Residenz erst einmal zu morgendlichem Leben erwachte.

Dreimal mußte er ansetzen, um den Schlüssel mit zitternden Fingern ins Schloß zu stecken. Schließlich hatte er es geschafft. Der Weg zurück in seine Pension führte im Schatten der Hausmauern entlang. Doch diesmal war er beschwerlicher, denn in einigen Häusern flammten die ersten Lichter auf.

Endlich hatte er das Gasthaus erreicht. Der Weg hinaus war einfach gewesen, denn jedermann schien zu schlafen. Jetzt aber standen auch hier die ersten Bediensteten auf, um das Feuer in den Öfen zu schüren und das Frühstück für die Gäste zu richten. Die schlafende Katharina kam Rakowski in den Sinn. Konnte er ihr soweit vertrauen, daß er ungefährdet mit blutverkrusteten Handschuhen und einem befleckten Umhang in sein Schlafzimmer zurückkehren konnte?!

Rakowski fror in der eisigen Morgenluft, nachdem er seine Sachen ausgezogen und zu einem lockeren Bündel zusammengerollt hatte. Er war zu weit von der Elbe entfernt, um das *Corpus delicti* in den Fluß zu werfen. Er mußte es in einem Ofen verbrennen. Am besten in seinem Schlafzimmer ...

»Du hast aber lange gebraucht«, quengelte eine verschlafene Stimme.

Mit der einen Hand schob Rakowski das Bündel unter sein Bett, mit der anderen faßte er nach Katharinas Brüsten. Es war sein dritter Mord gewesen, und er empfand die gleiche Erregung wie nach dem ersten Mal.

»Willst du mir beweisen, wie sehr ich dir gefehlt habe?« fragte er mit rauher Stimme. Er mußte sich ablenken, um nicht nachzudenken. Später würde er der Blamage dieser Nacht ins Auge sehen müssen. Viel später.

17

Sachsen droht eine Gegenreformation!« behauptete Propst Lindenau. Der Geistliche marschierte, die Hände auf dem Rücken verschränkt, in seinem Arbeitszimmer auf und ab, während er seinem Assistenten ein Gutachten für die theologische Fakultät der Universität Leipzig diktierte. Lindenau betrachtete die Sache seiner Religion offenbar bereits als verloren, denn er fuhr fort: »Es steht zu befürchten, daß immer mehr Mitglieder der Hofgesellschaft, sogar Minister, Beamte und Offiziere, zum Katholizismus übertreten ...«

Lindenau unterbrach sich. Er war auf seinem Weg durch den mit dunklen Möbeln ausgestatteten und ziemlich trostlos wirkenden Raum vor einem Gemälde Martin Luthers stehengeblieben. Es war eine Kopie des berühmten Porträts von Lukas Cranach dem Älteren. Scheinbar blicklos starrte der Propst auf die gütigen Züge des Reformators, als erhoffe er sich durch eine

Regung in den Linien des Ölbildes den göttlichen Hinweis darauf, was für ihn zu tun sei.

Gespräche waren geführt, Intrigen geknüpft worden. Zwar konnte die Ständeopposition einen gewissen politischen Nutzen aus dem religiösen Unfrieden im Lande ziehen, doch die Proteste der protestantischen Geistlichkeit, allen voran die des Superintendenten der Kreuzkirche zu Dresden, Valentin Ernst Löscher, schienen ins Leere zu zielen. Auch Lindenaus Versuche, im Namen der Königinmutter einen Sturz des Kurfürst-Königs zu bewirken – oder zumindest dessen Favoritin gegen eine ›Verbündete‹ einzutauschen, waren ergebnislos im Sande verlaufen. Der Herzog von Weißenfels übte sich nach wie vor als General in Manövern, während August seinem prachtvollen Leben anhing – mit Sophie de Bouvier an der Seite.

Lindenau ballte die Hand zur Faust. Er war davon überzeugt, daß die verworrenen Zeiten, in denen er sein Amt zu erfüllen hatte, jene Prüfung war, die Gott einem jeden Menschen irgendwann im Leben aufbürdete. Gleichzeitig aber wünschte er sich, von seinen Qualen erlöst zu werden, denn sie kosteten ihn mehr Kraft, als er zuzugeben bereit war. Manchmal fragte sich Lindenau, ob nicht wenigstens Martin von Altenberg bemerkte, daß seine Hände immer häufiger zitterten, daß die dünne Haut über seinen Wangenknochen immer bleicher und durchscheinender wurde, Äderchen an den Nasenflügeln platzten und feine, blaurote Striemen hinterließen; an manchen Tagen liefen seine Lippen bläulich an und sein Atem ging heftiger, obwohl er das Gefühl hatte, weniger Luft als sonst zu bekommen. Alles in allem war der Bischof kein junger, aber auch kein gesunder Mann mehr. So schienen Gottes Prüfungen nicht nur eine schwere, sondern eine erdrückende Last zu sein.

Unter dem Angesicht Luthers machte Lindenau seinem Herzen Luft: »Die Katholiken sind impertinent und frevelhaft...!« stieß er mit einem bitteren Seufzer aus.

Martin hob überrascht den Kopf. »Soll ich das schreiben?«

Aus seinen Gedanken gerissen, starrte der Bischof seinen Assistenten so erstaunt an, als habe er dessen Anwesenheit vollkommen vergessen. Er brauchte eine Weile, um sich zu sammeln und zu erinnern, daß er ein Gutachten verfaßte, welches seine Meinung darüber ausdrücken sollte, ob eine Petition der protestantischen Geistlichkeit im Landtag sinnvoll sein könnte.

»Schreibt, was ich Euch diktiere. Nichts sonst!« herrschte Lindenau seinen Assistenten mit der bereits zur Tagesordnung gehörenden Abfälligkeit an. Sein Ton veränderte sich zu einer gewissen Gleichförmigkeit, der sich weniger begabte Prediger häufiger bedienen: »Tatsächlich ist zu beobachten, daß katholische Geistliche die sieben heiligen Sakramente ihrer Kirche zelebrieren. Dieses trotz eines Verbots. Jedenfalls ohne den Besitz von Parochialrechten, denn bekanntlich ist den Pfarrern nur erlaubt, einfache Messen zu lesen. Es steht nun zweifelsohne zu befürchten, daß die Katholiken zu öffentlichen Prozessionen aufrufen und diese durchführen – ohne von einer staatlichen Obrigkeit von ihrem Vorhaben abgehalten zu werden, wie es allerdings die heilige Pflicht eines jeden protestantischen Sachsen wäre . . .«

Martins Hand führte den Gänsekiel in raschen Strichen über das Papier mit dem Wappen des Propstes. Er setzte lediglich hin und wieder ab, um die Feder in das Tintenfaß zu tauchen. Er arbeitete schnell und effizient, fast ohne nachzudenken. Seit geraumer Zeit betrachtete er seine Tätigkeit für den Superintendent ohnehin als nur erträglich, wenn er nicht allzu viele eigene Gedanken beisteuerte. So beschränkten sich seine Stunden als Sekretär auf die rein mechanische Arbeit.

Religiöser Eifer war ihm verhaßt, und er konnte nicht glauben, daß Intrigen ein Mittel zum Zweck waren, Gottes Wille – oder jedenfalls das, was der einzelne dafür hielt – durchzusetzen. Friedliche Predigten erschienen Martin ein besseres Mittel zu sein, der befürchteten Gegenreformation zu widerstehen. Natürlich war ihm bekannt, daß Ängste, Machtgier und die Unfähigkeit einzelner Fürsten zum Dreißigjährigen Krieg geführt hatten. Andererseits konnte sich Martin schwerlich vorstellen, daß ein derart schreckliches Gemetzel unter den Augen eines kunstsinnigen Herrschers wie August einen neuen Anfang nähme, obwohl die gesellschaftliche Konstellation im Jahre 1618 bei Ausbruch des Krieges eine ähnliche gewesen war. Damals hatten die vorwiegend protestantisch-böhmischen Stände gegen das katholische Landesstift protestiert, gerade so, wie die protestantische Geistlichkeit in Sachsen heute gegen die katholische Obrigkeit zu demonstrieren begann. Martin hoffte inständig, daß niemand die Geschichte zu wiederholen hoffte, indem man Minister aus Dresdner Fenstern warf, wie vor fast hundert Jahren zu Prag. Was die Verwirrspiele betraf, in die er hineinzugeraten drohte, dachte Martin voller Verzweiflung: *Wir Pastoren sollten den Religionsversicherungsdekreten seiner Majestät Vertrauen und unser Wissen an die Gläubigen weitergeben, wie es unsere heilige Pflicht ist, anstatt uns selbst der Zwietracht schuldig zu machen.*

»Altenberg!« Die brüchige, aber dennoch herrische Stimme des Propstes. »Warum schreibt Ihr nicht?«

Martin korrigierte sich in Gedanken: *. . . der Zwietracht schuldig zu machen, die von altersstarrsinnigen Wirrköpfen gesät wird.* Er sagte: »Ich bitte untertänigst um Entschuldigung. Meine Unaufmerksamkeit liegt am Licht. Die Schatten werden länger, und meine Augen sind nicht die besten.«

Zu Martins größer Überraschung übte sich Lindenau in Nachsicht: »In der Tat, es ist spät geworden. Unterbrecht die Schreibarbeit, Altenberg. Ich werde morgen mit dem Diktat fortfahren, so daß ich mir über die Nacht noch einige Gedanken zu dem Thema machen kann.« Der Propst wandte sich wieder dem Gemälde Martin Luthers zu und versank in Schweigen.

Martin betrachtete sich als vorläufig entlassen und räumte, begleitet von einem dankbaren Stoßgebet, die Schreibutensilien auf. Sein Arbeitstag war zwar sicher noch nicht beendet, aber er freute sich auf einige Minuten der Meditation in der nahen Kreuzkirche. Seit geraumer Zeit entglitten ihm seine Gedanken allerdings in solchen Momenten absoluter Stille. Dann wanderten sie zurück in den Sommer, und er befand sich nicht in einer Kirche, sondern auf der Terrasse des *Holländischen*

Palais', denn der Eindruck, den Sophie hinterlassen hatte, war bis heute in seiner Tiefe unverändert geblieben. Aber die Überzeugung, daß die Favoritin des Kurfürst-Königs keine religiöse Eiferin war, die ehrgeizig und rücksichtslos zum Vorteil ihrer Kirche agierte, konnte Martin nicht weitergeben. Lindenau wollte ihm nicht einmal zuhören, als er von seiner Begegnung mit Madame de Bouvier berichtet hatte.

Ein kräftiges Klopfen ließ Martin zusammenfahren. Fast gleichzeitig erschütterte eine Explosion das Gebäude. Die Fensterscheiben zitterten, als ein Kanonendonner, vergleichbar dem Grollen eines Gewitters, die Grundfesten der Residenz erschütterte. Die Tür zum Arbeitszimmer des Propstes flog auf, und ein Kundschafter der Kavallerie trat mit schlammbespritzten Stiefeln und atemlos von einem schnellen Ritt ein.

»Bitte untertänigst um Entschuldigung für die Störung«, meldete der junge Mann. »Dringende Nachricht aus Torgau.« Er schlug die Hacken zusammen und verneigte sich vor Lindenau. »Herr Propst, eine Botschaft des Oberhofmeisters Ihrer Durchlaucht, der Königinmutter Anna Sophie.« Mit diesen Worten hielt er mit ausgestreckter Hand eine Depesche in Richtung des Propstes.

Lindenau nickte, rührte sich aber nicht vom Fleck. Er sagte: »Lest vor, Altenberg.«

Noch während Martin das Schreiben an sich nahm und das kurfürstliche Siegel brach, hatte er keinen Zweifel daran, welchen Inhalts diese eilige Nachricht war. Die unerwarteten Böllerschüsse waren ebenso eine Bestätigung seiner schlimmsten Befürchtungen wie ein kurzer Blick auf den Propst.

»Die Königinmutter ist heute nacht verstorben«, berichtete Martin mit trockener Kehle. »Der Tod kam schnell und schmerzlos.«

Von vorneherein war ihm klargewesen, daß eine andere Nachricht von der Königinmutter selbst versendet worden wäre, nicht aber von Anna Sophies Oberhofmarschall. Dennoch war ihr Tod ein Schock, denn die Königinmutter hatte sich trotz ihres hohen Alters bester Gesundheit erfreut.

Lindenau war sichtlich erschüttert, seine Augen wirkten unnatürlich stumpf, die arthritisgeplagten Hände klammerten sich zitternd an den Tisch. Unter dem Porträt des großen Reformators wirkte der alte Mann unendlich klein und hilflos.

»Nun ist alles verloren«, flüsterte er.

Martin ließ die Hand mit der Depesche sinken und schloß einen Herzschlag lang die Augen. Im Geiste empfahl er Gott die Seele der armen Verstorbenen. Doch fast im selben Augenblick erwärmte ein Gedanke seine Brust: Bedeutete der Tod der Königinmutter nicht auch gleichzeitig ein Ende der Intrigen? Die Zerstörung des Netzes, in dem er gezappelt hatte, unfähig, sich zu befreien, aber ebenso sicher des eigenen Versagens, denn er hatte dem Ränkespiel nichts entgegenzusetzen verstanden, obwohl er vom Unrecht derer, die es angezettelt hatten, überzeugt gewesen war. Der ehrgeizigsten Führerin beraubt, würde es sicher eine Weile dauern, bis die Gegner des Kurfürst-Königs gemeinsam zu einem neuen Schlag ausholen konnten.

Sich seiner Erleichterung ein wenig schämend, erinnerte sich Martin gleichzeitig seiner Höflichkeit. Da der Propst offenbar völlig in seinem Schmerz versunken war, bedachte sein Assistent den noch immer in strammer Haltung verharrenden Boten mit der angemessenen Freundlichkeit.

»Er soll sich in der Küche einen Krug Bier geben lassen«, sagte Martin, woraufhin ein breites Grinsen das Gesicht des jungen Mannes überzog, der sich verbeugte und voller Zufriedenheit aus der Düsternis des Arbeitszimmers verschwand.

»Laßt mich alleine, Altenberg«, die Stimme des Bischofs war nichts als ein verzweifeltes Wimmern. »Geht und betet für Ihre Durchlaucht . . .« Er räusperte sich in dem vergeblichen Versuch, die Brüchigkeit seines Tones zu überdecken: ». . . und betet für die Protestanten Sachsens . . . Für die Lebenden!«

18

Entgegen seiner ursprünglichen Erwartung hielt sich Maximilian Altenberg überraschend selten in der Porzellanmanufaktur zu Meißen auf. Seine Dekorentwürfe fertigte er in seinem Atelier auf dem heimatlichen Gut. Lediglich zu – von Böttger genehmigten – persönlichen Versuchen im Brennhaus kam Maximilian auf die Albrechtsburg, und natürlich zu notwendigen Besprechungen mit dem Administrator oder anderen Mitarbeitern. Allerdings waren die Arbeitsbedingungen in der Manufaktur für einen sensiblen Künstler auch nicht besonders verlockend. Die allgemeine Stimmung litt unter den Verunglimpfungen Böttgers, aber auch unter der eben eingeführten Kontrolle durch die staatliche Kommission, deren Mitglieder im Grunde nicht wenig mehr taten, als sich mit den Administratoren und vor allem deren Inspektoren eine Machtprobe zu liefern. Jedem, der einen gewissen Einblick in die Geschäfte hatte, war klar, daß Böttger diese nicht mehr sehr lange würde führen können. Zwar hatte er sein Amt auf Lebzeiten inne und konnte sich obendrein der Fürsorglichkeit des Kurfürst-Königs versichern, doch seine Arbeitskraft war bereits stark eingeschränkt. Die Tage, an denen Böttger in abgedunkelter Kutsche von Dresden nach Meißen fuhr, wurden seltener.

Zwar waren Figuren ein relativ neuer Bereich in der Porzellanherstellung, aber man hatte sich in der Manufaktur trotzdem überwiegend an die Mode gehalten und Statuetten hergestellt, die Kopien chinesischer oder japanischer Darstellungen waren. Eine der ersten Porzellanfiguren in der Geschichte der Meissener Porzellanmanufaktur war deshalb auch die Statuette der chinesischen Göttin der Barmherzigheit Kuan Yin. Darüber hinaus *en vogue* war Zierrat, der zur Dekoration eines Festmahls verwendet und meistens entsprechend des Anlasses gestaltet wurde. Bevor Böttger das Porzellanarkanum gefunden hatte, waren die für diese Tafelzier benötigten speziellen Figuren von Zuckerbäckern hergestellt worden, doch diese Tragant-Zucker-Gebilde hatten natürlich nicht den selben künstlerischen Wert wie eine echte Porzellanfigur. Anläßlich der Aufführungen der Italienischen Komödie wurden deshalb auf der Albrechtsburg bald wertvolle Porzellanfiguren gefertigt – knapp zwanzig Zentimeter hohe Kaolinausgaben des Arlecchino, der Brighella und Isabella und des Pulcinell. Beliebt waren auch Tierdarstellungen, die wie eine kostbare Version hölzerner Spielgefährten wirkten. Allerdings beschränkte sich der Formvorrat für die Porzellanfiguren auf noch wenige Motive.

Maximilian arbeitete mehrere Wochen in der Abgeschiedenheit seines Ateliers an seiner alten Idee, Motive aus dem sächsischen Alltag in Porzellan zu gießen. Es war ein trüber Tag im November, als er mit den Entwürfen für eine Figurengruppe endlich nach Meißen ritt. Er war guter Dinge, denn er glaubte, Vorbilder für die beliebte Tafelzier auf dem Rittergut seiner Familie gefunden zu haben. In Maximilians Satteltasche befand sich die Zeichnung eines Kochs und einer Magd, eines Schäfers und einer Schäferin, des Reitknechts (der Bursche seines Bruders Nikolaus hatte hierfür Modell gestanden), eines Winzers und seiner Frau und schließlich eines Wirts – allesamt in jener Tracht, die zur äußeren Dokumentation ihres Berufes diente.

Die Schildwachen auf der Albrechtsburg waren offensichtlich verstärkt worden, ein Zustand, den Maximilian den bekannten Abwerbungsversuchen und den inzwischen durchgesickerten Plänen des Kaisers zuschrieb. Nachdem er seinen Passierschein vorgelegt hatte, betrat Maximilian die Manufaktur. Obwohl er nur selten hier war, fühlte er sich doch als Bestandteil jenes Kreises ausgewählter Männer, die in den fast schon heilig zu nennenden Hallen arbeiteten. Ein leises Pfeifen auf den Lippen, sprang Maximilian die steilen Steintreppen hinauf, die zu Böttgers Büro führten und prallte mit Steinbrück zusammen.

»Hoho, wohin des Weges?« erkundigte sich der Inspektor und rieb sich den Oberarm, der am meisten unter Maximilians Breitseite gelitten hatte.

»Ich möchte Herrn Böttger meine neuen Entwürfe zeigen«,

erklärte Maximilian freundlich. »Meint Ihr, es geht ihm gut genug, um sich dieser Angelegenheit zu widmen?«

»Es geht ihm wie immer, also geht es ihm gut genug. Allerdings...«, traurig schüttelte Steinbrück den Kopf, »die Manufaktur hat einen neuen Verlust zu beklagen. Der Assistent des Buchhalters...«

»Der junge Mann, der vor zwei Wochen verschwand?«

»Genau dieser. Man hat seine Leiche gefunden. Er wurde erschlagen. Ein grauenvoller Tod.« Steinbrück seufzte tief. Mit ungewöhnlicher Heftigkeit brach es aus ihm heraus: »Diese verdammte Geldgier! Ein Unbekannter hat Jakob Viehbach nach Dresden in den Schwarzen Gang gelockt und dort erschlagen...«

»Unmöglich!« entfuhr es Maximilian. »Kein Mitglied der Hofgesellschaft würde...«

Nachdenklich unterbrach er sich. War er sich denn wirklich sicher, daß niemand aus dem Hofstaat zu einem Mord aus Geldgier fähig war? Der Kaiser hatte alle Mittel genutzt, um August das Porzellanmonopol zu entreißen; es war allgemein bekannt, daß auch der russische Zar Spione einsetzte, um zu einer eigenen Porzellanmanufaktur zu kommen. Wenn sich Herren dieses Standes eines derartigen Verrats schuldig zu machen bereit waren, was konnte man dann von den unteren Hofchargen erwarten, die weniger aus purem Neid auf das sächsisch-polnische Monopol, als vielmehr aus Notwendigkeit, nämlich aus Geldnot, handelten?

»Die Situation droht zu eskalieren. Es ist immerhin der zweite Mord an einem Mitarbeiter der Manufaktur innerhalb von noch nicht einmal zwei Jahren. Beide Männer wurden erschlagen. Der arme Gerhardius im März vorigen Jahres ebenso wie Viehbach jetzt. Sind wir denn alle unseres Lebens nicht mehr sicher?«

Bedrückt ließ Maximilian die Schultern hängen.

»Inzwischen ist übrigens ein Handlanger des Zaren an Herrn Wildenstein herangetreten«, fuhr Steinbrück nach einer Weile fort. »Als wenn ausgerechnet dieser Mann der rechte wäre, um das Arkanum zu verraten.«

Maximilian hatte Paul Wildenstein kennengelernt. Er war ein aufmerksamer, rechtschaffender Bergmann. Ebenso alt wie Böttger war der ehemalige Freiberger Knappe vor mehr als zehn Jahren in die Dienste des Alchimisten verpflichtet worden. Ursprünglich hatte Wildenstein gemeinsam mit fünf Kollegen aus dem Erzgebirge und Böttger selbst, Pabst von Ohain und Tschirnhaus an der Fertigstellung der goldbringenden roten Tinktur, dem Stein der Weisen also, arbeiten sollen. Heute war Wildenstein einer der dienstältesten Mitarbeiter der Manufaktur – und einer der treuesten, denn er hatte Böttger sogar auf die Festung Königstein begleitet, als der vermeintliche Goldmacher aus Furcht vor einer Entführung beim Einmarsch der Schweden eingesperrt worden war. Paul Wildenstein hatte gemeinsam mit seinem Kollegen David Köhler die ersten Brennversuche mit Porzellanerde vorgenommen und war deshalb in alle Geheimnisse der Porzellanherstellung eingeweiht, trug letztendlich sogar ein erhebliches Verdienst daran.

»Was ist passiert?« fragte Maximilian.

»Was soll schon passiert sein? Wildenstein ist darauf angesprochen worden, ob er nicht in Sankt Petersburg arbeiten wolle. Berge von Gold hat man ihm versprochen. Herrn Eggebrecht übrigens auch.« Der holländische Fayencemaler Peter Eggebrecht arbeitete etwa seit Gründung der Porzellanmanufaktur in Meißen, ein Mann, dessen Tüchtigkeit von unschätzbarem Wert war.

»Wenn der Zar bereits einen Maler umwirbt, scheint es, als habe man in Rußland das Arkanum gefunden«, resümierte Maximilian. »Sagt, Steinbrück, haltet Ihr das für möglich?«

»Nein, vorläufig wenigstens nicht. Solange Herr Wildenstein umworben wird, suchen sie noch. Ich muß Euch wohl kaum sagen, daß natürlich auch Herr Eggebrecht keinen Bedarf am Verrat hat. Dennoch ist die Belastung, die durch die schlimmen Vorgänge hervorgerufen wird, kaum auszuhalten. Die Arbeitsmoral ist schwer aufrecht zu erhalten.«

An diese letzte Bemerkung Steinbrücks dachte Maximilian, als er wenig später einen äußerst niedergeschlagenen und müde wirkenden Administrator in dessen Arbeitszimmer antraf. Johann Friedrich Böttger schien hin und her gerissen zwischen einem berechtigten Stolz auf sein Werk und einem ebenso verständlichen Zorn gegen diejenigen, die ihm das Arkanum des Porzellans zu entreißen versuchten. Wie jeder Wissenschaftler war Böttger eitel und hätte seine Erfindung gerne in die ganze Welt hinausposaunt, doch war eben das unmöglich, um weiterhin von der geheimen Rezeptur zu profitieren.

Nach den üblichen Höflichkeitsfloskeln packte Maximilian seine Entwürfe aus. Es machte wenig Sinn, mit Böttger über die Vorgänge auf der Albrechtsburg oder gar dem Mord in Dresden zu diskutieren. Vielmehr kam es darauf an, alle Gegner dadurch zu narren, daß unbeirrt weitergearbeitet wurde.
Das erste Blatt, das Böttger zufällig in die Hände fiel, war die Zeichnung der Magd. Eine Weile starrte er mit seinen stechenden Augen auf den Entwurf, dann legte er ihn mit mürrischer Miene zur Seite. »Das kann nicht Euer Ernst sein, Herr Altenberg«, kommentierte der Administrator der Kurfürstlich-sächsischen königlich-polnischen Porzellanmanufaktur das eben Gesehene. »Glaubt Ihr, irgendein finanzkräftiger Landjunker stellt sich das eigene Dienstmädchen auf den Tisch? Und dem König kann man eine solche Figur schon gar nicht anbieten, dabei wißt Ihr genau, daß fünfzig Prozent der Produktion für den Hof bestimmt sind.«

»Eben dafür sind meine Entwürfe gedacht«, erklärte Maximilian mit ungebrochenem Eifer. »Schaut Euch die anderen Vorlagen an . . .« Als er die zweifelnde Miene des Administrators bemerkte, fügte er ein eindringliches ›Bitte‹ hinzu. Dann legte Maximilian seine Zeichnungen der Reihe nach auf dem Schreibtisch aus. »Es sind Skizzen aus dem sächsischen Alltag, das stimmt, aber was seht Ihr noch?«

Böttger deutete auf das Bildnis der Schäferin. »Hier sehe ich eine ausgesprochen ansehnliche Vertreterin ihres Standes . . .«

Dieser Skizze lagen die Porträtversuche zugrunde, die Maximilian von Constanze angefertigt hatte. Auf dem Papier hatte er die geheimnisvolle Waldbewohnerin in eine wunderschöne

Schäferin verwandelt. Sekundenlang streiften seine Gedanken die junge Frau, die zu seiner besten Freundin geworden war.

Noch immer lächelnd in der Erinnerung an sie überging Maximilian Böttgers Bemerkung und fuhr fort: »Dies sind nicht nur Darstellungen bestimmter Berufe, sondern Kostümierungen. Mein Bruder Nikolaus, der als Kavalleriehauptmann mit den Gepflogenheiten bei Hofe bestens vertraut ist und auch dem König vorgestellt wurde, hat mir glaubhaft versichert, daß jede zweite Dame als Schäferin auftritt, wenn Karneval gefeiert wird, und die anderen Berufe sind als Kostümierungen nicht weniger beliebt.«

»Ich weiß nicht«, murmelte Böttger, in die Betrachtung der Zeichnungen vertieft. »Ich weiß nicht . . .«

»Was macht es für einen Unterschied, ob Figuren aus Zucker oder aus Porzellanerde hergestellt werden?« fragte Maximilian sachlich, obwohl er sich über den Administrator und dessen schlechte Laune zu ärgern begann.

»Die Farben«, sagte Johann Friedrich Böttger schließlich. »Es sind die Farben.« Er hob den Blick von den Zeichnungen und sah Maximilian direkt an. »Diese Figuren leben von den Farben, mit denen sie bemalt würden. Bis jetzt haben wir aber noch wenige Möglichkeiten zur Entwicklung der Porzellanfarben gefunden. Wie Ihr wißt, wird daran gearbeitet, aber bisher müssen wir uns mit Lackfarben und Malergold begnügen, die über Glasur aufgetragen werden. Alle Versuche, Unterglasurfarben herzustellen, sind im Brennofen gescheitert. Entweder die Scherben zerbrechen oder die Malerei verflüssigt sich.«

Diese Überlegungen waren Maximilian durchaus bekannt, da er sich bei jedem seiner Besuche mit besonderer Vorliebe im Brennhaus aufhielt. Allerdings konnten sie ihn kaum von seinem Vorhaben abhalten. Er überwand seinen Unmut und bat untertänigst: »Laßt es mich wenigstens versuchen. Mit den bestehenden Möglichkeiten läßt sich schon gut arbeiten, und vielleicht, wer weiß, sind meine Porzellanfiguren der erste Schritt in eine neue Generation der Herstellung.«

Böttger wirkte unendlich müde, als er sich geschlagen gab.

»Niemand sollte versuchen, neuen Ideen im Wege zu stehen.« Seine Augen wanderten nachdenklich über die Skizzenblätter und blieben schließlich an einer Zeichnung hängen. »Die Schäferin«, sagte er, »gefällt mir am besten. Wie habt Ihr es nur geschafft, diese vornehmen Züge in den Ausdruck des Mädchens zu bringen? Das ist ein wahrhaft gelungenes Beispiel für eine Karnevalskostümierung. Fangt hiermit an, Herr Altenberg, dann könnt Ihr sehen, wie sich Eure Porzellanfiguren machen.«

»Ich werde mein Bestes geben«, versicherte Maximilian, während er seine Entwürfe wieder einsammelte.

»Das ist gerade gut genug für den König«, meinte Böttger. Ein schwaches Lächeln huschte über sein Gesicht. »Euch sollte klar sein, daß diese neuen Porzellanfiguren nur für die Sammlung des Königs bestimmt sein können. Für niemanden sonst.«

19

August von Sachsen und Polen erwachte aus einem kurzen Schlaf der Erschöpfung. Er rollte sich auf die Seite, richtete sich etwas auf und stützte seinen Kopf mit der Hand ab. Voller Zärtlichkeit beobachtete er die Frau in seinem Bett. Ihr Atem ging ruhig, fast flach, ihre Augen waren geschlossen. Hätte er nicht gewußt, daß es die Mattigkeit nach einer leidenschaftlichen Liebesnacht war – er hätte sie für ohnmächtig gehalten.

Es war unglaublich, wie sehr ihn Sophie noch immer erregte. Erstaunt über das Wunder ihrer mit unendlicher Zärtlichkeit und Leidenschaft gepaarten Phantasie überlegte er sich, daß an der sprichwörtlichen Liebeskunst der Französinnen doch mehr Wahres war, als der Volksmund glauben mochte. Als Siebzehnjähriger war August am Hof zu Versailles in die Geheimnisse der Liebe eingeweiht worden. Zwar war mit Aurora von Königsmarck eine Schwedin für seinen letzten Schliff verantwortlich gewesen, aber er hatte später mehr als einmal von der Köstlichkeit gallischer Blüten gekostet. Doch niemals zuvor war er einer Französin derart mit Leib und Seele verfallen wie Sophie, die August zudem für den ehrlichsten und anständigsten Menschen in seinem Umfeld hielt – auch wenn es gewisse Kreise gab, die ihn vom Gegenteil zu überzeugen versuchten.

Sophie spürte, daß sie beobachtet wurde, und schreckte aus ihren Träumen hoch. Einen Augenblick lang wußte sie nicht, wo sie sich befand. Sie erblickte Wände, die mit grünem Samt ausgekleidet waren, sah Stoffe aus Goldbrokat auf roter Seide und erkannte schließlich das Schlafzimmer ihres Geliebten. Ihre Augen wanderten zu dem Mann, der neben ihr lag und sie stumm betrachtete. Sie las in seinen Blicken mehr als nur das anfängliche Begehren, das einem Strohfeuer gleich, vor bald einem Jahr über sie hinweggefegt war. Er sah sie voller Zuneigung an, die ihre Situation ungemein komplizierte.

»Ich wünschte«, hob August an, »wir könnten noch ein wenig liegenbleiben. Doch die Chancen stehen schlecht. Gleich wird Spiegel hereinkommen, und Barbier Weiß.«

Sophie streckte die Hand aus, um den Bettvorhang ein wenig zur Seite zu schieben. »Es ist bald acht«, stellte sie mit einem Blick auf die goldverzierte Uhr über dem Kamin aus farbigem Marmor fest.

»Deine Minister erwarten dich zur täglichen Konferenz. Welches Thema ist heute an der Reihe?« fragte sie und ließ den Vorhang wieder zufallen.

Fünf Jahre nach der Umgestaltung seines Geheimen Kabinetts hatte der Kurfürst-König Anfang 1717 eine neue Arbeitsweise eingeführt: Jeden Dienstag, Mittwoch, Freitag und Sonnabend besprach er mit seinen Ministern sächsische Angelegenheiten und Fragen internationaler Beziehungen. An den restlichen Tagen der Woche wurden zur selben Zeit polnische Fragen diskutiert. Dabei ging August äußerst methodisch vor. Ohne vorherige Bearbeitung durch die Sekretäre des Kabinetts und eines ausführlichen Meinungsaustausches mit seinen Ministern lehnte er jede Entscheidung ab. Desgleichen erwartete er schriftliche Unterlagen für jeden Vortrag seiner Departmentchefs. Später zeichnete er diese Papiere ab oder versah sie mit notwendigen Anordnungen.

»Es ist Donnerstag. Heute sind die polnischen Angelegenheiten an der Reihe. Es werden unsere Reisevorbereitungen zu besprechen sein«, erwiderte er. Dabei beugte er sich zu einem zärtlichen Kuß über seine Geliebte. Der Moschusduft der leidenschaftlichen Liebesnacht, der wie eine leise Erinnerung an die Erfüllung der vergangenen Stunden in den Kissen des pompösen Himmelbetts hing, machte ihn schwindelig.

»Du hast mir wieder einmal eine Nacht geschenkt, die ich nie vergessen werde«, raunte er. »Es wird wundervoll sein, mit dir zu verreisen.«

Sophie zögerte. »Ist es denn richtig, wenn wir noch vor den Weihnachtstagen nach Polen aufbrechen?«

August lachte leise. »Ich bin der König von Polen, Madame, deshalb ist es in jedem Fall richtig, wenn ich in mein Land reise.«

Sie konnte ihm unmöglich sagen, daß Gewissensbisse ihre Vorfreude auf die Reise nach Warschau dämpften. Eigentlich hätte sie sich freuen müssen, an der Seite des Königs in jenes Land zu reisen, das August mit fast fanatischer Besessenheit liebte. Er hatte versprochen, ihr die Schönheiten Warschaus und der alten Königsstadt Krakau zu zeigen, und dessen konnte sie sich ebenso sicher sein wie abenteuerlicher Schlittenfahrten durch die unwegsamen Landschaften jenseits der Weichsel. Doch da waren ihre persönlichen Verpflichtungen. Nur ungern ließ sie ihren Großvater alleine auf Schloß Elbland zurück. Jedes Weihnachtsfest konnte in seinem Alter das letzte sein. Aber da war auch die Sorge um ihre Tochter, die sie für ein zweites einsames Weihnachtsfest im Wald zurücklassen mußte. Doch das konnte sie August noch viel weniger gestehen. Er wußte nicht einmal von Constanzes Existenz.

»Ich denke an Sachsen«, behauptete Sophie nach einer Weile und suchte dabei Zuflucht in einer Notlüge. »Die religiösen Unruhen, der Tod der Königinmutter... Ist es unter diesen Umständen wirklich richtig, das Land zu verlassen?«

»Glaube mir, Sophie, ich bin derjenige, der am meisten durch den Tod der Königinmutter betroffen ist«, erwiderte August trokken. »Ich habe meine Mutter respektiert und geachtet, und ich habe ihr vertraut wie kaum einem anderen Menschen. Das sächsische Volk soll mir eine Trauer nicht zum Vorwurf machen, die einzig mir obliegt.«

»Sire«, da es das erste Mal war, daß sie versuchte, eine Entscheidung des Kurfürst-Königs ganz bewußt zu beeinflussen, wählte sie die förmliche Anrede, auf die sie normalerweise im Bett verzichtete, »Ihr könnt dem Volk nicht verbieten, um die Königinmutter in der ihm eigenen Art und Weise zu trauern. Das wollt Ihr sicherlich auch nicht. Aber Ihr müßt doch sehen, daß genau aus dieser religiösen Trauer ein politisches Manifest werden könnte, das um so wirkungsvoller wäre, wenn Ihr Euch nicht vor Ort befändet.«

Wie üblich gab sich August nachsichtig, wenn er von einem Menschen, den er liebte und achtete, kritisiert wurde. »Ich werde dir etwas erzählen, Sophie, was du nicht wissen kannst, weil du damals wohl noch nicht in Sachsen weiltest«, begann er ruhig mit unverändert sanfter Stimme. »Meine Mutter konnte sich zwar niemals so recht damit abfinden, daß ich den protestantischen Glauben meiner Väter ablegte, um zum Katholizismus zu konvertieren. Jedoch war es meine Mutter, die gleich zwei hochrangige Abgesandte ihres Hofstaates nach Polen schickte, um mir die herzlichsten Glückwünsche zur Königskrönung überbringen zu lassen. Vergiß nicht, Sophie, meine Mutter war eine Königstochter. Ihr lag unendlich viel daran, dem Haus Wettin die Königswürde anzutragen. So kam ihr die Tatsache, daß ihr Sohn König von Polen wurde, nicht absolut ungelegen, und sie würde es niemals billigen, wenn ich um ihretwillen die Pflichten eines Monarchen seinem Land gegenüber vernachlässigen würde.«

Lächelnd fügte er hinzu: »Außerdem sind wir noch vor der Leipziger Ostermesse zurück. In der Zwischenzeit werden die Sachsen auf ihren Kurfürsten verzichten können, glaube mir.«

». . . und die Polen können nicht noch ein wenig auf ihren König verzichten?«

»Nein!« Er wurde wieder ernst. »Wenn ich nicht regelmäßig in Warschau auftrete, verliere ich meinen Anspruch. Nicht nur vor der polnischen Aristokratie, meine Liebe, sondern vor dem Kaiser.«

Sophie ahnte, worauf August hinauswollte. Nach der Geburt der Kaisertochter Maria Theresia in diesem Jahr gerieten die von August und seinem alten Freund Joseph I. vor vielen Jahren ausgeklügelten Interessen ins Wanken. Maria Josepha, die Verlobte des sächsisch-polnischen Kronprinzen und Nichte des derzeit regierenden Kaisers Karl, verlor auf Grund der Erbregelung unter Umständen ihre Ansprüche auf Ländereien des Hauses Habsburg. Besonders natürlich auf jenen Landstrich zwischen Oder und Neiße, den August in seinen Plänen längst dem Kurfürstentum Sachsen einverleibt hatte.

»Es geht um Schlesien, nicht wahr?«

Der Kurfürst-König versetzte ihr einen spielerisch-zärtlichen Nasenstüber. »Richtig. Du hast einen klugen Kopf, Sophie. Schlesien bedeutet Sachsen sehr viel. Wir besitzen Polen und damit den Zugang zur Ostsee, aber wir haben keinen direkten Weg dorthin. Gleichgültig, welche Route wir auch wählen, wir müssen durch ausländisches Gebiet reisen. Das ist nicht gut. Es geht hier nicht um militärisches Interesse, sondern um die Wirtschaft. Sachsen wird ein Industrieland, wir betreiben regen Handel, und dem Volk geht es gut. Doch die Elbe alleine kann die Last nicht mehr tragen. Wir brauchen einen großen Seehafen. Dank unseres polnischen Einflusses gehört die Stadt Danzig zu unserem Hoheitsgebiet, aber wir haben keinen direkten Zugang, um mit unseren Waren dorthin zu gelangen, und müssen deshalb hohe Zölle entrichten. Das ließe sich durch eine Annektion Schlesiens ändern.«

Sophie fragte sich, ob sie jemals die Kraft haben würde, den Kurfürst-König zu zwingen, seine Pläne zu ändern, wie es die Gräfin Cosel seinerzeit häufig verlangt hatte. Sie würde sich seiner Verantwortung und seinen Interessen nicht in den Weg stellen, selbst wenn diese sich gegen ihre ureigensten Wünsche und Bedürfnisse richteten. Zwar konnte sie sich nicht ganz vorstellen, daß das Datum ihrer Abreise nach Warschau einen gravierenden Einfluß auf die Politik nehmen würde, aber sie wußte, sie würde August klaglos folgen. *Wie eine Ehefrau*, dachte sie und spürte den bitteren Stachel in ihrem Herzen, der ihr neuerdings schwer zu schaffen machte.

Ein verhaltenes Räuspern, das doch deutlich genug war, um durch die Bettvorhänge zu dringen, unterbrach Sophies Gedanken.

»Ahhh...!« machte August und demonstrierte seiner Geliebten mit übertriebener Gestik ein herzhaftes Gähnen, wobei er grinste wie ein Kind. In seinen Augen schimmerte ein Schalk, der sogar seine kräftige Kinnpartie weicher erscheinen ließ. Unwillkürlich lächelte Sophie. Mit der Fingerspitze strich sie liebevoll über die Lachfalten in Augusts Gesicht.

»Spiegel, ist Er es?« erkundigte sich der Kurfürst-König, als ob er nicht wußte, daß sein verschwiegener Kammerdiener jenseits der Bettvorhänge wartete.

»Guten Morgen, Majestät.« Spiegel räusperte sich erneut, als er heiser hinzufügte: »Guten Morgen, Madame.«

Wäre sein Kammerdiener nicht der wahrscheinlich diskreteste Mensch in der Residenz zu Dresden gewesen, August hätte sich niemals erlauben können, Sophie in seinem Bett schlafen und aufwachen zu lassen. Denn das Schlafzimmer eines Monarchen seines Formats war ein quasi öffentlicher Raum, das Erwachen des Herrschers dessen erste Tagespflicht. Üblicherweise übernachtete der Kammerdiener auf einem Feldbett neben dem prunkvollen Lager des Königs, doch Spiegel war gestern abend dezent darauf hingewiesen worden, daß seine Anwesenheit nicht erwünscht war. Spiegel wußte dennoch immer im vorhinein, wann es für ihn Zeit wurde, zu gehen, aber es kam relativ selten vor, daß August mit seiner Favoritin im eigenen Bett schlief, das offiziell der Kurfürstin Christiane Eberhardine vorbehalten war. Doch die hatte hier seit Jahren keine glückliche Minute erlebt.

»Ich wünschte...«, begann August leise, doch Sophie legte ihre Hand auf seine Lippen. »Ich weiß«, flüsterte sie. »Sprich es nicht aus. Es ist nicht nötig.« Sie neigte sich ihm entgegen und fand mit ihren Lippen seinen Mund.

»Spiegel«, fragte August nach einer köstlichen Weile, »ist alles bereit für die Heimfahrt von Madame?«

»Selbstverständlich, Sire.«

Der Kammerdiener schob die Bettvorhänge zur Seite und reichte – ohne einen Blick zu riskieren – einen samtenen Morgenmantel in das Allerheiligste des Kurfürst-Königs, das in wenigen Minuten – gleich einem Sesam öffne dich – zur Bühne des Herrschers werden würde – mit einer sensationslüsternen Hofgesellschaft als Zuschauer.

Den Morgenmantel eng zusammengeschlagen, huschte Sophie aus dem Prunkbett. Mit bloßen Füßen schlich sie zu der Tapetentür, die Kammerdiener Spiegel bereits aufhielt. Schweigend, aber mit einem freundlichen Lächeln verabschiedete sich Sophie von Augusts treuestem Diener, um im Flur hinter dem Schlafzimmer einer Zofe zu begegnen, der Spiegel Sophies Kleider bereits übergeben hatte. Und während Sophie sich in einem kleinen Ankleidezimmer für ihren Abgang zurechtmachte, begann im Schlafzimmer der öffentliche Akt der kurfürstlich-königlichen Morgentoilette.

Doch an diesem Morgen dauerte alles etwas länger, denn Spiegel hatte seinem Herrn nach dem Weggang der Favoritin noch eine private Mitteilung zu machen: »Es ist wieder ein anonymer Brief abgegeben worden, Sire.«

»Zum Teufel damit«, donnerte August und schlug die Decke zurück. »Madame ist die anständigste Frau, die ich kenne. Ausgerechnet sie des Betruges zu bezichtigen, ist einfach lächerlich. Ich will das neue Schreiben nicht sehen, Er soll es zerreißen. Wer seinen Namen nicht unter einen Brief an den König setzen kann, ist es auch nicht wert, gelesen zu werden.«

»Sehr wohl, Sire . . .«

»Das heißt . . .«, unterbrach August, »vielleicht ist es doch besser, wenn ich den Inhalt kenne, bevor wir durch bösen Klatsch überrascht werden. Was ist es denn diesmal, Spiegel?«

Seit wenigen Wochen landeten persönliche Schreiben an den

König nicht bei Augusts Sekretär, sondern bei dessen Kammerdiener. Erstaunlicherweise fand Spiegel immer wieder Briefe an den Monarchen vor, die auf nicht nachvollziehbare Weise unter seine Sachen gelangten. Der Inhalt dieser Mitteilungen war üblicherweise kurzgehalten und nichts anderes als Verunglimpfung oder Spott gegen Sophie. Im Grunde waren die Anfeindungen harmlos und offensichtlich das Produkt tiefen Neides. Doch in dem neuesten Fall wogen die Diskriminierungen schwerer.

»Es wird behauptet, Madame habe etwas mit dem Verrat des Porzellangeheimnisses an den Kaiser zu tun«, berichtete Spiegel, während er die Kissen aufschüttelte, damit das königliche Bett einen gewissen jungfräulichen Eindruck machte, sobald die ersten Besucher zur morgendlichen Audienz erschienen.

»Lächerlich!« rief August aus. »Ich wette, Madame hat nicht die geringste Ahnung, was neben der Farbe der Unterschied zwischen rotem und weißem Porzellan ist. Nennt der Schreiberling Beweise für seine infamen Behauptungen?«

»Nein, Majestät, keine.«

»Dann soll Er das Schreiben in Fetzen reißen und verbrennen«, entschied August. »Außerdem wollen wir die Angelegenheit vergessen, Spiegel. Ich dulde nicht, daß Madame irgendwelche Diffamierungen erfährt ... Im übrigen werden wir verreisen. In zwei Wochen geht es nach Warschau.«

Spiegel nickte und widmete sich schweigend den üblichen Handgriffen. Er stand schon zu lange in den Diensten des Kurfürst-Königs, um nicht zu wissen, daß die infamen Lügen, die in den anonymen Schreiben verbreitet wurden, irgendwann doch einen Stachel hinterlassen würden. Seiner Ansicht nach war es nur eine Frage der Zeit, daß August sein Vertrauen in Sophie verlor. Eine Tatsache, die Spiegel sicherlich bedauern würde, aber echte Gefühle spielten nur eine Nebenrolle in der alltäglichen Komödie bei Hofe.

20

Auf den Fenstersimsen und auf den Steinpollern an der Eingangstür türmten sich die Schneehügel wie kleine Zipfelmützen, die keck und manchmal ein wenig windschief aufgesetzt worden waren. Eisblumen bildeten sich an den Fensterscheiben und glitzerten in der Dämmerung wie Dutzende von diamantenen Blüten. *Warum hat noch niemand versucht, die Schönheit der Eisblumen in einem Gemälde festzuhalten?* fragte sich Maximilian, während er die eiserne Türklinke heruntterdrückte und das Portal aufstieß.

In der Eingangshalle war es kaum weniger kalt als im Park von Schloß Altenberg. Räume, in die durch das ständige Auf und Zu von Türen viel Zugluft gelangte, wurden für gewöhnlich nicht beheizt. Maximilian erschien es, als kröche die feuchte Kälte durch seine Kleidung und Haut direkt in seine Knochen, als er einem Lakai seinen Mantel und seinen Schal reichte. Mit steifen, schmerzenden Fingern entledigte er sich der schneenassen Überschuhe. Anschließend vergrub er seine Hände in der Hoffnung auf etwas Wärme in den Taschen seines zimtfarbenen Seidenrocks. Diesen hatte er ebenso wie die dazu passende Weste und Hose, das Spitzenhemd und die Seidenstrümpfe seiner Mutter zuliebe und aus Achtung vor dem Weihnachtsfest angezogen. Allerdings fühlte er sich nicht sonderlich wohl in dieser feinen Garderobe; er kam sich sogar ein wenig lächerlich vor und sehnte sich nach seinen bequemen Alltagssachen.

Maximilians Finger fühlten sich kein bißchen wärmer an, als er die Hände aus den Taschen zog und durch die Tür, die der Lakai für ihn geöffnet hatte, ins Wohnzimmer trat. Seine Familie war vor dem Kaminfeuer versammelt. Offenbar hatte Martin aus der Bibel gelesen, denn er hielt das dicke, in feinstes Kalbsleder gebundene Buch der Bücher noch auf den Knien. Neben Martin thronte seine Mutter in einem bequemen Stuhl. Auf dem Sofa saßen Friedrich und seine Frau Charlotte, er mit einem Glas Wein in der Hand, sie mit einer Stickarbeit beschäftigt. Nur Nikolaus hatte nicht Platz genommen. Maximilians zweitältester Bruder lehnte äußerst dekorativ am Kamin. *Das Gemälde einer Familie im Sonntagsstaat*, fuhr es Maximilian durch den Kopf.

»Da bist du ja endlich«, sagte Gräfin Altenberg mit einem liebevollen Tadel in der sanften Stimme. »Hast du deine jüngsten Arbeiten mitgebracht? Wir sind alle sehr gespannt darauf, nicht wahr, meine Lieben?«

Maximilian neigte sich zum Kuß über die Hand seiner Mutter. Caroline von Altenberg war einst eine attraktive Frau gewesen, deren leuchtende Augen und der herzförmige Mund noch heute Zeugnis davon ablegten. Die Ehe mit dem mürrischen, instinktlosen Grafen hatte jedoch bittere Linien in ihr Gesicht gezeichnet, die das Alter zu tiefen Falten verstärkt hatte. Doch trotz ihrer mehr als sechzig Lebensjahre hatte sie einen gewissen Liebreiz nicht verloren. Jetzt senkte sie ihr Haupt mit dem perlgrauen Haar, das mit einer kleinen Haube aus schwarzer Spitze bedeckt war, um ihren jüngsten Sohn auf die Stirn zu küssen.

»Du zeigst uns viel zu wenig von deinen Arbeiten«, schloß sich Friedrich der Meinung seiner Mutter an.

»Es steht dir frei, mich in meinem Atelier zu besuchen«, erwiderte Maximilian. Er stellte sich neben Nikolaus an den Kamin, um seine durchgefrorenen Glieder ein wenig aufzuwärmen. Dabei fuhr er fort: »Ich habe euch ein paar Entwürfe für eine Porzellanfigur mitgebracht. Deshalb bin ich bei dieser Eiseskälte noch einmal ins Atelier gelaufen. Nach Herrn Böttger werdet ihr die ersten sein, die die Skizzen zu Gesicht bekommen.«

»Es ist mir noch immer unverständlich, wieso du dich mit Statuetten abgibst, wenn dir die Welt für Größeres offensteht«, bemerkte Nikolaus.

»Porzellan ist eine Mode, die zweifellos einen gewissen künstlerischen Wert innehat«, erwiderte Friedrich an Stelle seines jüngsten Bruders. »Ich denke, du solltest dies nicht unterschätzen.«

Martin zwinkerte spöttisch mit den Augen. »Den Wert von

Porzellan solltest du Nikolaus nicht zu erklären brauchen, Friedrich; immerhin hat ihm dieser eine Vorstellung bei Hofe eingebracht ... Ohne Dragonervasen kein Händedruck des Königs, nicht wahr?« wandte er sich schmunzelnd an den Kavalleriehauptmann, woraufhin die Damen in ein liebreizendes kleines Lachen ausbrachen.

»Oh, ich wünschte, es wäre mir möglich, einmal die berühmte Sammlung im Porzellanschloß des Königs zu besichtigen«, sagte Charlotte von Altenberg in einem unerwarteten Temperamentsausbruch. Meistens verhielt sich die Ehefrau Friedrichs still, was letztendlich dazu führte, daß sie in größeren Gesellschaften kaum zur Kenntnis genommen worden war, da auch ihr Äußeres von Farblosigkeit bestimmt und gerne übersehen wurde.

Charlotte war eine zierliche Person und so blaß, daß man ein frühes Lebensende durch eine Lungenkrankheit befürchten mußte. Ihre offensichtliche Labilität war es denn wohl auch, die einem Kindersegen bisher Einhalt geboten hatte. Das einzig Hübsche in ihrem bleichen Gesicht waren ihre weichen Züge und die blauen Augen, die manchmal so dunkel schimmerten wie das Wasser der Elbe an einem Sommertag. Charlotte kleidete sich für gewöhnlich in triste Farben, nicht nur jetzt, während des zur Neige gehenden Trauerjahres für ihren Schwiegervater; und diese Farbauswahl harmonierte in einer Weise mit ihrem hellblonden Haar und dem Ton ihrer Haut, daß sie fast durchsichtig wirkte.

Ihre Begeisterung für Porzellan machte Charlotte blitzartig zum Mittelpunkt des Gesprächs. Alle Augen richteten sich auf die junge Gräfin, die über diese Aufmerksamkeit am liebsten im Boden versunken wäre. Eine wenig attraktive dunkle Röte zog sich von ihrem Hals hinauf zu den Wangen. Vor lauter Peinlichkeit begann Charlotte zu stottern, als sie sich rechtfertigte: »Porzellan ist die Leidenschaft der Könige, nicht wahr? Ich meine, deshalb muß es doch schön sein ... Ich denke, ich finde ... Verzeiht mir, es ist, als fehlten mir die richtigen Worte ...« Damit brach sie hilflos ab.

Maximilian lächelte seiner Schwägerin aufmunternd zu. »Porzellanerde hat gegenüber anderen Materialien, etwa Marmor, erhebliche Vorteile. Deshalb eröffnet sie einem Künstler vielfache Möglichkeiten. Im Rohzustand besitzt der Ton eine außerordentliche Plastizität, so daß es möglich ist, selbst kleinste Details herauszuarbeiten. Auf diese Weise könnte eine Porzellanfigur lebendiger wirken als das gleiche Modell aus Stein. Das macht vielfach die Schönheit der Scherben aus.«

»Nun, also«, hob Friedrich an, »dann zeig uns deine Entwürfe.«

Maximilian zog aus seinen breiten, reich bestickten Ärmelaufschlägen zwei zusammengefaltete Bogen Zeichenpapier. Es handelte sich um Kopien jener Skizzen der Schäferinnenfigur, die er Böttger gezeigt hatte, aber auch um Ausarbeitungen von Details, nach denen er in den nächsten Tagen ein Modell aus Wachs formen wollte. Mit einem gewissen Stolz reichte er die Blätter zunächst seiner Mutter, während er seiner versammelten Familie erklärte, daß diese Schäferin die erste Statuette in einer Reihe von Porzellanfiguren war, die als Tischdekoration für die Karnevalsfeste bei Hofe gedacht waren. Maximilian dozierte auch über die Schwierigkeiten der Einfärbung und darüber, daß die Figur von einem der Maler mit Gold verziert werden und zum Leben erwachen sollte.

»Ich glaube kaum, daß die Welt je eine attraktivere Schäferin gesehen hat«, meinte Gräfin Altenberg lächelnd.

»Donnerwetter!« rief Nikolaus aus, der hinter den Sessel seiner Mutter getreten war und über ihre Schulter auf die Entwürfe blickte. »Die kenn' ich doch . . .«

Maximilian starrte ihn entgeistert an. »Was?«

»Ja, natürlich . . .«, erwiderte Nikolaus harmlos. »Dieses Gesicht habe ich schon einmal in deinem Atelier gesehen, kleiner Bruder. Erinnerst du dich nicht? Das ist doch deine venezianische Nonne. Bald, nachdem du zurückgekommen warst, hast du einmal nach dem Mädchen einen Tonkopf geformt.«

»Was redest du da für einen Unsinn, Nikolaus?« fragte Gräfin Altenberg.

In diesem Augenblick öffnete sich die Tür und ein Lakai erschien mit einer tiefen Verbeugung. Zwar verlief sein Auftritt angemessen dezent, doch unwillkürlich richtete sich die Aufmerksamkeit der Anwesenden sofort auf den Störenfried. Dieser verbeugte sich ein zweites Mal und meldete in Richtung des Schloßherrn: »Herr Graf, es ist serviert.«

Eine dritte Verbeugung folgte, und der Mann zog sich zurück.

Gräfin Altenberg faltete die Entwürfe sorgfältig und legte sie auf den Beistelltisch neben ihrem Stuhl. »Ich bin sicher, Maximilian, daß es eine herrliche Porzellanfigur werden wird. Nun laßt uns aber zu Tisch gehen. Es wäre ein Jammer, wenn die Gans kalt würde. Nikolaus, wenn du versprichst, dich wie ein Herr zu benehmen und den Ton deiner Kaserne vergißt, darfst du mich zu Tisch führen.«

»Für das ›Donnerwetter‹ bitte ich untertänigst um Entschuldigung.« Nikolaus reichte seiner Mutter lächelnd den Arm.

Friedrich und Charlotte folgten den beiden ins Eßzimmer und Maximilian schloß sich ihnen automatisch an. Nur Martin blieb zurück. Neugierig warf er einen zunächst flüchtigen Blick auf die Skizzen, die seine Mutter ordentlich zusammengefaltet und auf dem Beistelltisch deponiert hatte. Sein erster Blick fiel auf die Linien eines vollen Mundes, der wie staunend leicht geöffnet war und gleichzeitig süß lächelte. Es lag ein Ausdruck größter Sinnlichkeit auf diesen Lippen.

Martin griff nach den Blättern und faltete sie auseinander. Dann hielt er sie in den Lichtschein einer Kerze, um die mit einem Kohlestift hingeworfenen Linien deutlicher zu erkennen. Nachdenklich verharrte er in der Betrachtung der Schäferin.

Das ist doch nicht möglich! fuhr es ihm durch den Kopf, als ihm mit Gewißheit klar wurde, daß er dieses Gesicht schon einmal gesehen hatte. Natürlich war es nicht identisch mit dem Antlitz jener Dame, die unwissend, aber kühn sein Herz erobert hatte. Es war eine jüngere Ausgabe von Sophie de Bouviers Gesicht, vielleicht ein bißchen weicher in den Zügen, aber für einen liebeskranken Mann, der sich in schlaflosen Nächten immer wieder Augen und Mund der Unerreichbaren ins Gedächtnis rief, war die Ähnlichkeit deutlich erkennbar.

Vermutlich hatte Maximilian die Favoritin des Kurfürst-Königs als Modell für seine Porzellanfigur gewählt, um bei August später in besserem Ansehen zu stehen. Nie hätte Martin seinen jüngsten Bruder für derart berechnend gehalten. Andererseits war Sophie de Bouvier eine sehr schöne Frau, die vermutlich jeden Künstler auf die eine oder andere Weise inspirierte. Verblüffend aber waren die dargestellten Details. *Wo hatte Maximilian die Mätresse des Königs kennengelernt, um sie so zeichnen zu können?* Eifersucht, wie sie lächerlicher eigentlich nicht sein konnte, verletzte Martins Gefühle wie ein kleiner Nadelstich. Er beneidete Maximilian um die Stunden, die er mit Sophie verbracht hatte; Augenblicke, die sie Martin niemals würde schenken können ...

Ein dezentes Räuspern unterbrach Martins Gedanken. In der Tür stand ein Lakai. »Verzeihung, Herr Pastor, die Frau Gräfin bittet Euer Gnaden zu Tisch.«

Martin fuhr zusammen. »Ja ... ja, natürlich ...«, murmelte er, »ich komme schon.«

Mit fast übergroßer Zärtlichkeit faltete er die Skizzen zusammen und legte sie an ihren Platz zurück. Fürs erste mußte er seine Neugier im Zaum halten. Vor seiner Mutter konnte er Maximilian unmöglich nach dem lebenden Vorbild für die Porzellanfigur der Schäferin ansprechen. Das mußte bis nach dem Weihnachtsessen warten, wenn den Damen der Kaffee serviert wurde und die Herren sich in die Bibliothek zurückzogen.

Während des Abendessens, das Martin nach dem Tischgebet relativ schweigend und in Gedanken versunken über sich ergehen ließ, war ihm eingefallen, daß Sophie de Bouvier die Enkeltochter des Grafen Morhoff war, dessen Rittergüter an die Ländereien derer von Altenberg grenzten. Zwar war Martin natürlich bekannt, daß sein Vater niemals besonders intensive nachbarschaftliche Beziehungen zu Graf Morhoff unterhalten hatte, aber diese räumliche Nähe erschien ihm die einzige Antwort auf seine Frage nach der Möglichkeit einer Begegnung zwischen Maximilian und Sophie. Die Überlegung, daß die Frau seiner Träume möglicherweise stunden-, wenn nicht gar tagelang zu Gast in seinem Elternhaus gewesen war, während er den religiösen Eifer von Propst Lindenau zu dämpfen versucht hatte, versetzte ihm einen neuen Schlag. Andererseits fragte er sich, ob seine Schwägerin einen so hochrangigen Gast wie die offizielle Favoritin des Königs, die sich ja als Augusts Nebenfrau bei Hofe in einer ähnlichen, wenn nicht sogar in vielerlei Hinsicht in einer besseren Position als die Kurfürstin Christiane Eberhardine befand, verschweigen würde. Charlotte war zwar ein Ausbund an Tugend und schätzte keinen Klatsch, aber von einem solchen Besuch, der zudem vom jüngsten Grafen gezeichnet wurde und in Porzellan gegossen werden sollte, hätte sie doch gewiß erzählt.

Obwohl Martin geglaubt hatte, seine Gefühle für Sophie in seinem Herzen verschlossen zu halten, tobte es während des Weihnachtsessens in seinem Innersten. Um so mehr quittierte er den Augenblick mit Erleichterung, als seine Mutter die Tafel aufhob. Die Damen zogen sich in den kleinen Salon zurück, wo sich Charlotte über ihre Stickarbeit beugen würde, während sich ihre Schwiegermutter am erst kürzlich von Friedrich erworbenen Klavier entspannen wollte, einem neuen Instrument, das die Begeisterung für das Spinett abzulösen schien. Jeder auf seine Weise aufatmend, schritten die Herren in die Bibliothek, wo alkoholische Getränke, Schnupftabak und Pfeifen auf einem silbernen Tablett warteten.

Während Martin sich noch überlegte, wie er die Sprache am geschicktesten auf Sophie de Bouvier bringen könnte, ohne sich zu sehr zu verraten, platzte Nikolaus heraus: »Nun erzähle doch endlich, Maximilian. Wer ist deine schöne Schäferin?«

Maximilian lächelte. »Ich habe nicht die geringste Ahnung«, erwiderte er wahrheitsgetreu.

»Darf ich erfahren, von wem ihr sprecht?« mischte sich Friedrich ein, der es sich bereits in einem tiefen Sessel bequem gemacht hatte und nun die rundlichen Waden in den hellen Seidenstrümpfen von sich streckte.

»Es geht um Maximilians Modell für die Porzellanfigur«, informierte Nikolaus den ältesten Bruder. »Du weißt schon, die Entwürfe, die unser Künstler vorhin Mutter zeigte.«

Gähnend schloß Friedrich die Augen. »Bedauerlicherweise habe ich die Blätter nicht gesehen. Sie sind im Wohnzimmer liegengeblieben. Verzeih, Maximilian, ich werde sie nachher mit der gebührenden Aufmerksamkeit betrachten.« Sprach's und versank sofort in einen tiefen Verdauungsschlaf. Ein leises Schnarchen kündete von Friedrichs starker Natur.

Martin spielte scheinbar gedankenverloren mit seinem Glas. Er ärgerte sich über die Ignoranz seiner Brüder. Nikolaus hatte Sophie de Bouvier bei der Eröffnung des Holländischen Palais' gesehen – wie konnte er die Augen und die Lippen dieser Frau vergessen haben? Daß Maximilian ein derartiges Geheimnis um das Modell für die Porzellanfigur machte, war geradezu lächerlich. Welches Interesse sollte Maximilian also haben, die Identität der Schäferin zu verschleiern – außer, seinen Brüdern einen Streich zu spielen?!

»Ach, komm schon«, drängte Nikolaus, während er seine Pfeife stopfte, »mach nicht so ein Geheimnis um das Mädchen. Ist es nun die venezianische Nonne oder nicht? Sie spukt dir ja ganz schön im Kopf herum, Bruderherz. Ich bin ganz sicher, daß du ihr Gesicht vor Monaten schon einmal modelliert hast. Damals ist es mir schon aufgefallen. Also: Wer ist sie?«

Maximilian goß sich von dem schweren, süßen Dessertwein ein und hüllte sich in Schweigen.

»Nikolaus, erkennst *du* sie denn nicht?« entfuhr es Martin plötzlich.

Zwei Augenpaare starrten auf den Geistlichen, der tief errötete. Nikolaus hielt verblüfft in der Bewegung inne. Maximilian setzte nach der ersten Schrecksekunde sein Glas klirrend auf dem Kaminsims ab und trat mit energischen Schritten auf seinen Bruder zu, der sich auf die Rückenlehne eines hohen Gobelinstuhls stützte und mit einer Mischung aus Verwunderung und Trotz die Reaktion der anderen beiden beobachtete.

Es schien, als wäre Maximilian dazu fähig, Martin am Kragen seines Anzugs zu packen, als er sich vor dem Älteren aufbaute und mit drohender Stimme fragte: »Wer ist sie, Martin? Sprich!«

»Mir ist zwar nicht bekannt, welche Fehde ihr beiden gerade austragt, aber ich wasche meine Hände in Unschuld«, erklärte Nikolaus. »Wirklich, ich habe dieses Gesicht, so liebreizend es auf den Entwürfen wirkt, noch nie gesehen.« Damit nahm er sich Feuer.

Maximilian hörte nicht auf Nikolaus. Er blickte Martin direkt in die Augen, als er wiederholte: »Wer ist sie?« Er dachte: *Begreift Martin denn nicht, wie wichtig es ist, zu erfahren, wer Constanze in Wirklichkeit ist?*

Der drängende Ton in Maximilians Stimme verunsicherte Martin. Er erwiderte Maximilians Blick und konnte keine Arglist darin sehen. Schließlich senkte Martin seine Lider, beschämt, daß er geglaubt hatte, sein jüngster Bruder würde ihn, den Geistlichen, anlügen. Trotz der Schwierigkeiten, die sie alle vier – jeder auf seine Weise – mit ihrem Vater gehabt hatten, waren sie einander immer tief verbunden gewesen. Maximilian hätte ihm keine derart bühnenreife Vorstellung geliefert, wenn er wirklich wüßte, welche Identität hinter der Schäferin steckte.

Bin ich schon so liebeskrank, daß ich in jedem hübschen Mädchen eine andere Ausgabe von Sophie de Bouvier sehe? Das wäre für einen Mann seines Alters und seiner Stellung nicht nur lächerlich und dumm, sondern auch höchst peinlich.

»Ich glaubte«, sagte er, »in der Skizze eine Dame zu erkennen, die mich einmal sehr beeindruckt hat . . .«

»Hört, hört!« ließ sich Nikolaus vernehmen. »Wie kommt's, mein Lieber, daß dich eine Dame beeindruckte? Noch eine heimliche Affäre, von der ich nichts weiß?«

»Wie kannst du es wagen?« rief Martin empört aus. »Ich habe selbstverständlich keine Affäre mit der fraglichen Dame.«

»Ich habe das Mädchen niemals angerührt!« stellte Maximilian klar.

Nikolaus hob grinsend den Kopf. »Aber Ihr hättet gerne eine Affäre mit ihr. Ich fürchte, Jungs, ihr habt ein Problem, denn offensichtlich handelt es sich um dieselbe Person. Es gibt kein gutes Blut in einer Familie, wenn zwei Brüder dieselbe Frau lieben. Soll ich eine Münze für euch werfen?«

»Ach, halt doch den Mund!« zischte Maximilian.

»Sie ist längst vergeben«, murmelte Martin.

Diese Feststellung wurde von einem Schnarcher Friedrichs bestätigt, der ähnlich klang wie das Knurren der Jagdhunde.

Maximilian fragte: »Martin, ich bitte dich, wer ist die Dame, von der du sprichst?«

Nikolaus sah seine Brüder erwartungsvoll an. »In der Tat«, bemerkte er, »das würde mich auch interessieren.«

Martin schluckte. »Sophie de Bouvier«, gestand er nach einer Weile.

»Wer ist das?« wollte Maximilian wissen.

»Die Favoritin des Königs«, antwortete Nikolaus.

Zur allgemeinen Überraschung brach Maximilian in schallendes Gelächter aus. In erstaunlichem Überschwang klopfte er Martin auf die Schulter. »Meine Entwürfe haben dich an die Mätresse des Königs erinnert? Das ist komisch. Das ist wirklich komisch. Mit der hat mein Modell überhaupt nichts zu tun.«

Martins Augen blickten zutiefst verstört in die Runde. »Ich sagte ja bereits, daß ich mich nur zu erinnern glaubte...«

»Nun wird es interessant«, meinte Nikolaus. »Wie kam es, Martin, daß dich Madame de Bouvier beeindrucken konnte? Erzähle!«

»Du bist nur auf Sensationen aus, und die kann ich dir nicht bieten«, versetzte Martin. »Ich hatte einmal die Ehre, ein längeres Gespräch mit der Dame zu führen, und dieses, mein Bruder, hat mich tatsächlich tief berührt. Mehr gibt es nicht zu erzählen.«

»Von einem Geistlichen kann man wahrscheinlich auch nicht mehr erwarten. Allerdings«, Nikolaus lächelte anzüglich, »würde ich es nicht vorziehen, mit August dem Starken in Konkurrenz zu treten, selbst wenn er nicht unser Kurfürst und König wäre. Sophie de Bouvier ist tatsächlich keine Frau für dich, nicht einmal eine Affäre.« Als er Martins strengem Blick begegnete, verneigte er sich leicht. »Entschuldigung, ich hatte vergessen, daß ein Pastor dergestalt keine Liebesfreuden haben darf. Ein Hoch also auf die Armee, die mein Leben glücklicherweise in eine andere Richtung gelenkt hat.«

»Mutter hat nicht ganz unrecht, wenn sie dich bittet, deinen Kasernenton draußen zu lassen«, sagte Martin.

Maximilian war ans Fenster getreten. Er schob die schweren Portieren, die die Wärme im Zimmer hielten, zur Seite und blickte durch die Eisblumen in die formlose Dunkelheit einer wolkenverhangenen Nacht. Er konnte kaum die Umrisse des Parks ausmachen, dennoch wußte er, daß sich hinter den Gartenanlagen der Wald befand – und irgendwo da draußen eine junge Frau ein einsames Weihnachtsfest beging.

Seit Wochen schon hatte er Constanze nicht mehr besucht. Nach Beendigung der ersten Skizzen war er so mit der Ausarbeitung der Entwürfe beschäftigt gewesen, daß ihm die Zeit für einen Ausflug fehlte.

Irgendwie hatte er ausschließlich an die Statuette gedacht, die er in Porzellan gießen und auf der Albrechtsburg zu Meißen backen wollte, nicht aber an den Menschen, der hinter dem Modell stand. Freilich war ihm Constanzes Schicksal sehr zu Herzen gegangen, und er empfand ihre Freundschaft als Gewinn. Dennoch hielt eine gewisse Bequemlichkeit Maximilian davon ab, bei diesem Winterwetter in den Sattel zu steigen und in den Wald zu reiten. Die Jahre in Italien und Frankreich hatten ihn von den erheblich niedrigeren Dezembertemperaturen in Sachsen entwöhnt.

Jetzt aber wurde ihm die Erinnerung an die einsame junge Frau im Wald fast schmerzlich bewußt. Hatte sie es bei dieser Kälte auch so behaglich wie er hier im Schloß seiner Ahnen? Woran mochte sie an diesem Abend denken, der doch traditionell ein Fest der Familie war? Gab es für sie ein Essen, das nur annähernd an das Mahl erinnerte, das man im Kreise seiner Lieben verzehrt hatte? Was tat Constanze an einem Winterabend, um nicht zu verzweifeln? Fühlte sie vielleicht, wie sie in ihrer Einsamkeit allmählich doch den Verstand verlor?

Maximilian drehte sich um und betrachtete seine Brüder: Friedrich, der in tiefem Schlaf versunken war, Nikolaus, der an seiner Pfeife paffend die Bücher in einem Regal inspizierte, Martin, der nachdenklich in das Kaminfeuer starrte. Während Maximilian seine Brüder ansah, fühlte er wohlige Wärme in sich aufsteigen. Gleichzeitig reifte ein Entschluß.

»Es ist Weihnachten«, durchbrach Maximilian das Schweigen. »Deshalb sollten wir uns an einem guten Werk versuchen. Es gibt keinen besseren Tag dafür.«

»Das ist eine lobenswerte Ansicht«, antwortete der Geistliche. »Was willst du tun?«

»Soll ich Friedrich wecken, bevor du zum Opfergang aufbrichst?« spöttelte Nikolaus.

Maximilian überging die beiden Fragen. »Ihr habt mich gefragt, wer das Modell für meine Entwürfe war. Ich will es euch sagen, auch wenn euch die Geschichte ein wenig merkwürdig vorkommen wird.«

So kam es, daß er seinen Brüdern Nikolaus und Martin von der geheimnisvollen Waldbewohnerin Constanze erzählte, deren Züge er einer Schäferin aus Meissener Porzellan verleihen wollte. Maximilian ließ fast nichts aus, sondern berichtete von seinem Sturz vom Pferd, ihrer wachsenden Freundschaft bis hin zu jenem Augenblick, als Constanze der Name Rosalba Carriera eingefallen war. Während er vor dem Fenster auf und ab schritt, erzählte er schließlich von seinen Besuchen im herbstlichen Wald, als er zwar ihre Geschichte kannte, ihr aber dennoch nicht helfen konnte. »Sie ist wie gefangen in dem Kreislauf ihrer Tage, aus dem es kein Entrinnen zu geben scheint«, beendete Maximilian seinen Monolog.

»Ich könnte deiner Freundin meinen geistlichen Beistand anbieten«, schlug Martin vor, »aber ich fürchte, mehr kann ich nicht für sie tun. Ich bin ebenso wenig Arzt wie du, Maximilian, deswegen weiß ich nicht, wie man ihr helfen könnte.«

»Mit einer venezianischen Nonne wäre alles vermutlich ein

wenig einfacher gewesen«, murmelte Nikolaus, woraufhin er von Maximilian angeherrscht wurde: »Zum Teufel, kannst du denn nicht einmal ernst sein?«

»Sei still, sonst weckst du Friedrich auf«, erwiderte Nikolaus ruhig. Er stützte sich auf der Holzeinfassung des Bücherschranks ab. »Wenn euch meine Meinung interessiert, so will ich euch sagen, daß ich religiösen Beistand – mit Verlaub – für das letzte halte, was das Mädchen in seiner Situation braucht. Eine Inquisition ist ebenso unangebracht, denn eine Hexe ist sie ja wohl nicht.«

Martin öffnete den Mund, um Nikolaus zurechtzuweisen, doch er blieb stumm, als er den ernsthaften Ausdruck im Gesicht des Jüngeren bemerkte.

»Maximilian, glaubst du wirklich, daß das Mädchen einer vornehmen Familie entstammt?« fragte Nikolaus.

»Die Vermutung macht Sinn. Woher sonst sollten all die Bücher und wertvollen Gegenstände kommen, die sie in ihrer Hütte hortet? Außerdem ist sie sehr gebildet. Welches Bauernmädchen ist schon geübt in Lyrik oder spricht Französisch?«

»Und eine gesellschaftlich angesehenere Familie hat mehr zu verlieren, wenn sie in einen Skandal um die angebliche Geisteskrankheit einer Tochter verwickelt wird«, fügte Nikolaus hinzu. »Der Skandal wäre um so größer, je bedeutender die Herrschaften sind. Daß man . . . wie heißt sie doch gleich?«

»Constanze«, erwiderte Maximilian.

»Daß man Constanze in dieser Hütte deponiert hat, spricht für die Ausweglosigkeit der Leute. Es ist mir schleierhaft, warum man sie nicht in ein Kloster gegeben hat, wo sie wenigstens unter anderen Menschen wäre. Ich kann mir nicht vorstellen, daß Mitglieder unserer Kreise so mit ihren Töchtern verfahren.«

»Ich werde mich bei einem zuverlässigen Arzt in Dresden nach den Ursachen dieses Gedächtnisschwunds erkundigen«, versprach Martin. »Mir ist zwar bekannt, daß eine Gehirnerschütterung eine Amnesie auslösen kann, aber mehr weiß ich nicht über derartige medizinische Probleme.«

»Ein schwerer Schock kann ebenfalls zum Gedächtnisverlust führen«, erklärte Nikolaus. »Ich kenne den Fall eines Offiziers, der unter einer ähnlichen Krankheit litt. Auch er war keineswegs geisteskrank, wie angenommen wurde, aber er endete schließlich doch als Wahnsinniger in einem Sterbehaus. Die Tatsache, daß er sich nicht mehr an sein Leben erinnern konnte, hat ihn verrückt werden lassen.«

»Gerade davor will ich Constanze bewahren.«

»Vielleicht sollten wir herausfinden, wer ihre Eltern sind«, warf Martin ein. »Ich bin sicher, ich könnte ein klärendes Gespräch mit ihrer Familie führen.«

»Als Pastor bist du dafür keine schlechte Wahl«, stimmte Maximilian zu, »aber sie kennt ja nicht einmal ihren Namen, geschweige denn die Identität ihrer Eltern. Nichts in ihrem unmittelbaren Umfeld deutet auf ihre Herkunft hin. Wo also sollten wir ihre Familie suchen?«

Nikolaus blickte Maximilian scharf an. »Liebst du sie?« fragte er geradeheraus.

Lächelnd schüttelte Maximilian den Kopf. »Nein. Es ist angenehm, in ihrer Gesellschaft zu sein. Sie ist ein guter Freund. Aber Liebe? Nein, das nicht.«

»Nun, sie scheint eine anziehende Person zu sein, wenn du nicht doch etwas von der venezianischen Nonne in die Entwürfe hast einfließen lassen.« Nikolaus wurde wieder ernst: »Ich meine nur, deine Gefühle sind wichtig, wenn wir zum entscheidenden Schlag ausholen.«

Martin und Maximilian sahen Nikolaus verblüfft an. Dieser richtete sich zu seiner imposanten Größe auf. »Constanze«, begann er, »kann nur dann zurück in ihr altes Leben finden, wenn sie den Wald verläßt. Darüber sind wir uns einig, nicht wahr? Niemand, der seine Tage zwischen Buchen und Fichten verbringt, kann sich an eine berühmte Malerin erinnern und daran, wo er deren Porträt schon einmal gesehen hat. Das heißt also, Maximilian, daß du sie aus ihrem Umfeld entführen mußt, um eine Verbindung zu ihrer Vergangenheit herzustellen.«

»Findest du nicht, daß deine romantischen Ambitionen mit dir durchgehen?« fragte Maximilian. »Ich bin kein Abenteurer, Nikolaus, die Entführung einer jungen Frau ist nicht meine Sache.«

Martins Gesicht hellte sich plötzlich auf. »Nikolaus meint keine richtige Entführung«, kombinierte er. »Du denkst mehr an eine Konfrontation mit der Wirklichkeit, nicht wahr? Du sollst sie in die übliche Umgebung für eine junge Frau holen, Maximilian, sie etwa zu einem Besuch nach Dresden einladen.«

Maximilian schüttelte den Kopf. »Dafür hat sie keine Garderobe. Abgesehen davon weiß ich nicht einmal, ob sie das überhaupt will. Nein, ein Besuch in Dresden ist zu viel des Guten.«

»Kleidung ist kein Problem.« Endlich zeigte Nikolaus wieder sein gewohnt freches Grinsen. »Ich hatte neulich das Vergnügen, die Ankleidezimmer der Baronin Walden zu besuchen. Bei dieser Gelegenheit berichtete sie mir, daß sie ihre Kleider nur höchstens zweimal trägt, bevor sie sie ausmustert. Ich könnte mir durchaus vorstellen, daß sie die eine oder andere Robe für einen guten Zweck spendet. Auf jeden Fall würde ich ihr in dieser Hinsicht gut zureden ...«

»Du bist verdorben und ein Narr.« Martin lachte. »Ich kenne zwar deine Baronin Walden nicht, aber wie willst du wissen, daß die Garderobe der Dame Maximilians Schützling paßt?«

»Ganz einfach: Maximilian kann doch so schön detailgetreu zeichnen. Es dürfte für unseren Bruder nicht schwierig sein, die Maße der jungen Dame wiederzugeben. Und wenn die Figur der Baronin Walden uns nicht zusagt, werde ich mich anderswo umsehen.«

»Du suchst doch nur einen Grund, um deine vielen Affären zu rechtfertigen«, warf Maximilian freundlich-neckend ein.

»Ach, so viele sind es gar nicht«, wehrte Nikolaus ab. »Was ist schändlich daran, das Angenehme mit dem Nützlichen zu verbinden? Wie sagtest du, Maximilian? Heute ist Weihnachten. Also planen wir eine gute Tat.« Er sah kurz auf den schlafenden Friedrich. »Wie die drei Weisen aus dem Morgenland, meine Herren«, fügte er schalkhaft hinzu.

Zweites Buch. 1718-1719
Nikolaus

> *Es sind drei Sachen, durch die die Menschen aufgemuntert werden, dieses oder jenes zu begehren: als erstes die Schönheit, zum anderen die Rarität und drittens die mit beidem verknüpfte Nutzbarkeit. Alle drei Eigenschaften besitzt das Porzellan.*
> Johann Friedrich Böttger

21

Anfang Februar des Jahres 1718 ritt Friedrich Graf Altenberg über die schneebedeckten Felder seines Ritterguts zu einem Besuch bei seinem Nachbarn. Es war ein klarer, sonniger Wintertag, und Friedrich genoß die frische Luft, die seine Lungen füllte, ebenso wie die in ihrer Schönheit fast unwirklich scheinende Landschaft am östlichen Ufer der Elbe zwischen Moritzburg und Meißen. Für seinen Ausritt benutzte er – wie üblich – die vielbefahrene Poststraße und nicht den Weg querfeldein durch den Wald. Nachdem der gefürchtetste Verbrecher Sachsens, Lips Tullian, vor kurzem verhaftet und hingerichtet worden war, galten die Straßen als relativ sicher. Dennoch war ein Ritt auf Sachsens Straßen häufig ebenso unbequem wie eine Fahrt in der kursächsischen ›ordinären‹ oder ›geschwind fahrenden‹ Postkutsche, denn die Wege waren nur selten chausseemäßig ausgebaut und infolgedessen in einem beklagenswerten Zustand: Tiefe Furchen zogen sich durch die schlammigen Straßen, die die Räder der Postkutschen, privaten Kaleschen und Fuhrwerke in Jahrhunderten der Straßenbenutzung hinterlassen hatten; hinzu kamen Schäden, die das Wetter verursachte, und es galt nicht nur für jeden Kutscher höllisch aufzupassen, sondern auch für jeden Reiter, dessen Pferd unverletzt am Bestimmungsort ankommen sollte.

Es war später Vormittag, als Friedrich seinen mächtigen Körper aus dem Sattel hievte und die Zügel seines dampfenden Pferdes einem herbeigeeilten Knecht übergab. Einen Augenblick lang versuchte Friedrich, ruhig durchzuatmen. Doch der Ritt hatte ihn dermaßen angestrengt, daß nur ein peinliches

Hecheln daraus wurde. *Ich sollte mehr auf meine Gesundheit achten*, dachte er, während er sich zu einem ruhigen Atmen zwang. Es dauerte eine Weile, bis er sich wieder soweit in der Hand hatte, daß er einem Lakai durch das geöffnete Portal des Renaissance-Schlosses und durch die Eingangshalle in die Bibliothek folgen konnte.

Graf Morhoff saß in einem Lehnstuhl an einem der Erkerfenster, weit entfernt von dem ohnehin nur glimmenden Kaminfeuer. Flüchtig bedauerte Friedrich, daß er bei der draußen herrschenden Temperatur zu Besuch in diese Eishölle gekommen war, wie er die Räumlichkeiten des alten Grafen heimlich nannte. Friedrich warf einen schnellen Blick auf den Stuhl am Kamin, der wenigstens ein bißchen Wärme versprach, und ließ sich auf dem zweiten Lehnstuhl neben dem zugigen Erkerfenster nieder.

Nach den üblichen Begrüßungsfloskeln klopfte Graf Morhoff auf die Zeitung, die er zuvor gelesen und beim Eintreten seines Gastes auf die Knie gesenkt hatte. »Zwölf Groschen kostet eine Ausgabe des *Postillons*. Das ist viel zu viel für den Unsinn, der darin verbreitet wird«, erklärte der alte Mann.

»Gibt es Neuigkeiten aus der Residenz?« fragte Friedrich höflichkeitshalber, der durch seine familiären Kontakte allerdings über weitaus zuverlässigere Informationsquellen verfügte und sich nur selten mit der Lektüre einer Zeitung abgab. In der freiwilligen Einsamkeit allerdings, in die sich Graf Morhoff im Laufe der Jahre hineinmanövriert hatte, dürften die Ausgaben des *Postillons*, der *Novellen* oder der *Ordinären Zeitung* eine der wenigen Zerstreuungen sein, die sich mit aktueller Politik und dem Tagesgeschehen in den Städten befaßte.

»Der Hof befindet sich in Warschau«, erwiderte Graf Morhoff, »also sind von seiten des Königs wenig Neuigkeiten zu erfahren. Was ich meinte, ist der religiöse Unfrieden, der im Lande geschürt wird. Seht Euch das an, Altenberg: Protestantische Eiferer wollen vor dem Landtag eine Petition einbringen, wonach Andersgläubigen der Grundbesitz in Sachsen verboten werden soll.«

»Was geht es uns an, Graf Morhoff? Zu unserem Schaden kann ein solches Gesetz doch nicht sein.«

Heinrich von Morhoff dachte an seine Enkeltochter und wußte, daß eine entsprechende Weisung sehr wohl zu seinem oder vielmehr dem Schaden seines einzigen Nachkommen sein würde. Doch es blieb ihm wenig, gegen die protestantische Geistlichkeit und ihre Forderungen zu unternehmen. Er konnte eigentlich nur auf die Weitsicht des Kurfürst-Königs vertrauen – auf Augusts Religionsversicherungsdekret und auf dessen Toleranz.

Seinem Gast antwortete er: »Ich wurde einmal geschult in Diplomatie. Das mag zwar in Euren Augen fast ein Menschenleben her sein, aber ich habe das Wesentliche meiner Aufgaben nie vergessen. Daß nämlich mit Diplomatie häufig mehr erreicht werden kann als mit Dekreten.

Eine Forderung wie diese hier schürt den Unfrieden im Lande. Das kann keiner Partei von Nutzen sein. Außerdem«, fuhr der frühere kursächsische Gesandte fort, »sind die Vorschläge mit Lächerlichkeit behaftet. Man verlangt, daß nur Protestanten über Lehnsbesitz, Häuser und Ländereien verfügen dürfen. Konvertierte hingegen sollen ihren Besitz innerhalb von drei Jahren verkaufen müssen. Seht Ihr nicht, welcher Unsinn hier vorgeschlagen wird? Wenn jeder Mann, der zum katholischen Glauben übergetreten ist, seine Güter veräußern muß, so wäre der König der erste, der diesem Gesetz zum Opfer fallen würde.« Zufrieden über seine Schlußfolgerung lehnte sich Morhoff in seinem Stuhl zurück und blickte Friedrich aus seinen alten, von zahllosen Falten umgebenen, aber äußerst wachen Augen an.

»Selbstverständlich verfüge ich nicht über Euer diplomatisches Geschick und Eure politische Erfahrung«, erwiderte Friedrich liebenswürdig. »Ich bin nur ein einfacher Landjunker. Deshalb solltet Ihr mir meine Unwissenheit verzeihen.«

So mußte der arme Tropf vermutlich mit seinem wichtigtuerischen Vater umgehen, fuhr es Graf Morhoff durch den Kopf, und der alte Herr lächelte nachsichtig. Mit einer energischen Handbewegung wischte er die Zeitungsnachrichten beiseite.

»Genug der Politik«, bestimmte der alte Mann, »sprechen wir lieber von angenehmeren Dingen. Wie steht es mit der Jagd in diesem Jahr?«

Friedrich schlug sich voller Begeisterung mit der Hand auf den Schenkel. »Eben deshalb bin ich gekommen. Erweist meiner Familie die Ehre und seid beim nächsten Jagdvergnügen unser Gast, Graf Morhoff.«

»Mein lieber Junge, dafür bin ich zu alt. Habt Ihr je gehört, daß Methusalem auf Jagd gegangen sei? Seht Ihr, ich halte es ebenso. Mein einziges Vergnügen am Halali sind die Geschichten, die Waidmänner wie Ihr mir erzählen – und sei's auch nur Jägerlatein.«

So leicht ließ sich Friedrich nicht abwimmeln, zumal er mit einem ausdrücklichen Auftrag seiner Mutter nach Schloß Elbland geritten war. Gräfin Altenberg hatte es sich nämlich in den Kopf gesetzt, die zwischen Friedrich und dem berühmten Nachbarn geschlossene Freundschaft zu vertiefen. Seit Generationen begründeten die Grafen Altenberg ihren Ruf bei Hofe durch die Kontakte, die man im Laufe der Jahre mit den wichtigsten Vertretern von Adel, Militär, Geistlichkeit und Handel knüpfen konnte. Friedrichs Verbindung zu einem Mann wie Graf Morhoff, der in Diplomatenkreisen fast schon zu einer Legende geworden war, konnte nicht ungenutzt bleiben. Außerdem verfügte Caroline von Altenberg über eine typisch weibliche Eigenschaft: Neugier. Da ihr verstorbener Gatte meist alleine an den Hoffesten in Dresden teilgenommen hatte, war sie in ihrer Jugend um den Reiz glanzvoller Gesellschaften gebracht worden. Dieses Vergnügen wollte sie nun wenigstens im kleinen Rahmen auskosten.

»Das Trauerjahr für meinen verstorbenen Vater ist in der vergangenen Woche zu Ende gegangen«, berichtete Friedrich. »Nach diesem Jahr der Stille auf Schloß Altenberg sehnt sich meine Familie nach Gesellschaft. Was eignet sich also besser dafür als die Jagd? Nichts Großes, natürlich, denn der Hof befindet sich ja noch in Warschau.«

Graf Morhoff schüttelte den Kopf. »Habt Dank für Eure Einladung. Ich bin wirklich geehrt. Leider muß ich absagen. Gesellschaften langweilen mich. Es macht keinen Spaß, in einem Alter zu sein, in dem das einzige Vergnügen im Zuschauen besteht. Das betrifft nicht nur die Jagd, sondern auch den Tanz, welchen Ihr zweifellos plant. Oder glaubt Ihr, Methusalem habe das Tanzbein geschwungen? Eine lächerliche Vorstellung!«

»Methusalem soll neunhundertneunundsechzig Jahre alt geworden sein. Ich denke, Graf Morhoff, Ihr habt noch ein wenig Zeit, um Euch mit dem Großvater Noahs zu vergleichen.«

»Ah, Ihr beweist Euch als Schelm, Altenberg. Das mag ich. Humor ist eine wunderbare Eigenschaft.«

Friedrich lachte, wurde dann aber wieder ernst. »Enttäuscht meine Mutter nicht«, bat er. »Sie ist nur eine Witwe, deren Vergnügungen begrenzt sind. Ihr müßt verstehen, Graf Morhoff, es ist ihr ausdrücklicher Wunsch, Eure Bekanntschaft zu machen und Euch als Gast auf Schloß Altenberg begrüßen zu dürfen.«

Der Ältere wedelte wegwerfend mit seiner Hand. »Zu viel der Ehre für einen alten Mann, mein Junge ...«

»Ich wünschte, ich könnte Euch überreden, an dem Jagdessen und unserem kleinen Hausball teilzunehmen. Eure Abwesenheit würde meiner armen Mutter das Herz brechen, und es würde mein Ansehen ruinieren, denn zweifellos empfindet meine Familie meine geehrte Freundschaft zu Euch als Prahlerei, solange ich Euch nicht bewegen kann, unser Gast zu sein.«

Graf Morhoff seufzte. So viel Aufrichtigkeit, Überschwang und Überzeugungskraft hatte er wenig entgegenzusetzen. Dennoch war er nicht so ohne weiteres bereit, seine Haltung aufzugeben. »Seht nur das Wetter«, gab er zu bedenken. »Ein alter Mann sollte im Winter nicht vor die Tür gehen. Jedenfalls nicht bei Eis und Schnee. Eine Lungenentzündung wäre das letzte, was man gebrauchen könnte.«

»Ihr seid abgehärtet, denke ich«, meinte Friedrich mit einem Seitenblick auf den Kamin.

»Eine niedrige Zimmertemperatur hält den Geist in Schwung«, versetzte der alte Graf, während er in seinem Inneren einen Kampf ausfocht. Einerseits fühlte er sich tatsächlich mehr als sonst alleine, seit Sophie nach Polen abgereist war. Immerhin war die Hofgesellschaft schon vor dem Weihnachtsfest unterwegs gewesen, so daß die Zeit seiner Einsamkeit allmählich doch ein wenig lang wurde. Andererseits haßte Morhoff Menschen, die nicht zu ihren einmal getroffenen Entscheidungen standen, und er wollte sich keiner Wankelmütigkeit schuldig machen. Doch es handelte sich ja nur um einen freundschaftlichen Besuch bei seinen Nachbarn. Vielleicht ließ dieser Gedanke eine Ausnahme zu. Es handelte sich ja um nichts Großartiges ...

»Hauptmann Nikolaus Graf Altenberg, seid Ihr etwa ein Mann, der Damenkleider liebt?« scherzte Margarethe von Walden, als sie in einem Berg aus Seide und Brokat halbnackt in ihrem Ankleidezimmer thronte und mit leuchtenden Bernsteinaugen zu ihrem Liebhaber emporblickte.

Nikolaus stand breitbeinig, nur mit seiner Uniformhose bekleidet, vor den Schränken der Dame und sortierte Passendes von weniger Interessantem aus. Die Baronin betrachtete voller Hingabe seinen muskulösen Oberkörper, doch die Landung eines Spitzenhemdes auf ihrem Kopf unterbrach ihre romantischen Gedanken.

»Hör auf, Niki«, rief die junge Frau lachend. »Wie soll ich meiner Zofe diese Unordnung erklären?«

»Gar nicht«, erklärte Nikolaus trocken. »Es ist alles für einen wohltätigen Zweck.«

»Ich habe dir erlaubt, meine Garderobe anzusehen, nicht aber, ein derartiges Chaos zu veranstalten ...«

Er hörte ihr kaum zu, so versunken war er in der Betrachtung einer roten Samtrobe, die die Farbe alten Burgunders hatte und mit goldenen Tressen bestickt war. Er hielt das Kleid an den Schultern fest und drehte es, daß der Rock hin und her schwang, als gehörte er einer Dame beim Tanz. Nachdem er sich Maximilians colorierte Zeichnung der Schäferin ins Gedächtnis gerufen hatte, legte er das Teil voller Bedauern in den Schrank zurück. Ein mehr oder weniger wahllos herausgegriffener Rotton würde nicht mit Constanzes Haarfarbe harmonieren. Dabei hatte ihm dieses Burgunderrot so gut gefallen.

Nachdenklich betrachtete er eine Robe aus elegantem, blausilbernen Samtbrokat. Die perfekte Farbe für kastanienrotes Haar. Die Frage war nur, wie sich eine Waldbewohnerin in diesem kostbaren Stoff ausmachen würde.

»... und daß du mein teuerstes Stück für deinen angeblichen guten Zweck benutzt, habe ich dir auch nicht erlaubt«, fügte Baronin Walden hinzu.

Mit seinem charmantesten Lächeln wandte er sich um. Margarethe von Walden war eine der nettesten Frauen, die Nikolaus in seiner Laufbahn als Liebhaber kennengelernt hatte. Einer ihrer hervorstechendsten Charakterzüge war ihre Diskretion. Er konnte ihr vertrauen, denn sie gehörte zu der seltenen Spezies aufrichtiger Frauen. Das war einer der Gründe gewesen, warum er ausgerechnet ihren Kleiderschrank zur Fundgrube seiner guten Tat auserwählt hatte. Zwar sagte er ihr nichts von dem tatsächlichen Zweck seiner Bemühungen, aber sein Interesse für ihre Garderobe war verfänglich genug, um eine ganze Damengesellschaft in Aufruhr zu versetzen.

»Ich bitte dich, du hast so viele schöne Kleider«, sagte er jetzt. »Sei keine Närrin und trenn dich von dem einen. Darauf kann es doch nun wirklich nicht ankommen.«

»Es kommt aber darauf an«, protestierte Baronin Walden. »Hast du eine Ahnung, welchen Preis mein armer Gatte für den Brokat bezahlen mußte. Ich kann das Kleid nicht so ohne weiteres verschenken – es würde meinen Mann erzürnen, wenn er davon erführe. Außerdem habe ich es noch nie getragen.«

Nikolaus sank neben ihr auf die Knie. In der einen Hand hielt er das blaue Brokatkleid, mit der anderen spielte er zärtlich mit einer Locke seiner Geliebten. »Erstens erfährt dein Mann nichts davon und zweitens, mein Liebling, erzürnst du ihn sowieso, wenn er von unserer kleinen Liaison erfährt.«

»Stimmt. Hugo ist ein netter Mensch, aber schrecklich eifersüchtig.« Dieser Gedanke brachte sie auf eine Idee. Voller Entsetzen blickte sie zu ihrem Liebhaber auf. Ihre Brust hob und senkte sich plötzlich bei jedem Atemzug wie die Wogen eines stürmischen Meeres; das Korsett konnte ihre Üppigkeit kaum noch halten.

»Suchst du etwa in meinem Kleiderschrank nach der Garderobe für eine andere Geliebte? Ich erwarte keine Treue, Niki, wirklich, aber das wäre unerhört!«

Einen Herzschlag lang überlegte er, ob er den beleidigten Geliebten spielen sollte. Ihre Anschuldigung war tatsächlich unerhört. Wofür, um alles in der Welt, hielt sie ihn? Doch da war dieses kleine Zeichen von Eifersucht, das ihn rührte und besänftigte.

Er hob feierlich die Hand. »Es geht um eine Angelegenheit von Ehre, ich schwör's dir. Im Grunde hat es nicht einmal etwas mit mir persönlich zu tun. Es geht vielmehr um die ... eine Freundin meines Bruders Maximilian.«

Sie biß sich auf die Unterlippe, was ausgesprochen liebreizend aussah. »Warum kümmert er sich dann nicht um ihre Garderobe, hmmm?«

»Ach, du meine Güte, du kennst das doch. Er ist mein jüngster Bruder und noch ein wenig unbeholfen. Ich gebe außerdem zu, daß ich es mag, wenn ich gebraucht werde und helfen kann. Das gibt einem Mann ein gutes Gefühl.«

»Dann hättest du vielleicht Geistlicher werden sollen ...«

Lächelnd ließ er das Kleid fallen, das er noch immer in der Hand hielt, und wühlte sich durch die Stoffmassen hindurch zu ihrem Körper. »Wir haben schon einen Geistlichen in der Familie ...«, murmelte er, während er seinen Kopf in ihrer Halsbeuge vergrub. »Aber gebraucht werde ich trotzdem gerne.«

Margarethe von Walden schlang die Arme um ihn. »O ja«, schnurrte sie, »ich brauche dich auch. So sehr ...!«

Nikolaus beugte sich lächelnd über ihren verheißungsvollen Mund. Das Kleid, das Maximilians Freundin Constanze auf dem Jagdball in Schloß Altenberg tragen würde, war zumindest kein Problem mehr. Und wie er den Rest dieses Nachmittags verbringen würde, stand auch außer Frage. Zweifellos war die Baronin Walden eine der nettesten Abwechslungen, die die

Residenz zu bieten hatte. Zumindest, wenn sich ihr Gatte mit dem Hofstaat in Warschau befand.

22

»Gott und die Welt versucht uns des Porzellangeheimnisses zu berauben«, meinte Manufakturinspektor Steinbrück mißmutig, während er Maximilian Altenberg zum Brennhaus begleitete. »Als seien die Scherben aus Meißen tatsächlich die goldenen Berge, die Böttger Seiner Majestät einst versprach. Doch in Wahrheit steht die Manufaktur fast vor dem Ruin, und eine neue Depesche des Königs aus Warschau verkündet, daß wir mit keiner größeren finanziellen Zuwendung mehr rechnen können. Wer, so frage ich Euch, sollte uns also kopieren wollen, wenn es doch nicht möglich ist, mit Porzellan das rechte Geld zu verdienen?!«

Maximilian war ein Künstler und kein Buchhalter. Obwohl er noch nie zuvor in seinem Leben ernsthaft mit finanziellen Sorgen konfrontiert worden war, konnte er dennoch die Probleme der Meissener Porzellanmanufaktur deutlich erkennen: In den Kassen herrschte Chaos. Je mehr Inspektionen der König vornehmen ließ, desto deutlicher wurden zwar die Mißstände, doch Abhilfe wurde dadurch noch immer nicht geschaffen. Man konzentrierte sich vielmehr darauf, nach wie vor über die Spione aus Sankt Petersburg und Wien zu klagen, die sich irgendwo innerhalb der Mauern der Albrechtsburg herumtrieben, und die bekannten Abwerbungsversuche zu bejammern, doch ernsthafte Gegenmaßnahmen wurden nicht ergriffen.

Doch Maximilian behielt seine Meinung für sich. Ausweichend bemerkte er: »Vielleicht liegt es doch an den Farben, daß das Meissener Porzellan nicht so recht ins Geschäft kommt.«

»Die Chinesen sind mit ihren Unterglasurmalereien führend«, bestätigte Steinbrück. »Unsere Versuche mit Kobaltblau endeten bislang fast immer mit dem Zerspringen der Scherben. Die einzige Farbe, die uns ebenso brillant gelingt wie den Chinesen, ist das Lüsterviolett; alles andere hat weniger Leuchtkraft und erscheint dem Betrachter oft stumpf. Ein Jammer, wenn man bedenkt, mit welcher Mühsal an der Herstellung der Porzellanfarben und der Malerei selbst gearbeitet wird.«

Er blieb neben einer großen Holzkiste stehen, die, für den Versand fast fertig verpackt, im Wege stand. Nachdenklich schob Steinbrück die schützenden Lumpen beiseite. Im fahlen Licht des Ganges schimmerte weißes Porzellan.

»Das wird auch nicht mehr lange gutgehen«, behauptete der Inspektor. »Bisher versandten wir ziemlich wahllos weiße Scherben an die Hausmaler nach Augsburg. Wir müssen selbständiger werden, uns nicht mehr abhängig von anderen machen, die am Ende doch nur für den eigenen Vorteil und am Verrat der Porzellanmanufaktur arbeiten.«

»Das mag sein«, gab Maximilian zu, wagte dann aber doch einen Widerspruch: »Dennoch urteilt Ihr sicher etwas zu vorschnell. Schließlich gelten in Augsburg die Familien Auffenwerth oder Seuter als unerreicht in ihrem Fach. Niemand hat so viel Übung im Bemalen und Dekorieren von Gläsern und Fayencen oder vergleichbare Erfahrung in der Herstellung erstklassigen Emails wie die Hausmaler.«

»Ihr vergeßt Hoflackierer Schnell«, entgegnete Steinbrück. »Seine Arbeiten sind von vorzüglicher Qualität. Allerdings arbeitet auch er nur sozusagen kalt über Glasur mit Lack oder Gold.«

»Mir ist bekannt, daß der Ehrgeiz von Herrn Böttger die Herstellung von leuchtenden Unterglasurfarben ist«, sagte Maximilian.

»Die Zukunft liegt in der Porzellanmalerei, glaubt mir.« Mit leiser Verärgerung wickelte Steinbrück das für eine Augsburger Hausmaler-Familie bestimmte Gefäß in den zur Seite geschlagenen Lumpen. »Ganz sicher aber ist es kein Geschäft, sächsisches Porzellan zur Verfeinerung nach Schwaben zu transportieren. Die Manufaktur müßte es sich leisten können, eigene Hausmaler zu beschäftigen. Drei eigene Emaillierer und zwei Maler sind zu wenig für einen Betrieb wie den unseren. Seit nunmehr dreizehn Jahren verfügt Dresden über eine eigene Malerakademie. Erscheint es Euch angesichts des großen künstlerischen Potentials, dessen wir uns im Kurfürstentum Sachsen erfreuen dürfen, nicht ein wenig paradox, wenn ausgerechnet die Manufaktur, die von aller Welt kopiert werden möchte, auf ausländische Hände zurückgreifen muß?«

Ohne eine Antwort abzuwarten, wechselte er das Thema, als er sich wieder aufrichtete: »Wie steht es übrigens mit Eurer Porzellanfigur, Altenberg, werdet Ihr sie mit Muffelfarben bemalen lassen?«

Sekundenschnell focht Maximilian einen inneren Kampf aus. Sollte er seine Meinung lieber für sich behalten oder das aussprechen, was das Auge des Künstlers bemerkt und verärgert hatte?

»Die verwendeten Muffelfarben sind zu dickflüssig. Infolgedessen verwischen durch die Bemalung des Porzellans häufig jene Konturen, die besonders fein im Ton herausgearbeitet wurden. Als Künstler, der ich bin, und nicht frei von Eitelkeit, würde ich persönlich eine Überglasurmalerei mit Gold für die von mir entworfene Porzellanfigur vorziehen.«

»Eine vergoldete Schäferin«, Steinbrück schüttelte lächelnd den Kopf, »das mag ein Faschingsscherz für Seine Majestät sein . . .«

»Wer sagt Euch, daß eine Porzellanfigur nicht auch einen Scherz machen darf?« unterbrach Maximilian. »Soll sie nicht gerade wegen ihrer Lebendigkeit vollkommen werden? Denkt nur an die Türme der Kathedrale *Notre-Dame* in Paris, deren Skulpturen keine Heiligen darstellen, aber um so mystischer und lebendiger, manchmal sogar nicht ohne Komik sind, was bei einem katholischen Gotteshaus doch bedeutend schwieriger umzusetzen gewesen sein muß, als es bei einer Porzellanfigur möglich ist . . .«

»Ich war nie in Paris«, unterbrach Steinbrück, »aber ich vertraue Eurem Sachverstand, Altenberg. Nun denn, laßt Euch nicht aufhalten. Gebt Euer Bestes, Herr Bossierer, denn mit weniger wäre der König niemals einverstanden.« Er neigte sich zu Maximilian und fügte in vertrauensvollem Ton hinzu: »Vielleicht erweist sich Seine Majestät der Manufaktur gegenüber ja auch etwas großzügiger, wenn Ihr mit Eurem schönen Porzellanmädchen vorstellig werdet.«

Maximilian lächelte still. Zum erstenmal hatte Steinbrück ihn mit jenem Fachbegriff angesprochen, der zum Beruf des Bildhauers gehörte wie der Stein selbst. ›Bossieren‹ nämlich nannte man die rohe Formgebung von Skulpturen. Seit kurzem gehörte dieses Wort zum Sprachgebrauch der Porzellanhersteller, um damit Künstler, vornehmlich Bildhauer, zu charakterisieren, die Porzellanfiguren herstellten. Ein ›Bossierer‹ genannt zu werden war für Maximilian der letzte Beweis, daß er in den Kreis der Manufaktur-Handwerker aufgenommen worden war.

Die Leiber der Männer glänzten schweißnaß im roten Licht der Flammen. Fast ununterbrochen wurden die Brennöfen gefeuert, eine Veränderung der Temperaturen hätte für die Scherben katastrophale Folgen gehabt. Die zwölf bis vierzehn Tagesstunden schwere Arbeit im Brennhaus der Porzellanmanufaktur war hart und unterbezahlt, wenn denn überhaupt Löhne ausbezahlt wurden. Maximilian konnte sich gut vorstellen, was selbst die treuesten Mitarbeiter veranlassen mochte, den Abwerbungsversuchen nachzugeben: die Hoffnung auf ein einträglicheres Leben und eine bessere Versorgung für ihre Familien, die in den Meißener Vororten ein bescheidenes Leben führten. Er hatte gehört, daß sich die Arbeiter auf der Albrechtsburg fast ausschließlich von Kartoffeln, Brot, Hülsenfrüchten, Milchprodukten und Ziegenfleisch ernährten, und er fragte sich mehr als einmal, ob die Mahlzeiten ausreichend und stärkend genug für die schwere Arbeit am Brennofen waren. *Das Feuern der Öfen allerdings*, dachte Maximilian voll bitterem Sarkasmus, *wird in Wien auch nicht anders erledigt als in Meißen. Doch mag es wohl ein Unterschied sein, ob der Administrator ein schwerkranker Alchimist ist oder ein kerngesunder Hofkriegsagent.*

Vorsichtig darauf bedacht, seiner Figur nicht die kleinste Beschädigung zuzufügen, hantierte Maximilian mit seiner Tasche. Der aufwendigste Prozeß der Herstellung lag hinter ihm, und die kleinste Verletzung würde die wochenlange Arbeit zunichte machen. So viel Tageslicht wie möglich ausnutzend, hatte Maximilian von morgens bis zum späten Nachmittag ununterbrochen in seinem Atelier gestanden. Das Mittagessen hatte er ausfallen lassen, und abends hatte ihn einer der Diener im Auftrage seiner Mutter aus dem mit zahllosen Kerzen hell erleuchteten ehemaligen Gartenhaus abholen müssen, sonst hätte er bis spät in die Nacht gearbeitet. Natürliche Bedürfnisse wie Hunger hatte Maximilian in dieser Zeit eigentlich vergessen. Sein einziger Hunger bestand darin, eine vollkommene Porzellanfigur zu schaffen, ein Novum in der Welt der Bildhauer.

Nach den Skizzen fertigte er das übliche Wachsmodell an, wie er es in Venedig und Paris gelernt hatte. Manchmal ließ seine Konzentration nach, und er erinnerte sich an Maître Conchard: *Habt Ihr vier Jahre lang die schönen Künste studiert, um am Ende ein Töpfer zu werden? Habe ich Euch Marmorblöcke behauen lassen, damit Ihr schließlich Teller und Schüsseln fertigt . . .? Laßt mich wissen, junger Narr, wie die Geschäfte in Meißen gehen.* In diesen Augenblicken nahm er sich vor, einen Brief an seinen alten Lehrmeister zu schreiben, doch kaum hatte er seine Aufmerksamkeit wieder der Herstellung der Porzellanfigur zugewandt, vergaß er Maître Conchard und den längst überfälligen Brief.

Nach Fertigung des ersten Modells wurde dieses noch einmal kopiert und dann in Einzelteile zerschnitten, die wiederum auf Gips übertragen wurden. Auf diese Weise erhielt Maximilian eine Form, über die er die Basisteile in Porzellan austrieb. Jedes Teil, das in oder für die Manufaktur zu Meißen herausgearbeitet wurde, mußte über eine Form getöpfert werden. Als ziemlich schwierig erwies sich die Tatsache, daß Porzellanfiguren hohl waren, da die Trocknungszeit der Rohmasse sonst zu lange dauern würde und Risse in dem kostbaren Ton zu befürchten waren. Mit einem Schwamm, der in die Hälfte der berechneten Porzellanmasse gelegt wurde, konnte Maximilian schließlich den Körper seiner Schäferin ausformen.

Die herrschende Kälte machte es erforderlich, daß Maximilian den Ofen in seinem Atelier fast ununterbrochen beheizen mußte – auch nachts. Da er die ordentlich numerierten Einzelteile nicht in die warme Küche des Schlosses mitnehmen wollte – es war ja nicht auszudenken, was die eine oder andere tölpelhafte Magd damit angestellt hätte –, mußten die Vorformungen im Atelier trocknen. Nach diesem Arbeitsgang folgte jener Teil, der aus dem Bildhauer Maximilian Altenberg in den Augen eines Johann Melchior Steinbrück einen echten Bossierer hatte werden lassen: die Be- und Überarbeitung der Figur, etwa das Herausarbeiten des Gesichtsausdrucks, von Haarsträhnen, Händen oder dem Faltenwurf des Rocks.

Für Maximilian, der die größte Zeit seines Studiums mit der Bearbeitung von Marmor zugebracht hatte, war der Wandel von modischen Götterdarstellungen der Antike zu einer schlichten sächsischen Schäferin eine ziemlich nervenaufreibende Angelegenheit. Er hatte nie für möglich gehalten, welch Fingerspitzengefühl gefordert war. Bei Tageslicht setzte er die Figurenteile mit flüssiger Porzellanmasse, die ›Schlicker‹ genannt wurde, zusammen, des Nachts, bei Kerzenschein, bastelte er sich neue Werkzeuge, die seine Arbeit erleichterten. Das waren dann die einzigen Augenblicke, in denen er sich einen Gedanken an Constanze gestattete. Doch auch dieser verflog schnell, wenn er von seinem Arbeitstisch aufstand, um den Härtegrad des Tons zu überprüfen, denn es war wichtig, daß alle Teile der Figur genau gleich trockneten.

Schweiß brach Maximilian aus allen Poren. Das lag weniger an der im Brennhaus herrschenden Hitze als an der Erkenntnis, daß wochenlange harte Arbeit vernichtet war, wenn die Porzellanfigur nach dem Brennen auch nur einen einzigen Riß aufwies.

Vorsichtig übergab er die Statuette einem Arbeiter. Er mußte sich arg zusammennehmen, um den Mann nicht mit einer Flut von Vorsichtsmaßregelungen so zu entnerven, daß am Ende tatsächlich doch noch etwas passierte. Obwohl der fragliche Arbeiter ein erfahrener Mann war, konnte es Maximilian schließlich doch nicht unterlassen, ihn auf die Statik der Figur hinzuweisen. Geduldig erwiderte der andere, daß er wegen des Schwerpunktes der Statuette auf eine schräge Lage im Ofen achten wolle.

Die folgenden Stunden waren für Maximilian eine regelrechte Tortour. Nachdem die Schäferin im ersten Arbeitsgang erfolgreich gebrannt war und sich die grauschimmernde Porzellanmasse in einen naturfarbenen, porösen Scherben verwandelt hatte, mußte die Figur über Nacht auskühlen. Am nächsten Tag würde sie in das mit dicker, roséfarbener Flüssigkeit gefüllte Glasurbecken getaucht und nochmals gebrannt werden, bevor sie – wiederum ausgekühlt – in alabasterweißer Schönheit erstrahlen konnte.

Die Vergoldung der Schäferin fand Wochen später statt. Der Emailleur verwendete dazu Goldpulver, das er mit einer kleinen Menge Flußzusätzen und Terpentinöl vermischte und auf diese Weise zu einer dickflüssigen Konsistenz verarbeitete. Diese Goldlegierung wurde – ebenso wie alle bekannten Porzellanfarben – aufgespachtelt und mit einem feinen Pinsel entsprechend der gewünschten Bemalung verteilt. Anschließend mußte die Porzellanfigur noch einmal in den Brennofen, den sie mit einem matten, fast blinden Goldton verließ. Erst nachdem Maximilian die Statuette mit Quarzsand poliert hatte, erstrahlte sie in jener Schönheit, die ihr dem Namen *Die goldene Schäferin* einbrachte.

23

*K*atharina von Serafin hat die Augen eines Engels, die Brüste eines Rubens-Modells und – die Intelligenz eines Strohsacks, fuhr es August durch den Kopf, aber er empfand ihre Sinnlichkeit mit einem Mal wie eine Feuerwalze, die alles niederzubrennen schien, was im Wege stand.

Zum erstenmal seit annähernd zwölf Monaten wurde er sich an einem kalten Februartag der Anziehungskraft dieser vom lieben Gott mit atemberaubender Üppigkeit ausgestatteten Person bewußt. Nicht, daß sie auch nur in irgendeiner Hinsicht mit Sophie vergleichbar gewesen wäre. Die offizielle Favoritin des sächsisch-polnischen Herrschers besaß alle Attribute einer großen Dame: Schönheit, Kultiviertheit, Intelligenz und Bescheidenheit. Mit derartig Perfektem konnte es Katharina kaum aufnehmen. Doch plötzlich regte sich in August ein unbestimmtes Gefühl. Es war wie der Wunsch nach einem einfachen Essen, wenn man zu viel des reichhaltigen Mahls gekostet hatte.

»Sire . . .« Katharina versank zu einem tiefen Hofknicks in den mächtigen Stoffbahnen ihres schweren Seidenkleides. Dabei gestattete sie dem König einen tiefen Einblick in ihr herrliches Dekolleté und sich selbst einen kecken Blick unter züchtig gesenkten Lidern auf die Veränderung in seinen Gesichtszügen.

August versuchte sich daran zu erinnern, in wessen Gefolge die Baroneß Serafin nach Warschau gekommen war. Er würde Spiegel bitten, diese Frage zu klären. Mit Eifersucht hatte das nichts zu tun, er hatte zu viele vergleichbare Frauen bei Hofe aus zweiter oder gar dritter Hand übernommen. Gefühle der niedrigeren Art gestattete er sich eher in für ihn bedeutenden Beziehungen, etwa seiner eheähnlichen Liaison mit der Gräfin Cosel, deren Voraussetzung ihre Scheidung vom Grafen Hoym gewesen war. Ähnlich verhielt es sich mit Sophie, die ihm freilich noch nie Anlaß zur Eifersucht gegeben hatte. Es interessierte ihn lediglich, in wessen Bett sich Katharina sonst noch herumtrieb. Daran, daß er sich einst mit dieser Frau gelangweilt hatte, mochte er nicht mehr denken. Der Schleier der Erinnerung war gnädig zu Katharina.

Er legte einen Finger unter ihr Kinn und hob ihr Gesicht zu sich empor. »Baroneß Serafin, man hat Euch lange nicht mehr bei Hofe gesehen.«

»Um so dankbarer bin ich, Sire«, sie befeuchtete ihre Lippen mit der Zungenspitze, »daß ich heute in den Genuß Eurer Aufmerksamkeit komme, obwohl Ihr mit unendlich wichtigeren Dingen beschäftigt sein müßt als einer unbedeutenden Person wie mir Eure *Courtoisie* zu schenken.«

»In der Tat«, bestätigte er schmunzelnd, »Mitglieder des polnischen Adelsclans ersuchten ihren König um Audienz. Allerdings scheint es Uns, als könnten Wir die Herren noch ein wenig warten lassen, um mit Euch zu plaudern.«

Tatsächlich sollte August in den Empfangsräumen des prächtigen, in vier Jahrhunderten immer wieder umgebauten Schlosses zu Warschau verschiedene Auszeichnungen vornehmen. Vor gut zwölf Jahren hatte er den Weißen Adlerorden gestiftet, den er seither polnischen Senatoren, mächtigen Adeligen oder Großgrundbesitzern »für Treue, Gesetz und König« an die Brust heftete. An seinem eigenen Rock glitzerte der goldene, mit Email überzogene und reichlich mit Diamanten besetzte erste Orden seiner Art. Die Auszeichnung war so prächtig, daß sich natürlich niemand mehr daran erinnerte, daß sie im Grunde nichts anderes als eine Kopie des Ordens vom Schwarzen Adler war, den König Friedrich I. von Preußen an verdiente Honoratioren verliehen hatte.

Katharina senkte die Lider, um das Aufblitzen in ihren Augen zu verbergen. »Majestät erweisen mir zu viel der Ehre«, murmelte sie.

Er reichte ihr die Hand, um ihr beim Aufstehen zu helfen. Dabei wurde ihm bewußt, daß Katharina erheblich größer als Sophie war, und er versuchte sich daran zu erinnern, ob sich hinter den Stoffmassen und Reifrockgestellen, die ihre Hüften umwogten, herrliche lange Beine verbargen – aber die Proportionen ihrer Figur fielen ihm nicht mehr ein.

»Steht endlich auf, Baroneß. Oder wollt Ihr den ganzen Tag in dieser Position verharren?«

»Für Euch würde ich alles tun, Sire.« Sie umschloß seine Hand mit ihren Fingern und hielt sie länger als schicklich fest.

Einen Herzschlag lang sahen sie sich stumm in die Augen. Doch irgend etwas in ihrem Blick brachte plötzlich eine Erinnerung aus den Tiefen seines Bewußtseins an die Oberfläche. Natürlich, jetzt fiel ihm wieder ein, was ihn gestört hatte: Katharina von Serafin war nicht nur unglaublich naiv, sondern auch eine Klatschbase. Nicht, daß der Kurfürst-König den Tratsch bei Hofe fürchtete, aber es widersprach seinem Sinn für Diskretion, wenn eine Frau, mit der er ins Bett ging, anschließend jedes Detail – und sei es auch noch so schmeichelhaft für ihn – mit ihren Freundinnen teilte. Er schätzte bei einer Frau die Tugend der Bescheidenheit, und über diese verfügte die Wienerin ganz sicher nicht.

August sehnte sich durchaus nach einfacherer Kost, er hatte aber keineswegs die Absicht, damit den Luxus auszutreiben. Ein kleiner Seitensprung sollte seine Beziehung zu Sophie nicht gefährden. Er würde nicht mit einer Frau poussieren, die ihre Liebschaft zur Nachmittagsunterhaltung ihrer Freundinnen machte. So viel war auch das herrliche Dekolleté der Serafin nicht wert. Mit flüchtiger Wehmut dachte August an Henriette Duval-Truand, eine ebenso schöne wie liebenswürdige französische Weinhändlerstochter, die ihm vor annähernd zehn Jahren in Warschau ihre Zuneigung geschenkt und ihn mit einer Tochter beglückt hatte. Obwohl die mehr oder weniger heimliche Affäre mit Henriette Duval-Truand ein Zeichen seiner Untreue gegen Anna Constanze von Cosel gewesen war, hatte sie seine eigentliche Liaison doch niemals gefährdet.

Er löste sich aus ihrem Griff, neigte leicht das Haupt mit der gewaltigen Haarpracht. »Verzeiht meine Eile, Baroneß«, stellte er für Katharina äußerst unerwartet fest. »Die Zeit drängt, und die polnischen Würdenträger werden nicht ewig warten.«

In ihren Augen kämpften Wut und Enttäuschung. Sekundenlang hatte sie sich ihm so nah gefühlt, daß sie schon geglaubt hatte, er würde eine heimliche Verabredung mit ihr treffen. Ärgerlich über sich selbst und den großen Mann, der gerade Anstalten machte, an ihr vorbei in den Empfangssaal zu marschieren, spürte sie Panik in sich aufsteigen. Einen Augenblick lang erwog sie, sich ihm buchstäblich an den Hals zu werfen, doch glücklicherweise hielt sie ein letzter Rest nüchternen Verstandes von einer Peinlichkeit solchen Ausmaßes ab.

Dennoch hob sie noch einmal die Stimme: »Sire...«
»Baroneß?«
»Ich habe gemeint, was ich gesagt habe«, sagte sie und gab ihrer Stimme dabei jenen gurrenden Zwitscherton, den die meisten Männer am sächsisch-polnischen Hof zu schätzen wußten.

August lächelte. »Ich danke für das Angebot, doch fürchte ich, daß ich es momentan nicht annehmen kann... Baroneß«, er deutete eine kleine Verbeugung an, gerade knapp genug, um eines Königs würdig zu sein, aber auch höflich genug, um den Kavalier zu demonstrieren. Dann ließ er sie stehen.

Gar nicht damenhaft stampfte Katharina mit dem Fuß auf. Daß sie dabei von dem schalkhaften Augenpaar eines Gardeoffiziers beobachtet wurde, der dem König gefolgt war, störte sie kaum. Die persönliche Beleidigung, die sie aus Augusts Verhalten las, war viel schlimmer. Es war ein Glück, daß sie einen weiteren anonymen Brief in Reichweite von Georg Spiegel hatte deponieren können. Diese kleine Intrige war die geringste Entschuldigung für Augusts – ihrer Ansicht nach – ungebührliches Verhalten.

24

Zum erstenmal befand sich Constanze in einem richtigen Zimmer. Jedenfalls war es ihr erstes Wiedersehen mit einem abgeschlossenen Raum in einem gemauerten Haus seit dem Tage vor bald zwei Jahren, als sie in die Hütte im Wald eingezogen war. Sie war so an ihr Leben in dem einsamen Blockhaus gewöhnt, daß Panik sie überfiel, nachdem ein Stubenmädchen die Tür des Schlafzimmers geschlossen hatte, welches im Gästeflügel von Schloß Altenberg für ›Ihre Gnaden, das gnädige Fräulein‹ hergerichtet worden war.

Es war, als würde sich eine eiskalte Hand um ihren Hals legen und ihre Kehle zudrücken. Sie bekam keine Luft mehr und glaubte, ersticken zu müssen. Gleichzeitig beschleunigte sich ihr Herzschlag wie bei einem schnellen Lauf, und Schweiß strömte ihre Achselhöhlen hinab und benetzte das weiße Hemd, das sie unter dem wollenen Umhang trug.

Mit zitternden Knien stürzte Constanze ans Fenster und zerrte am Riegel, der klemmte. Nach einer Ewigkeit, wie ihr es schien, ließen sich die Flügeltüren aufstoßen, so daß eisige Luft ins Zimmer zog, und die Glut im Kamin zischte. Auf das Fensterbrett gestützt, lehnte sie sich hinaus. Sie versuchte, sich auf den Anblick der verschneiten Gartenanlagen zu konzentrieren. Dabei beruhigte sich ihr Atem, und die frische Luft kühlte ihre erhitzten Wangen.

Ein Geräusch ließ sie zusammenzucken. Mit einem Ruck drehte sie sich um.

Das Zimmer war unverändert, und doch erschien es Constanze, als sähe sie es durch dichten Nebel, als blicke sie in ein Bild, ähnlich der schemenhaften Darstellung eines Gemäldes, dessen Mittelpunkt einzig zu erkennen war, während die Ränder im Nebel oder in dunstigem Licht versanken. Constanze sah einen Raum, der sonnendurchflutet und in abgestuften Rosétönen dekoriert war. Einen Augenblick lang glaubte sie sogar, den süßen, schweren Blütenduft eines üppigen Rosenstraußes wahrnehmen zu können. Sie dachte an weiße Musselinvorhänge, die sich im Frühlingswind bogen, und plötzlich erinnerte sie sich eines Briefes, der einen Antrag enthielt und eine Entscheidung verlangte. Sie hatte am Fenster gestanden und darüber nachgedacht, ob sie den Wünschen eines anderen Menschen folgen sollte, ob es ihre eigenen Sehnsüchte waren ...

Ein Zittern lief durch ihren Körper. Constanze wurde mit einem Mal bewußt, daß sie gar nichts gehört, sondern daß das

Geräusch vorhin ein Teil ihrer Erinnerung gewesen war. Sie zwinkerte und blickte wieder auf die unmodernen, klaren Linien und Farben des in holländischem Blau gestalteten Gästezimmers von Schloß Altenberg. Sie spürte die eisige Zugluft in ihrem Rücken und wandte sich um, um das Fenster zu schließen.

Sie beschloß, den zweckdienlichen, aber gemütlichen Raum zu erkunden, den man ihr zugewiesen hatte. Mit ihren Erinnerungen würde sie sich später auseinandersetzen, wenn sie wieder in ihrer Hütte war und die Geborgenheit des Vertrauten um sich spürte. Hier, in dieser fremden Umgebung, wollte sie sich auf keine Reise in die Vergangenheit einlassen. Ganz bewußt versuchte sie die flüchtig aufgetauchte, dennoch beunruhigende Erinnerung zu verdrängen und dachte lächelnd an den verwirrten Gesichtsausdruck des Stubenmädchens, das sie nach oben geleitet hatte. Einen Jagdgast, der gekleidet war wie eine Magd, hatte es sicherlich noch nie zuvor auf Schloß Altenberg gegeben. Nun, wenn Maximilian sein Versprechen hielt, würde sie sich allerdings noch heute in einen Schwan verwandeln.

Tatsächlich hatte er sie mit der Aussicht auf ein Abendkleid nach Schloß Altenberg gelockt, denn seine Einladung hatte sie zunächst eher geängstigt und weniger erfreut. *Was soll ich auf einem Ball? Ich weiß nicht, wie man tanzt. Ich weiß nicht, wie man sich unterhält. Was werden die Leute sagen? Was soll ich antworten, wenn man mich nach meinem Namen fragt? Kann ich mich denn richtig benehmen in einer großen Gesellschaft? Meine Kleider sind bestimmt nicht die richtigen für eine vornehme Jagdgesellschaft. Nein, ich kann nicht. Ich will nicht. Es ist unmöglich...*

Lachend hatte er ihr geantwortet, daß sie sich sehr wohl zu benehmen verstand, er sich aber um sie kümmern würde, so daß sie sich nicht zu ängstigen brauche. Außerdem würde sich sein Bruder, ein stadtbekannter *Filou* in Dresden, um entsprechende Garderobe kümmern. Das hatte für Constanze schließlich den Ausschlag gegeben. Nicht etwa die Aussicht auf ein kostbares Geschenk, sondern die Neugier darauf, wie man sich in einem der Kleider wohl fühlen mochte, die ihre Mutter trug und die so anders waren als ihre eigenen Sachen.

Maximilian hatte Constanze und ihren Hund mit einem Schlitten abgeholt. Mit staunenden Augen hatte sie die Eindrücke in sich aufgesogen, die verschneite Winterlandschaft ebenso wie die Wärme und beschützende Nähe, die der Mann neben ihr ausstrahlte. Hin und wieder hatte sie einen verstohlenen Blick riskiert, doch Maximilian lenkte die Pferde unbeirrt durch den Wald zur Hauptstraße und in Richtung Moritzburg, als würde er den weiblichen Körper, der so dicht neben ihm saß, gar nicht wahrnehmen. Er benahm sich vorbildlich und betont freundschaftlich – wie immer. Nie wieder hatte er sie seit der tröstlichen Umarmung im vergangenen Herbst auch nur berührt. Und doch war es die Sehnsucht nach seinen Armen, die Constanze manche schlaflose Nacht bescherte.

Nachdem sie das Kleid gefunden hatte, das im Schrank für sie bereitlag, fühlte sich Constanze ein wenig besser. Maximilians unbekannter Bruder besaß einen guten Geschmack. Sicher würde sie in dem Kleid sehr hübsch aussehen. Allerdings würde sie es ohne die Hilfe einer Zofe kaum anziehen können. Das Stubenmädchen hatte zwar erklärt, es würde jemand kommen, um dem ›gnädigen Fräulein‹ bei der Abendtoilette zur Hand zu gehen, doch was um alles in der Welt sollte Constanze bis dahin tun? Was tat eine Dame am Nachmittag vor dem Ball? Maximilian hatte ihr erklärt, daß die Herren zur Parforce-Jagd ausgeritten waren und sich die weniger sportlichen Damen zur Ruhe begeben hatten, um am Abend frisch zu sein. Auch ihr hatte er eine Mußestunde nach der Reise empfohlen, doch Constanze kannte keinen Mittagschlaf und wußte nicht, wie sie die Zeit totschlagen sollte.

Zum Schlafen viel zu aufgeregt, stellte sie sich wieder ans Fenster, um den Garten zu betrachten. Doch diesmal wanderten ihre Gedanken nicht in die Vergangenheit, sondern beschäftigten sich mit der Zukunft: *Was würde Maximilian sagen, wenn er sie in dem blau-silbernen Brokatkleid sah? Wäre sie darin so schön, daß er so um sie werben würde, wie dies in den Büchern beschrieben wurde? Oder gab es gar eine Dame der Gesellschaft, die ihm schöne Augen machte und heute abend den Platz an seiner Seite verteidigte ...?*

Constanze erschrak. An diese Möglichkeit dachte sie jetzt zum ersten Mal. Was, wenn Maximilians Herz schon einer anderen gehörte und er sich deshalb so distanziert benahm? Was, wenn eben diese Frau Constanzes Fest und ihre damit verbundenen Hoffnungen verderben würde? Sie hatte ihn zwar nie nach seinem Privatleben gefragt, aber es war natürlich durchaus wahrscheinlich, daß ein gutaussehender, vornehmer Mann wie er, zudem von aristokratischer Abstammung, bereits verlobt war. Sie hielt es nicht länger in dem Zimmer aus. Sie mußte nach draußen, ihre Gedanken ordnen, ihre Ängste und Hoffnungen reduzieren. Die Natur, ihr vertrautester Freund, würde ihr dabei helfen. Ein Spaziergang war die beste Ablenkung. Außerdem gab er ihr die Möglichkeit, nach ihrem Hund zu sehen, den sie in die Obhut des Jagdaufsehers und dessen Hundezwinger gegeben hatte.

Den Wollumhang fest um die Schultern geschlungen, schlich sie aus dem Zimmer und über den Flur die Treppe hinab in die Eingangshalle. Sie versuchte, sich so leise wie möglich zu bewegen, um keinen Lärm zu machen und irgendwelche Hausbewohner oder Gäste zu stören. Jede knarrende Diele unter ihren Füßen versetzte ihr einen Schrecken, denn Parkettböden dieser Art kannte sie aus ihrer Hütte mit dem einfachen Lehmfußboden nicht.

Constanze gelangte unbemerkt bis kurz vor das Eingangsportal. Da löste sich plötzlich eine Spange ihrer Schuhe, und sie mußte sich bücken, um das Malheur in Ordnung zu bringen.

In diesem Augenblick klappte eine Tür, schwere Schritte bewegten sich durch die Halle. Constanze war gerade im Begriff, den Kopf zu heben, als sie einen deftigen Klaps auf ihrem Hinterteil spürte.

»Au!«

Durch die überraschende Handgreiflichkeit aus dem Gleichgewicht gebracht, landete sie auf dem Po.

Constanze blickte an blankpolierten Stiefeln und wohlgeformten, muskulösen Schenkeln in engen, blauen Hosen hinauf in ein breit grinsendes Männergesicht, das sie flüchtig an die Züge von Maximilian erinnerte. Sie erkannte die hohe Stirn und die dunklen Locken über dem steifen Kragen einer roten Uniformjacke, die allerdings gepflegter und viel weniger zerstrubbelt aussahen.

»Schau an, ein neues Gesicht!« Diese Tatsache schien dem Offizier sichtliches Vergnügen zu bereiten. »Neues Blut in den alten Hallen von Schloß Altenberg. Welch freudige Überraschung für einen Heimkehrer.«

Constanze hatte Mühe, die Zusammenhänge zu begreifen. Erst nach einer peinlichen Weile, in der sie das Gefühl hatte, daß seine Augen jedes einzelne Kleidungsstück von ihrem Körper rissen, wurde ihr bewußt, daß dies offenbar Maximilians Bruder, der Offizier, war und dieser sie für ein Dienstmädchen hielt. Letzteres freilich war kein Wunder angesichts ihrer einfachen Kleidung.

Als weitaus komplizierter erwies sich da schon die Frage, warum er ihr einen Klaps auf den Po versetzt hatte. *Ist das ein spezieller Willkommensgruß für eine neue Magd?* Obwohl es ihr an jeglicher Erfahrung mangelte, wurde ihr urplötzlich klar, daß sein Benehmen weder das eines Herrn von Stand noch besonders sympathisch war. Überhaupt: Es war nichts Angenehmes dabei, die Hand eines so groben Mannes auf dem eigenen Hinterteil zu spüren.

Mit aller Würde, die sie unter den gegebenen Umständen aufzubringen imstande war, richtete sie sich auf. Dabei spürte sie seine Augen, die jede ihrer Bewegungen beobachteten, als wäre es eine tatsächliche Berührung, wobei es nicht peinlicher gewesen wäre, wenn er wirklich auf Tuchfühlung gegangen wäre.

Doch natürlich streckte er seine Hand nicht aus. Nicht einmal, um ihr aufzuhelfen. Seine ganze Haltung war in höchstem Maße ärgerlich und demütigend. Und dafür fand er sogar noch eine Steigerung, als er den Finger unter ihr Kinn legte und ihr Gesicht zu sich emporhob.

»Welch hübscher Anblick für einen Soldaten. Sie kommt mir irgendwie bekannt vor. Sollte ich Sie bisher übersehen haben? Das wäre ja unverzeihlich. Wie ist Ihr Name?«

Constanzes Körper versteifte sich, war eine einzige Abwehrhaltung, und ihre Stimme hatte einen eisigen Unterton, als sie antwortete: »Ihr seid einer Verwechslung zum Opfer gefallen, Monsieur. Ich bin kein Dienstbote, sondern Gast in diesem Haus.«

»Tatsächlich?« Er war verblüfft, schämte sich aber offensichtlich nicht für sein unverfrorenes Benehmen. Das unverschämte breite Grinsen wich einem überaus anziehenden Lächeln. »Nun, dann solltet Ihr Euch schleunigst umziehen, Mademoiselle. Der Maskenball findet erst heute abend statt.«

»Ich wollte . . .«, sie brach ab. Was hatte es für einen Sinn, ihm zu erklären, daß sie eigentlich nur einen Spaziergang machen wollte? Sie überlegte, ob sie, wie ursprünglich geplant, gehen oder lieber in die Stille ihres Zimmers flüchten sollte. Doch da unterbrach er ihre Gedanken mit einem Fingerschnippen.

»Verflixt! Ich weiß, ich kenne Euch. Spannt mich nicht auf die Folter, Mademoiselle: Bei welchem Anlaß sind wir uns vorgestellt worden?«

Dabei strahlte er sie an, als habe es die peinliche Verwechslung und die deutlichen Avancen für das vermeintliche Dienstmädchen gar nicht gegeben. Doch der Charme von Maximilians Bruder hinterließ bei Constanze einen ebenso unangenehmen Nachgeschmack wie dessen Dreistigkeit.

»Ich bin sicher, wir sind uns noch niemals begegnet«, behauptete sie kühn.

Einen Augenblick später fiel ihr zwar ein, daß sie das so ohne weiteres nun auch nicht sagen konnte, aber dann dachte sie, daß sie einen Wüstling wie diesen Herrn von Altenberg mit Sicherheit nicht vergessen hätte. Sie empfand eine Mischung aus aufgewühlten Gefühlen und Angst vor seiner Zudringlichkeit. *Hoffentlich läuft er mir heute abend nicht mehr über den Weg*, fuhr es ihr durch den Kopf.

Constanze entschied sich für die Flucht, auch wenn seine beeindruckende Gestalt den direkten Weg versperrte. Sie drängte sich an ihm vorbei und stürzte die Treppe hinauf in die Sicherheit des Gästeflügels. Sein Lachen folgte ihr, aber er ließ von weiteren Belästigungen ab.

Trotzdem war sie völlig außer Atem, als sie ihr Zimmer endlich erreichte. Keuchend lehnte sie sich innen an die geschlossene Tür. Ihr Instinkt sagte ihr, daß das Dienstmädchen heute nacht sicherlich mit seinem Besuch hätte rechnen müssen – ob es wollte oder nicht. Wie aber stand es um eine Dame? Constanze lehnte ihre schmerzende, pochende Stirn gegen den Türrahmen. Wenn sie doch nur ein bißchen mehr Ahnung vom Umgang mit anderen Menschen, speziell Männern, hätte . . .

Sie erinnerte sich nicht daran, wie lange sie hier an der Tür gestanden und sich mit Gedanken beschäftigt hatte, die in ihrer Waldhütte so fern wie der Mond gewesen waren, als sie eilige Schritte auf dem Flur und anschließend ein Klopfen an ihrer Tür vernahm, das sie regelrecht zusammenzucken ließ.

Die Schritte auf dem Flur waren zu leichtfüßig gewesen, um die eines Mannes zu sein. Deshalb öffnete sie die Tür.

Vor ihr stand das Stubenmädchen, das sie vorhin ins Gästezimmer geleitet hatte. »Der gnädige Herr bittet Ihre Gnaden, das gnädige Fräulein, in die Bibliothek.«

Constanze glaubte, ihr Herzschlag würde einen Augenblick lang aussetzen. »Welcher Herr?« fragte sie scharf.

»Graf Maximilian, Ihre Gnaden.«

Erleichterung und Wärme strömten durch Constanzes Glieder. Wo Maximilian war, befand sie sich in Sicherheit. Allein sein Name löste in ihr eine Vielzahl von Gefühlen aus, deren vordringlichstes im Moment der Schutz war, den er ihr bot. Sie würde Maximilian von seinem unverfrorenen Bruder erzählen und ihn bitten, den Mann in seine Schranken zu weisen. Dann brauchte sie sich nicht mehr vor etwaigen Annäherungsversuchen zu fürchten.

Sie folgte dem Stubenmädchen in die Bibliothek, wo eine

Männerstimme ihr Erscheinen mit Belustigung kommentierte: »Nanu, wen haben wir denn da?«

Constanze zuckte wie unter einem Peitschenhieb zusammen. Vollkommen sprachlos und ein wenig blöde vor sich hin starrend, blieb sie in der Tür zur Bibliothek stehen, denn ihr bot sich ein gänzlich unerwartetes Bild.

Maximilian lag lang ausgestreckt auf einem Sessel und davor geschobenen Hocker vor dem Kamin. Offensichtlich hatte er sich verletzt, denn sein Fußknöchel wurde durch Bandagen gekühlt, die ein Diener, der neben dem Lager kniete, immer wieder in eine Wanne tauchte. Weitere hilfreiche Hände gehörten zwei unübersehbar vornehmen Damen, eine ältere und eine jüngere, die um den Patienten herumscharwenzelten, ohne vermutlich irgendeine vernünftige Tat vollbringen zu können. Die letzte Person, die Constanze hier erwartet hatte, erwies sich schließlich als Beobachter der Szene: Maximilians Bruder im roten Rock eines kurfürstlich-sächsischen Kavallerieregiments lehnte am Kamin und betrachtete mit einer Mischung aus Skepsis und Ironie das Geschehen. Er hatte ihr Eintreten als erster bemerkt, woraufhin sich nun, wie durch Zauberhand geführt, alle Gesichter dem Gast zuwandten.

Constanze errötete unter dem taxierenden Blick der beiden Damen. Ihr fiel auf, daß diese in ihrer Art, sich zu bewegen und zu kleiden, eine entfernte Ähnlichkeit mit ihrer Mutter besaßen, und sie beschloß, vorsichtiges Vertrauen zu fassen.

Maximilian streckte die Hand aus. »Ahhh, Constanze, kommt näher. Leider kann ich Euch nicht entgegengehen, denn mir ist ein unsägliches Mißgeschick passiert.«

Die ältere der beiden Damen trat Constanze in den Weg. »Mein Sohn hat mir von Eurem Schicksal berichtet, mein Kind«, sagte Gräfin Altenberg mit einem freundlichen Lächeln. »Ich möchte Euch willkommen heißen, wenn dies auch unter etwas ungewöhnlichen Umständen geschieht. Doch könnt Ihr Euch ganz unserer Obhut anvertrauen, nicht wahr, Charlotte?«

Constanze errötete und knickste vor Maximilians Mutter und seiner Schwägerin. Aus den Augenwinkeln beobachtete sie seinen Bruder, in dessen Zügen sich Spott, Überraschung und Anerkennung abwechselten.

Charlotte von Altenberg sagte: »Stellvertretend für meinen Gatten, der sich noch auf dem Jagdritt mit seinen Gästen befindet, möchte auch ich Euch willkommen heißen, Fräulein Constanze. Ich hoffe, Ihr fühlt Euch wohl in unserem Hause, und es ist alles zu Eurer Zufriedenheit hergerichtet worden.«

Constanze blickte Maximilians farbloser Schwägerin in die Augen und wußte, daß ihre Worte nichts anderes als höfliche Floskeln waren. Im Gegensatz zur älteren Gräfin Altenberg schien Charlotte eine gewisse Wärme zu fehlen. Vermutlich hatte sie sich noch nicht von gesellschaftlichen Vorurteilen befreien können, denen sich Caroline von Altenberg durch ihr Alter hatte entledigen können. Constanze besaß keinen glanzvollen Namen, keine Ahnen, nicht einmal eine Vergangenheit, die zu einem fast selbstverständlichen Wohlwollen geführt hätte. Sich ihrer dürftigen Erscheinung peinlich bewußt, senkte Constanze die Lider.

»Ihr also seid Maximilians geheimnisvolle Waldbewohnerin«, ließ sich da sein Bruder vernehmen.

Constanze hob den Kopf und funkelte ihn wütend an.

»Constanze, dies ist mein Bruder, Hauptmann Nikolaus Graf Altenberg«, ergriff Maximilian das Wort. »Nikolaus, darf ich dir Fräulein Constanze vorstellen?«

Nikolaus verbeugte sich. »Wer hätte das ahnen können!« murmelte er dabei.

Der Höflichkeit war nunmehr Genüge getan, und Constanze entschied, jeden Gedanken an das unsägliche Benehmen Nikolaus von Altenbergs aus ihrem Gedächtnis zu streichen. *Wenigstens gibt es endlich etwas, das ich freiwillig vergessen möchte*, dachte sie und spürte plötzlich ein überraschendes Vergnügen. Es war, als fühlte sie sich mit einem Mal lebendiger als zuvor. Doch ein Blick auf Maximilians schmerzverzerrtes Gesicht, als er die Position seines Fußes zu ändern versuchte, brachte die alten Ängste zurück.

»Nun, nachdem ich das Vergnügen hatte, deine Freundin

begrüßen zu dürfen, Maximilian, werde ich mich verabschieden«, bemerkte Charlotte. »Vor einem Ball ist so schrecklich viel zu tun. Selbst eine kleine Jagdgesellschaft ist für eine Hausfrau eine anstrengende Angelegenheit. Was für ein Glück, daß sich die Hofgesellschaft in Warschau befindet und unser Ball nur ein Fest unter Freunden ist...«

Constanze starrte Charlotte verblüfft an. *Es tut mir so leid, mein Kind, aber es ist unabänderlich. Wichtige Gründe zwingen mich zu einer Reise nach Warschau. Irgendwann werde ich dir davon berichten, aber im Augenblick mußt du einfach meinem Versprechen vertrauen, daß ich, sobald es mir möglich ist, wieder zu Besuch kommen werde. Bis dahin werde ich den Gedanken an dich in meinem Herzen bewahren.* Die liebevollen Worte ihrer Mutter waren Constanze im Gedächtnis geblieben, als habe sie sie erst eben gesprochen. Doch wenn ihre Mutter nach Warschau gefahren war und die Hofgesellschaft sich dort ebenfalls befand, so war durchaus wahrscheinlich, daß sie diese Reise im Gefolge des Königs unternommen hatte. Constanze zitterte bei diesem Gedanken, fühlte sich plötzlich überwältigt von Eindrücken, die wie Flutwellen über einen Deich hereinrollten und auch sie zu brechen drohten. Was hatte ihre Mutter mit der Hofgesellschaft zu tun? Verbanden sich damit Gefahren, die mit ihrem, Constanzes Schicksal, verwoben waren...?

Maximilians Worte drangen nur unvollständig in Constanzes Ohren: »... und dann rutschte ich auf einer Eisplatte aus, und das Malheur war passiert.«

Endlich bemerkte sie, daß Charlotte die Bibliothek längst verlassen hatte und Maximilian erzählte, warum er sich hier als Patient auf einer improvisierten Liegestatt befand: »Glücklicherweise scheint der Knöchel nicht gebrochen zu sein, so daß die ganze Geschichte schnell heilen wird.«

Ungeachtet seines Bruders, seiner Mutter und des Dieners, die sich noch im Raum befanden, sank Constanze neben Maximilians Krankenlager auf die Knie. Ohne sich dessen bewußt zu sein, nahm sie dem Diener die kalten Umschläge aus der

Hand und legte sie vorsichtig um Maximilians rechten Knöchel.

»Tut es sehr weh?« fragte sie sanft.

Er lachte. »Oh, das hat mich meine Mutter auch schon gefragt, und ich gebe Euch dieselbe Antwort, die sie erhalten hat: Ich bin kein Säugling, meine Liebe. Ein Mann meines Alters hält eine Menge mehr aus, als eine Frau vermuten mag. Weitaus schlimmer wäre es gewesen, wenn ich mir eine Hand verletzt hätte. Stellt Euch vor, ich könnte nicht arbeiten! Das würde mir wirklich weh tun.«

Nachdenklich beobachtete Nikolaus den Blick, den Constanze und Maximilian tauschten. Es war ebenso überraschend wie verwunderlich, welch tiefes Einvernehmen zwischen seinem Bruder und der jungen Frau bestand. Maximilian sprach seine Gedanken aus, und Constanze nahm sie hin. Ohne Widerspruch, ohne Frage, als sei es gar nicht nötig, eine Erklärung abzugeben. Nikolaus hatte eine Wärme in ihren Augen gesehen, von der er wünschte, sie würde ihm eines Tages durch eine andere Frau ebenso zuteil werden. Der Gedanke an bedingungslose Liebe raste durch seinen Kopf und die Frage, ob Maximilian eigentlich wußte, wie es um die Gefühle seiner Waldbewohnerin stand.

Weitaus nüchterner überlegte Nikolaus, daß die Angelegenheit fatale Folgen haben könnte, wenn sie weiter so ungezähmt ihren Lauf nahm, wie sie offenbar begonnen hatte. Er war sicher, daß seine Mutter nichts bemerkte, denn diese beschäftigte sich gerade damit, an den Kissen in Maximilians Rücken herumzuzupfen. Es war also an ihm, ein ernstes Wort mit seinem jüngsten Bruder zu sprechen.

»Das dumme ist nur«, fuhr Maximilian fort, »mit einem verstauchten Fuß kann ich weder tanzen noch Euch zu Tisch führen, Constanze. Was machen wir nun aber mit Euch heute abend?«

»Nichts«, antwortete sie schnell. »Überhaupt nichts. Denkt nicht an mich. Ich werde Euch Gesellschaft leisten.«

»Ich bin sicher, mein Kind, Ihr habt Euch auf das Fest gefreut«, wandte Gräfin Altenberg ein. »Mein Sohn Maximilian hat Euch eingeladen, um Euch eine Freude zu bereiten und damit Ihr einen schönen Ball erleben könnt, nicht wahr? Nun soll er es nicht gerade sein, der Euch dieses Vergnügens beraubt...«

»Ihr seid zu gütigst, aber...«

Gräfin Altenberg wischte Constanzes Einwand mit einer Handbewegung fort. »Keine Widerrede!« Sie lächelte. »Mein liebes Kind, auch ich war einmal jung. Die Zeit vergeht zu rasch, wißt Ihr, deshalb solltet Ihr sie festhalten, wenn Euch die Jugend einen schönen Augenblick bietet. Amüsiert Euch gut heute abend. Ich bin sicher, meinem Sohn Nikolaus wäre es eine Ehre, Euch zu Tisch und zum ersten Tanz zu führen. Nicht wahr, Nikolaus?«

Nikolaus fühlte sich wie vor den Kopf gestoßen. Zugegeben, er hatte die Idee gehabt, Maximilians geheimnisvolle Freundin durch eine zwanglose Jagdveranstaltung in die Gesellschaft einzuführen, um ihrer Erinnerung ein wenig auf die Sprünge zu helfen. Doch eigentlich hatte er geglaubt, seine Schuldigkeit mit dem Beschaffen der entsprechenden Garderobe getan zu haben. Nichts lag ihm ferner, als an diesem Abend das Kindermädchen für eine geistig verwirrte junge Dame zu spielen, deren Herkunft nichts anderes als ein verschwommenes Bild hinter einer dichten Nebelwand war. Zwar hatte er selbst die gute Tat vorgeschlagen, doch war er im wesentlichen zum Jagdball nach Hause gekommen, um eine amüsante Ablenkung vom Kasernenalltag zu finden. Und Constanze erschien ihm alles in allem zu absonderlich, ihre Situation zu schwierig, um für sein Amüsement geschaffen zu sein. Erschwerend kam hinzu, daß Constanze in Maximilian verliebt zu sein schien, und Nikolaus gab sich nicht gerne mit Frauen ab, die ihr Herz an andere Männer hängten – auch wenn es sich hierbei um einen seiner Brüder handelte.

»Nikolaus«, unterbrach die Stimme Caroline von Altenbergs seine Gedanken, »du stimmst doch selbstverständlich mit mir überein, nicht wahr?«

Der Befehl seiner Mutter wurde zwar in einem sanften Ton

ausgesprochen, war aber nicht weniger unwiderruflich als der seines Generals. Während Nikolaus seine Zustimmung noch hinauszögerte, warf Constanze plötzlich ein: »Ich bin Euch zu Dank verpflichtet, Gräfin, Ihr gebt Euch so viel Mühe um meine Zufriedenheit. Doch ist dieses nicht nötig. Glaubt mir, ich wäre sehr glücklich, wenn ich Eurem Patienten dienlich sein könnte. Ich bin sicher, Maximilian benötigt in seinem jetzigen Zustand meine Gesellschaft mehr als ich mich der Freundlichkeit des Herrn Hauptmann würdig erweisen könnte.«

In der Bibliothek herrschte Stille, die nur unterbrochen wurde vom Knacken der Holzscheite im Kamin. Es war Constanzes Wortwahl, die jeden der Anwesenden zum Schweigen gebracht hatte. Aus ihrer Sprache war deutlich die Herkunft des Mädchens herauszulesen. Ebenso wie Maximilian im vorigen Frühling, so machten jetzt seine Mutter und sein Bruder Nikolaus die verblüffende Entdeckung, daß sich unter den einfachen Kleidern, die sie trug, eine Dame von vollendeter Erziehung verbarg. Vor allem aber schien überraschend, daß Constanze selbst sich vollkommen arglos einer Ausdrucksweise bediente, die nicht zu ihrer Erscheinung paßte. Es war wie die Bestätigung einer völlig absurden Situation, der sich alle ausgesetzt sahen.

25

Nikolaus zündete sich mit einem glimmenden Holzscheit seine Pfeife an. Während er das Holzstück wieder in den Kamin warf, sagte er durch den Rauch: »Sie ist nicht die richtige Frau für dich.«

»Meinst du Constanze?« fragte Maximilian lächelnd. »Keine Angst, ich bin nicht interessiert.«

Der ältere Altenberg war dankbar, daß seine Mutter die Bibliothek verlassen hatte und der Diener eine Schüssel mit frischem Eiswasser holen ging, so daß er Gelegenheit hatte, ungestört mit Maximilian zu sprechen. »Das sagst du, aber sie fühlt offensichtlich anders. Es ist nicht zu übersehen, daß sie unsterblich in dich verliebt ist, kleiner Bruder.«

»Ach, was. Mach dich nicht lächerlich. Constanze ist ein Freund für mich – im wahrsten und wirklichsten Sinne des Wortes. Ich betrachte sie als liebenswerten Menschen, nicht aber als Frau.«

»Deine Skizzen«, beharrte Nikolaus, »sprechen eine andere Sprache. Mag sein, daß du übertrieben hast und«, er grinste anzüglich, »einige Erinnerungen an deine venezianische Nonne eingeflossen sind. Denn – ehrlich gesagt – ich sehe nur eine oberflächliche Ähnlichkeit zwischen deiner Porzellanfigur und der Realität.«

Wie sollte Maximilian seinem Bruder erklären, welches Bild er von Constanze im Kopf hatte, als er die Skizzen und später die Figur vollendete? Die Erinnerung an das Mädchen im Bach erschien ihm zu kostbar, um sie zu teilen, denn sie war einmalig und hatte – darin stimmte er mit Nikolaus tatsächlich überein – mit der Wirklichkeit kaum etwas zu tun. Andererseits war ihm erst heute nachmittag klargeworden, daß sein Schützling in der modisch-prunkvollen, überladenen Umgebung seines Elternhauses unpassender wirkte als an dem Ort, der zu ihrem Leben gehörte. Im Wald war nicht aufgefallen, wie armselig ihre optische Erscheinung auf den ersten Blick war. Der Pomp von Schloß Altenberg erwies sich da als spektakulärerer Hintergrund – jedenfalls ganz und gar nicht schmeichelhaft.

Maximilian sah seinen Bruder scharf an. »Du magst sie nicht, oder?«

Nikolaus stieß den Rauch seiner Pfeife mit einem tiefen Seufzer aus. Nachdenklich betrachtete er den Pfeifenkopf, als sei dieser die Metapher, nach der er suchte. Er wollte niemanden verletzen – und doch erschien es ihm in diesem Augenblick notwendig, rücksichtslos, vielleicht sogar ein wenig gemein zu sein.

»Ich denke, es war ein Fehler, sie hierher zu bringen«, erwiderte er nach einer Weile. Als fürchte er Maximilians Antwort, hob er abwehrend die Hand mit der Pfeife. »Ich weiß, daß ich an dieser Idee ebenso schuldig bin wie du oder Martin. Doch habe ich erkannt, daß wir ihr nicht werden helfen können, keiner von uns. Die Angelegenheit ist zu kompliziert, und die Tatsache, daß sie sich offensichtlich in dich verliebt hat, macht sie nicht einfacher. Ihre Familie müßte sich um sie kümmern. Damit soll genüge getan sein.«

»Sie ist dir unsympathisch, richtig?« fragte Maximilian unbeirrt weiter. »Allerdings verstehe ich nicht, warum. Sie ist ein hübsches, intelligentes Frauenzimmer. Was hast du gegen sie?«

»Sie ist . . .« Nikolaus wand sich ein wenig, denn im Grunde mußte er sich eingestehen, daß er selbst noch nicht darüber nachgedacht hatte, was ihn eigentlich so sehr an Constanze störte.

War es die peinliche Situation, in die er sie beide vorhin in der Halle gebracht hatte? Natürlich war es nicht seine Schuld, daß sie ihr Hinterteil so aufreizend in seine Richtung gestreckt hatte. Wie hätte er auch wissen können, daß sie keine Dienstmagd war, mit der ein Herr für gewöhnlich nach Belieben umspringen konnte! Andererseits wäre es äußerst unangenehm, wenn Constanze Maximilian oder – noch schlimmer – seiner Mutter von der kleinen Handgreiflichkeit berichten würde.

»Sie wirkt so unberechenbar«, entschied Nikolaus schließlich. »Man kann sie nicht einordnen. Und ich bin Soldat, kleiner Bruder, in meinem Leben spielt eine gewisse Ordnung eine wichtige Rolle. Du kannst Infanterie und Kavallerie nicht so vermischen, daß am Ende keiner mehr weiß, wohin er eigentlich gehört. Das wäre vernichtend.«

»Dein Ordnungssinn in allen Ehren, aber ich begreife nicht, was dieser mit einem armen Geschöpf wie Constanze zu tun hat, das über einen wachen Verstand, aber keinerlei Erinnerungsvermögen verfügt und zur Einsamkeit verdammt ist. Du hast sie gehört, Nikolaus. Bist du nicht meiner Ansicht, daß sie die Sprache einer vornehmen Erziehung führt?«

Nikolaus lächelte. »Das macht sie keineswegs zu einer Heiligen. Ich kenne zahlreiche Damen der Gesellschaft, die sich in gewissen Situationen nicht anders benehmen als ein Dienstmädchen.« Seine Züge wurden wieder ernst: »Doch jede einzelne dieser Frauen ist berechenbar, was man von deiner Freundin nicht behaupten kann. Sie kleidet sich wie eine Magd und spricht wie eine Dame! Das ist doch eigentlich unerhört, da wir keinerlei Ahnung davon haben, ob sie nicht tatsächlich ein wenig geistesgestört ist und in ihrer Verwirrung den einen oder anderen zu peinlichen Situationen anstiftet.«

»Sei bitte konkret: Wen meinst du?« Maximilian schüttelte ärgerlich den Kopf. Wut blitzte in seinen dunklen Augen auf wie eine erste Flamme im eben angezündeten Kamin. »Constanze ist nicht geisteskrank. Ich kenne sie gut genug, um das beurteilen zu können. Deine Argumente sind höchst seltsam, Nikolaus. Ich kenne dich nicht wieder. Was soll dieses Gerede von der Magd und der Dame. Wäre es dir lieber, sie würde sich wie eine Dame kleiden und wie eine Magd sprechen? Ein gesunder Verstand erscheint mir wichtiger zu sein als die dazu passende Garderobe.«

»Aber über einen gesunden Verstand verfügt sie eben nicht.«

Bevor sein jüngster Bruder etwas erwidern konnte, wurde die Tür geöffnet, und der Diener erschien mit der Wasserschüssel. Einen unverständlichen Fluch ausstoßend, ließ sich Maximilian, der sich in seiner Rage aufgesetzt hatte, wieder in die Kissen zurücksinken. Durch zusammengebissene Zähne zischte er: »Mach niemandem den Abend kaputt. Es ist auch Mutters erstes Fest nach der Trauerzeit. Sei freundlich zu Constanze. Ich bitte dich im Namen unserer Familie, da ich leider verhindert bin, mich um sie zu kümmern. Mach nicht so ein Gesicht: Du brauchst sie ja nicht zu heiraten.«

Was wie eine humoristische Einlage klingen und die angespannte Situation aufheitern sollte, erwies sich in Nikolaus' Ohren als nichts anderes als bitterböser Spott, der ihn weitaus mehr verletzte, als er zuzugeben bereit gewesen wäre. Eigentlich ein durch und durch aufrichtiger und friedvoller Mensch im Umgang mit seinen Brüdern, machte ihm dieser an sich sinnlose Streit mit Maximilian sehr zu schaffen.

Irgendwann hatte Constanze aufgehört, an die Zeit zu denken, die verrann, während die Zofe ihr beim Ankleiden und Frisieren half. Es hatte Stunden gedauert, bis das Korsett endlich entsprechend des notwendigen Taillenumfangs geschnürt war, ausladende Bahnen blau-silbernen Stoffs auf Constanzes Schultern lasteten, ihre Füße in allerliebsten silbernen Pantoffeln mit spitzen Absätzen steckten, ihre Haut gepudert und ihr Haar zu einer modischen Frisur am Hinterkopf aufgetürmt worden war. Jetzt stand sie vor dem Spiegel, versuchte einen vorsichtigen Schritt zur Seite und wieder zurück und fragte sich, wieso es ihr gelang, so unendlich würdevoll auf den hohen Schuhen zu laufen, ohne zu stolpern. Auch schien ihr die Last der Robe nicht unangenehm, als sei sie es gewöhnt, derartige Mengen schweren Brokatstoffs mit sich herumzuschleppen. Und selbst das Atmen funktionierte trotz des beengenden Korsetts ausgezeichnet.

Eigentlich hätte es eine fremde junge Frau sein müssen, die Constanze im Spiegel anstarrte. Dennoch wußte sie, daß sie diese Person kannte. Die Tatsache, daß sie selbst in ihren kritischen Augen äußerst attraktiv aussah, verwirrte sie etwas. Die Farbe des Kleides harmonierte perfekt mit der Farbe ihrer Augen und dem Kastanienrot ihrer Haare; kein Gedanke mehr an die dumpfen Brauntöne und einfachen Stoffe, die sie normalerweise trug.

Plötzlich drängte sich ein Bild in Constanzes Betrachtung: Sie sah sich selbst, ähnlich dem Zuschauer einer Theateraufführung, vor einem venezianischen Spiegel mit wunderschön geschnitztem Goldrahmen stehen, dessen Verzierungen einer Rosenranke nachempfunden war. In ihrem Bild trug sie ein weißes Kleid, dessen Farbe voller Unschuld war, dessen Dekolleté hingegen atemberaubend aufreizend wirkte. Sie wußte, daß sie dieses Kleid ganz bewußt gewählt hatte. Doch an den Anlaß konnte sie sich nicht mehr erinnern ...

Hier verwischte das Bild wieder, und sie erblickte im Spiegel nichts anderes als die schöne junge Frau in dem geliehenen blau-silbernen Gewand und die Zofe, die am Boden kniete, um die Falten der Schleppe zu ordnen.

Wie seltsam! fuhr es Constanze durch den Kopf. Zum ersten Mal ängstigte es sie nicht, wenn sich Bilder aus der Vergangenheit in die Gegenwart drängten. Woran mochte es wohl liegen, daß sie sich plötzlich sicher und irgendwie erhaben fühlte? Sie lächelte ihr Spiegelbild an und war der unbekannten Spenderin dankbar für das Kleid. Die kostbaren Stoffbahnen, die Constanzes Körper umgaben, waren wie ein Schutz, wie eine undurchdringliche Mauer, hinter der sich ihr wahres Ich gemeinsam mit all seinen Ängsten und Sorgen verstecken konnte. Sie fragte sich, ob sie früher auch schon einmal so gedacht hatte. Oder hatte sie womöglich keine Zeit mit den Gedanken an die Vorteile einer modischen Garderobe verschwendet, da diese Kleidung ebenso selbstverständlich wie ein funktionierendes Selbstbewußtsein gewesen war? Rückblickend erschien sie sich jetzt in ihren einfachen Kleidern so gut wie nackt, und sie brachte sogar ein kleines bißchen Verständnis für die Impertinenz von Maximilians Bruder auf.

Mit wunderbar raschelnden Röcken und auf klappernden Absätzen – für eine Dame ganz alltägliche Begleittöne, die Constanze wie Musik in den Ohren klangen – schwebte sie durch den Flur des Gästeflügels und die Treppe hinunter. Doch angesichts der zahlreichen anderen Gäste, den Männern in ihren Samt- oder Seidenröcken in leuchtenden Farben und den Damen in üppig verzierten Abendroben, schwand Constanzes Mut. Spätestens auf der letzten Stufe, als das Stimmengewirr, das Gelächter und die aus dem großen Salon hallende Musik über sie hinwegschwappte wie eine Flutwelle, war es um den letzten Rest ihres Selbstvertrauens geschehen.

Unschlüssig blieb sie auf dem Treppenabsatz stehen, reglos das Geschehen beobachtend. Niemand beachtete sie wirklich, doch Constanze hatte das Gefühl, als würden alle Augen auf sie gerichtet sein, als würden bösartige Blicke sie verschlingen wie ein wildes Tier seine zappelnde Beute. Einen schrecklichen Augenblick lang glaubte sie, Stimmen zu hören. Das übliche Festgeplänkel schwoll zu seiner Anklage gegen eine junge Frau, die es gewagt hatte, ihrem Schicksal zu entfliehen.

Entsetzliche Kopfschmerzen bemächtigten sich ihrer. Übelkeit stieg in ihr auf, die Korsage schien ihr jegliche Möglichkeit zum Atmen zu nehmen. Sie schwankte, gefangen in einem Schwindelanfall, und fürchtete, die schmalen Absätze würden sie nicht länger tragen können.

In diesem Augenblick wurde Constanze von einer fremden Person so grob zur Seite geschoben, daß sie tatsächlich taumelte. Während sie das Treppengeländer umfaßte und nach Halt suchte, folgten ihre Augen jenem rücksichtslosen Gast, der sie beinahe zu Fall gebracht hätte. Es handelte sich um eine zierliche junge Frau in einem überaus eleganten Kleid, die sich jetzt – Constanze riß die Augen auf – mit einem freudigen Aufschrei mitten im Festgewühl einem Mann an den Hals warf, der sie umfing und herumwirbelte, daß ihre Röcke flogen und die Spitzen ihrer Unterhosen sehen ließen. Der Mann, dem die Aufmerksamkeit und Eile der Dame gegolten hatte, war kein geringerer als Hauptmann Nikolaus von Altenberg.

Constanze rieb sich den Oberarm, wo die Finger der energischen jungen Frau vermutlich eine Reihe von kleinen, runden Blutergüssen hinterlassen hatten. War denn jede ihrer Begegnungen mit Maximilians Bruder mit Rücksichtslosigkeit, Demütigung und Schmerzen verbunden? Wütend beobachtete sie den jungen Mann und seine Freundin, deren Wiedersehensfreude von den anderen Gästen mit einem Lächeln, ansonsten aber kaum wahrgenommen wurde. Unwillkürlich wünschte Constanze, sie könnte sich ebenso ungezwungen und fröhlich geben wie die junge Frau, die jetzt an Nikolaus' Arm hing und ununterbrochen auf ihn einzureden schien. Sich sinnlos über sich selbst ärgernd, fühlte sie sich wie eine Ausgestoßene. Es gab niemanden, der sie beachtete, niemanden, der sich über ihre Anwesenheit freute – und sei es auch nur Heuchelei.

Maximilian! Er hatte sie eingeladen, ihm wollte sie gefallen. Wie oft hatte sie in ihren einsamen Tagträumen daran gedacht, wie seine Augen aufleuchten würden, wenn er ihrer ansichtig werden würde. Sie hatte davon geträumt, daß er ihr voller Leidenschaft den Hof machte, so, wie es in Büchern beschrieben wurde. Als sie sich vorhin im Spiegel betrachtet hatte, waren es Maximilians Augen gewesen, mit denen sie sich zu sehen wünschte. Doch er stand nicht am Fuß der Treppe, die Hand nach der ihren ausgestreckt, wie sie es sich ersehnte – er kurierte seinen verstauchten Fuß auf seinem improvisierten Lager in der Bibliothek aus und würde Constanze nicht einmal zu einem einzigen Tanz führen können.

Sie wünschte, bei ihm sein, mit ihm sprechen, ihm wenigstens Gesellschaft leisten zu können. Vielleicht würde er sogar ein kleines Kompliment über ihr Aussehen verlieren. Doch um in die Bibliothek zu gelangen, hätte sie die ganze Halle durchqueren müssen, was ihr in diesem Augenblick angesichts all der bedrohlich wirkenden, fremden Leute als schreckliche Tortur erschien.

Was soll's, fuhr es ihr durch den Kopf, *ich bin's gewohnt, Verzicht zu üben. Hier gehöre ich ohnehin nicht her.*

Plötzlich fühlte sie sich nur noch als Staffage, als eine Art Hofnarr, der in fremder Kleidung, die ihm nicht paßte, zur Belustigung des Publikums beitrug. Sie beschloß, wieder auf ihr Zimmer zu gehen und all die prachtvollen Requisiten abzulegen, die zu einem Abend wie diesem, nicht aber zu ihrem Leben gehörten.

»Wohin des Weges?« Nikolaus stand plötzlich neben ihr. »Meine Hochachtung, Mademoiselle. Würde ich das Kleid nicht wiedererkannt haben, ich wäre niemals darauf gekommen, daß Ihr Euch in einen Schwan verwandelt habt.«

Constanze blickte sich verwirrt um. Sie hatte gar nicht bemerkt, daß er neben sie getreten war. Wo war seine Freundin abgeblieben? Doch die war nirgends zu entdecken, und Nikolaus reichte ihr mit einem so charmanten Lächeln ein Glas Wein, als habe er nur darauf gewartet, die bevorstehenden Stunden mit ihr zu verbringen.

Sie hob die Hand, um ihm das Glas abzunehmen. Erst jetzt bemerkte sie, wie sehr sie zitterte. Sich zur Ruhe mahnend, atmete sie tief durch. Zufällig fingen ihre Augen seinen Blick auf, der, wenn auch flüchtig, ziemlich deutlich auf der Wölbung hinter den Rüschen in ihrem Dekolleté geruht hatte. Überrascht registrierte sie ein kurzes Aufflackern in seinen Augen, das jedoch ebenso schnell wieder verschwand und durch eine gewisse überhebliche Gleichgültigkeit ersetzt wurde.

»Man hat mich zu Eurem Kavalier auserkoren«, erklärte Nikolaus, »und es würde die Situation erheblich vereinfachen, wenn Ihr Eure Sprache wiederfändet, so daß wir Konversation betreiben könnten, wie es sich bei derartigen Anlässen gehört.«

Constanzes Mundwinkel zuckten. »Ihr braucht Euch keine Sorgen zu machen, mein Herr, ich werde Euch jede nur erdenkliche Peinlichkeit ersparen.«

»Ehrlich gesagt, ich mache mir mehr Sorgen um die Herzen der anwesenden Jünglinge, wenn sie Eurer ansichtig werden, als um Euer Benehmen. Daß dieses vorbildlich ist, habt Ihr mir eindrucksvoll bewiesen.«

»Vielen Dank, aber ich bin an dem Charme Eurer Gäste nicht interessiert, Graf Altenberg.«

Nikolaus nickte. »Auch das habe ich bereits bemerkt, Mademoiselle . . .«

Sie sah ihn überrascht an. Spielte er damit auf ihre offensichtliche Flucht vor dem Ballgeschehen an? Ihre Augen begegneten sich und hielten einander fest. Einen Herzschlag lang blickten sie sich stumm an. Unwillkürlich verglich sie seine Augen mit denen von Maximilian und wunderte sich, daß die Brüder einander optisch so ähnlich waren, wo sie doch über einen so unterschiedlichen Charakter verfügten.

Sich räuspernd senkte er die Lider. *Er hat ungewöhnlich lange und dichte Wimpern für einen Mann*, fuhr es ihr durch den Kopf.

»Möchtet Ihr tanzen, Mademoiselle?« fragte Nikolaus. »Oder gelüstet es Euch mehr nach einem Imbiß?«

Constanze schenkte ihm ein offenes, herzliches Lächeln. »Ich würde für mein Leben gerne tanzen, Graf Altenberg, aber ich fürchte, ich erinnere mich nicht mehr an die Figuren. In Anbetracht der dadurch entstehenden Peinlichkeit wäre es deshalb sicher sinnvoller, auf einen Tanz zu verzichten.«

»Aber nein«, wehrte Nikolaus freundlich ab, »Ihr solltet auf keinen Fall das Tanzvergnügen versäumen. Wie wäre es, wenn wir eine Weile den Zuschauer spielten und Ihr bei dieser Gelegenheit ein wenig dazulernt? Ich bin sicher, Ihr werdet Euch an die wichtigsten Schritte sofort wieder erinnern...«

Mit einer gewissen Bestürzung unterbrach er sich. Dieses heikle Thema hatte er nicht ansprechen wollen, doch offenbar fühlte sie sich kein bißchen verletzt, denn ihr Lächeln vertiefte sich, und er entdeckte in ihren schimmernden blauen Augen die hellste Freude. *Maximilian ist ein Narr*, dachte er plötzlich, als er ihr den Arm reichte, um sie in den großen Salon zu geleiten. Dabei war er sich mehr als sie selbst den bewundernden oder neidischen Blicken bewußt, die ihnen folgten. Er vernahm Kommentare wie: *Wer ist diese unbekannte Schönheit?* Oder: *Stellt Euch vor, das Mädchen hat doch tatsächlich Ähnlichkeit mit der Mätresse des Königs. Offenbar ist dieser Typ jetzt sehr in Mode*, aber er maß diesen Worten keinerlei Bedeutung bei.

Graf Morhoff bat einen Diener, seinen Stuhl ein wenig vom Kamin fortzurücken. »Wie könnt Ihr diese Wärme nur aushalten?« fragte der alte den jüngeren Mann auf seinem Lager. »Euer Gehirn muß ja bereits so kochen wie ein Huhn im Suppentopf. Ein Mann wie Ihr, mein Sohn, sollte aus seinem Verstand keine Brühe machen.«

»Solange mein Knöchel mit diesen kalten Umschlägen malträtiert wird, befürchte ich eher, an Erfrierungen zu leiden«, erwiderte Maximilian. »Ehrlich gesagt, es erscheint mir, als sei ich zweigeteilt: Mein Kopf ist eine heiße Brühe und mein Fuß ein Eisblock. Das, was dazwischen liegt, erfreut sich allerdings wohliger Wärme.«

»Seid froh, daß Ihr nur Euren Fuß und nicht Eure Hände verletzt habt«, erwiderte Graf Morhoff. »Nichts erscheint mir für einen Künstler entsetzlicher als der Verlust seines wichtigsten Handwerkszeuges – und sei es auch nur für eine kurze Zeit der Heilung. Es soll Künstler gegeben haben, die nach einer Verletzung ihre Begabung verloren. Als sei das von Gott geschenkte Talent nach der Heilung eines Bruchs ein anderes.«

»Ich stimme vollkommen mit Euch überein«, antwortete Maximilian lebhaft. »Vermutlich bin ich auch nur deshalb so unglücklich gestürzt, weil ich nicht auf meine Hände fallen wollte. Reiner Instinkt, würde ich meinen. Tatsächlich ist die Furcht, nicht mehr mit meinen Händen arbeiten zu können, größer als meine Angst vor der Hölle.«

Einen Augenblick lang schwiegen die Männer, dann sagte Graf Morhoff mehr wie zu sich selbst als zu Maximilian: »Heute bin ich ein alter Mann, aber hätte ich noch einmal die Möglichkeit, von vorne anzufangen, ich würde ein Künstler werden wollen wie Ihr. Oder vielleicht ein Wissenschaftler.«

»Sprecht nicht so«, antwortete Maximilian, »denn Ihr seid doch ein sehr bedeutender Mann, Graf Morhoff. Man sagt, daß es niemanden in Kursachsen gibt, der an Euer diplomatisches Geschick heranreicht.«

Der Alte schmunzelte. »Spricht das nicht eher für mein Unvermögen? Im Vertrauen, junger Altenberg, manchmal denke ich, wir, die wir die Geschicke dieses Landes in Händen hielten, haben viel zuviel falsch gemacht. Der König ist ein vorbildlicher Mann, aber Seine Majestät ist der Zweitgeborene und niemals zum Herrscher erzogen worden. Er wäre ein erstklassiger Wissenschaftler und Künstler. Ich bin sicher, hier würde Augustus Rex seine wahren Talente einsetzen können. Aber: Ist er auch der Stratege, den Länder wie Sachsen und Polen brauchen, um bestehen zu können? Um es deutlich zu sagen: Ich teile nicht die Meinung des Königs, daß Verbindungen und Erweiterungen der Länder nur gen Osten richtig sind. Brandenburg-Preußen wird die Macht der Zukunft werden. Doch mit diesem Verbündeten scheint Seine Majestät nicht zu rechnen.«

Maximilian schwieg, denn Politik war nicht gerade sein Steckenpferd. Es gab nichts, was er als Gegenargument hätte vorbringen können. Auf diesem Gebiet war Graf Morhoff der Fachmann, Maximilian Altenberg war ja nur ein Bildhauer. Er lauschte der Musik, die gedämpft aus dem großen Saal in die

Bibliothek drang. Die Auswahl der Weisen entsprach nicht unbedingt den Melodien, die die Orchester anläßlich von Hoffesten einstudierten. Es war eher ein Repertoire an zufälligen Stükken, die sich doch überraschend harmonisch ineinanderfügten. Obwohl er – wie die meisten Künstler – niemals ein großartiger Tänzer gewesen war, bedauerte Maximilian plötzlich, daß der verstauchte Fuß seine Teilnahme am Tanzvergnügen unmöglich machte. Er fragte sich, was Constanze wohl tat. Tanzte sie am Arm von Nikolaus? Oder hatten sich andere Verehrer für sie gefunden? ›Die goldene Schäferin‹. Er lächelte bei dem Gedanken an Steinbrücks Kommentar über die Verzierungen der Porzellanfigur. Ach, er wußte ja nicht einmal, wie sie in der geliehenen Garderobe überhaupt aussah. Sie war noch nicht in die Bibliothek gekommen, um ihn zu begrüßen . . .

»Die Kunst und die Wissenschaft sind die Abenteuer der Zukunft«, unterbrach Graf Morhoff Maximilians Gedanken. »In der Politik wird nicht halb soviel Aufklärung und Fortschritt betrieben wie eben dort. Ich bin ein alter Mann, mein Junge, deshalb solltet Ihr meinen Worten vertrauen.«

»Macht Euch nicht unnötig zum Greis, Graf Morhoff«, mischte sich Friedrich von Altenberg ein, der eben in die Bibliothek trat. Nachdem er den Tanz an der Seite seiner Frau eröffnet hatte, suchte er nun sein Heil in der Flucht vor derartigem Vergnügen. Den Jagdritt hatte er genossen, aber auf dem Ball erfreute er sich mehr an den dargebotenen Speisen und Getränken als an den schwierigen Schrittfolgen der Tänze. Er trat an einen Beistelltisch, vergewisserte sich, daß Graf Morhoff und Maximilian ausreichend versorgt waren, und goß sich aus einer Karaffe einen kräftigen Schluck schweren Burgunders in einen böhmischen Pokal. Voller Vergnügen beobachtete er das Spiel des Lichtes in dem Kristallglas, bevor er von dem Wein kostete.

»Ihr seid bedeutend jünger als ich, mein Sohn«, scherzte Graf Morhoff, »und scheint an dem Vergnügen der jungen Leute weniger Freude zu haben als es für Euer Alter ziemlich ist. Warum seid Ihr nicht bei Euren Gästen und tanzt?«

»Auch Ihr seid mein Gast, und ich schätze es sehr, mich mit Euch zu unterhalten.«

»Paperlapapp! Mit Verlaub gesagt, Ihr seid einfach faul. Das ist alles.«

Friedrich grinste. »Zugegeben, aber ich muß Euch auch gestehen, daß mir nach dem Jagdritt heute sämtliche Knochen im Leibe weh tun. Jede unnötige Bewegung – und davon gibt es beim Tanzen ausreichend – verursacht mir Schmerzen.«

Die drei Männer lachten schallend über Friedrichs Selbstironie, wußte doch jeder von ihnen, daß der Erbe des energischen, von Disziplin und der Jagd besessenen Grafen Altenberg auch derjenige war, der sich am meisten dem eigenen Sinn nach Bequemlichkeit unterordnete.

»Beim Tanz ist das größte Vergnügen das Zuschauen.« Friedrich deutete auf die Tapetentür, die sich versteckt hinter einer Bücherwand befand und durch die er vorhin in die Bibliothek gekommen war, da sie diesen Raum mit dem großen Salon verband. »Wenn es Euch danach gelüstet, Graf Morhoff, so kann ich Euch diesen Weg empfehlen. So seid Ihr unbeobachtet und könnt schnell wieder verschwinden, bevor es Euch in den Beinen juckt.«

»O nein, das ist nichts für mich«, wehrte der alte Diplomat ab. »In meinem Alter ist das Zuschauen bei einem Tanzvergnügen ebenso anstrengend wie der Tanz selbst. Man wird von Erinnerungen an eine Zeit überwältigt, an die man nicht gerne erinnert wird, weil sie unwiderbringlich vorbei ist. Außerdem denkt man angesichts der munteren jungen Leute an die eigene Gebrechlichkeit. Nein, nein, das ist nichts für mich. Laßt mich nur hier. Ich unterhalte mich sehr gut mit Eurem jüngsten Bruder.«

Friedrich nickte. Auch ihm war die Gesellschaft von Morhoff sehr angenehm so, wie sie war. Der berühmte Gast verlieh seinem Jagdball in Abwesenheit des Hofstaates nicht nur einen gewissen Glanz, sondern er gab ihm auch ein Alibi, um den albernen Vergnügen wie Tanzen und den für später geplanten Gesellschaftsspielen entkommen zu können. Es genügte vollkommen, daß Nikolaus in seiner Abwesenheit im großen Salon als männlicher Vertreter des Haushaltes fungierte. Er machte in diesem Fall ohnehin die vermutlich beste Figur von all seinen Brüdern.

»Ein Blick auf das Tanzvergnügen könnte nicht schaden«, meinte Maximilian plötzlich. »Wenn du mich stützen würdest, Friedrich, würde ich mich sehr gerne einmal umsehen.«

»Das ist das Recht der Jugend«, bemerkte Morhoff. »Geht und helft Eurem Bruder. Ich gedulde mich so lange und erwarte Euren detaillierten Bericht.«

Doch so einfach war es nicht. Friedrich hatte zu stark dem Wein zugesprochen, was seine Körperkraft ziemlich beeinträchtigte. Da es beide strikt ablehnten, einen Diener zu Hilfe zu holen, taumelten Friedrich und Maximilian wie zwei angetrunkene Seeleute auf Landgang zur Tapetentür, ständig in Gefahr, zu stolpern und sich diesmal tatsächlich einen Knochenbruch zuzuziehen. Graf Morhoff schüttelte angesichts der Unbeholfenheit der beiden jüngeren Männer seufzend den Kopf und betonte, daß ihre Generation anscheinend zu verweichlicht sei.

Mit zwei Schritten, für einen Mann seines Alters unerwartet behende, stand er an Maximilians Seite und forderte diesen auf, sich auf seinen Arm zu stützen, denn: »... ein Fliegengewicht wie Euch packe ich auch noch.«

Die unscheinbare Verbindungstür zum großen Salon glitt geräuschlos auf. Während sich Friedrich angesichts der Anstrengung keuchend an die Regalwand im Inneren der Bibliothek lehnte, blickte Maximilian auf der Suche nach einer bestimmten Person in den Raum, der auf Schloß Altenberg als Ballsaal genutzt wurde. Hinter einer bunten Mischung aus eleganten Damenkleidern und Herrenröcken entdeckte er schließlich das Objekt seiner Suche.

Constanze warf den Kopf in den Nacken und lachte. Noch nie hatte er sie so schön gesehen. Mit Ausnahme seiner heimlichen Beobachtung am Bach. Ihre Augen glänzten, ihre Lippen waren leicht geöffnet und auch jetzt so vollendet sinnlich wie in Maximilians Erinnerung. Sie schien an Nikolaus' Arm zu schweben und von innen zu leuchten, als sei sie aus Kristallglas und würde von Tausenden von Kerzen erstrahlt. Es sind die hellen Farben, fuhr es dem Künstler durch den Kopf. *Eine goldene Schäferin ...* Genau das, so wußte er jetzt, war eigentlich verkehrt, denn Constanzes Schönheit schien erst wirklich zu erstrahlen, wenn sie mit leuchtenden Farben verbunden war. Es war das Licht der Sonne gewesen, das Farbspiel des Frühlings, das ihren Körper damals beim Bade so überaus anziehend umfächert hatte, nicht alleine die laszive Darstellung ...

»Großer Gott, Graf Morhoff!«

Friedrichs Aufschrei riß Maximilian aus seiner künstlerischen Betrachtung. Er wandte sich um, sich bewußt werdend, daß er angesichts der fröhlich tanzenden Constanze alles andere um sich herum vergessen hatte. Das Bild, das sich ihm bot, schien seinen Weg zu seinem Bewußtsein wie durch dichten Nebel zu gehen. Doch je klarer die Konturen wurden, desto entsetzlicher waren sie.

Morhoff Gesichtsfarbe wechselte in Sekundenschnelle von kalkweiß zu aschgrau und schließlich zu krebsrot. Die Augen des alten Mannes traten hervor, und über die blutleeren, blau angelaufenen Lippen tropfte Speichel. Morhoffs Atem ging rasselnd, er keuchte, versuchte zu sprechen, konnte jedoch nichts sagen. Die eine Hand fest auf den Brustkorb gedrückt, versuchte er noch mit der anderen, den Kragen vom Hals zu reißen. In diesem Augenblick gaben seine Beine nach, und er sackte so langsam wie ein gefällter Baum zu Boden.

Maximilian, der ungeachtet der eigenen Behinderung, den Alten aufzufangen versuchte, wurde aus dem Gleichgewicht gebracht. Er strauchelte und stieß einen Fluch aus, als er mit dem verstauchten Fuß auftrat.

Friedrich schob die Tapetentür ins Schloß. »Ich hole einen Diener«, sagte er, blitzartig wieder nüchtern. »Wir brauchen einen Arzt. Kannst du ihn zu dem Sessel bringen?«

»Wir brauchen eher einen Pastor«, murmelte Maximilian und dachte einen flüchtigen Augenblick daran, wie bedauerlich es war, daß Martin für heute abend in Dresden unabkömmlich gewesen war.

»O mein Gott, er wird doch wohl nicht sterben«, keuchte Friedrich, während er hektisch an dem Klingelzug zerrte, der eine Reihe von Glocken im Küchentrakt betätigte. Er ließ von der Seidenkordel ab und versuchte gemeinsam mit Maximilian, den schweren Körper des Sterbenden in einen Sessel zu wuchten.

In meinem Alter ist das Zuschauen bei einem Tanzvergnügen ebenso anstrengend wie der Tanz selbst.

Maximilian blickte in das verzerrte Gesicht von Heinrich Graf Morhoff. Er bückte sich nach einem der kühlen Umschläge und legte das feuchte Tuch auf die Stirn des alten Mannes. Mehr konnte er für ihn nicht tun.

Constanze warf lachend ihren Kopf in den Nacken. Nikolaus beobachtete sie und begriff allmählich, was sein Bruder Maximilian in ihr sah. Sie war nett – ohne Hintergedanken. Sie war fröhlich – ohne affektiert zu sein. Ihre Natürlichkeit war unglaublich anziehend, jedoch so von ihrer Freude am Tanz geprägt, daß der Gedanke an einen Flirt gar nicht erst aufkam. Sie hatte etwas Kumpelhaftes an sich, war regelrecht lustig, und es war angenehm, mit ihr zusammenzusein, da sie niemals die Hintergedanken jener für seine Gesellschaftsschicht typischen Frauen zu haben schien, die ständig umworben und mit bestimmten Floskeln bedacht werden wollten. Dabei war Constanze eine Augenweide. Es machte Spaß, sie anzusehen, den Glanz in ihren saphirblauen Augen zu beobachten und sich an der Reihe ebenmäßiger, weißer Zähne hinter ihren roten Lippen zu erfreuen.

»Ihr seid zum Tanzen geboren, Mademoiselle«, lobte Nikolaus und erwiderte ihr Lächeln mit den Augen.

»Es ist herrlich«, stimmte Constanze zu. »Die Musik ist wunderbar. Oder liegt das am Wein? Man fühlt sich so beschwingt.«

Die Tanzfiguren verlangten, die Partner zu tauschen, und Nikolaus fand sich am Arm einer freundlichen Matrone wieder, während Constanze Konversation mit deren Ehemann betrieb, einem Landadeligen, der Figur und Aussehen eines Bauern, aber offenbar eine gehörige Portion Humor besaß, denn das fröhliche Lachen blieb auf ihren Lippen. Die Schrittfolge lenkte Constanze und ihren Tanzpartner aus Nikolaus' Gesichtsfeld. Er überlegte sich gerade ein albernes Kompliment für die Dame an seinem Arm, als ihm jemand auf die Schulter tippte. Überrascht wandte sich Nikolaus um.

Sein Bruder Friedrich blickte ihn aus starren, ernsten Augen an. Jeder seiner Züge war bis an die Schmerzgrenze kontrolliert, sein Gesicht eine Maske.

»Kann ich dich einen Augenblick sprechen?« fragte Friedrich mit rauher Stimme. »Ich würde keinesfalls stören, wenn es nicht dringend wäre.«

Nikolaus schenkte der Dame an seiner Seite ein bedauerndes Lächeln. »Könnt Ihr eine Minute auf meine Anwesenheit verzichten, Madame? Darf ich Euch zu den anderen Damen geleiten, die sich ebenfalls eine Erholungspause gönnen? Es wird mir ein großes Vergnügen sein, Euch in wenigen Augenblicken wieder um einen Tanz bitten zu dürfen.« Er warf Friedrich einen zornigen Blick zu. »Dein Benehmen ist ungeheuerlich«, zischte er.

»Hat dir niemand beigebracht, daß man eine Dame beim Tanz nicht einfach stehen läßt?« schimpfte Nikolaus weiter, als er sich Minuten später und nachdem er seine zufällige Tanzpartnerin im Kreise anderer weiblicher Gäste beim Austausch neuester Klatschgeschichten deponiert hatte, mit Friedrich in einem relativ stillen Erker des großen Salons traf.

»Es ist etwas Entsetzliches passiert, das jede Unhöflichkeit rechtfertigt«, flüsterte Friedrich.

Sein Bruder beantwortete diese Bemerkung mit hochgezogenen Augenbrauen.

»Graf Morhoff ist soeben verstorben«, platzte Friedrich heraus. »Es war ein Schlaganfall. In unserer Bibliothek.«

»Der Mann war zweifellos in einem Alter, in dem mit seinem Hinscheiden zu rechnen war«, erwiderte Nikolaus trocken.

»Allerdings ist es äußerst peinlich, daß er sich dafür ausgerechnet unsere Bibliothek aussuchte. Ich hielt Graf Morhoff immer für einen Mann von Instinkt und Format. Für einen Diplomaten ist ein Jagdball kein guter Ort zum Sterben, wenn es für ihn persönlich auch eine lustige sein mag...« Er hob abwehrend die Hand. »Unterbrich mich nicht. Es ist meine Art eines Nachrufes, weißt du. Ich habe die Schriften des alten Morhoff sehr geschätzt.«

Friedrich spielte nervös mit den goldbestickten Aufschlägen an seinem Rock. »Hebe dir deine schönen Worte für ein Kondolenzschreiben an die Hinterbliebenen des Grafen auf...«

»Wirst du ein paar passende Worte sprechen und deine Gäste unter diesen Umständen zum Gehen auffordern?«

»Graf Morhoff hätte sicherlich niemals gewollt, daß sein Tod mit einem Skandal verbunden ist«, entgegnete Friedrich. Er senkte die Stimme, als fürchte er, belauscht zu werden: »Mutter möchte, daß das Fest fortgesetzt wird, und ich stimme mit ihr darin überein. Würdest du dich bitte um unsere Gäste kümmern und so tun, als sei nichts passiert? Ich werde derweil dafür sorgen, daß die sterblichen Überreste des Grafen Morhoff nach Schloß Elbland gebracht werden.«

Nikolaus nickte. »Es tut mir leid um Mutter«, seufzte er. »Sie hat sich so auf dieses Fest gefreut. Und auch auf den Besuch deines Ehrengastes.« Er erinnerte sich daran, daß er zwischenzeitlich überlegt hatte, welch gute Partie der alte Diplomat für eine noch immer recht attraktive und vor allem vornehme Witwe wie seine Mutter war. Jetzt schämte er sich dieses Gedankens.

»Ich wollte dich nur informieren. Geh jetzt zurück zu unseren Gästen und sorge dafür, daß sich niemand über mein Fernbleiben und das unserer Mutter wundert.« Nach diesen Worten drehte sich Friedrich auf dem Absatz um und durchschritt gemessenen Schrittes den großen Salon, um durch jene Tapetentür zu verschwinden, durch die Graf Morhoff das Tanzgeschehen beobachtet hatte.

Die Kufen des Schlittens zogen tiefe Furchen durch den frischgefallenen, silbrig glänzenden Schnee. Die einzigen Geräusche in der unberührten Landschaft waren das Schnauben der Pferde und das sanfte Ratschen der Kufen. Ansonsten war es still um diese Uhrzeit im Wald, kurz vor Morgengrauen, als die Tiere noch schliefen.

Constanze drückte ihre glühenden Wangen in das Fell ihres Hundes. Es war eine seltsame Situation, in der sie sich während dieser nächtlichen Schlittenfahrt befand, aber sie genoß jede Sekunde dieses Abenteuers, das ihr den Atem raubte und ihren Herzschlag auf süße Weise beschleunigte. Sie saß dichtgedrängt zwischen Maximilian und Nikolaus, und aus den Augenwinkeln beobachtete sie erst den einen, dann den anderen Mann. Maximilians Gesichtszüge waren entspannt, die Augen hielt er geschlossen, als würde er schlafen, obwohl Constanze doch wußte, daß er nur mitgekommen war, um seinem Bruder den Weg zu ihrer Hütte zu weisen. Nikolaus hingegen, der die Pferde durch die Dämmerung lenkte, wirkte angespannt.

»Es ist ein bißchen verrückt, daß ich Euch gebeten habe, mich um diese Uhrzeit nach Hause zu bringen, nicht wahr?« durchbrach ihre Stimme plötzlich die Stille.

Nikolaus wandte den Kopf. »Nein«, sagte er. Dann konzentrierte er sich wieder auf die Zügel in seinen Händen.

Eigentlich hätte Constanze noch das Frühstück auf Schloß Altenberg einnehmen sollen, doch gleich nach dem Tanzvergnügen und den anschließenden Gesellschaftsspielen hatte sie Nikolaus gebeten, sie zurück in den Wald zu bringen. Es war ihr nach dem glanzvollen Fest wie ein Sakrileg erschienen, den Morgen an jenem Ort zu verbringen, wo ihr größter Traum einer unerreichbar scheinenden Wirklichkeit Platz gemacht hatte – sie hatte ganz normal unter fröhlichen Menschen getanzt, eine junge Frau, die nicht als Ausgestoßene behandelt wurde. Sie war ein Teil der wogenden Menge gewesen, die sich verlustierte – ein ganz *normaler* Teil. Es war wie ein Zauber, der sie umfing. Sie wollte ihn nicht zerstören, indem sie bei Tageslicht zurückkehrte, sondern ihn mitnehmen in ihr eigentliches Leben, das doch so wenig mit dem wirklichen Leben gemein hatte.

Nikolaus hatte sich als aufmerksamer Kavalier erwiesen. Er schien seine Rolle sehr ernst zu nehmen und kümmerte sich auf charmanteste Weise um seinen Schützling. Nur selten hatte Constanze an Maximilian gedacht, den sie sich doch eigentlich an ihre Seite gewünscht hatte. Auch war ihr Nikolaus inzwischen recht sympathisch geworden. Fast wünschte sie, ihre Begegnung hätte einen anderen Anfang genommen.

An einer Weggabelung brachte Nikolaus die Pferde zum Stehen. Er fragte Maximilian nach der Richtung, schließlich lenkte er die Tiere und den Schlitten in den linken Pfad.

»Ihr hättet Euch schonen sollen«, wandte Constanze ein. »Eine nächtliche Schlittenfahrt ist sicher nicht das reine Vergnügen mit Eurer Verletzung.«

Maximilians Zähne blitzten in der Dunkelheit auf. »Keine Sorge«, meinte er lächelnd, »ich brauche ja nicht zu laufen. Außerdem hättet Ihr den Weg ohne meine Hilfe niemals gefunden.«

Er und Nikolaus waren sich einig gewesen, Constanze nichts von dem Vorfall zu erzählen, der einen Schatten auf den Glanz des Festes warf. Bis jetzt wußte keiner der Gäste etwas vom Dahinscheiden des Grafen Morhoff, die meisten Freunde derer von Altenberg würden aber in den nächsten Tagen durch die Zeitungen oder die mündliche Nachrichtenübermittlung ihrer Dienstboten von der Tragödie erfahren. Constanze jedoch würde nichts mit einer Information anfangen können, die ihr außer einer Schmähung ihres Vergnügens nichts sonst brachte. Niemand konnte annehmen, daß zwischen der Waldbewohnerin und einem der berühmtesten Diplomaten Seiner Majestät eine Verbindung bestand.

Die Farbe des Himmels verwandelte sich von Stahlgrau in ein sanftes Violett, als der Schlitten vor dem verlassenen Blockhaus hielt. Der Hund sprang von Constanzes Schoß und lief schwanzwedelnd und bellend auf die Hütte zu, als würde er seine Heimkehr ankündigen müssen.

Constanze drehte sich zu Maximilian um. »Es war ein wundervoller Abend, und ich bedauere so sehr, daß wir ihn nicht gemeinsam erleben konnten, aber ich danke Euch aus vollem Herzen für die vergnügten Stunden, die Ihr mir ermöglicht habt.«

Ihr Gesicht wirkte müde im fahlen Licht dieses Morgens, doch leuchteten ihre Augen wie zwei Kristalle im Kerzenlicht. Maximilian ertappte sich bei dem Gedanken, daß er sie gerne zum Abschied geküßt hätte. Gleichzeitig war er dankbar für Nikolaus' Anwesenheit, die einen Ausrutscher dieser Art verhinderte. Intimitäten hätten seine tiefe Freundschaft zu Constanze zerstört. Das war der Genuß eines einzigen Augenblicks sicher nicht wert. Dennoch erschien sie ihm unendlich begehrenswert mit ihren von der Schlittenfahrt geröteten Wangen und dem herrlichen Leuchten, das ihren ganzen Körper erfüllte. Ein leises Bedauern blieb zurück.

»Sobald es mir möglich ist, werde ich Euch besuchen«, versprach Maximilian. Er lächelte gequält. »Allerdings dürfte es einige Zeit dauern, bis mein Fuß wieder in einen Reitstiefel paßt.«

Ihre kalten Fingerspitzen berührten seine Wange. »Ich weiß. Ich werde warten.«

Sie wandte sich um und stieg von dem Schlitten. Nässe drang durch das dünne Leder ihrer Pantoffeln. Die schönen Schuhe waren in Sekundenschnelle ruiniert, als sie durch den Schnee zu ihrer Behausung stapfte.

Nikolaus hatte bereits die Tür geöffnet und machte sich am Ofen zu schaffen, nachdem er eine Kerze in dem einzigen vorhandenen Leuchter angezündet hatte. Lächelnd blieb sie im Türrahmen stehen, die Röcke des blau-silbernen Gewandes gerafft, und schaute ihm zu, wie er mit einer Selbstverständlichkeit für Wärme sorgte, als sei dies nicht das Zuhause einer jungen Frau. Seine Handgriffe waren so präzise, als hantiere er in seinen eigenen Räumen.

Als er sich aufrichtete, begegnete er ihren forschenden Blicken. Ein Lächeln huschte über seine müden Züge. »Jetzt ist es nicht mehr so kalt«, murmelte er.

Verlegenheit überkam ihn, als seine Augen ihr Himmelbett streiften, das so dominierend und unpassend zugleich in der

Waldhütte wirkte. Unerwarteterweise fühlte er sich, als sei er zum ersten Mal im Schlafzimmer einer Dame, und er rang die Hände, weil er plötzlich nicht wußte, was er sonst tun sollte.

»Danke«, antwortete Constanze schlicht.

Schweigend sahen sie sich an.

Schließlich war sie es, die die Lider senkte und mit zornigen Händen an den Bändern zerrte, die ihr Cape zusammenhielten. »Ich werde Euch das Kleid zurückgeben, sobald ich Gelegenheit dazu habe«, sagte sie.

Nikolaus schüttelte den Kopf. »Das ist nicht notwendig«, hörte er sich zu seiner eigenen Überraschung antworten. Einen flüchtigen Gedanken lang wog er Constanzes Anblick gegen die Gunst der Baronin Walden ab. Seine Freundin Margarethe würde fuchsteufelswild werden, wenn sie von seiner Großzügigkeit erfuhr. »Betrachtet es bitte als Geschenk«, fügte er mit fester Stimme hinzu.

Sie lächelte traurig. »Glaubt Ihr, ich würde je wieder ein so schönes Kleid gebrauchen können?«

»Ich hoffe es«, erwiderte er und nahm ihre Hand. Nach einem winzigkleinen, fast unmerklichen Zögern beugte er sich darüber.

»Solltet Ihr dieses Kleid wieder tragen, so erweist mir bitte die Ehre des ersten Tanzes.«

Er neigte seinen Kopf zu einem militärisch knappen Abschiedsgruß, dann ging er, ohne sich noch einmal umzudrehen.

26

Die Depesche mit der Nachricht vom plötzlichen Hinscheiden ihres Großvaters erreichte Sophie während eines Ballettabends im königlichen Schloß zu Warschau. Just in dem Moment, als ihr klarwurde, daß ihr Geliebter nach Abwechslung Ausschau hielt, denn August warf den Tänzerinnen mehr als nur interessierte Blicke zu. Ihre Vorbereitungen zur Heimreise nach Sachsen waren deshalb mehr geprägt von der Eifersucht, die ihr Herz mit eiskalter Hand umfing, als von der Trauer um Graf Morhoff.

Dieser war bereits am Fuße der kleinen Kapelle von Schloß Elbland neben den sterblichen Überresten seiner Frau begraben worden, als Sophie in Sachsen fast drei Wochen nach dem Tod des alten Mannes eintraf. Morhoffs Kammerdiener hatte gemeinsam mit dem Familienanwalt für die Trauerzeremonie und den damit verbundenen Leichenschmaus für die Pächter und das Gesinde des Rittergutes gesorgt und vorübergehend die Pflichten des Hausherrn übernommen, was Sophie mit einer gewissen Dankbarkeit aufnahm. So befand sich das Schloß bereits in dem üblichen Schlaf nach einem Todesfall, die Möbel waren eingedeckt, die Spiegel verhüllt, Türen und Fenster mit Trauerflor versehen worden. Der einzige Raum, der unberührt von den jüngsten Ereignissen zu sein schien, war das frühere Schlafzimmer ihrer Tochter.

Nachdenklich strich Sophie über die stoffbespannten Wände. Das rosaweiße Rosenmuster war an manchen Stellen ausgebleicht, in der Ecke, wo einst ein Himmelbett gestanden hatte, war eine Spinne eingezogen und hatte ein dichtes Netz gewoben, in dem Staubpartikel klebten. Sophie zog die staubigen Blütenornamente im goldenen Rahmen des venezianischen Spiegels nach – dem einzigen im Haus, der nicht verhängt war –, während sie sich in dem versilberten Glas aufmerksam betrachtete: Zwischen ihren Augen zeichnete sich eine tiefe Sorgenfalte ab, und zum ersten Mal glaubte sie, in jedem ihrer Gesichtszüge ihr Alter ablesen zu können.

Die Zeiten, in denen sie der Anziehungskraft einer jungen Ballettratte trotzen konnte, waren offensichtlich Vergangenheit. Erschrocken fragte sie sich: *Wie lange werde ich mich noch der Gunst des Königs erfreuen können?* Es tat weh, durch ihr Spiegelbild an die Vergänglichkeit seiner Liebe erinnert zu werden, einer großen Liebe, die ihr mehr bedeutete, als sie ihm gegenüber jemals zuzugeben bereit wäre. Sie liebte August mehr als

sich selbst, viel mehr als ihren verstorbenen Mann, noch mehr als ihr eigenes Kind ...
Plötzlich fiel ihr ein Zitat des französischen Moralisten Jean de La Bruyère ein, das ihre Seele traf wie eine vergiftete Pfeilspitze: *Je mehr sich ein Weib dem Manne hingibt, desto mehr hängt sich ihr Herz an ihn, während oft umgekehrt das des Mannes sich desto mehr ablöst.*
Die Augen, die ihr im Spiegel entgegenblickten, füllten sich mit Tränen. Entschlossen wandte sich Sophie ab. Es hatte keinen Sinn, über eine Zukunft nachzugrübeln, die gänzlich unsicher war. Die Liebe eines Königs konnte man noch weniger erzwingen als die Liebe eines weniger hochgestellten Mannes. Wahrscheinlich war es bedeutungslos, daß er sich unter den Ballettmädchen nach Abwechslung umsah. Niemand hatte behauptet, daß August der Starke ein Ausbund an Treue und Tugend war – er selbst am allerwenigsten. Auch hatte er ihr nie Anlaß zur Hoffnung auf eine Ehe gegeben. Selbst wenn er gewollt hätte, er hätte sie niemals heiraten können. Bereits vor zwanzig Jahren hatte er bei der Kirche um einen Ehedispens nachgesucht, doch die Scheidung war August verwehrt worden. Unter dem Aspekt des religiösen Unfriedens im Lande war es zudem undenkbar, daß er seiner Mätresse mehr als die unter den gegebenen Umständen mögliche Aufmerksamkeit schenkte, die irgendwann – das war absolut sicher – ein jähes Ende finden würde. Es lag einzig an Sophie, daraus das Beste zu machen.
Sie verließ das Zimmer und schloß es ab, so, wie es seit zwei Jahren abgeschlossen wurde. Am Anfang, nachdem ihre Tochter Schloß Elbland verlassen hatte, war Sophie sehr oft hiergekommen. Immer wieder hatte sie sich damals dieselbe Frage gestellt: *Kann ich mein Kind mit seinem verwirrten Geist der Einsamkeit des Waldes aussetzen*? Immer wieder hatte sie sich mit einem eindeutigen ›Ja‹ geantwortet, denn die Alternativen erschienen weitaus schlimmer zu sein als die Einsamkeit. Sophie hatte Stunde um Stunde in der Hoffnung gebetet, daß das Wunder geschehen und Constanze ihr Gedächtnis wiederfin-

den möge. Doch ihr Erinnerungsvermögen stellte sich nicht wieder ein, Sophies Gebete wurden seltener, und ihre Hoffnung verblaßte im Laufe der Zeit ebenso wie die Rosenblüten auf dem Wandbehang. Schließlich fand sie sich mit der Situation ab. Johann Calvin hatte gelehrt, daß das Schicksal eines jeden Menschen von Gott vorbestimmt sei: Gleichgültig, ob man während seines Lebens gute oder schlechte Taten beging, der Weg zum Himmel oder in die Hölle stand bereits am Tag der Geburt fest.

Unwillkürlich fragte sie sich, da ihr Großvater gestorben und Schloß Elbland alleine ihrer Verfügungsgewalt unterstand, ob sie jetzt ihre Tochter nach Hause holen sollte. Die Frage traf sie gänzlich unvorbereitet und war im wesentlichen eine Folge ihrer düsteren Stimmung, mit der sie sich in dem verwaisten Schlafzimmer umgesehen hatte. Allerdings war es eine Möglichkeit, mit der sie sich befassen mußte. Im selben Augenblick wurde ihr jedoch klar, daß sie nichts an der bestehenden Situation würde ändern *wollen*. Sophie hatte August das Schicksal ihres einzigen Kindes verschwiegen. Sicherlich würde er es als Treuebruch empfinden, wenn sie ihn nun mit der Wahrheit konfrontierte. Mal abgesehen von dem Skandal, der weder ihrer Tochter noch ihr selbst von Nutzen sein konnte, würde die ganze Geschichte ihre ohnehin schwierige Beziehung zur Hofgesellschaft unerträglich machen – und ihre Liaison mit dem König unverzüglich beenden.

»Madame«, ein Lakai räusperte sich diskret.

Sophie zuckte zusammen. Sie war sich gar nicht bewußt gewesen, daß sie noch immer vor der Tür zu Constanzes verlassenem Zimmer stand, den Schlüssel in der Hand wiegend. Irritiert blickte sie zu dem jungen Mann auf, der sie aus ihrer Grübelei gerissen hatte.

»Ein Herr, der uns nicht bekannt ist, bittet, von Ihrer Gnaden empfangen zu werden«, erklärte er respektvoll.

Ein oberflächliches Gespräch mit einem Fremden war das letzte, was Sophie gegenwärtig wünschte. »Ich bin in Trauer und empfange keine Besuche«, erwiderte sie deshalb.

»Seine Gnaden sagten, es handele sich um einen Kondolenzbesuch. Der Herr ist ein Pastor, Madame.«

Nachdem weitgehend bekannt war, daß Sophie die einzige Erbin des Grafen Morhoffs war und somit über ein gewaltiges Vermögen verfügte, war es abzusehen, daß sich über kurz oder lang die ersten Bittgesuche einstellen würden. Wahrscheinlich versuchte der Besucher unter dem Vorwand einer Beileidsbekundung eine Spende zu erbetteln.

Sophie seufzte. »Nun, einen Herrn Pastor können wir kaum wieder fortschicken. Er möge ihn in den kleinen Salon führen. Ich komme sofort.«

Doch sie straftre ihre Worte Lügen, indem sie erst in ihr eigenes Schlafzimmer ging, um sich an der Waschschüssel etwas frisch zu machen und mögliche Tränenspuren aus ihrem Gesicht zu entfernen. Dann strich sie ihr Haar glatt und befestigte ein kleines schwarzes Spitzentuch mit zwei onyxgeschmückten Nadeln auf ihrem Haupt.

Der Besucher kehrte ihr den Rücken zu und war offenbar tief versunken in die Betrachtung eines Gemäldes an der Wand über dem Kamin, als Sophie den kleinen Salon betrat. Das Bild stellte eine Hafenszene im rötlichen Schein der aufgehenden Sonne dar, die sich im dunklen Wasser spiegelte.

»Der Maler war mein französischer Landsmann Claude Gellée, den man nach seiner lothringischen Heimat auch Claude Lorrain nannte«, sagte sie. »Allerdings arbeitete er fast ausschließlich in Italien ...« Überrascht hielt sie inne.

Der hochgewachsene Mann mit dem ungepuderten dunkelbraunen Haar, der sich beim Klang ihrer Stimme umgedreht hatte, war tatsächlich ein protestantischer Geistlicher, aber einer, den sie in ihren kühnsten Gedanken niemals erwartet hätte. Mit einem zaghaften Lächeln verneigte sich Martin von Altenberg vor Sophie.

»Madame ...«, das Wort hing in der Luft wie ein warmer Windhauch, der die eisige Kälte der Trauer in diesem Haus zu vertreiben hoffte.

»Es ist mir eine Freude, Euch zu empfangen«, erwiderte sie

aufrichtig. Sie deutete auf die gemütliche, verschwenderisch gepolsterte und mit Kissen überladene Sitzgruppe im Erker des kleinen Salons. »Bitte, nehmt Platz. Welchem Umstand verdanke ich Euren Besuch, Herr Pastor von Altenberg?«

Martin wartete, bis sie sich gesetzt hatte, dann ließ er sich selbst in einen der Sessel sinken. Einen Augenblick lang schwiegen beide, und ihre Augen begegneten sich flüchtig in einer stummen Frage, doch sofort senkte Sophie ihren Blick. Schließlich hob Martin an: »Ich bin natürlich nicht gekommen, um die berühmte Gemäldesammlung von Schloß Elbland zu bewundern, sondern, um Euch mein Beileid auszusprechen, Madame.«

»Danke«, erwiderte sie schlicht.

Einen weiteren Augenblick lang saßen sie einander schweigend gegenüber. Sophie versuchte soviel Neugier in ihren Blick zu legen, wie unter den gegebenen Umständen möglich war und ihn auf diese Weise zu einer ausreichenden Erklärung für seinen Besuch aufzufordern, denn sie war sich sicher, daß es sich nicht alleine um einen Kondolenzbesuch handelte. Doch Martin schien den Gesprächsfaden verloren zu haben. Er sah sie an, seine Augen begegneten voller Wärme ihrem Blick, aber er sprach nicht.

Als die Stille zu lange währte für einen Höflichkeitsbesuch und nicht nur peinlich, sondern auch unerträglich wurde, unterbrach Sophie das Schweigen:

»Es ist sehr freundlich von Euch, Herr Pastor von Altenberg, daß Ihr persönlich gekommen seid, um mir Euer Mitgefühl auszusprechen. Natürlich bedeutet mir das sehr viel, da ich doch erfahren habe, daß mein Großvater im Hause Eures Bruders verstorben ist. Graf Altenberg hat es mir geschrieben.«

»Ich bedaure, daß ich an diesem Abend in Dresden unabkömmlich und auf Schloß Altenberg nicht zugegen war«, sagte Martin. »Und ich bedaure, daß ich Euch unter diesen traurigen Umständen wiedersehe. Dennoch bin ich sicher, daß Graf Morhoff alle erdenklichen Freuden im Paradies finden wird, wie wir sie seiner Seele zweifellos wünschen.«

Während Sophie sich den Kopf darüber zerbrach, was der

wirkliche Grund für seinen Besuch sein könnte, antwortete sie ganz automatisch mit den üblichen Höflichkeitsfloskeln: »Das ist zu gütigst. Die Trauer um meinen Großvater ist selbstverständlich groß. Jedoch bin ich sehr froh über die Gnade Gottes, die es meinem Großvater ermöglichte, ein derart hohes Alter bei bester Gesundheit zu erleben. Daß Gott ihn so plötzlich zu sich gerufen hat, ist eher ein Grund zur Dankbarkeit als zur Trauer, denn es ersparte meinem Großvater ein langes Leiden.«

»In der Tat ist ein plötzlicher Tod ein großes Geschenk«, stimmte Martin zu. »Dennoch bin ich sicher, Ihr leidet unter den unvermuteten Veränderungen in Eurem Leben.«

Zwischen Sophies Augenbrauen erschien eine steile Falte. »Von welchen Veränderungen sprecht Ihr? Seid offen, bitte, Herr Pastor.«

Martin zögerte. Er wußte, daß es ungehörig war, allzu deutlich vorzugehen. Sophies Leben – und ganz besonders ihre Beziehung zum Kurfürst-König – war ihre Privatangelegenheit und ging einen Fremden wie ihn nichts an. Er war weder ihr Freund noch ihr Beichtvater, sie hatten ja nicht einmal dieselbe Religion. Dennoch hatte ihn nicht nur der Auftrag von Propst Lindenau hierher geführt. Martin versuchte vorsichtshalber, sich selbst gegenüber nicht zu rechtfertigen, warum er sich persönlich für die Zukunftspläne der Dame interessierte, die diese zwiespältigen Gefühle in ihm geweckt hatte. Den Gedanken, der einer der größten Verdienste Martin Luthers gewesen war, wonach der Reformator die Liebe zwischen Mann und Frau als Fundament einer guten Ehe betrachtete – und nicht eine aus wirtschaftlichen Gründen getroffene Wahl, wie dies im Mittelalter üblich gewesen war –, diesen Gedanken schob Martin hastig beiseite.

Unbewußt rutschte er auf seinem Sessel ein wenig nach vorne. »Es geht mich natürlich nichts an«, begann er, »aber seid versichert, daß mich tatsächlich nur die Sorge um Euer Wohl zu dieser vielleicht unhöflichen Frage drängt: Werdet Ihr nach Dresden zurückkehren, sobald der Hof aus Warschau zurück ist, was, wie mir bekannt wurde, nicht mehr lange auf sich warten läßt?«

Zu seiner Überraschung zeigte sie sich nicht entrüstet über seine Dreistigkeit, sondern schenkte ihm ein freundliches Lächeln.

»Ich hatte Euch um Offenheit gebeten, und Ihr wart ehrlich. Das weiß ich sehr zu schätzen. Ich würde Euch deshalb gerne die Antwort geben, die für Euch die angenehmste ist, aber ich fürchte, sie widerspricht den Erwartungen Eures Propstes.« Die plötzliche Bestürzung in seinen Zügen quittierte sie mit einem Aufflackern von Spott in ihren Augen. »Selbstverständlich werde ich in die Residenz zurückkehren, sobald meine persönlichen Angelegenheiten geregelt sind und nicht mehr meiner Anwesenheit auf Schloß Elbland bedürfen.«

»So ist Eure Trennung vom König also nicht von Dauer?« fragte er unumwunden.

Sie stutzte. »Erzählt man sich in Dresden bereits von einer Trennung?« Energisch reckte sie ihr Kinn vor. Hocherhobenen Hauptes und sich selbst durchaus nicht ihrer Worte sicher, verkündete sie: »Sagt demjenigen, der sich dafür interessiert, daß es zwischen dem König und mir bestens steht. Eine persönliche Angelegenheit wie der Tod eines nahen Verwandten führt keineswegs zu einer Trennung von Dauer.« Ein schwaches Lächeln spielte um ihre Lippen: »Unter Menschen unserer Art, Herr Pastor, müßten dafür schon schwerere Geschütze aufgefahren werden.«

Das aber ist derzeit der Fall, fuhr es Martin durch den Kopf. In Dresden kursierten Gerüchte, daß die verschiedenen Stände ebenso wie die eifrigsten Angehörigen der protestantischen und katholischen Kirche tatkräftiger denn je auf eine Revolution hinarbeiteten – je nach Konfession fanden sie sogar die Unterstützung des Papstes. Doch bevor Martin auf Sophies Bemerkung antworten konnte, trat der Lakai ein. Der junge Mann verneigte sich höflich vor der Hausherrin, die ihn ihrerseits mit einem gewissen Ärger im Blick betrachtete.

»Ja, bitte?«

»Eben ist ein Besucher vorgefahren, Ihre Gnaden«, verkündete der Lakai und reichte Sophie die auf einem Silbertablett befindliche Nachricht. »Der Herr bittet, empfangen zu werden.«

Sophie faltete das dicke Blatt handgeschöpften Papiers auseinander und studierte erstaunt die mit einer schwungvollen Schrift hingeworfenen Zeilen. Schließlich registrierte Martin ein Aufleuchten in ihren Augen, als sie den Blick hob.

»Herr Pastor wollte gerade gehen. Ich möchte mich nur verabschieden, dann möge Er den Herrn hereinbitten. Selbstverständlich empfange ich Herrn von Ulmenhorst. Man soll in der Küche Tee zubereiten.«

Unvermittelt wandte sie sich wieder zu Martin um: »Es tut mir leid, ein alter Freund ist überraschend zu Besuch gekommen. Ich möchte nicht unhöflich erscheinen, aber ich glaube, ich habe Eure Frage ausreichend beantwortet. Für weitere Erklärungen kann ich Euch leider nicht zur Verfügung stehen. Wie Ihr wißt, befinde ich mich in Trauer.«

Martin spürte einen Stich im Herzen. Wer immer der andere Gast war, er wurde von Sophie mit deutlich mehr Wärme und Freundlichkeit empfangen als er. Sich einer irrationalen Eifersucht bewußt, die seinen Hals zuschnürte und ihm flammende Röte ins Gesicht trieb, erhob sich Martin. Er war ärgerlich über sich selbst, seine Gefühle, die er sich nicht einzugestehen wagte, über die Konventionen, die ihr Leben einengten, und über den Überraschungsgast, der ihre Unterhaltung so vorschnell beendete. Hatte er sich doch anfänglich der Hoffnung hingegeben, ein langes, persönliches Gespräch mit Sophie führen zu dürfen, in dem er ihr erklären konnte, daß er nicht unbedingt auf seiten von Propst Lindenau und dessen politischen Interessen stand. Jetzt aber wurde ihm klar, daß sie ihn niemals als ihren Freund akzeptieren, geschweige denn als ihren Vertrauten betrachten würde. Er fühlte sich als ihr Feind – dem sie nicht einmal eine Tasse Tee angeboten hatte, wie sie es offenbar für einen ›alten Freund‹ tat.

Er verneigte sich ein wenig steif. »Ich danke für die Zeit, Madame, die Ihr mir geopfert habt.«

Zum zweiten Mal verließ er diese wunderschöne, begehrenswerte Frau mit einem gewaltigen Zorn auf sich selbst. Zurück blieb ein Gefühl des Verlustes und der eigenen Hilflosigkeit angesichts der Situation, die er nicht zu bereinigen in der Lage gewesen war.

In der Eingangshalle begegnete er dem Gast, der seinen Besuch gestört hatte. Mit kaum verhohlener Neugier musterte er den anderen Mann. Dieser war eigentlich zu jung, um ein ›alter Freund‹ Sophies zu sein. Mit Erstaunen registrierte Martin, daß der andere offensichtlich jünger war als er selbst. Dieser Eindruck wurde von dem jungenhaften Gesicht des Mannes unterstrichen und den goldblonden Locken, die die burschikosen Züge umrahmten. Die Augen des Besuchers waren so blau wie ein Sommerhimmel, seine Nase war leicht gebogen, der Mund voll und leidenschaftlich, wenn Martin auch in seinen auf den ersten Blick humorvollen Zügen eine Spur Niedertracht zu erkennen glaubte. Gleichzeitig schalt er sich einen Narren. Er suchte nach negativen Eigenschaften im Gesicht des anderen, um ihn unter gar keinen Umständen so sympathisch finden zu können, wie er eigentlich aussah.

Der Fremde, der überaus elegant gekleidet war, verneigte sich knapp vor Martin, bevor er der Aufforderung des Lakaien nachkam und zum kleinen Salon schritt. *Wer ist dieser Herr von Ulmenhorst?* fragte sich Martin. Er war mit seinen knapp dreißig Jahren zu jung, um Sophies angeblicher alter Freund zu sein – es sei denn, sie hegte, wie viele Frauen ihrer Generation, eine heimliche Vorliebe für jugendliche Liebhaber. Angesichts seines optischen Eindrucks und ihrer Herzlichkeit bildete sich in Martins eifersüchtigem Herzen eine folgenschwere Vermutung: Tatsächlich hatte Herr von Ulmenhorst etwas von einem leidenschaftlichen Jüngling, der sich als Salonlöwe und Charmeur verdingte und reifere Damen beglückte. Martin hatte derartige Herren oft genug bei verschiedenen Anlässen in Dresden beobachten können; sein Bruder Nikolaus verfügte über einige der für diese Rolle wünschenswertesten Attribute, wenn er auch weniger glatt als die meisten Männer dieser Sorte war.

Mit schwerem Herzen stieg Martin in seine Kutsche. Die zufällige Begegnung könnte ihm eine Möglichkeit eröffnet haben, Sophie zu ruinieren – oder wenigstens dem König zu entfremden. Nicht auszudenken, wie dieser reagieren würde, wenn das Gerücht ihrer Untreue in Umlauf geriet. Für Lindenau und dessen Ziele wäre eine entsprechende Information Gold wert. Martin fragte sich, ob seine Schuld oder Verpflichtung als Geistlicher – je nach Betrachtungspunkt – gegenüber der weltlichen Macht seiner Kirche so groß war, daß er Schicksal spielen und Sophie de Bouvier lediglich auf eine Vermutung hin anprangern durfte.

27

Die plötzliche Rückkehr ihrer Mutter aus Warschau war für Constanze eine große Überraschung gewesen, die sie allerdings mit einer gewissen Erleichterung quittierte. Sie war froh, daß ihre Mutter nicht etwa drei Wochen früher zurückgekommen war und durch einen unerwarteten Besuch möglicherweise Constanzes Auftritt beim Ball auf Schloß Altenberg vereitelt hätte. Genau genommen war sie sogar dankbar, daß die kalte Witterung und vor allem sein verstauchter Fuß die Anwesenheit von Maximilian und damit seine Begegnung mit ihrer Mutter verhinderte. Denn diese hatte überraschenderweise verkündet, daß sie demnächst häufiger vorbeikommen würde.

Hin und her gerissen zwischen ihren Sehnsüchten und ihrer Einsamkeit war sich Constanze dennoch absolut sicher, daß die Mutter bezüglich ihrer Freundschaft zu Maximilian Altenberg und dem Jagdball besser im unklaren blieb. Sie würde weder das eine noch das andere billigen. Dieser Vertrauensbruch an ihrer Mutter wog schwer, andererseits erfüllte es Constanze auf gewisse Weise mit Stolz, daß sie eigene Wege gegangen war und einen Freund gefunden hatte. Es gab ihr ein Stückchen persönlicher Freiheit zurück, die sie mit ihrem Erinnerungsvermögen verloren geglaubt hatte.

Als Constanze das dumpfe Aufschlagen von Hufen auf dem am Vortag aufgetauten und in der vergangenen eisigen Nacht wieder zugefrorenen Schneeboden hörte, nahm sie an, es sei ihre Mutter. Maximilian war sicher noch nicht soweit wiederhergestellt, daß sein Fuß in einen Reitstiefel paßte, und andere Besucher erwartete sie naturgemäß nicht. Sie wunderte sich etwas, weil es noch recht früh am Morgen war, eigentlich zu früh für ein Erscheinen ihrer Mutter. Dennoch unterbrach sie ihre Arbeit nicht, um etwa nachzusehen, sondern tauchte die Arme bis zu den Ellenbogen in den Zuber mit siedendheißem Wasser und wusch weiter ihre Wäsche.

Der Anblick, den Constanze bot, war somit alles andere als ansehnlich. Die Ärmel ihres weißen Hemdes waren hochgekrempelt, die Haut darunter schimmerte johannisbeerrot im Waschwasser; die Knöpfe am Hals waren geöffnet. Schweißtropfen perlten an ihrem Hals entlang, der Wasserdampf und die anstrengende Tätigkeit brachten sie ganz schön ins Schwitzen. Im Nacken kräuselte sich ihr Haar, ihre Wangen waren rosig, die Lippen hielt sie verbissen zusammengepreßt.

Ein Klopfen, und im selben Augenblick schwang die Tür auf. Constanze, die flüchtig die Lider hob, erstarrte. Mit übergroßen Augen glotzte sie auf ihren Besuch, wobei sie einer Kuh nicht ganz unähnlich war, was ihr absolut klar und um so ärgerlicher war.

Das Begrüßungslächeln verschwand aus Nikolaus von Altenbergs Zügen. Verdattert blickte er zu Constanze hin, die nicht die entfernteste Ähnlichkeit mit jener Frau besaß, die in seiner Erinnerung haftengeblieben war. Ihr Aussehen verschlug ihm die Sprache, denn mit einer ›Wäschemagd‹ wechselte er keine höflichen Begrüßungsfloskeln, er pflegte ja nicht einmal Umgang mit dem Gesinde. Ein Klaps auf das Hinterteil eines Mädchens dieser Klasse war selbstverständlich etwas anderes.

Das eben auf dem Waschbrett mühsam geschrubbte Bettlaken glitt aus ihren Händen und landete auf dem Fußboden. Das Aufklatschen des nassen Leinentuchs durchbrach die Stille.

Langsam kehrten ihre Lebensgeister zurück. »Starrt mich nicht so an!« fuhr sie wütend auf. »Habt Ihr noch nie eine Frau bei der Wäsche gesehen?«

Er schluckte. »Offen gesagt – ja. Ich habe noch nie eine Frau bei der Wäsche gesehen.«

»Dann solltet Ihr Euch schleunigst von dieser neuen Erfahrung erholen«, gab sie patzig zurück. »Wenn Ihr bleiben wollt, schließt die Tür. Wenn Ihr gehen wollt, werde ich Euch nicht aufhalten.«

Dann wird er aber nie wiederkommen, warnte eine Stimme im hintersten Winkel ihres Gehirns. *Dann soll er's gefälligst lassen!* dachte sie und sah ihn mit blitzenden, trotzigen Augen an.

Sie war zornig auf sich selbst, ihre einfache Behausung, ihr armseliges Aussehen, ihr Unvermögen, sich für den Besucher in einem besseren Licht darstellen zu können. Vor allen Dingen aber war sie zornig auf den Mann, der so unerwartet vor ihr stand.

Nikolaus schloß mit aufreizender Bedächtigkeit die Tür, was Constanze in noch größere Wut versetzte. Sie trocknete sich die Hände an ihrer Schürze ab und bückte sich, um das Bettuch aufzuheben, doch Nikolaus hatte den gleichen Gedanken gehabt. Fast gleichzeitig gingen beide in die Knie, griffen ihre Hände nach dem nassen Leinen. Flüchtig begegneten sich ihre Augen, doch Nikolaus hielt ihren Blick fest. Schließlich zerrten sie, jeder an einem Ende, an dem Laken.

Wie ein warmer Windhauch zog ein humorvolles Lächeln über Nikolaus' Gesicht, das Constanzes Augen mit offener Herzlichkeit erwiderten, und im gleichen Moment begannen beide zu lachen.

»Gebt schon her«, sagte sie, »ich mach' das.«

Noch immer schweigend, aber mit einem seltsam gefühlvollen, warmen Blick beobachtete Nikolaus, wie sie das Linnen zusammenlegte und auf einen Korb mit offenbar schmutziger

Wäsche legte. Endlich fand er seine Sprache wieder: »Werdet Ihr das Tuch noch einmal waschen müssen? Es war meine Schuld. Tut mir leid.«

»Ich werde es noch einmal spülen. Das macht aber fast keine Arbeit«, log sie, denn natürlich würde sie das Bettlaken noch einmal waschen, da es auf den Eimer gefallen war, in dem sie die Holzasche aufbewahrte, die sie, gemeinsam mit Fett und Wasser aufgekocht, später zu Seife verarbeitete.

»Ich habe Euch gestört und mit meinem Besuch regelrecht überfallen«, beharrte er.

Sie krempelte die Ärmel herunter und fuhr sich mit den Händen über das aufgelöste Haar. Mehr konnte sie für ihr Aussehen nicht tun.

»Ich freue mich über Euren Besuch«, sagte Constanze. In Gedanken wunderte sie sich darüber, daß es die Wahrheit war.

Mit unverhohlener Neugier betrachtete er das chaotische Ambiente der Inneneinrichtung, was ihm neulich nachts im Dunkeln nicht so stark aufgefallen war. Er nahm aber auch die Gemütlichkeit wahr, die von dem Durcheinander ausging. Diese Empfindung überraschte ihn, denn als Offizier war er an strikte Ordnung gewöhnt. Sowohl in seinem Elternhaus, wo eine Heerschar von Dienstboten dafür sorgte, daß alles an seinem Platz stand und nichts liegenblieb, als auch in seinen eigenen Räumen in Dresden, wo ein Offiziersbursche seine Pflicht versah, gab es nicht einmal den Hauch von Unordnung. Dennoch ertappte sich Nikolaus bei einem Vergleich, bei dem Constanzes Hütte bedeutend besser abschnitt: Hier herrschte eine Atmosphäre der Wärme, um die er sie aus ganzem Herzen beneidete.

Er umschloß den Raum mit einer einzigen Handbewegung. »Es ist wirklich hübsch bei Euch, Mademoiselle.«

Sie verzog das Gesicht. »Redet nicht solchen Unsinn. Ich habe den Sitz Eurer Familie gesehen, habt Ihr das vergessen?«

Ohne eine Antwort abzuwarten, fegte sie die losen Blätter eines Manuskriptes von einem einfach zusammengezimmerten Stuhl und stapelte die ebenfalls dort aufbewahrten Bücher auf den Boden daneben. Dann schob sie den Stuhl neben einen Hocker, auf den sie sich selbst setzte. »Möchtet Ihr nicht Platz nehmen?«

Den Blick auf den Waschzuber gerichtet, setzte sich Nikolaus. Ein Gedanke glitt durch sein Bewußtsein und ließ den Trog plötzlich in einem anderen Licht erscheinen, als sehe er ihn klarer und deutlicher als zuvor. Er erinnerte sich an etwas, das er gleich bei seiner ersten Begegnung mit Constanze beobachtet hatte. *Sie kleidet sich wie eine Magd und spricht wie eine Dame.* Doch eben hatte er gesehen, daß sie sich auch auf die Arbeit einer Magd verstand!

»Sagt, Mademoiselle«, wandte er sich unvermittelt zu ihr um, »woher könnt Ihr eigentlich solche Arbeiten wie Wäschewaschen? Wer hat es Euch beigebracht?«

In gewisser Ratlosigkeit hob sie die Schultern. »Im Laufe der Zeit habe ich es gelernt. Wie vieles andere auch, was zum Leben gehört.«

Sie erinnerte sich daran, daß ihre Mutter einmal, gleich am Anfang, mit Notizen in den Händen erschienen war. Es waren Aufzeichnungen über Haushaltsführung, nach denen sich Constanze richten sollte. Ob sie sich allerdings zuvor schon einmal mit entsprechenden Tätigkeiten beschäftigt hatte, gehörte zu den Dingen, die ihrem Gedächtnis entfallen waren. Lediglich weniger praktisches Können wie Lesen und Schreiben – immerhin jedoch in Deutsch und Französisch – waren ihrem Bewußtsein erhalten geblieben.

»Aber wovon lebt Ihr?« forschte Nikolaus weiter, ungeachtet jeglicher Höflichkeitsform, die er normalerweise anwenden würde. Obwohl es sich nicht gehörte, eine andere Person derart schamlos auszufragen, fuhr er fort: »Ich meine, was eßt Ihr? Geht Ihr auf die Jagd oder sammelt Ihr Beeren oder dergleichen?«

Constanze lächelte. »Das mit dem Beerensammeln trifft schon eher zu, von der Jagd aber habe ich keine Ahnung. Meine Mutter bringt mir bei jedem Besuch einen Korb mit Eßwaren, und hinter dem Haus habe ich meinen eigenen Gemüsegarten, den ich selbst bearbeite.« Eine zarte Röte überzog ihr Gesicht. »Auch Brotbacken habe ich gelernt.«

»Tatsächlich?«

Er hatte nicht die geringste Vorstellung, wie man einen Brotlaib fertigte. Genau genommen hatte er sich noch niemals die Mühe gemacht, darüber überhaupt nur nachzudenken. Da ihm kein passender Kommentar zu ihrer Bemerkung einfiel – und er wollte keinesfalls in ein Fettnäpfchen treten und etwa unhöflich erscheinen –, suchte er nach einem Themenwechsel. Gedankenlos griff er nach dem obersten Buch auf dem Stapel zu seinen Füßen.

»Molière«, stellte er verblüfft fest. »Ihr lest Molière und backt Brot. Das ist in der Tat außerordentlich, Mademoiselle.« Nachdenklich wog er das Buch in seiner Hand. »Allerdings bringt es mich zum Grund meines Besuches.«

Constanze lächelte. »Ihr haltet die Geschichte von *Tartuffe* in der Hand, nicht aber den *Eingebildeten Kranken*. Obwohl ich sicher bin, daß Ihr Euren Bruder nicht der Hypochondrie bezichtigen wollt.«

Er seufzte. »Der *Tartuffe* paßt eigentlich besser...«

»Hat Euch Maximilian denn nicht geschickt?« platzte sie heraus.

Nikolaus zögerte. »Hmm...«, er sah die Hoffnung in ihren Augen aufglimmen und verwünschte sich und seinen Bruder, weil er sie enttäuschen mußte. »Nein«, erwiderte er schließlich mit unerwartet energischer und sachlicher Stimme. »Ich bin gekommen, um mich von Euch zu verabschieden.«

»Oh!«

Er legte das Buch mit jener vorsichtigen Bedachtsamkeit zurück, mit der er vorhin die Tür geschlossen hatte und die ein Zeichen seiner Verlegenheit zu sein schien.

»Ihr seht mich hier als Soldaten, Mademoiselle«, sagte er mit einer Nüchternheit, die er nicht empfand, »der einem dringenden Befehl gehorchen und in die Residenz zurückkehren muß. Ich weiß nicht, wann ich wieder nach Hause komme. Die Zeiten sind unruhig.«

Völlige Verwirrung spiegelte sich in ihren Zügen. »Was heißt das?« fragte sie.

Er pflegte mit Damen für gewöhnlich keine politische Konversation, da er das Amüsement mit einer Frau ungern durch derart ernste Gespräche überschattete. Trotzdem setzte er zu einer Erklärung an: »Ihr habt *Tartuffe* gelesen, nicht wahr? Dann wißt Ihr auch, daß es sich um die Geschichte eines religiösen Eiferers handelt, der völlig blind gegen jegliche Vernunft ist. Ähnlich verhält es sich zur Zeit mit den Kirchen in Sachsen. Das führt zu Schwierigkeiten, bei denen unter Umständen das Militär eingreifen muß.«

Während Nikolaus gesprochen hatte, waren Erinnerungsfetzen auf Constanze eingeprasselt wie Regentropfen bei einem Herbststurm. Worte wie *Religionskonflikt, Verfolgung* und *Krieg* stürzten auf sie ein, doch sie blieben nur irgendwelche Begriffe, Fragmente ihres Gedächtnisses, deren Bedeutung sie kannte, aber nicht mit ihrem persönlichen Schicksal in Verbindung bringen konnte, obwohl sie wußte, daß es da irgendeinen Zusammenhang gab. Zu sehr von den eigenen Gedanken in Anspruch genommen, war sie viel zu verwirrt, um Nikolaus' Bericht zu verstehen. Sie hörte ihm zwar zu, aber ohne den Inhalt seiner Worte begreifen zu können. In ihren Schläfen pochte es, als die schreckliche Migräne begann, von der ihre Erinnerungen meistens begleitet wurden.

Nikolaus deutete die Qual in ihrem Gesicht falsch. Er nahm ihre Hände in die seinen. »Verzeiht mir, daß ich Euch mit Ausführungen belastet habe, die Euch ängstigen«, sagte er sanft.

Es war, als hebe eine unbekannte Hand einen Schleier vor Constanzes geistigem Auge. Sie blickte in einen wunderschönen Garten voller blühender Rosensträucher, leuchtender Kerzen blauer Lupinen und von Bienen umschwärmter Sonnenblumen. Am efeuumwachsenen Ast einer duftenden Kastanie bewegte sich leise eine Schaukel hin und her. Constanze fühlte sich wie ein Voyeur, als sie zwei kleine Mädchen sah, vielleicht sechs, sieben oder acht Jahre alt, die sich auf der Schaukel drängten. Sie konnte die Gesichter nicht erkennen, aber sie hörte deutlich, was die beiden auf französisch sprachen.

»Mein Kindermädchen hat gesagt, ich darf nicht mehr mit dir spielen!«

»Warum? Hast du etwas angestellt?«

»Nein, ich nicht. Mademoiselle Claire sagt, du bist dran schuld. Oder deine Mama.«

»Bist du verrückt?! Meine Mama hat nichts verbrochen. Die ist an gar nix schuld.«

»Doch. Mademoiselle Claire sagt, deine Mama glaubt nicht richtig an den lieben Gott, und das ist böse.«

»Mademoiselle Claire ist eine blöde Kuh.«

Plötzlich konnte Constanze die Gesichter der beiden Kinder sehen. Eines der Mädchen hatte deutlich ihre eigenen Züge. Obwohl es seine Mutter so vehement gegen die Anschuldigungen der Gouvernante, Mademoiselle Claire, verteidigte, konnte Constanze in ihren Nervenbahnen die Anspannung und Furcht spüren, der das Kind ausgesetzt war. Ein Schatten der Erkenntnis huschte durch Constanzes Verstand. Lag in dieser Erinnerung die ständige Angst begründet, mit der sie den Gedanken an ihre Mutter verband? Nein, das war es nicht. Dennoch wußte sie plötzlich mit überdeutlicher Klarheit, daß die Frau, die ihre Mutter zu sein behauptete, es tatsächlich auch war. Sie *wußte* es!

Eine Mischung aus Liebe und Verständnis trat in ihre Augen und machte ihre Züge sonderbar weich. Sie war sich nicht im klaren, daß ihre Blicke unverwandt auf Nikolaus ruhten, ohne daß sie ihn wirklich sah. Doch das wußte er natürlich nicht – und deutete ihren Gesichtsausdruck schon wieder falsch.

Er spürte, wie ihm seine ursprüngliche Ernsthaftigkeit entglitt, und daß seine Gefühle zu einem Durcheinander gerieten, dem er, jedenfalls im Augenblick, nicht mehr Herr wurde. Mit unendlicher Zärtlichkeit hob er ihre Hände an die Lippen, erst die eine, dann die andere. Eine Berührung, die so zart war wie der Flügelschlag eines Schmetterlings.

»Ich fühle mich zutiefst geehrt, aber es besteht keinerlei Anlaß zur Sorge, Mademoiselle.«

Der Schleier der Amnesie senkte sich wieder vor Constanzes Gedächtnis. Er hinterließ ein quälendes Gefühl der Leere, wie es in letzter Zeit immer war, wenn sie sich an Einzelheiten ihrer Vergangenheit erinnerte. Sie war aufgewühlt, fühlte fast körperlich die Fragmente ihrer Psyche, die wie Mosaiksteine auf sie hereinstürzten, aber kein Ganzes bildeten.

In dieser verwirrenden Stimmung nahm sie ihren Gast endlich wieder wahr. Etwas lag in seinem Blick, das sie in Verlegenheit brachte. Da ihr die Worte für eine Erwiderung fehlten, senkte sie mit einem leisen Seufzen die Lider.

Zum dritten Mal an diesem Morgen deutete er ihr Verhalten falsch. Die niedergeschlagenen Augen und leicht geöffneten Lippen als Aufforderung – oder wenigstens als Erlaubnis – verstehend, neigte er sich zu ihr. Sein Kuß verwandelte sich von zärtlicher Vorsicht zu unerwarteter Leidenschaft, die ihn einen Herzschlag lang selbst erstaunte, aber andererseits vorwärtstrieb. Seine Hände lösten sich von ihren Fingern, schlossen sich um ihre Schultern und zogen sie in atemlosem Begehren an sich.

Die Plötzlichkeit seines Verhaltens schien Constanzes Sinne zu lähmen. Völlig überrumpelt ließ sie seinen Kuß geschehen. Sie fühlte fast schmerzhaft seine fordernde Leidenschaft, die sich mit ihren geheimsten Sehnsüchten verband. Doch gleichzeitig spürte sie, wie im hintersten Winkel ihres Gedächtnisses eine Erinnerung auftauchte, von der sie ahnte, daß sie sie lieber begraben sollte – zumindest für den Augenblick. Irgendwann hatte es einmal einen Mann in ihrem Leben gegeben, dessen Küsse sie mehr als sonst etwas genossen hatte ...

Dieser Gedankenblitz katapultierte sie in die Gegenwart zurück. Bevor sie aber darüber nachdenken konnte, wer dieser Mann in ihrer Erinnerung war, fühlte sie Zorn in ihrem Herzen.

War sie zornig auf den anderen Mann? Auf Nikolaus, der sie mit Zärtlichkeiten überrumpelte? Oder gar auf sich selbst, weil sie seinen Kuß wundervoll fand?

Blind vor Wut riß sie sich los. Ihre verworrenen Gefühle verliehen ihr ebenso körperliche Kraft wie Mut. Bevor er sich von der veränderten Situation erholen oder sich seines eigenen Irrtums bewußt werden konnte, hatte sie bereits ausgeholt. Ihre Ohrfeige traf ihn unerwartet und härter als beabsichtigt.

Die Hände in die Hüften gestemmt stand sie mit glühenden Wangen vor ihm. Ihre Brust hob und senkte sich unter dem atemlosen Keuchen ihrer Lungen. Ihr Herz schlug wild gegen die Fischgrätstäbe ihres Mieders.

Nikolaus war im ersten Moment viel zu verblüfft, um zu reagieren. Während er noch die Süße ihrer Lippen spürte, nahm er den stechenden Schmerz ihrer Ohrfeige wahr.

Mit Verwunderung im Blick sah er zu ihr auf. Seine Hand glitt zu seiner Wange. Doch irgend etwas an der Berührung weckte ihn aus seiner ohnmächtigen Haltung und brachte seinen Zynismus zurück.

»Das war weitaus deutlicher als nötig«, sagte er und stand auf.

Einen Moment lang blickten sie sich in die Augen. Wie zwei Gladiatoren in der Arena, die die Kräfte und die Tapferkeit des anderen, aber auch dessen Kampfgeist abschätzten. Schließlich demonstrierte er eine Verbeugung, die in ihrer Übertriebenheit schon fast beleidigend war, womit er aber nur seine eigene Verletzlichkeit überdeckte.

»Es war selbstverständlich niemals meine Absicht, Mademoiselle, Euch nahezutreten.« Und wenn sie erwartet hatte, er würde daraufhin gehen, so wurde sie enttäuscht. Er rührte sich nicht vom Fleck.

»Selbstverständlich«, gab sie schneidend zurück. »Ich hätte meinerseits sicher nicht erwarten dürfen, daß Ihr mich wie eine Dame Eures Standes behandelt und Euren Charme mit Zurückhaltung spielen laßt. Einen Beweis für die Unterschiede, die Ihr zu machen pflegt, habt Ihr mir bereits bei unserer ersten Begegnung geliefert.«

Mit der Plötzlichkeit eines Blitzschlages fühlte er die Verwundung, die er ihr zugefügt hatte. Die Bitterkeit in ihrem Ton schnitt mit derselben Heftigkeit in sein Herz wie ein Dolchstoß in sein Fleisch. Freilich war er noch immer im unklaren darüber, was er ihr eigentlich angetan hatte. Er hatte sie geküßt, aber er hatte auch den Eindruck gewonnen, daß sie gerne geküßt werden wollte.

Was ist schon ein Kuß? glitt es durch seine Gedanken. *Für eine geistig verwirrte, einsame junge Frau mag ein Kuß sehr viel sein!* antwortete sein zweites Ich.

»Ich wollte Euch nicht beleidigen«, sagte er freundlich.

Was wolltet Ihr dann? schrie es in ihrem Kopf.

Er verneigte sich noch einmal, diesmal weitaus galanter, dann trat er den Rückzug an. »Ich hoffe, Ihr könnt einem Soldaten verzeihen, der etwas verwirrt ist, weil er zwar nicht ins Feld einrückt, so doch aber mit erheblichen Unannehmlichkeiten rechnen muß. Ich bitte um Entschuldigung, Mademoiselle. *Au revoir.*«

Sprach's und verließ, ohne sie eines weiteren Blickes zu würdigen, ihre Behausung.

Constanze starrte ihm nach, scheinbar unfähig, sich zu bewegen. Nikolaus hatte sich nicht die Mühe gemacht, die Tür ordentlich zu schließen. Sie klapperte leise in der Stille nach seinem Abschied, doch so nervenaufreibend wie das Hämmern auf einem Mühlstein. Es war lächerlich! Wieso fühlte sie sich plötzlich mehr denn je alleingelassen? Mit einer heftigen Bewegung wollte Constanze dem nagenden Gefühl der Einsamkeit, das sich ihrer urplötzlich bemächtigte, entgegentreten. Wütend griff sie nach dem nächstbesten Gegenstand in ihrer Reichweite. Es war das Buch, das Nikolaus in Händen gehalten hatte. Für den Bruchteil einer Sekunde zögerte sie. Dann warf sie es mit voller Wucht gegen die Tür.

28

Es war nichts als Zufall, der Katharina von Serafin an einem herrlich sonnigen Vormittag im April am Palais Sophie de Bouviers vorbeiführte.

Sie kannte das Haus der Favoritin ebenso gut – oder schlecht

– wie jedes andere Mitglied der Hofgesellschaft. Nur ein ausgewählter Kreis hatte es bisher von innen gesehen, doch wußte so ziemlich jeder in der Residenz, wer sich hinter den ockerfarbenen Sandsteinmauern des um die Jahrhundertwende erbauten Wohnhauses verlustierte. Freilich hatte das Palais, dessen Stirnseite direkt auf die kürzlich errichtete Langgalerie des Zwingers blickte, in den vergangenen Monaten leer gestanden. Manche Stimmen behaupteten, Sophie würde durch den ohrenbetäubenden Lärm von ihrer Rückkehr abgehalten, verursacht durch die enorme Bautätigkeit, mit der August die Vorbereitungen für die Hochzeit des Kronprinzen mit Erzherzogin Maria Josepha vorantrieb, denn Baumeister Pöppelmann hatte eben mit der Konstruktion von lebensgroßen Holzmodellen begonnen, die im Südosten der Zwingeranlage eine detailgetreue Wiederholung der Pavillons im Nordwesten bilden sollten. Ein stetiges Hämmern und Sägen war die Begleitmusik bei der Erschaffung dieses großen Kunstwerks.

Es mochte eine Art weiblicher Intuition gewesen sein, die Katharina auf ihrem Weg zur katholischen Hofkirche ausgerechnet um diese Uhrzeit hier vorbeikommen ließ. Sie wußte nicht, daß sich Sophie wieder in Dresden aufhielt, aber sie ahnte es. Deshalb war es im Grunde nur eine Bestätigung ihrer schlimmsten Befürchtungen und keine Überraschung, als sie das Klappern eilig angetriebener Pferde vernahm und beobachtete, wie Passanten zur Seite sprangen und die goldgeschmückte Kutsche Seiner Majestät vorfuhr.

August wartete die üblichen Handgriffe seiner Lakaien nicht ab, sondern sprang aus dem Wagen, bevor der Tritt heruntergeklappt werden konnte. In offensichtlich größter Eile stürzte er auf das Eingangsportal zu, das im selben Augenblick, in dem die Kutsche gehalten hatte, von unsichtbarer Hand geöffnet worden war. Der König verschwand im Palais, und die Zuschauer der Szene auf der Straße steckten die Köpfe zusammen, um über die blinde Hast ihres Herrschers zu schmunzeln. Es bedurfte keiner allzu großen Phantasie, um die Dringlichkeit seines Besuches zu deuten. Jedermann wußte schließlich, daß sich

König und Mätresse mehrere Monate lang nicht gesehen hatten.

Katharina spürte, wie sie errötete. Verborgen hinter den ausladenden Figuren eines Brunnens war sie zwar praktisch unsichtbar, doch sie fühlte sich nackt und gedemütigt wie ein verurteilter Soldat bei einem Spießrutenlauf.

Natürlich war es im Schloß zu Warschau nicht bei der einen Begegnung mit August geblieben. Sofern sie ehrlich zu sich selbst sein wollte, mußte sie zugeben, daß sie ihm sogar regelrecht nachgestellt hatte. Ihre Verfolgung war aber schließlich von Erfolg gekrönt worden. Kaum hatte Sophie Polen verlassen und ein junges Ballettmädchen beim König nicht den gewünschten Eindruck hinterlassen, war Katharina auf dem Plan erschienen. Erschöpft nach einer Bärenjagd und benebelt vom Wein hatte sie ihn endlich wieder in ihr Bett gekriegt. Sie hatte es so eingerichtet, daß der sonst überaus disziplinierte Monarch über ihre Leidenschaft seine Pflichten vergaß und eine Kabinettssitzung versäumte.

Doch der erwartete Erfolg blieb aus. Niemand sprach von Katharina von Serafin als Augusts neuer Favoritin. Auch lehnte er es ab, ihr öffentlich seine Gunst zu zeigen.

Neben ihren augenscheinlichen erotischen Vorzügen besaß Katharina eine Charakterstärke, die sie dringend brauchte, um die Position zu erreichen, nach der sie sich mehr sehnte als nach dem Mann an sich: Beharrlichkeit. Diese allerdings wurde angesichts des offensichtlichen Eifers, mit dem August zu Sophie eilte, auf eine harte Probe gestellt.

Katharina ertrug es nicht, zum zweiten Mal abgewiesen zu werden. Ihre Eitelkeit – und vielleicht auch ein wenig ihr Gefühl – weigerte sich, die Informationen ihres Verstandes zu akzeptieren. Sie starrte auf die hohen Fenster des Palais' und fragte sich, was dahinter wohl geschehen mochte. Als Zornestränen ihren Blick zu verschleiern begannen, schloß sie die Augen. Doch ihre Phantasie malte ein allzu deutliches Bild: August, der glücklich in den Armen von Sophie lag.

Man müßte sie umbringen, fuhr es Katharina durch den

Kopf. Das war kein an sich abwegiger Gedanke, denn in der Geschichte waren schon viele Frauen unter Zuhilfenahme eines zuverlässigen Giftes aus dem Wege geräumt worden. Sagte man nicht derartige Machenschaften sogar der Geliebten und späteren Ehefrau beziehungsweise Witwe König Ludwig XIV. von Frankreich nach? Gar kein schlechter Gedanke, denn Françoise d'Aubigné Marquise de Maintenon hatte jene Karriere gemacht, die sich Katharina von Serafin verzweifelt wünschte. Allerdings hatte der Plan einen Haken: Katharina fehlten nicht nur jegliche praktische Voraussetzungen einer Giftmörderin, sie hatte ja nicht einmal Ahnung von der chemischen Zusammensetzung der für ihr Vorhaben wichtigen Substanzen.

Mit tiefem Bedauern schob sie diesen Gedanken beiseite. Prompt trat vor ihr geistiges Auge das Bild des Mannes, dessen manchmal leicht brutaler sexueller Praktiken sie sich über Wochen hemmungslos hingegeben, der sich aber letztendlich als Versager erwiesen und den sie über die Wiederbelebung ihrer Beziehung zum König vernachlässigt hatte: Andrzej Graf Rakowski. Ihm traute sie zu, die notwendigen Fähigkeiten zu besitzen, um einen anderen Menschen zu ermorden. Sollte sie also noch einmal unter seine Bettdecke kriechen, um ihn zum Verschwörer in eigener Sache zu machen...?

Während Katharina Rachepläne schmiedete, befaßte sich das Objekt ihrer Begierde gerade intensiv mit dem linken Ohr seiner Geliebten. August hielt Sophie so fest umfaßt, als würde er ihre zierliche Gestalt ebenso verbiegen wollen wie ein Hufeisen. Seine Lippen spielten mit ihrem Ohrläppchen und wanderten ihren Hals hinab, genau dorthin, wo die Rüsche an ihrem Ausschnitt seine Nase kitzelte.

Dergestalt in seinem Vorhaben gestört, richtete sich August lächelnd auf, seine Arme fielen herab, und seine Hände umfaßten die ihren. Er schob sie ein wenig von sich und musterte sie, als sehe er sie zum ersten Mal.

»Meine liebe Sophie«, hob er an, und seine Augen glitten

über ihr Kleid, welches in dunklem Violett gehalten und mit schwarzen Borten verziert war, »ich muß sagen, die Trauer steht Euch gut.«

Sie senkte die Lider, denn sie konnte das freudige Aufleuchten in ihren Augen nicht unterdrücken. »Ich habe Euch für das großherzige Schreiben zu danken, Sire, daß Ihr mir zukommen ließet.«

»Graf Morhoff verdient unser Beileid. Euer Großvater war ein bedeutender Mann.«

Mit der Selbstverständlichkeit eines Hausherrn bediente der Kurfürst-König die kleine Glocke, die auf einem wunderschönen kleinen Tischchen mit Intarsienarbeiten bereitstand, um einen Dienstboten zu rufen. Unmittelbar darauf öffnete sich eine der beiden Flügeltüren, und ein Page erschien. Dem gab August durch eine lässige Handbewegung zu verstehen, er möge die kleine Holzkiste hereinbringen, die von der königlichen Kalesche hergebracht worden war. Wenige Minuten später öffneten zwei Bedienstete unter den neugierigen Augen von Sophie und den erwartungsvollen Blicken Augusts die Kiste.

Mit allergrößter Vorsicht und einer Zartheit, die seinen starken Händen eigentlich nicht zuzutrauen war, entnahm er der Verpackung einen gut zwanzig Zentimeter hohen Gegenstand.

Die Dienstboten zogen sich auf eine sachte Kopfbewegung der Dame des Hauses hin zurück.

Eine strahlende Mischung aus Stolz und Begeisterung erhellte die Augen des Herrschers. »Eure Rückkehr nach Dresden ist eine große Freude für mich, Sophie. Deshalb möchte ich Euch ein Geschenk machen ...« Sie öffnete den Mund zum Widerspruch, doch er hob die freie Hand, um sie zum Schweigen zu bringen. »Sagt nichts. Ich weiß, daß Ihr es nicht gerne seht, wenn ich Euch Geschenke mache. Dennoch ist es mein Wunsch, Sophie, daß Ihr einen Gegenstand von so vollendeter Schönheit in Besitz nehmt. Weist ihn nicht ab!«

Die unverhohlene Begeisterung in seinen Augen, seine flehenden Worte – beides machte ihn fast zu einem kleinen Jungen, dessen offen gezeigte Gefühle sie rührten. Hinzu kam die Erleichterung über seine Freude an ihrem Wiedersehen. Das alles waren Gründe, warum sie jegliche Vorsicht im Umgang mit dem mächtigen Mann, dessen Mätresse sie war, verlor.

»Ich liebe dich«, entfuhr es Sophie.

Ein breites Lächeln glitt über seine Züge. Gleichzeitig reagierte er auf ihre Gefühle mit der für manche Männer typischen Verlegenheit, die so gar nicht zu den Gebärden der Stärke paßte, die August normalerweise demonstrierte. Ein wenig hilflos stand der umschwärmteste Mann seiner Zeit vor seiner Geliebten, das kostbare Geschenk vorsichtig mit den Fingern umfassend, was ihn daran hinderte, seiner Intuition zu folgen und Sophie in die Arme zu schließen. Er sehnte sich nach ihrer körperlichen Nähe, nach der Wärme ihrer Haut und der Sinnlichkeit ihrer Umarmung ...

Er zwang sich zu einem anderen Gedanken. »Mein Geschenk ist klein, aber von hohem Wert«, erklärte er und stellte eine Porzellanfigur auf den Tisch. »Es wurde mir soeben von der Manufaktur zu Meißen geliefert. Nun, schaut, Sophie, welche *finesse* sich hinter den feinen Linien verbirgt. Es ist das Werk eines großen Künstlers.«

Sie sank mit einer überaus graziösen Bewegung in die Knie, scheinbar aus Ehrfurcht vor der Kunst, doch tatsächlich, damit ihre Augen in gleicher Höhe mit der Statuette waren. Sie sah auf fast durchscheinendes, weißglänzendes Porzellan, dessen Konturen mit feiner Goldfarbe bemalt waren. Es war die Figur einer Schäferin, die so unerwartet lebendig auf sie wirkte, daß Sophie der Atem stockte. In gewisser Weise erinnerte das Gesicht der Porzellanfigur an die Reliefbildnisse, die seit etwa acht Jahren nach den Vorlagen des Hofbildhauers Balthasar Permoser aus Jaspisporzellan hergestellt wurden – so detailgetreu war es. Dennoch war es eine ganz eigenständige und besondere Arbeit.

Sophie spürte Übelkeit in sich aufsteigen.

»Wir können Uns glücklich schätzen, einen weitgereisten jungen Mann namens Maximilian Altenberg als Angestellten der

Porzellanmanufaktur bezeichnen zu können, der in Italien und Frankreich studierte und sich blendend auf die Bildhauerkunst versteht.« August hatte den Ausdruck blanken Entsetzens in Sophies Gesicht nicht bemerkt, sondern sprach in munterem Plauderton weiter: »Die Schäferin ist sein erster Entwurf. Ein wenig ungewöhnlich, denn das Motiv ist nicht gerade *en vogue*. Doch die Anziehungskraft der Statuette ist eine *Surprise,* die einem den Atem raubt . . .«

Die Augen der Porzellanfigur waren in ihrer Starrheit dem Original vermutlich am wenigsten ähnlich, aber Sophie erkannte jeden einzelnen der Gesichtszüge und vor allem die vertrauten Linien der Lippen, um die ein sanftes Lächeln spielte.

»Man hat mir gesagt«, fuhr der Kurfürst-König arglos fort, »der Künstler habe mit einem lebenden Modell gearbeitet.« Er schüttelte verwundert den Kopf. Der Funke eines sehr männlichen Interesses am Original streifte ihn. »Kaum vorstellbar, daß es in Sachsen eine so schöne und vornehme Schäferin geben soll.«

Er hatte noch nicht ausgesprochen, da erbleichte Sophie. Ein leises Stöhnen, ähnlich einem tiefen Atemzug, entrang sich ihrer Kehle. Einen Herzschlag später sackte sie kraftlos in sich zusammen.

Die blitzschnelle Reaktion des Mannes an ihrer Seite verhinderte, daß ihr Kopf auf dem Parkett aufschlug. Er konnte sie gerade noch bei den Schultern packen und in seine Arme nehmen.

Nachdem er sicher war, daß die Ohnmächtige seinem festen Griff nicht entgleiten würde, angelte er nach der silbernen Glokke, um nach Hilfe zu läuten.

29

Leutnant Christoph von Stachwitz beobachtete nachdenklich seinen Freund und Kameraden Nikolaus von Altenberg, wie dieser sein Pferd in die Stallungen der Residenz führte und einem Burschen übergab. Die beiden Offiziere hatten sich auf der Kadettenschule kennengelernt, das war vor etwa fünfzehn Jahren gewesen, als die Ausbildung der Militärs noch nicht vom Kurfürst-König mit eiserner Hand geführt wurde. Damals war die Offiziersausbildung ein vergleichsweise bescheidenes und reichlich chaotisches Unternehmen gewesen. Doch August hatte aus den Niederlagen im Nordischen Krieg gelernt und seither durch strenge Kontrollen Armeebestand und -strukturierung überwacht, aber auch die Lebensbedingungen für Soldaten, Kadetten und Offiziere verbessert. Einerseits waren die Truppen vor zehn Jahren auf nur noch sechzehntausend Mann reduziert worden, andererseits wurden die durch diese Einsparungen freigewordenen Mittel für den Neubau von Kasernen mit besseren Unterbringungs- und Fortbildungsmöglichkeiten eingesetzt. Auch bestand die kurfürstlich-sächsische Armee nicht mehr fast ausschließlich aus gepreßten Söldnern, vornehmlich aus Frankreich und der Schweiz, vielmehr wuchs stetig der Anteil sächsischer Soldaten, meistens einfache Bauernjungen, die mehr oder weniger energisch auf den Landstraßen ›eingefangen‹ wurden.

Die wichtigste Neuerung war für Stachwitz persönlich die Verbesserung der Besoldung. Als Sohn eines niederen Landadeligen aus der Lausitz hatte er nicht halb so viele finanzielle Mittel wie sein Freund Nikolaus – und deshalb geringere Möglichkeiten für eine militärische Karriere. Deren Grundlage blieb auch nach der Reformierung der Armee ein dickes finanzielles Polster, was nicht jeder Vater seinem exerzierfreudigen Sohn zur Verfügung stellen konnte, auch wenn dieser die Kadettenschule nur wegen ihres inzwischen hervorragenden Rufes besuchte und nicht, um später einmal tatsächlich im Militär zu dienen. Manche der jungen Kadetten zogen es vor, nach Beendigung ihrer Ausbildung als Pagen in die Dienste des Hofes zu treten. Eine Möglichkeit, die Stachwitz seinerzeit gerne wahrgenommen hätte, doch er teilte das Schicksal vieler im falschen Jahrzehnt geborener junger Männer, denen diese Form der Hofkarriere versagt blieb, weil es sie zu ihrer Kadettenzeit einfach noch nicht gegeben hatte.

Der Leutnant beneidete seinen Freund Nikolaus von Altenberg nicht nur um dessen finanzielle Mittel, sondern auch um dessen Zugang zur Hofgesellschaft – vor allem, der weiblichen. In den letzten Wochen allerdings, so hatte Stachwitz bemerkt, zog sich Nikolaus weitgehend zurück vom festlichen Geschehen.

Stachwitz fühlte sich in gewisser Weise für Nikolaus' Wohlergehen verantwortlich, und als er jetzt in die angespannten, nachdenklichen Züge des Freundes sah, entschied er sich zum Eingreifen.

In einer für ihn untypischen, eher abwesenden Haltung – den Kopf gesenkt, den Blick nachdenklich auf den Boden gerichtet – trat Nikolaus auf den sonnenüberfluteten Stallhof. Bevor er jedoch seine Schritte unter den Arkaden zum Georgentor lenken konnte, trat ihm Stachwitz in den Weg. Überrascht sah Nikolaus auf.

»Sieht aus, als hättest du auf mich gewartet«, stellte er fest, doch klang es eher wie eine Frage.

»Na und? Keine Lust auf einen Kaffee?« fragte Stachwitz scheinbar arglos, den Blick auf die Sonnenuhr am Langen Gang oberhalb der Arkaden gerichtet. Etwa mangelnde Zeit stellte eindeutig kein Problem dar.

»Viel zu voll, diese Kaffeehäuser«, behauptete Nikolaus. »Tut mir leid, aber mir steht der Sinn mehr nach etwas Natur und einem guten Buch.«

Stachwitz konnte sich seinen Freund kaum als einsamen Spaziergänger vorstellen, ein aufgeklapptes Buch in den Händen und mit den Gedanken in einer Phantasiewelt, zu der außer dem Leser selbst niemand Zugang hatte.

Nervös klopfte er seinen Uniformrock auf der Suche nach

seiner Tabakdose ab. Als er sie schließlich fand, öffnete er eilig den Deckel und hielt Nikolaus den geriebenen Tabak unter die Nase. »Laß uns wenigstens eine Prise teilen«, forderte Stachwitz seinen Freund auf.

Lächelnd lehnte Nikolaus ab. Er war kein großer Freund des Schnupfens, das im vergangenen Jahrhundert derart beliebt gewesen war, daß sich der Papst veranlaßt sah, zwischen 1624 und 1650 einen Kirchenbann darauf zu verhängen. Dennoch wandte Nikolaus die Augen nicht von der wunderschönen Tabakdose. Er hatte die Emailleverzierungen erkannt, besaß schließlich selbst ein Geschenk dieser Qualität. Einen Herzschlag lang spürte er Bedauern und Wehmut in sich aufsteigen, doch schließlich gewann sein Humor die Oberhand.

»Was für eine Neuigkeit! Du bist es jetzt also, Stachwitz, der die Baronin Walden in der Zeit tröstet, in der ihr Mann bei Hofe überbeschäftigt ist. Wie hast du dir denn diese Perle geangelt, mein Freund?«

Dieser riß seine Augen auf und schien wegen der Indiskretion des anderen die Sprache verloren zu haben.

Nikolaus klopfte seinem Freund väterlich auf die Schulter. »Willkommen im Verein der Verehrer Margarethe von Waldens. Zieh nicht so ein Gesicht, mein Junge. Glaubtest du wirklich, du wärst der erste? Übrigens ist es ein Faible von ihr, nach der ersten gemeinsam verbrachten Nacht eine Schnupftabakdose zu verschenken ... Allerdings scheint sie in ihrer Wahl etwas einfallslos zu sein«, fügte er belustigt hinzu. »Ich besitze genau die gleiche Dose.«

»Du beleidigst die Dame!« protestierte Stachwitz.

»Wie? Indem ich zugebe, daß ich die gleiche Dose besitze? Beruhige dich, mein Freund. Ich gönn' sie dir: die Dose und die Dame. Das ist mein voller Ernst.«

Natürlich war es zwischen Nikolaus und der Baronin Walden zum Eklat gekommen, als er nach dem Jagdball auf Schloß Altenberg mit leeren Händen vor ihr stand. Wüste Beschimpfungen und Tränen hatten sich abgewechselt, doch selbst wenn er gewollt hätte, Nikolaus waren die Hände gebunden. Es gab für ihn keine Möglichkeit, das blau-silberne Kleid zu seiner eigentlichen Besitzerin zurückzubringen. Es wäre ihm nie in den Sinn gekommen, das Constanze gemachte Geschenk wieder einzufordern. Da aber auch ein angebotener Geldbetrag und der Vorschlag, eine ähnliche oder noch kostbarere Robe zu besorgen, auf Widerstand stießen, sah sich Nikolaus letztendlich genötigt, das Weite zu suchen und der Eifersucht des Ehepaares von Walden – jeder der Beteiligten natürlich auf seine Weise – aus dem Wege zu gehen. Damit war eine überaus erfreuliche Affäre zu Ende gegangen, und es gab für ihn keinerlei Veranlassung, nachtragend zu sein, denn wer der Schuldige an ihrer Auseinandersetzung war, gestand er sich durchaus ein.

Stachwitz allerdings zog die falschen Schlüsse. Da sich seiner Kenntnis entzog, warum sich die Baronin Walden nach einem anderen Liebhaber umgesehen hatte, und er besser nicht darüber nachdachte, welche Vorzüge er selbst gegenüber Nikolaus von Altenberg besaß, sah er lediglich den schmerzlichen Verlust, den der Freund erlitten hatte.

»Ich hatte nicht die Absicht, sie dir auszuspannen«, erklärte Stachwitz großherzig. »Ehrlich. Hätte ich gewußt, daß du mit ihr liiert bist, hätte ich selbstverständlich den Rückzug angetreten. Ist meine . . . mhm . . . sind diese, meine neuen Verbindungen der Grund, warum du es sogar ablehnst, einen Kaffee mit mir zu trinken?«

Verblüfft sah Nikolaus seinen Freund an. »Keineswegs. Ich bin nicht nachtragend, in letzter Zeit lediglich etwas in Gedanken. Tut mir leid.«

Stachwitz lachte erleichtert auf. »Und ich dachte schon, es gäbe Gründe . . . nun ja, die dich veranlassen, unsere Freundschaft in Frage zu stellen . . . Also, heraus damit; wenn es nicht Margarethe ist, wer ist es dann?«

»Wer ist was?«

»Deine Geliebte, dein Liebeskummer – was immer eben dich beschäftigt und blind macht für die Dinge des Alltags?«

Nikolaus lag die Wahrheit auf der Zunge: *Ich habe derzeit keine Geliebte!* Doch er konnte sich gerade noch rechtzeitig zusammennehmen. Die Tatsache, daß ein attraktiver, intelligenter, vermögender und aufstrebender Mann über ein unausgefülltes Liebesleben verfügte, war unter den Augen eines Kameraden nicht gerade ein Beweis für seine Vorzüge.

Die Tatsache, daß Nikolaus sich ausgelaugt fühlte und sich eine Phase der inneren Ruhe gönnte, sollte lieber mit Stillschweigen behandelt werden. Stachwitz hätte seine Gefühle ohnehin nicht verstanden, und Nikolaus selbst machte sich auch nicht allzu viele Gedanken darüber. Vielmehr genoß er die Stunden der Muße in seinem Offiziersappartement, nachdem er gelernt hatte, mit sich alleine zu sein. Er begann, Menschen, die in tiefster Einsamkeit lebten, zu verstehen (einen bestimmten Menschen ganz besonders, aber darüber dachte er besser nicht nach) und begriff zunehmend den Unterschied zwischen Alleinsein und Einsamkeit. Andererseits war ihm deutlich bewußt, daß er nicht in völliger Abgeschiedenheit lebte und er nach einer gewissen Zeit wahrscheinlich nichts Positives mehr am Alleinsein finden und wieder die Vergnügungen der Hofgesellschaft suchen würde. Doch wußte er auch, daß es wie ein Zwang war, der ihm befahl, durchzuhalten.

Um Stachwitz auszuweichen, wechselte Nikolaus das Thema: »Hast du schon von den Unruhen im Landtag gehört?«

Der Leutnant zögerte, überlegte, ob er noch mehr insistieren sollte, entschied sich aber schließlich dagegen.

»Da muß es ganz schön hoch hergegangen sein.«

»Die Stände protestierten einhellig gegen den Übertritt des Kronprinzen zum Katholizismus und wollen Seiner Majestät den Vorsitz des *Corpus Evangelicorum* absprechen. Wenn es sein muß, mit Gewalt. Ich hörte, man hat den Herzog von Weißenfels für dieses Amt vorgeschlagen.« Nikolaus verschwieg, daß eben dieser Verwandte des Kurfürst-Königs unter der Hand noch immer als möglicher Ersatz-Herrscher gehandelt wurde.

»Nicht nur das«, Stachwitz senkte seine Stimme, »es soll geheime Vereinbarungen zwischen einigen Landtagsmitgliedern und dem Hause Hohenzollern geben, so daß künftig nicht mehr das Kurfürstentum Sachsen die Führungsrolle unter den protestantischen Ländern innehat, sondern diese an das Königreich Preußen übergeht.«

Nikolaus schüttelte den Kopf. »Kanzelreden, Flugblätter, Krawalle bei den Reformationsfeierlichkeiten im vergangenen Jahr, Proteste ebenso bei katholischen Messen wie auch bei unseren Gottesdiensten – je nachdem, welche Seite sich gerade drangsaliert fühlt. Sag, Stachwitz, glaubst du an die schlimmsten Befürchtungen und den Ausbruch einer Revolution in Sachsen?«

»Möglich ist alles«, Stachwitz seufzte. Er griff in die Tabakdose der Baronin Walden, entnahm ihr eine Prise und schnupfte sie genußvoll vom Handrücken. »Die Frage ist nur«, fuhr er fort, nachdem er sich ausgiebigst geschneuzt hatte, »wie kommt es eigentlich dazu? Eine Revolution in Sachsen kommt einem Bruderkrieg gleich. Katholiken gegen Protestanten, Königstreue gegen die Mehrzahl des Hochadels. Wie kann das möglich sein?«

»Macht«, erwiderte Nikolaus trocken. »Unser Weltbild hat sich verändert, mein Freund. Im Mittelalter lebten die Menschen relativ gut damit, indem sie nur an ihr Glück im Jenseits glaubten und für nichts anderes als für ihren Einzug ins Paradies lebten. Das hat sich seit der Reformation insofern geändert, daß die Menschen heute mehr ihrem Glück im Diesseits vertrauen. Wenige bauen mehr für ein Leben nach dem Tode vor. Doch diese Geisteshaltung – und vor allem der Dreißigjährige Krieg – haben zu einer Veränderung der Machtverhältnisse geführt. Nicht mehr die Kirche – gleichgültig welcher Konfession – ist alleinverantwortlich für die Geschicke der Menschheit, sondern der absolute weltliche Herrscher eines mächtigen Landes – wie unser König, dem wir die Freude haben, dienen zu dürfen.«

Stachwitz starrte Nikolaus an. In den Augen des jungen Leutnants lag eine Mischung aus Verständnis, Entzücken und Überraschung. »Jetzt hab' ich's!« rief er aus. »Das ist der Grund, warum du dich zur Zeit vom Amüsement zurückziehst.«

»Ach, ja? Was denn?«

Die vermeintliche Erkenntnis versetzte Stachwitz in Hochstimmung. Mit einem strahlenden Lächeln verkündete er: »Du liest politische und philosophische Bücher, um großartige Reden einzustudieren.« Mit vertraulich gesenkter Stimme fügte er hinzu: »Natürlich brauchst du dafür deine Ruhe und keine Ablenkung durch eine Frau. Das verstehe ich, mein Freund. Vollkommen. Doch, sprich: Was hast du vor, Altenberg? Willst du dich um einen Posten am Hofamt bewerben?«

Zunächst war Nikolaus baff. Als ihm allerdings dämmerte, welcher geistigen Verwechslung sein Freund zum Opfer gefallen war, brach er in schallendes Gelächter aus. Er lachte so laut und herzlich, daß sich durch den Stallhof zum Schloß eilende Offiziere und Hofbeamte mit teils amüsierter, teils verständnislos-ärgerlicher Miene nach ihm umdrehten. Der Leutnant an seiner Seite allerdings wurde wegen des Lacherfolges seiner Bemerkung zunehmend wütend.

»Was ist daran so komisch? Auch wenn du von Hause aus der Gebildetere von uns beiden bist, Altenberg, so warst du nie ein Bücherwurm. Halt mich gefälligst nicht zum Narren! Dein Sinn für große Worte und dicke Bücher sprechen eine eigene Sprache, das kannst du mir glauben.«

Nikolaus unterdrückte einen neuen Lachanfall, indem er hastig ein Taschentuch vor den Mund drückte. Nachdem er sich etwas beruhigt hatte, beschloß er, Stachwitz nicht weitere vermeintliche Beleidigungen zuzufügen. Der arme Kerl konnte ja nichts dafür, daß Nikolaus im Augenblick nichts mehr als seine Ruhe wollte. Also griff er zu einer Notlüge, doch je mehr er sich in diese Geschichte hineinredete, desto plausibler erschien sie ihm. Vielleicht war eine Veränderung seiner Wünsche für die Zukunft gar kein so schlechter Gedanke.

»Du hast recht, Stachwitz, ich plane eine Karriere in irgendeinem Ministerium. Mir steht tatsächlich nicht der Sinn danach, ein alter, vertrockneter und vor allem humorloser General zu werden. Aber, ich bitte dich bei deinem Wort als Ehrenmann, sei so freundlich und posaune meine Pläne nicht in alle Welt hinaus. Bislang sind sie noch streng geheim.«

Stachwitz seinerseits war's zufrieden. Endlich hatte er mit Nikolaus sprechen können, die Hintergründe für dessen verändertes Verhalten erfahren und sich dessen ungebrochener Freundschaft versichert.

Bevor er jedoch ein dankbares Wort an Nikolaus richten konnte, stürmte ein junger Bursche auf die beiden Männer zu. Mit vor Aufregung und Hitze geröteten Wangen und ein wenig atemlos wegen seines bedeutenden Auftrages nahm der Junge vor den beiden Offizieren Haltung an.

»Hauptmann Graf Altenberg?« fragte er und blickte ratlos von einem zum anderen.

»Was will Er?« erkundigte sich Nikolaus.

So zackig, wie es ihm in dieser aufregenden Situation möglich war, überreichte der Junge ein versiegeltes Schreiben. »Dringende Botschaft, Euer Gnaden.«

Nikolaus runzelte erstaunt die Stirn und übernahm die Nachricht. Seine Verwunderung wuchs, als er das kurfürstlich-königliche Siegel mit den geschwungenen Initialen ›AR‹ erkannte. Um den neugierigen Augen seines Freundes auszuweichen, wandte er sich um und trat in den Schatten der säulengeschmückten Arkaden, wo er das Siegel aufbrach und den Brief auseinanderfaltete. Mit zunehmender Begeisterung las er die Zeilen, die von einem Sekretär Augusts verfaßt worden waren. Sie waren eindeutig eine Chance. In jeder Hinsicht, sowohl für seine Karriere als Offizier als auch möglicher politischer Ambitionen. Vor allem aber war es *die* Gelegenheit, auf die er seit Wochen insgeheim hoffte, an die er aber nicht zu denken gewagt hatte.

»Kadett«, wandte er sich an den Jungen und hoffte, daß sein Tonfall möglichst ernsthaft klang und seine Freude verbarg, »meine mündliche Antwort lautet: Melde mich heute abend im Büro des Oberhofmarschalls, wie von Seiner Majestät gewünscht, mit den erwarteten Vorschlägen . . . Kann Er das behalten?«

Der Junge wurde rot. »Selbstverständlich, Herr Hauptmann!«

»Gut, dann troll Er sich.« Nikolaus sah dem Jungen lächelnd nach, wie dieser die Beine in die Hand nahm und über den Stallhof rannte. Dann wandte er sich zu seinem Freund um: »Stachwitz, du solltest dich von Margarethe verabschieden. Wir müssen im Auftrag Seiner Majestät für einige Tage aufs Land reiten.«

Stachwitz stieß einen leisen Pfiff aus. »Der König beauftragt dich persönlich? Meine Güte, deine Karriere ist aber schon weit gediehen. Ist es geheim oder darfst du mir sagen, was wir auf dem Land tun werden?«

»Den Transport bedeutender Güter bewachen«, erwiderte Nikolaus. »Mach bitte nicht viel Aufhebens darum. Ich habe keine Lust, es mit Banditen aufnehmen zu müssen. Aber ich kann dir verraten, daß ein Teil der berühmten Kunstsammlung des Grafen Morhoff in die Residenz verlegt werden soll. Ich habe die Ehre, hierfür eine Eskorte zusammenzustellen.«

»Wieso ausgerechnet du?«

»Das hat zwei Gründe.« Nikolaus streckte einen Zeigefinger in die Luft. »Erstens: Die Rittergüter meiner Familie befinden sich in unmittelbarer Nähe zum Besitz des verstorbenen Grafen Morhoff ... Gott sei seiner Seele gnädig ... Ergo kenne ich mich in der Gegend bestens aus.« Der Mittelfinger derselben Hand schnellte nach oben. »Zweitens: Nachdem die Dragonervasen den Transport aus Preußen unbeschadet überstanden haben und ich dem König vorgestellt wurde, scheine ich in unserem Regiment wohl so etwas wie der Kunstexperte geworden zu sein. Das ist der andere Grund, warum ich mit der Durchführung dieser neuen Aufgabe betraut wurde.«

Stachwitz seufzte. »Was für eine Obliegenheit!« Sein Ausruf klang alles andere als begeistert. »Bei unserem Ausflug nach Preußen bin ich vor Langeweile fast gestorben. Könnte ich nicht in Dresden verbleiben? Bei all den wunderschönen Frauen und ...« Er brach sichtlich betrübt und in tiefer Resignation ab.

Nikolaus versetzte ihm einen freundschaftlichen Stoß in die Rippen. »Du hast ja gar keine Ahnung von den Mädels auf dem Land«, meinte er gut gelaunt. »Halt dich bereit, Kamerad. Auf bald. Ich werde dich über den Verlauf der Angelegenheit informieren. Jetzt muß ich aber los und meine Hausaufgaben machen.«

30

Der päpstliche Nuntius Sandini hatte seinen Privatsalon im erzbischöflichen Ordinariat zu Dresden zur Verfügung gestellt, damit Bischof Leo Conti Gäste empfangen konnte. Unter den gegebenen Umständen schien es anfänglich zwar verwunderlich, daß eine Frau zu den Besuchern des Agenten des Heiligen Stuhls gehörte, andererseits aber war die katholische Kirche seit Jahrhunderten darum bemüht, ihre Macht mit allen Mitteln zu bewahren – und wenn man sich deshalb einer Frau bedienen müsse. Katharina von Serafin ihrerseits war überrascht, in dem in hellen Farben gehaltenen und mit reichlich goldverzierten Möbeln eingerichteten Salon bei ihrem Eintreffen einen zweiten Gast vorzufinden, der von Bischof Leo Conti zu diesem informellen Gespräch geladen worden war: Graf Virmont.

Der Gesandte begrüßte Katharina mit einer übertrieben tiefen Verbeugung und einem Handkuß. »Es ist mir immer ein Vergnügen, Euch zu sehen, Baroneß.«

»Für mich ist es eine Überraschung, *Euch* hier zu sehen«, erwiderte Katharina mit blitzenden Augen.

»Seine Eminenz«, Graf Virmont lächelte in Leo Contis Richtung, »ist mein Beichtvater. Wußtet Ihr das nicht?«

»Dann haben wir wenigstens eine Gemeinsamkeit . . .«

»Nein«, widersprach Graf Virmont und musterte sie aus harten, eisblauen Augen, »wir haben deren zwei: die Freundschaft meiner Frau.«

Katharina biß sich auf die Unterlippe. Derart deutliche Ablehnung war sie nicht gewohnt. Vielleicht war der österreichische Gesandte ein guter politischer Taktiker, wahrscheinlich sogar ein guter Diplomat, ganz sicher aber kein Galan.

»Die Protestanten Sachsens vertrauen den Religionsversicherungsdekreten des Königs immer weniger«, meldete Bischof Leo Conti sich zusammenhanglos zu Wort. »Es scheint vielmehr sicher, daß die Stände eine Verfolgung der katholischen Geistlichkeit planen . . . Gott gebe uns die Kraft, diese schweren Stunden durchzustehen.«

Katharina ließ sich auf das Sofa plumpsen und gähnte. Mit spitzen Fingern griff sie nach dem Gebäck, das in einer Silberschale auf dem Tisch angerichtet war.

»Auf dem Landtag verlangten die Stände nach Garantien für das Luthertum im Kurfürstentum Sachsen«, berichtete der kaiserliche Gesandte, ohne den weiblichen Gast in ihrer Runde zu beachten. »Man versucht, die Unterstützung Brandenburg-Preußens zu gewinnen. Meines Wissens nach gehen auch Flemmings Pläne in diese Richtung, doch bin ich sicher, daß der König einen anderen Weg beschreiten wird. Die Krone Polens liegt Seiner Majestät zu sehr am Herzen, um sich einer Allianz mit Friedrich von Preußen anzuschließen.«

»Ich wünschte, es hätte niemals einen Reformationsgedanken gegeben«, brach es aus dem sonst so umsichtigen Leo Conti voller Zorn heraus. »Mit Unterstützung des damaligen Kurfürsten von Sachsen hat Martin Luther die Grundwerte unseres Glaubens angefeindet. Man hätte ihn als Ketzer verbrennen sollen! Unser Zölibat, die Messe als Opfer, die Ohrenbeichte, unsere Klöster und was sonst noch alles stellte er als ›Irrtum der katholischen Kirche‹ hin. Daß ich nicht lache. Der Protestantismus scheint sich als größter Irrtum zu erweisen, bekämpfen sich die verschiedenen Richtungen doch mehr als es jeder Jesuit in unseren Reihen vermag.«

»August pocht auf die fast zweihundert Jahre alte ›Augsburgische Konfession‹, wonach die sächsische Landeskirche unabhängig von Kaiser und Papst eine eigene Theologie und Kirchenordnung schaffen darf, also mit anderen Worten: die freie Ausübung des protestantischen Glaubens erlaubt ist, während der Herrscher der katholischen Kirche angehört«, erinnerte Graf Virmont mit der Umsicht des weitgereisten Diplomaten. »Die Stände und die Ritterschaft scheinen sich zu einem Schwur vereinigt zu haben, nach dem man geloben will, die Kinder entsprechend zu erziehen und – was für uns von deutlich mehr Interesse ist – Ländereien nicht an Andersgläubige zu veräußern und Katholiken auch nicht in den Landtag oder in Ratskollegien zu wählen.«

»Die politische Unterstützung des Königs befindet sich fest in protestantischer Hand«, knurrte Leo Conti. »Seine Minister glauben allesamt an die Thesen Luthers. Dazu seine calvinistische Mätresse...« Der Bischof brach in beredtem Schweigen ab.

Graf Virmont lächelte zuversichtlich. Die Anwesenheit der Dame, die gelangweilt Fäden aus den mit Quasten verzierten Sofakissen zog, hatte er vorübergehend vergessen.

»Ihr braucht nichts zu befürchten, Eminenz. Im Vertrauen: August spricht außenpolitisch eine andere Sprache. Gäbe es nicht immer wieder diese Vorbehalte gegen seine politischen Fähigkeiten, man könnte fast meinen, Seine Majestät habe das Herrschen endlich gelernt. Er hätte ja auch lange genug dazu gebraucht...«

Leo Conti seufzte. »Zur Sache, Fürst, bitte, kommt zur Sache.«

»Natürlich. Verzeihung. Selbst wenn es der erklärte Wille von Hofmarschall Graf Flemming ist, eine Verbindung zwischen Sachsen und Brandenburg-Preußen herzustellen, so ist dies nicht der Wunsch des Königs. Im Gegenteil. In diplomatischen Kreisen wird ein Papier vorbereitet, wonach Seine Majestät ein Bündnis mit dem Kaiser, dem König von England und dem Kurfürsten von Hannover schließen wird, um einer erstarkenden Allianz Brandenburg-Preußens mit Rußland entgegenzuwirken. Das sichert ihm in jedem Fall die Krone Polens und gleichzeitig einen Einfluß in...«

»Meine Herren«, unterbrach Katharina plötzlich den Redefluß von Graf Virmont, »Eure Ausführungen mögen von größtem Wissen und sicher beachtenswert sein, aber ich bin nur eine Frau und habe von derlei politischer Betrachtung keine Ahnung. Offen gestanden, es langweilt mich, Euch zuzuhören. Könnt Ihr das verantworten? Ihr habt mich doch sicher nicht hierherbestellt, Eminenz, um mich der Langeweile auszusetzen?«

Oder ist das ein moderner Ablaß für meine Sünden? fuhr es ihr durch den Kopf.

Der Bischof war bei ihren Worten zusammengezuckt, als sei

er dem Teufel persönlich begegnet. Tatsächlich hatten er und der kaiserliche Gesandte im Beisein der Baroneß Serafin eine gefährlich lockere Zunge geführt. Doch er hatte im Eifer des politischen Gesprächs die Anwesenheit des weiblichen Gastes vollkommen übersehen. Während Graf Virmont in seiner Verlegenheit noch darüber nachzugrübeln schien, ob er sich für eine Prise aus seiner Schnupftabakdose oder das Gebäck auf dem Tisch entscheiden sollte, erlangte Leo Conti seine weltmännische Sicherheit zurück. Er bedachte Katharina mit einem aufmunternden Lächeln, als wolle er ihr für die Impertinenz, mit der sie seine Unterhaltung unterbrochen hatte, ein Lob aussprechen.

»Seid gesegnet, meine Tochter«, sagte er in dem üblichen monotonen Singsang, mit dem Geistliche diese Formel auszusprechen gewohnt sind. »Ihr habt vollkommen recht. Der Graf und ich sind zu weit vom Thema abgeschweift.«

Sich ihrer Bedeutung weitaus sicherer als noch vor wenigen Minuten, setzte sich Katharina kerzengerade hin und schob dabei ihren atemberaubenden Busen ein wenig mehr in Position. Es war ihr gleichgültig, ob ihre Körperformen im Salon des Nuntius gebührend gewürdigt wurden, aber auch Bischof Conti war nur ein Mann. Auf jeden Fall bildete sie sich ein, auf diese Weise auf die Anwesenden einen größeren Eindruck zu machen.

»Tatsächlich geht es bei Eurem Besuch weniger um die Hilfe, die Ihr der katholischen Kirche zuteil werden lassen könntet«, meinte der Bischof, »als vielmehr um ein Anliegen des Kaisers.«

»Seine Eminenz hat unsere Zusammenkunft in aller Heimlichkeit ermöglicht.« Graf Virmont wagte einen Seitenblick auf die erotische Pracht der Baroneß. »Dafür bin ich äußerst dankbar, denn es gilt, so wenig Aufsehen wie möglich zu erregen.«

Katharina sah von einem zum anderen. Bischof Leo Conti stand noch immer am Kamin und wärmte sich die Hände an einem imaginären Feuer, das an diesem warmen Tag im Frühsommer natürlich nicht brannte. Katharina fiel auf, daß der Stoff der Soutane über dem gewaltigen Bauch des Geistlichen spannte, als habe er just in den vergangenen Tagen über die Stränge geschlagen. Sie schenkte dem Kirchenmann ein nachsichtiges Lächeln. Um die Freuden des Lebens zu genießen, von denen es in Sachsen reichlich gab, blieb dem armen Tropf nichts außer Speis' und Trank. In Ermangelung anderer Lustbarkeiten und unter Berücksichtigung seines Zölibats erschien ihr diese Vorliebe absolut verständlich.

Der Gesandte fing ihr Lächeln auf und betrachtete es als stille Zustimmung für alle Forderungen, die er im Namen von Kaiser Karl VI. erheben würde. Graf Virmont setzte sich neben sie und erzählte ihr in groben Zügen von der Gründung der Wiener Porzellanmanufaktur. Er konnte nicht wissen, daß Katharina die Details bereits kannte.

»Es wird zunehmend schwieriger für unsere Spione, Zugang zu den gefragten Kreisen in Meißen zu finden«, schloß er seinen Bericht. Ein gewinnendes Lächeln trat in seine kalten Augen, als er hinzufügte: »Es bedarf einer Frau von Euren ... ähhh ... Qualitäten, um dem Kaiser ein so großes Geschenk wie eine eigene, funktionierende Porzellanmanufaktur zu machen.«

Katharina nickte bedächtig. In ihrem Kopf drehten sich die Gedanken wie die Schmetterlinge bei ihrem Liebestanz. Zwar war ihr nicht ganz klar, wie sie Kaiser Karl von Nutzen sein konnte, doch ihr war deutlich bewußt, wie vorteilhaft ein solches Arrangement für sie sein konnte. Freilich war es ihr relativ gleichgültig, was der Kaiser mit einer eigenen Porzellanmanufaktur anfing. Sie erinnerte sich der Gespräche mit ihrem ehemaligen Geliebten Rakowski und des verräterischen Gesprächs, das sie in der österreichischen Gesandtschaft belauscht hatte und ihrer Hoffnung, in der bei August so beliebten Porzellangeschichte eine Handhabe gegen Sophie de Bouvier gefunden zu haben. Es schien, als würde das Schicksal plötzlich gnädig mit Katharina umgehen.

Mit leuchtenden Augen sah sie zu Graf Virmont auf. »Wie kann ich Euch behilflich sein?«

Einen Augenblick lang war dieser überrascht über ihr Einverständnis. Es erschien ihm zu schnell und zu voreilig. *Ist sie eine Doppelagentin?* fragte er sich unwillkürlich. Immerhin wußte so ziemlich jedes Mitglied der Hofgesellschaft von ihren Hoffnungen bezüglich der Gunst des Königs. Würde Katharina sich durch einen Verrat an ihrem Kaiser die Favoritenrolle in der sächsischen Residenz erschleichen? Graf Virmont sah zu Leo Conti. Doch der Bischof erwiderte voller Gelassenheit seinen Blick.

Graf Virmont griff in die Innentasche seines goldbestickten Rockrevers. Zunächst zögerte er noch, doch dann reichte er Katharina mit einem resignierenden Seufzen das Kuvert, das sich in seiner Tasche befunden hatte.

»Dieses Schreiben, teuerste Baroneß, enthält gewisse Werte«, erklärte der Gesandte. »Um es genau zu definieren: Es enthält die Aufforderung an einen unentbehrlichen Mitarbeiter Johann Friedrich Böttgers, Meißen zu verlassen und nach Wien zu kommen. Um die Bitte des Kaisers zu untermauern, befindet sich in dem Schreiben ein Wechsel über einhundert Reichstaler...«

Katharina riß die Augen auf. Das war eine ganze Menge Geld! Stirnrunzelnd, wobei sie unbeabsichtigt allerliebst wirkte, betrachtete sie den Namen des Empfängers – *Johann Georg Mehlhorn* –, doch der Name sagte ihr nichts.

Als könne er ihre Gedanken lesen, beantwortete Graf Virmont ihre unausgesprochene Frage: »Herr Mehlhorn ist ein wichtiger Mitarbeiter in der Porzellanmanufaktur. Unsere Spione behaupten, er sei der Erfinder der blauen Porzellanfarbe, wie sie in China verwendet wird. Angeblich soll er bereits im vergangenen Jahr eine kleine Schale, versehen mit dem begehrten Unterglasurblau, hergestellt haben. Ihr könnt Euch also vorstellen, daß sein Wechsel von größter Bedeutung für den Fortschritt der Wiener Porzellanmanufaktur sein würde.«

»Doch natürlich«, schaltete sich jetzt Bischof Leo Conti ein, »ist es zu unsicher, ein derart brisantes Schreiben der kurfürstlich-sächsischen Post anzuvertrauen. Anderseits sucht man auf der Albrechtsburg inzwischen nach Spionen, vor allem nach österreichischen Agenten. Deshalb solltet Ihr, meine Tochter, die Freundlichkeit besitzen und das Anliegen des Kaisers dem Herrn in Meißen überbringen.«

»Ich bin doch kein Postbote«, protestierte Katharina.

Graf Virmont berührte ihren nackten Arm, der unter einem üppigen Faltenwurf aus Spitzen und Seide hervorlugte wie der Stiel einer Tulpe. Es war keine zärtliche und schon gar keine Berührung gezügelter Leidenschaft, als vielmehr der versöhnliche Händedruck einer Vaterfigur. Dann schlossen sich seine Finger zu einem eisernen Griff um ihr Handgelenk, dem sie ebensowenig entgehen konnte wie seinem Anliegen.

Katharina schluckte. Der Auftrag, einen Brief an einen Mann zu übergeben, der in ihren Augen nichts weiter als ein einfacher Handwerker war, erschien ihr wenig verlockend und hatte zudem etwas Lächerliches an sich. Mit einer eleganten Handbewegung machte sie die Herren auf ihre äußere Erscheinung aufmerksam.

»Meint Ihr nicht, ich würde in Meißen mehr auffallen als jeder einzelne Eurer Spione?«

Graf Virmont grinste über diese Unbescheidenheit. »In der Tat«, stimmte er zu und ließ ihr Handgelenk los. »Wir dachten allerdings eher an die Verkleidung einer Marketenderin, Baroneß.«

Katharina massierte die rötlichen Abdrücke seiner Finger auf ihrer weißen Haut. Dabei fragte sie sich, was schlimmer war: der Gewalt des vornehmen Mannes neben sich ausgesetzt zu sein oder mit einem einfachen Handwerker zu tändeln. Denn sie war sich natürlich nicht bewußt, daß es sich bei dem Objekt des kaiserlichen Interesses um einen Arkanisten handelte, dessen Verdienste um die Wissenschaft oder die europäische Porzellanherstellung höher einzuschätzen waren als die feinen Manieren so manches geistlosen Lackaffen in der Hofgesellschaft. Und obwohl sie sich nicht anders gebärdete als eine ganz normale Hure, erschien es ihr unvorstellbar, in der Verkleidung einer Marketenderin, bei der man sich häufig nicht ganz sicher war, mit welcher Ware sie eigentlich Handel trieb, unter einfache Leute zu gehen.

Diesmal war es der Bischof, der Katharinas Zögern richtig verstand. »Ihr solltet daran denken, meine Tochter«, sagte er in ihre Gedanken hinein, »daß, was immer Ihr tun müßt, zum Vorteil des Kaisers gereicht. Zweifellos verpflichtet Ihr Euch damit auch Eurer Kirche, denn eine Abwanderung der Handwerkskunst aus Sachsen könnte auch zu einer Unterwanderung der hiesigen Glaubensverhältnisse führen. Könnt Ihr mir folgen?«

Hält der mich für eine Analphabetin? fuhr es Katharina durch den Kopf. Zorn blitzte in ihren Augen auf. Sie sagte: »Als treue Untertanin meines Kaisers gelobe ich, seinen Wünschen zu gehorchen. Ebenso, wie ich den Geboten meiner Kirche gehorche«, wobei sie außer acht ließ, daß die Zehn Gebote des Alten Testaments ein eindeutiges Gesetz gegen Betrug waren und das Eigentumsrecht des einzelnen Menschen achteten. Im Geiste beschäftigte sie sich weniger mit der bevorstehenden Sünde, als vielmehr mit der Frage, welchen Nutzen ihre Dienste bei der Beseitigung Sophie de Bouviers haben könnten. Dummerweise sah sie zu diesem wichtigen Punkt keine Verbindung.

»Es geht nicht nur darum, daß Ihr Herrn Mehlhorn diesen Brief übergebt«, erklärte Graf Virmont. »Ihr sollt versuchen, weitere wichtige Mitarbeiter der Porzellanmanufaktur abzuwerben. Uns wurde ein Arkanist namens Samuel Stöltzel empfohlen, doch ist seine Loyalität gegenüber seinem Weggefährten Böttger scheinbar zu groß, um an eine Übersiedlung zu denken. Wer könnte ihn wohl besser überzeugen als eine schöne Frau wie Ihr, Baroneß?« Sein Ton enthielt keinerlei Galanterie, lediglich ernsthafte Sachlichkeit.

Katharina war sich der Unverfrorenheit seiner Forderung durchaus bewußt. Dennoch protestierte sie nicht, denn irgend etwas in ihrem Innersten sagte ihr, daß sie hier eine Chance geboten bekam, ihre Pläne zu verwirklichen. Ihr war zwar noch nicht klar, wie sie das anstellen sollte, doch hatte sie in Graf Virmont und Bischof Leo Conti zwei nicht zu unterschätzende Verschwörer.

»Dann ist da noch dieser junge Künstler«, hörte sie den Gesandten in lässigem Plauderton weitersprechen. »Ein Bildhauer, der ganz extraordinär arbeiten soll, wie man hört. Porzellanfiguren seien seine Spezialität. Ein wenig verwunderlich, daß sich ein erwachsener Mann mit Statuetten beschäftigt, aber nichtsdestotrotz könnte er ein wertvoller Mitarbeiter der Wiener Manufaktur sein. Sein Name ist Maximilian Altenberg. Könnt Ihr Euch das behalten, Baroneß?«

Sie schlug ihm spielerisch mit dem Schaft ihres Fächers auf den Arm. »Das«, versicherte sie, »und noch vieles mehr. Ihr steht in meiner Schuld, Exzellenz. Vergeßt das bitte nicht!«

Ihr werdet Euch bei anderer Gelegenheit revanchieren müssen, fügte sie in Gedanken hinzu, und vor ihrem geistigen Auge tauchten Sequenzen von Sophie und August auf, aber plötzlich war alles nicht mehr so schlimm.

31

Die vage Erinnerung an ein zärtliches Gefühl war wie eine Tür zu ihrem Gedächtnis, die nur einen Spalt breit aufgestoßen worden war. Andererseits war diese Öffnung breit genug, um Constanze einen gewissen Einblick in die Vergangenheit zu vermitteln. Der Kuß von Nikolaus hatte in ihr die Gewißheit geweckt, daß es einmal einen Mann in ihrem Leben gegeben hatte, dem sie ihre Liebe mit allen damit verbundenen Konsequenzen und Opfern zu schenken bereit gewesen war. Sie konnte sich zwar weder an ein bestimmtes Gesicht erinnern noch an einen Namen, aber die *Gewißheit* um die Erinnerung an diese Person war bedeutend mehr als das, was ihr Gedächtnis noch vor einem Jahr für sie bereit gehalten hatte.

Dennoch bemächtigte sich ihrer eine Unruhe, die sie zuvor

nicht gekannt hatte. Sie war Maximilian – und auf gewisse Weise auch Nikolaus – zutiefst dankbar für die ihr gewährte Hilfe. Doch andererseits wurde sie von den Hoffnungen, die sich mit den vorsichtigen Erinnerungen verbanden, richtiggehend gequält, denn sie führten immer wieder in jene gleichgültige Leere, die ihr Leben bestimmte. Der Gedanke an Nikolaus' Kuß erfüllte sie manchmal mit einem wohligen Kribbeln, als streiche eine sanfte Brise über ihre Haut, aber er vergrößerte auch ihr Wissen um ihre abgrundtiefe Einsamkeit, aus der es keine Flucht gab.

Es war einer dieser Tage, an denen Constanze über die Identität und – noch wichtiger – das Aussehen ihres ehemaligen Geliebten zu rätseln versuchte. *War er blond? Oder dunkel wie die Altenberg-Brüder? Was hat mich zu ihm hingezogen? Sein optischer Eindruck, die geistreiche Unterhaltung, die er bestreiten konnte, oder war ich seinem Charme verfallen?* Doch sie fand keine der erhofften Antworten, so sehr sie auch in ihrem Gehirn nach ihnen zu forschen schien.

Sie überlegte sich, daß es möglicherweise hilfreich sei, wenn ihren Erinnerungen auf die Sprünge geholfen würde. Immerhin hatte sie sich in der Vergangenheit in Situationen, die außerhalb ihrer Gewohnheit lagen, häufiger an Dinge jenseits ihrer Amnesie erinnert. Doch da saß sie nun auf dem Stumpf eines gefällten Baumes, fernab jeglicher Zivilisation und der Hoffnung, durch ein Schlüsselerlebnis in ihr altes Leben zurückzufinden.

Eine Weile lang beobachtete sie zwei Schmetterlinge, die die Butterblumen auf der Wiese im ältesten Tanz der Welt umkreisten. Trotz der Sonnenstrahlen fühlte sie Gänsefrost auf ihrer Haut, ein untrügliches Zeichen ihres Körpers, der sie an die Sehnsüchte erinnerte, denen sich jede junge Frau ihres Alters seit Menschengedenken irgendwann einmal hingab. Die kalte Schnauze ihres Hundes weckte Constanze schließlich aus ihren Träumen und erinnerte sie daran, daß es Zeit wurde, nach Hause zu gehen.

Die tiefstehende Sonne tauchte die Blockhütte in ein sanftes Gold, neben dem das Grün der Bäume kräftiger und tiefer zu sein schien als bei hellerem Licht. Die Szene wirkte in der übertriebenen Deutlichkeit ihrer Farben so unwirklich, daß Constanze nicht einmal überrascht war, als sie zuerst das Pferd sah und dann den Mann daneben gewahr wurde. Sein Besuch erschien ihr wie eine logische Antwort auf ihre Fragen, Hoffnungen und Sehnsüchte.

Nikolaus sah sie fast im selben Moment aus dem Schatten des Waldes treten. Zuerst zögernd, dann immer schneller und sicherer lief er über die Wiese auf sie zu. Die untergehende Sonne begleitete seine hochgewachsene, gepflegte Erscheinung in dem roten Uniformrock und schien ihn in die goldene Ritterrüstung zu tauchen, von der jede Frau wenigstens einmal im Leben träumt. Obwohl er im Gegenlicht stand und sie sein Gesicht nicht erkennen konnte, wirkte alles an ihm warm und vertraut und voller Verheißung.

Ohne über die Folgen ihrer Tat nachzudenken, schlang sie die Arme um ihn, und ihre Lippen suchten seinen Mund, als sei ihr Kuß eine Selbstverständlichkeit.

Nach der ersten angenehmen Überraschung löste sich Nikolaus von ihr. »Was war das?«

Ein wenig atemlos sah Constanze zu ihm auf. Obwohl sie sich der eigenen Unverfrorenheit durchaus bewußt war, hielt sie seinen forschenden Augen stand. Sie fühlte den alten Ärger in sich aufsteigen, den sie in seiner Nähe immer zu spüren schien und der wohl nur Unsicherheit war, vermischt mit Verlegenheit. Leise sagte sie: »Nehmt es als Entschuldigung für die Ohrfeige.«

Er zog eine, durch ihre Umarmung etwas zerdrückte rote Rose aus dem Koppelgürtel seines Uniformrocks. »Offenbar hatten wir denselben Gedanken, aber ich hatte es hiermit versuchen wollen.«

Die Blume glitt aus seiner Hand, als er Constanze wieder in seine Arme schloß. »Deine Idee gefällt mir aber bedeutend besser«, murmelte er an ihrem Mund.

Ihre Körper drängten zueinander wie Frierende an einem warmen Ofen. Einen Herzschlag lang wunderte sich Nikolaus, mit welchem Hunger Constanze seine Küsse erwiderte, doch dann gab er sich ganz der köstlichen Süße ihrer Leidenschaft hin, die jeden anderen Gedanken zu verschlingen schien.

Er spürte ihre Finger in seinem Nacken, die in seine Haare fuhren und einen wohligen Schauer über seinen Rücken rieseln ließen. »Wenn du so weitermachst«, flüsterte er atemlos, »kann ich für nichts mehr garantieren...«

Doch als wolle sie seinen Bedenken stumm widersprechen, drängte sie sich noch heftiger an ihn. Er spürte ihren hämmernden Herzschlag an seiner Brust. Sie stöhnte leise, als seine Lippen über ihr Gesicht streiften und ihren Hals hinabwanderten.

Plötzlich ließ er die Arme fallen. Einen Moment lang versuchte er all die Bilder hinter seinen geschlossenen Lidern zu verdrängen, die sein Verlangen hervorgerufen hatten. Doch sie hielt ihn noch immer umschlungen, lehnte die Stirn an seine Schulter, und ihre Hände strichen über seinen Rücken. Voller Furcht, ihr Verhalten wieder mißzuverstehen, entschied er sich zur Flucht. Sanft griff er nach ihren Händen, verschränkte seine Finger mit den ihren und löste seinen Körper dabei voller Widerwillen von dem ihren.

»Ich ... muß fort ... Wir sind zu weit gegangen, Constanze. So stark ist kein Mann ...«

Sie legte den Kopf in den Nacken und sah ihn unter halbgeschlossenen Lidern an. Die Sonne stand noch immer hinter ihm, und die Lichtreflexe zauberten einen Kranz um sein dunkles Haar, das plötzlich wie in Gold getränkt zu sein schien. Einen überraschenden Augenblick lang verglich sie das Farbenspiel mit einem Feuer. Die untergehende Sonne wirkte auf sie wie ein Flammenherd, der sie zu umfassen drohte. Constanze spürte die Wärme, die von der starken erotischen Anziehungskraft des Mannes ausging, aber merkwürdigerweise fühlte sie eine eisige Kälte in sich aufsteigen und – Furcht.

»Geh nicht!« Es klang fast wie ein Aufschrei. »Halt mich fest ... Bleib bei mir ... Laß' mich jetzt nicht allein.«

Mit einem tiefen Seufzen, einer Mischung aus Erleichterung und Glücksgefühl, zog er sie wieder an sich. »Um die Wahrheit zu sagen«, flüsterte er, »bin ich genau deswegen gekommen. Ich hatte solche Sehnsucht nach dir.«

Wenig später befand sich der blonde Hund in einer ihm unbekannten Situation. Noch nie hatte ihn sein Frauchen ausgesperrt. Er war es nicht gewohnt, daß sie die Tür zur Hütte vor seiner Nase zuschlug. Sie hatte ihn ja nicht einmal eines Blickes gewürdigt. Winselnd legte sich der Hund hin, probierte es schließlich mit einem vorsichtigen Kratzen an der Tür, dann mit einem Protestgebell, doch alle Bemühungen, eingelassen zu werden, blieben erfolglos. Schließlich kapitulierte der Hund. Er legte sich vor die Schwelle, döste und ließ sein Fell von den letzten Strahlen der Abendsonne streicheln.

»Eines steht fest, mein Liebstes: Ich war nicht der erste in deinem Leben«, bemerkte Nikolaus mit einem zärtlichen Lächeln. Er ertappte sich bei dem Gedanken, daß er es allerdings gerne gewesen wäre. Unwillkürlich erinnerte er sich an sein Gespräch mit Christoph von Stachwitz über die Vorzüge und Nachteile einer Jungfrau, und sein Lächeln wurde breiter.

»Es war sehr schön«, antwortete Constanze. In ihrer Stimme schwang ein sonderbarer Unterton mit, so, als wundere sie sich über das eben Gesagte. Neben dem ständigen Wunsch nach menschlicher Nähe, die ihre Einsamkeit zunehmend weniger erträglich machte, hatte es nur einen anderen Grund für ihr Handeln gegeben: Sie hatte mit Nikolaus schlafen wollen, um die Tür zu ihrem Gedächtnis aufstoßen zu können. Seine Zärtlichkeiten sollten sie an ihre Gefühle in der Vergangenheit erinnern. Es war aber ganz anders gekommen. Irgendwann war es nur noch wichtig gewesen, den Mann in ihrem Bett zu spüren; die Erinnerungen waren in den Hintergrund getreten und sogar bedeutungslos geworden, und es ging ihr nur noch um das Jetzt.

»Es ist irgendwie merkwürdig: Ich verbinde meine Gedanken an die Liebe mit einem Feuer. Warum ist das wohl so?«

Seine Finger fuhren ihre Arme entlang. Er wünschte, er hätte sie nicht auf seine Entdeckung aufmerksam gemacht und ihre Erinnerungen in die Gegenwart geholt. Oder jedenfalls den

Versuch einer Erinnerung. Er haßte den anderen Mann. Dafür, daß er der erste in ihrem Leben war, für seine unterschwellige Präsenz und seine Ignoranz. Letztere mußte unerträglich stark sein, wenn er zuließ, daß Constanze über so viele Jahre der Einsamkeit ihres Lebens im Wald ausgesetzt war. Ein flüchtiger Gedanke streifte Nikolaus. Es wäre möglich, daß der andere Mann für den Verlust ihres Gedächtnisses verantwortlich war. *Das wäre ein Verbrechen*, dachte er. Und: *Dafür müßte man den anderen umbringen. Er hätte es verdient.*

»Du bist eine sehr sinnliche Frau«, sagte Nikolaus schließlich. »Viele Menschen verbinden in ihren Köpfen die Begriffe Leidenschaft und Feuer. Sagt man nicht auch, man ist *entflammt* für einen anderen Menschen? Mach dir keine Gedanken...« Er beugte sich über sie und küßte zart ihre Lippen. »Ich bin stolz darauf, wenn ich für dein Feuer verantwortlich bin.«

Sie hob die Lider und begegnete seinem Blick. Unwillkürlich zuckte sie zusammen. Seine Augen glitzerten fiebrig. Sie erkannte darin sein Begehren und – Liebe. *O Gott! Was tue ich ihm an?* fuhr es durch ihren Kopf. Wie sollte sie ihm erklären, daß sie sich unfähig zur tiefen Liebe fühlte, solange sie nicht einmal wußte, ob sie sich selbst lieben konnte? Einen flüchtigen Augenblick lang dachte sie an Maximilian, doch diesen Gedanken schob sie schnell beiseite. Über die Dreiecksbeziehung zu grübeln, in die sie sich fast besinnungslos gestürzt hatte, ging über ihre Kräfte. Statt dessen kuschelte sie sich in Nikolaus' Arme und versuchte, seine Nähe, seine Wärme und seine Zärtlichkeit zu genießen, ohne an irgend etwas zu denken.

»Wann mußt du fort?« fragte sie plötzlich.

»Darf ich hoffen, daß du mich nicht so schnell loswerden möchtest?« In der Dämmerung, die den Raum in ein tiefes Halbdunkel tauchte, glitzerte das Weiß seiner Augen. Seine Stimme wurde ein wenig rauh, als er ernst hinzufügte: »Sehr früh am Morgen. Lediglich die Freundschaft eines Kameraden hat es mir ermöglicht, zu dir zu kommen. Ich habe einen Auftrag in der Nähe zu erfüllen und...«

Er wechselte in den geduldigen Tonfall, in dem man kleinen

Kindern Märchen erzählt: »In einem großen Schloß, nicht weit von meiner wunderschönen Prinzessin, lebte einst ein Mann. Er war sehr reich und berühmt, und er wurde sehr alt. Er hatte so viele schöne Dinge in seinem Besitz, daß der König ein wenig neidisch war. Schließlich starb der alte Mann, und der König beauftragte einen Ritter, die schönen Dinge in seine Residenz zu bringen. Doch der Ritter hatte den Kopf so voll mit den Gedanken an seine Prinzessin, daß er gar nicht mehr sicher war, ob er die Werte heil in die Residenz bringen konnte...«

»Was redest du denn da?« Lachend boxte sie ihn in die Seite. »Das klingt aber gar nicht nach dem wichtigen Auftrag für einen bedeutenden Kavallerieoffizier. Hattest du nicht einmal gesagt, du bist ein Soldat, der in einer schwierigen Mission zurück in die Garnison gerufen wurde?«

»Hältst du für die königliche Sammlung bestimmte Kunstwerke etwa für unwichtig?« scherzte er und zwickte sie spielerisch in die Nase.

»Laß das bloß den König nicht hören.«

Sie fing seine Hand auf, die er ihr prompt zu entziehen versuchte. »Wenn du's ihm nicht sagst...«

Es ist wirklich schön mit ihm, dachte sie, während sie sich ausgelassen in den Kissen balgten wie kleine Kinder nach einem glücklichen Tag. Er besaß eine ansteckende Heiterkeit, die alle traurigen Gedanken zu verscheuchen schien; anders als Maximilian, dessen Humor ständig von einer gewissen nachdenklichen Schwermut begleitet wurde, die sie allerdings sehr anziehend gefunden hatte, weil sie häufig identisch mit ihren eigenen Gefühlen war. Sein älterer Bruder jedoch erschien ihr viel freier, was ein Zusammensein um vieles leichter machte. Sie haßte sich für diesen Vergleich, denn er begann als Schwelbrand in ihrem Gehirn, und seine Flammen griffen nach ihrem Herzen.

Lachend rollte sich Nikolaus auf den Rücken. Er schlang die Arme um ihren Körper und zog sie auf sich. »Niemals werde ich irgend jemandem von dir erzählen«, flüsterte er in einer Mischung aus Spaß und Ernsthaftigkeit. »Am allerwenigsten dem König. Seine Majestät besitzt eine große Schwäche für schöne Frauen. Wenn er von deiner Existenz wüßte, wäre es vermutlich um ihn geschehen.«

Mit spitzen Lippen küßte sie ihn auf die Nasenspitze. »Erzähl mir nicht schon wieder einen solchen Unsinn. Wie sollte es wohl kommen, daß der König deinem Urteil traut?«

»Ob du es glaubst oder nicht: Im vorigen Jahr hatte ich die Ehre, Seiner Majestät vorgestellt zu werden. Hat Maximilian dir das nicht erzählt? Wir sind eine einflußreiche Familie, wir Altenbergs, und gern gesehene Gäste in der Hofgesellschaft.«

Vor ihrem geistigen Auge entstand ein Bild, das nebulös und undefinierbar war, ihr aber einen Stich versetzte. Es war ein Bild von Liebe und Eifersucht. Ihre dunklen, schemenhaften Erinnerungen vermischten sich mit der wie in leuchtenden Farben gemalten Szene des Jagdballes, von der sie jeden Augenblick in sich aufgesogen hatte wie eine austrocknende Blume den Tau. Ohne darüber nachzudenken, entfuhr ihr: »Wartet in Dresden jemand auf dich?«

»Nein.« Sein Mund suchte ihre Lippen und traf sie schließlich zu einem langen, leidenschaftlichen Kuß. »Es gibt niemanden.«

Sie hob den Kopf. Ihr Haar fiel über ihre Wangen und streifte sein Gesicht.

»Warum hast du nicht geheiratet?«

Er schmunzelte. »Ich bin zweiunddreißig Jahre alt. Meinst du nicht, ich habe noch ein bißchen Zeit, bevor ich eine Familie gründe...? Die Wahrheit aber ist, daß ich irgendwie nie die Gelegenheit hatte, darüber nachzudenken. So hat es sich wahrscheinlich nicht ergeben.«

Er wollte ihr nicht sagen, in wie vielen Betten von verheirateten Frauen er gelegen hatte und daß diese ihn von einer Ehe abgehalten hatten. Die Vorstellung, seine eigene Frau könnte seiner eines Tages überdrüssig werden und ihre Leidenschaft anderweitig befriedigen, machte ihm angst. Bisher hatte er noch keine Vertreterin des weiblichen Geschlechts kennengelernt, die ihn von dieser Furcht befreien konnte. *Vielleicht ist sie es*, erwog er im Geiste, aber auch das sagte er ihr nicht. Köstlich, doch zu simpel war dieser Wunsch. Ohne seine Vorzüge in den Schatten stellen zu wollen, war sich Nikolaus durchaus im klaren darüber, daß ihn eine gewisse Konkurrenzlosigkeit für Constanze attraktiver machen könnte, als es in einem normaleren Umfeld der Fall gewesen wäre. Sie konnte nicht objektiv entscheiden, so sehr er sich das auch wünschen mochte. Deshalb sagte er ihr auch nicht, daß seine Gefühle für sie weitaus komplizierter zu werden begannen, als gut für seinen Seelenfrieden war.

Später an diesem Abend entzündete Nikolaus die Kerzen und ließ den Hund in die Blockhütte. Das Tier rollte sich an seinen Füßen zusammen, und während er es hinter dem Ohr kraulte, beobachtete er Constanze, die ein einfaches Abendessen für sie bereitete. Seine Erinnerungen an elegantere Soupers vermischten sich mit der wohligen Erkenntnis, daß sie in all ihrer Gemütlichkeit eine häusliche Szene wie aus einem flämischen Renaissance-Gemälde darstellten. Constanzes Handgriffe waren so selbstverständlich und ungezwungen wie die einer jeden Hausfrau im Kreise ihrer Lieben. Der einzige Unterschied zum üblichen Familienbild mochte lediglich sein, daß sich Constanze und Nikolaus häufiger in die Augen sahen und ihre Blicke immer wieder die des anderen suchten. Ihrem Lächeln folgte ein unerwarteter Frieden, der durch seinen Körper strich wie ein warmer Wind über eine Sommerwiese.

Ohne den Hund zu stören, griff er mit der freien Hand nach den losen Manuskriptblättern, die auf dem Schränkchen an der Wand aufgestapelt waren. Neugierig betrachtete er die erste Seite, die mit einer großen, steilen Schrift bedeckt war.

> *Ich denke, wenn ich träume*
> *Ich träume, wenn ich denke*
> *Erwacht ist die Erinnerung verblaßt*
> *Was bleibt, ist Einsamkeit und – Haß*
> *Auf mich und meine Träume*

Nachdenklich legte er das Blatt wieder auf den Stapel zurück. Glücklicherweise hatte sie seine Neugier nicht bemerkt – es wäre ihm peinlich gewesen. Constanze hantierte mit gezielten Bewegungen in der Ecke, die ihr als Küche diente, klapperte mit ihren Zinnschüsseln, goß Bier in einen Keramikkrug und zerbrach das Brot, das sie aus einem Leinensack genommen hatte. Dann füllte sie den fertig gegarten Haferbrei in eines der Metallgefäße.

Er bildete sich ein, daß das Wissen um ihr Gedicht und ihre intimsten Gedanken die Atmosphäre im Raum veränderte. Ein Schleier von Traurigkeit und Verzweiflung senkte sich über das Glück der gemeinsam verbrachten Stunden.

Constanze spürte die veränderte Stimmung. Abrupt wandte sie sich um. Sie fing seinen hoffnungslosen Blick auf. Lächelnd sagte sie: »Es ist nur ein einfaches Mahl, aber vielleicht kann ich dich eines Tages etwas aufwendiger bekochen...«

Verblüfft über die eigenen Worte biß sie sich auf die Unterlippe. Bis jetzt hatte sie sich noch keinen einzigen Gedanken darüber gegönnt, was nach dieser Nacht geschehen würde, geschweige denn sich selbst eingestanden, daß sie ihn gerne wiedersehen würde.

»Ich wünschte, du bräuchtest nicht alleine zurückzubleiben«, antwortete er.

»Das macht mir nichts aus«, log sie und wandte sich schnell zum Ofen um, als fürchte sie, er könnte in ihrem Gesicht lesen, wie sehr sie sich nach einem Leben jenseits ihrer Blockhütte sehnte. Sie würde ihn auch nicht wissen lassen, wie sehr sie seine Gegenwart genoß. Der Wirrwarr ihrer Gefühle machte den Umgang mit ihm plötzlich schwieriger. Sie wollte nichts fordern, denn sie glaubte, ihm nichts geben zu können. Dadurch fühlte sie sich unendlich schuldig.

Er wußte, daß sie log, und er hatte um ihretwillen nicht die Absicht, sie zu schonen. »Wie lange soll das noch so gehen?« fragte er unumwunden.

Einen Augenblick herrschte Stille im Raum. Das gleichmäßige Ticken der Wanduhr, das zufriedene, leise Schnarchen des

Hundes und das Zischen der Glut im Ofen waren die einzigen Geräusche. Doch Nikolaus war sich sicher, Constanzes Herzschlag zu hören, hämmernd wie nach einem schnellen Lauf. Er fühlte ihre Nähe und wußte, daß er meilenweit von ihr entfernt war.

Schließlich straffte sie die Schultern, als wolle sie in die Ungewißheit marschieren.

»Ich weiß es nicht«, versetzte sie mit fester Stimme, sie drehte sich aber nicht zu ihm um. »Vermutlich werde ich so lange hier bleiben, bis ich mich daran erinnern kann, woher ich komme...« Ihre nachfolgenden Worte, die eigentlich nur Gedanken waren, hingen unausgesprochen in der Luft: *Wann das sein wird, kann niemand beurteilen.*

Er sprang auf, trat von hinten an sie heran und umfing sie mit seinen Armen. Der Wunsch, sie zu berühren und zu beschützen schien übermächtig. Er wußte, es war ein schwacher Trost, aber er sagte: »Die meisten Menschen sind Tag um Tag von ihrer Spezies umgeben, aber dennoch nicht weniger einsam als du, Constanze. Die Gegenwart anderer Menschen befreit dich nicht von deinen Sorgen. Ich weiß zwar nicht, ob du dich hier besser wiederfinden kannst als anderswo, aber ein großer Rummel gibt dir keine Garantie für deinen Seelenfrieden...«

Er vergrub sein Gesicht in ihrem Haar. »Du wirst mir fehlen.«

Ein leises, bitteres Lachen antwortete ihm. Sie wünschte, sie hätte ihm sagen können, daß er ihr ebenso fehlen würde, doch das erschien ihr unehrlich. Natürlich würde sie ihn vermissen. Aber vermißte sie wirklich *ihn* oder war es nicht vielmehr menschliche Nähe und Wärme? Sie war verwirrt und verzweifelt. Zum ersten Mal seit gut zwei Jahren beschäftigte sie sich in Gedanken mehr mit der Gegenwart als der Vergangenheit. Es schien ihr, als sei das Heute plötzlich quälender als der Verlust ihrer Erinnerungen, und sie fühlte sich wie ein Vogel, der von der Luft in sanftem Flug getragen wird, um dann doch aus irgendeinem Grund abzustürzen. Sie wünschte, sie könnte der

Melancholie dieses Augenblicks entfliehen und den heiteren Zauber zurückholen, der sie eben noch umfangen hatte.

Eine Weile standen sie so da, stumm und engumschlungen wie Schiffbrüchige, die verzweifelt auf die Rettung warteten. Schließlich löste er sich von ihr. »Ich habe keine Ahnung, wann es sein wird, aber ich werde wiederkommen«, versprach er. »Wirst du auf mich warten, Constanze?«

»Habe ich denn eine andere Wahl?«

»Das meinte ich nicht. Du hast eine Wahl.« Da er nicht wußte, was er mit seinen Händen anfangen und wo er hinsehen sollte, weil er ihren Augen auswich, trat er ans Fenster und blickte in die undurchdringliche Dunkelheit dieser Sommernacht. »Ich wünschte, ich könnte dir schreiben«, murmelte er.

»Ja, das wäre sehr schön.«

Plötzlich schoß eine Idee durch seinen Kopf wie der schnelle Blitz eines heftigen Gewitters. Mit einem zuversichtlichen Ausdruck auf seinen Zügen, wandte er sich wieder zu ihr herum. »Maximilian ist die meiste Zeit auf Schloß Altenberg. Ich werde ihn bitten, dir meine Briefe zu bringen.«

Er bemerkte ihr Zögern, die mehr als gedämpfte Freude über ihren *postillon d'amour*, und deutete ihre Skepsis falsch: »Besucht er dich etwa nicht mehr?« fragte er forsch.

Er haßte sie, Maximilian, letztendlich auch sich selbst und seine scharfe Beobachtungsgabe für das kurze Aufleuchten in ihren Augen.

»Ich glaube«, antwortete sie mit gesenkten Lidern, »er hat ziemlich viel in Meißen zu tun. Nachdem er von seinem verstauchten Fuß genesen ist, war er nicht sehr oft hier. Manchmal jedoch führt ihn sein Weg an meiner Hütte vorbei.«

Tief durchatmend beschloß er, sich die Freude seines Zusammenseins mit Constanze nicht verderben zu lassen. Sie hatte ihn in den vergangenen Stunden zu einem sehr glücklichen Mann gemacht. Die geisterhafte Gegenwart seines Bruders dürfte dieses Gefühl nicht vernichten. Es hatte keinen Sinn, sich mit einer lächerlichen Eifersucht zu quälen, gegen die er nicht das geringste unternehmen konnte. Ohnehin entsprang der Situation, in der sich Constanze befand, mehr Melancholie, als gut für sie war – und wahrscheinlich auch für ihn selbst. Mit einem strahlenden Lächeln auf seinen Lippen demonstrierte er unbeschwerte Heiterkeit.

»Es ist also abgemacht«, meinte er munter, »ich werde dir über den Umweg Maximilian schreiben. Genug der Debatte. Nun, mein Liebstes, solltest du an mein leibliches Wohl denken.« Er zwinkerte ihr zu. »Anders als bisher, bitte schön. Ich bin am Verhungern. Was gibt es zu essen, Mademoiselle *cuisinière*?«

Sprach's, ließ sich auf einen Stuhl an dem blank gescheuerten Tisch fallen, den Constanze mit weißen Leinenservietten und einem Kerzenleuchter halbwegs nobel zu decken versucht hatte, und grinste sie frech an.

Sein Frohsinn war ansteckend. »Ich wette«, bemerkte sie lachend, während sie die Zinnschüssel mit Hafergrütze auf den Tisch stellte, »daß du eure Köchin auf Schloß Altenberg nicht so drängelst?«

Er umfaßte mit beiden Händen ihre Taille und zog sie auf seinen Schoß. »Stimmt, aber unsere Köchin hat mich noch niemals nur halb so hungrig gemacht wie du.«

Unwillkürlich dachte sie an die Szene in der Eingangshalle von Schloß Altenberg, als sie Nikolaus zum ersten Mal gesehen hatte. Doch sie verkniff sich den derben Scherz, der auf ihren Lippen lag. Statt dessen strich sie liebevoll eine Locke aus seiner Stirn. »Manchmal hast du etwas von einem kleinen, unartigen Jungen«, sagte sie sanft. »Das ist äußerst liebenswert, weißt du, und ich bin sicher, eure Köchin hat dich mit allen erdenklichen Leckereien verwöhnt, die eure Speisekammer nur hergab.«

»Wäre es unbescheiden, wenn ich behauptete, beliebt bei den Damen zu sein? Du hast recht, als ich klein war, bereitete unsere Köchin fast nur meine Lieblingsgerichte zu, bis mein Vater sich einschaltete und eine Änderung des Speiseplans erzwang, obwohl er selbst eigentlich kein besonders genußsüchtiger Mensch war. Ich bin sicher, Friedrich machte ihn auf die Einseitigkeit unseres Menüs aufmerksam. Mein großer Bruder legte schon immer Wert auf seinen eigenen Geschmack«

»Zumindest wirkte er auf mich äußerst wohlgenährt.« Sie tauchte einen Löffel in den Brei, der nichts anderes war als ein Arme-Leute-Essen und sicher nicht vergleichbar mit der Speisefolge, die auf Schloß Altenberg serviert wurde. Etwas Hafergrütze tropfte auf ihre Hand, und Nikolaus beugte sich vor, um sie abzulecken.

Als er den Kopf hob, begegneten sich ihre Augen, und sie erkannte in seinen Blicken dasselbe Begehren, das von ihr Besitz ergriffen hatte. Dieser stete Wunsch nach seiner Berührung erschien ihr wie eine Sucht, und das Wissen um ihr eigenes Verlangen machte sie nervös. Sie suchte nach einer Möglichkeit, ihren Herzschlag zu beruhigen, der sich bei jedem seiner schweren Atemstöße beschleunigte. Die Sehnsucht ihres Körpers schwoll zu einem Crescendo an, dem sie sich nicht mehr gewachsen fühlte. Doch als sie von seinem Schoß rutschen wollte, um eine gewisse Distanz zu schaffen, hielt er sie fest.

»Vielleicht bin ich doch nicht so hungrig, wie ich dachte«, murmelte er. »Komm, laß uns das Abendessen noch etwas verschieben. Wir haben ja die ganze Nacht Zeit.«

»Das ist nicht viel . . .«

Er veränderte seine Stellung auf dem Stuhl, so daß er sie in seine Arme nehmen, aufstehen und zum Bett tragen konnte. Dabei sagte er: »In einem Moment wie diesem erfahren wir mehr Glück, als den meisten Menschen in ihrem ganzen Leben beschieden ist.«

32

Ein Großteil des Ostflügels des Dresdner Schlosses war bei einem Brand im Jahre 1701 zerstört worden. Als Maximilian zur Audienz eintraf, erregte die immense Bautätigkeit rund um die verschiedenen Schloßhöfe seine Aufmerksamkeit. Wie über all in der Residenz schien August auch hier seine Vorliebe für die moderne, prunkbeladene Architektur ausleben zu wollen, und verband diese mit den Vorgaben jener Bauherren, die das Schloß in der Renaissance errichtet hatten. Freilich erwartete August nicht nur präzises und formschönes Arbeiten, sondern vor allem Schnelligkeit. Es mangelte ihm an Geduld. Spätestens im Herbst kommenden Jahres, wenn in Sachsen die Hochzeit des Kronprinzen gefeiert werden würde, sollte am Elbufer ein zweites Venedig entstanden sein, das man wegen seiner Kunstsammlung auch ›Elb-Florenz‹ nannte. Doch bereits jetzt priesen Reisende den Hof zu Dresden als den schönsten und prächtigsten der Welt.

Maximilian hatte sich ungewöhnlich fein herausgeputzt. Um sich dem gängigen Modediktat bei Hofe unterzuordnen, hatte er sich sogar eine Alongeperücke seines Bruders Friedrich ausgeliehen. Allerdings bedauerte er diese Idee bei jedem Schritt, der ihn in der hellen Mittagssonne durch den Großen Schloßhof führte. Unter dem reichlich gepuderten Haarteil kaum mit Luft versorgt, bildete sich auf seiner Kopfhaut eine Art Ofen, und dicke Schweißperlen rannen seinen Nacken hinab in den Schalkragen seines Seidenhemdes. Auch in seinen Achselhöhlen fühlte er die Hautausdünstungen, und er befürchtete bereits, daß sich unter seinen Armen große, feuchte Flecken auf der ockerfarbenen Seide seines Rocks bildeten. Wie hatte er nur auf die unsägliche Idee kommen können, sich für die Audienz beim König derart zu maskieren? Seine Majestät erwartete einen Künstler, eher noch einen Handwerker, aber ganz sicher keinen Lackaffen.

Selbst für einen Mann wie Maximilian, der sich wenig aus gesellschaftlichen Regeln oder höfischen Zwängen machte, war die Ehre der Einladung in die Residenz verbunden mit einer gewaltigen Portion Verlegenheit und Nervosität. Obwohl er wußte, daß August vornehmlich bürgerliche Künstler beschäftigte und diese in ihrer Behandlung den adeligen Ständen gleichstellte, registrierte er die Jovialität, mit der der Kurfürst-König ihn begrüßte, als sei dieser ein alter Freund, mit größter Überraschung. Allerdings erleichterte dieses Verhalten den respektvollen Umgang mit dem Monarchen keineswegs. Auch die Tatsache, daß Maximilian körperlich fast ebenso groß war wie der hühnenhafte Herrscher, war nicht dazu angetan, den Graben zwischen den beiden Männern zu überbrücken. Im Gegenteil, Maximilian hätte sich deutlich wohler gefühlt, wenn er von Natur aus zum König hätte aufschauen müssen, anstatt in gleicher Augenhöhe mit diesem zu stehen und sich zum Katzbuckeln verpflichtet zu fühlen.

August erwartete Maximilian im königlichen Arbeitszimmer, fernab der steifen Vornehmheit der offiziellen Empfangsräume. Nach den ersten Begrüßungsfloskeln und Maximilians ebenso hilflosen wie steifen Verbeugungen bat ihn August zu einem Zeichentisch ans Fenster, auf dem sich Skizzen stapelten, die der König persönlich angefertigt hatte.

Ein Papier zeigte zwei Zeichnungen, die etwa die Form eines liegenden Beils darstellten, von denen Schaft und Blatt jeweils in einzelne numerierte Bereiche aufgeteilt waren. Daneben hatte August eine Liste aufgeführt, die die Nummern und eine kurze Bezeichnung enthielt.

»Unsere neueste Inspiration«, erklärte August gut gelaunt, während er mit seiner reich beringten Hand auf das untere Beil seiner Zeichnung deutete. »Was haltet Ihr davon, Altenberg? Das sind die Pläne für einen Museumsneubau. Der untere Teil ist der massive Unterbau, darüber befindet sich eine Galerie, so daß sich insgesamt zweiunddreißig Ausstellungsräume anbieten. Diese wiederum beabsichtigen Wir nach Material und ästhetischen Gesichtspunkten zu gliedern, nicht, wie bisher üblich, als heilloses Durcheinander an Objekten zu gestalten, deren einzige Gemeinsamkeit das Herstellungsdatum ist.«

»Seine Majestät hat Sein Geschick in der Präsentation erlesener Kunstwerke bereits mit der Eröffnung des Holländischen Palais' mehr als deutlich gemacht.«

August machte eine wegwerfende Handbewegung. »Redet nicht um den heißen Brei, Altenberg. Euer Urteil interessiert wirklich. Sprecht frei heraus.«

Maximilian stieß einen leisen Seufzer aus, während er nachdenklich auf die Skizze starrte. Irgend etwas fehlte in den Plänen für den Museumsneubau, ein Manko, das nach näherer Betrachtung unübersehbar war. Sich nicht sonderlich wohl fühlend in seiner Haut, beschloß Maximilian, aufrichtig zu sein und seine Kritik vorzubringen.

»Es ist eine wunderbare Gliederung und eine Sensation in der Museumsorganisation, Sire, aber Ihr habt keine Räume für Eure Gemäldesammlung vorgesehen. Darf ich untertänigst fragen, warum Ihr diese ausgeklammert habt?«

August grinste zufrieden. »Ihr habt einen klugen Kopf und ein klares Urteilsvermögen, Altenberg.« Er legte eine kleine Gedankenpause ein, bevor er fortfuhr: »Wir betrachten die Gemäldesammlung als Bestandteil absolutistischer Kulturpolitik. Deshalb meinen Wir, daß es sinnvoll ist, die Bilder hier im Schloß oder im Kabinett des Stallgebäudes am Jüdenhof zu belassen, wo die meisten von ihnen derzeit hängen. Lediglich ein Lieblingsbild haben Wir gerne in unserer Nähe . . .«

Er wandte sich zu der Staffelei um, die in einer Ecke, geschützt vor der durch die Fenster eindringenden Sonne, im Schatten stand. Maximilian hatte bei seinem Eintreten in das Arbeitszimmer zu wenig Zeit gehabt, um den Raum vollständig zu umfassen, da sein Blick auf der prachtvollen Erscheinung des Königs und später untertänigst auf den Schnallen seiner spitz zulaufenden Schuhe geruht hatte. Deshalb gelang es ihm erst jetzt, nach der Aufforderung durch den Hausherrn, das Gemälde zu betrachten.

Einen verrückten Augenblick lang glaubte Maximilian, seine eigenen Erinnerungen in dem reich verzierten Goldrahmen mit den Initialen AR zu sehen. Das Mädchen auf dem Bild erinnerte so stark an seine Beobachtung und an Constanze im Bach, daß er taumelte. Es war das gleiche entspannte Gesicht, die geschlossenen Augen, der wunderschöne, üppige Körper, das leicht angewinkelte Bein und die Hand, mit der sie ihre Scham bedeckte. Doch das Mädchen, das vor über zweihundert Jahren in Öl erschaffen worden war, lag nicht in einem Bach, sondern auf Kissen und Seidentüchern. Der Hintergrund war auch kein Wald, sondern eine in die Stille der Abenddämmerung getauchte Hügellandschaft.

Maximilian erkannte das Gemälde, obwohl er es nie zuvor gesehen hatte und lediglich durch verschiedene Beschreibungen zuordnen konnte: Es war eines der Hauptwerke italienischer Hochrenaissance, Giorgiones *Schlummernde Venus*. Seinen Blick unverwandt auf das Bild gerichtet, dachte Maximilian: *Wenn man die königliche Vorliebe für schöne Frauen berücksichtigt, ist es kaum verwunderlich, daß er ausgerechnet dieses Gemälde den vielen anderen Kunstwerken seiner Sammlung vorzieht...*

»Mit Giorgione verbindet Uns eine gewisse Seelenverwandtschaft«, bemerkte August. »Ich weiß, ich weiß..., es ist nicht gerade viel über diesen großen Künstler aus Venedig bekannt, doch sagt man, er sei ein Freund rauschender Feste gewesen und habe sich an seinem Leben, dem Singen, Tanzen und der Liebe in besonderem Maße erfreut.« Man sagte auch, daß Giorgione ein riesiges Mannsbild gewesen sei, das zugleich voller revolutionärer wie auch romantischer Gedanken gesteckt habe. Doch sein Wissen um diese Gemeinsamkeiten behielt August für sich.

»Ganz sicher aber, Altenberg, habt auch Ihr einen Blick für das schöne Geschlecht«, fuhr der Kurfürst-König schmunzelnd fort. »Wir haben die Porzellanfigur, die man Uns aus Meißen schickte, mit größtem Wohlwollen betrachtet. Wo, um alles in der Welt, habt Ihr das Modell für Eure außergewöhnliche Arbeit gefunden?«

Wieder streifte ein flüchtiger Gedanke an Constanze Maximilians Wahrnehmung. Wie unwirklich das Ganze doch war! Obwohl sie inzwischen nichts mehr von der Mystik umgab, die er am Anfang ihrer Freundschaft in ihr gesehen hatte, war ihre Situation nicht frei von einem gewissen Kuriosum. Da stand er nun mit einem der berühmtesten Monarchen seiner Zeit vor einem der bedeutendsten Gemälde italienischer Kultur und suchte nach einer plausiblen Erklärung für den Aufenthaltsort einer jungen Frau, die gemeinhin als geisteskrank galt.

»Sie ist eine Schäferin, Sire«, behauptete Maximilian mit ruhiger Stimme. »Ich hatte die Freude, sie ganz in der Nähe des Gutes meiner Familie zu finden.«

»Welche Freude Euch das Mädel auch immer geschenkt hat«, Belustigung spielte in Augusts Augen, »es ist ein wahres Vergnügen, ihrer in Gestalt der von Euch gefertigten Porzellanfigur ansichtig zu werden. Wir wünschen mehr von diesen Arbeiten, Altenberg, viel mehr. Zwar muß es ja nicht immer dasselbe Modell sein, aber Statuetten aus Unserem ›weißen Gold‹ werden bald groß in Mode sein. Da sind wir Uns absolut sicher.«

Maximilian spürte, wie eine feine Röte seine Wangen überzog. Natürlich war er mit bestimmten Erwartungen in die Residenz gekommen, aber von einem Auftrag direkt vom König hatte er nicht einmal zu träumen gewagt. Seine Obsession, Porzellanfiguren herzustellen, erwies sich offenbar als eine folgenreiche Entscheidung, die nicht nur seinen Fähigkeiten entgegenkam, sondern sowohl seinen künstlerischen Stil als auch seine Karriere prägte. Vor seinem geistigen Auge sah sich Maximilian als Hofbildhauer und Spezialist für Meissener Porzellanfiguren. Er sah sich als gefeierten Mann, der sich keinen Konventionen, modischen Zwängen oder dem Geschmack seines jeweiligen Meisters unterzuordnen brauchte, der vielmehr Kunstwerke für einen Monarchen fertigte, der einen unvergleichlichen Sinn für die schönen Künste und – so gebe Gott – die Mittel besaß, diese ausreichend zu finanzieren. Das Bild vom Original seiner berühmtgewordenen Statuette war über die freundlichen Worte des Königs verblaßt. In seinen Gedanken war Constanze längst vergessen.

Maximilian verneigte sich tief vor dem König. »Ihr erweist einem einfachen Handwerker zu viel der Ehre, Sire.«

»Wir erkennen einen großen Künstler, wenn Wir ihn sehen.«

»Sire, ich bin Euer ergebenster Diener.« Blitzartig wurde Maximilian klar, daß, sofern seine künstlerische Karriere auf dem Wohlwollen des Herrschers beruhen sollte, er sich auch den Wünschen dieses Mannes unterwerfen müsse. Irgendeiner wäre also immer da, der seine künstlerische Freiheit beeinflussen würde. *Lieber einem Kunstkenner wie August dienen müssen als einem Banausen,* fuhr es ihm durch den Kopf.

Er fragte: »Wie kann ich Euch zu Diensten sein, Majestät?«

»Wir möchten ein Duplikat Eurer Porzellanfigur besitzen«, versetzte dieser prompt.

Maximilian starrte ihn verblüfft an.

»Das Original erschien Uns das passendste Geschenk für Madame de Bouvier zu sein, als Willkommensgruß bei ihrer Rückkehr nach Dresden. Ihr könnt versichert sein, Altenberg, daß Madame dieses Präsent in höchstem Maße gewürdigt hat...« August lächelte. »Die Schönheit Eures Kunstwerkes blendete sie so sehr, daß sie in Ohnmacht fiel...«

Einen Augenblick lang hing er seinen Erinnerungen nach. Bis zu diesem Tage hatte er Sophie für sehr stark, selbständig und vor allem äußerst praktisch gehalten. Außerdem wußte er, daß berühmte Kunstwerke einen Teil ihres Lebens ausmachten, denn schließlich hatte sie viele Jahre zwischen der Sammlung des Grafen Morhoff gelebt. Die Tatsache, daß ihr beim Anblick einer kleinen Porzellanfigur derart schwindelte, ließ sie in Augusts Augen viel zarter und zerbrechlicher wirken. Ohnmächtig in seinen Armen hatte sie so hilflos gewirkt, daß er sich plötzlich einer anderen Person nahezufühlen schien – einer Frau, die nicht nur seine Leidenschaften teilte, sondern einer, die seiner Hilfe und Unterstützung bedurfte. Die unerwartete Verwandlung seiner Favoritin hatte ihre Anziehungskraft keineswegs geschmälert. Und als Sophie mit Hilfe eines rasch herbeigeholten Fläschchens Riechsalzes wieder aus Ihrer Ohnmacht erwacht war, lag in ihren Augen, die seinen Blick kreuzten, so unendlich viel Kraftlosigkeit, daß er ihr auf genau entgegengesetzte Weise verfiel wie seinerzeit bei dem Scheunenbrand auf Schloß Elbland. Ihre Schwäche förderte seine Stärke mehr, als ihr Mut dies hätte tun können.

Sophie wünschte, daß die Porzellanfigur in ihrem Schlafzimmer postiert würde. Dann verkündete sie eine persönliche Ent scheidung, die August in tiefstes Erstaunen, aber auch in größtes Entzücken versetzte: Sie beabsichtigte, ihm einen Teil der berühmten morhoffschen Kunstsammlung zu überlassen. Es war ein Geschenk an den König und eine Verbeugung vor dessen Plänen. Außerdem versicherte ihm Sophie, daß dies im Sinne ihres Großvaters sei. Kurz darauf hatte August die Bilder unter dem Schutz einer Kavallerie-Eskorte nach Dresden bringen lassen, tief betroffen und gleichzeitig beglückt von der Großzügigkeit seiner Mätresse. Freilich hatte Sophie mit ihrem Geschenk etwas bewirkt: Sie hatte August damit mehr an sich gebunden, als es die Gräfin Cosel mit ihrem erzwungenen Heiratsversprechen je vermocht hatte.

»Unsere Kollektion«, fuhr August unvermittelt fort, »soll die Sammelleidenschaft der Adeligen und Bürger anregen. Nur durch eine vernünftige Konservierung ist es möglich, Kulturgüter zu erhalten. Es erscheint Uns sinnlos, diese Verantwortung alleine zu tragen oder der Aristokratie zu überlassen. Das Bürgertum ist reif, um mit dem König und seinen Sammlungen in einen Wettbewerb zu treten. Das ist ein Meilenstein auf dem Weg zur Förderung der schönen Künste.«

»Seit der Renaissance haben Monarchen immer wieder versucht, die Förderung der schönen Künste zu betreiben«, antwortete Maximilian. »Niemandem aber ist es so deutlich gelungen wie Euch, Majestät.«

Ein schwaches Lächeln spielte um Augusts Mundwinkel. »Ist das Unser Verdienst oder der des Zeitgeistes?« Er hob die Hand, um den Versuch seines Gastes, auf die rhetorisch gemeinte Frage zu antworten, zu unterbinden. »Obwohl Wir den Hof zu Versailles und den französischen König Ludwig XIV. immer tief verehrt haben, möchten Wir nicht als ein ebenso blutrünstiger Kriegsherr mit einer gewissen verschwenderischen Ambition für Pracht in die Geschichte eingehen. Unsere Position ist eine andere.

Deshalb, Altenberg, wünschen Wir ein Duplikat Eurer Porzellanfigur.«

»Pardon, Sire, ich verstehe nicht ganz...« Hilflos brach

Maximilian ab, vertrat er doch die Auffassung, daß nicht nur das handwerkliche Geschick des Künstlers, sondern auch die Einmaligkeit eines Kunstwerkes für dessen Wert verantwortlich war.

»Nun, da Wir das Original verschenkt haben, fehlt etwas in Unserem Besitz, nicht wahr? Die Figur würde sich prächtig ausnehmen in Unserer Porzellansammlung im Holländischen Palais, die Wir demnächst der Öffentlichkeit zugänglich machen wollen. Auf eine derart exquisite Arbeit aus Unserer eigenen Manufaktur können Wir nicht verzichten. Deshalb ist es notwendig, Altenberg, einen Zwilling herzustellen.«

Maximilian wollte gerade antworten, daß die Herstellung einer absolut identischen Figur nicht möglich war. Bei Handarbeiten dieser Art kam es trotz der Gipsformen, über die die Basisteile getöpfert wurden, immer wieder zu Veränderungen. Doch er biß sich gerade noch rechtzeitig auf die Zunge, als ihm klarwurde, daß der künstlerisch gebildete und handwerklich begabte Kurfürst-König über dieses Detail informiert sein mußte.

»Bei Manufakturprodukten kann es sich nicht nur um Unikate handeln. Das liegt in der Natur der Sache«, fuhr August fort. »Wir müssen modern denken. Die Zukunft heißt Industrialisierung. Einzigartige Waren werden auf diese Weise zu Kopien ihrer selbst, was eine unwürdige Bezeichnung für einen Zwilling ist. Porzellan ist die Krönung dieser Entwicklung. Zwar werden Figuren niemals der Gewöhnlichkeit von Geschirr entsprechen, sollten aber dennoch in größeren Auflagen produziert werden. Allerdings nur mit Unserer Zustimmung und für Unseren eigenen Bedarf!«

»Es wird mir eine Ehre sein, Sire, eine zweite Porzellanfigur nach dem Motiv der Schäferin anzufertigen.«

Nach dieser Zusicherung schwitzte Maximilian nur noch mehr unter der Perücke. Obwohl ihn der Empfang durch den Monarchen und die in persönlichem Stil geführte Unterhaltung tief beeindruckten, wünschte er nichts sehnlicher, als endlich entlassen zu werden, um die ungewohnte Garderobe ablegen zu dürfen.

Doch August schien große Stücke auf das Urteil des ›Handwerkers‹ zu geben, denn er wandte sich wieder den Papieren auf dem Zeichentisch zu und fingerte aus einem Stapel die Skizze eines geschwungenen Dachs hervor. Obwohl Maximilians Auge nicht unbedingt in Architektur geschult war, erkannte er doch sofort die Form eines Krüppelwalmdachs mit einem reich verzierten Tympanon und einer kleinen Fiale in Form einer Vase, die loderndes Feuer spie. Als Verzierungen des Giebelfeldes waren der sächsische Adler, Blumen- und Blattmotive im japanischen Stil und das königliche Monogramm *AR* nebst Krone vorgesehen.

»Obwohl Wir den öffentlichen Zugang planen, sind die Umbauarbeiten am Holländischen Palais längst noch nicht abgeschlossen«, erklärte August. »Dieses ist die Skizze für eine neue Bedachung. Gefällt sie Euch, Altenberg?«

Maximilian zögerte. Er fand die Zeichnung etwas kitschig und wunderte sich, daß der sonst in Fragen des Geschmacks so sichere Kurfürst-König Freude an derartigen Plänen fand. Außerdem fragte er sich, wie die zu erwartende Farbenpracht eines derartigen Tympanons in Stein umzusetzen wäre. Zwar hatten Baumeister bereits in der Gotik mit derartigen Giebelverzierungen gearbeitet, aber diese entsprachen einem anderen Arbeitsstil und einem mittelalterlichen Sinn für Schönheit. Das Kupferdach des Holländischen Palais erschien Maximilian für den klassizistischen Baustil des Gebäudes weitaus angemessener.

August schien gar keine Antwort erwartet zu haben, denn nach einer Weile, in der beide Männer in ihre Gedanken versunken gewesen waren, murmelte er: »Ein Porzellanschloß sollte aus Porzellan gebaut sein. Schon Marco Polo berichtete von den herrlichen Porzellanbauten der Chinesen. Wir sind sicher, auch Unsere Handwerker können Derartiges vollbringen. Da Wir aber die Bausubstanz nicht verändern wollen, bleibt Uns nur das Dach.«

Er hob den Kopf. »Dieses ist der Entwurf für ein Dach aus Meissener Porzellankacheln.« Als er Unverständnis in Maximilians Augen gewahrte, brach der Monarch in dröhnendes Gelächter aus. »Glaubtet Ihr etwa, Wir würden ein derartiges Dach aus Stein bauen lassen? Wir machen Uns doch nicht zum Gespött der Baumeister!«

»Ein Dach aus Porzellankacheln?« wiederholte Maximilian verblüfft. Das war freilich eine sensationelle Idee. Er wünschte, er hätte ein wenig mehr Ahnung vom Beruf eines Architekten und sei auf dem Gebiet der Mathematik und der Statik besser bewandert. Dann hätte er nämlich sofort berechnen können, wie groß die Fläche sein würde, für die auf der Albrechtsburg Kacheln zu brennen gewesen wären. Aber auch ohne Zuhilfenahme eines Rechenstabes war ihm klar, daß ein Plan wie die Bedachung eines so gewaltigen Baus nicht nur die Arbeitskapazität der Manufaktur sprengen, sondern vermutlich auch die finanziellen Möglichkeiten des sächsischen Staatshaushaltes überfordern würde.

»Porzellan besitzt etwas Mystisches«, sagte der Kurfürst-König in Maximilians Gedanken hinein. »Es verfügt über den Effekt eines Talismanns und erscheint Uns ebenso wertvoll wie Gold, obwohl – oder gerade weil – es lebendiger ist als das kalte Metall. Ein Arkanum des Glücks, wenn Ihr so wollt. In jedem Fall aber hat es etwas Göttliches, was übrigens schon die Chinesen und Japaner vor Uns entdeckten. Es liegt also durchaus nahe, ein Haus mit einem Dach aus Porzellan zu krönen. Bringt es seine Besitzer dadurch nicht näher an den Himmel?«

»Ich hörte, Sire, daß Ihr Eure Sammelleidenschaft als *Maladie* bezeichnet«, erwiderte Maximilian ernsthaft. »Wenn dem so ist, so ist die Arbeit mit Porzellanerde eine ebenso große Krankheit. Man kann sich ihr nicht entziehen. Ich würde sie sogar als Sucht bezeichnen, denn die Formbarkeit und Plastizität dieses Tons ist unvergleichlich.«

»Wobei Wir wieder bei Eurer Schäferin wären.« August schenkte dem Künstler ein herzliches Lächeln. »Wir werden mit Eurer Porzellanfigur in der öffentlichen Ausstellung viel Eindruck machen. Das verspreche ich Euch. Wußtet Ihr übrigens, daß Ihr Euch in höchster Gesellschaft befindet? Jesus

Christus soll kleine Vögel aus Lehm geformt haben. Es gibt darüber einige Schriften aus dem Mittelalter. ER hat die Figuren natürlich zum Singen und Fliegen gebracht. Derartiges liegt jedem Erdenbürger fern. Dennoch ist die Lebendigkeit Eurer Statuette ganz erstaunlich, wirklich ganz erstaunlich.«

Vögel! fuhr es Maximilian durch den Kopf. Ich werde es mit Vögeln versuchen. Vögeln aus Porzellan ...

33

Sophie bemerkte die Veränderung sofort. Es war nichts, was sie sehen oder hören konnte, aber sie spürte es so deutlich, als würde sie es mit allen Sinnesorganen gleichzeitig wahrnehmen. Vielleicht war der Geruch in der Waldhütte ein anderer, aber auch diese Erkenntnis war möglicherweise ein Trugbild, mit dem Sophie ihre Gefühle zu erklären suchte. Immerhin *wußte* sie ja, daß etwas anders war.

Seit ihr August sein Begrüßungsgeschenk gebracht hatte, wußte sie es. Es war nicht möglich, daß sich irgend jemand an Constanze aus früherer Zeit erinnerte und sie gleichsam so porträtierte, wie sie heute aussah. Deshalb hatte sie August nach dem Namen des Bildhauers gefragt. Maximilian Altenberg mußte Constanzes geheimen Aufenthaltsort gefunden haben. Eine Erkenntnis, die Sophie in Angst und Schrecken versetzte. Darüber war sie im Angesicht der *Goldenen Schäferin* ohnmächtig geworden. Später saß sie alleine in ihrem Schlafzimmer. Die Porzellanfigur stand im Schein Dutzender von Kerzen auf dem Toilettentisch, und die Spiegel warfen das Bild der Statuette zehnfach zurück. Es erschien ihr, als sei sie in einem lichtdurchfluteten Tunnel gefangen, in dem sie von unendlich vielen Porzellanfiguren mit dem Antlitz Ihrer Tochter verhöhnt wurde.

Tatsächlich fühlte sie sich betrogen. Am schlimmsten war die Enttäuschung über den Vertrauensbruch. Anders war es ja kaum zu verstehen, daß Constanze ihr nichts von Maximilian Altenberg erzählt hatte. Wer war er? Freund oder Feind? Sophie dachte an den höflichen Beileidsbrief, den sie von Friedrich von Altenberg nach dem Tode ihres Großvaters erhalten hatte. Doch auch in diese Erinnerung mischte sich Zorn: Graf Morhoff hatte ihr verschwiegen, daß aus seiner nachbarschaftlichen Beziehung eine tiefe Freundschaft geworden war, die ihn zu jenem tragischen Gegenbesuch veranlaßt hatte. Und sie erinnerte sich der vehementen Fragen Martin von Altenbergs, die zu direkt gewesen waren, um freundlich zu sein. Es kam ihr vor, als sei sie gefangen in einem Netz, und die Fäden würden von den Altenberg-Brüdern gezogen. Sie kannte nur einen von ihnen persönlich und konnte nicht beurteilen, wie er oder seinesgleichen mit ihrem Schicksal umzugehen beabsichtigte. Spannen die Grafen Altenberg eine Intrige? Durch welchen Umstand waren die beiden Menschen, die Sophie unendlich lieb und teuer waren, so stark in die Fänge ausgerechnet dieser Familie geraten?!

Es wäre nicht das erste Mal in der Geschichte, daß ein wettinischer Herrscher durch einflußreiche Mitglieder eines bestimmten Adelsgeschlechts gestürzt werden sollte. Auch August hatte mit diesen Leuten leidvolle Erfahrungen gemacht. Hatten sich die Grafen Altenberg Zugang zu den beiden Schwächsten in Sophies Umgebung verschafft, um die Mätresse des Königs für einen Umsturz zu benutzen? Die Idee war plausibel. Sie bereitete Sophie Übelkeit, wenn sie an die sanften Augen des Pastors dachte.

Vor allem aber war da die Gefahr, in der sie selbst sich befand – und ihre Tochter ebenfalls. Sie konnte sich sehr einfach ausmalen, was geschehen würde, wenn die Hofgesellschaft von Constanzes Existenz erfuhr. Sie hatte ja oft genug alle Möglichkeiten gegeneinander abgewogen. Ihr Recht auf ein eigenes Glück war dadurch ebenso gefährdet wie die Sicherheit ihrer Tochter. Und nicht nur das. Niemand wußte, was an jenem Abend passiert war, als Constanze ihr Gedächtnis verloren hatte. Dennoch war für Sophie von Anfang an klar gewesen, daß die ständige Angst, mit der Constanze lebte, ihren Ausgang unmittelbar von jenem Erlebnis genommen hatte. Doch vor wem oder wovor konnte sie ihre Tochter beschützen, wen oder was konnte sie bekämpfen, wenn sie nicht einmal wußte, woher die Bedrohung kam? Das war auch einer der Gründe, warum sie selbst einem Freund wie Thomas von Ulmenhorst die Wahrheit verschwieg. Dabei hätte er zweifellos das größte Recht auf Ehrlichkeit, denn er sollte vor zwei Jahren Sophies Schwiegersohn werden. Es erschien ihr allerdings gnädiger, ihm zu sagen, seine Verlobte sei bei einem Unfall ums Leben gekommen, als ihn an eine Frau zu binden, die sich seiner nicht einmal erinnern konnte.

Während sie im hellen Kerzenschein ihres Schlafzimmers saß und stundenlang auf die zarten Linien der Porzellanfigur starrte, fragte sie sich, welche Möglichkeiten zum Handeln blieben. Ihren Großvater konnte sie nicht mehr um Erklärung bitten. Aber ihre Tochter würde Auskunft geben müssen. Zum ersten Mal in ihrem Leben dachte Sophie mit Groll an Constanze, und ihre Wut wurde nicht weniger, als sie sich verdeutlichte, daß ihr im Augenblick die Hände gebunden waren. Gerade erst nach Dresden zurückgekehrt, war es unmöglich, die Residenz – August – schon wieder zu verlassen. Vorläufig würde sie gute Miene machen müssen. Sophie setzte sich und ihre Tochter dadurch zwar all jener Gefahren aus, die sie befürchtete, aber noch nicht greifen konnte. Doch sie beschloß, sich wenigstens ein wenig Rückendeckung zu verschaffen.

Obwohl ihr Machtspiele höchst zuwider waren, würde sie versuchen, August so stark an sich zu binden, daß ihn selbst die Nachricht von einer heimlichen, möglicherweise verrückten Tochter seiner Geliebten wenig schockierte. Da Sophie ohnehin relativ wenig an den Gemälden ihres Großvaters lag, machte sie diese dem König zum Geschenk. Zumindest hatte sie auf diese Weise sogar häufiger Gelegenheit, die Sammlung zu betrachten, denn sie hielt sich ja kaum auf Schloß Elbland auf. Andererseits hoffte sie, sich damit ein Pfand für Augusts immerwährende Zuneigung zu verschaffen.

Fast ein Vierteljahr später betrat Sophie die Waldhütte und nahm jene Veränderung wahr, die sie zwar nicht bewußt greifen, aber um so deutlicher spüren konnte. Es war ein herrlicher Sommertag, und Sophie sagte sich anfänglich, es liege an der Sonne, daß Constanze so frisch und munter aussah. In den saphirblauen Augen ihrer Tochter schienen Tausende von Sternen zu leuchten wie am Himmel über Südfrankreich in einer klaren Nacht. Constanzes Wangen glühten, und ein leises, verschmitztes Lächeln spielte um ihre Lippen. Sie wirkte auf die Mutter schokkierend sinnlich, und Sophie war eine erfahrene Frau, die sich die Gründe für diese Veränderung sehr schnell ausmalen konnte. Allerdings steigerten sich diese zu panikartigen Befürchtungen.

Mit nervösen Fingern zerrte Sophie an ihrer Reitjacke. Ihre Hände waren dabei so unkontrolliert, daß sie das schwarze Samtband abriß, das den Umhang zusammenhielt.

»Ich hole Nadel und Faden«, bot Constanze an, wartete aber keine Antwort ab, sondern setzte sich schon in Bewegung zu ihrer Kommode. Auf dem Weg durch ihr Zimmer strich ihre Hand wie zufällig über einen Stuhl am Eßtisch.

Sophie beobachtete die geschmeidigen Bewegungen ihrer Tochter. Wieder einmal wünschte sie sich, daß ein anderer Ausweg aus Constanzes Amnesie möglich gewesen wäre, doch fiel ihr auch jetzt kein besseres Leben für eine gedächtnisschwache Person ein als die Einsamkeit des Waldes. Ihr war klar, daß auf die Dauer kein Mensch eine derartige Abgeschiedenheit aushielt, vor allem keine junge Frau in ihren besten Jahren. Dennoch war die Vorstellung, daß Constanze einem Liebhaber verfallen war, der zwangsläufig an einen Waldschrat erinnern mußte, ausgesprochen abstoßend.

Sophie zwang sich zu einem fröhlichen Tonfall, als sie sagte: »Du siehst hübsch aus. Fast könnte man glauben, du seist verliebt.«

»Ach, du meine Güte, das bin ich ganz gewiß nicht.« Constanze lachte. »Ich wüßte ja nicht einmal, in wen.« Daß diese Bemerkung in anderer Hinsicht, als ihre Mutter sie verstehen sollte, gemeint war, fügte sie natürlich nicht hinzu.

Nachdenklich sank Sophie auf das Himmelbett. Sie hatte diesen Platz gewählt, weil er am nächsten an der Kommode stand, in der ihre Tochter nach Nadel und Faden wühlte. Sophie konnte nicht erkennen, was auf dem Nähzeug lag, aber offenbar hatten sich massenhaft Stoffbahnen angesammelt, die den Zugriff versperrten. Es schien, als fange ein Stück Silber im Inneren des Möbels die einfallenden Sonnenstrahlen auf, doch das konnte natürlich auch Einbildung sein. Seufzend wandte Sophie ihren Blick ab. Dem Inhalt der Truhe nicht weiter Beachtung beimessend, entschied sich Sophie für Offenheit.

Zum ersten Mal seit zweieinhalb Jahren stellte sie eine Frage nach Constanzes Vergangenheit: »Erinnerst du dich eigentlich daran, schon einmal verliebt gewesen zu sein?«

Constanze zuckte zusammen. »Au!« Es klang wie ein Schluchzen. Dabei hatte sie sich nur mit der Nähnadel in den Finger gestochen. Einen Augenblick starr vor Schreck, richtete sie sich schließlich zögernd auf, das Blut aus der winzigen Wunde saugend. Mit einer Mischung aus Verwunderung und Angst blickte sie auf ihre Mutter. Vielleicht war da auch ein unbestimmbares Entsetzen in ihren Zügen, keinesfalls aber konnte Sophie in Constanzes Gesicht auch nur den Hauch einer Erkenntnis finden. Die Erinnerung blieb verschüttet.

Unwillkürlich begann Sophie, sich im stillen Vorwürfe zu machen. Der Arzt aus Königsberg, der seinerzeit auf der Durchreise gewesen war und Constanze untersucht hatte, hatte immer wieder zur Vorsicht im Umgang mit der verwirrten Patientin gemahnt. War Sophie jetzt in ihrer Panik zu forsch vorgegangen? Würde Aufregung Constanzes Zustand nur noch verschlimmern? Verzweiflung überfiel Sophie. So lange hatte sie gemeinsam mit ihrer Tochter das schwere Schicksal der Amnesie zu tragen versucht, doch jetzt schien ihr alles, was sie verband, zu entgleiten. Der plötzliche Mangel an Hoffnung und Vertrauen, an Zuneigung und Nähe verschlug Sophie die Sprache.

Constanze starrte ihre Mutter eine Weile lang schweigend an. Sie lutschte an ihrem Daumen wie ein Kleinkind, und als sich der Finger taub anfühlte, hörte sie endlich auf damit. Sie konnte sich zwar noch immer an keinen bestimmten Mann in ihrem früheren Leben erinnern, doch Sophies Bemerkung beantwortete wenigstens einen Teil der Fragen, die sie sich durch ihre Beziehung zu Maximilian und vor allem zu Nikolaus immer wieder gestellt hatte.

»Also war ich schon einmal verliebt«, stellte Constanze nüchtern fest. »Mutter, wer war dieser Mann?«

»Er glaubt, du bist tot«, wich Sophie aus.

Constanze blieb bewußt stehen und setzte sich nicht neben ihre Mutter auf den Bettrand. Ihre unterschiedlichen Positionen vermittelten ihr ein Gefühl von Macht. Sie erinnerte sich der Tränen, die Sophie einst um ihr Schicksal geweint hatte, aber zum ersten Mal verhinderten sie nicht, daß Constanze insistierte. Sie spürte eine neue Kraft in sich, als öffneten magische Hände ihr Herz und ihren Verstand. Es war zu viel Zeit vergangen, sie hatte zu viel über sich und das Leben an sich entdeckt, um sich jetzt noch mit Halbwahrheiten abzufinden.

Ihre Stimme vermittelte einen Teil dieser erwachenden Energie. »Verzeih, aber diese Antwort genügt mir nicht«, verkündete sie. »Verstehst du nicht, daß ich mehr über diesen Mann erfahren möchte? Über ihn und alles andere in meinem früheren Leben. Um Himmels willen, Mutter, warum erzählst du mir nie etwas davon?«

Sophie seufzte. »Weil du dich *erinnern* mußt, Constanze. Du sollst nicht mit Bildern leben, die ich für dich gezeichnet habe. Es ist *dein* Gedächtnis, das du wiederfinden mußt.«

Constanze war kurz davor, mit dem Fuß aufzustampfen. »Aber glaubst du nicht, es könnte meinem Erinnerungsvermögen helfen, wenn du mir das eine oder andere aus der Vergangenheit erzähltest? Manchmal fällt mir ja etwas ein, aber es ist niemand da, mit dem ich diese Eindrücke besprechen könnte. So bleiben Fragmente, und es gelingt mir nicht, sie zu einem Mosaik zusammenzusetzen.«

»Ich weiß, wie schwer dieses Schicksal für dich zu ertragen ist, aber es gibt keine andere Möglichkeit. Du kannst deiner

Bestimmung nicht entfliehen, Constanze. Selbst wenn du es versuchen wolltest und ich dir dabei helfen könnte, so wüßte ich keinen Ausweg. Glaube mir, es kostete mich ein halbes Leben an schlaflosen Nächten, die ich mit dem Gedanken an deine Situation verbrachte. Dennoch blieb das Problem unlösbar.«

Kaum besänftigt, aber von Mitleid für Sophies Qualen überfallen, sank Constanze neben dem Bett auf die Knie. Sie legte ihre Hände in den Schoß ihrer Mutter und blickte auf in das schöne, feinzügige Gesicht, in dem sie all die Verzweiflung und Liebe entdecken konnte, die sie selbst in sich trug. Nach einer Weile stillen Einvernehmens wandte Constanze ihren Blick ab und ließ den Kopf auf ihre Hände fallen. Resignation bemächtigte sich ihrer. Ein Gefühl, von dem sie geglaubt hatte, es sei durch Nikolaus' Zuneigung verdrängt worden. *Es gibt keine Flucht,* fuhr es ihr durch den Kopf. *Mutter hat recht. Niemand kann mir helfen, wenn ich es selbst nicht schaffe.*

Abwesend und fast automatisch strich Sophie über das Haar ihrer Tochter. »Wir wissen nicht, was genau mit dir passiert ist und wie es überhaupt zum Verlust deines Gedächtnisses kommen konnte«, sagte sie leise. »Niemand weiß es. Deshalb ist es besser, wir warten ab. Du mußt Geduld haben. Übereile nichts.«

»Was sollte ich schon übereilen?« Constanze lachte bitter, den Kopf noch immer auf den Knien der Mutter gebettet. »Du selbst sagtest doch, daß es nichts zu tun gibt.«

Die Hand auf ihrem Kopf lag plötzlich still. »Mir scheint, du hast Freundschaften geschlossen ...« Hier brach sie ab, als sei ihr Schweigen beredsamer als jedes Wort.

Constanze kniete absolut reglos neben ihrer Mutter, die Augen noch immer auf das feine Tuch des Reitkostüms gerichtet. Ihr war zwar absolut schleierhaft, was sie verraten hatte, aber andererseits sagte sie sich ganz nüchtern, daß es letztendlich nur eine Frage der Zeit gewesen war, wann ihre Mutter von den beiden anderen Besuchern der Waldhütte erfahren würde. Schließlich lebte Constanze seit über einem Jahr mit der ständigen Angst vor Entdeckung. In ihrem Inneren tobte ein Zweikampf: Ehrlichkeit gegen Lüge, Vertrauen gegen Betrug. Während sie sich fragte, ob sie ihrer Mutter die Wahrheit sagen oder lieber alles leugnen sollte, durchbrach Sophies ruhige Stimme ihre sich überstürzenden Gedanken:

»Manchmal erscheinst du mir wie ein Hungernder, der nach einem üppigen Mahl greifen möchte, aber befürchten muß, daß das *Diner* Gift enthält. Natürlich mache ich dir keine Vorwürfe, Constanze, aber du mußt wissen, daß überall im Leben Gefahren lauern, deren Bedeutung du möglicherweise vergessen hast. Daß ich dich hier untergebracht habe, sollte vor allem zu deinem Schutz sein.«

»Das weiß ich.« Es war wie ein Zwang. Constanze fühlte sich wie in Ketten gelegt, unfähig, sich zu rühren, aber auch hilflos darin, sich zu verteidigen oder wenigstens zu erklären. Jede Erwiderung, die ihr einfiel, begann mit einer Anklage gegen ihre Mutter, die, dessen war sich Constanze vollkommen sicher, das Bestmögliche zu tun versuchte. Ihre Resignation führte fast zwangsläufig zu Ungerechtigkeiten.

Sophies Hände strichen wieder zärtlich über das Haar der Tochter. Als könnten ihre Finger all die Wärme, Zuneigung und Besorgnis in den Körper der jungen Frau leiten, sie wie mit einem Kokon umgeben und beschützen. Auch Sophie suchte verzweifelt nach den richtigen Worten. Einerseits wollte sie Constanze durch möglicherweise ungerechtfertigte Befürchtungen nicht ängstigen. Andererseits hätte Sophie Constanze unter diesen Umständen die Wahrheit über sich selbst und ihre Stellung bei Hofe sagen müssen, was sie unbedingt vermeiden wollte. Diese Information hätte Constanze vermutlich tief getroffen und in größte Verwirrung gestürzt.

Mutter und Tochter saßen eine ganze Weile lang schweigend da, aber letztlich im stillen Einvernehmen darüber, daß die Wahrheit unerfreulich war und Constanzes Leben komplizierter gestalten würde. Doch schließlich war es die jüngere der beiden Frauen, deren Geduld am Ende war. Mit einer energischen Geste schüttelte Constanze die Hand ihrer Mutter ab und hob den Kopf. Sie entschied sich für die Flucht nach vorne.

»Wieso nimmst du an, daß ich Freundschaften geschlossen habe?«

Sophie erbleichte. Einen Herzschlag lang zögerte sie, und ihre Lider flatterten nervös. Obwohl Constanze wahrscheinlich die einzig mögliche Schlußfolgerung gezogen hatte, war Sophie die Antwort mehr als unangenehm. In ihrer Verzweiflung suchte sie Schutz bei Halbwahrheiten:

»Kürzlich sah ich das Bild einer Schäferin. Für mich war es überaus deutlich. Deine Züge waren unverkennbar. Also muß ich annehmen, daß dich ein Künstler porträtierte.«

Instinktiv griff Constanze nach dem Strohhalm, den Sophie ihr reichte: »Dann würden mich doch sicher auch andere Menschen erkennen. Nicht nur du. Ich meine, Freunde und . . .«

»Nein, das glaube ich nicht«, unterbrach Sophie. Gleichzeitig schickte sie ein Dankesgebet zum Himmel. Da sich die Porzellanfigur in ihrem Besitz befand, war es unwahrscheinlich, daß Freunde von einst ihrer ansichtig würden. Sophie war sich absolut sicher, daß außer dem Künstler selbst und August niemand die Statuette zu Gesicht bekommen hatte. Auf diese Weise würde Constanze nicht entdeckt werden. Die Gefahr lag vielmehr in der Person des Bildhauers.

»So deutlich war die Ähnlichkeit nun doch wieder nicht, daß ein Außenstehender dich nach all den Jahren wiedererkennen würde«, behauptete Sophie.

Constanze seufzte. »Man hat mich also vergessen«, stellte sie bitter fest.

»Das kannst du nicht sagen. Ich bin sicher, jeder bewahrt auf seine Weise eine Erinnerung an dich in seinem Herzen. Im übrigen hatten wir nicht sehr viele Freunde. Wir lebten sehr abgeschieden, Constanze. So viel kann ich dir sagen. Doch jetzt beantworte bitte meine Frage: Wer ist der Künstler, und was will er von dir?«

»Ach, er will nichts von mir«, murmelte Constanze. In ihrem Kopf begann sie nach Ausflüchten zu suchen, denn irgendeine Stimme sagte ihr, es sei besser, die Wahrheit für sich zu behalten. »Eines Tages ritt ein Fremder vorbei. Er fragte nach dem

Weg, und es stellte sich heraus, daß er ein Künstler sei, der von Studienreisen aus Frankreich und Italien heimgekehrt war...«

Eine steile Falte erschien zwischen Sophies sorgsam gezupften Augenbrauen. »Er fragte nach dem Weg?«

»Ja, er hatte sich wohl verirrt«, die Lüge glitt mühelos über Constanzes Lippen. »Anscheinend inspirierte ich ihn, und fragte, ob er mich zeichnen dürfe. Das war alles.« Sie richtete sich auf, um dem verständnislosen Blick ihrer Mutter auszuweichen. »Danach habe ich ihn nicht mehr gesehen!«

Sophie wußte, daß Constanze log. Es war unwahrscheinlich, daß ein Mann, dessen Familienbesitz so nah an dieses Waldstück grenzte, auf seinem Heimweg nach dem Weg fragen mußte. Sie bezweifelte auch, daß Constanze ihn nach dieser einen Begegnung niemals wiedergesehen haben wollte. Dieses Gespür für Veränderung war zu frisch. Offensichtlich hatte Constanze erst kürzlich eine Erfahrung gemacht, die sie beglückte. Andererseits aber hatte Sophie die Porzellanfigur bereits vor drei Monaten erhalten, so daß in der Zwischenzeit noch etwas passiert sein mußte, das im Zusammenhang mit dem Künstler und seinem Porträt stand. Aber aus Angst, die eigene Situation zu verraten, beschloß sie, nicht weiter in ihre Tochter zu dringen.

»Bitte versprich mir, daß du vorsichtig sein wirst. Sei auf der Hut, mein Kind, du kannst nicht beurteilen, wer Freund oder Feind ist. Ich kann es ja nicht einmal selbst.«

Constanze blickte ihre Mutter direkt an. In ihre Augen war jene Furcht zurückgekehrt, die sie mit Hilfe von Nikolaus zu verdrängen hoffte. Doch der Mann, in dessen Armen sie sich sicher und geborgen gefühlt hatte, war weit weg.

»Besteht Grund zu der Annahme, daß du oder ich in Gefahr schweben?«

»Nein, ich denke nicht. Das Leben ist aber oftmals viel komplizierter als man meinen möchte, und nicht so einfach in Gut und Böse aufzuteilen. Gefahren lauern überall, und Bedrohungen sind nicht rein körperlicher Natur...«

Der anfängliche Ärger war verflogen. Sophie fühlte nur noch die Qualen, die mit Constanzes Schicksal für sie selbst verbunden waren. Was hatte sie getan, das dieses Leben rechtfertigte? Der Tod ihrer Mutter, der ihr die Zuwendung des Menschen nahm, der einem Kind naturgemäß am nächsten steht, die Gewalt an ihrem Vater, die Flucht aus Paris, der Tod ihres Mannes mit all den damit verbundenen Demütigungen, und schließlich wieder Flucht und der tragische Unfall ihrer Tochter. Sie hatte geglaubt, in August einen Menschen gefunden zu haben, der sie für all die schrecklichen Augenblicke in ihrem Leben entschädigte. Doch die Vergangenheit schien sie eingeholt zu haben – mit all ihren Schrecken. Überwältigt von Selbstmitleid, begann Sophie hemmungslos zu weinen.

Es waren wieder einmal die Tränen ihrer Mutter, die alle drängenden Fragen im Keim erstickten. Constanze sank neben Sophie auf die Bettkante, nahm sie in die Arme und versuchte, sie zu trösten. Sie hätte ihr gerne gesagt, daß sie vor geraumer Zeit eine Erinnerung erlebt hatte, die ihr die absolute Gewißheit gab, daß ihre Mutter auch tatsächlich ihre Mutter war. Doch Constanze schwieg. So blieb jenes Netz aus Unwahrheiten und Ausflüchten bestehen, das beide eigentlich so gerne durchbrochen hätten.

34

Der Kurfürst von Sachsen und König von Polen hatte erkannt, daß die Industrialisierung eines Landes der eigentliche Fortschritt des neuen Jahrhunderts war. Zwar war Augusts Staatskasse alles andere als prall gefüllt, doch erlebten Privatinvestitionen eine bislang unbekannte Konjunktur. Innerhalb weniger Jahre hatten rund dreißig Manufakturen der verschiedensten Industriezweige in Sachsen ihre Tore geöffnet, wodurch das Land an der Spitze aller warenproduzierenden Länder der Welt stand. Daraus resultierte zwangsläufig eine Veränderung der Arbeitssituation. Der Beruf des Fabrikarbeiters begann seinen Vormarsch. Das wiederum führte zu Veränderungen unter der

Landbevölkerung: Es gab kaum noch Leibeigene, und selbst unter den einfachen Leuten wurde das Analphabetentum als Makel angesehen, was freilich nicht nur auf die besseren Lohnaussichten, als vielmehr die hochstehende Kulturpolitik des Herrschers zurückzuführen war, die auch die gesellschaftlich niedrigen Klassen einschloß. Obwohl eine gewisse Armut nicht ganz von den Straßen verschwinden konnte, ging es den meisten Menschen jedoch unter der umstrittenen Politik Augusts II. tatsächlich aber besser als je zuvor.

Ein unverzichtbarer Beweis für die Wirtschaftsmacht Sachsen war die Warenmesse zu Leipzig. Dreimal im Kirchenjahr – an Ostern, Michaeli und Neujahr – wurde hier bereits seit 1268 reger Handel betrieben; die kaiserlichen Privilegien zur Eröffnung von Messen hatte die Stadt rund 230 Jahre später erhalten. Seither florierte das Geschäft in Leipzig, einer Stadt, die in ihrer Bedeutung zunehmend unabhängiger von der Residenz in Dresden wurde.

Andrzej Rakowski besuchte die Leipziger Messe im September 1718 in dem Bedürfnis, nach neuen Möglichkeiten Ausschau zu halten, die seine finanzielle Situation aufbesserten. Nur den Krediten des jüdischen Bankiers Behrend Lehmann in Dresden war es zu verdanken, daß der polnische Graf seinen Lebensstil ungehindert weiterführen konnte. Allerdings bewegten sich die Darlehen inzwischen in derart schwindelnden Höhen, daß Rakowski bereits mit einem Bein im Schuldgefängnis stand, wenn ihm nicht schleunigst etwas einfiel.

Seine Anstrengungen, das Porzellangeheimnis zu ergründen, waren nach wie vor nicht mit Erfolg gekrönt worden. Zwar hatte er Fürst Daschkow hinhalten können, doch es war letztlich nur eine Frage der Zeit, wann die Geduld des russischen Gesandten versiegte. Die Nachricht von der Gründung der Wiener Porzellanmanufaktur hatte Rakowskis Plänen einen schweren Schlag versetzt. Allerdings sah er die Angelegenheit inzwischen etwas positiver, denn Gerüchte kursierten, nach denen der kaiserliche Hofkriegsagent Claudius Du Paquier eben doch noch nicht alle notwendigen Informationen zur Porzellanherstellung erhalten hatte. Es gab also noch Hoffnung, daß Sankt Petersburg das Rennen als erster großer Konkurrent der Kurfürstlich-sächsischen königlich-polnischen Porzellanmanufaktur machen würde.

Die undurchdringlichen Augen auf die verschiedenen Warenangebote gerichtet, schlenderte Rakowski an den Ständen vorbei. Mit ehrlichem Interesse und größtem Bedauern angesichts seines leeren Geldbeutels betrachtete er die Gewehre, Flinten und Jagdwaffen aus Olbernhau mit ihren herrlichen Messing- oder Silberverzierungen. In anderen Messelokalen ließ er sich Luxusgüter der aufstrebenden Textilindustrie zeigen, etwa Damaststoffe aus Zittau, feine Schleier und Mousselines aus Plauen, Tuch aus Görlitz und Baumwolle aus Chemnitz, wo die Produktionszahlen bereits die jahrhundertealte Vormachtstellung der Stadt Augsburg überflügelt hatten. Ein großes Gedränge der zahlreichen in Leipzig ansässigen Schneider – man nannte die Messestadt nicht von ungefähr ›Tempel der Göttin Mode‹ – herrschte bei der Präsentation des maschinell hergestellten Zwirns aus Mahitschen bei Torgau: Dieser war in seiner Herstellung eine Sensation, denn bislang hatten Zwirne per Hand gedreht werden müssen, doch eine neue Maschine erledigte die sechshundertfache Arbeit eines Handzwirners.

Die Erkenntnis, daß er sich in absehbarer Zeit keinen neuen Rock mehr würde schneidern lassen können, stürzte Rakowski angesichts der dargebotenen Pracht in tiefste Depressionen.

Schließlich fand sich der glücklose Graf aus Polen vor jenen Waren wieder, von denen er hoffte, sie würden seine finanzielle Zukunft sichern. Nachdenklich wog er die im Gegensatz zu den feinen sächsischen Scherben plumpen Geschirre aus Brandenburg-Preußen in der Hand. Bislang hatte es der geschäftstüchtige preußische Etatminister Friedrich von Görne nicht geschafft, der kleinen ehemaligen Fayencemanufaktur in Plaue an der Havel jene Geltung zu verschaffen, derer sich die Meissener Porzellanmanufaktur trotz aller Widrigkeiten erfreuen durfte.

Ein früherer Mitarbeiter Böttgers hatte vor fünf Jahren das

Arkanum des roten Porzellans nach Preußen verraten, doch seither hatten sich die Produktionsumstände in Plaue nicht verbessert. Angeblich seien die Arbeiter an der Havel nicht so fleißig wie die an der Elbe. Tatsächlich erreichten die dargebotenen Stücke nicht im mindesten die Qualität der Jaspisporzellane aus Meißen – und auch nicht deren Produktionszahl. Man sagte, bisher seien in Brandenburg-Preußen nur etwa fünfzig Stück Steinzeug hergestellt worden, was für ein lukratives Geschäft natürlich viel zu wenig war.

Der Verkäufer hatte die Neugier des vornehm gekleideten Messebesuchers bemerkt. »Seht Euch die Scherben nur in Ruhe an, Euer Gnaden. Es wird wohl das letzte Mal sein, daß Ihr Porzellan aus Plaue auf dieser Messe betrachten könnt.«

Rakowski schenkte dem Mann ein höhnisches Grinsen. »Ist Eure Manufaktur schon so groß geworden, daß Ihr keiner Handelsmesse zum Vertrieb Eurer Waren mehr bedürft?«

»O nein, Euer Gnaden, das ist es keineswegs. Im Gegenteil. Die Konkurrenz aus Meißen vernichtet unser Geschäft. Manche sprechen noch von einer Vereinigung der Manufakturen in Plaue und Meißen, aber wenn Ihr die Wahrheit hören wollt, so ist es wahrscheinlicher, daß unser Betrieb geschlossen wird. Der Herr Böttger scheint rachsüchtig zu sein. Er lehnt eine Fusion ab. Im Vertrauen gesprochen, diese Haltung erscheint mir ziemlich dumm: Außer dem Herrn Böttger kennt ja doch niemand das Geheimnis des weißen Porzellans. Ohne dieses Arkanum können wir nie auf unsere Kosten kommen.«

Rakowskis Interesse erwachte. »Euer Betrieb soll also geschlossen werden, weil er nicht rentabel genug ist?« stellte er sachlich fest.

Der Verkäufer nickte betrübt.

»Dann sucht Euch einen anderen Kunden. Ich kaufe nichts, was dem Untergang geweiht ist.«

Während er weiterging, fragte sich Rakowski, ob in seinen sadistischen Worten unterschwellig mehr Wahrheit steckte, als beabsichtigt war. Es war unbestritten, daß der König von Preußen und auch sein Etatminister besser mit Geld umgehen konnten als der König von Polen. Wenn also diese bedeutenden Männer eine Manufaktur lieber schlossen, als durch ungerechtfertigte Finanzspritzen am Leben zu erhalten, stellte sich dann nicht die Frage, ob die Porzellanherstellung auf der Albrechtsburg nicht auch über kurz oder lang dem Untergang geweiht war? War der Verrat des Meissener Porzellangeheimnisses tatsächlich das Geschäft seines – Rakowskis – Lebens? Wenn der Zar in Rußland von der Schließung der Manufaktur in Plaue erführe, würde er dann noch eine eigene Fabrikation anstreben? Was trieb Kriegsagent Du Paquier in Wien? War dies nur irgendein Schabernack? Wäre es für Rakowski nicht sinnvoller, so schnell wie möglich auf eine andere Zukunft zu setzen, bevor er sich in Hirngespinsten verfing?

Dennoch wanderte Rakowski zur Ausstellung des Meissener Porzellans. Auf den ersten Blick schien es nicht überraschend, daß hier großes Gedränge und Aufregung herrschte. Das ging eigentlich seit über acht Jahren so. Im Januar 1710 hatte August anläßlich der Neujahrsmesse zu Leipzig einem Kreis ausgewählter Gäste zum ersten Mal sein eigenes Porzellan präsentiert. Kurz darauf war die sensationelle Erfindung in vier Sprachen – Deutsch, Latein, Französisch und Holländisch – patentiert und die Porzellanmanufaktur Meißen offiziell gegründet worden. Seit der Ostermesse des selben Jahres erfreute sich die öffentliche Ausstellung des kurfürstlich-sächsischen königlich-polnischen Porzellans ungebrochener Aufmerksamkeit.

Merkwürdigerweise aber schien heute in der lebhaften Atmosphäre am Stand des Meissener Porzellans ebenso deutlich Angst und Verwirrung in der Luft zu liegen wie im Verkaufsraum der Scherben aus Plaue. Unwillkürlich trat Graf Rakowski näher. In die Betrachtung eines herrlich geschliffenen Groteskkruges und eines Prunkgefäßes vertieft, postierte er sich so, daß er der geflüsterten Unterhaltung von zwei Handeltreibenden folgen konnte.

»Der arme Herr Böttger ist so krank, daß er sich nicht mehr gegen diese Intrigen wehren kann«, raunte der eine Mann seinem Kollegen zu.

»Nun, es ist fraglich«, antwortete der andere mit gesenkter Stimme, »ob es sich um eine böswillige Unterstellung oder gar die Wahrheit handelt.«

»Seid vorsichtig mit Euren Anklagen. Immer wieder hat man dem armen Herrn Böttger nachgesagt, er sei ein Betrüger, aber beweisen konnte es niemand . . .«

»Doktor Bussius ist ein einflußreicher Kaufmann in Leipzig«, unterbrach der andere. »Wenn Seine Gnaden sagt, daß etwas ist, wie es ist, dann ist es auch so. Er ist ein vermögender Mann, der mehr als einmal der Manufaktur zu Meißen seine finanzielle Unterstützung gewährte. Was könnt Ihr gegen die Behauptung Seiner Gnaden vorbringen, Herr Böttger habe das Porzellangeheimnis dem seligen Baron von Tschirnhaus gestohlen und als seine eigene Erfindung ausgegeben?«

»Warum rückt Euer feiner Herr erst heute mit seinem Wissen heraus, frage ich Euch? Weil das zehnte Todesjahr des Herrn von Tschirnhaus eine Art Jubiläum ist? Macht Euch nicht lächerlich. Die öffentliche Verlautbarung des Herrn Bussius ist nichts als eine infame Unterstellung.«

»Logisch klingt es aber doch, wenn Doktor Bussius sagt, daß Herr Steinbrück die Hinterlassenschaft des Herrn von Tschirnhaus entwendet habe, um diese Informationen an Herrn Böttger weiterzugeben.«

»Das nennt Ihr logisch? Großer Gott, was soll denn die Belohnung für den Herrn Steinbrück gewesen sein? Daß er jahrelang ein Bediensteter von Herrn Böttger war und nun als Manufakturinspektor schuften darf? Das ist lächerlich.«

»Doktor Bussius sagt, Herr Böttger habe Herrn Steinbrück zum Dank die Hand seiner Schwester versprochen. Ihr wißt, daß Herr Steinbrück seit zwei Jahren tatsächlich mit ihr verheiratet ist. Erscheint Euch das nicht als ausreichender Beweis?«

Der Mann, der in dieser Unterhaltung offenbar der Verfechter der Interessen von Johann Friedrich Böttger war, hob seine Stimme zu einem wütenden Aufschrei: »Pahhh! Was redet Ihr denn da von einem Beweis? Als wenn eine Heirat zu irgend etwas anderem taugt als zum Kinderkriegen.«

Der andere Mann schubste seinen erzürnten Kollegen und deutete auf den Kunden, der seit Minuten in die Betrachtung ein und desselben Gegenstands vertieft war. Die beiden Verkäufer wandten sich daraufhin ab, um ihr Streitgespräch in einer anderen Ecke ihres Ausstellungsraumes fortführen zu können. Doch Rakowski hatte genug gehört. Die Unterhaltung der beiden Männer hatte eine Saite in seinem Gedächtnis zum Klingen gebracht, an die er überhaupt nicht mehr gedacht hatte. Er wußte – ebenso wie alle anderen Mitglieder der Hofgesellschaft, die vor zehn Jahren in Dresden geweilt hatten –, daß es einen möglichen Beweis für die Behauptungen des Dr. Bussius gab.

Ehrenfried Walther von Tschirnhaus war fast auf den Tag genau vor zehn Jahren schwer erkrankt. Er litt an Nierensteinen und hatte sich zudem mit der Ruhr infiziert. Der berühmte sächsische Wissenschaftler, einer der engsten Freunde von Gottfried Wilhelm Leibniz, war binnen einer Woche verstorben. Da er sein beachtliches Vermögen in immer neue Erfindungen gesteckt hatte und sein Gut bei Görlitz bereits hoch verschuldet war, bestand der einzige Nachlaß Tschirnhausens in dessen Aufzeichnungen. Diese hatte er in einem Kästchen aufbewahrt, das bei seinem Tode mit schwarzem Siegellack verschlossen worden war. Seinerzeit kursierten Gerüchte, in dieser Kassette würde sich vor allem die Rezeptur der Porzellanerde befinden. Zwar sollte dieser Schatz unverzüglich dem Kurfürst-König ausgehändigt werden, aber das Erbe des Barons von Tschirnhaus schien plötzlich wie vom Erdboden verschwunden zu sein. Bis heute konnte niemand genau sagen, in wessen Händen sich besagte Aufzeichnungen befanden, und mit der Zeit waren andere Themen in den Vordergrund des Hofklatsches getreten, so daß über den Verbleib der Dokumente nicht mehr gerätselt wurde. Offensichtlich hatte nun Dr. Bussius aus Leipzig – aus welchen Interessen auch immer – die in Vergessenheit geratenen Fragen wieder auf die Tagesordnung gebracht.

Aber Rakowski wußte aus zuverlässiger Quelle noch mehr. Samuel Kempe, ein langjähriger Mitarbeiter Böttgers bei der Suche nach dem Stein der Weisen und dem Porzellanarkanum, hatte kurz vor Tschirnhausens Tod verschiedene Aufzeichnungen des Wissenschaftlers entwendet. Der ehemalige Bergmann hoffte, zu Reichtum und Ansehen zu gelangen, wenn er bei günstiger Gelegenheit anderen Landesherren das Porzellangeheimnis verriet. Tatsächlich war Kempes Verrat zwar verantwortlich für die Gründung der Manufaktur in Plaue, doch das hatte dem Mann nicht mehr eingebracht als eine Festungshaft. Mit sadistischer Zufriedenheit dachte Rakowski daran, daß er den Namen des armen Kempe, den er übrigens niemals persönlich gesehen hatte, vor zweieinhalb Jahren für seine eigenen Zwecke mißbraucht hatte. Wäre Kempe seinerzeit nicht schon in Brandenburg-Preußen gewesen, er wäre vermutlich für einen Mord hingerichtet worden, den unter anderem Graf Rakowski begangen hatte.

Die Erinnerung an jene Nacht hatte Rakowski in seinem Innersten sorgsam verschlossen. Hatte es sich doch nicht nur um einen einfachen Mord an einem relativ unbedeutenden Mann gehandelt, sondern auch um Vergewaltigung und Hochverrat. Besonders der letzte Tatbestand hatte ihm seinerseits Kopfschmerzen bereitet. Er hatte sich des Goldmachens schuldig gemacht, einem Vorrecht der Könige.

Doch wenn er es sich heute recht überlegte, so fragte er sich, ob man die seinerzeitigen Bemühungen nicht wieder aufnehmen sollte. Es würde keineswegs leichter sein, den geheimnisvollen Stein der Weisen zu finden, doch sein persönlicher Profit wäre größer als bei der Suche nach dem Porzellangeheimnis. Um Hochverrat ging es bei beiden Verbrechen, und der Henker würde im Zweifelsfall dieselbe Arbeit verrichten. Doch Rakowski besaß heute mehr Lebenserfahrung. Diesmal würde er sich nicht so leicht unterkriegen lassen.

35

In Hamburg, Berlin und Leipzig gab es bereits seit geraumer Zeit mit Öl gespeiste Straßenlaternen, in der Dresdner Schloßstraße wurden die ersten ihrer Art im Spätherbst 1705 installiert, und als der Bergwerksknappe Gerhardius aus Meißen an einem Abend im März des Jahres 1716 durch die Altstadt der Residenz schlich, flackerte an fast allen Häuserecken helles Licht.

»Diese verdammte Straßenbeleuchtung!« fluchte er. »Neumodisches Zeug ohne Sinn und Verstand...«

Mit diesen Worten trat er in die nur durch eine einzige Kerze kaum beleuchtete Diele eines schmalen Kaufmannshauses in einer Seitenstraße des Altmarktes. Einen Augenblick lang wunderte er sich, daß der Hausherr selbst geöffnet hatte, aber sofort wurde ihm klar, daß dies eine der notwendigen Sicherheitsvorkehrungen war. Die Dienerschaft hatte Ausgang. Es war besser, wenn niemand sah, was heute abend in diesem Haus vor sich gehen sollte – und wer dran beteiligt war.

»Hat Ihn jemand gesehen?« erkundigte sich der Hausherr.

»Nein, niemand«, antwortete Gerhardius. »Ich war vorsichtig. Oder glaubt Ihr, Euer Gnaden, ich will auf der Festung Königstein eingesperrt werden? Für die feinen Herren soll es dort gar nicht so übel sein. Denen ist sogar im Gefängnis ein eigener Kammerdiener erlaubt. Aber, bei Gott, mit mir wird anders verfahren. Ich bin kein feiner Herr...«

»Noch nicht«, besänftigte der andere. »Wenn Er erst so viel Gold hergestellt hat, wie Er behauptet, wird Er keine Not mehr leiden und selbst ein feiner Herr sein und so viele Diener beschäftigen, wie Er zu einem bequemen Leben braucht.«

»Ich hoffe, daß ich auch ein freier Mann bleiben werde«, antwortete Gerhardius lakonisch.

»Ist Er etwa feige geworden?« fuhr der Hausherr auf. Seine Stimme senkend, fügte er hinzu: »War Er es nicht, der damit prahlte, den Stein der Weisen beschaffen zu können?«

»Ich war betrunken, Herr...«

»Nicht betrunken genug, um mich für Sein Versprechen gut bezahlen zu lassen.« Sein Gastgeber schien die Geduld zu verlieren. Mit einer wegwerfenden Handbewegung verkündete er: »Aber das ist einerlei. Nun ist Er hier, und wir werden Seinem Experiment beiwohnen. Sagte Er nicht, Sein Meister, Herr Johann Friedrich Böttger, habe wiederholt vor den Augen des Königs künstliches Gold hergestellt, welches von echtem Gold nicht zu unterscheiden ist?«

»Zuletzt hundertsiebzig Gramm Gold«, bestätigte er.

Während der Hausherr eine Tapetentür öffnete, die in den hinteren Teil des Hauses führte, und seinem Gast mit der Kerze den Weg leuchtete, sinnierte er: »Ich dachte, Böttger sei mit seinem Porzellan beschäftigt. Hat Er je die Schutthalden gesehen, die sich bei der Jungfernbastei und in Meißen bei der Albrechtsburg türmen? Natürlich hat Er sie gesehen, Er arbeitet ja dort. Aber weiß Er auch, was sich der Volksmund fragt? Ob das die goldenen Berge seien, die Böttger unserem König einmal versprach.«

Sie traten in die Küche, was natürlich der selbstverständlichste Platz für ein provisorisches Alchimisten-Laboratorium war, zumal sich hier vermutlich der leistungskräftigste Ofen im ganzen Haus befand. Tatsächlich brannte bereits ein kräftiges Feuer.

Gerhardius erschrak. Vor dem Ofen stand, einen Schürhaken in der Hand, ein Mann, den er nicht kannte, der ihn aber zutiefst ängstigte. Von diesem Mann ging eine Bedrohung aus, die er zwar nicht in Worte zu fassen vermochte, die aber fast greifbar in der rauchgeschwängerten Luft hing. Die Angst schien ihn zu überwältigen. Es war mehr eine Reflexbewegung denn Absicht, als er sich umdrehte, um den Rückzug anzutreten. Doch er hatte nicht mit dem Hausherrn gerechnet, der hinter ihm stand und ihm den Weg in den Flur abschnitt. So prallte er ziemlich ungeschickt gegen die Brust seines Gastgebers.

»Hat Er etwas vergessen, mein Freund?«

»Nein, ich . . .« Gerhardius nahm all seinen Mut zusammen und fragte: »Wer ist dieser Herr? Ihr hattet nicht davon gesprochen, daß noch ein dritter Mann bei dem Experiment anwesend sein würde.«

»Ich empfange meine Gäste, wann ich will«, erwiderte der Hausherr mit einer Stimme, die nicht mehr spöttisch, sondern nur höhnisch klang.

»Aber, aber...«, stammelte Gerhardius, obwohl ihm klar war, daß er diesem Argument wenig entgegenzusetzen hatte. Nervös trat er von einem Bein auf das andere. Sollte er tatsächlich hier, vor vier Augen, versuchen, wozu er sich in allzu weinseliger Stimmung in einem Gasthaus hatte hinreißen lassen? Allerdings – ein Rückzug war unmöglich. Es blieb ihm kaum etwas anderes übrig, als sich wieder umzudrehen und einzutreten.

»Ahhh!« rief der Fremde am Ofen aus. »Der Goldmacher! Willkommen! Ich hoffe, das Feuer hat die richtige Hitze erreicht, damit Er gleich beginnen kann mit Seinem Zauberkunststück. Hat Er den sagenumwobenen *Lapis philosophorum* Seinem Meister entwenden können?«

Im Halbdunkel des Raumes, der lediglich durch das Feuer und einige wenige Kerzen erhellt wurde, erkannte Gerhardius die Gier in den Augen des Fremden. Dem ging es nicht um ein paar Münzen für ein bequemeres Leben, wie ihm selbst, sondern um den bloßen Besitz des Goldes und um immer mehr Gold und Macht, die damit zu erkaufen sein mochte. Das war die Bedrohung, die er auf den ersten Blick erkannt und sofort gefürchtet hatte. Wenn ein Mann nichts besitzen wollte, um sich an seinem Besitz zu erfreuen, sondern lediglich, um diesen Besitz zu mehren, so war dies eine gottlose Gier, die beängstigend, weil ebenso verzweifelt wie wahnsinnig war. Vor allem aber war ein solcher Mann unberechenbar.

»Ich habe alles besorgt, was Er gebrauchen könnte«, sagte der Hausherr in seine Gedanken hinein. »Retorten, Flaschen, Phiolen und andere Glasgeräte. Ich glaube, ich habe eine ganze Apotheke leergekauft. Nun, womit kann ich Ihm dienen?«

Aus dem Munde des Aristokraten klang die letzte Frage ein wenig seltsam. Noch nie hatte ein Adeliger von ihm, dem Bergwerksknappen, wissen wollen, womit er ihm dienen könne. Als

Goldmacher nahm man zweifellos einen sehr hohen Stand ein, vor dem sich selbst die Aristokratie beugte. Hatten sich nicht einst sogar zwei Könige um einen Goldmacher, um seinen Meister, Johann Friedrich Böttger, gestritten? Und hieß es nicht, daß ein neuer Adeptus namens Hector von Klettenberg in Dresden weilte, der Quecksilber, Zinn oder Blei in Gold verwandeln könne? Verlangte dieser Mann nicht – ebenso wie Böttger seinerzeit auch – Berge von Talern, um daraus noch gewaltigere Berge von Gold machen zu können? Vor allem: Erfüllte man den verehrten Alchimisten nicht tatsächlich jeden finanziellen Wunsch?

Da Gerhardius all diese Fragen im Geiste mit »ja« beantwortete, faßte er in Anbetracht seiner gehobenen Stellung als – wenn auch heimlicher – Goldmacher neuen Mut.

»Ich brauche keines von Euren Gläsern«, verkündete er mit fester Stimme. »Gebt mir einen Schmelztiegel . . .« Skeptisch betrachtete er das im Ofen lodernde Feuer, »und einen Blasebalg.«

»Ist Er sicher, daß Er mein Haus nicht in Brand setzen wird?« erkundigte sich sein Gastgeber, als er ihm das Gewünschte reichte. »Es ist mein Elternhaus, und es ist der großen Feuersbrunst vor dreißig Jahren nur knapp entgangen. Ehrlich gesagt, wenn Er kein Gold macht, kann ich mir kein neues Haus leisten. Wie aber soll ich dann in den heiligen Stand der Ehe treten?«

Vorsichtig, aber gleichmäßig und gewissenhaft, bediente Gerhardius den Blasebalg. Plötzlich züngelten Flammen aus dem Ofen hervor, und der Fremde trat unwillkürlich einen Schritt zurück. Gerhardius, der es gewohnt war, bei loderndem Feuer in größter Hitze zu arbeiten, lächelte. Es war nur ein kleiner Sieg über die Bedrohlichkeit des Fremden, aber immerhin ein erfolgreicher Schachzug.

»Glaubt nur nicht, daß ich scherze«, ließ sich der Hausherr vernehmen, »ein Feuer wäre mein Untergang!«

Die Drohung störte Gerhardius nicht. Er hatte die beiden anderen Männer dort, wo er sie haben wollte. So lange sie sich ängstigten, würden sie ihm nicht ins Handwerk pfuschen. Wie hatte doch der Fremde sein Experiment genannt? Ein Zauberkunststück. Ganz recht. Er würde ihnen einen Zauber bieten, den sie ihr Leben lang nicht vergessen würden.

Gelassen betätigte er weiter den Blasebalg, beugte sich zwischendurch aber vor, um die Luftzufuhr in den Ofen etwas zu mindern. Kurz darauf breitete sich dichter Qualm in der Küche aus.

Der Hausherr rieb sich die Augen, während der Fremde ungerührt auf die Handgriffe am Kamin starrte.

»Will Er uns alle umbringen?« keuchte der Hausherr und zog ein blütenweißes, mit Lavendel parfümiertes Seidentuch aus seiner Brusttasche, um es auf Nase und Mund zu pressen.

Mit großem Gehabe entnahm Gerhardius den ausgebeuteten Taschen seines Rocks einige Stücke Quecksilber und legte sie in den Schmelztiegel. Dann drehte er den beiden anderen den Rücken zu, ließ sie aber durch seine übertriebenen Gesten an seiner Tätigkeit teilhaben: Er entnahm seiner Rocktasche das Fläschchen mit jener Tinktur, die als Lebenselixier und Potenzmittel gepriesen wurde, die aber vor allem zur Goldherstellung dienen sollte. Von dieser roten Flüssigkeit gab er einige Tropfen in den Schmelztiegel. Dann hängte er den Topf an die dafür bestimmte Eisenhalterung im Ofen. Wenn die Hitze die richtige Temperatur erreicht hatte, würde sich das vermeintlich wertlose Stück Metall in wenigen Minuten in edles Gold verwandeln.

»Nein!« ließ sich plötzlich die durchdringende Stimme des Fremden vernehmen. »Das Stück Blei könnte von Ihm präpariert sein.« Er kramte in seinen Taschen. »Hier, nehme Er diese Münzen und verwandele sie in Gold.«

Gerhardius zögerte. Hilfesuchend warf der vermeintliche Adeptus einen Blick auf seinen Gastgeber. Doch der war viel zu sehr damit beschäftigt, seine vornehmen Atmungsorgane vor der rauchgeschwängerten Luft zu schützen, als seine volle Aufmerksamkeit dem Alchimisten und seinem anderen Besucher zukommen zu lassen.

»Herr«, hob Gerhardius dennoch an, »Ihr müßt mir vertrauen, sonst gelingt das Experiment nicht.«

»Das kann ich mir denken«, der Fremde lachte höhnisch. »Weigert Er sich, meine Münzen zu zerschmelzen, so muß ich annehmen, daß Er das Stück Blei präpariert hat. Dann ist Er allerdings kein Goldmacher, sondern ein Betrüger.«

»Herr!« protestierte er, doch seine Stimme war bereits so schwach, daß es wie ein Eingeständnis klang.

»Quecksilber verflüchtigt sich beim Erhitzen«, erklärte der Fremde. »Das ist der Trick, nicht wahr? Man überzieht ein Stück Gold mit Quecksilber, zerschmelzt es bei hoher Temperatur, so daß der silberne Stoff verdampft, und zurück bleibt Gold. Wahrlich ein feines Zauberkunststück.«

Verblüfft ließ der Hausherr die Hand mit seinem Taschentuch sinken. »Ist das wahr?« begehrte er auf. »Besitzt Er den *Stein der Weisen* am Ende gar nicht?« Als Gerhardius beharrlich schwieg, rief er verärgert: »Verdammt! Redet!«

Mit einem Seitenblick auf den Schmelztiegel registrierte Gerhardius, daß die Hitze richtig war und sich das Quecksilber tatsächlich zu verflüchtigen begann. Feinstes Gold schimmerte im Licht der Flammen. Dennoch war sein Experiment mißlungen. Es war zu spät. Selbst den Worten eines Heiligen würde keiner der anderen beiden Männer mehr glauben. Wie hätte Gerhardius denn auch wissen sollen, daß sein etwas einfältiger Gastgeber einen Freund besaß, der sich in den Geheimnissen der Alchimie auskannte? Weil ihm nichts anderes einfiel, nahm er Zuflucht zu einem Zitat, das er in der 1713 erschienenen Druckschrift des Barons Klettenberg gelesen hatte; das Buch befaßte sich mit der Alchimie im allgemeinen und dem *Lapis philosophorum* im besonderen.

Gerhardius zitierte also aus dem Werk *Die entlarvte Alchimie*, und es waren seine letzten Worte: »Wer diese Substanz hat und nicht geheim hält und nicht zu Gottes Ehren, sondern zu Pracht, Übermut und Wollust verwendet, der wird gewiß die Kunst verlieren oder eines bösen Todes sterben.«

»Gewiß, gewiß«, erwiderte der Fremde mit aufgesetzter Freundlichkeit. »Hat Er je von einem Italiener namens Cajetano gehört? Auch der behauptete, ein echter Goldmacher zu sein und über das berühmte Arkanum zu verfügen. Vermutlich hat er seine Kunst verloren, als er die Staatskassen des Königs von Preußen mit Gold füllen sollte. Jedenfalls endete er eines bösen Todes. Seine Majestät, Friedrich I., ließ ihn aufhängen. Er sieht also, an Seinen Worten ist erstmals Wahres dran.«

Plötzlich packte der Fremde Gerhardius an den Aufschlägen seines Rockes. »Ich lasse mich nicht gerne an der Nase herumführen. Da gehe ich mit Seiner Majestät konform.«

»Wo ist mein Geld?« stöhnte der Hausherr. »Er hat mein Geld genommen und wollte mich betrügen. Mich, der es gut mit Ihm gemeint hat, hat Er vor meinem Freund bloß gestellt. Das ist eine unverzeihliche Demütigung!«

Wie durch Zauberhand gelenkt züngelten plötzlich Flammen empor. Der beißende Rauch verflüchtigte sich etwas. In den Augen der Männer mochte dies ein Zeichen des Teufels sein. Tatsächlich aber war es ein Luftzug. Jemand hatte die Tür zum Flur geöffnet ...

36

Constanze, wacht auf!«

Sie spürte kräftige Hände, die ihre Schultern umfaßten, und die Berührung war unendlich angenehm. Auch wenn sie noch jenseits des Schlummers gefangen war, so arbeitete ihr Bewußtsein bereits, und sie war sich absolut klar, daß es sich um einen Mann handelte, der sie aufweckte. Im Halbschlaf fragte sie sich, welche Person sie eigentlich am meisten herbeisehnte.

Doch sie fand keine befriedigende Antwort auf diese Frage, und als sie schließlich die Augen öffnete, war es fast wie ein Schock, als sie Maximilians Gesicht über sich erkannte, dessen Miene ebenso sorgenvoll wie ungehalten wirkte. Sein Mund war ihren Wangen so nahe, daß sie seinen Atem auf ihrer Haut spürte. Es hätte nur einer winzigen Bewegung ihres Kopfes bedurft, und ihre Lippen hätten die seinen berührt. Doch Constanze verharrte reglos in ihrer Stellung. Ihre Blicke suchten die seinen und tauchten hinein in den Ausdruck von Verwunderung, den seine Augen plötzlich annahmen. Er war ihr körperlich so nahe wie noch nie zuvor.

Auch Maximilian rührte sich nicht vom Fleck. »Ihr wart eingeschlafen«, stellte er überflüssigerweise fest. Nach einer Weile fügte er mit sanfter Stimme hinzu: »Wenn ich nicht gekommen wäre und Euch geweckt hätte, hättet Ihr Euch einen Sonnenbrand geholt. Die Herbstsonne kann recht gefährlich sein.«

Sie senkte die Lider wie zum Einverständnis dessen, was er gesagt hatte.

Maximilian zögerte. In seinem Kopf überschlugen sich die Gedanken. Er spürte die starke Anziehungskraft, die seinen Körper auf wunderbare Weise mit dem ihren verband. In seinen Adern pulsierte das Blut, und jeder Muskel drängte sich vorwärts. Es war ja nicht das erste Mal, daß er sich nach ihrer Zärtlichkeit sehnte, und wenn er ehrlich zu sich sein wollte, so war es nur eine Frage der Zeit, wann er sich endlich nehmen würde, was er im tiefsten Inneren seines Herzens begehrte. Doch die Situation erschien ihm zu unwirklich, mutete ihn fast lächerlich an. Er hatte ihr Mentor sein wollen und ihr dabei selbst allergrößtes Vertrauen entgegengebracht. Sie war ein guter Freund geworden, der ihm mehr bedeutete als ein flüchtiges Vergnügen. Sie war der Mensch, der ihn inspiriert hatte für eine Porzellanfigur, die ihm atemberaubenden Erfolg brachte, und er wußte, daß er seine Arbeit weitaus mehr liebte als den Menschen, der dahinterstand. Er war süchtig nach dem besonderen Ton – nicht aber nach einer Frau. Deshalb entzog er sich ihr mit einem bedauernden Lächeln auf den Lippen.

»Das Wetter ist herrlich in diesem Herbst«, plauderte Maximilian in erzwungener Munterkeit, während er sich zu dem Hund niederkniete, der zu Constanzes Füßen gedöst hatte und die Streicheleinheiten nun mit dem Klopfen seines Schweifs erwiderte. »Schaut Euch die vielen bunten Blätter an. Habt Ihr je solch eine Farbenpracht gesehen? Es ist wahrlich eine wunderbare Zeit, ein wenig Muße zu tun.«

Constanze blinzelte in die wärmenden Strahlen der tiefstehenden Sonne. Goldene Lichtpunkte tanzten vor ihren Augen, und Maximilians Antlitz verschwamm vor ihren Blicken. Das Chaos ihrer Gefühle drehte sich so schnell wie ein Karussell. Sie richtete sich auf und klopfte ein paar nicht vorhandene Grashalme von ihrem Rock, um die Peinlichkeit der Situation wenigstens mit einigen alltäglichen Handgriffen zu überbrücken.

»Sagt, Constanze«, erkundigte sich Maximilian plötzlich arglos, »was habt Ihr eigentlich mit Nikolaus gemacht?«

Sie erstarrte.

Doch Maximilian, der noch immer den Nacken des Hundes kraulte, schien ihre Unruhe nicht zu bemerken und redete munter weiter: »Ihr scheint großen Eindruck auf meinen Bruder gemacht zu haben. Allerdings ist es ein wenig verwunderlich, daß er sich erst ein halbes Jahr nach eurer Begegnung auf Schloß Altenberg an Euch erinnert.«

Constanze stieß einen tiefen Seufzer der Erleichterung aus. Nikolaus war also diskret gewesen, und Maximilian wußte nichts von ihrer Liebesbeziehung. Mehr als einmal seit der gemeinsam verbrachten Nacht hatte sie sich gefragt, ob sie nicht gegenüber dem einzigen Freund, den sie besaß, Offenheit wagen sollte. Vielleicht hatte Maximilian sogar ein Recht darauf, von ihrer Affäre mit seinem Bruder zu erfahren. Der Gedanke daran war ihr andererseits aber derart unangenehm, daß sie Nikolaus' Verschwiegenheit unendlich schätzte.

»Jedenfalls scheint er sehr um Euer leibliches Wohl besorgt«, fuhr Maximilian unbedarft fort, »denn er hat mir eine Liste köstlichster Speisen aufgetragen, die ich Euch bringen soll.« Maximilian lachte auf: »Und einen Blumenstrauß wollte er auch für Euch besorgt haben, dieser Narr.«

»Blumen?« wiederholte sie verblüfft.

Maximilian hob den Kopf. »Genau solche. Als hättet Ihr nicht genug Natur um Euch herum. Aber so ist er eben, mein Bruder, ein unverbesserlicher Poussierstengel!«

Verlegen spielte sie mit einem vertrockneten Grashalm. Eigentlich hätte Nikolaus' Galanterie sie gar nicht so sehr zu überraschen brauchen. Sie wußte schließlich, daß er ein Kavalier war, der sich allgemeiner Beliebtheit erfreute. Maximilian hatte ihr davon erzählt, lange, bevor sie Nikolaus zum ersten Mal begegnet war. Am Anfang ihrer Bekanntschaft und auch später war immer wieder deutlich geworden, welch großer Beliebtheit er sich als Bonvivant erfreute.

Sicher, sie hatte sich Gedanken darüber gemacht, wieso sich ein Frauenliebling wie Nikolaus von Altenberg ausgerechnet in ein Mädchen wie sie verliebt haben sollte. Je mehr Zeit nach dieser einen, gemeinsam verbrachten Nacht verstrich, desto mehr wurde ihr bewußt, daß es Neugier gewesen sein mußte, die sie so anziehend machte. Hatte sie auf dem Jagdball auf Schloß Altenberg nicht selbst beobachten können, wie sich ihm ›echte‹ Damen an den Hals warfen? Sie war zweifellos eine neue Erfahrung für ihn.

Das war ein Gedanke, der ihr einen Stich versetzte, was sie sich aber eigentlich nicht einzugestehen wagte, denn oberflächlich betrachtet konnte sie ja froh sein, daß er sein Herz nicht verloren hatte, zumal sie selbst noch immer stark an Maximilian hing. Später aber, wenn sie von den Erinnerungen an jene Nacht überwältigt wurde, dachte sie, daß es nicht nur allein Neugier gewesen sein konnte, die die gemeinsamen Augenblicke zu einem Rausch aus Zärtlichkeit, Liebe und Erfüllung gemacht hatte. Die Aufmerksamkeiten, die Nikolaus ihr nun durch Maximilian zukommen lassen wollte, bestätigten weniger sein herausragendes Talent als Kavalier – denn als solcher brauchte er sich vor einer Waldbewohnerin wie ihr wahrlich nicht zu profilieren –, als vielmehr seine Zuneigung. Und das war eine Schlußfolgerung, die Constanze tief berührte.

Maximilian mißverstand ihr Schweigen. Auf seine Füße springend, erklärte er lachend: »Das mit den Blumen habe ich nicht ernstgenommen . . .« Als er den Schatten bemerkte, der flüchtig über ihr Gesicht glitt und ebenso durch eine Wolke am Himmel verursacht worden sein konnte und keine Antwort auf seine Bemerkung sein mußte, fügte er hinzu: »Ich meine, wenn

Ihr gerne einen Blumenstrauß hättet, pflücke ich Euch ein paar Stengel.«

Ihre Augen leuchteten auf. »Das würdet Ihr tun?«

»Warum nicht?« Er grinste spitzbübisch. »Allerdings hoffe ich auf Euer Einsehen. Meine Hände«, er hob seine vom Arbeiten am Schleifstein aufgerissenen Finger, »sind wohl weniger fürs Blumenpflücken gemacht. Zunächst jedoch sollte ich meine Satteltaschen auspacken. Nikolaus' Idee mit den Delikatessen ist gar nicht so schlecht. Zu dumm, daß ich selbst nicht schon früher darauf gekommen bin, nicht wahr?«

Der Blick auf seine Hände brachte sie auf andere Gedanken. »Sagt«, begann sie, während sie neben ihm zur Hütte zurückging, wo er sein Pferd angebunden hatte, »was ist eigentlich aus den Skizzen geworden, die Ihr damals von mir gezeichnet habt?«

»Was soll damit sein?« gab er harmlos zurück.

»Es ist etwas geschehen, Maximilian«, begann sie mit einer derart ernsten Stimme, daß er unwillkürlich stehenblieb: »Meine Mutter besuchte mich vor wenigen Tagen und sprach mich auf ein Bild an, das sie gesehen hat. Es war mein Porträt.«

»Das kann nicht sein«, erwiderte er energisch. Erst als er das zornige Funkeln in ihren Augen bemerkte, wurde ihm klar, daß er ihre Mutter der Unwahrheit bezichtigt hatte. Freundlicher fügte er hinzu: »Tut mir leid, Constanze, aber ich bin kein Maler. Keine meiner Skizzen wurde je irgendwo ausgestellt. Es muß sich um einen Irrtum handeln.«

»Meine Mutter war sich absolut sicher«, beharrte Constanze. »Sie sah ein Bild, das mich als Schäferin darstellt. Niemand außer Euch kann mich so gezeichnet haben. Ich bin ja nie jemandem sonst begegnet. Jedenfalls nicht hier im Wald und mal abgesehen von dem Ball auf dem Sitz Eurer Familie. Daß sich irgendwer aus früherer Zeit an mich erinnert, schloß meine Mutter vollkommen aus.«

Maximilian stutzte. »Das Bild einer Schäferin, sagtet Ihr? Das ist unmöglich, Constanze. Es gibt kein *Bild* einer Schäferin.«

Seine besondere Betonung eines Wortes war ihr aufgefallen.

»Was heißt ›kein Bild‹? Was könnte es denn sonst geben, das eine Schäferin darstellt und meine Mutter mit mir in Verbindung bringt?«

»Keine Ahnung. Ich habe mir zwar erlaubt, die Skizzen von Euch für die Modellage einer Porzellanfigur zu verwenden, aber es ist . . .« Verblüfft über den Gedankenblitz, der durch seinen Kopf raste, brach er ab. Das Für und Wider einer Idee veranstaltete ein wahres Chaos an Emotionen in seinem Gehirn. Er starrte sie völlig verdattert an, fast so, als sehe er sie zum ersten Mal. Schließlich entschied er sich für die momentan einzig mögliche Schlußfolgerung: »Es muß sich um ein Mißverständnis handeln, glaubt mir. Vielleicht sah Eure Mutter ein Bild und wurde lediglich von einer Erinnerung übermannt, die nur in ihrer Phantasie existiert.«

»Offen gestanden, es ist mir nicht recht, wenn fremde Menschen in der Lage wären, mein Bild anzusehen, bevor ich selbst weiß, wer ich eigentlich bin«, erwiderte sie ruhig.

»Der einzige Gegenstand, der Euch ein wenig ähnlich sieht, ist eine kleine Porzellanfigur«, beschwichtigte er. Da er die Herstellung der zweiten Statuette für das Holländische Palais allerdings noch nicht beendet hatte, konnte er davon ausgehen, daß, abgesehen von einigen wenigen Personen in der Manufaktur, niemand außer dem König und dessen Mätresse von der Existenz der Porzellanfigur auch nur wußte. Es war unmöglich, daß irgend jemand ihrer ansichtig geworden wäre, es sei denn, Augusts Favoritin zeigte sie im Kreis ihrer Freundinnen herum. Aber das erschien Maximilian ebenfalls höchst unwahrscheinlich, da die Dame bewußtes Kunstwerk in ihrem Schlafzimmer aufbewahrte. Vermutlich als Relikt ihrer Liaison, wie er annahm.

»Was ist eine Figur aus Porzellan?« unterbrach Constanze seine Überlegungen.

Jetzt war Maximilian in seinem Element. In blumigen Worten schilderte er ihr seine Begeisterung für das neue Material und die Möglichkeiten, die es dem Künstler bot, aber auch die Schwierigkeiten, die mit den Herstellungsmethoden einhergingen. Er versuchte, ihr seine Arbeit durch plastische Beschreibungen nahezubringen. Doch damit schürte er letztendlich nur Constanzes Skepsis. Er sprach derart detailliert über die Feinheiten der *Goldenen Schäferin*, daß sie sich jeden der Züge der Porzellanfigur sehr deutlich als den eigenen vorstellen konnte. Schließlich rief sie in einer Mischung aus Empörung und Anerkennung aus:

»Aber das bin doch ich!«

Maximilian lächelte. Zum erstenmal funktionierte die stumme Konversation, dieser wortlose Gedankenaustausch zwischen ihnen nicht. Vollends eingenommen von dem Wissen um seine hervorragende Arbeit und der Begeisterung für seine Tätigkeit, übersah er die Gefühle, die in ihr aufwallten. Auch bemerkte er nicht die alte Furcht und neuerwachtes Entsetzen, mit dem sie ihn ansah.

»In der Tat«, kommentierte er ihre Entdeckung. »Aber es ist höchst unwahrscheinlich, daß Eure Mutter die fragliche Porzellanfigur je gesehen hat.«

»Warum?«

»Weil . . .«

Weil sie dem König gehört, wollte er sagen, doch die Worte erstarben auf seinen Lippen, als er endlich aus der Faszination seiner eigenen Gedanken erwachte. Constanze hatte recht. Woher nahm er die Sicherheit, anzunehmen, daß ihre Mutter die Porzellanfigur niemals gesehen hatte? Er wußte praktisch nichts über Constanze und noch weniger über deren Mutter. Auch wenn er es ausschloß, es war immerhin möglich, daß Augusts Mätresse mit den Geschenken des Königs prahlte und diese ihren Freundinnen vorführte. Es entbehrte nicht einmal einer gewissen Logik, daß Constanzes Mutter zur Hofgesellschaft gehörte. Schließlich vermutete er selbst, daß Constanze einer höhergestellten Familie entstammte. Doch gegen seine Überlegung sprach, daß ihm sicher irgendein Klatsch über die Porzellanfigur zu Ohren gekommen wäre, wenn die königliche Favoritin damit hausieren ginge. Nikolaus, der seine Ohren bekanntlich in den wichtigsten Schlafzimmern Dresdens hatte, hätte in seinem letzten Brief bestimmt von derartiger Öffentlichkeit berichtet.

In den Vordergrund seines Bewußtseins schob sich eine Szene aus dem vergangenen Winter. Als sei es eben erst gewesen, hörte er plötzlich seinen Bruder Martin sprechen: *Ich glaube, in der Skizze eine Dame zu erkennen, die mich einmal sehr beeindruckt hat . . . Sophie de Bouvier.* Die Favoritin des Königs!

Wenn es Maximilian recht überlegte, hatte er diese Möglichkeit bereits instinktiv in Betracht gezogen, als Constanze von der Erkenntnis ihrer Mutter gesprochen hatte. Wenn er jetzt darüber nachdachte, besaß seine Befürchtung sogar eine gewisse Plausibilität. Es würde auf einmal alles erklären – oder zumindest das, was er inzwischen selbst über Augusts Mätresse in Erfahrung gebracht hatte: Constanzes hervorragende Kenntnisse der französischen Sprache, ihre Erziehung und Bildung, ihre Erinnerungen an bedeutende Kunstwerke und letztlich auch der wertvolle, wenn auch inzwischen leicht schäbige Nippes in ihrer Hütte. Maximilian erhielt in seinem Geiste plötzlich auch andere Antworten: Daß sie überhaupt dieser Einsamkeit ausgesetzt war, schien um so bedeutungsvoller, je hochgestellter ihre Familie war – und offenbar stand ihre Mutter an der Spitze ihrer gesellschaftlichen Karriere. Außerdem war es nun keine Frage mehr, warum Constanze ausgerechnet in diesem Waldstück ausgesetzt worden war und nirgendwo anders.

»Warum ist es unmöglich, daß meine Mutter Eure Porzellanarbeit gesehen hat?« drängte Constanze.

Doch er hörte ihr nicht zu. Ein anderes Bild erschien in seinem Geiste, das des Grafen Morhoff. Er war dabeigewesen, als der alte Mann seinen tödlichen Schlaganfall erlitten hatte. Friedrich hatte sich danach unendliche Vorwürfe gemacht, und wieder und wieder hatten sie über den Anlaß gesprochen, der zum plötzlichen Tod des Diplomaten geführt haben könnte. Jetzt traf Maximilian die Erkenntnis wie ein Blitzschlag. Graf Morhoff hatte neben ihm gestanden und in den großen Salon geblickt, wo Constanze an Nikolaus' Arm getanzt hatte. Maximilian erinnerte sich deutlich an den herrlichen Anblick, den Constanze geboten hatte – die Urenkelin des alten Morhoff? War es möglich, daß der Graf vom Schlag getroffen worden war, als er die ›Auferstehung‹ seiner Urenkelin beobachten mußte?!

Wenn es tatsächlich so ist, fuhr es Maximilian durch den Kopf, *ist sie schlimmer dran, als ich dachte.* Dann nämlich würde sich seiner Ansicht nach niemals etwas für Constanze ändern, auch nicht durch ein Aufflackern ihres Gedächtnisses. Maximilian wußte nicht, wie Sophie de Bouvier das Verschwinden ihrer Tochter vor über zwei Jahren erklärt hatte. Wahrscheinlich war sie für tot erklärt worden. Selbst wenn Constanze jetzt in genesener Form wieder in der Residenz auftauchte, wäre damit größte Peinlichkeit verbunden. Diese Geschichte berührte niemand Geringeren als die Mätresse des Königs, und Maximilian begann, die unbekannte Frau zu hassen, die ihre eigenen Interessen so gedankenlos über das Leben ihrer Tochter stellte. Er nahm an, daß Constanzes Mutter, um einen Skandal zu vermeiden, alles unternehmen würde, damit die Tochter in ihrer Waldhütte verblieb. Denn Constanzes Auftauchen würde nichts weniger bedeuten, als eine negative Veränderung von Madames Position.

Überwältigt von Mitleid legte Maximilian den Arm um Constanzes Schultern. »Vielleicht ist es ja doch möglich, daß Eure Mutter die Porzellanfigur gesehen hat«, sagte er scheinbar leichthin. »Übrigens, wie ist ihr Name?«

Constanze, die gerade ihren Kopf an seiner Schulter bettete und sich voller Dankbarkeit in die Sicherheit fallen lassen wollte, die Maximilians Beschützerinstinkt ihr bot, erstarrte. »Was glaubt Ihr?« gab sie gereizt zurück. »Woher soll ich den Namen meiner Mutter kennen? Ich weiß ja kaum meinen eigenen.«

»Vergeßt es!« Er schluckte. »Tut mir leid, wenn Ihr Euch verletzt fühlt. Das habe ich nicht gewollt. Aber zerbrecht Euch nicht den Kopf ... Kommt, laßt uns die Leckerbissen probieren, die die Köchin eingepackt hat.«

37

Die Verwirrung, die Maximilian angesichts der Indizien über Constanzes Herkunft erfaßt hatte, hielt auch vier Wochen später noch an. Es stand für ihn außer Frage, daß er die Arbeit an der zweiten Porzellanfigur beenden mußte. Immerhin handelte es sich um einen Auftrag des Königs. Außerdem war es Maximilian egal, ob er dadurch möglicherweise Madame de Bouvier kompromittierte – für Constanze würde sich seiner Ansicht nach nichts ändern. Andererseits aber ließ ihn das Gefühl nicht los, daß er, wenn auch unbewußt, durch die Herstellung der neuen Statuette für irgendeine Person Schicksal spielte. So ging ihm die sonst so geliebte Arbeit diesmal weniger leicht von der Hand, aber eines Tages im November war schließlich doch der Moment gekommen, an dem er die polierte Porzellanfigur zurück in die Manufaktur nach Meißen brachte, um sie für die Residenz versandfertig einpacken zu lassen.

Maximilian beschloß, die Fertigstellung der zweiten Statuette mit einem Krug Wein in der Schänke auf der Albrechtsburg zu feiern. Es war bereits später Nachmittag, die Wachposten hatten Schichtwechsel, und der Markttag ging seinem Ende zu, so daß sich das Lokal zu füllen begann. Dralle Kellnerinnen wurden vom Wirt angetrieben wie Kühe auf einer Viehauktion, doch das schien den jungen Frauen die Laune nicht zu verderben. Unbeschwert schäkerten sie mit den fast ausschließlich männlichen Gästen, gewährten dem einen oder anderen einen freundlichen Einblick in ihr Dekolleté, während sie die Bestellung aufnahmen, und servierten Krüge mit dem süffigen, fruchtigen Rebensaft aus dem Spaargebirge, dem größten und berühmtesten Weinanbaugebiet der Mark Meißen, und noch dampfenden Ziegenbraten mit warmem Brot. Die Stimmung im Raum hob sich mit dem Lärmpegel und der wachsenden Zahl an Weinkrügen, die Luft wurde zunehmend stickiger.

Eine junge Frau betrat mit schwingenden Hüften die Schänke. Spontan zog sie die Aufmerksamkeit der meisten Gäste auf sich, denn jede ihrer geschmeidigen Bewegungen strahlte eine derart starke Sinnlichkeit aus, daß sich die Atmosphäre im Raum aufzuladen schien wie die Natur vor einem Gewitter.

Maximilian setzte gerade seinen Krug Wein an die Lippen, als er über den Rand des Keramikgefäßes ihren Blick auffing. Überrascht, mit solch offenem Interesse angestarrt zu werden, sah er in ein Paar veilchenblauer Augen, die ihn in ihrer Intensität zunehmend verwirrten. Die junge Frau war in ein einfaches Gewand aus taubenblauem Wollstoff und eine blütenweiße Bluse gekleidet, die einen atemberaubenden Blick auf den Ansatz ihres üppigen Busens gewährte. Sie zögerte nur den Bruchteil einer Sekunde, dann schritt sie zielstrebig auf den Tisch zu, an dem Maximilian Platz gefunden hatte.

Mit einem aufreizenden Lächeln beugte sie sich über den blankgescheuerten Holztisch. Sie präsentierte ihm ihr Dekolleté mit einer Mischung aus Unverschämtheit, Naivität und Zwanglosigkeit, daß ihm unwillkürlich der Atem stockte. Ihr Busen war seinem Gesicht so nah, daß er die zarte Haut mit seinen Lippen hätte berühren können.

»Wollt Ihr mir einen Krug Wein spendieren, Herr?« zwitscherte eine entzückende weibliche Stimme.

Diese Person besaß alles, was Maximilian normalerweise bei einer Frau abstieß. Gleichzeitig aber fühlte er sich in einer gewissen Perversion von ihr angezogen. Ohne den Blick von ihr zu wenden, gab er mit einer Handbewegung in Richtung des Wirts die Bestellung auf. Nachdem seine Augen ausreichend von dem körperlichen Genuß gekostet hatten, lehnte er sich zurück und sah der fremden Person ins Gesicht.

»Es sieht so aus, als hättet Ihr mich gesucht«, stellte er belustigt fest.

Ihre Lippen teilten sich zu etwas, das ebenso ein Lächeln wie eine Aufforderung sein konnte.

»Tatsächlich? Nun, ich hielt nach dem bestaussehenden Mann Ausschau. Ist das verkehrt?«

»Möglich . . .« Er unterbrach sich, als eine Kellnerin den Wein brachte und die aufreizende Person mit einem mißbilligenden Blick strafte. Nachdem sich die Kellnerin entfernt hatte, löste sich die Frau aus ihrer starren Haltung und ließ sich auf einen Stuhl gegenüber von Maximilian fallen. Sie setzte den Krug an und nahm einen gewaltigen Schluck Wein, der wahrscheinlich eines hart arbeitenden, durstigen Mannes würdig gewesen wäre.

»Habt Ihr auch einen Namen?« fragte Maximilian.

Eine himbeerrote Zunge fuhr über ihre vollen Lippen. »Man nennt mich Katharina, aber Ihr dürft Kätchen sagen.«

»Nun, Kätchen, dann sprecht: Was wollt Ihr von mir? Ihr könnt mir nicht weismachen, daß Ihr nur zu einem Plauderstündchen direkt auf mich zugestürzt seid.«

»Warum sollte dem nicht so sein?« gurrte sie. »Stellt Euer Licht nicht so in den Schatten, Herr, Ihr seid wirklich ein gutaussehender Mann. Der stattlichste weit und breit...« Sie beugte sich ein wenig vor und senkte ihre Stimme: »Ihr nehmt es allemal mit jedem dieser ungehobelten Burschen auf.«

»Kann sein, kann auch nicht sein. Dennoch möchte ich wissen, was Ihr von mir wollt.«

Sie trommelte mit ihren Fingern gegen den Weinkrug. Ihm fiel auf, daß ihre Hände ungewöhnlich gepflegt waren. Die langen Fingernägel waren der beste Beweis dafür, daß diese Person keine harte Arbeit gewohnt war. Hatte Maximilian sie bisher für eine Magd oder eine Marketenderin gehalten, so wurde er eines besseren belehrt. Vermutlich war sie eine Hure auf der Suche nach neuer Kundschaft. Diese Erkenntnis versetzte ihm einen kleinen Stich, worüber er sich ärgerte. Den Verführungskünsten eines Dienstmädchens, einer jungen Bäuerin oder einer Straßenhändlerin wäre er unter den gegebenen Umständen vielleicht erlegen. Erhoffte er sich doch Vergessen; er wünschte, nicht ständig an Constanze denken zu müssen. Die jungen Nonnen in Venedig, die seine Neugier gestillt hatten, waren von Format gewesen und entsprachen dem Typ Frau, den er anziehend fand. Billige Dirnen aber, die in einer Weinschänke derart aggressiv zur Sache gingen, konnten kaum mit seinem Entgegenkommen rechnen.

»Sucht Euch einen anderen Kunden«, blaffte er. »Ich bin nicht interessiert.«

Er war wütend über seinen häßlichen Ton, den sie eigentlich nicht verdiente, aber noch mehr ärgerte ihn sein unterschwelliges Bedauern. Diese Person war so absolut das Gegenteil dessen, was er an einer Frau schätzte, daß sie auf eine schockierende, perverse Weise schon wieder einnehmend auf ihn wirkte. Etwas sanfter fügte er deshalb ein nicht besonders geistreiches »Tut mir leid« hinzu.

So etwas war ihr noch nie passiert. Dunkle Röte überzog die zarten Wangen in ihrem Puppengesicht. Katharina war es nicht gewohnt, abgewiesen zu werden. Vor allem nicht in einer primitiven Umgebung wie dieser. Wenn sie sich umsah, so meinte sie, jeder Mann im Raum könnte sich glücklich schätzen, eine Frau wie sie auch nur einmal berühren zu dürfen. Vielleicht verhielt es sich mit dem vom Kaiser in Wien begehrten Bildhauer anders. Maximilian Altenberg war wirklich ein gutaussehender Mann und von vornehmer Herkunft, wie Katharina wußte. Andererseits hatten ihre Verführungskünste schon bei besseren Männern gefruchtet. Natürlich konnte er nicht wissen, daß der einzige Mann, dessen Abfuhr sich die vermeintliche Hure an seinem Tisch gefallen ließ, August von Sachsen und Polen hieß.

All die wütenden Worte, die ihr in den Sinn gekommen waren, schluckte Katharina herunter. Sich in Disziplin übend, erwiderte sie ruhig: »Was ist Euch geschehen, daß Ihr so unleidlich seid? An meiner Person kann's nicht liegen, wohl aber an einer Laus, die Euch über die Leber gelaufen sein muß. Habt Ihr Liebeskummer?«

Maximilian starrte in seinen Weinkrug, froh, ihren forschenden Blicken und gleichsam dem verrückten Drängen all seiner Sinne ausweichen zu können. »Was für ein Unsinn!« murmelte er.

Sie hob die Hand, und ihre Finger berührten flüchtig seine Lippen. »Ich sehe mehr, als Ihr zugeben wollt. Wartet's ab. Wir werden uns wiedersehen. So leicht kommt Ihr mir nicht aus.«

Sprach's, nahm einen kräftigen Schluck vom Wein und stand auf. Ihre Augen suchten einen Herzschlag lang seinen Blick.

Dann wandte sie sich mit einem Lächeln ab und marschierte mit dem aufreizenden Schwung ihrer Hüften und unter den Blicken ihrer Bewunderer zurück zur Eingangstür. Diese öffnete sich im selben Moment, und Katharina, die einen Blick über die Schulter auf Maximilian riskierte, prallte mit dem Eintretenden zusammen.

Überrascht sah Johann Melchior Steinbrück in das zarte Puppengesicht, das so wenig zu ihrer Aufmachung paßte. Er blickte ihr noch nach, als sie bereits die Röcke gerafft hatte und in der Dämmerung des Domherrenhofs verschwunden war. Kopfschüttelnd riß er sich schließlich von dem Bild los, das in seinem Gehirn spukte, um sich in der Schänke nach einem Gesicht umzusehen, das er suchte.

Der Manufakturinspektor zwängte sich neben Maximilian auf die Holzbank. »Ich komme eben von Herrn Böttger«, erklärte er statt eines Grußes. »Es geht ihm zunehmend schlechter. Seit Oktober schon liegt er nur noch im Bett. Dabei war er schon den ganzen Sommer über nicht mehr aus dem Zimmer gekommen. Ein Spaziergang würde ihm zweifelsohne guttun, aber es sieht so aus, als habe er aufgegeben.«

Maximilian schüttelte seine Hand. »Ist das der Grund, warum sich Herr Böttger nicht gegen die schweren Vorwürfe des Herrn Bussius aus Leipzig zur Wehr setzte?«

»Ich denke – ja ...« Steinbrück unterbrach sich, weil die Kellnerin dem Stammgast unaufgefordert einen Krug Wein auf den Tisch stellte. Nach einer kleinen Pause fuhr er fort: »Böttger rief mich heute zu sich, um Peter Eggebrecht zu entlassen. Ihr wißt, daß unser holländischer Freund ein begnadeter Fayencemeister ist und als solcher schon seit längerem von den Spionen des Zaren umworben wird. Böttger will unseren unersetzbaren Mitarbeiter nach Sankt Petersburg ziehen lassen. Auch das ist ein Zeichen seines Aufgebens. Verrückt ist das. Einfach verrückt.«

Maximilian seufzte. Ihm war bewußt, daß mit geglückten Abwerbungsversuchen wie diesem keine Möglichkeit bestand, das Porzellanarkanum weiterhin als Geheimnis zu hüten. Über kurz oder lang würden in anderen Residenzen Porzellanmanufakturen wie Pilze aus dem Boden sprießen und das Monopol Meißens brechen, vor allem, wenn nicht etwas gegen die allzu offensichtlichen Mißstände auf der Albrechtsburg unternommen wurde. Doch was hatten Männer wie der Administrator oder jeder andere Leiter der Kurfürstlich-sächsischen königlich-polnischen Manufaktur der Skrupellosigkeit von Agenten oder den Bestechungsversuchen von Kaisern entgegenzusetzen?

»Besitzt Ihr Neuigkeiten von Mehlhorn?« fragte Maximilian.

»Was bleibt uns anderes übrig, als die Augen offenzuhalten?« gab Steinbrück resigniert zurück. »Mehlhorn wird Meißen auf keinen Fall den Rücken kehren. Das Schreiben von Christoph Conrad Hunger hat unseren treuen Freund ebenso wenig beeindruckt wie der beigefügte Wechsel über einhundert Taler und die Aussicht auf einen Jahresverdienst von bis zu fünfzehnhundert Gulden. Doch ist Mehlhorn sicher nicht der letzte, der mit derart großzügig bemessenen Reisespesen bestochen werden soll...«

Steinbrück unterbrach sich. Ein Geistesblitz raste durch sein Gehirn. Mit nachdenklich-forschendem Blick sah er Maximilian in die Augen. »Diese Weibsperson, die vorhin aus dem Lokal lief, kam sie nicht von Eurem Tisch?«

Maximilian überraschte die Direktheit dieser Frage, aber auch deren Ernst. »Warum fragt Ihr?« wich er aus, als sei es ihm peinlich, in Gesellschaft der aufreizenden jungen Frau gesehen werden zu sein.

»Ich glaube, sie schon mehrfach hier gesehen zu haben. Wenn ich mich recht erinnere, so machte sie sich einmal an den armen Mehlhorn heran. Ja, und ein andermal sah ich sie mit Samuel Stöltzel zusammen. Ich hatt's vergessen, und eben, als ich sie sah, fiel's mir wieder ein.« Steinbrück suchte Maximilians Blick. »Merkwürdig, nicht wahr, daß sie sich so sehr für Mitarbeiter der Porzellanmanufaktur interessiert?«

Maximilian schnappte nach Luft. »Glaubt Ihr, diese Person ist eine Spionin?«

»Wenn ich's recht bedenke, ist das möglich, nicht wahr?« Steinbrück beantwortete sich seine rhetorisch gemeinte Frage mit einem erneuten Kopfschütteln. »Es ist höchste Zeit, daß die Leitung der Manufaktur umorganisiert wird. Es kann nicht mehr so weitergehen, daß alles noch maroder wird und sich die Konkurrenz darüber die Hände reibt, während wir auf den Tod von Herrn Böttger warten. Man sollte dem König vernünftige Vorschläge für einen neuen Administrator unterbreiten.«

Maximilians Grinsen fiel reichlich müde aus. »Ich nehme an, Ihr haltet Euch für den besten Mann in dieser Position.«

»Immerhin war ich von Anfang an dabei . . .«

»Ahhh! Dann besitzt Ihr das Wissen, gegen die Vorwürfe des Herrn Bussius vorzugehen.« Ehrfurcht schwang in Maximilians Stimme mit, als er fragte: »Wart Ihr tatsächlich dabei, als das Arkanum des Porzellans gefunden wurde?«

Ein kleines Lächeln zog über Steinbrücks angespannte Züge. »Mehr oder weniger. Wißt Ihr nicht, daß ich jahrzehntelang auf dem Gut Kießlingswalde des Barons Tschirnhaus lebte? Ich war nicht nur dessen Verwalter und Sekretär, sondern auch der Erzieher seiner Kinder. Doch was soll ich sagen? Daß es tatsächlich Johann Friedrich Böttger war, der das Porzellangeheimnis lüftete? Ohne die Hilfe und Unterstützung von Männern wie dem Baron von Tschirnhaus und Gottfried Pabst von Ohain wäre ihm das allerdings nicht möglich gewesen. Das ist ein Fakt, der nicht übersehen werden darf. Im übrigen, Altenberg, werden sich bösartige Gerüchte wie die des Doktor Bussius so lange halten, wie die Schatulle mit den wissenschaftlichen Erkenntnissen des Herrn von Tschirnhaus verschwunden bleibt.«

Maximilian trank einen Schluck Wein, bevor er sagte: »Stimmt es, daß Ihr am Sterbebett des Barons Tschirnhaus wart? Es gehen da Gerüchte um . . .« In beredtem Schweigen brach er ab.

»Meine Wenigkeit und vier andere«, bestätigte Steinbrück gelassen. »Ihr könnt daraus schließen, was Ihr wollt. Der Klatsch weiß vieles über diese Tatsache zu sagen, aber ich werde Euch die Wahrheit sagen, weil ich sicher bin, Euch vertrauen zu können. Wollt Ihr wissen, wo sich die verschwundene Kassette mit dem schwarzen Siegel heute befindet?« Maximilian nickte schweigend. »Eben dort, wo ich gerade herkomme: Im Besitz des Herrn Böttger!«

Maximilians Antwort erstarb auf seinen Lippen. Zu ungeheuerlich war die Information, die Steinbrück ihm mitgeteilt hatte. In den falschen Ohren würde sie wie ein Beweis des Betruges Böttgers klingen. Denn wenn sich der ›Porzellanerfinder‹ im Besitz des wissenschaftlichen Nachlasses von Ehrenfried Walther von Tschirnhaus befand, so wäre durchaus möglich, daß er die Entdeckungen des anderen zu seinen eigenen gemacht hatte. Andererseits vertraute Maximilian auf die Aussage Steinbrücks, der immerhin bereits vor mehr als zehn Jahren dabeigewesen war, als Johann Friedrich Böttger, Ehrenfried Walther von Tschirnhaus und Gottfried Pabst von Ohain das Herstellungsgeheimnis des weißen Porzellans gelüftet hatten. Im Grunde war es wohl nicht die ›Erfindung‹ eines einzelnen gewesen, sondern die Gemeinschaftsarbeit dreier Männer und ihrer unverzichtbaren Mitarbeiter – jeder von ihnen trug sein Teil am Arkanum des europäischen Porzellans bei. Doch in unruhigen Zeiten wie diesen, die begleitet waren von Konkurrenzneid und Betrug, war es sicher kein Wunder, daß die wirkliche Kunst der Meister verleumdet wurde.

»Wer konnte Herrn Böttger die Kassette zugespielt haben?« wollte der Bildhauer wissen.

»Ratet!« schlug Steinbrück vor, beantwortete Maximilians Frage aber doch, nachdem er von seinem Wein getrunken hatte: »Ich habe sie ihm gegeben. Ihr müßt schwören, Altenberg, daß Ihr schweigen werdet. Der König hatte beim Tode des Baron von Tschirnhaus angeordnet, daß der wissenschaftliche Nachlaß unverzüglich in die Residenz zu schaffen sei. Ihr seid aus einer hochgestellten Familie, Ihr dürftet besser wissen als ich, daß der Hof beileibe kein sicherer Ort zur Aufbewahrung der Geheimnisse der Alchimie ist. Zu viele Glücksritter könnten versuchen, sich ihrer zu bemächtigen. Meiner Ansicht nach ist die Schatulle bei Herrn Böttger besser aufgehoben gewesen. Fraglich ist nur, was jetzt damit geschieht.«

Plötzlich wirkte Steinbrück unendlich verbittert, mit seinen einundfünfzig Jahren fast greisenhaft alt und so betrübt, als habe ihn alle Hoffnung verlassen.

»Herr Böttger ist krank, die Manufaktur marode. Wenn die Kassette in die falschen Hände gerät, ist alles verloren. Dann waren all unsere Bemühungen umsonst.«

38

Der Himmel schien alle Schleusen geöffnet zu haben. Der Regen ergoß sich über das in der früh einsetzenden Dämmerung naß-glänzende Kopfsteinpflaster. Ein aufkommender Wind peitschte Schauer gegen die Häuser von Dresden und drückte die Türen zu Wohnungen und Schänken, Kaffeehäusern und Spielclubs auf, wo es in diesen Tagen zwischen Weihnachten und Neujahr hoch herging. Wer jedoch bei diesem Unwetter nicht unbedingt auf die Straße mußte, der war am besten in der Nähe eines Kamins oder Ofenfeuers aufgehoben; wer sein Haus aus dem einen oder anderen Grund verließ, mußte damit rechnen, innerhalb weniger Minuten bis auf die Haut durchnäßt zu sein.

Andrzej Rakowski drängte sich auf der Suche nach einer Mietkutsche dicht gegen die Eingangstür das Kaffeehauses, das er gerade verlassen hatte. Der Mauervorsprung über der Tür schützte ihn kaum vor dem Regen. Die ersten eiskalten Regentropfen fühlten sich in seinem Gesicht an wie spitze Nadeln, und sein Mantel war binnen weniger Augenblicke feucht und klamm. Hätte er nicht eine wichtige Verabredung wahrnehmen wollen, er hätte es vorgezogen, bei einer weiteren Tasse Kaffee in der Wärme des Lokals zu sitzen. Doch der Graf aus Polen war mit einigen Freunden zum Kartenspiel verabredet. Er brauchte dringend eine Glückssträhne, da sich seine Bemühungen hinsichtlich der schwarzen Schatulle des Barons Tschirnhaus und möglicher Goldmacherrezepturen als noch nicht sehr erfolgreich erwiesen hatten.

Im Gegensatz zu seinem mißlungenen Versuch vor nunmehr fast drei Jahren bereitete Rakowski seine Suche nach dem Stein der Weisen heute etwas wissenschaftlicher vor. Er versuchte, bestimmte Schriften zu lesen, die für alchimistische Studien unerläßlich sein sollten: Das Buch *Volumen Medicinae paramirum* des Philosophen und Arztes Theophrastus Bombastus von Hohenheim, genannt Paracelsus, erwies sich als zu schwierig, da es in lateinischer Sprache abgefaßt war, die Rakowski nicht besonders gut beherrschte. Da waren die Schriften des Basilius Valentinus schon hilfreicher. Nicht nur, daß es eine Druckausgabe der *Gesammelten Werke* dieses Benediktinermönchs auf deutsch gab, Valentinus selbst soll den *Lapis philosophorum* besessen haben, was ein gewisser Johann Thölde in einem 1599 bis 1612 hergestellten Buch über den Arkanisten beschrieb. Doch diese Werke waren, verglichen mit den modernen Romanen, die zum Zeitvertreib gelesen wurden, ebenso schwer zu verstehen wie ein Buch, geschrieben in einer Fremdsprache. Allmählich wurde aus dem polnischen Grafen ein Student der Alchimie, der nur mit größter Konzentration in der Lage war, den naturwissenschaftlichen Ausführungen zu folgen, der aber trotz seines für einen Laien beachtlichen Basiswissens vermutlich noch ewig brauchte, bis er die ersten Zusammenhänge begreifen konnte.

Lediglich eine bestimmte Ausführung des Basilius Valentinus blieb ihm im Gedächtnis und machte ihm immer wieder Mut: Wer als wahrer, gläubiger Adeptus den höchsten Grad der Kunst erreicht hatte, ... *der danke Gott, seinem Schöpfer, denn Armut ist bei ihm verschwunden, Krankheit muß von ihm fliehen und Weisheit hat ihn besessen.* Das klang zumindest so aufbauend, daß Rakowski seine Zukunft gesichert sah. Jedenfalls langfristig. Da die Anschaffung der kostbaren Bücher seinen letzten Kredit aufgefressen hatte, mußte er sich vorläufig mit nicht unbedingt legalen Glücksspielen über Wasser halten.

Endlich bog eine Droschke um die Ecke. Todesmutig stürzte sich Rakowski in den Regen. Er hatte die Hand gerade auf die Klinke des Kutschenschlages gelegt, als dieser von innen aufgestoßen wurde. Rakowski erlitt einen unsanften, ziemlich schmerzhaften Stoß gegen seine Schulter. Die polternde Bemerkung des Kutschers über allzu eilige Fahrgäste ging in einer Flut polnischer Flüche unter.

Ein Herr entstieg der Kutsche. Zuerst bemerkte Rakowski nur den ausladenden Dreispitz und für einen Mann überraschend schmale Schultern unter einem dicken Mantel allerbester Qualität. Der Mantelkragen war hochgeschlagen, so daß die untere Gesichtshälfte des Mannes verdeckt war. Als dieser seinen Kopf hob, trafen stahlharte Blicke aus leuchtend blauen Augen Rakowski. In dessen Innerstem regte sich ein Gefühl des Erkennens, das eher von Unbehagen als von Wiedersehensfreude begleitet wurde. Doch er zögerte einen Moment zu lange. Der andere hatte ihn ebenfalls erkannt, und nun gab es keine Möglichkeit mehr für Ausflüchte.

»Großer Gott, Andrzej! Ihr hier?! Was tut Ihr in Dresden?« rief Thomas von Ulmenhorst aus.

Dichte Regenfäden flossen unaufhörlich in Rakowskis Mantelkragen. Es war beileibe nicht das geeignete Wetter, seine Lebensgeschichte unter freiem Himmel zu debattieren. »Was für eine Überraschung«, murmelte er freudlos. Da es seinen Worten an jeglicher Begeisterung mangelte und er nicht unhöflich zu seinem früheren Freund sein wollte, versuchte er es mit einem schwachen Lächeln.

Die blauen Augen glitzerten in dem frischen Jungengesicht, das für einen Mann um die Dreißig zu burschikos wirkte und ihn wahrscheinlich früh altern ließ. »Welch großer Zufall, der uns zusammenführt. Erzählt! Wie ist es Euch ergangen in den letzten Jahren?« Offenbar war er mit seinem breitkrempigen Hut und dem dicken Mantel so gut ausstaffiert, daß ihm der sintflutartige Regen nicht das mindeste ausmachte.

»Euer Gnaden, das ist kein Wetter zum Rumstehen!« mischte sich der Kutscher ein, bevor Rakowski die Fragen seines früheren Freundes beantworten konnte. »Wollt Ihr nun irgendwohin fahren, oder nicht?«

Die anfängliche Vorsicht verwandelte sich in Neugier, und prompt erkundigte sich Thomas von Ulmenhorst: »Andrzej, habt Ihr etwas vor? Wir sollten unser Wiedersehen feiern. Kommt, laßt uns von alten Zeiten reden...«

Letzteres war freilich genau das, was Rakowski eigentlich nicht zu tun wünschte. Die Naivität dieses Salonlöwen mit dem samtweichen Charme hatte ihn einst in allergrößte Gefahr gebracht. In seiner derzeitigen Situation und unter Berücksichtigung seiner hochfahrenden Pläne erschien es ihm keinesfalls ratsam, die – zugegebenermaßen – zeitweise recht erquickliche Freundschaft zu erneuern.

»Tut mir leid, eine dringende Verabredung...« Rakowski hob in einer Art stiller Resignation die Arme und ließ sie wieder fallen.

»Wollt Ihr endlich einsteigen, Herr, oder wollt Ihr es lassen?« quengelte der Kutscher.

Thomas von Ulmenhorst hielt Rakowski den Droschkenschlag auf. »Nur zu. Ich begleite Euch ein Stück des Weges. Er«, damit meinte er den Kutscher, »kann sich freuen, die doppelte Summe zu verdienen, in dem Er mich später wieder hierher zurückbringt.«

Die Penetranz des anderen verschlug Rakowski die Sprache. Lediglich die Hoffnung, auf diese Weise an eine kostenlose Kutschfahrt zu kommen, stimmte ihn gnädig. Schweigend beobachtete er, wie Thomas mit zufriedener Miene zurück in den Wagen kletterte. Rakowski nannte dem Kutscher die Adresse seines Ziels und stieg selbst in die Droschke. Er lehnte sich auf dem durchgesessenen Sitz zurück und betrachtete sein Gegenüber, während der Wagen über die glitschigen Straßen rumpelte.

Thomas von Ulmenhorst schien sich nicht verändert zu haben. Noch immer derselbe burschikose Charme, dieser offensichtliche Sinn für Humor und zeitweilige Unterhaltung, der ihm die Herzen vor allem der Damen zufliegen ließ. Seine gediegene Kleidung deutete sowohl auf einen guten Geschmack als auch auf einen prallgefüllten Geldbeutel hin. Letzteres weckte schließlich Rakowskis Interesse. Seinerzeit war es um Thomas von Ulmenhorsts Finanzen nicht so gut bestellt gewesen, vor allem, nachdem sein Haus bei einem Brand zerstört worden war und dem Raub der Flammen sämtliche Wertgegenstände zum Opfer gefallen waren.

»Ihr seht gut aus«, stellte Rakowski fest. »Wie geht es Euch?«

Thomas lächelte. »Danke, ich kann nicht klagen. Jedenfalls nicht, seit ich wieder in der Heimat bin. Für ein Leben in Preußen bin ich nicht geschaffen. Zu viel Ordnungssinn, zu wenig Vergnügen. Zwei Jahre genügten vollkommen, um meine ersten Eindrücke bestätigt zu wissen.«

›Und um Gras über die alten Geschichten wachsen zu lassen‹, fügte Rakowski in Gedanken hinzu. Er fragte: »Seit wann seid Ihr wieder in Dresden?«

»Seit Anfang des Jahres. Und Ihr?«

Seinerzeit hatten beide Männer beschlossen, das Land zu verlassen, doch nur Thomas hatte sich daran gehalten. Rakowski war weiterhin als Mitglied der Hofgesellschaft zwischen Dresden und Warschau hin und her gependelt und hatte seine Position mehr schlecht als recht verteidigt. »Im Frühling kam ich zurück aus Warschau«, erwiderte Rakowski, was sogar der Wahrheit entsprach.

»Eure Geschäfte gehen also gut . . .« Thomas brach ab, doch stand die Frage nach dem finanziellen Boden, auf dem sich Rakowski bewegte, nur allzu deutlich im Raum.

»In der Tat«, behauptete der Pole.

Die beiden Männer schwiegen plötzlich, als wüßten beide, daß jede weitere Frage unabänderlich zu den Geschehnissen vor fast drei Jahren führen würde. Seinerzeit war es eine Sehnsucht gewesen, so alt wie die Menschheit, die Thomas von Ulmenhorst und Andrzej Rakowski zusammengeführt hatte: Die Gier nach unermeßlichen Reichtümern. Doch da keiner von beiden offensichtlich über eine eigene Kutsche verfügte, hielten sich die finanziellen Verhältnisse sowohl des einen als auch des anderen in bescheidenem Rahmen. Während Rakowski sich noch den Kopf darüber zerbrach, wie er Thomas am unverfänglichsten aushorchen konnte, durchbrach der Freund plötzlich die Stille.

Jedes einzelne Wort gut abwägend, sprach er mit einer Stimme, die so kalt und hart war wie ein Messer aus Stahl: »Langjährige Studien haben mich zu einer Art Naturwissenschaftler gemacht. Seit kurzem unterstütze ich als Sekretär die Bemühungen des Barons von Klettenberg in der Kunst der Alchimie.«

Rakowski erstarrte. Aus zusammengekniffenen Augen blickte er auf den Mann ihm gegenüber und fragte sich, ob er Thomas hassen oder als wiedergewonnenen Freund begrüßen sollte. Das Wissen um das eigene Unvermögen, den heißbegehrten Stein der Weisen oder wenigstens das Arkanum des weißen Porzellans zu finden, machte ihn rasend. Ausgerechnet der naive, leichtlebige, wenn auch nur mäßig intelligente Thomas von Ulmenhorst sollte auf dem Weg zum wahren Adeptus sein und ihn übertrumpfen? Ihn, Graf Andrzej Rakowski, einen Mann mit Geist und der Gabe, wissenschaftliche Zusammenhänge zu begreifen? Unvorstellbar!

»Wie seid Ihr so weit gekommen?« fragte Rakowski tonlos.

Thomas war im Grunde seines Herzens weitaus harmloser als sein polnischer Freund. Dennoch konnte er sich einer gewissen Zufriedenheit nicht entziehen, als er den skeptischen, leicht gekränkten Ausdruck in Rakowskis Gesicht wahrnahm.

»In Berlin konnte ich Kontakte knüpfen, die mir den Zugang zur Preußischen Akademie der Wissenschaften ermöglichten.«

Ein Hochstapler! fuhr es Rakowski nicht ohne eine gewisse Anerkennung durch den Kopf, wenn auch mit Fassungslosigkeit. Es war unglaublich, sich vorzustellen, daß sich Thomas von Ulmenhorst so ohne weiteres im Kreise der bedeutendsten deutschen Naturwissenschaftler bewährt haben sollte. Andererseits sprach es nicht unbedingt für die Ehrbarkeit des vermeintlichen Studiosus, daß er ausgerechnet als Sekretär eines Goldmachers arbeitete. Obwohl, wenn ein Kavalier sich seinen Lebensunterhalt schon mit Arbeit verdienen mußte, so schien es gar nicht das schlechteste zu sein, sich finanzielle Vorteile im Labor eines Mannes mit den allseits bekannten Talenten Baron Hector von Klettenbergs zu verschaffen. Immerhin war der Goldmacher nicht nur ein angeblich begnadeter Alchimist, sondern angesichts der Beträge, die er dem Kurfürst-König aus der Tasche zog, auch ein hervorragender Geschäftsmann.

Die bremsende Kutsche riß Rakowski aus seinen Gedanken. Einen Augenblick lang war er verwirrt, fragte sich, ob er aussteigen und tatsächlich sein Glück beim Spiel versuchen oder besser mit seinem Freund in irgendein Lokal fahren und die offensichtlichen Gemeinsamkeiten vertiefen sollte. Es mußte ein Wink des Schicksals sein, daß er ausgerechnet jetzt auf Thomas von Ulmenhorst und dessen unerwarteten Wirkungskreis gestoßen war. Die Aussicht, den alten Freund für eigene Zwecke zu verwenden, war zu verlockend, um die sich öffnenden Möglichkeiten ungenutzt zu lassen.

Die Hand bereits ausgestreckt, um den Schlag aufzustoßen, zögerte Rakowski. Thomas bemerkte dessen Unentschlossenheit und erinnerte freundlich: »Wolltet Ihr nicht zu dieser Adresse?«

»Wir müssen uns treffen«, entschied Rakowski. »Unbedingt. Es gibt viel zu besprechen. Leider habe ich jetzt eine Verabredung. Wo wohnt Ihr?«

»Im Hause Hector von Klettenbergs«, versetzte Thomas. »Ihr kennt das Kaffeehaus, vor dem die Droschke vorhin gehalten hat. Laßt uns dort einen Kaffee trinken. Paßt es Euch am Montag um drei Uhr?«

Rakowski nickte. Am Montag hatte das neue Jahr bereits begonnen. Das mochte ein gutes Omen für die Wiederbelebung ihrer Freundschaft und Rakowskis Zukunftsaussichten sein. »Wohl denn«, sagte er. »Ich werde da sein.« Dann stieg er aus dem Wagen in den unaufhörlich niederprasselnden Regen. Doch weder die Feuchtigkeit noch die Kälte konnten ihm etwas anhaben. Ein Hochgefühl hatte ihn ergriffen, das ihn vergessen ließ, wie er schon einmal auf Thomas' naive Zuversicht hereingefallen war.

39

Martin blieb auf dem Weg von seinem Zimmer zur Bibliothek mitten in der Eingangshalle von Schloß Altenberg stehen. Ein Lakai bat gerade eine Dame zur Haustür herein, die all seine Sinne gleichzeitig ansprach. Sie war zwar durchaus keine Frau, die Format besaß, aber ihr Puppengesicht war so allerliebst, ihre Haltung so sinnlich, daß die Gedanken des Pastors hilflos durcheinanderwirbelten und zu einem undefinierbaren Klumpen in seinem Gehirn zerschmolzen. Damen dieser Façon gab es zwar viele in Dresden, doch mit Martin pflegten sie keinen Kontakt. Auch war es unwahrscheinlich, daß die Besucherin eine Freundin der jüngeren Gräfin Altenberg war. Aus Neugier und angesichts ihrer üppigen Schönheit verharrte er in seiner Bewegung und starrte sie an, das Buch, das er in die Bibliothek hatte zurückbringen wollen, in der Hand. Es war kein Begehren in seinem Blick, lediglich die Faszination des Kunstliebhabers bei der Betrachtung eines Gemäldes.

Ihre Augen fingen seinen Blick auf. Ein strahlendes Lächeln erhellte ihr Gesicht. Endlich kam wieder Leben in ihn. »Mademoiselle?« fragte Martin höflich.

»Ihre Gnaden bittet, Graf Maximilian sprechen zu dürfen«, erklärte der Lakai.

Martin wandte sich mit der Selbstverständlichkeit eines Gutsherrensohnes, der es Zeit seines Lebens gewohnt war, Dienstboten ähnlich wie ein Möbelstück anzusehen, direkt an die Besucherin. »Mein Bruder befindet sich in seinem Atelier. Erwartet er Euch?« fragte er, während er in seinem Geiste voreilige Schlüsse über die Art der Bekanntschaft zwischen dieser Dame und Maximilian zu ziehen versuchte. Ihre Optik paßte eigentlich mehr in das Bild, das er sich von Nikolaus' weiblichem Umgang machte.

Sie musterte unverhohlen interessiert die schlichte, aber hochwertige Garderobe des Geistlichen. »Nein, ich fürchte, Euer Bruder erwartet mich nicht. Ich möchte nicht unhöflich erscheinen, aber ist es möglich, ihn in seiner Arbeit zu stören?

Ich komme in einer äußerst dringenden persönlichen Angelegenheit.«

Diese Behauptung stürzte Martin nicht nur in tiefste Verwirrung, sie erschütterte ihn regelrecht. Wenn eine Dame mit dem Aussehen der Besucherin von einer ›äußerst dringenden, persönlichen Angelegenheit‹ sprach, so war darunter in weltmännischen Kreisen meist zu verstehen, daß sie sich in Schwierigkeiten befand. Mehr als einmal hatte sich Nikolaus in seinem Beisein über dieses Synonym für eine ungewollte Schwangerschaft amüsiert. Es war kaum vorstellbar, daß ausgerechnet Maximilian mit dieser üppigen Schönheit getändelt haben sollte, wußte Martin doch, daß sein Bruder die optische Vollkommenheit eines Kunstwerkes höher schätzte als die einer Frau.

»Ich zeige Euch den Weg zum Atelier«, bot er schließlich an. Nachdem er sein Buch auf einer Konsole deponiert hatte, bot er der Dame seinen Arm. »Zuvor bitte ich um Euren Namen, Mademoiselle.«

»Baroneß Serafin.«

»Sehr erfreut. Verzeiht meine Neugier, doch ich kann es kaum erwarten, zu erfahren, welcher Ehre mein Bruder Eure Bekanntschaft verdankt.«

Eine gerade Reihe perlweißer Zähne blitzte im schummerigen Licht dieses tristen Wintervormittags. »Wir sahen uns in Meißen«, sagte sie lächelnd. Mit einer verwirrend vertraulichen Geste hakte sie sich bei Martin unter. Der Druck ihrer Finger auf seinem Arm war erstaunlich angenehm. Derart intensiv auf diese kleine Berührung konzentriert, vergaß er völlig, weiter in sie zu dringen und sich nach den näheren Umständen dieser Begegnung in Meißen zu erkundigen.

Als wären sie zu einem romantischen Spaziergang aufgebrochen, schlenderte Katharina von Serafin an Martins Arm durch die wunderschönen Anlagen des Schloßgartens, die selbst bei diesem Wetter ihre Anziehungskraft nicht verloren. Es hatte zu regnen aufgehört, und durch die schweren grauen Wolken stahl sich hin und wieder ein Sonnenstrahl, der sich in den Pfützen auf dem Weg zu verlieren schien und dort in allen Regenbogenfarben widerspiegelte; die Regentropfen auf den Rasenflächen glitzerten wie Tausende von Diamanten. Es war eine unwirkliche Stimmung, voller Melancholie und dem Zauber des Vergänglichen.

Es war das erste Mal, das Martin neben einer anziehenden jungen Frau über die vertrauten Parkwege wanderte. Niemals hatte er eine Dame nach Hause eingeladen, die im Begriff stand, sein Herz zu erobern. Sich seiner Gefühle niemals vollkommen sicher fühlend, hatte er es vermieden, seiner Mutter eine potentielle Heiratskandidatin vorzustellen. Er war nicht der Typ Mann, der unnötig Hoffnungen weckte. Dennoch wußte er, daß dieser Garten ein wahres Paradies für Liebespaare war. Zum ersten Mal wurde er von diesem Zauber gepackt. Bei jedem Schritt wurde er sich der Sinnlichkeit des Augenblicks und der Frau an seiner Seite deutlicher bewußt. Als Katharina auf dem etwas matschigen Sandweg stolperte und von seiner Hand gestützt wurde, wünschte er, sich über die Konventionen hinwegsetzen und sie in die Arme schließen zu können. Aber Martin war viel zu seriös, um sich in derartige Zudringlichkeiten zu verstricken. Schweigend und mit höflicher Distanz gingen er und Katharina weiter zu dem kleinen Gartenhaus, das Maximilian als Atelier diente.

Währenddessen fragte er sich in Gedanken, ob er wohl so empfänglich für die Weiblichkeit dieser Dame sei, weil er sich nach einer Frau sehnte, irgendeinem sanften, weiblichen Wesen, das sein Herz und sein Bett wärmte. Das Bild Sophie de Bouviers bewahrte er noch immer in seiner Erinnerung, aber es war nicht viel mehr als eine fixe Idee und würde niemals Realität sein, was ihm durchaus bewußt war.

Das quietschende Geräusch einer Töpferscheibe durchdrang die friedliche Stille. »Ich werde Euch anmelden, Baroneß«, schlug Martin vor. Seine Stimme war eine Spur rauher als gewöhnlich.

Katharina schenkte Martin ein entwaffnendes Lächeln. »Sagt Eurem Bruder bitte, sein Kätchen sei da.«

Die persönliche Beziehung, die hinter diesem Kosenamen

steckte, brachte Martin aus der Fassung. Was immer er von Maximilian denken mochte, ganz sicher nicht, daß er seine Geliebte ›Kätchen‹ nannte. Eine Schrecksekunde lang fragte sich Martin, ob er eine Hochstaplerin durch den Park geführt hatte. Doch dann siegte sein gesunder Menschenverstand. Energisch klopfte er an die Tür zum Gartenhaus und trat, ohne eine Antwort abzuwarten, sofort ein.

»Besuch ist da!« verkündete Martin.

Maximilian zuckte überrascht zusammen. Ärgerlich über die Störung hob er zwar den Kopf, ließ den Fuß aber nicht von der pedalbetriebenen Töpferscheibe, an der er gerade einen Figurenkörper formte.

»Wer ist da?«

»Eine Dame. Baroneß Serafin möchte dich sprechen«, Martin verzog sein Gesicht zu einem angewiderten Grinsen: »Dein *Kätchen!*«

»Wer?!«

Ratlos blickte Martin seinen Bruder an. »Was ist los mit dir? Sei nicht so unhöflich. Die Dame steht draußen in der Kälte und friert.«

»Ich kenne keine Dame namens Kätchen und auch keine Baroneß Serafin«, protestierte Maximilian.

In diesem Augenblick schwang die Tür auf. In vollendeter Schönheit erschien Katharina auf der Bildfläche. Die zahlreichen Öllampen und Kerzen, die Maximilians Arbeitsfläche erhellten, warfen ihr Licht auf die reizende Gestalt, die unerwartet viel Leben und Farbe in das Atelier des Künstlers brachte. *Wie eine Muse*, fuhr es Martin durch den Kopf. Als habe sie seine Gedanken erraten, schwebte Katharina mit rauschenden Röcken in den Raum. Dabei glichen ihre anmutigen Bewegungen erstaunlich stark den Vorstellungen eines mystischen Tanzes auf dem Parnaß. Unwillkürlich verschlug es den beiden Männern die Sprache. Das Rattern der Töpferscheibe verstummte.

Katharinas Augen waren ein einziges Glitzern. »Versprach ich Euch nicht, daß wir uns wiedersehen würden, Maximilian

Altenberg? Freilich wußte ich damals noch nicht, wer Ihr in Wirklichkeit seid.«

Maximilian erholte sich nur schwer von seiner Überraschung. Seine Blicke flogen über das teure, pelzverbrämte Cape und das reichverzierte Wollkleid darunter. Das war ganz sicher nicht die Garderobe einer Hure, die ihre Dienste in einer Weinschänke anpreisen mußte. Irgendwo in seinem Hinterkopf meldete sich eine Alarmglocke, doch er ignorierte sie.

»Dieses Unwissen scheint ganz meinerseits zu sein«, murmelte er.

»Bedauerlicherweise war ich zwischenzeitlich anderweitig beschäftigt«, zwischerte Katharina, »sonst hätte ich mich schon früher zu einem Besuch bei Euch aufgerafft.«

Sie deponierte ihren Pelzmuff vorsichtig auf dem mit Farbklecksen und Tonresten übersäten Arbeitstisch. Als Unterlage dienten ihr einige Kohlezeichnungen, Skizzen von Vögeln in den verschiedensten Stadien ihres Alltags: still vor sich hin dösend, mit ausgebreiteten Flügeln, im Sturzflug. Diese Zeichnungen verwirrten sie, da sie doch so gar nicht zu der Jahreszeit paßten. Mit einer schnellen Bewegung schob sie ihren Muff darüber.

»Ihr kennt Euch also doch!« stellte Martin mit einer Mischung aus Verwunderung und Erleichterung fest.

»Ja.« Maximilian löste sich aus seiner starren Haltung und demonstrierte so etwas wie eine höfische Verbeugung. »Womit kann ich Euch dienen, Mademoiselle?«

Katharinas Augen flogen sekundenlang zu Martin. »Ich würde Euch gerne unter vier Augen sprechen.«

»Mein Bruder ist Geistlicher, Mademoiselle. Er ist mit den niedrigsten Dingen des Lebens vertraut.«

Martin zögerte, da er nicht wußte, ob Maximilians Worte nur eine Feststellung waren oder dem Wunsch entsprangen, nicht alleine mit der Dame zu verhandeln. Doch die Miene seines Bruders war unergründlich.

Katharina postierte sich neben dem leise blubbernden Ofen, wo sie sich ihre Hände wärmte. Mit einem freudlosen Lächeln antwortete sie: »Verzeiht mir meine Offenheit, aber ich kann Eurem Bruder nicht so ohne weiteres mein Vertrauen schenken. Ich kam in einer wichtigen Mission, deren Inhalt nur für Eure Ohren bestimmt ist. Mein Beichtvater befindet sich in der Residenz, nicht auf Schloß Altenberg. Es ist eine Frage der Religion, scheint mir.«

Eine steile Falte erschien zwischen Martins Augenbrauen. Seine Blicke suchten eine Möglichkeit der stummen Verständigung mit seinem Bruder. Doch es schien eine Weile zu dauern, bis Maximilian alle Eventualitäten bedacht hatte. Als das Schweigen im Atelier peinlich zu werden begann, entschloß sich Martin zum Rückzug. Was immer Katharina von Serafin mit seinem Bruder an Vertraulichkeiten zu besprechen hatte, er würde dieses *Tête-à-tête* ganz sicher nicht stören. Offenbar war ihre Beziehung so persönlicher Natur, wie er anfänglich befürchtet hatte. Mit einer steifen Verbeugung verabschiedete er sich von der Dame.

»Auch wenn ich nicht Euren Glauben teile, Mademoiselle, so war es ein Vergnügen, Eure Bekanntschaft gemacht zu haben.«

Huldvoll neigte Katharina ihren Kopf, während Maximilian unerwartet verlegen mit dem Zipfel eines feuchten Leintuchs spielte, in dem er die kostbare Porzellanerde aufbewahrte.

Draußen hatte es zu nieseln begonnen. Die Hände tief in den Taschen seines Rocks vergraben, stapfte Martin über die Parkwege zurück zum Schloß. Dort herrschte geschäftiges Treiben. Am Stalltor wartete die Kutsche der Baroneß. Flüchtig registrierte Martin ein Wappen am Wagenschlag, doch seine Aufmerksamkeit wurde auf die Geschäftigkeit in unmittelbarer Nähe gelenkt. Ein Stallbursche hielt einen breitrahmigen Kaltblüter am Halfter, der geduldig die Taschen auf seinem Rücken beladen ließ. Das Küchenmädchen schleppte in Leinen eingeschlagene Schinkenseiten an, Gläser mit Eingewecktem, Körbe voller Orangen aus dem Gewächshaus der alten Gräfin und andere Köstlichkeiten. Ihr folgte ein Lakai, der mehrere Reisetaschen trug und dessen Schultern sich unter der Last seiner Hände nach unten bogen. Ein zweiter Stallbursche führte ein nervös tänzelndes, schlankes Reitpferd im Kreise.

In diesem Augenblick trat Nikolaus durch das Eingangsportal. Tief in Gedanken versunken streifte er die langen Handschuhe aus weichem Leder über. Als er seinen Bruder bemerkte, erschien ein schwaches Lächeln auf seinem nachdenklichen Gesicht.

»Ist irgendwo eine Hungersnot ausgebrochen?« erkundigte sich Martin mit einem Seitenblick auf die Plünderung der altenbergschen Vorratskammer.

Nikolaus' Miene war unergründlich. »Proviant«, behauptete er lächelnd.

»So? Ich dachte, du wolltest nach Dresden zurück. Dein Gepäck hingegen läßt auf eine Weltreise schließen.«

»Keineswegs. Ich reise wirklich nur nach Dresden. Übrigens: Wer ist zu Besuch gekommen?« erkundigte er sich mit einem Seitenblick auf die fremde Kutsche, insgeheim froh, das Thema wechseln zu können.

Martins Augen blitzten. »Eine Freundin von Maximilian, wie es scheint.«

»Merkwürdig. Seit wann bewegt sich Maximilian in diesen Kreisen? Ich könnte schwören, der Wagen trägt das Wappen des Grafen Virmont.«

Die kurzfristig verflogene Nachdenklichkeit kehrte in Nikolaus' Züge zurück. Er sah Martin scharf an. »War diese ›Freundin‹ die Dame, mit der du im Garten lustwandeltest?«

Eine feine Röte überzog Martins Züge. Er spürte es und ärgerte sich darüber. »Bleib mir vom Leibe mit deiner schmutzigen Phantasie. Ich hatte die Ehre, Mademoiselle zum Atelier bringen zu dürfen«, erklärte er steif. Plötzlich kam ihm eine Idee, und er fragte etwas freundlicher: »Ist sie etwa auch eine Bekannte von dir?«

»Nein, ganz sicher nicht. Für meinen Geschmack ist sie wohl eine Spur zu aufgeputzt.« Als er das Staunen in Martins Gesichtsausdruck bemerkte, trat Belustigung an Stelle der Nachdenklichkeit. Schmunzelnd fügte er hinzu: »Von Ferne erinnerte sie mich an eine Dame, der ich bei Hofe begegnet bin. Weißt du ihren Namen?«

Wie aus der Pistole geschossen antwortete Martin: »Baroneß Serafin.«

»Bist du sicher?«

Martin zuckte mit den Schultern. »Ich bin weder taub noch blöd. Sie hat mir ihren Namen genannt. Warum?«

Um seine Nervosität zu überspielen, zerrte Nikolaus an den Stulpen seiner Handschuhe. »Weil sich Maximilian unter diesen Umständen in majestätischer Gesellschaft befindet. Böse Zungen in der Residenz behaupten, Katharina von Serafin habe mehr als ein Auge auf den König geworfen. Tatsächlich soll sie eine Affäre mit Seiner Majestät gehabt haben...«

»Aber Madame de Bouvier...«, unterbrach Martin, plötzlich jedoch gefangen in einer verwirrenden Mischung aus Entsetzen und Verlegenheit.

Nikolaus maß dem Einwurf seines Bruders wenig Bedeutung bei. Er legte Martin eine Hand auf die Schulter. Es war dies eine fast rührende Geste der Vertrautheit wie auch der Sorge. »Ich bezweifle, daß Katharina von Serafin die richtige Frau für unseren Kleinen ist. Paß auf ihn auf, Martin. Er besitzt zweifellos eine Reihe von Vorzügen, doch frage ich mich, welcher auf die Baroneß Serafin faszinierend wirkt. Sie buhlte um den König. Was, um alles in der Welt, will sie von unserem kleinen Bruder?«

Martin zögerte. Er schämte sich für seine eigenen Empfindungen, für die starke Anziehungskraft, die Katharina von Serafin auch auf ihn ausgeübt hatte. Während er sich noch darüber ärgerte, wie leichtgläubig er manchmal war, fuhr Nikolaus fort: »Manche Leute nennen sie eine Schlange in der Kostümierung eines Engels. Ich kann das nicht beurteilen, denn ich bin ihr nie vorgestellt worden. Aber ich denke, eine gewisse Vorsicht ist geboten.« Diese Worte waren nun auch nicht dazu angetan, Martins aufwallende Gefühle zu besänftigen.

»Ich werd' dran denken«, versprach Martin halbherzig, obwohl er sich beim besten Willen nicht vorstellen konnte, was er gegen einen möglicherweise verliebten Maximilian unternehmen sollte.

Nikolaus blickte zum Himmel. »Ich muß aufbrechen, wenn ich noch vor dem schlimmsten Regenguß unterwegs sein will. Wir sehen uns in Dresden, versprochen!«

Martin schüttelte die Hand seines Bruders. »Laß es dir gut gehen.«

Nikolaus lächelte. »Das werde ich. Darauf kannst du dich verlassen.«

Zweihundert Meter entfernt umschloß Katharinas Hand gerade die Finger von Maximilian. »Warum seid Ihr so aufgeregt?« raunte sie. »Könnte meine Person für Eure Nervosität verantwortlich sein? Das wäre doch . . .« *Das wäre doch zu schön um wahr zu sein!* dachte sie, sagte aber: »Oh, du meine Güte! Wie soll ein armes Weib wie ich mit dem Gedanken daran fertig werden, Euch den Kopf verdreht zu haben?«

Maximilian starrte sie vollkommen verblüfft an. Derart deutliche Worte verschlugen ihm die Sprache.

Sie entdeckte eine gewisse Abwehrhaltung in seinen Zügen und änderte ihre Strategie. Ihre Augen schenkten ihm ein kleines Lächeln, bevor sie seine Hand freigab und zu seinen Arbeiten herumwirbelte. Sie war noch nie im Atelier eines Künstlers gewesen, schon gar nicht in dem eines Bildhauers. Mit aufrichtigem Interesse musterte sie die Regalborde mit den Einzelteilen irgendwelcher Skulpturen in den unterschiedlichsten Größen, sie tauchte ihren Zeigefinger in die Gefäße mit den verschiedenen Materialien, die ein Bildhauer für seine Kunst brauchte, und strich mit einer fast zärtlichen Geste über einen kleinen Marmorblock. Schließlich stand sie wieder neben Maximilian. Reglos hatte er ihren Rundgang beobachtet, und er rührte sich noch immer nicht, als sie eine Probe von dem kostbaren Ton in dem feuchten Leintuch aufnahm und zwischen Zeigefinger und Daumen verrieb.

»Was ist das?« fragte sie leichthin.

»Porzellanerde«, entfuhr es ihm.

Im selben Moment hätte Maximilian sich am liebsten geohrfeigt für seine Geschwätzigkeit. Er ließ sich vom reizenden Augenaufschlag einer Frau verwirren wie ein Schüler. Wäre die Situation nicht so ernst gewesen, er hätte in schallendes Gelächter ausbrechen müssen. Es war unglaublich schwierig gewesen, Steinbrück davon zu überzeugen, daß er am besten in seinem Atelier arbeitete und geschlämmte Porzellanerde aus Meißen entfernen durfte. Letzteres glich geradezu einem königlichen Privileg. Und jetzt machte er eine Wildfremde ausgerechnet auf diese Kostbarkeit in seinem Atelier aufmerksam!

Maximilian atmete tief durch, während er Katharina scharf beobachtete. Diese hatte sich scheinbar gleichgültig abgewandt und die Zeichnungen in die Hand genommen, die unter ihrem Muff gelegen hatten. Aufmerksam studierte sie die Vogelskizzen.

Mit einer gewissen Erleichterung stieß er den Atem langsam wieder aus. Seine Sorge war ja geradezu lächerlich. Er kannte keine Frau, die sich für die chemische Zusammensetzung einer bestimmten Erde interessierte. Wie hatte er nur annehmen können, dies sei bei Katharina von Serafin anders? Sie war aufgeputzt wie ein Zieraffe, ein Püppchen, gerade recht zum Anschauen und Spielen, aber ganz sicher keine Partnerin für intellektuelle Gespräche oder künstlerische Betrachtungen und garantiert kein Mensch, der aufgeschlossen war für die Geheimnisse der Naturwissenschaften. Flüchtig wie der Flügelschlag eines Schmetterlings streifte ihn der Hauch eines Gedankens. Er kannte eine Frau, die sich aufrichtig für seine Arbeit interessierte und sich unter den gegebenen Umständen vermutlich nach der Zusammensetzung des Porzellantons erkundigt hätte ...

Katharinas Blicke fingen das sanfte Lächeln auf, das über Maximilians Züge strich. In der Annahme, es gelte ihr, erwiderte sie es. »Soweit ich es beurteilen kann, sind dies sehr schöne Arbeiten. Ihr seid ein großer Maler, Maximilian Altenberg. Warum verdingt Ihr Euch nicht auf diesem Gebiet?«

Maximilian sah sie erstaunt an. Sie hatte noch weniger Ahnung, als er befürchtet hatte. »Pardon, Mademoiselle, Euer Urteil in allen Ehren, aber ich habe nicht besonders großes Talent zum Malen. Meine Kunst ist die Bildhauerei.«

»Eure Zeichnungen wirken so lebendig«, widersprach Katharina mit dem plötzlich erwachten Eifer eines kleinen Mädchens, das er beim Betrachten eines Bilderbuchs beobachtete. »Seht nur, dieser Vogel hier, er scheint direkt auf mich zuzufliegen.« Sie sah mit großen, veilchenblauen, fast dunkelviolett schimmernden Augen zu ihm auf. »Ist das ein Adler?«

Maximilian konnte sich ein Lachen kaum verkneifen. »Nein, das ist der Papagei, den sich meine Mutter in ihrer Orangerie hält«, erwiderte er grinsend, während er der verdutzten Katharina die Zeichnungen aus der Hand nahm. »Ihr seid sicher nicht gekommen, um Euch über meine Arbeiten zu unterhalten. Was verschafft mir die Ehre Eures Besuches?«

Sie trat einen Schritt auf ihn zu, so daß sie nur wenige Zentimeter von ihm entfernt stand. »Ihr habt einen tiefen Eindruck auf mich hinterlassen. Es mag ein wenig peinlich klingen, jedoch bin ich aus keinem anderen Grund hier, als geleitet von dem Wunsch, Euch wiederzusehen. Ist das schlimm?«

Er schluckte. »Verzeiht meine Offenheit, Mademoiselle, ist es nicht eher Aufgabe des Mannes, um eine Dame zu werben? Mir scheint, daß Ihr es nicht nötig habt, veränderte Spielregeln aufzustellen.«

»Wen kümmert's . . .«, murmelte sie.

Ehe er irgend etwas tun oder sagen konnte, hatte sie sich bereits auf die Zehenspitzen gestellt und ihre Arme um seinen Nacken geworfen. Vor Überraschung vollkommen reglos, stand er einen Herzschlag lang still da. Langsam, als wolle sie jede Sekunde dieser Intimität auskosten, neigte sie sich vor. Ihre Lider waren gesenkt, aber ihre Augen nicht ganz geschlossen, als ihre Lippen die seinen berührten. Ihr Kuß entbehrte jeder Leidenschaft, war erstaunlich zart und überaus zärtlich. Das war keineswegs unangenehm, doch gelang es ihm, schneller auf den Boden der Tatsachen zurückzufallen, als Katharina lieb sein konnte. Mit sanftem Griff löste er ihre Arme von seinem Hals.

»Mich kümmert es«, sagte er leise.

Ihre Augen funkelten. »Findet Ihr mich derart abstoßend, daß Ihr so unhöflich sein müßt?«

»Nein, ganz und gar nicht.«

Verlegen wandte sich Maximilian ab, als suche er in einem Regal nach etwas. Tatsächlich aber wollte er nur seinen Händen und seinem Geist eine Beschäftigung geben. Ihr Verhalten stimmte ihn ratlos. Daß sie sich ihm derart ungeniert an den Hals geworfen hatte, brachte ihn aus der Fassung, da er Derartiges nicht gewohnt war und über keinerlei Erfahrung verfügte, wie sich ein Mann von Welt in vergleichbarer Situation verhielt. Während er mit dem abgebrochenen Arm einer Wachsfigur spielte, wanderten seine Gedanken urplötzlich wieder zu Constance. Sie sah aus wie ein einfaches Mädchen, aber sie besaß die Bescheidenheit und Würde einer wirklichen Dame. Bei Katharina von Serafin verhielt es sich genau andersherum.

»Seid Ihr einer anderen Frau verpflichtet?«

Maximilian wirbelte herum. »Ja«, hörte er sich sagen, bevor er sich der Sicherheit bewußt wurde, mit der er dieses Wort ausgesprochen hatte. Wenn er es jetzt recht bedachte, so gab es tatsächlich eine Frau in seinem Leben, deren Nähe und Gesellschaft ihm teurer war als irgend etwas sonst.

»Dann laßt uns fliehen!« erklang es wie aus der Pistole geschossen.

»Was?«

»Nun, wenn Ihr einer anderen Frau verpflichtet seid, ist es am unkompliziertesten, wir fliehen«, stellte sie sachlich fest. »Wart Ihr schon einmal in Wien? Ihr müßt Wien kennenlernen, es ist eine wunderschöne Stadt. Es ist meine Heimat, wißt Ihr. Ich werde Euch alles zeigen. Und ich bin mir absolut sicher, daß Euch diese Stadt für herrliche Kunstwerke inspirieren wird...«

»Meine Arbeit...«, stammelte er. »Ich kann meine Arbeit unmöglich im Stich lassen.«

»Inzwischen besitzt der Kaiser seine eigene Porzellanmanufaktur, so daß Ihr nicht einmal Heimweh nach Meißen haben werdet, wenn Euer Herz dort festhängt.«

Du verlogenes kleines Miststück! fuhr es Maximilian durch den Kopf. Wie Schuppen fiel es ihm von den Augen. Er erinnerte sich an die Warnung Steinbrücks. Der Manufakturinspektor hatte die vermeintliche Marketenderin mit den unverzichtbaren Mitarbeitern Mehlhorn und Stöltzel in Verbindung gebracht. Die einzelnen Mosaiksteine in Maximilians Gehirn formten sich zu einem logischen Bild: Das leichtsinnige ›Kätchen‹, das offenbar nach dem Bildhauer Altenberg Ausschau gehalten hatte, aber abgeblitzt war und als Dame von Welt ihr Glück bei Graf Altenberg versuchte, einer Person, von der sie annehmen mußte, daß er auf gesellschaftlich hoher Stufe stand und für die Reize einer Dame seines Standes offener war als für ein einfaches Mädchen. Natürlich hatte sie nicht vor, mit ihm nach Wien zu *fliehen* – es handelte sich wohl eher um eine geschickt eingefädelte Entführung.

Unwillkürlich meldete sich Maximilians männliche Eitelkeit. Ein leiser Zorn überfiel ihn. War es tatsächlich nur sein künstlerisches Talent, das ihn für diese äußerst anziehende, von der Natur so üppig mit allen Attributen des gängigen Schönheitsideals ausgestatteten Frau attraktiv machte? Wie weit würde sie gehen, um ihn auf den richtigen Weg – in diesem Fall auf die Poststraße nach Wien – zu bringen? Aber: Wie weit würde er sie gehen lassen? Plötzlich tobte in seinem Inneren ein Zweikampf: die Versuchung gegen gesunden Menschenverstand, Neugier gegen Ablehnung.

Das Durcheinander seiner Gefühle stand Maximilian deutlich ins Gesicht geschrieben. Katharina, die ihn beobachtete, zog die falschen Schlußfolgerungen. Von der eigenen Anziehungskraft und der Großzügigkeit ihres Angebots vollends überzeugt, glaubte sie, er trage lediglich einen Kampf mit seinem besseren Ich aus, seinem Gewissen. Natürlich war es schändlich, mit einer Frau durchzubrennen, wenn es bereits eine Verlobte gab. Das war ungewöhnlicher als die ständige Präsenz einer Mätresse in einer ›funktionierenden‹ Ehe. Vermutlich handelte es sich in Maximilians Fall zudem um eine wirtschaftlich günstige Heirat, so daß die Flucht nach Wien nicht nur einen großen Skandal, sondern finanzielle Nachteile für seine Familie mit sich ziehen würde. Das mußte freilich alles bedacht werden, und Katharina beschloß, seiner Entscheidung noch etwas auf die Sprünge zu helfen.

»Wir werden eine wundervolle Zeit in Wien haben«, gurrte sie. »Ich verspreche Euch die schönsten Momente Eures Lebens, denn ich werde alles tun, um Eure geheimsten Wünsche zu erfüllen.«

»Meine geheimsten Wünsche ...?« Verblüfft stellte er fest, daß er sich diese Frage so recht nicht einmal selbst beantworten konnte. Jedenfalls nicht, sofern es seine persönlichen Hoffnungen betraf. Er war in den vergangenen Jahren viel zu sehr mit dem Gedanken an sein Talent beschäftigt gewesen, niemals hatte er an die Erfüllung privater Träume gedacht. Sicher, es hatte die eine oder andere Affäre gegeben – vor allem in Italien und Frankreich. Aber diese Romanzen waren nur von kurzer Dauer gewesen. An die Stelle einer Liebelei war seine tiefe Freundschaft zu Constanze getreten ...

Als habe Katharinas Versprechen seine Augen geöffnet, schien er plötzlich klarer zu sehen. Mit einem Mal wußte er, was seine geheimsten Wünsche waren. Er erinnerte sich eines flüchtigen Begehrens, das er in Constanzes Nähe gespürt hatte. War er denn blind gewesen? Wie hatte er annehmen können, daß Leidenschaft die Freundschaft zerstören könnte, die ihn und Constanze verband? Sie besaß alles, was er sich bei einer Frau erhoffte: Intelligenz, Schönheit, Bildung, Interesse an seiner Arbeit, ein einnehmendes, sanftes Wesen, Humor. Für ihn war es bedeutungslos, ob sie ihr Gedächtnis verloren hatte oder sich an die Vergangenheit erinnerte. Er wollte seine Zukunft mit ihr teilen. Falls seine Vermutung stimmte und sie die Tochter der derzeitigen königlichen Favoritin war, würde er sie vor einem Skandal beschützen, indem er mit ihr ins Ausland zog. Hatte Constanze nicht oft genug davon gesprochen, daß sie Italien und Frankreich bereisen wolle? Wie herrlich würde es sein, an ihrer Seite durch all die Städte zu gehen, die vor Kultur überzufließen schienen! Sie würde seinen Blick schärfen, so daß er alles, was er bereits kannte, mit ihren Augen sehen und verstehen würde. Es war, als habe er endlich den Schlüssel zu seinen Träumen gefunden.

»Mademoiselle«, wandte er sich an Katharina, »ich bedauere es außerordentlich, aber ich muß Euer hochherziges Angebot abschlagen. Bitte, ich möchte die Peinlichkeit dieser Situation nicht unnötig verlängern. Darf ich Euch zu Eurer Kutsche begleiten?«

Katharina zögerte, doch dann nickte sie und nahm kommentarlos ihren Muff auf. Flüchtig wunderte sich Maximilian über den triumphierenden Blick in ihren Augen, aber gleich danach hatte er ihn vergessen. Er bot Katharina seinen Arm, um sie durch den Regen zurück zum Schloßhof zu bringen.

40

Der Kurier stürzte die Haupttreppe des Jagdschlößchens Moritzburg hinauf. Er war noch ein sehr junger Mann, hatte gerade seine Kadettenausbildung hinter sich, und sein Diensteifer war voller Enthusiasmus. Er tat erst seit kurzem Dienst auf der Albrechtsburg, gehörte zu den fast dreißig Männern, die ihren Militärdienst als Schildwachen und zum Schutz der Porzellanmanufaktur leisteten. Einen Sturz riskierend, nahm er immer drei Stufen auf einmal, und als eine Wache ihn aufzuhalten versuchte, rief er atemlos, aber nicht ohne ein ungeheuer angenehmes Gefühl von Wichtigkeit: »Dringende Nachricht für Seine Majestät aus Meißen!« Er drängte sich respektlos an dem vermutlich gleichaltrigen Soldaten der Leibgarde vorbei und rannte weiter. Schließlich hatte der junge Mann das Arbeitszimmer des Kurfürst-Königs erreicht. Keuchend blieb er vor der gewaltigen Flügeltür stehen.

Im Inneren des Raumes besprach August gerade die beabsichtigten Umbauten von Schloß Moritzburg. Eigentlich hatte er schon vor sechzehn Jahren mit der Renovierung beginnen wollen, doch die einmarschierenden Schweden hatten seine Pläne vereitelt. Immerhin lagen ihm jetzt die damals in Auftrag gegebenen Skizzen seines ehemaligen Baumeisters Markus Conrad Dietze vor, die er als Grundlage für die nunmehr in Angriff zu nehmenden Umbauten verwenden wollte. Er hatte für diese Besprechung seine höchsten Baumeister eingeladen, Daniel Pöppelmann ebenso wie die Herren Zacharias Longuelune und Jean de Bodt. Während man gerade die Möglichkeit diskutierte, wie das Renaissanceschlößchen unter Berücksichtigung des modernen Architekturstils mit der Schloßkapelle und den Türmen zu einem einzigen Gebäudekomplex verbunden werden könnte, wurde die Tür aufgestoßen.

Der junge Kurier knallte die Hacken seiner schlammbespritzten Stiefel zusammen, salutierte, nahm Haltung an. »Dringende Nachricht für Seine Majestät aus Meißen!« verkündete er mit atemloser Stimme.

August hatte sich sofort nach dem Eintreten des jungen Mannes aus dem Kreis seiner Baumeister gelöst. Im Lichtspiel der winterlichen Dämmerung vor den Fenstern und der zahllosen Kerzen im Raum wirkte die Gestalt des Herrschers auf den Kurier unerwartet machtvoll. August bewegte sich vor den kostbaren Ledertapeten mit den mythologischen Szenen um die Jagdgöttin Diana für den jungen Mann auf den ersten Blick so entrückt, als bilde er eine Einheit mit diesen Bildern.

Während der König die Botschaft las, wartete der Kurier geduldig auf eine eventuelle Antwort, wie es seine Pflicht war. Auch die drei Baumeister verhielten sich still, so daß das Rascheln des Papiers in Augusts Hand unnatürlich laut klang.

Das Schreiben entbehrte nicht der Dringlichkeit, mit der der junge Kurier auftrat. Es handelte sich um die Mitteilung, daß der Arkanist Samuel Stöltzel nach Wien geflohen sei. Vermutlich war dies bereits vor zehn Tagen geschehen, so daß Stöltzel einen uneinholbaren Vorsprung hatte. In Meißen hatte man einen Brief an seinen Vater gefunden, in dem er sich für seinen Verrat rechtfertigte: Er, Stötzel, täte gewiß eine große Sünde an sich selbst, wenn ihm Gott sein Glück in dem Abwerbungsbegehren der kaiserlichen Porzellanmanufaktur zu Wien zeigte, und er dieses von sich stieße.

Der aus Freiberg stammende Stöltzel hatte seit 1705 unter Böttger gearbeitet. Zunächst war er einer jener Berg- und Hüttenleute gewesen, die zur Mitarbeit vom ›Goldmacher‹ Böttger angefordert worden waren. Seinerzeit hatte der spätere Porzellanerfinder behauptet, innerhalb von acht Jahren zwei Tonnen künstlichen Goldes herstellen zu können. Für ein alchimistisches Vorhaben in dieser Größenordnung hatte er natürlich tatkräftiger Unterstützung bedurft. Zwar hatte Stöltzel nach dem Mißlingen des größenwahnsinnigen Goldmacherversuchs Böttger kurzfristig verlassen, war aber einige Jahre später wieder in den Mitarbeiterkreis des Alchimisten aufgenommen worden und arbeitete an den ersten Herstellungsverfahren des roten Steinzeugs und des weißen Porzellans. In den vergangenen eineinhalb Jahren war Stöltzel vorwiegend als Massebereiter beschäftigt gewesen, so daß er über die Zusammensetzung der Porzellanerde besser Bescheid wußte als manch anderer in der Manufaktur. Das Geheimnis der Herstellung wurde mit seiner Hilfe vermutlich gerade in diesem Moment in Wien gelüftet.

August zerknüllte das Blatt mit den schlechten Nachrichten aus Meißen. Ein unmißverständlicher Fluch drang über die aristokratischen Lippen.

»Es ist gut«, herrschte er den Kurier an, »es gibt keine Antwort«, woraufhin der junge Mann salutierte und seinen Rückzug antrat.

»Heute scheint nicht gerade Unser Glückstag zu sein«, bemerkte August mehr zu sich selbst als zu den drei Baumeistern, die still verharrend auf weitere Instruktionen warteten. Tief in Gedanken versunken wandte er sich zu dem bald sechzigjährigen Oberlandbaumeister Pöppelmann und den nur wenige Jahre jüngeren Architekten Longuelune und Bodt um. »Mit der Porzellanmanufaktur haben Wir nichts als Verdruß. Wir müssen Uns Gedanken darüber machen, wie es dort weitergehen soll. Meine Herren, laßt Uns morgen weiterdiskutieren. Unser

Kopf ist nicht mehr ganz frei für die hervorragenden Eindrücke, die Eure Pläne unter anderen Umständen machen würden.«

Tatsächlich war August den ganzen Morgen über nicht richtig bei der Sache gewesen, so daß sich die Baumeister mit einer gewissen Erleichterung verabschiedeten. Sie ließen einen Mann in seinem Arbeitszimmer zurück, der von den Intrigen seiner Umgebung gequält wurde, ohne daß er in der Lage war, etwas gegen diese Unbilden des Lebens unternehmen zu können.

Ihm war durchaus klar, daß die Rolle, die ihm das Schicksal zuerkannt hatte, nicht dazu diente, tiefe Freundschaften zu schließen, deren Basis absolute Ehrlichkeit war. Diesbezügliche Erfahrungen hatten ihn zu der Feststellung gebracht: *Vor Schmeichlern und Spionen muß man sich am meisten schützen, um prüfen zu könne, ob einem die Männer der eigenen Umgebung auch die Wahrheit sagen.* Lediglich in den Armen einer Frau pflegte August an unbedingte Loyalität zu glauben. Dennoch hatte er lernen müssen, daß auch Damen, die ihm ihre Liebe schenkten, nicht unbedingt ein Ausbund an Treue und Ehrlichkeit sein mußten. Allerdings waren es meistens Männer, die für die Intrigen verantwortlich waren. Graf Flemming etwa hatte im Fall der Gräfin Cosel recht eifrig agiert. Wer nun allerdings so vehement versuchte, August gegen seine derzeitige Mätresse einzunehmen, lag im dunkeln. Dennoch erwiesen sich die diesbezüglichen Mühen nicht als fruchtlos.

Georg Spiegel, seinem Kammerdiener, brachte August unbedingtes Vertrauen entgegen. Im vorliegenden Fall war das unabdingbar, denn Spiegel war es ja gewesen, der dem König die anonymen Briefe ausgehändigt hatte. Nachdem in dieser Sache über ein Jahr lang Ruhe eingekehrt war, tauchten derartige Schreiben plötzlich wieder. August, stark, prachtliebend und ehrenvoll, war ein Gegner anonymer Briefe. Wer seine Meinung nicht geradeheraus sagen konnte, sollte sie seiner Ansicht nach für sich behalten. Dennoch setzten sich die Mitteilungen mit winzigkleinen Stacheln in seinem Fleisch fest, die schließlich zu Dornen wuchsen.

Die Tragödie nahm ihren Lauf, nachdem sich ein anonymer

Hinweis als richtig erwiesen hatte. Bald, nachdem Sophie ihren Salon unerwartet für einen Literatenzirkel geöffnet hatte, erhielt August auf dubiosen Wegen die Nachricht, Madame habe sich der kostbaren Porzellanerde aus Meißen bemächtigt, um das Arkanum zu verraten. Die Behauptung war zu kühn, um glaubhaft zu sein, doch längst nicht so lächerlich, wie August gerne geglaubt hätte. Der Schreiberling wies nämlich auch darauf hin, daß sich ein Brocken des wertvollen Tons in ihren Gemächern befände. August ließ ein Stubenmädchen bestechen – und der kleine Erdklumpen wurde prompt gefunden und ihm zugespielt.

Daraufhin war Spiegel mit der Feststellung beauftragt worden, ob es sich bei dem Ton tatsächlich um Porzellanerde handele. In geheimer Mission wurde ein Päckchen nach Meißen gebracht, und August erwartete nun stündlich die Nachricht aus der Porzellanmanufaktur. Deshalb hatte ihn der Kurier nicht überrascht.

Wütend öffnete der Herrscher seine Faust und warf die zerknüllte Botschaft in den Kamin. Ein verräterischer Arkanist war eine Schande für Sachsen, eine betrügerische Geliebte war eine persönliche Beleidigung für den Kurfürst-König und eine Demütigung für den Mann.

41

Constanze lehnte sich gegen den Türstock und hielt ihr Gesicht mit geschlossenen Augen der blassen Sonne entgegen. Gegen die Kälte dieses eisigen Wintermorgens hatte sie zwar eine Decke um sich geschlungen, doch der Frost schien ihr nichts anzuhaben. Ein Feuerwerk der unterschiedlichsten Gefühle wärmte sie. Dieses innere Chaos war auch der Grund, warum sie nach draußen gegangen war: Sie brauchte frische Luft, um ihre Gedanken zu ordnen.

In der vergangenen Nacht hatte sie eine für sich überraschende Entdeckung gemacht. Daß nämlich Liebe gepaart mit Leidenschaft die Erfüllung aller Sehnsüchte war und der Himmel auf Erden sein konnte. Auch Nikolaus mußte ähnlich gefühlt haben, denn irgendwann hatte er geflüstert: »Wenn wir jetzt ein Kind bekommen, wird es das wundervollste Geschöpf der Welt sein. Ich wünsche mir eine Tochter, die genauso schön ist wie du. Oh, Constanze, ich liebe dich.« Ihr Herz hatte diese Mitteilung mit einem unnatürlichen Stolpern und Flattern hingenommen, doch sie wußte nicht, ob der Mann in ihren Armen das bemerkte. Still zog sie seinen Kopf zu sich heran. Ihre Lippen suchten seinen Mund, um all die köstlichen Dinge zu schmecken, die er ihr noch sagen wollte.

Sie hatten ungewöhnlich viel Zeit miteinander verbracht, denn Nikolaus hatte den Weihnachtsurlaub bei seiner Familie verkürzt, um nicht nur zu einem seiner seltenen, kurzen nächtlichen Besuche bei Constanze vorbeizukommen, sondern mehrere Tage lang bei seiner Geliebten sein zu können. Es hatte sie überrascht, mit wieviel Zufriedenheit das Zusammensein mit Nikolaus verbunden war. Ihre gemeinsamen Stunden waren angefüllt mit unendlich viel Zärtlichkeit und dem sorglosen Sichhingeben zweier Menschen, deren Sehnsüchte und Phantasien fast identisch waren. Sie hatten viel gelacht, stundenlange Gespräche geführt und über allerlei Wichtiges oder Nichtiges diskutiert. Dabei hatte Nikolaus für Constanze glänzende Bilder von der Residenz gezeichnet. Doch für sie stellte sich keine Erinnerung ein. Entweder sie war noch nie in Dresden gewesen, oder die Stadt war ihr nicht so bedeutend erschienen, daß ihr Gedächtnis dafür seine Türen öffnete.

Daß Nikolaus heute nacht von einem Kind gesprochen hatte, stürzte sie in einen tiefen Gewissenskonflikt. Womöglich hatte Nikolaus ja nur dummes Zeug geredet, das ihm in einer bestimmten Situation einfach über die Lippen gekommen war, und das nüchtern betrachtet jeglichen Ernstes entbehrte. Sie hatten niemals darüber gesprochen, was einmal aus ihrer Affäre entstehen könnte. Der Gedanke an ein Kind bedeutete Hoffnung, es war wie eine Erinnerung an die Zukunft. Aber Constanze fragte sich wieder einmal, wie es für sie darum wohl stand, da sie doch über keine Vergangenheit verfügte. Sie war sich bewußt, daß sie ihr Alleinsein kaum mehr würde ertragen können, wenn Nikolaus sie verließ. Das Zusammensein mit ihm bedeutete ihr inzwischen zu viel. Aber ihr war mit bitterer Selbsterkenntnis nur allzu klar, daß es über kurz oder lang keine Alternative für sie beide gab. Auch wenn die Träume über eine gemeinsame Zukunft noch so schön waren – sie waren absolut unrealistisch.

Ein winziger kleiner Teufel in ihrem Herzen erinnerte sie daran, daß es da noch einen anderen Mann gab: Nikolaus' jüngsten Bruder, dem ihre Zuneigung auf nicht unbedingt freundschaftliche Art und nicht nur aus Dankbarkeit gehörte. Irgendwie erschien es ihr, als habe Maximilian die älteren Rechte, als begehe sie Betrug an seiner Loyalität. Sie dankte Nikolaus im stillen für seine Diskretion, denn bislang tappte Maximilian offenbar völlig im dunkeln. Sie war erleichtert über Maximilians Naivität, die ihn blind machte für die Veränderungen, die Constanze an sich selbst spürte, seit Nikolaus eine bedeutende Rolle in ihrem Leben spielte. Dennoch war ihr bewußt, daß sie Maximilian bald die Wahrheit sagen mußte.

Um ihrer selbst willen mußte sie ehrlich zu dem ersten Freund sein, den ihr neues Leben ohne Vergangenheit ihr beschert hatte. Doch was sollte sie ihm sagen? *Ich habe eine Affäre mit deinem Bruder?* Das war zwar die Wahrheit, aber wohl etwas zu plump. *Ich liebe dich und schlafe mit Nikolaus* kam auch nicht in Frage. Vor allem: Liebte sie Maximilian tatsächlich noch immer so vorbehaltlos wie vor ihrer Affäre mit Nikolaus? War es überhaupt möglich, sich einem Mann fast besinnungslos hinzugeben, während man einen anderen liebte? *Ich liebe dich, aber ich liebe auch deinen Bruder.* Diese Aussage kam ihren Gefühlen vermutlich am nächsten, doch würde sie Maximilian diese Wahrheit verschweigen. Wahrscheinlich würde sie ihn so lange im unklaren lassen, wie es irgend möglich war. Denn Constanze war sich bewußt, daß sie erst dann eine Entscheidung über ihre Zukunft und den dazugehörenden Mann würde treffen können, wenn sie ihre Vergangenheit wiedergefunden hatte.

War es dieser wenig tröstliche Gedanke, der sie frösteln ließ?

Vielleicht spürte sie jetzt, nachdem ihr Körper seine Bettwärme verloren hatte, die tatsächliche Kälte dieses Wintermorgens. Jedenfalls schalt sich Constanze plötzlich für ihre dumme Idee, zum Nachdenken an die frische Luft zu gehen. Es gab doch nichts, was einen Gedanken wert war. Sie konnte nur im Heute leben und jede Minute mit Nikolaus genießen, die er ihr schenken wollte.

Natürlich hatte sie viel zuviel Zeit zum Nachdenken. Sie hatte sich überlegt, was er wohl in Dresden trieb und ob es stimmte, daß er dort keine Affären hatte. Eifersucht hatte sich in ihr geregt, als sie an die junge Dame dachte, die ihm beim Jagdball auf Schloß Altenberg in die Arme gesegelt war. Gab es noch mehr Verehrerinnen dieser Art? War es möglich, daß sich ein gutaussehender, charmanter, vermögender und gesellschaftlich hochgestellter Mann wie Nikolaus von Altenberg ausgerechnet in eine einsame *Waldbewohnerin* verliebte, die nichts anderes besaß als ihr Äußeres und ihr Wesen?

Constanze lächelte bitter. Einmal noch nach dem Jagdball hatte sie versucht, eine große Dame zu spielen. Als sie im Spätherbst einen Brief von Nikolaus erhalten hatte, in dem er seinen Besuch ankündigte, hatte sie das blau-silberne Kleid aus ihrer Kommode genommen. Es war sehr mühsam gewesen, es ohne Zofe anzuziehen, aber sie hatte es schließlich geschafft. So hatte sie ihn dann empfangen – und war sich dabei vorgekommen wie eine Karikatur ihrer selbst: eine einsame junge Frau in einer kostbaren Toilette vor dem Hintergrund einer armseligen Waldhütte. Es war eine Szene wie von Molière beschrieben: bösartig, sarkastisch und bitter . . .

Der Boden unter ihren Füßen vibrierte leicht. Zuerst hielt sie es für eine Sinnestäuschung. Vielleicht waren es Hirsche, die über die Felder donnerten. Doch wußte sie im selben Moment, daß das natürlich Unsinn war. Der vereiste Boden zitterte unter Pferdehufen, die über die Wiesen galoppierten. Bisher hatte diese Wahrnehmung bei ihr stets große Freude ausgelöst, doch heute verwünschte sie sie mehr als alles andere. Denn jeder Besucher wäre an diesem Morgen ein ungebetener Gast. Während sie noch überlegte, ob sie Nikolaus wecken sollte, tauchte zwischen den Bäumen die dunkle Silhouette eines Reiters auf.

Constanze schnappte nach Luft. Sie dachte sekundenlang, eine eiskalte Hand würde ihre Kehle zuschnüren. Ihr Herzschlag schien auszusetzen, um seine Tätigkeit im nächsten Moment mit rasendem Hämmern wieder aufzunehmen. Ihre Gedanken wirbelten durch ihr Gehirn, Fragen und Antworten, Ängste und Sehnsüchte in einem, doch es gab nichts, was sie tun konnte. In einem letzten Aufbegehren und dem Versuch, Widerstand zu leisten, den Besucher abzuwimmeln, straffte sie die Schultern und ging ihm ein paar Schritte entgegen.

Maximilian sprang aus dem Sattel. Seine Augen leuchteten, und seine Wangen waren leicht gerötet von dem schnellen Ritt. »Einen schönen guten Morgen«, wünschte er gut gelaunt. »Was tut Ihr so früh hier draußen? Wie seht Ihr nur aus? Es ist viel zu kalt für Euren Aufzug.«

Constanze spürte, wie sie errötete. Obwohl sie ganz genau wußte, was sie anhatte, senkte sie den Kopf und sah an sich herab. Sie trug ihr Nachthemd, in dem sie sich plötzlich gänzlich nackt fühlte, obwohl es jede ihrer Rundungen verbarg. Unwillkürlich zog sie die Decke fester um sich und ließ ihre Zehen kreisen, die in dicken Wollsocken und plumpen Stiefeln steckten.

»Was ist los mit Euch?« Maximilian legte den Zeigefinger unter Constanzes Kinn und hob ihr Gesicht zu sich empor. Ihr offen herabfallendes Haar streifte seine Hand. »Ist es zu viel verlangt, wenn ich ein bißchen Freude über meinen Besuch erwarte?« Besorgt fügte er hinzu: »Seid Ihr krank?«

Sein Pferd, das Maximilian am Zügel führte, wurde unruhig. Zweifellos nahm es die Witterung einer Stute auf, doch sein Reiter konnte die beiden anderen Pferde aus dem Stall von Schloß Altenberg nicht sehen, da sie in einem Verschlag hinter der Hütte standen. Das Tier blies seine Nüstern auf und stieß seinen Atem als Rauchwolken aus. Es hob den Kopf und stieß mit der Nase an Constanzes Schulter.

»Ruhig! Ruhig!« murmelte Maximilian, sichtlich ratlos über das ungewohnte Gehabe seines Pferdes.

Constanze, die wie erstarrt war und noch immer kein Wort über die Lippen brachte, streichelte abwesend die samtweichen Nüstern. Sie zermarterte sich den Kopf, wie sie Maximilian die Tatsachen am schonendsten beibringen könnte.

Die Tür des Blockhauses flog auf, und eine schlaftrunkene Männerstimme rief: »Constanze, wo bist du? Komm zurück ins Be...« Die letzten beiden Buchstaben blieben Nikolaus buchstäblich im Halse stecken. Aus zusammengekniffenen Augen blickte er auf die Szene, die sich ihm bot: Constanze in Nachthemd und Decke dicht neben Maximilian, dazwischen der Kopf des Pferdes. Es war ein Bild solcher Vertrautheit, daß Nikolaus der Atem stockte.

Schon seit langem glaubte er, die Liebe, die Constanze einst Maximilian entgegengebracht hatte, verdrängt zu haben. Ihre Beziehung zu Nikolaus war so tief, zu schön, um nicht auch stark zu sein. Er gehörte nicht zu den Männern, die sich in Eifersüchteleien verfingen; außerdem wäre es auch zwecklos, denn an Constanzes Situation und Maximilians häufigeren als den eigenen Besuchen konnte er nichts ändern. Als er die beiden aber jetzt zum ersten Mal seit jenem Tag auf Schloß Altenberg zusammen sah, erfaßte ihn die Erinnerung an Constanzes damals so offensichtliche Gefühle mit der Wucht einer Sturmböe.

Einen Augenblick lang herrschte Stille. Lediglich das Schnauben und Hufestampfen des Pferdes unterbrach das Schweigen. Der Hund erschien verschlafen auf der Türschwelle, wedelte mit seinem Schweif und bellte, weil sich niemand um ihn kümmerte.

Constanze fühlte sich, als sei sie in eiskaltem Wasser untergetaucht worden. Die Einbildung war so stark, das Zusammenziehen ihrer Muskeln so schmerzhaft, daß sie unwillkürlich nach Luft schnappte. Sie fürchtete, daß der Strudel ihrer Gefühle sie unaufhaltsam in dunkle Tiefen zog, aus denen sie nie wieder auftauchen würde. In dem letzten Versuch, sich zu befreien, zwang sich Constanze zu einer Bewegung. Energisch warf sie ihr Haar in den Nacken und schaute angriffslustig von Nikolaus auf Maximilian.

»Was starrt Ihr denn so? Ich muß Euch doch wohl kaum miteinander bekannt machen.«

Nikolaus' Augen waren auf Constanze gerichtet. Seine Aufmerksamkeit galt ihrer Entscheidung, denn nur die war für ihn von Bedeutung. Daß Maximilians Gefühle möglicherweise eine Wandlung erfahren hatten, kam Nikolaus nicht in den Sinn. Zu vehement hatte sein Bruder von seiner Freundschaft zu Constanze gesprochen und immer wieder deutlich gemacht, daß er sich für die Frau an sich nicht interessierte.

»Das hätte ich mir eigentlich denken müssen«, kommentierte Maximilian voller Bitterkeit das Offensichtliche. »Du läßt keine aus, nicht wahr?«

An Nikolaus' Schläfe trat eine Ader hervor. Mit zornblitzenden Augen wandte er sich zu Maximilian um. »Wenn du nicht mein Bruder wärst, würde ich dich unverzüglich fordern!«

»Du hast in Duellen vermutlich mehr Übung als ich«, erwiderte Maximilian dumpf, obwohl er wußte, daß Nikolaus sich noch niemals um die Gunst einer Frau hatte schlagen müssen. Aber er wollte seinen Bruder bewußt verletzen. Vor sein geistiges Auge trat seine erste Erinnerung an Constanze, wie sie damals im Bach gebadet hatte. Er sah ihren Körper vor sich – und die Hände seines Bruders, die ihn berührten. Voller Bösartigkeit fügte er hinzu: »Wie in allem anderen offenbar auch.«

»Zumindest pflege ich einer Dame gegenüber ein besseres Benehmen als du es augenblicklich zur Schau stellst.«

»Was ist wohl besser? Aufrichtigkeit oder die lächerlichen Allüren eines Poussierstengels . . .«

Constanze schrie: »Hört auf! Hört sofort auf!«

Ihre Stimme überschlug sich in ihrer Hysterie. Übelkeit stieg in ihr auf, unsichtbare Hände preßten in rasenden Kopfschmerzen ihre Schläfen zusammen. Die Migräne, die sich bisher in Verbindung mit einer meist nur minimalen Rückkehr ihres Gedächtnisses angekündigt hatte, war diesmal ein Produkt der Gegenwart.

Verstockt schwieg Maximilian.

»Woher weißt du denn, daß ich es nicht ehrlich meine?« fragte Nikolaus leise. Er streckte die Hand aus. Es war eine rührende Geste, voller Unsicherheit, gleichzeitig aber auch kraftvoll und von dem Wunsch geleitet, zu beschützen. Dennoch war das Flehen in seiner Stimme allzu deutlich: »Komm ins Haus, Constanze. Es ist zu kalt. Du holst dir eine Grippe oder eine Lungenentzündung oder noch Schlimmeres, wenn wir weiter hier herumstehen.«

Nikolaus' Blicke suchten Constanzes Augen. Sie schaffte es nicht, dieses stumme Bitten zu ignorieren. Doch das andere Gefühl war nicht minder stark. Unschlüssig sah sie von Nikolaus zu Maximilian. »Kommt doch rein.« Sie schluckte, versuchte sich in einem hilflosen Lächeln, das von keinem der beiden Männer erwidert wurde. »Ich mache uns einen Tee zum Aufwärmen.«

Warum ist nur alles so peinlich? dachte sie in der Stille der folgenden Minuten. Wenn sie es recht bedachte, so hatte ihr Maximilian niemals Anlaß zu irgendwelchen Hoffnungen gegeben. Sie waren Freunde, sehr gute sogar, aber der Mann, der ihr nach den ersten Anfangsschwierigkeiten den Hof gemacht hatte, war eindeutig Nikolaus. Trotzig reckte sie ihr Kinn in die Höhe, warf die Haare in den Nacken, holte tief Luft und machte auf dem Absatz der viel zu großen Stiefel kehrt, um zu ihrer Hütte zurückzugehen.

Sie ignorierte Nikolaus' Hand, aber sie berührte in einer vertrauten, flüchtigen Geste seinen Arm, bevor sie durch die Tür trat. Mit leisem Erstaunen wurde ihr bewußt, daß es ihr gleichgültig war, was Maximilian jetzt dachte. Mochte es doch so aussehen, als folge sie Nikolaus; es war immerhin *ihr* Zuhause.

Maximilian zögerte. Seine Vernunft riet ihm zur Flucht. Ritt er unverzüglich zurück, würde sich an seiner platonischen Freundschaft zu Constanze nichts Wesentliches ändern. Zumindest wäre es einen Versuch wert. Wenn er aber blieb, so mußte er sich einer Situation stellen, mit der er nicht umzugehen wußte und deren Ausgang mehr als offen war. Er würde auf jeden

Fall verlieren: entweder Constanzes Zuneigung oder die Herzlichkeit seines Bruders. Hinzu kam die persönliche Qual, denn beim Betreten der Hütte würde er Constanze und Nikolaus quasi in flagranti ertappen: Ihr Himmelbett war zu dominant in dem kleinen Raum, um übersehen zu werden. Sollte Maximilian, der gerade erst entdeckt hatte, wie sehr er sie liebte, sich mit dem sichtbaren Beweis quälen, daß ihm ein anderer zuvorgekommen war?

»Nun komm schon«, sagte Nikolaus in Maximilians Gedanken hinein. »Du solltest Constanzes Einladung nicht abschlagen. Außerdem besteht kein Grund, den Beleidigten zu spielen.«

Es war wohl eher die Antwort auf diese Bemerkung, die Maximilian verweilen ließ. Sein Protest gegen die Unterstellung, beleidigt zu sein, äußerte sich darin, daß er das Pferd versorgte und Nikolaus, der an der Tür gewartet hatte, in die Hütte folgte.

Überraschenderweise entdeckte Maximilian, daß es nicht nur das Bett war, das für Constanzes Affäre bürgte. Er entdeckte Kleinigkeiten, die er hier zuvor nie gesehen hatte: etwa Nikolaus' silberne Bürste, sein Rasierzeug neben der Waschschüssel, die im Raum verteilte Garderobe des Bruders, seine Uniformjacke über eine Stuhllehne gehängt. Diese selbstverständliche Präsenz eines Mannes war schlimmer als die offensichtliche Dokumentation der zerwühlten Kissen im Bett. Hier fand kein flüchtiges Abenteuer statt – alles deutete auf ein Liebespaar hin, das mehr als nur eine Nacht miteinander verbracht hatte, dessen Beziehung tiefer war. Wie Schuppen fiel Maximilian plötzlich die Erkenntnis von den Augen, daß Nikolaus Schloß Altenberg bereits vor vier Tagen verlassen hatte. Die Vorstellung, daß sein Bruder seitdem jede Stunde mit Constanze zusammengewesen war, machte ihn wütend.

»Wie kommst du eigentlich dazu, Constanzes Freundschaft derart...«, Maximilian schloß mit einer einzigen Geste die fremde Garderobe und die typisch männlichen Utensilien ein, »... derart auszunutzen.«

Nikolaus knotete die Kordel seines Hausmantels aus burgunderrotem Samt fester um seine Taille. »Ich habe nicht den Eindruck, daß hier irgend jemand ausgenutzt wird«, versetzte er. Ohne eine Antwort abzuwarten, wandte er sich um, räumte ein paar Kleider von sich zusammen, verteilte die Unordnung von einer Ecke in die andere, stapelte Bücher um. Er bewegte sich mit einer Selbstverständlichkeit in Constanzes Hütte, daß Maximilian übel wurde.

Maximilians Blicke flogen zu Constanze, die am Ofen mit dem Teekessel hantierte. Sie hatte die Decke auf das Bett geworfen und ebenfalls einen Hausmantel übergezogen. Ihr Morgenrock war offensichtlich neu und aus schwerer Seide. Die Farbe von hellem Rosenholz harmonierte mit ihrem Haar und den blauen Augen. Das Gewand war offensichtlich von einem Menschen mit Geschmack vor nicht allzu langer Zeit ausgesucht worden. Der Hausmantel sah teuer aus und entsprach nicht der üblichen Qualität von Constanzes Garderobe. Deshalb war er wohl weniger ein Präsent ihrer Mutter, als vielmehr das Geschenk eines Mannes. Es gehörte wenig Phantasie dazu, sich vorzustellen, wer der edle Spender war. Maximilian dachte an die Blumen, die er versäumt hatte, Constanze zu bringen, und an die Leckerbissen aus den Speisekammern von Schloß Altenberg, um deren Transport Nikolaus ihn gebeten hatte. Merkwürdig, daß er selbst niemals darauf gekommen war, sie derart zu verwöhnen.

Er fragte tonlos: »Wie lange geht das schon mit euch beiden?«

Constanze klapperte etwas lauter mit den Küchengegenständen, die Antwort blieb sie schuldig.

»Eine Weile«, erwiderte Nikolaus vage. Er warf einen flüchtigen Blick auf Constanze, die den Brüdern den Rücken zukehrte. »Was ändert es, wenn du weißt, daß es vier Wochen oder vier Monate her ist?«

»Warum hast du das getan, Nikolaus?« brach es aus Maximilian heraus. »Warum hast du mir nichts gesagt? Du hättest doch wissen müssen, daß ich . . .«

Verlegen brach er ab. Constanze war herumgewirbelt und sah ihm direkt in die Augen. Ihre Blicke waren ein Feuerwerk an Emotionen, eine Mischung aus Hoffnung und Verzweiflung, in denen all die verpaßten Gelegenheiten geschrieben standen. Es bedurfte keines Wortes, um ihn wissen zu lassen, daß er jetzt an Nikolaus' Stelle hätte sein können, wenn . . .!

Sein Bruder bemerkte diesen Blick. Nikolaus spürte ihn förmlich wie die Spitze eines Degens, die in sein Fleisch drang. »*Was* hätte ich wissen müssen?« hörte er sich plötzlich fragen, während sich die schlimmsten Befürchtungen in seinem Kopf überschlugen. »Mußte ich nicht vielmehr annehmen, daß du an einer Verbindung mit Constanze nicht interessiert bist? Ich erinnere mich, daß du mir über deine diesbezüglich negativen Gefühle bereitwillig Auskunft gegeben hast.«

»Das ist doch kein Freibrief für einen . . . einen Mann wie dich!« protestierte Maximilian. Constanzes Anwesenheit schien er nicht wahrzunehmen. Seine Augen fixierten Nikolaus. »Du könntest jede Dame in der Hofgesellschaft haben. Langweilt dich das? Oder gibt es einen anderen Grund dafür, daß du dich an einem unschuldigen Geschöpf vergreifst?«

Nikolaus erbleichte. »Wenn du in diesem Ton fortfährst, werde ich dich tatsächlich um Genugtuung bitten. In meinem Beisein beleidigst du keine Dame. Im übrigen habe ich dir einst klipp und klar eine Frage gestellt. Deine Antwort war eindeutig.«

Constanze hatte die beiden Männer angestarrt und stumm ihrem Wortgefecht gelauscht. Jeder einzelne Satz traf sie wie ein Schlag. Ihre Miene verwandelte sich in blankes Entsetzen. »Ihr habt auf diese Weise über mich gesprochen?« Sie schluckte, als sie zu Nikolaus aufsah und mit brüchiger Stimme hinzufügte: »Was hat das zu bedeuten? Hast du dich zuerst abgesichert?«

Nikolaus schwankte zwischen dem Bedürfnis, Maximilian für dessen Geschwätzigkeit einen Fausthieb zu versetzen, und dem Wunsch, Constanze in die Arme zu nehmen. Das Bewußtsein, daß ihn ebenso viel Schuld an dieser Diskussion traf, ließ ihn schließlich innehalten. Er vergrub seine Hände in den Taschen seines Morgenrocks und ließ den Kopf hängen. Es war ihm unmöglich, seine Gedanken und Gefühle in klare Worte zu fassen.

Constanze stemmte die Hände in die Hüften. Ihr wütender Blick wanderte zu Maximilian. »Denkt Ihr, ich sei eine Ware? Ein Preis, den Ihr untereinander ausmachen könnt? Ich bin nichts, und ich habe nichts.« Ihre funkelnden Augen trafen wieder Nikolaus. »Natürlich ist das mal etwas anderes als die feinen Damen in Dresden, nicht wahr?«

»Männer reden über Frauen«, murmelte Maximilian hilflos. Er wollte etwas möglichst Unverfängliches sagen, etwas Banales und Harmloses, ihm fiel aber genau das Falsche ein: »Genauso wie Frauen umgekehrt über Männer reden. Nehmt das nicht so schwer, Constanze, es ist doch keine Beleidigung. Das muß Euch doch klar sein . . .«

»Nein!« schluchzte Constanze. Sie preßte die Hände gegen ihre Schläfen. »Mir ist nicht klar, was Männer und Frauen in Euren Kreisen so tun. Ich *weiß* es doch nicht!«

Mit zwei Schritten war Nikolaus neben Constanze. Er versuchte, sie zärtlich an sich zu ziehen, doch ihr Körper versteifte sich. Dennoch legte er die Arme um ihre Schultern. Es war, als halte er eine Statue aus Marmor umfaßt.

»Constanze, es tut mir leid«, ließ sich Maximilian vernehmen. »Ich bitte Euch um Entschuldigung. So habe ich das nicht gemeint. Eure Anschuldigungen waren nur so . . .«

»Ach, halt doch den Mund!« herrschte Nikolaus seinen Bruder an. Seine Stimme wurde ganz sanft, als er dicht an Constanzes Ohr raunte: »Es ist alles nur dummes Gerede. Du hast mich einmal gefragt, ob jemand in Dresden auf mich wartet, und ich gab dir eine ehrliche Antwort . . .«

Energisch löste sich Constanze aus seiner Umarmung. »Ich will euch nicht mehr sehen«, verkündete sie. »Ich weiß nicht, was mit euch Männern los ist. Vielleicht ist das sogar etwas, das ich nie wußte. Aber ich bin kein Ball, den man nach Belieben hin und her werfen kann. Widersprecht mir nicht, denn genau so fühle ich mich im Moment. Bitte, Maximilian, geht! Es hat keinen Sinn, länger hier herumzustehen und Reden über die Gefühle anderer Leute zu schwingen, als wären diese Personen gar nicht anwesend.«

Maximilian war im Begriff, sich umzudrehen, doch er zögerte. Mit einem Seitenblick auf Nikolaus fragte er: »Soll er auch gehen?«

»Mach dich nicht zum Kasper!« knurrte Nikolaus.

Constanzes Nerven schienen nur noch dünne Fäden zu sein, unnatürlich angespannt und kurz vor dem Zerreißen. Sie hatte damit gerechnet, daß eine Begegnung zwischen Maximilian und Nikolaus in ihrer Hütte zu gewissen Schwierigkeiten führen würde, aber sie hatte sich nicht vorgestellt, wie schlimm die Eskalation für sie selbst werden würde. Eine *Ménage à trois* konnte nicht gutgehen, dafür waren ihre eigenen Gefühle zu verworren. Andererseits fragte sie sich, worüber sich Maximilian eigentlich so ärgerte. Wenn er nur ihr Freund war, konnte ihm gleichgültig sein, wen sie in ihr Bett holte. Im Prinzip verlor er nichts. Die Vermutung, daß Maximilian und Nikolaus mit ihr und um sie spielten, nahm ihr vielmehr alles: den Freund, den Liebhaber – Hoffnung und Vertrauen.

»Ja, Nikolaus wird auch gehen«, sagte sie.

»Liebstes, ich . . .«, hob er an, doch eine Handbewegung von ihr brachte ihn zum Schweigen.

»Bitte, ich möchte, daß du gehst«, wiederholte sie.

Nikolaus schluckte. Mit der üblichen Bedachtsamkeit, die er in schwierigen Situationen an den Tag legte, faltete er ein Hemd zusammen, das er gestern abend achtlos über einen Stuhl geworfen hatte. Constanze stand wie angewurzelt, die Lider gesenkt, das Haar fiel über ihr Gesicht, so daß es unmöglich war, zu erkennen, wie sie fühlte. Gedankenverloren kraulte sie den Hund hinter dem Ohr.

Sekundenlang fragte sich Nikolaus, ob das Tier spürte, welche Tragödie sich hier abspielte? Nikolaus war bewußt, daß er im Moment nichts sagen oder tun konnte, um ihre Meinung zu beeinflussen. Er würde seine Sachen packen und gehen – aber er würde wiederkommen! Diese Erkenntnis ließ ihn ein wenig aufatmen. Erst als er bemerkte, daß Maximilian noch immer an der Tür stand und ihn beobachtete, fuhr er aus der Haut.

»Hast du nicht genug angerichtet für einen Morgen? Worauf wartest du noch? Nun geh doch endlich. Auf mich brauchst du wahrlich nicht zu warten. Pardon, mein Freund, aber ich muß mich erst anziehen, und ich wünsche es nicht unter deinen Augen zu tun.«

Maximilian lag eine bitterböse Bemerkung auf den Lippen, aber nach einem kurzen Zögern schluckte er sie hinunter. »Adieu, Constanze«, sagte er sanft. Dann wandte er sich um. Er machte sich nicht die Mühe, die Tür hinter sich ins Schloß zu ziehen. Leise knarrte sie in den Angeln.

»Ich werde jetzt gehen«, murmelte Nikolaus, »aber ich bitte dich um dein Wort, daß ich zurückkommen darf.«

Constanze hob den Kopf. Ihr Haar fiel in wirren Strähnen über ihr Gesicht, aber er bemerkte die Tränen in ihren Augen dennoch. »Ich weiß nicht, ob es sinnvoll ist, wenn du wiederkommst«, erwiderte sie überraschend ruhig. »Wir sind zu weit gegangen, Nikolaus. Über kurz oder lang wäre der Moment gekommen, der uns auseinanderbringt. So ist er eben etwas früher da. Laß es gut sein. Unsere besten Zeiten sind vorbei.«

»Nein! Ich will nicht, daß es zu Ende ist. Und du willst es auch nicht.« Zwar war er sich darüber nicht genau im klaren, aber er legte all seine Hoffnung und all sein Selbstvertrauen in diese Worte.

Ein trauriges Lächeln spielte um Constanzes Lippen. »Selbst wenn es so wäre, ist es jetzt unwichtig. Maximilian hat recht: Du kannst jede Dame bei Hofe haben, Nikolaus. Ich dagegen bin ein Nichts. Bald wird dir das zu wenig sein.«

»Du bist mehr, als ich mir jemals erträumt habe. Ich liebe dich.« Als sie langsam den Kopf schüttelte, rief er verzweifelt aus: »Wie kann ich es dir nur beweisen?«

Eine Träne kullerte aus dem Augenwinkel über ihre Wange. »Ich habe dir verschwiegen, daß ich eigentlich in Maximilian verliebt war. Damals, als wir uns begegneten . . .«

»Ich mag einen Narren aus mir machen, aber ich bin kein blinder Narr.« Um seinen nervösen Fingern eine Beschäftigung zu geben, trat er an die Tür und zog sie bedächtig ins Schloß. Die Hände zu Fäusten geballt und in den Taschen seines Morgenrocks vergraben, lehnte er sich gegen den Türstock und sah Constanze an. »Daß du in meinen kleinen Bruder verliebt warst, war unübersehbar. Die Wahrheit ist: Ich hoffte, du würdest mich eines Tages ebenso oder sogar ein wenig mehr lieben.«

Nun strömten die Tränen unaufhaltsam über ihre Wangen. »Vielleicht tue ich es, vielleicht auch nicht«, ihre Stimme klang überraschend fest. »Ich weiß es nicht. Ich weiß doch nichts! Solange ich mich nicht einmal selber kenne, wie kann ich da beurteilen, ob ich einen anderen Menschen liebe?«

Er zögerte für den Bruchteil einer Sekunde – und sprach dann doch aus, was ihm in den Sinn kam: »Du hast mir jedenfalls nie etwas vorgemacht. Ein ›Ich liebe dich‹ ist niemals über deine Lippen gekommen. Dennoch glaubte ich fest an deine Zuneigung. Wenn das ein Irrtum war, solltest du es mir jetzt rücksichtslos sagen. Dann werde ich gehen und nicht wiederkommen.«

»Wen willst du eigentlich mehr quälen? Dich oder mich?« schrie sie ihn an. »Kannst du nicht verstehen, daß ich mir nichts sehnlicher wünschte als ein bißchen Glück? Bevor ich Maximilian begegnete, dachte ich, es reiche aus zu wissen, daß ich am Leben bin. Doch das ist nicht genug. Ich entdeckte plötzlich Gefühle, die ich vergessen hatte. Ihr beide, jeder auf seine Weise, habt mir ein unglaublich schönes Geschenk gemacht: Ihr habt mir etwas Glück gegeben. Willst du mir zum Vorwurf machen, daß ich es angenommen habe?«

Er hob die Hand an ihr Gesicht. Einen Augenblick berührten seine Fingerspitzen die Tränenspuren, dann wischten sie unendlich behutsam die feuchten Rinnsale von ihren Wangen.

»Du mußt raus hier, Constanze. Es macht keinen Unterschied, ob Maximilian oder ich gehen. Wer wirklich fort von diesem Ort müßte, bist du.«

Ihre Finger umschlossen seine Hand, die noch immer an ihrem Gesicht lag. Ihre Augen schwammen in Tränen, als sie zu ihm aufsah. »Wohin sollte ich denn gehen? Ich habe doch nicht einmal einen Namen.«

Er lächelte. »Du könntest mit mir gehen..., und dann hättest du einen sehr guten Namen.«

»Was?«

»Heirate mich. Constanze Gräfin Altenberg klingt doch gar nicht schlecht, nicht wahr?«

Sturzbäche aus Tränen ergossen sich über seine Finger an ihrer Wange. Mit einer Mischung aus Lachen und Schluchzen rief sie aus: »Wahnsinniger! Bist du völlig von Sinnen? Hast du den Verstand verloren, Nikolaus? Ich sagte dir doch gerade, daß ich nicht weiß, ob ich dich liebe. Wie kannst du mich unter diesen Umständen heiraten wollen?«

»Weil ich dich liebe und dir helfen möchte. Viele Ehen werden aus bedeutend schlechteren Gründen geschlossen.«

Sie schüttelte seine Hand ab, als wäre sie ihr lästig. Durch den Schleier aus Tränen konnte sie seinen forschenden Blicken kaum standhalten. Schließlich wandte sie sich um. Die Verlockung war groß, sein Vorschlag süß. Doch der kleine Teufel in ihrem Herzen sorgte für ein äußerst realistisches Bild in ihrem Kopf: Was würde seine Familie sagen, wenn Nikolaus eine mittel- und namenlose junge Frau zur neuen Gräfin Altenberg erhob? Wäre seine Mutter dann genauso freundlich wie zu der Besucherin des Jagdballes, deren Gegenwart ebenso sicher war wie der Termin ihrer Abreise? Was würden seine Freunde sagen, wenn sie nicht mehr irgendein Gast unter vielen, sondern die Hausherrin war? Wie würde sie mit einem Leben außerhalb ihrer gewohnten Umgebung fertigwerden, solange sie ihr Gedächtnis nicht wiedergefunden hatte? Wäre diese Ehe im Sinne ihrer Mutter? *Was würde Maximilian zu dieser Verbindung sagen?!* Auf jede dieser Fragen gab es eine Antwort, die wieder neue Fragen aufwarf. Schließlich wurden die Bedenken zu einem Kreislauf, in dem sich Constanze eingeschlossen fühlte wie in der unabänderlichen Einsamkeit ihres Lebens. Es war unmöglich, daß Nikolaus so unbedacht handeln würde. Sein Gedanke an ein Kind heute nacht war ein Ergebnis seiner erfüllten Begierden gewesen – sein Heiratsantrag von eben mochte hingegen eine Antwort auf die tiefe Verletzung sein, die sie ihm durch die Offenbarung ihrer Gefühle für Maximilian zugefügt hatte.

»Du machst dich lustig über mich! Wenn du mich wirklich liebtest, würdest du mir das nicht antun.«

»Zum Teufel, was tue ich dir denn an?« Er legte die Hände auf ihre Schultern und drehte sie zu sich herum. Dabei ging er weniger zärtlich als ruppig vor. Auch sein Ton hatte sich gewandelt: »Hör zu, Constanze: Ich bin eitel, egoistisch und oberflächlich. Ich liebe die Annehmlichkeiten des Lebens ebenso wie meine Stellung in der Hofgesellschaft und meine Karriere ... Wenn du es wünschst, kann ich dir noch eine ganze Reihe anderer negativer Charakterzüge aufzählen ... Eines aber bin ich ganz sicher nicht: ein Lügner! Darüber kannst du nachdenken, während ich fort bin. Ich gehe jetzt, aber ich komme in einem Monat wieder. Es steht dir frei, bis dahin eine Entscheidung zu treffen. Mein Antrag hat Gültigkeit.« Er lachte kurz und bitter auf. »Wahrscheinlich sogar über die nächsten vier Wochen hinaus.«

Schweigend, während nicht enden wollende Tränenbäche über ihr Gesicht strömten, beobachtete sie, wie Nikolaus sich ankleidete und seine Sachen zusammenpackte. Sie fühlte sich wie gelähmt. Starr und reglos stand sie mitten in ihrer Hütte und sog jede Bewegung ihres Geliebten in sich auf, als könnte sie sie dadurch für immer in ihrem Gedächtnis einmeißeln, wußte sie doch, daß Erinnerungen manchmal ebenso wenig von Dauer waren wie das mit ihnen verbundene Glück. Sie wußte, daß es unter den gegebenen Umständen keine Zukunft für sie gab – nicht einmal an der Seite eines liebenswerten und starken Mannes wie Nikolaus von Altenberg. Ihre Entscheidung stand fest. Einerseits würde sich nichts für sie ändern. Und doch würde alles anders sein, nachdem er sie verlassen hatte.

Zum Abschied hauchte er einen zarten Kuß auf ihre Stirn. Dann ging er, ohne sich noch einmal umzudrehen.

Sie wäre ihm so gerne nachgelaufen, aber sie war wie gelähmt. Bewegungslos sah sie ihm nach. Ihr fehlte der Mut, ihm zu folgen.

42

Die Besichtigung der kurfürstlich-königlichen Sammlungen war im Januar des Jahres 1719 ein neues, jedoch kein preiswertes Vergnügen. Zwar verlangte August keinen Eintritt, was seiner Politik entsprach, die öffentliche Ausstellung der Sammlungen als Zeichen seiner Macht voranzutreiben. Aber die Museumsführer verlangten ein ›Trinkgeld‹, das die Masse der Bevölkerung nicht zu entrichten in der Lage war. Für etwa vier Gulden pro Person wurden die Interessierten in kleinen Gruppen durch die Räume mit den derzeit zugänglichen Sammlungen geschleust: Meistens handelte es sich um Reisende aus Wien, Berlin, Hannover oder London, die den Ausführungen der Führer folgten und mit den üblichen »Ahhs« und »Ohhs« begleiteten, und nachdem sich die Besucher somit als beeindruckt gezeigt hatten, wurden sie weitergetrieben wie eine Herde Schafe. Der Grund für diese Gruppenführungen waren Sicherheitsvorkehrungen, denn es war natürlich nicht auszuschließen, daß sich Diebe unter die Ausstellungsbesucher mischten und bei günstiger Gelegenheit die eine oder andere Kostbarkeit mitgehen ließen.

Über genau diese verpaßte Chance machte sich auch Graf Rakowski Gedanken, als er neben Thomas von Ulmenhorst über die mit riesigen Statuen geschmückte Freitreppe zur Galerie des ›Holländischen Palais‹ emporschritt. Die Erklärungen des Führers, daß es sich hierbei um Chinesen handele, die das Gebälk abstützten, nahm Andrzej kaum wahr. Vielmehr dachte er voller Bedauern an die eine oder andere Vase, die unter der Hand einen guten Preis erzielt und beträchtlich zur Aufbesserung seiner finanziellen Mittel beigetragen hätte, doch das Risiko war zu groß. Inmitten der kleinen Besuchergruppe fühlte er sich ständig beobachtet. Selbst als er in seiner eigenen Schnupftabakdose nach einer kleinen Prise fingerte, wurde er das Gefühl nicht los, von dem Führer mit Argusaugen beobachtet zu werden.

»Es besitzt schon eine einzigartige Faszination, dieses Porzellan«, meinte Thomas gerade.

Rakowski murmelte etwas, während er sich darüber ärgerte, daß er dem Drängen des Freundes nachgegeben und sich zu einem Besuch des Holländischen Palais hatte überreden lassen. In Augusts Porzellanschloß erinnerte zu viel an Rakowskis eigene Unzulänglichkeit, an sein Versagen.

Der Führer geleitete die aus sechs Personen bestehende Gruppe zu einer mit Blattgold reich verzierten Vitrine aus Rosenholz. Doch nicht dem wunderschönen Möbelstück sollte die Aufmerksamkeit der Besucher gehören, sondern den Figurinen, die hinter Glas ausgestellt wurden. Eine Statuette aus Jaspisporzellan stellte unverkennbar den König dar, der mit seinem schleppenden Umhang wie die Mischung eines modernen Ritters und eines antiken Gottes wirkte, was Augusts eigener Sicht vermutlich am nächsten kam, denn er fühlte sich ja gerne als zeitgenössischer Herkules. Andere Figuren zeigten die Protagonisten der italienischen Komödie und verschiedene Modelle der Kuan Yin, der chinesischen Göttin der Barmherzigkeit. Neben einem Harlekin mit Drehleier aus weißem Porzellan, der reichlich mit Gold bemalt werden war, stand die Statuette einer jungen Schäferin. Auf diese machte der Führer die Besucher besonders aufmerksam, da es sich um eine relativ neue Arbeit aus der Manufaktur in Meißen handele. Die Schäferin war aus weißem Porzellan hergestellt und mit Goldfarbe verziert worden, was ihr den Namen *Die goldene Schäferin* verliehen hatte.

»Diese Lebendigkeit ist wirklich ganz erstaunlich«, bemerkte Thomas. »Man könnte fast meinen, dieses Gesicht mit all seiner Ausstrahlung zu kennen.«

Der Führer, ein kleiner Mann mittleren Alters mit spärlichem Bart, der sich ganz offensichtlich bereits jenseits seiner besten Jahre befand, bedachte Thomas mit einem zuvorkommenden Lächeln. »Seine Gnaden hat ein gutes Auge. Man sieht die Schäferin tatsächlich lebendig vor sich, nicht wahr? Maximilian Altenberg ist ein großer Künstler. Diese Arbeit ist bewundernswert.«

Thomas starrte in das zarte Porzellangesicht. Es schien ihm, als verändere sich der Ausdruck in den Zügen der Schäferin.

Lächelte sie ihm zu? Das war doch eigentlich nicht möglich, da es sich nur um das starre Abbild eines Menschen handelte. Es blieb eine tote Figur, trotz all der Lebendigkeit, die der Bildhauer dem Ton eingehaucht hatte. Dennoch trat vor Thomas' geistiges Auge eine Erinnerung, mischte sich mit dem, was er wirklich sah. Doch die Erscheinung lag noch im Nebel, war zu unwirklich, um deutlich hervorzutreten.

»Verflixt! Ich könnte schwören, ich kenne das Mädchen.« Mit einem tiefen Seufzer fügte Thomas an Rakowski gewandt hinzu: »Kennt Ihr dieses Gefühl des *déjà-vu*? Man glaubt, etwas wiederzuerkennen, und weiß gleichzeitig nicht, woher man diese Erinnerung nimmt. Wo habe ich dieses Mädchen nur schon einmal gesehen? Die Frage und mein Unvermögen, eine Antwort zu finden, macht mich ganz verrückt.«

An Stelle des polnischen Grafen antwortete der Führer: »Laßt Euch keine grauen Haare wachsen, Euer Gnaden. Vielleicht habt Ihr das Mädchen tatsächlich einmal gesehen. Stammt Ihr aus der Mark Meißen? Es heißt, daß die Schäferin dort irgendwo herumzieht.«

Der ausladende Reifrock einer älteren Dame zwang Thomas, zur Seite zu treten. »Oh!« rief die Dame angesichts der ausgestellten Porzellanfiguren aus. »Wie entzückend! Ist das nicht eine Kopie der Statuette, die der König seiner Favoritin verehrte?«

Der Führer zeigte sich äußerst beflissen. »Jawohl, Euer Gnaden. Seine Majestät machte das Original dieser Porzellanfigur Madame de Bouvier zum Geschenk.«

»Meine Güte, wie aufregend! Clara, woher wußtet Ihr nur von dem Geschenk?« mischte sich die Begleiterin der älteren Dame ein.

»Madame de Bouvier öffnete kürzlich ihren Salon zu einem *Jour fixe*. Alle Welt strömt in ihr Palais. Die Neugier, Ihr wißt schon, meine Liebe, fördert die merkwürdigsten Gäste zutage. Jedenfalls wird in Madames Salon so allerlei erzählt. Und hinterher erst! Ihr könnt Euch gar nicht vorstellen, welche Früchte Madames Zirkel trägt. Es ist ein Treffen von Literaten und

Künstlern, aber was da vorgetragen wird, ist angesichts der vielen Geschichten, die man sich nachher erzählen kann, schnell vergessen.«

»Dann kennt Ihr diese wunderschöne Figur also schon! Aber, Clara, wie konntet Ihr mich nur so an der Nase herumführen?«

»Das habe ich doch gar nicht!« protestierte die andere. »Denkt nur, Madame de Bouvier läßt niemand das kostbare Stück sehen. Man sprach nur darüber, weil . . .« Daraufhin steckten die beiden Damen die Köpfe zusammen und tuschelten so leise, daß den anderen Mitgliedern der Besuchergruppe der weitere Inhalt dieses Gesprächs verborgen blieb.

Thomas hatte dem Klatsch der beiden Damen zunächst nur widerwillig und notgedrungen, dann aber mit wachsendem Interesse gelauscht. Durch die Erwähnung des Aufenthaltsortes des Schäferin-Modells in der Mark Meißen und dank des Geredes über die Mätresse des Königs hatte sein Gehirn eine Verbindung hergestellt, die ihn mit einem Mal klarer sehen ließ. Die Konturen in seiner Erinnerung wurden deutlicher: Das Bild der Porzellanfigur mischte sich mit einem lebendigen Gesicht. Ihre Augen nahmen die blaue Farbe von Saphiren an, und in den weichen Linien ihrer Wangen zeigten sich zarte Grübchen wenn sie lächelte, ihre Lippen waren so sanft und unschuldig, daß sie gleichzeitig unendlich verheißungsvoll wirkten. Thomas sah die Statuette plötzlich mit den Augen des Bildhauers, eines Mannes, der bei der Herstellung dieses Kunstwerkes ein lebendiges Bild im Kopf gehabt haben mußte – ein Bild, das auch Thomas seit bald drei Jahren unvergeßlich in sich trug . . .

Rakowski unterbrach die Gedanken seines Freundes mit einem zynischen Flüstern: »Die Schäferin bringt einen auf wundersame Gedanken. Man sollte sie aufstöbern, um ein paar geile Stunden mit ihr zu verbringen.«

Alle Farbe war aus Thomas' Gesicht gewichen. Seine Züge wurden hart. »Das habt Ihr bereits!« versetzte er kalt.

Rakowski starrte ihn so fassungslos an, als habe er gerade entdeckt, daß sein Freund den Verstand verloren hatte. Aus den Augenwinkeln nahm er wahr, daß der Führer die Herrschaften mit lächerlich wilden Gesten zum Weitergehen aufforderte. Auch die beiden älteren Damen entfernten sich, nachdem sie den neuesten Tratsch über den König und dessen Favoritin offenbar ausgiebigst erörtert hatten. Der Graf aus Polen und sein Begleiter blieben vor der Vitrine mit dem Meissener Porzellan zurück

»Erkennt Ihr sie denn nicht?« fragte Thomas.

»Wen? Die Schäferin? Lieber Freund, leidet Ihr unter einem Fieber? Für gewöhnlich pflege ich nicht die Bekanntschaft von Weibern dieser Güte«, stellte Rakowski mit einem beleidigten Unterton fest. In Gedanken fragte er sich, ob seine finanzielle Misere bereits so offensichtlich war, daß ihm der Freund nicht einmal mehr den Umgang mit jungen Damen der Hofgesellschaft zutraute. Deshalb fügte er hinzu: »Ein Mädchen vom Lande wäre freilich einmal eine Abwechslung, entspricht aber ansonsten kaum meinem Geschmacks.«

Der Führer lief aufgeregt zwischen der Besuchergruppe und den beiden Nachzüglern hin und her, eifrig darauf bedacht, keinen einzigen aus den Augen zu lassen. »Wollen sich Eure Gnaden bitte wieder der Gruppe anschließen«, flehte er.

»Was redet Ihr denn da für einen Unsinn?« fuhr Thomas entnervt auf, und es war nicht ganz klar, ob er damit Rakowski oder dem armen Führer antwortete. »So sieht niemals ein einfaches Mädchen vom Lande aus. Es ist dieses Gesicht, Rakowski, seine Eleganz. Seid Ihr plötzlich erblindet? Es steht für mich zweifelsfrei fest: Das Modell für *Die goldene Schäferin* war meine ehemalige Verlobte.«

Überraschenderweise brach Rakowski in schallendes Gelächter aus. Er legte Thomas freundschaftlich die Hand auf die Schulter und drängte ihn auf diese Weise zum Weitergehen. »Ich kann verstehen, daß Ihr sie nie vergessen habt. Da Ihr nun wieder in Dresden weilt, denkt Ihr an das Mädchen . . . Jesus, Maria, seid Ihr sentimental. Schlagt sie Euch aus dem Kopf. Sie ist tot. Und das ist gut so. Für alle Beteiligten, wie Ihr wißt.«

Vielleicht habt Ihr das Mädchen tatsächlich einmal gesehen. Stammt Ihr aus der Mark Meißen? Es heißt, daß die Schäferin

dort irgendwo herumzieht. Seine Majestät machte das Original dieser Porzellanfigur Madame de Bouvier zum Geschenk.

Sprach der Führer von dem Modell für die Statuette nun in der Gegenwart oder in der Vergangenheit? Thomas versuchte, sich an jede einzelne Silbe zu erinnern, aber es war trotzdem nicht klar verständlich, ob es sich bei der Schäferin um eine lebende Person oder um eine Tote handelte, die aus der Erinnerung heraus in Ton erschaffen worden war. Wie aber kam ein Bildhauer darauf, Mademoiselle Constanze de Bouvier, die Urenkelin des Grafen Morhoff, ausgerechnet als Schäferin darzustellen? Oder war die Goldlegierung die Verbindung zwischen der einfachen Tätigkeit und ihrer Herkunft?

In Gedanken versunken trabte Thomas hinter Rakowski her. Dieser bemerkte, wie sich immer größere Zweifel seines Freundes bemächtigten. Allmählich regte sich Zorn in ihm. Wie kam Thomas eigentlich dazu, an der alten Geschichte zu rühren? Nach fast drei Jahren sollte sie vergessen sein. Niemandem war mehr geholfen, wenn man sich jetzt ihrer erinnerte. Genau genommen könnte Thomas' Sentimentalität eine große Gefahr für Rakowski bedeuten. Unwillkürlich dankte Andrzej seinem Schöpfer für die damalige Eingebung, Thomas ins Ausland zu schicken. Wenn er noch heute derart an seiner ehemaligen Verlobten hing, so hätte spätestens deren Begräbnis zu einer unerfreulichen Konfrontation führen können.

Während sich Rakowski noch überlegte, wie er den Freund am einfachsten ablenken könne, sagte Thomas plötzlich: »Er da! Ich habe eine Frage.«

Der Führer blieb wie angewurzelt stehen. »Meint Ihr mich, Euer Gnaden?« Daraufhin wurde er von Thomas angeherrscht: »Ja, ist denn sonst noch jemand hier, den man etwas fragen könnte?«

»Stets zu Diensten, Euer Gnaden . . .«

Thomas schnippte ungeduldig mit den Fingern. »Diese Porzellanfigur, *Die goldene Schäferin,* erzählte Er nicht irgendetwas davon, daß sie in der Mark Meißen lebte?«

»Lebte, Euer Gnaden? Es heißt wohl, daß die Schäferin dort

lebt. Heute und jetzt. Ich hörte nichts davon, daß das Modell verstorben ist. Wäre ja auch ein Jammer, bei einer so schönen, jungen Frau, nicht wahr? Aber die Wege des Herrn sind unerforschlich.«

»In der Tat«, murmelte Thomas.

Rakowski, der vor Aufregung seinen Atem einen Moment lang angehalten hatte, stieß erleichtert die Luft aus. »Laßt es gut sein, Ulmenhorst. Ihr seid einer Verwechslung zum Opfer gefallen.«

Der Führer geleitete seine Gruppe zu weiteren Attraktionen im Holländischen Palais, doch Thomas war blind für die anderen Porzellangefäße oder -figuren. Seine Gedanken kreisten ausschließlich um die Statuette in der Rosenholzvitrine. Die Erleichterung seines polnischen Freundes war zwar nicht zu übersehen, teilen jedoch konnte er sie nicht.

»Begreift Ihr nicht, Rakowski, daß die Verbindung zwischen Mademoiselle de Bouvier und dieser Porzellanfigur hergestellt ist?« fragte er so leise wie möglich, um die anderen Mitglieder der Gruppe nicht auf die eigenen Vermutungen, nein, Befürchtungen, aufmerksam zu machen. »Warum wohl sollte der König ausgerechnet diese Statuette Madame de Bouvier schenken?«

»Warum nicht?« gab Rakowski zurück. »Sie ist seine Geliebte und wird es gewohnt sein, Geschenke von ihm zu empfangen.«

»Das kann kein Zufall sein. Die Figur ähnelt Constanze sehr stark und gerät auf so großzügige Weise ausgerechnet in den Besitz ihrer Mutter...!« In beredtem Schweigen brach Thomas ab. In seinen Augen leuchtete ein gewisser Triumph über sein unerschütterliches Kombinationsvermögen.

Einen Moment versank Rakowski in seinen eigenen Gedanken. Er versuchte, sich an das Bild eines jungen Mädchens zu erinnern, das er fast drei Jahre lang erfolgreich aus seinem Gedächtnis verbannt hatte. Wenn er sich jetzt seiner Erinnerung stellte, so mußte er zugeben, daß tatsächlich eine vage Ähnlichkeit zwischen den Gesichtszügen der *Goldenen Schäferin* und den weichen Linien Constanze de Bouviers bestand. Der Gedanke allerdings, daß Thomas' damalige Verlobte noch am Leben sein könnte, war geradezu grotesk.

»Mein Freund, Ihr wart an ihrem Grab. Es ist unmöglich, daß sie der Gruft als Geist entstiegen sein soll.«

Abrupt blieb Thomas stehen. »Nein«, versetzte er. »Ich war niemals an ihrem Grab.«

»Was?« Rakowski erstarrte. »Ich bitte Euch, Ihr wart ihr Verlobter. Warum, um alles in der Welt, habt Ihr nicht ihr Grab besucht?«

»Wenn ich es recht bedenke...« Thomas zögerte, als sei ihm plötzlich ein Gedanke gekommen. Schließlich antwortete er: »Es war der alte Graf Morhoff, der auf ein Begräbnis im engsten Familienkreis bestand. Man entschuldigte sich, lud mich aber nicht ein, und – um die Wahrheit zu sagen: Ich war froh drum.« Mit einem Seufzen fuhr er fort: »Daß ich nach meiner Rückkehr kein großes Bedürfnis danach hatte, Constanzes Grab zu besuchen, könnt Ihr Euch sicher denken. Als ich jedoch von Madames Karriere und ihrer Erbschaft erfuhr, machte ich meine Aufwartung auf Schloß Elbland...«

»Und?« drängte Rakowski. »Habt Ihr nun endlich das Grab Eurer Verlobten besucht?«

»Nein, Madame überredete mich, davon abzusehen. Ich erinnere mich noch genau an ihre Worte: *Die Zeit soll die alten Wunden heilen und keine neuen aufreißen.*«

»Da hat Madame allerdings recht.« Rakowski lächelte zufrieden. »Vergeßt Mademoiselle Constance. Es gibt keinen Grund, daß wir uns allzusehr an sie erinnern. Laßt die Vergangenheit ruhen, mein Freund, das macht unser aller Leben bedeutend leichter.«

Damit führte er Thomas am Arm weiter durch die herrlichen Räume des Holländischen Palais', und Thomas folgte Rakowski wie ein Schlafwandler.

43

Graf Virmont beugte sich über Katharinas Hand. »Meine Hochachtung, Baroneß, Ihr habt sehr gut gearbeitet.«

Katharina schenkte dem österreichischen Gesandten ein strahlendes Lächeln. »Stets zu Diensten, Exzellenz. Ich hoffe, meine Bemühungen werden auch von anderer Seite hoch geschätzt.«

Er mißverstand ihre Bemerkung. »Selbstverständlich, Seine Majestät«, er meinte den Kaiser in Wien, »ist entzückt. Die Porzellanmanufaktur zählt inzwischen zehn Mitarbeiter, so daß einem erfreulichen Produktionsbeginn nichts mehr im Wege steht. Der sächsische Gesandte in Wien wird in dieser Sache bald allerlei gute oder schlechte Nachrichten – je nachdem, von welcher Seite man es betrachtet – nach Dresden senden.«

Es war Katharina ziemlich gleichgültig, welchen Inhalts die Depeschen waren, die Christian Adam Anacker, der sächsische Gesandte am Hof zu Wien, in die Residenz nach Dresden übermittelte. Auch war ihr die kaiserliche Wertschätzung im Moment nicht so wichtig wie der Erfolg ihrer Bemühungen um eine andere Majestät. Der Zufall hatte ihr einen Trumpf in die Hand gespielt, und es war höchstens noch eine Frage der Zeit, wann sie den Lohn für ihre sorgsam geplante Intrige ernten konnte. Deshalb war sie an diesem Abend strahlend schön und besonders gut gelaunt und flirtete sogar ein wenig mit Graf Virmont.

Ihre Augen wanderten durch den mit zahllosen Geweihen geschmückten Bankettsaal des Jagdschlosses Moritzburg. Ein kleiner Kreis hatte sich zum Jagdvergnügen eingefunden und erwartete nun das Eintreffen des Hausherrn, um zum *Souper* Platz zu nehmen. Die kostbaren Juwelen der Damen und edelsteinbesetzten Orden der Herren warfen das Licht der Kerzen zurück, so daß der ganze Raum zu glitzern schien. Seidene Toiletten raschelten verführerisch, hin und wieder erklang das affektierte, süße Lachen einer Dame, mischte sich mit dem Klappern der Tabletts, die die Diener mit stets frisch gefüllten Gläsern herumreichten, und den Klängen des Streichquartetts, das für die Tischmusik sorgte. Über allem hing der schwere Duft von Kerzenwachs, Perückenpuder und Parfüm.

Im Gespräch mit einem Architekten, dessen Namen Katharina vergessen hatte, entdeckte sie die Mätresse des Königs. Sophie hatte sich ein wenig verändert: Ihre Augen schienen intensiver zu glänzen, die Linien in ihrem Gesicht waren etwas weicher geworden, und ihr Teint wirkte frischer als zuvor. Die innere Glückseligkeit der Favoritin war so deutlich zu erkennen wie die goldene Kugel des Vollmondes am Himmel einer klaren Winternacht. Katharina hatte Getuschel gehört, heimliche Fragen, die sich mit der Ursache der leuchtenden Schönheit von Madame befaßten, aber nur sie allein wußte, daß es damit bald nichts mehr auf sich haben würde. Der Grund für die vorteilhafte Veränderung war deshalb bedeutungslos.

Plötzlich wurden die Türen zum Bankettsaal aufgestoßen. Einige Gäste, die am nächsten standen, warfen erstaunte Blicke auf den Eindringling, der das sorglose Vergnügen auf so primitive Weise störte. Vornehme Besucher warteten, bis ihnen von einem Lakai geöffnet wurde. Doch der Hausherr hatte die Türen mehr oder weniger eingetreten. Mit hochrotem Gesicht, einem Bullen ähnlicher als dem pompösen Herrscher, stürzte August in den Bankettsaal. Seine Augen waren eine beängstigende Mischung aus Feuer und Nebel, fehlte ihnen doch der gewohnte Scharfblick. Er sah nichts und niemanden an, schien die Anwesenheit seiner Gäste nicht einmal wahrzunehmen. Sein Blick war nur auf eine einzige Person im Raum gerichtet, als sei sie alleine mit ihm: auf Sophie.

August hatte eine schlaflose Nacht hinter sich. Die Unsicherheit bezüglich des kleinen Stückes ungebrannten Porzellans setzte ihm zu. Er hatte Anweisung gegeben, den erwarteten zweiten Kurier aus Meißen sofort vorzulassen, gleichgültig, zu welcher Uhrzeit. Um seine Ängste und den bohrenden Schmerz in seiner Brust zu vergessen, hatte er mehr getrunken, als ihm bekam. Den Damen, einschließlich seiner Mätresse, ging er aus dem Weg, indem er zu später Stunde die Herren der Jagdgesellschaft zusammentrommeln ließ, um eine Runde Billard zu spielen. August, der längst nicht mehr in der Lage war, seine Queuespitze klar und deutlich zu erkennen, verspielte ein kleines Vermögen. Doch was war das schon im Vergleich zu dem, was er verloren glaubte?

Der Kurier passierte in den frühen Morgenstunden die Schloßwachen. Es war noch dunkel und außer dem Personal niemand auf den Beinen. Der Kurfürst-König lag in seinem Bett, ohne ein Auge zuzutun, schien schlaflos in den neuen Tag zu dämmern. Sophie lag nicht an seiner Seite, und er war dankbar für das Appartement, das ihr aus Rücksicht auf die Etikette zur Verfügung gestellt worden war. Meistens benutzte sie diese Räume nicht – und wenn, nicht alleine. Aber heute nacht hatte er sich ihr ganz bewußt entzogen. Vermutlich war er auch viel zu betrunken, um seinem Ruf gerecht zu werden.

Die Nachricht aus Meißen wurde August von Kammerdiener Spiegel unverzüglich überbracht: Bei dem Tonklumpen handelte es sich mit großer Wahrscheinlichkeit um die kostbare Porzellanerde, wie sie in der Manufaktur auf der Albrechtsburg verwendet wurde!

August, der sich ohnehin in einer äußerst schlechten Verfassung befand, tobte. Er fluchte wie ein Bierkutscher, stieß wütende Schimpftiraden aus, die außer Spiegel vermutlich niemand hörte, und warf mit Gegenständen um sich. Schließlich zu erschöpft, um einen klaren Gedanken zu fassen, trunken von Alkohol und Verrat, sank er in einen ohnmächtigen Schlaf.

Bei Tageslicht versuchte er, die Sache buchstäblich nüchtern zu betrachten. Tatsache war, daß die Porzellanerde in Sophies persönlichen Gemächern gefunden worden war. Fraglich war allerdings, wie sie dorthin gelangen konnte. Wenn Sophie mit einem verräterischen Arkanisten in Verbindung stand, warum hatte ihr dieser den kostbaren Ton ausgehändigt, anstatt durch Selbstinitiative im Ausland zu möglichem Ruhm zu gelangen? Hatte sich dieser Mann aus Feigheit einer Frau bedient, die in einer hohen Position stand? Das war immerhin möglich. Ebenso wie Sophies Bemühungen, einem ausländischen Herrscher zu einer Porzellanmanufaktur zu verhelfen. Zwar wäre dies ein ungeheuerlicher Verrat an dem Monarchen, mit dem sie seit zwei Jahren das Bett teilte, doch aus welchem anderen Grund besaß sie diese Erdprobe? Hatte sie Heimweh nach Frankreich, und versuchte sie, sich auf diesem Wege eine glanzvolle Rückkehr zu ermöglichen? Das war unwahrscheinlich. Zu gut kannte August ihre Geschichte.

Möglich wäre allerdings, daß sie aus Loyalität gegenüber ihrer Kirche und aus Dankbarkeit für ihre protestantischen Landsleute handelte. Der König von Preußen nahm flüchtige Hugenotten mit offenen Armen auf, was man vom König von Polen nicht unbedingt behaupten konnte. Für die zwanzigtausend in Berlin im Exil lebenden Franzosen waren in den Jahren 1701 bis 1708 nebeneinander der Deutsche und der Französische Dom errichtet worden – als Beweis der Zusammengehörigkeit und der Dankbarkeit. In Sachsen hingegen gab es lediglich einen Gebetsraum für die reformierte Kirche Calvins, der trotz verschiedener Spendenaktionen noch immer mehr an eine Stube als an ein Gotteshaus erinnerte und nach den vehementen Protesten der Lutheraner auch ein solcher bleiben würde. Zeigte Sophie dem König von Preußen ihre Dankbarkeit für dessen Toleranz, indem sie eines der wichtigsten Geheimnisse des Königs von Polen verriet? Das war nicht von der Hand zu weisen. Diese Form des Betruges würde zu ihr passen.

Am Nachmittag ritt August mit seiner Jagdgesellschaft aus. Sophie war nicht dabei. Sie hatte sich entschuldigen lassen, was August als heimliches Eingeständnis wertete. Ging sie ihm aus dem Weg? Befiel sie plötzlich ein so schlechtes Gewissen, daß sie ihm nicht mehr in die Augen sehen konnte? Seine Gedanken kreisten unaufhörlich um den Verrat, und der Ritt im Schneegestöber heizte seinen Zorn nur noch mehr an, als daß er ihn abkühlte.

Als sich August am frühen Abend unverändert wutschnaubend dem Rasiermesser seines Leibbarbiers Weiß auslieferte, überbrachte sein Kammerdiener einen weiteren anonymen Brief. Die beiden anderen persönlichen Diener des Königs, Fischer und Lange, wurden ebenso wie der Friseur nach draußen geschickt, während sich August durch Spiegel informieren ließ, welche neuen Anschuldigungen die unbekannte Hand vorbrachte.

Sire, als ergebenster Untertan, der es besser als manch anderer Höfling mit Euch meint, möchte ich Euch von dem Umstand in Kenntnis setzen, daß Madame de Bouvier Euch hintergeht. Der Zufall spielte mir beiliegendes Schreiben des flüchtigen Arkanisten Samuel Stöltzel in die Hände, dem Ihr entnehmen werdet, daß meine Worte der Wahrheit entsprechen. Euer untertänigster Diener.

August riß Spiegel das zweite Blatt aus der Hand. Um die blasse Schrift besser entziffern zu können, hielt er es ans Licht einer Kerze. Ein Zittern durchlief seinen mächtigen Körper. Eine gefährliche Mischung aus Zorn, Eifersucht und Enttäuschung griff wie eine eiskalte Hand nach seinem Herzen und tötete jeden Gedanken an Vernunft, strangulierte auch den letzten Zweifel.

Das zweite Schreiben war in anderer Schrift von einer Hand verfaßt, die es offenbar nicht gewohnt war, häufig zur Feder zu greifen, denn sie wirkte ein wenig ungelenk. Die ersten Sätze waren abgerissen worden. Doch der Rest war diffamierend genug:

...und wenn mein Körper denn Wien erreicht hat, so wird mein Herz bei Euch in Dresden geblieben sein. Doch nichts kann mich davon halten, dem von Gott aufgezeigten Weg zu folgen. Ich danke Euch, daß Ihr diejenige wart, die das Schicksal entsandt hat, um meine Entscheidung zu erleichtern. Meine tiefste Verehrung und reinste Liebe wird stets Euch gehören. So verbleibe ich mit den allerherzlichsten Grüßen Euer Sklave und Diener...

August brauchte keinen weiteren Beweis für Sophies Schuld. Daß die Signatur nicht deutlich lesbar war, spielte keine Rolle. In dem Brief wurde ein Wortlaut verwendet, den der König aus der Feder Samuel Stöltzels bereits kannte. Die Verbindung zwischen dem von Gott aufgezeigten Weg und seiner Flucht war von dem verräterischen Arkanisten in ähnlicher Form in jenem Schreiben an seinen Vater aufgezeichnet worden, das man in Meißen gefunden und August übermittelt hatte.

Zumindest war auf diese Weise geklärt, wie der Tonklumpen in Sophies Besitz gelangt war: ein Pfand für ihre Liebesdienste, wie nach dem vorliegenden Ausriß anzunehmen war. Doch nicht genug damit: Sie hatte Stöltzel bei dessen Flucht geholfen. Dieser Gedanke besaß sogar eine gewisse Logik, denn Schloß Elbland lag nicht allzuweit von Meißen entfernt und August hatte sich ohnehin gewundert, warum Sophie an so manchem eisigen Wintertag in die kalte Düsternis des Schlosses reiste, obwohl es nach dem Tode ihres Großvaters dort niemanden mehr gab, um den sie sich unbedingt kümmern mußte – eine Sommerreise wäre bedeutend bequemer und angenehmer gewesen. Nun glaubte August zu wissen, was sie auch in diesem Winter, ein Jahr nach dem Tod des alten Morhoff, nach Schloß Elbland gezogen hatte.

Die weiblichen Gäste, die der Tür des Bankettsaals am nächsten standen, sanken angesichts des hereinstürmenden Herrschers in einen tiefen Hofknicks, die Herren verbeugten sich. Erstaunte Blicke folgten August durch die Länge des Raumes, denn Sophie stand in der Nähe der Fenster gegenüber des Eingangs.

Verwirrung machte sich breit, aufgeregtes Gemurmel verdrängte die amüsanten Gespräche und das Gelächter, ein Geigenbogen traf die falsche Saite, und die Musik verstummte.

Über all dem hing das Gebrüll des Königs, das ein einziges wütendes Gestammel aus Flüchen und Wortfetzen war. Es war wie ein schreckliches Donnerwetter, das mit der Gewalt eines schweren Gewitters über die Gesellschaft hereinbrach.

»Majestät, um Gottes willen!« entfuhr es Sophie angesichts des tobenden Geliebten. »Was ist passiert?«

»Betrügerin ...!« schrie August, während seine Hände ihre Schultern umfaßten und ihren zarten Körper brutal schüttelten. Neben dem großen, starken Mann wirkte sie wie eine kleine, gelenklose Stoffpuppe, mit der er nach Belieben umgehen konnte.

Sophie starrte ihn aus weitaufgerissenen Augen an. Sie war viel zu überrascht, um zu reagieren. Vielleicht hätte sie sich im geeigneten Moment ducken und davonlaufen können, aber dafür war es zu spät. Gegen die Körperkraft eines Mannes, dem man den Beinamen *der Starke* gegeben hatte, war jede Gegenwehr zwecklos. Außerdem verteidigte sich niemand gegen einen absolutistischen Herrscher.

Somit völlig hilflos, ließ sie seine rohe Gewalt über sich ergehen. Sie schloß die Augen, als könne sie sich auf diese Weise vor der Demütigung verschließen. Nur ihr Gehör konnte sie nicht abstellen, so daß Augusts Beschimpfungen in ihren Ohren dröhnten, und sie glaubte, ihr Trommelfell müsse platzen.

Es schien, als sei August vollkommen von Sinnen. Seine Augen blickten so leer wie die eines Wahnsinnigen.

Sophies Abendrobe riß ein, als sich seine Finger in die schwere Seide ihres Kleides bohrten, und als sei das Ratschen des reißenden Stoffes ein Appell der Gewalt, nahm eine rasende Zerstörungswut von ihm Besitz. Seine Hände zerrten und zogen, bis das Kleid schließlich in Fetzen hing. Doch selbst das und Sophies Schluchzen brachten ihn nicht zur Besinnung. Solange er ihr noch die Kleider vom Leibe riß, schlug er zwar nicht zu, aber es schien, als würden seine Hände auch diese Arbeit gerne verrichten.

»Großer Gott«, hauchte Graf Virmont, »er hat den Verstand verloren.«

Die Jagdgäste des Königs verharrten reglos in denselben Positionen, in denen sie sich befunden hatten, als er in den Bankettsaal gestürzt war. Fassungslos beobachteten die Damen und Herren die Brutalität eines Mannes, der doch so sehr in die schönen Künste verliebt war und das Feinsinnige über das Soldatische stellte. Er verehrte den Lebensstil der französischen Könige, benahm sich aber ungeschlacht und unberechenbar wie die russischen Zaren.

Irgend jemand – vermutlich eine Dame – ließ vor Schreck ein Glas fallen, das mit metallischem Klirren auf dem Boden zersplitterte. Ein scheuer Kreis bildete sich um den Angreifer und sein Opfer. Entsetzen stand in den Gesichtern der Gaffer, aber auch Neugier. Niemand eilte Sophie zu Hilfe. Doch wer hätte eingreifen sollen? Welche Person war mächtig genug, um einen verrückt gewordenen Herrscher zu bremsen – ohne die schrecklichsten Konsequenzen für sich selbst fürchten zu müssen?!

Sophies Schluchzen folgten gellende Schreie, als sie auf den Boden fiel und August sich auf sie stürzte. Er zerrte an ihren Kleidern und dort, wo die Robe, Hemd und Unterrock bereits in Fetzen hingen, gruben sich seine Finger unbarmherzig in ihr Fleisch. Er schien von einem einzigen Gefühl getrieben zu werden: Den anderen Menschen zu zerstören, er wollte bewußt Schmerzen zufügen.

Nach den ersten Schrecksekunden wünschte sich Sophie nichts sehnlicher, als in eine tiefe Ohnmacht zu versinken, die ihr all die Demütigung und Peinlichkeit, aber auch die Enttäuschung und den Vertrauensbruch ersparte. Es war nicht einmal so sehr seine Gewalt, die sie verletzte, als vielmehr das blanke Entsetzen über sein unfaßbares Gebaren. Das war nicht der Mann, den sie über alles geliebt hatte; war es sein schlechteres Ich, oder hatte er zwei Jahre lang die Rolle des leidenschaftlichen, aber zärtlichen Liebhabers gespielt, während er doch im tiefsten Inneren seines Herzens ein ungeschlachter Vergewaltiger war? Verzweifelt fragte sie sich, wie weit er vor aller Augen gehen würde. Hatten Hufeisen und dergleichen ausgedient? War das seine neue Art, seine Stärke zu beweisen und seine Gäste zu unterhalten? Sophies Lippen zitterten, als sie ein stummes Gebet zum Himmel sandte und Gott anflehte, August möge endlich aufhören. Er hatte doch bereits alles zerstört ...

In diesem Augenblick ließ er sie los. Seine Hände sanken herab, sein Gebrüll verstummte. Als erwache er aus einem bösen Traum, starrte er sie an.

Die dumpfen Blicke seiner Augen verwandelten sich in Fassungslosigkeit, Leben trat an die Stelle von Wahnsinn. Er erbleichte, und ein Zittern lief als Folge des Schocks durch seinen Körper. Über die am Boden liegende, schluchzende, halbnackte Frau gebeugt, verharrte er einen Herzschlag lang in der furchtbaren Erkenntnis, die Kontrolle verloren zu haben. Schließlich richtete er sich auf, wobei seine Bewegungen unendlich kraftlos und müde waren.

Mit vor Schreck geweiteten Augen blickte er sich im Kreise seiner Gäste um, als finde er hier die Antwort auf das ›Warum‹. Dann wandte er sich abrupt ab. Mit hängenden Schultern schritt er davon, die Augen blind vor Tränen.

Endlich kam wieder Leben in die Umstehenden. Graf Flemming war der erste, der seinem Kurfürst-König nachlief, ihm folgten andere Herren. Ein aufgeregtes Stimmengemurmel erhob sich in der eben noch bedrohlichen Stille. Empörung, Verwunderung und auch Erleichterung machten sich breit: Fragen wurden gestellt, Antworten gesucht. Niemand konnte sich so recht vorstellen, was die sanfte, untadelige Madame de Bouvier angestellt haben mochte, daß August derart seine *Contenance* verloren hatte.

Irgend jemand gab der Kapelle ein Zeichen, und endlich setzte die Tischmusik wieder ein, vorsichtig anfänglich, dann jedoch, als sei nichts geschehen.

Derweil kümmerten sich einige Damen um Sophie. Freundliche Hände halfen ihr auf. Jemand besorgte einen Umhang, damit sie ihre Blöße bedecken konnte.

Schwankend, als habe August ihr nicht nur das Herz, sondern beide Beine gebrochen, stolperte Sophie durch den Bankettsaal. Gruppen von Menschen teilten sich vor ihr, bildeten einen schützenden Tunnel oder standen Spalier, um den Abgang von Madame de Bouvier zu verfolgen.

Unaufhörlich strömten Tränen über ihre Wangen. Ihr Atem ging flach und nur noch stoßweise, das Schluchzen und Schreien schien sie stumm und apathisch gemacht zu haben. Sie blickte keine der hilfreichen Damen und auch sonst keinen einzigen Gast der Jagdgesellschaft an, während sie sich hinausführen ließ.

»*Eh, voilà*! Adieu, Madame de Bouvier. Ab sofort sollte sich der Hof auf eine neue Favoritin einstellen«, bemerkte Katharina.

»August *der Starke*«, murmelte Graf Virmont nachdenklich, »für meinen Geschmack war das eine zu gewalttätige Demonstration von körperlicher Kraft. So etwas ist meines Wissens noch nie vorgekommen.« Er sah Katharina scharf an. »Ich habe Euch beobachtet, Baroneß. Ihr wart die einzige Person im Raum, die nicht allzu überrascht war. Mir scheint, Ihr wißt, welche geheimen Mächte sich hinter diesem skandalösen Auftritt verbergen.«

Sie schenkte ihm einen hinreißenden Augenaufschlag. »*Mais non*, wie könnt Ihr nur so schmutzig von mir denken! *Ich* wasche meine Hände in Unschuld.«

»Davon bin ich überzeugt, Teuerste.« Er verneigte sich leicht. »Solltet Ihr allerdings doch etwas mit dieser Angelegenheit zu tun haben, so bin ich ab sofort Euer untertänigster Diener. Die Urheberin einer solchen Vorstellung besitzt die genialen Fähigkeiten einer Cosel. Mein Kompliment.«

44

»Es ist an der Zeit, daß wir offen miteinander sprechen«, meinte Nikolaus. Er hatte die Tür zum Atelier aufgestoßen und blieb im Rahmen stehen – körperlich groß, stark und durchtrainiert, als ersticke allein seine Erscheinung jeden Widerspruch. Tatsächlich wirkte sein gepflegtes Äußeres vor dem Chaos der Bildhauerwerkstatt vornehm und imposant, und als Maximilian bei Nikolaus' Eintreten den Kopf hob, streifte ihn flüchtig die Erkenntnis, was die meisten Frauen an seinem Bruder so überaus anziehend fanden.

Maximilian senkte seinen Blick auf die Wachsmodelle, die

er für die spätere Herstellung aus Porzellanerde knetete. Es waren die ersten handwerklichen Ausführungen der Vogelskizzen, die er in der Orangerie seiner Mutter und im Garten angefertigt und die Katharina von Serafin bei ihrem Besuch für die Zeichnungen eines Adlers gehalten hatte.

»Was willst du?« herrschte er Nikolaus an.

»Mir scheint, wir sollten endlich über Constanze reden.«

Stumm schüttelte Maximilian den Kopf, während seine Finger mit dem Wachsmodell beschäftigt waren, scharfe Kanten glattstrichen, Konturen eindrückten. Seine Haltung war nichts als Abwehr.

Doch Nikolaus ließ sich von seinem Vorhaben nicht abbringen. Langsam schloß er die Tür. Als sei er ein Gast, der auf Einladung des Künstlers in diesem Raum weilte, spazierte er gemessenen Schrittes im Atelier herum, betrachtete die verschiedenen Modelle, die Skizzen und Ausformungen. Bis auf das Klappern seiner Absätze und dem Bullern des Ofens war es still im Raum. Schließlich blieb er neben Maximilian stehen und lehnte sich an den Arbeitstisch. Er bewunderte die sicheren Bewegungen des Künstlers, der aus einer scheinbar leblosen Masse Formen und Gestalten schuf, die mehr Lebendigkeit enthielten als manch armer Tropf, dessen Dasein nichts als Langeweile bedeutete. Doch Nikolaus sprach nicht über diese Empfindungen. Er sah Maximilian stumm zu, als sei es einer jener Besuche im Atelier, zu denen er früher vorbeigekommen war und die er voller Zuneigung genossen hatte.

Maximilian hielt das Schweigen nicht länger aus. Er hatte sich nie der strengen Disziplin und Geduld unterwerfen können, die Nikolaus' militärischen Alltag bestimmte. Ohne die Augen von seiner Tätigkeit zu wenden, fragte er leise: »Wußtest du, daß Jesus Vögel aus Ton geformt haben soll? Seine Majestät erzählte es. Ich nahm es als Aufforderung, mich an Porzellanfiguren nach Vogelmotiven zu versuchen.«

Unter etwas weniger schwierigen Umständen hätte Nikolaus seinen Bruder mit diesem selbstbewußten Vergleich aufgezogen. Doch seine Stimme entbehrte jeden Spottes, als er ruhig antwortete: »Greifst du nicht etwas hoch mit deinen Ansprüchen? *Diesem* Künstlerkollegen wirst du niemals das Wasser reichen können.«

Ein Schmunzeln huschte über Maximilians angespannte Züge. Es wirkte sekundenlang wie ein Sonnenstrahl an einem dunklen Tag, doch war es so schnell wieder verschwunden, daß es auch nur hätte Einbildung sein können.

»Nein«, erwiderte er nach einer Weile, »natürlich nicht. Jesus erweckte seine Tonvögel zum Leben und schenkte ihnen die Freiheit des Himmels. ER konnte ihnen die Chance geben, davonzufliegen.«

»Du solltest es zumindest versuchen«, versetzte Nikolaus. Seine Augen starrten blicklos in die Ferne. In Gedanken flocht er Maximilians Bemerkungen über die Tonvögel Jesu Christi und die unausgesprochenen Verbindungen zu einer bestimmten Porzellanfigur zu einem Ganzen. Es war mehr als offensichtlich, welche Zusammenhänge Nikolaus aufgestellt hatte.

»Du hast einer Statuette Leben eingehaucht, aber mir scheint, du willst ihr nicht die Freiheit schenken. Warum gibst du *ihr* nicht die Chance, davonzufliegen?«

Maximilians Hand schloß sich fest um das kleine Wachsmodell. Er unternahm nicht einmal den Versuch, so zu tun, als habe er Nikolaus falsch verstanden: »Wohin sollte sie denn?«

»Constanze könnte mit mir gehen«, gab Nikolaus unumwunden zurück. »Ich weiß natürlich nicht, ob es tatsächlich der Himmel ist, aber ich würde alles tun, um sie glücklich zu machen.«

»Das kannst du nicht!« Maximilians Stimme war voller Bitterkeit. Endlich hob er den Kopf und sah Nikolaus an. Seine Augen lagen tief in ihren Höhlen, waren dunkel umschattet. Einen Herzschlag lang starrte er den Älteren so voller Kälte und Verachtung an, daß dieser unwillkürlich ein leises Frösteln spürte. Mit erstaunlich sachlicher Stimme fragte Maximilian: »Warum hast du sie nicht in Ruhe gelassen?«

Nikolaus hob die Arme und ließ sie in einer Geste höchster

Resignation wieder fallen. »Was sollte ich tun? Ich habe mich in sie verliebt.«

»Ach, tatsächlich? Warst du es nicht, der mir Vorträge über ihren Geisteszustand hielt? Sagtest du nicht, daß sie dir zu unberechenbar erscheint und . . .? Wie waren doch gleich deine Worte? Ah ja, ich erinnere mich: Sie störte deinen Ordnungssinn . . .!«

»Na, und? Dann habe ich mich eben in eine Verrückte verliebt. Nenn es den Sieg der Leidenschaft über den Verstand. Das spielt doch jetzt keine Rolle mehr.«

»Mir scheint, es ist überaus bedeutsam, denn du weißt ebenso gut wie ich, daß Constanze nicht verrückt ist«, als sei damit alles Wichtige gesagt, senkte Maximilian wieder den Kopf über seine Arbeit. Einen Augenblick lang schien er nur auf das Papageienmodell konzentriert zu sein, und Nikolaus huldigte dieser Tätigkeit, indem er die Erwiderung, die ihm auf der Zunge gelegen hatte, heruntergeschluckt und schwieg. Doch Maximilian war mit seinen Gedanken offenbar doch noch immer bei Constanze, denn plötzlich unterbrach er die Stille:

»Warum sie, wo du doch jede andere haben kannst? Sie ist so rein, so unschuldig, geradezu edel. Sie ist zu wertvoll, um zerstört zu werden.«

»Sprichst du von einer Porzellanfigur oder von einer Frau?«

Maximilian maß seinen Bruder mit einem wütenden Augenaufschlag. Die Ruhe des anderen geriet daraufhin gewaltig ins Wanken: »Warum tust du eigentlich so, als hätte ich Constanze vergewaltigt? Ich tat nichts, was sie nicht auch wollte. Darauf kannst du dich verlassen, denn in einem Punkt hast du recht: Ich habe noch nie Gewalt anwenden müssen, um die Gunst einer Dame zu erlangen. Im übrigen pflege ich mich mit einem schlichten Nein zufriedenzugeben.«

Die Hand, die eben noch voller Zartheit den Schnabel des Papageien modelliert hatte, sauste zur Faust geballt auf den Tisch. »Zum Teufel, ist dir nicht klar, daß sie keine Wahl hatte?«

»Daß sie sich an nichts aus ihrer Vergangenheit erinnert, bedeutet nicht, daß ihr die Gegenwart keine freie Entscheidung läßt.« Nikolaus' Stimme hatte wieder den ruhigen, gelassenen Tonfall angenommen, mit dem er ernsthafte Unterhaltungen zu führen pflegte. »Sie hatte die Wahl. Oder meinst du etwa: *Sie hatte keine Auswahl*? Das, mein Lieber, wäre eine Beleidigung. Nebenbei bemerkt ist dies ein Affront gegen dich selbst ebenso wie meine Wenigkeit betreffend.«

»Selbst wenn dem so wäre, so ist es für dich nichts anderes als ein flüchtiges Abenteuer, während sie . . .«

»Ich möchte sie heiraten!«

Maximilians Kopf schnellte hoch. »Was?«

Ein zärtliches Lächeln spielte um die Lippen seines Bruders. »Ich habe sie gefragt, aber sie hat mir noch keine Antwort gegeben.« Das Lächeln verschwand. »Ich bitte dich aufrichtig, ihr und mir nicht reinzureden. Bring sie mit deiner lächerlichen Eifersucht nicht noch mehr durcheinander. Ihr Leben ist kompliziert genug, und eine Ehe ist meiner Ansicht nach die einzige Möglichkeit, ihr die Freiheit zu schenken. Jedenfalls kann sie auf diese Weise ihre erzwungene Einsamkeit verlassen.«

»Ist dir klar, daß eine Ehe etwas Endgültiges ist? Du kannst den Zustand, in den du dich begibst, kaum mehr ändern, wenn du keine Lust mehr dazu verspürst.«

»Vielleicht will ich gar nicht, daß sich eines Tages etwas ändert . . .«

»Du weißt nicht, was du redest«, murmelte Maximilian. Die Worte seines Bruders hatten ihn schlimmer getroffen als Schläge es vermocht hätten. Die Logik dessen, was Nikolaus sagte, war nicht von der Hand zu weisen. Gleichzeitig ärgerte sich Maximilian, daß er nicht selbst auf diese Idee gekommen war.

Wenn jedoch seine Vermutungen hinsichtlich ihrer Identität zutrafen, würde ein Mann – gleichgültig, wer es auch war – nichts an Constanzes Situation ändern können. Ein Heiratsantrag würde ihr vielmehr nur eine Hoffnung geben, die sich in einem riesigen Skandal zerschlagen müßte. Es gab nur eine Möglichkeit, ihr Schicksal zu mildern: indem er, Maximilian, sich ihrer annahm und die Einsamkeit des Waldes mit ihr teilte oder mit ihr ins Ausland zog. So jedenfalls hatte er sich ihre Zukunft vorgestellt, als er ausgeritten war, nur um zu erfahren, daß sie die Geliebte seines Bruders war.

»Du kannst Constanze nicht heiraten!«

»Mach dich nicht lächerlich. Wer außer sie selbst sollte mich daran hindern wollen?«

Maximilian stieß ein tiefes Seufzen aus, in dem all das Leid lag, das Constanze in den bald drei Jahren ihrer Einsamkeit erfahren hatte. »Möglicherweise gelang es mir, herauszufinden, wer sie ist. Es gibt einige Indizien, die mir plausibel genug erscheinen, um meine Meinung zu rechtfertigen.«

»Das wäre ja herrlich!« rief Nikolaus strahlend aus. Voller Tatendrang richtete er sich auf. »Wir müssen sofort zu ihr und es ihr sagen . . .«

»Nein! Das kannst du ihr nicht sagen, denn es verschlimmert alles. Abgesehen davon habe ich keine Beweise, nur begründete Vermutungen. Sag, Nikolaus, bist du in der Residenz Madame de Bouvier begegnet?«

Nikolaus zuckte mit den Achseln. »Ich hatte nie die Ehre, ihr vorgestellt zu werden. Ein-, zweimal habe ich sie flüchtig gesehen. Warum? Lenke bitte nicht vom Thema ab. Du solltest mir endlich sagen, was du über Constanze zu wissen glaubst.«

Maximilian schob das Wachsmodell von sich. Der starke Wille zur Konzentration hatte sich in Luft aufgelöst, und selbst das Bedürfnis, seinen nervösen Fingern eine Beschäftigung zu geben, war dahin. Unter einem Stapel Skizzenblättern suchte er bestimmte Zeichnungen. Schweigend breitete er die Porträts von Constanze auf der Arbeitsfläche aus. Er legte die Hände auf den Tisch und stemmte sich dagegen, als müsse er sich zu einer räumlichen Distanz zwingen, während er die Skizzen betrachtete.

»Kannst du eine Ähnlichkeit mit Madame de Bouvier feststellen?«

Nikolaus zwang sich, auf Maximilians Spiel einzugehen, obwohl er nicht die geringste Ahnung hatte, wohin das führen sollte. Dennoch hatte er das Gefühl, Maximilian dieses kleine

Entgegenkommen schuldig zu sein. Gutmütig gestimmt sah er auf die Porträtzeichnungen. Gleichzeitig versuchte er, sich den Eindruck in Erinnerung zu rufen, den die Mätresse des Königs bei ihm hinterlassen hatte. Doch Nikolaus hatte sie tatsächlich nur flüchtig und von Ferne gesehen, umringt von mindestens einem Dutzend anderer Mitglieder der Hofgesellschaft, während er selbst in eine Unterhaltung oder einen Flirt verstrickt war, so daß er Sophies Gesicht nur eher schemenhaft vor seinem geistigen Auge sah. Deutlich mehr erinnerte er sich an ihre allgemeine Erscheinung und daran, daß ihm ihre gerade, fast militärische Haltung und der Geschmack aufgefallen waren, mit dem sie ihre Garderobe auswählte.

»Bedauere, ich habe nicht die geringste Ahnung«, sagte Nikolaus. »Wenn du mir den einen oder anderen Anhaltspunkt geben könntest, würde ich dir vielleicht sagen können, ob da eine Ähnlichkeit existiert. So aber bin ich gänzlich hilflos. Ich wußte übrigens gar nicht, daß *du* Madame de Bouvier kennenlernen durftest.«

»Ich habe sie nie gesehen.«

Nikolaus' Augenbrauen schossen in die Höhe. Seine Züge verhärteten sich, und es war ganz offensichtlich, daß seine Geduld am Ende war. Er wollte gerade reichlich ungehalten auf diesen Unsinn reagieren, den sein Bruder ihm da eröffnete, als es an die Tür zum Atelier klopfte. Einen kurzen Augenblick später trat Friedrich in das ehemalige Gartenhaus.

Entgegen seiner sonstigen Gepflogenheit, möglichst viel Würde und Kompetenz auszustrahlen, wirkte der älteste Bruder ziemlich mitgenommen. Sein Atem ging stoßweise wie nach einem schnellen Lauf, auf seinen Wangen zeichneten sich leuchtend rosafarbene Flecken ab, und sein Haar war zerzaust. Auch den Mantel hatte er sich mit einer Nachlässigkeit über die Schultern geworden, die bei einem Rittergutsbesitzer eher ungewöhnlich war.

»Nikolaus! Ich möchte unverzüglich mit dir reden«, japste Friedrich, und die hektischen Flecken auf seinen Wangen vertieften sich. »Es ist dringend.«

Nikolaus nickte und lehnte sich wieder gegen den Arbeitstisch. Abwartend sah er auf seinen nur mittelgroßen, körperlich eher schwerfälligen Bruder hinab.

Friedrich warf einen raschen Blick auf Maximilian, der teilnahmslos die Blätter vor sich zusammenräumte.

»Es wird dir angenehmer sein, diese Unterhaltung unter vier Augen zu führen ...« Friedrich räusperte sich, seine atemlose Stimme klang lächerlich hoch. »Mutter sprach soeben mit mir ...«

»Ach, das ist es«, warf Nikolaus gelassen ein. »Darüber können wir auch hier sprechen. Maximilian ist über meine Heiratspläne informiert.«

»Du suchst also nach Verbündeten, eh?« Friedrich schüttelte ärgerlich den Kopf. »Gut, wenn du es wünschst, werde ich dir vor Zeugen sagen, was ich von der ganzen Sache und von dir persönlich halte. Maximilian kann darüber denken, wie er will. Er wird dir nicht helfen können, denn das Familienoberhaupt bin noch immer ich!«

Maximilian sah gespannt auf seine beiden ältesten Brüder. Friedrich war Nikolaus, Martin und ihm selbst gänzlich unähnlich, was vermutlich an der Erziehung des Erstgeborenen zum Erben lag. Gegen Nikolaus' Verwegenheit wirkte Friedrich behäbig und feist. Die äußerliche Ähnlichkeit, die Maximilian, Nikolaus und Martin verband, war bei Friedrich nur ansatzweise vorhanden. Der älteste Bruder wirkte wie ein entfernter Onkel, mehr nicht. Er schien sich auch geistig von seinen Geschwistern mehr entfernt zu haben als die drei jüngeren zueinander, denn es fehlte ihm vor allem an Weltgewandtheit, Humor und Offenheit, worüber Nikolaus, Martin und Maximilian auf verschiedenartige, aber in gewissem Sinne gemeinsame Weise ausreichend verfügten. Als Friedrich jetzt die Stärke des Familienoberhauptes zu erproben suchte, war ganz deutlich, daß ihm das ein Gefühl der Macht verlieh. Ganz sicher war ihm dieses Empfinden nicht unangenehm.

»Mutter sagte«, hob Friedrich nach einer Pause an, in der er seine Wortwahl zu überdenken schien, »du wolltest heiraten.

Dagegen ist an sich nichts einzuwenden. Es wird ohnehin Zeit. Allerdings hatte ich damit gerechnet, daß du eine für die Familie vorteilhafte Verbindung eingehen würdest. Mutter versicherte mir jedoch, daß du dich mit diesem Mädchen einlassen wolltest, dessen Herkunft völlig schleierhaft ist. Das kann nicht dein Ernst sein! Ich bitte dich also, dich bei Mutter für dieses Mißverständnis zu entschuldigen.«

Maximilian stieß einen tiefen Seufzer aus.

»Bedaure«, erwiderte Nikolaus ruhig. »Ich habe meine Wahl getroffen. Wenn Constanze mich nimmt, werde ich sie heiraten.«

»Constanze«, wiederholte Friedrich verächtlich. »Welch' hochtrabender Name für ein Mädchen, das nichts ist und nichts hat. Erwägst du etwa, daß sie dich *nicht* nimmt? Das wäre ja geradezu absurd. Noch grotesker ist allerdings die Vorstellung, daß du dieses arme Mädchen in unseren gesellschaftlichen Kreisen als deine Gemahlin einführst. Das kannst du deiner Familie unmöglich antun wollen. Denke doch, welche Beleidigung das für Mutter wäre.«

Bevor Nikolaus antworten konnte, mischte sich Maximilian ein: »Gleichgültig, was du mit Nikolaus zu besprechen hast, Friedrich, ich lasse nicht zu, daß du Constanze diffamierst. Sie ist wohlerzogen und gebildet. Du konntest dich bei unserem Jagdball im Vorjahr selbst davon überzeugen, und ich hatte nicht den Eindruck, daß irgend jemand ihre Anwesenheit als Beleidigung empfand.«

»Vermutlich ist sie eine Hochstaplerin«, versetzte Friedrich trocken. »Ein Mädchen, das alleine im Wald lebt. Daß ich nicht lache!« Ein albernes Kichern entrang sich seiner Kehle. Als er den zornigen Ausdruck in Maximilians Zügen bemerkte und mit einem schnellen Seitenblick feststellte, daß Nikolaus sich nur mühsam beherrschte, schluckte er die Bemerkung herunter, *daß man froh sein könne, nach Constanzes Besuch noch über das vollständige Familiensilber zu verfügen*. Statt dessen bemühte er sich um einen versöhnlichen Ton, als er sagte: »Sie hat euch leid getan. Das ist unter gewissen Umständen verständlich. Doch ihr beide habt eure Schuldigkeit getan. Zugegeben, das Leben dieses unglückseligen Mädchens mag zerstört sein, aber es ginge zu weit, durch eine unpassende Ehe auch noch die Ehre unserer Familie zu vernichten.«

»Es tut mir leid, Bruder, du wirfst mit Vokabeln um dich, denen ich nicht folgen kann.« Nikolaus' Stimme klang so hart wie Stahl. »Ich kann dir versichern, daß die Frau, die ich zu heiraten wünsche, der Ehre unserer Familie nichts anhaben wird. Im Gegenteil. Sie wird unseren guten Ruf nur noch bestärken.«

»Lächerlich, lächerlich. Sie ist nichts, und sie hat nichts. Das bringt uns nicht mehr und nicht weniger ein als einen großen Skandal. Ich bitte dich: Sieh von dieser Verbindung ab. Ich hoffe, du hast dem Mädchen nicht irgendwelche unbegründeten Hoffnungen oder . . .«, Friedrich errötete, räusperte sich und zwang sich zu einem ernsthaften Ton, als er fortfuhr, ». . . oder gar Schlimmeres gemacht. In diesem Fall werde ich dafür sorgen, daß sie großzügig entschädigt wird. Du kannst meiner vollen Unterstützung versichert sein.«

»Das einzige, worin du mir deine Unterstützung geben könntest, wäre bei den Vorbereitungen für meine Hochzeit«, versetzte Nikolaus. »Auf alles andere verzichte ich. Vielen Dank.«

Alle Achtung, fuhr es Maximilian mit einer Bewunderung durch den Kopf, die ihm nicht unbedingt angenehm war, *Nikolaus hält sich tapfer!* Er selbst hätte sich im Vergleichsfall vermutlich weniger gut geschlagen, denn er war eher feige und neigte dazu, Diskussionen aus dem Wege zu gehen. Das hatte sich seit dem Disput mit seinem Vater, vor dem er nach Italien und Frankreich geflohen war, nicht geändert.

Friedrich japste nach Luft. In dem Bemühen, seinen Atemwegen zu mehr Sauerstoff zu verhelfen, zerrte er verzweifelt an seinem Kragen. Seine Aggression entlud sich in der Tätigkeit seiner Finger, so daß er nach einer Weile energisch, aber relativ ruhig verkündete: »Ich bitte dich nicht mehr, ich befehle dir, Nikolaus, das Mädchen von jeglichen Versprechen zu entbinden. Allerdings habe ich mit ihren Kreisen keinerlei Erfahrung. Vielleicht genügt auch nur ein schlichter Rückzug.«

Nikolaus zögerte einen Augenblick. Er mußte sich auf Friedrich konzentrieren, um zu begreifen, was dieser sagte, denn es klang zu albern, um wahrhaftig zu sein. Mit seinen Gedanken war er noch immer halb bei Maximilian und dessen bevorstehender Aufklärung, die durch Friedrichs Eintreten unterbrochen worden war. Maximilian hatte so bedeutsam geklungen. *Wer ist Constanze?* Nikolaus warf einen raschen Blick auf seinen jüngsten Bruder, der voller Interesse darauf zu warten schien, mit welcher Strategie das Gefecht zwischen Nikolaus und Friedrich fortgesetzt würde. Es war nicht zu erwarten, daß Maximilian seine Wahrheit unter den gegebenen Umständen preisgeben würde. Deshalb lenkte Nikolaus seine Aufmerksamkeit schließlich vollends auf die Gegenwart, seinen ältesten Bruder und dessen lächerliches Gehabe. Er gönnte sich ein wenig Zeit, um sich zu sammeln. Dafür richtete er sich auf und trat ans Fenster, wobei er die forschenden Blicke zweier Augenpaare in seinem Rücken spürte. Langsam wandte er sich wieder um.

»Friedrich, darf ich dich daran erinnern, daß ich zweiunddreißig Jahre alt und infolgedessen mündig bin. Du kannst mir nichts befehlen. Tut mir leid.«

Ein überraschend böses Grinsen veränderte Friedrichs zwar feistes, aber nicht unfreundliches Gesicht. »Es wird dir schwerfallen, ein mittelloses Mädchen zu heiraten, wenn ich nicht damit einverstanden bin ...«

»Was soll das heißen?« fragte Nikolaus scharf. »Meine *Apanage* entstammt einem Treuhandvermögen ...«

»... zu dessen Treuhänder meine Person bestimmt wurde«, gab Friedrich kalt zurück. »Unter den gegebenen Umständen sehe ich mich gezwungen, dich davon in Kenntnis zu setzen, daß deine unpassende Heirat deine finanziellen Möglichkeiten auf null verringert. Damit wäre es dann ja wohl auch um deine Karriere geschehen.«

Nikolaus erbleichte. »Das kannst du nicht!«

»Die rechtlichen Mittel stehen auf meiner Seite. Es bleibt dir also nichts anderes übrig, als deinen Lebensunterhalt selbst zu verdienen. Kannst du irgendeine Arbeit, die dich und deine Frau – von vielen kleinen Kinderchen ganz zu schweigen – erfolgreich über Wasser hält? Du würdest dich wundern, Nikolaus, wie wenig romantisch ein Leben in Armut ist. Es zehrt nicht nur an den Kräften eines jeden Menschen, es macht aus hübschen jungen Mädchen auf die schnellste Art und Weise alte, häßliche Fetteln. Warst du je bei einem unserer einfachsten Pächter? Natürlich nicht. Du warst ja bis jetzt immer mehr am verführerischen Glanz des Hofes interessiert. Wie bedauerlich, daß du diesen gegen das Elend eines Armenviertels wirst eintauschen müssen.«

Unwillkürlich hielt Maximilian die Luft an. Im stillen fragte er sich, wie Friedrich wohl reagieren würde, wenn sich sein Verdacht als richtig erwiese. Der Bruder war verletzend und erstaunlich treffsicher in seinen Beleidigungen. Dennoch mußte sich Maximilian eingestehen, daß Friedrich nicht ganz unrecht hatte. Abgesehen mal von der Gegensätzlichkeit seiner Kenntnis ihrer Situation und seinen Vermutungen über Constanzes Schicksal, mußte sie sich in Friedrichs Augen tatsächlich als eine junge Frau darstellen, die einer Glücksritterin ähnlicher war als jener jungen Dame, die man mit offenen Armen in die Familie aufnehmen würde. Ein Mädchen in ihrer Position war durchaus in der Lage, Nikolaus' vielversprechende Karriere zu zerstören – wenn Friedrich diese nicht vorher durch finanzielle Maßnahmen bremste. Anders lag es natürlich, wenn Constanze die offiziell anerkannte Urenkelin des berühmten Grafen Morhoff wäre: Friedrich hätte vermutlich einen Teil seines eigenen Vermögens geopfert, um eine Verbindung zu fördern.

In Nikolaus' Zügen vollzog sich ein Wettkampf all seiner Empfindungen, und plötzlich tat er Maximilian leid. Was immer Nikolaus durch eine Ehe mit Constanze zu bezwecken versuchte, ganz sicher stellte eine Veränderung ihrer Verhältnisse nach unten keine Lösung ihrer Probleme dar. Sie würde die Einsamkeit mit einem Leben voller Entbehrungen vertauschen, die von der schlimmsten Art und kaum vergleichbar mit ihrem derzeitigen Alltag waren. Obwohl seine Eifersucht ihn blendete, mußte Maximilian zugeben, daß Nikolaus ganz den Eindruck erweckte, Constanze aufrichtig zu lieben. Doch selbst die größte Liebe würde eine derart einschneidende Veränderung all seiner Lebensumstände auf Dauer nicht verkraften. Tatsächlich wären entsprechende Mittel ja auch die wichtigste Grundlage, um sie aus ihrem jetzigen Dasein zu befreien. Gold – in welchen Mengen auch immer – gab ihr zwar ihr Gedächtnis nicht zurück, aber es schuf wenigstens glänzende Erinnerungen an die unmittelbare Vergangenheit.

»Wenn ich weiter dieselbe Luft wie du atmen muß, Friedrich, wird mir schlecht.«

Mit diesen Worten stürzte Nikolaus aus dem Atelier hinaus in die Kälte der winterlichen Dämmerung, die auf den Parkanlagen von Schloß Altenberg lastete. Unter seinen wütenden Schritten knirschte der Kies.

Einen Moment lang lag Stille über dem Atelier. Nach einer Weile sah Friedrich zu Maximilian auf, der unschlüssig an seinem Arbeitstisch stand und gedankenverloren auf die Tür starrte, durch die Nikolaus verschwunden war.

Sachlich fragte Friedrich: »Glaubst du, daß er das Mädchen wirklich liebt? Offen gestanden: Ich kann mir nicht vorstellen, daß sich ein Mann wie Nikolaus, der sich mit schönen Frauen schmückte wie andere mit Orden, plötzlich für ein Nichts interessiert. Mutter meinte, die Situation sei ziemlich ernst. Nun, ja, ich denke, die Sache ist bereinigt.«

»Du bist ungerecht«, bemerkte Maximilian freudlos. »Constanze ist kein *Nichts*«, er imitierte Friedrichs Sprache und fuhr dann leidenschaftlich fort: »Sie ist eine wunderschöne junge Frau, intelligent, gebildet und vornehm. Sie ist ehrlich und offen und kein bißchen affektiert, was sie ganz gewaltig von den Heiratskandidatinnen unterscheidet, die du auswählen würdest. Sei in Zukunft bitte so gut, und sprich nicht so abfällig von ihr.«

»Oh ... hmmm ...«, machte Friedrich, bevor ihm endlich eine in seinen Ohren vernünftig klingende Antwort einfiel: »Es wäre natürlich etwas anderes, wenn du mit diesem unsinnigen

Heiratsgedanken gekommen wärst. Nicht, daß du meine Zustimmung erhalten hättest, aber einem Künstler verzeiht man doch ein wenig mehr als einem Karrieristen bei Hofe.«

»Ich könnte meinen Lebensunterhalt wohl auch selbst bestreiten, nicht wahr?«

Friedrich warf einen flüchtigen Blick auf die Wachsmodelle, die Skizzen und all die anderen Requisiten, die ein Bildhaueratelier ausmachten. Er wußte natürlich, daß Maximilians Arbeiten großen Anklang bei Hofe gefunden hatten. Ein Hauch von Verlegenheit lag in seiner Stimme, als er haspelte: »Ehmm... ja... mhmm... in der Tat... Jedoch sollten wir die verschiedenen Möglichkeiten nicht weiter in Betracht ziehen. Ich bin sicher, daß du deinem Bruder Nikolaus nicht nacheifern möchtest. Jedenfalls bei dem fraglichen Mädchen. Ich hoffe, daß die Angelegenheit nunmehr erledigt ist, wie es sich unter unsereinem gehört.«

Sprach's und wandte sich zur Untermauerung seiner Ausführungen zum Gehen um.

»Und wenn Nikolaus die Angelegenheit nicht auf sich beruhen läßt?«

Friedrich blieb abrupt stehen. Er warf Maximilian einen Blick zu, der keinen Widerstand duldete. »Nikolaus ist Soldat. Er hat gelernt zu gehorchen. Sollte er nun in irgendwelchen Kümmernissen schwelgen, ich versichere dir, er wird es überstehen.«

Drittes Buch. 1719
Martin

Die Wahrheit zu erkennen, haben wir drei Möglichkeiten:
Vorerst die Sinne; wo diese aufhören, da geht der Verstand an, und wo dieser nicht kann fortkommen: Glaube.
Diese Sinne müssen zwar in ihrer Ordnung, aber alle insgesamt gebraucht werden.
Ehrenfried Walther von Tschirnhaus (1651-1708)

45

Die Fässer mit der kostbaren Fracht klapperten bedrohlich, als die Räder des Fuhrwerks durch eines der vielen Schlaglöcher auf der unbefestigten Straße nach Süden rollten. In der Stille dieser Märznacht des Jahres 1719 rumpelten die Holztröge derart laut, daß Andrzej Rakowski zutiefst erschrocken aus seinem Schlummer erwachte. Die Reise auf dem harten Sitz des Karrens war äußerst unbequem, und dem polnischen Grafen taten sämtliche Knochen weh. Er zischte einen deftigen Fluch in Richtung des Kutschers, doch dieser hatte die Hälfte seines Kopfes unter einer riesigen Wollmütze und einem ebenso dicken Schal vor der eisigen Kälte, Gesprächen und wohl auch allzu neugierigen Blicken verborgen. Jedenfalls reagierte der Mann mit keiner Bewegung. Stumm lenkte er den Wagen in Richtung Grenze.

Rakowski stöhnte leise. Die Schaukelei würde sich noch einige Stunden so fortsetzen. Ständig begleitet von der Furcht, von Patrouillen entdeckt zu werden, rumpelten sie über Nebenstraßen, die in einem beklagenswerten Zustand waren. Er haßte seine neue Tätigkeit, aber Schmuggel war schon immer und allen Ortes die einzige Möglichkeit gewesen, schnell zu Geld zu kommen. Nachdem es mit dem Goldmachen nicht so recht klappen wollte und Bankier Lehmann dringend um die Rückzahlung von Krediten und Zinsen bat, hatte sich Rakowski gezwungen gesehen, wieder ins Porzellangeschäft einzusteigen. Man hatte ihm den österreichischen Gesandten empfohlen: Graf Virmont suchte einen zuverlässigen Begleiter für illegale Transporte von Sachsen nach Böhmen.

Nachdem der verräterische Arkanist Samuel Stöltzel in Wien

eingetroffen war, hatte dieser die Grenzen der neu gegründeten Porzellanmanufaktur schnell erkannt. Man verwendete zur Herstellung der kostbaren Erde Tonsubstanzen, die aus der Nähe von Passau herangeschafft worden waren. Stöltzel mußte allerdings feststellen, daß die Qualität der zur Verfügung stehenden weißen Erde nicht im mindesten an das in Meißen verwendete Kaolin heranreichte. Da Claudius Du Paquier nicht gewillt war, seine hochfliegenden Pläne an einer derartigen Kleinigkeit scheitern zu lassen, entschied man sich für den Import aus Sachsen. Dieser war freilich nicht erlaubt und nur über geheimnisvolle Wege möglich, die von der Wiener Hofburg über Graf Virmont zu einem gerissenen Kaufmann in Chemnitz führten, der den Handel vermittelte.

Anfänglich hatte sich Rakowski darüber gewundert, daß Graf Virmont auf ihn verfallen war. Die Tatsache, daß er bei den Bemühungen des russischen Gesandten, Zar Peter eine Porzellanmanufaktur zu verschaffen, so kläglich versagt hatte, war nicht gerade eine Empfehlung. Allerdings hatte die freiwillige Entlassung Peter Eggebrechts nach Sankt Petersburg noch zu keinerlei Erfolg geführt. Außer ein paar beachtlichen Keramiken waren dem Holländer keine Gefäße aus weißem Porzellan gelungen. Also lag es wohl doch am Kaiser in Wien, das kurfürstlich-sächsische königlich-polnische Monopol zu brechen – und die Chancen standen tatsächlich gut. Nicht zuletzt dank Rakowskis Mitarbeit, die er übrigens der Baroneß Serafin zu verdanken hatte.

Überraschenderweise hatte Katharina den Kontakt zu Graf Virmont hergestellt. Rakowski wunderte sich einerseits über ihre guten Verbindungen, andererseits aber auch über die Treue, die sie ihm auf diese Weise bewies. Sie hatten sich ein Jahr lang kaum gesehen – jedenfalls nicht privat –, und er hatte eigentlich angenommen, daß sie ihn vergessen habe. Doch plötzlich war sie vor seiner Pension erschienen. Nicht, um sich seiner Gunst zu erfreuen, sondern um ihn zu einer Gesellschaft ins Palais des österreichischen Gesandten zu bitten. Wenn er heute darüber nachdachte, so hätte er eine Nacht mit Katharina sicherlich den Unannehmlichkeiten einer Schmuggeltour durch halb Sachsen vorgezogen. Andererseits war er ihr zutiefst dankbar für die Arbeit, die sie ihm beschafft hatte, und er begann fast so etwas wie ein liebevolles Gefühl für sie zu empfinden. Der Gedanke an ihr Puppengesicht und die Erinnerung an die üppigen Reize ihres Körpers ließen ihn einen Augenblick ins Träumen geraten ...

Hufegetrappel, das metallische Klirren von Säbeln und scharfe Stimmen rissen Rakowski aus seinen Gedanken.

»Halt! Im Namen des Königs! Bleibt stehen!«

Der als Bauer verkleidete Graf aus Polen warf einen raschen Seitenblick auf den Kutscher. *Der Mann hat Nerven wie Drahtseile*, fuhr es ihm mit einer gewissen Anerkennung durch den Kopf, denn der Kutscher blieb unbeweglich sitzen, die Schultern hochgezogen, den mächtigen Schädel unter der riesigen Wollmütze geduckt. Er erinnerte an eine Wachspuppe. Lediglich seine Hände schienen lebendig. Seine Finger arbeiteten wie die Greifarme einer Marionette, als er die Zügel anzog, die beiden Pferde und das Fuhrwerk so sanft zum Stehen brachte, daß die Holzfässer nur leise knarrten.

Fackeln leuchteten in der Dunkelheit. Eine Gruppe von fünf oder sechs Uniformierten auf schlanken Armeerössern scharten sich um den Wagen. Die Gesichter der überwiegend jungen Männer wirkten müde und angespannt. Vermutlich sehnten sie sich ebenso nach den weichen Rundungen einer liebenden Frau wie Rakowski es vor wenigen Minuten ebenfalls getan hatte. Es war eine mondlose und kalte Nacht, dunkel wie die Hölle und keinesfalls angenehmer. Kein Mann, der nicht unbedingt mußte, hielt sich jetzt gerne im Freien auf.

Der Unteroffizier, der die kleine Truppe befehligte, fragte mit barscher Stimme: »Wer da?«

»Wir sind einfache Bauern aus der Mark Meißen«, erklärte Rakowski und bemühte sich, seiner Stimme den blasierten höfischen Tonfall zu nehmen. Gleichzeitig ärgerte er sich über seine harten Konsonanten, die ihn eindeutig als Slawen auswiesen.

Der Unteroffizier gab dem Soldaten neben sich ein Zeichen, woraufhin der junge Mann mit der Fackel in Rakowskis Gesicht leuchtete. »Einfache Bauern aus der Mark Meißen«, wiederholte er skeptisch. »Soso. Was tut Ihr dann mitten in der Nacht im Vogtland?«

Rakowski begann trotz der eisigen Kälte zu schwitzen, als er bemerkte, daß sich zwei der Soldaten auf die kostbare Fracht des Fuhrwerkes zubewegten. Von hier war es kein weiter Weg zur berüchtigten Festung Königstein. Würde seine Schmuggelfahrt dieses Mal hinter den Mauern des Staatsgefängnisses enden?

»Guter Mann«, begann Rakowski im unterwürfigsten Ton, der ihm möglich war, »das Leben ist hart für einen einfachen Bauern. Wir befördern Waren nach Schandau. Das bringt gutes Geld. Dafür lohnt sich eine Fuhre durch die Nacht.«

Wie zur Zustimmung stieß der Kutscher ein undefinierbares Knurren aus.

Wieder ein Zeichen des Unteroffiziers. Die Soldaten hoben ihre Fackeln und leuchteten, gespenstische Schatten werfend, auf die Fracht. Leise scharrten die Hufe des Zugtieres, und das zweite Pferd schnaubte. Aus dem nahen Wald drang der Ruf eines Käuzchens.

Unwillkürlich hielt Rakowski den Atem an. Er dachte sehnsüchtig an die warme Behaglichkeit des böhmischen Postgasthofes jenseits der Grenze, wo er Karren und Kutscher einer Polizeieskorte aus Wien übergeben, die Kleider wechseln und frühstücken würde; anschließend wollte er mit einem frischen Pferd nach Dresden zurückreiten. Bei diesem Gedanken erfüllte ihn jetzt allerdings leise Panik. Wäre die Patrouille in den frühen Morgenstunden noch unterwegs, bestünde die Möglichkeit, daß man ihn wiedererkannte. Mit einer kleinen Verlagerung seines Gewichts vergewisserte er sich des kalten Griffs einer Pistole, die in seinem Hosenbund versteckt war.

Eine Stiefelspitze trat gegen eines der Fässer. »Was ist das?« wollte der Unteroffizier wissen.

Zum ersten Mal erhob der Kutscher seine Stimme, und Rakowski wunderte sich, wie es ein harter Kerl fertigbrachte, seinen Tonfall so zittrig und verzweifelt klingen zu lassen: »Wir bringen Mehl nach Schandau. Es ist gutes Mehl. Und wir kriegen gutes Geld dafür. Wir brauchen das Geld, denn meine Frau ist krank und wird vielleicht sterben, wenn wir den Bader nicht bezahlen können. Ich flehe Euch an, Herr, als Christ und als gehorsamer Untertan Seiner Majestät, laßt uns gehen. Bitte! Das Leben meiner geliebten Frau ist in großer Gefahr.«

Hatte sich Rakowski verhört oder sprach der Kutscher tatsächlich so, als stehe er kurz davor, in Tränen auszubrechen? Doch schien der Unteroffizier tatsächlich einen Weinkrampf zu befürchten, denn er murmelte ärgerlich: »Ich verabscheue Heulsusen und Jammerlappen.« Dennoch ließ er sich Zeit für die Entscheidung, ob er die Ware kontrollieren oder die angeblichen Bauern passieren lassen sollte. Um einen letzten Rest Zweifel auszuräumen, fragte er: »Warum fahrt Ihr nicht auf der Poststraße nach Schandau?«

»Wir haben versehentlich den falschen Weg eingeschlagen«, versetzte Rakowski prompt.

»Die Nebenstraßen sind nicht immer sicher«, erwiderte der Unteroffizier. »Gelegentlich treibt sich in den Wäldern Gesindel herum. Habt Ihr keine Angst vor Überfällen oder vor Schmugglern?«

Rakowski verkniff sich ein Grinsen. »Wir sind einfache Bauern, Herr, wir haben nichts, was sich zu stehlen lohnt. Was sollen Diebe und Schmuggler wohl mit ein paar Fässern Mehl anfangen?«

»Dann geht mit Gott!«

Er schlug mit seiner Peitsche gegen die Flanke des am nächsten stehenden Zugpferdes. Das Tier bäumte sich auf und übertrug den eigenen Schrecken auf das zweite Wagenpferd. In rasantem Tempo galoppierten die beiden Tiere los und zogen den Wagen so ruckartig an, daß die Fässer bedrohlich klapperten. Während der Kutscher verzweifelt versuchte, die Zügel in der richtigen Ordnung zu fassen, riskierte Rakowski einen Blick über die Schulter.

Eines der Fässer war umgefallen und drohte, vom Wagen zu kippen. In diesem Augenblick rumpelte das Fuhrwerk durch ein Schlagloch. Das Faß mit der kostbaren Porzellanerde kippte vom Wagen und landete im Dreck.

Rakowski fluchte. Hinter sich vernahm er das Lachen der Soldaten, die sich offensichtlich köstlich über den Schabernack amüsierten, den ihr Unteroffizier mit den armen Bauern getrieben hatte. Er fragte sich, ob den jungen Männern auffallen würde, daß es sich bei dem weißen Pulver nicht um Mehl, sondern um geriebenen Ton handelte. Trotz der Fackeln bestand im Dunkeln die Möglichkeit, daß ihnen kein Unterschied auffallen würde. Einer ›Kostprobe‹ würde das Kaolin natürlich nicht standhalten. Und dann? Es war nicht anzunehmen, daß die Männer schnell herausfanden, worum es sich bei ihrer Entdeckung handelte. Allerdings würden sie bei einer Kostprobe schmecken, daß sie von den ›einfachen Bauern‹ belogen worden waren. Vermutlich würden sie die Verfolgung aufnehmen. Wieviel Vorsprung konnten Rakowski und sein Begleiter bis dahin herausfahren?

Der Pole wandte sich wieder zur Straße um. Die Bäume flogen an ihm vorüber, während sich der Kutscher noch immer bemühte, die Pferde zu beruhigen. Das machte ihre Lage auch nicht besser. Wenn sie nicht von der Patrouille aufgetrieben wurden, würden sie sich bald zerschmettert an einem Baum wiederfinden. Rakowski fragte sich, wie lange die Achsen des Fuhrwerkes diese rasante Fahrt noch durchhalten konnten. Ihm lagen Flüche und Beschimpfungen auf den Lippen, aber er schwieg – aus Angst, der Kutscher könnte versuchen, ihn auf die eine oder andere Weise umzubringen.

Schließlich erreichten sie die Grenze und die böhmische Poststation. Es erwartete Rakowski ein gewisser Ärger mit dem Vertrauensmann aus Wien, da er nicht die gewünschte Menge Kaolin lieferte. Für das verlorengegangene Faß wurden einige Goldstücke von Rakowskis Honorar abgezogen, was der Pole mit einem Wutausbruch quittierte. Doch er konnte kaum mehr dagegen tun. Außer vielleicht, seinen Zorn in heißem Rotwein zu ertränken. Später mietete er sich in der Herberge ein, wo er seinen Rausch ausschlief und von Katharina träumte.

46

Propst Lindenau starrte blicklos auf die zehn großen Tafelbilder, die von der Hand eines Mannes, den man *Hans der Maler* nannte, vor knapp zweihundert Jahren in Temperafarben auf Nadelholzplatten gemalt worden waren. Die Gemälde waren die optische Version der *Zehn Gebote,* Inschriften auf Deutsch und Latein taten die Regeln kund, die die Basis der christlichen Moral darstellten. Diese Bilder gehörten zu den größten Schätzen in der Kreuzkirche zu Dresden, abgesehen natürlich von der im Jahre 1234 gestifteten Reliquie, die dem inzwischen protestantischen Gotteshaus seinen Namen gegeben hatte: ein Splitter aus dem Heiligen Kreuz Jesu Christi. Propst Lindenau suchte Trost in der Betrachtung der Tafelbilder, doch fühlte er nichts als Mattigkeit angesichts der immer schwierigeren Lage, in der sich seine Kirche in Kursachsen befand.

Er war zu alt, um den Kampf weiter zu verfolgen. Der König bestätigte zwar immer wieder sein Religionsversicherungsdekret und daß er seinen katholischen Glauben als persönliche, beziehungsweise Familienangelegenheit, nicht aber als Staatsräson betrachte. Andererseits aber hatte August dem Kriegsagenten und früheren sächsischen Gesandten in Den Haag, Christoph Dietrich von Bose, mit harten Strafen gedroht, wenn dieser weiterhin, wie zuletzt im Landtag, gegen den Herrscher opponieren würde. Bose war nicht nur in die Umsturzversuche der seligen Kurfürstin Anna Sophie verstrickt gewesen; er hatte August vor kurzem öffentlich das traditionelle Recht abgesprochen, Administrator des evangelischen Bistums Naumburg zu sein. Etwa gleichzeitig erschütterte eine Botschaft des Papstes die Residenz: Der Heilige Vater ging davon aus, daß nun nicht mehr nur die kurfürstlich-königliche Familie zum katholischen Glauben zurückgefunden habe, sondern das gesamte Land Sachsen. Papst Clemens IX. bekräftigte diese Ausführungen mit einem deutlichen Hinweis auf die im Spätsommer geplante Hochzeit des Kronprinzen mit der katholischen Kaisertochter aus Wien.

Lindenau sank auf eine der Holzbänke im Mittelschiff der

Kirche. Sein Kinn sackte auf seine Brust, und um ein Haar wäre der alte Mann eingeschlafen, hätte er nicht plötzlich schnelle Schritte auf dem Steinboden wahrgenommen. Die Absätze auf den alten Steinen klangen wie eine unangenehme Störung. Der Besitzer dieser Schuhe brachte sicher keine guten Nachrichten, und Lindenau fragte sich, ob er der Störung ausweichen und vorgeben sollte, in ein Gebet vertieft zu sein.

Doch sein Pflichtbewußtsein riß ihn aus der Lethargie. Schwerfällig richtete er sich auf, sein Körpergewicht auf die Hand gestützt, die die Rückenlehne der Kirchenbank umfaßte. Aus müden Augen, die von einer Starerkrankung zunehmend stärker umnebelt wurden, sah der Geistliche seinen Assistenten, der behende an den Säulen entlangschritt, die das Mittelschiff säumten. Lindenau beobachtete die raschen Bewegungen des anderen und fühlte einen kleinen Stich im Herzen. Die zehn Tafelbilder über ihm hatten auch etwas über Neid und Eifersucht zu erzählen ...

»Entschuldigt die Störung«, sagte Martin leise und deutete dabei eine Verbeugung an. »Ich war der Ansicht, Ihr solltet sofort über gewisse Vorgänge informiert werden, die eben berichtet wurden.«

Lindenau nickte schweigend.

»Ein Kurier brachte schlimme Nachrichten«, fuhr Martin langsam fort. Nachdem seine Pause zu lange währte und Lindenau die Augenbrauen fragend in die Höhe schossen, fügte er zögernd hinzu: »Protestanten und Katholiken schlagen sich in den Straßen von Sachsen und Polen. Die Menschen gehen mit Messern aufeinander los, Geistliche werden mit Morddrohungen genötigt ...«

Hilflos brach Martin ab. Es erschien ihm unendlich frevelhaft, von den Grausamkeiten, die sich zugetragen hatten und in blindem Fanatismus weiter getrieben wurden, ausgerechnet in der beruhigenden Stille der Kreuzkirche zu berichten. Er wünschte sich die Düsterkeit von Lindenaus Arbeitszimmer, die ihm als Rahmen für dieses Gespräch weitaus passender erschien.

»Spricht man schon von einer Revolution?« erkundigte sich der Propst mit überraschender Sachlichkeit.

»Nein, noch nicht«, versicherte Martin. »Es ist allerdings fraglich, ob in Thorn etwas anderes passiert als ein Bürgerkrieg. Der Stadtrat verurteilte zehn Calvinisten zum Tode wegen *aufrührerischen Benehmens . . .*«

»Es mag sein, daß diese Leute zum Aufruhr neigen«, unterbrach Lindenau bitter. »Ganz sicher werden sie aber von einem polnischen, katholischen Stadtrat nicht allein deshalb verurteilt, sondern weil sie Protestanten sind. Es ist nichts anderes als das *Autodafé* der Spanier: Die öffentliche Verbrennung von Andersdenkenden, die man dort noch heute *Ketzer* schimpft.«

»Die Männer sollen enthauptet werden: Sie hätten sich mit Jesuiten gestritten.«

»Selbst der Papst streitet sich zuweilen mit den Jesuiten«, knurrte Lindenau.

Einen Augenblick lang senkte sich Schweigen über die beiden Männer. Jeder schien in die eigenen Gedanken versunken. Vielleicht sprachen sie auch ein stummes Gebet für die zehn Protestanten, die wahrscheinlich nichts anderes verbrochen hatten, als ihren Glauben zu vertreten. Nach einer Weile löste sich Lindenau aus seiner starren Haltung und schlürfte mit hängenden Schultern und den bedächtigen Schritten eines alten Mannes zum Eingangsportal. Schweigend folgte ihm Martin. Er wäre gerne ein wenig länger in der Kirche geblieben, aber seine Pflichten sprachen dagegen.

Als die beiden Männer das Portal erreicht hatten, blieb Lindenau so abrupt stehen, daß er von Martin angerempelt wurde. Doch er war viel zu sehr mit seinen Gedanken beschäftigt, um auf diese Unachtsamkeit zu reagieren. »Befindet sich Seine Majestät noch in Polen?« erkundigte er sich.

Martin überflog im Geiste all die Nachrichten, die er im Laufe der vergangenen Wochen in Händen gehalten hatte. Die Zeitungsberichte und die von Kurieren überbrachten Botschaften hatten ihn mehr getroffen, als er zuzugeben bereit gewesen wäre. Mehr als einmal hatte er sich gefragt, ob er helfend eingreifen könne, doch schien nichts so sicher wie die Tatsache, daß ihm die Hände gebunden waren. Mit größter Bestürzung hatte er in den Zeitungen von dem Vorfall auf Schloß Moritzburg gelesen. Man berichtete, daß S.K.M. Augustus Rex in Raserei gefallen sei und Madame de Bouvier die Kleider vom Leibe gerissen habe. Natürlich wurde auch über mögliche Gründe für diese nicht gerade königliche Tat spekuliert: Eifersucht sei die Ursache gewesen und Rache. Martin konnte sich zwar weder das eine noch das andere so richtig vorstellen, aber wenn er an den geheimnisvollen Trauerbesuch auf Schloß Elbland vor einem Jahr dachte, so gab es zumindest die Möglichkeiten für einen Funken Wahrheit. Regelrecht schockierend waren allerdings die Zeitungsberichte, die von einer heimlichen Hinrichtung Madame de Bouviers sprachen. Diese versetzten Martin in einen derartigen Aufruhr, daß er alle ihm oder Propst Lindenau zur Verfügung stehenden Informanten nach der Wahrheit aushorchte.

Zuverlässige Quellen berichteten schließlich, daß August noch in derselben Nacht Schloß Moritzburg inkognito verlassen habe. Später erfuhr die interessierte Öffentlichkeit, daß der König von Polen sein Land bereise. Über den Verbleib Sophie de Bouviers senkte sich dagegen ein Mantel der Unwissenheit. Schließlich erfuhr Martin durch einen Agenten der Kirche, daß sich die vormalige Favoritin des Königs in die Obhut des Königs von Preußen begeben habe – ebenso, wie es zuvor die Gräfin Cosel wenig erfolgreich versucht hatte. Sophies Aufenthaltsort war freilich nicht einmal so überraschend, wenn man bedachte, daß Frauen in ihrer Situation für gewöhnlich immer in ein Kloster gingen – jedenfalls in katholischen Regionen. Vergleichbare protestantische Einrichtungen gab es wenige, und eine der bedeutendsten Abteien dieser Art war inzwischen so etwas wie ein Stützpunkt für die verschmähten Mätressen des Kurfürst-Königs von Sachsen und Polen geworden: das Stift in Quedlinburg. Aurora von Königsmarck leitete als Äbtissin das Damenkonvent, das sich seit rund zwanzig Jahren in preußischem Besitz befand, nachdem August die Stadt Quedlinburg und das Umland an den damaligen *Großen Kurfürsten* von Brandenburg verkauft hatte, um seine Staatskassen aufzufüllen. Erleichterung erfaßte Martin bei dem Gedanken an Sophies Aufenthaltsort. Dieser erschien ihm zumindest sicherer als die Wohnung der Gräfin Cosel in Halle, die Sophies berühmte Vorgängerin mit der Festung Stolpe hatte tauschen müssen. Was allerdings der Grund für den Vorfall gewesen war, der August zunächst inkognito nach Polen getrieben und Sophie zur Flucht in eine evangelische Klostereinrichtung bewogen hatte, konnte niemand genau sagen.

»Altenberg, ich fragte, ob sich der König noch in Polen befindet?« wiederholte Lindenau ungeduldig.

Martin riß sich von seinem Gedanken an die Frau los, die seine Phantasie viel zu sehr beschäftigte und die er so gerne vor allen Unbilden des Lebens beschützt hätte. Sich nur schwer sammelnd, bestätigte er: »Ja, so heißt es. Von einer baldigen Heimkehr nach Dresden ist vorläufig keine Rede.«

Nachdenklich drückte Lindenau das Portal auf. Kalte Luft schlug ihm entgegen, die für März viel zu eisig war und auf seinen pergamentenen Wangen brannte. Zögernd, als böten die gotischen Mauern einen Schutz gegen das unfreundliche Wetter, blieb der Geistliche vor der Kirchentür stehen.

»Die Frage ist«, sinnierte er mit zitternden Lippen, »wie stark das sächsische Volk den Religionsversicherungsdekreten Seiner Majestät Glauben schenkt, wenn das polnisch-katholische Volk desselben Herrschers auf so grausame Weise gegen Protestanten vorgeht. Rache ist in Glaubensfragen kein Fremdwort. *Zahn um Zahn* und so weiter, so steht es in der Bibel, nicht wahr? Es gibt genug in die Irre geführte Protestanten, die sich nun vielleicht zu einem Rachefeldzug für ihre Glaubensbrüder genötigt fühlen, auch wenn es sich nur um Calvinisten handelt. Wir werden im Chaos enden!«

Martin kommentierte die Ausführungen des Bischofs mit Schweigen. Er wünschte, er hätte etwas tun oder sagen können, um diese traurige Zukunftsperspektive abzuschwächen. Doch ihm fiel nichts ein als ein letzter Gedanke an Hoffnung und die Vernunft der Menschen seines Zeitalters, die sich vielleicht nicht mehr wegen eines Religionskonfliktes umbringen würden, wie es ihre Vorfahren getan hatten. Dabei war es ja niemals nur um Glaubensfragen gegangen. *Gott ist wie ein Schutzschild,* dachte Martin, *hinter dem sich nichts anderes als Machthunger verbirgt*. Er fragte sich, ob der Papst wohl deshalb eine eigene Armee brauchte, da er doch von so vielen europäischen Fürsten beschützt wurde? Die Verteidigung des Glaubens mit Gewalt konnte seiner Meinung nach weder im Sinne von Jesus Christus sein, noch war es eine der Thesen Martin Luthers.

»Es scheint mir ein wesentlicher Punkt«, fuhr Lindenau fort, »wen sich der König nach dem Abschied von Madame de Bouvier an seine Seite holt. Es spielt keine Rolle, daß die Kurfürstin eine strenggläubige Protestantin ist. Wichtig ist die Religion der Frau, die Seine Majestät zu seiner Mätresse machen wird. Gibt es da irgendwelche Neuigkeiten, Altenberg?«

Martin bedauerte, daß er nicht mehr auf den unerschütterlichen Fundus seines zweitältesten Bruders in Sachen Hofklatsch zurückgreifen konnte. Doch Nikolaus benahm sich seit einigen Wochen zunehmend merkwürdiger und schien sich völlig aus der Hofgesellschaft auszuschließen, was weder dem Mann noch dessen Karriere zu bekommen schien. Von berufsmäßigem Informationsdurst und persönlicher Neugier getrieben, hatte sich Martin deshalb nach anderen Quellen umsehen müssen, was nicht unbedingt schwierig, aber doch relativ unangenehm gewesen war, da ihm der öffentliche Tratsch nicht besonders lag. Dennoch hatte er erfahren, was Propst Lindenau zu wissen wünschte.

»Fräulein Henriette von Osterhausen ist dem König zuliebe zum katholischen Glauben übergetreten«, antwortete Martin. »Man soll bei Hofe auch wieder von der Baroneß Serafin sprechen. Ihr schenkte der König seine Gunst, bevor Madame de Bouvier auf der Bildfläche erschien. Offenbar rostet alte Liebe nicht, wie es so schön heißt. Jedenfalls ist die Baroneß eine gläubige Katholikin. Ihr Beichtvater ist Bischof Leo Conti.«

Mit Unbehagen dachte Martin an seine Begegnung mit Katharina auf Schloß Altenberg. Doch behielt er sowohl die Tatsache, daß er sie kannte, als auch seine flüchtigen Gefühle für sich.

»Ich gebe zu, nie ein Freund der Bouvier gewesen zu sein«, meinte Lindenau. »Dennoch würde ich mir wünschen, daß

Madame in die Residenz zurückkehrt. Sie ist zwar Hugenottin, aber doch wenigstens Protestantin!«

Martin hätte den Propst gerne darauf hingewiesen, daß dieser es gewesen war, der mit der Königinmutter einen Plan zum Umsturz des Herrschers ersonnen hatte. Als vorrangigstes Problem hatte er die Eliminierung der damaligen Favoritin gesehen, doch auch diese Feststellung behielt Maximilian für sich. Statt dessen folgte er Lindenau in einer strammen Wanderung gegen die Windrichtung des eisigen Frühlingssturmes die Fassade der Kreuzkirche entlang in Richtung Altmarkt. Schweigend liefen die beiden Geistlichen durch den üblichen Großstadttrubel. Plötzlich blieb der Bischof wie angewurzelt stehen, und Martin wäre beinahe zum zweitenmal an diesem Vormittag über ihn gefallen. Fluchend suchte ein Mann vom Lande, der seine Waren auf einem Handkarren feilbot, einen Umweg um die beiden zu machen, die die Straßenmitte offenbar für den geeigneten Ort für ein Schwätzchen hielten. Doch der Mann hatte natürlich keine Ahnung, von welch brisantem Inhalt eben diese Unterhaltung war.

»Gefühle wie zwischen Mann und Frau sind mir fremd«, behauptete Lindenau. »Ich bin zu alt, um mich in die Rollen des Königs oder seiner Favoritin versetzen zu können. Also kann ich auch nicht beurteilen, wie Liebende oder dergleichen unter den gegebenen Umständen reagieren.« Er blickte seinen Assistenten scharf an, und seine Stimme entbehrte jeglichen Spott, als er fragte: »Wie steht es mit Euch, Altenberg? Ihr seid wohl noch in einem Alter, in dem man Reize erkennen kann. Glaubt Ihr, es besteht eine Chance, ein *Fait accompli* zu schaffen, welches Madame zurückbringt?«

Martin zuckte mit den Achseln. »Vielleicht mag ich in dem von Euch angesprochenen Alter sein, ganz sicher fehlt es mir aber an Erfahrung, um bei einer derartigen Intrige mitzuwirken. Bei allen Heiligen, ich weiß wirklich nicht, wie eine Rückführung von Madame de Bouvier zu schaffen wäre. Viel wichtiger erscheint mir die Frage, ob der König sie überhaupt wieder an seine Seite wünscht.«

»Papperlapapp!« behauptete der alte Mann kühn. »Wenn nur

halb so viel Wahres an dem allgemeinen Geschwätz dran ist, wie man glauben möchte, dann ist der König leichter regierbar als sein Volk. Jedenfalls sofern es eine schöne Frau betrifft. Madame de Bouvier ist die Schlüsselfigur. Nicht Seine Majestät ... Altenberg, ich möchte, daß Ihr Madame einen Besuch abstattet.«

Martin erbleichte. Er hatte Sophie seit seinem mißglückten Kondolenzbesuch auf Schloß Elbland nicht wiedergesehen. Dennoch hatte er hin und wieder von einer Begegnung geträumt. Daß er ausgerechnet in dieser Situation eine Art *Postillon d'amour* der protestantischen Kirche spielen sollte, behagte ihm nicht. Er wünschte sich nichts sehnlicher, als Sophie einmal offen ansprechen zu können – ohne irgendwelche Motive, die aus einer bestimmten Lage heraus von anderen ersonnen worden waren. Doch hätte er sie natürlich längst aufsuchen können, wenn er den Mut zur Ehrlichkeit besessen hätte.

»Fahrt nach Quedlinburg«, fuhr Lindenau fort. »Wir sollten nichts unversucht lassen, um die Protestanten in Kursachsen vor dem Chaos zu bewahren. Vielleicht schafft Madame de Bouvier, was Graf Flemming und all die anderen nicht bewerkstelligen: Ruhe in dieses Land zu bringen und dem König absolutes Vertrauen zu schenken.«

Martin widersprach nicht, aber er wußte, daß er Lindenaus Wünschen dieses eine Mal nicht folgen würde. Wenn er nach Quedlinburg führe, dann aus einem einzigen Grund: um sich nach Sophies Wohlergehen zu erkundigen. Dann wäre es seine eigene persönliche Entscheidung und nicht der aufgezwungene Wille seines Vorgesetzten. Doch soweit war es noch nicht.

47

Maximilian hatte in den vergangenen Wochen praktisch Tag und Nacht gearbeitet. Besessen von der Idee, eine Porzellanfigur zu schaffen, die nach Vogelmotiven hergestellt wurde, steigerte er sich in eine Arbeitswut, die ihresgleichen suchte. Doch tatsächlich war wohl nicht allein die Gier des Künstlers, Vollkommenheit zu schaffen, verantwortlich für seine Anstrengungen. Vielmehr spielten seine Verzweiflung und seine Feigheit eine entscheidende Rolle. Er haßte sich für seine Schwäche, aber er hatte bisher nicht den Mut aufgebracht, Constanze wiederzusehen, und je mehr Zeit verstrich, desto unmöglicher erschien ihm ein erneuter Besuch in ihrer Waldhütte. Vermutlich hätte sie ihn nach Nikolaus gefragt oder selbst Erklärungen über ihre Gefühle für seinen Bruder abgegeben, und Maximilian war weder in der Lage, ihr von dem Disput zwischen Nikolaus und Friedrich zu berichten, noch wollte er sich anhören, daß ihr womöglich an Nikolaus ebenso viel lag wie ihm offenbar an ihr. Maximilian schloß ganz bewußt die Augen vor einer Tragödie, die ihren Ursprung in einer Gedächtnisstörung hatte, die Constanzes Leben – wie immer es vorher ausgesehen haben mochte – nicht nur veränderte, sondern auch beträchtlich erschwerte. Andererseits aber war er sich bewußt, daß sein Schweigen ihre Lage verschlimmerte, denn er setzte sie damit einer plötzlichen Einsamkeit und Ratlosigkeit aus, die sie eigentlich nicht verdiente.

Nikolaus war unmittelbar nach dem Streit mit Friedrich abgereist. Von seiner Mutter, dem einzigen Menschen auf Schloß Altenberg, mit dem sich Nikolaus schriftlich in Verbindung gesetzt hatte, wußte Maximilian, daß sein Bruder in Dresden war. Maximilian hatte keine Ahnung, ob es Nikolaus wirklich gut ging oder er sich die Auseinandersetzung mit Friedrich zu Herzen nahm. Weder über Nikolaus noch über die von Friedrich vereitelten Heiratspläne wurde in der Familie gesprochen. Der Alltag hatte Schloß Altenberg zurückerobert, und im Grunde benahm sich auch Maximilian, als habe er Constanze nie kennengelernt. Er vermied die konfliktreiche Begegnung mit ihr, indem auch er sich in Schweigen hüllte. Sein schlechtes Gewissen übertünchte er mit Kreativität.

Mitte März ritt Maximilian nach Meißen, die fast fertige Papageienfigur im Gepäck. Die Statuette mußte in den hohen Öfen der Manufaktur nur noch gebrannt werden, um in der Schönheit zu erstrahlen, die Maximilian sich erhoffte, obwohl auch diesmal – oder sogar jetzt mehr als bei der *Goldenen Schäferin* – das Hauptproblem in der Ermangelung von leuchtenden Farben lag. Die Natur hatte den Ara aus der Orangerie seiner Mutter mit bunten Federn ausgestattet; in seinen Skizzen hatte sich Maximilian ebenfalls an die reiche Skala dieser Farben halten können, doch bei der Porzellanmalerei stellten sich hier die bekannten Probleme. Dennoch hoffte Maximilian, daß man mit den derzeitigen Erfindungen wenigstens ein Minimum an Coloration erreichen konnte.

Über der Porzellanmanufaktur lag eine sonderbare Ruhe. Es war, als seien die Streitigkeiten beigelegt, die in den vergangenen Jahren zu so viel Unfrieden geführt hatten. Maximilian fragte sich, ob das an der nun schon viele Monate währenden Abwesenheit des Manufakturadministrators lag. Von seiner Krankheit gezeichnet, war Böttger nicht mehr nach Meißen gekommen. Er hatte allerdings den einen oder anderen Helfer von der Albrechtsburg in seine Wohnung nach Dresden bestellt, wo der todkranke Alchimist mit praktischer Unterstützung endlich das Arkanum des *Lapis philosophorum* zu ergründen hoffte. Maximilian wußte, wie sehr es Steinbrück geärgert hatte, daß Böttger für diese letzte Tätigkeit den Kommerzienkommissarius Christian Gottfried Meerheim auserkoren hatte, der unter seiner Anleitung jene Goldberge herstellen sollte, auf die der König seit so vielen Jahren vergeblich wartete. Offensichtlich vertraute sogar dem König dem ehemaligen Bergarbeiter Meerheim, denn er hatte diesen bereits vor einem Jahr befohlen, im Falle des Todes Böttgers dessen Nachlaß zu versiegeln und an ihn auszuhändigen.

Es war wie ein Ritual: Früher oder später stattete Maximilian bei jedem seiner Besuche auf der Albrechtsburg dem Manufakturinspektor einen Besuch ab, sofern er Steinbrück nicht zufällig schon vorher auf der Treppe oder in den Fluren traf. An diesem Märztag lenkten seine Schritte ihn zuerst zu Steinbrücks Büro; er wollte den väterlichen Freund um seine Meinung über die neue Porzellanfigur bitten.

Steinbrück wirkte übernächtigt und angespannt. Als Maximilian eintrat, hob er den Kopf. Erleichterung spiegelte sich in seinen Zügen. »Ich dachte, es würde irgend jemand mit unangenehmen Aufgaben kommen«, sagte er statt einer Begrüßung. »Offen gestanden, ich bin übernächtigt und hätte besser zu Hause bleiben sollen, als mich mit Gewalt einer Tätigkeit auszusetzen, der ich mich heute nicht gewachsen fühle.«

»Ich hoffe, Ihr werdet nicht auch noch krank.« Maximilian war aufrichtig besorgt.

»Nein, nein, das ist es nicht«, ein dankbares Lächeln spielte um die Züge des Manufakturinspektors. »Setzt Euch, Altenberg, setzt Euch. Ich habe schlechte Nachrichten.«

Maximilians Augenbrauen hoben sich, aber er schwieg abwartend, während er sich auf dem Stuhl auf der anderen Schreibtischseite gegenüber von Steinbrück niederließ. Die Tasche, in der seine neue Figur vorsichtig verstaut war, stellte er neben sich.

Als fehlten ihm die Worte zu dieser traurigen Nachricht, begann Steinbrück ohne jegliche Einleitung: »Johann Friedrich Böttger verstarb gegen sechs Uhr abends am dreizehnten dieses Monats.« Maximilian sog hörbar die Luft ein, zeigte ansonsten aber keinerlei Reaktionen, so daß Steinbrück fortfuhr: »Der arme Mann hatte einen schrecklichen Tod. Eine Woche lang krümmte er sich unter den größten Schmerzen. Der Medikus verabreichte ihm Schlangengift und konnte damit die Krampfanfälle etwas zurückdrängen, aber dann focht Böttger doch noch neun Stunden mit dem Tode, bevor er Erlösung fand. Hofprediger Engelschall reichte ihm das Heilige Abendmahl, so daß auch dieser Pflicht Genüge getan wurde.«

»Das tut mir leid«, murmelte Maximilian. In seinem Innersten suchte er nach einem Gefühl der Trauer, konnte es aber nicht finden. Böttger hatte ihm nie besonders nahegestanden. Er hatte den Alchimisten bereits als kranken Mann kennengelernt, nicht aber in der Blüte seiner wissenschaftlichen Arbeit, wie etwa Steinbrück, der Böttger in den letzten Jahren zwar häufig kritisiert, der aber seinen Verstand tief bewundert hatte. Maximilian fühlte vor allem Bedauern. Johann Friedrich Böttger war gerade siebenunddreißig Jahre alt geworden, eine Persönlichkeit, die mehr als das Arkanum des europäischen Porzellans hätte finden können. Das Schicksal war nicht nur wenig gnädig mit Böttger selbst umgegangen, sondern auch mit seiner Nachwelt, die um einen klugen Kopf der Naturwissenschaften viel zu früh beraubt worden war. Unwillkürlich dachte Maximilian an die letzten Goldmacherversuche des Alchimisten.

Er fragte: »Hatte Böttger noch Gelegenheit, den Stein der Weisen zu finden?«

»Nicht, daß ich wüßte. Wenn Ihr meine ehrliche Meinung wissen wollt, so zweifle ich an der Wahrscheinlichkeit, daß dieser überhaupt je gefunden wird. Vermutlich geht es dem König ebenso, denn wie man hört, wurde kürzlich der Baron Klettenberg wegen betrügerischer Alchimie verhaftet. Der letzte Goldmacher des Königs, wenn man ihn so nennen will, erwartet auf der Festung Königstein seine Hinrichtung. Die Frage ist, ob Seine Majestät weiterhin nach dem *Lapis philosophorum* suchen wird.«

»Hat Herr Böttger denn keine Vorkehrungen für seinen Nachlaß getroffen?«

Steinbrück lächelte traurig. »Nein. Das hat der König für ihn getan. Im übrigen gibt es außer der wissenschaftlichen Hinterlassenschaft und der Schatulle des Barons Tschirnhaus kaum etwas zu erben. Der Nachlaß meines Schwagers ist nicht der Rede wert.« Er bückte sich etwas, um in einer Schublade zu kramen. Schweigend wartete Maximilian, denn offensichtlich suchte der Manufakturinspektor nach einem Dokument. Nach einer Weile reichte ihm Steinbrück über den Schreibtisch tatsächlich ein engbeschriebenes Blatt Papier. »Dieses ist der letzte Brief, den Böttger kurz vor seinem Tode verfaßte. Allerdings wurde er nicht abgeschickt. Er diktierte die Zeilen seinem Kammerdiener, aber ich hatte die Möglichkeit, eine Abschrift anzufertigen. Ihr solltet lesen, mit welchen Worten sich unser Freund von Seiner Majestät zu verabschieden gedachte.«

Tatsächlich war das Schreiben vom 3. März 1719 an August gerichtet:

»... Ich werde zeigen, daß ich unvergessen bin..., denn obschon meine Glieder nun geraume Zeit von der Hand des Allerhöchsten gedrückt werden, so hat Er dennoch meiner Seele keine Kraft entzogen, etwas Gutes ausfindig zu machen und zu entdecken... Inzwischen will ich in Geduld abwarten, was Gott über mich beschlossen, und nicht eher aufhören, Eurer Majestät getreu zu sein, bis daß man zudrücken wird die Augen, mit welchen ich angeschaut habe die Nichtigkeit und Vergänglichkeit dieser Erde...«

Maximilians Hände sanken mit dem Brief herab. »Ich denke«, sagte er leise, »Herr Böttger zeigte sehr wohl schon zu Lebzeiten, daß er unvergessen sein wird. Sein zähes Ringen um Gold und Porzellan hat ihn berühmt gemacht.«
Steinbrück nickte. Ein Anflug von Trauer umschattete seine müden Augen. »Ich würde mich nicht scheuen, zu sagen, daß unser Freund zu jenen Leuten gehört, die nur einmal alle hundert Jahre geboren werden. Menschen dieser Art sind rar.«
»Wie wird es nur ohne Böttger in der Manufaktur weitergehen?«
»Hoffentlich ruhiger«, erwiderte Steinbrück bitter, fügte dann aber bedeutend friedlicher hinzu: »Die Zahlen sind nicht schlecht. Inzwischen scheint es, als könne die Manufaktur endlich einen Gewinn verbuchen. Vielleicht nehmen wir bald mehr ein, als wir ausgeben müssen. Es sieht so aus, als könnten die Bücher im kommenden Jahr sogar mit einem Gewinn von über hunderttausend Talern abgeschlossen werden. Doch der Fortgang unseres Erfolges hängt inzwischen wohl mehr davon ab, wie die Nachahmer des Böttger-Porzellans mit ihrem Wissen umgehen...«
»Habt Ihr Neuigkeiten aus Wien?«
»Offenbar wurden die ersten Scherben erfolgreich gebrannt. Doch bin ich sicher, Wien wird nicht unsere einzige Konkurrenz bleiben. Allen Unkenrufen und Bedenken zum Trotz, sage ich Euch, daß der Siegeszug des europäischen Porzellans nicht mehr aufgehalten werden kann. Wir werden uns anstrengen

müssen, um der Konkurrenz zu begegnen und eine gewichtige Stellung zu behalten. Es ist heute mehr ein zähes Ringen um die bessere Arbeit, mein Freund, als um die Histörchen, die dahinterstehen.«

Die Ängste des Manufakturinspektors waren Maximilian fremd. Konkurrenz war in seinen Augen ein Ansporn, nicht aber ein Druckmittel. Außerdem war bis jetzt noch nicht einmal sicher, ob die Scherben aus Wien tatsächlich jener Qualität entsprachen, die man in Meißen produzierte. Steinbrücks Informationen beruhten auf Hörensagen und keineswegs auf eigener Beurteilung. Deshalb bemerkte Maximilian mit der ihm eigenen Skepsis, daß die Manufaktur zu Wien noch keine Konkurrenz sei, die man fürchten müsse. Man habe ja den Untergang der preußischen Porzellanherstellung in Plaue erlebt. Außerdem sei der Verrat des Porzellangeheimnisses und der Konstruktionspläne der Brennöfen noch lange kein Hinweis auf die künstlerische Qualität der Scherben.

»Da ist ein Problem, das mir tatsächlich Kopfzerbrechen bereitet hat«, gab Steinbrück zu. »Seht, Altenberg, jeder, der es sich leisten kann, ist in der Lage, weißes Porzellan aus Meißen zu erwerben, zu bemalen und anschließend als sein eigenes Werk auszugeben. Die Arbeiten aus Meißen müssen gekennzeichnet werden, um sich – auch im Hinblick auf die zu befürchtende Konkurrenz – von minderer Qualität abzuheben.«

»Wie wollt Ihr das anstellen? Maler signieren ihre Bilder, aber Porzellan ist kaum zu unterschreiben. Laßt Euch vom Standpunkt des Künstlers sagen, daß eine Signatur die Schönheit einer Form und jede Malerei verunzieren würde.«

»Nicht, wenn sie sich auf der Unterseite – beispielsweise einer Statuette – befände«, versetzte Steinbrück prompt. »Ich habe mir darüber Gedanken gemacht, Altenberg. Es wäre ganz einfach, wenn man die Unterseite der Scherben kennzeichnet. Auf diese Weise wird der Eindruck des Porzellans nicht zerstört, aber es ist ein Wappen, das zu dem Gefäß oder der Figur gehört wie die Krone zum Monogramm Seiner Majestät. Ein Stempel – versteht Ihr? –, der zur Klassifizierung ebenso wichtig ist wie das kurfürstliche Siegel auf einem offiziellen Dokument.«

Maximilian, der nicht frei von Eitelkeit war, hätte es fraglos lieber gesehen, die eigene Signatur auf die Unterseite seiner Porzellanfiguren zu brennen als irgendein Wappen, das lediglich die Manufaktur kennzeichnete. Seine Stimme klang ein wenig beleidigt, als er fragte: »Nun, denn, was schwebt Euch als Kennzeichnung des Meissener Porzellans vor?«

Johann Melchior Steinbrück hob seufzend die Schultern. »Offen gestanden: Ich weiß es nicht. Vielleicht das Monogramm des Königs oder ein Symbol aus dem kurfürstlichen Wappen wie etwa die kursächsischen Schwerter, vielleicht auch der Äskulapstab der Alchimie ... Im Endeffekt obliegt es der königlichen Kommission, darüber das letzte Wort zu sprechen. Doch sicher muß man erst einmal abwarten, wie sich die Dinge nun nach dem Tode von Administrator Böttger entwickeln. Es gibt vieles zu diskutieren. Allerdings: Entscheidungen dieser Güte bedürfen einer langen Vorbereitungszeit. Von heute auf morgen wird es keine einheitliche Signatur für das Meissener Porzellan geben.« Ein freundliches Lächeln, das sowohl Zuneigung als auch Anerkennung beinhalten sollte, erhellte Steinbrücks Züge, als er hinzufügte: »Ihr werdet Eure Arbeiten vorläufig durch Euer Talent ausweisen müssen, Altenberg.«

Maximilian nickte. Vorsichtig packte er den Tonvogel aus, von dem er hoffte, daß ihm etwas Göttliches anhaftete. Flüchtig dachte er an den Augenblick vor etwa einem Jahr, als er zum ersten Mal die fertig gebrannte Porzellanfigur der Schäferin in Händen hielt, die durch die spätere Goldbemalung ihren Beinamen erhalten hatte.

Während des Gesprächs mit Steinbrück hatte er nicht einmal an Constanze oder Nikolaus gedacht. Es schien, als sei Arbeit tatsächlich das beste Gegenmittel für den Zauber einer Liebe und die darauf gnadenlos gefolgte Eifersucht. Er würde weiterarbeiten und Constanze vergessen.

48

Im Grunde seines Herzens war August von Sachsen und Polen jeder Frau in seinem Leben loyal ergeben gewesen. Er behandelte sie mit einem gewissen Respekt, vor allem, da er sich überwiegend Frauen von Format aussuchte. Daß er selten lange unter den Kümmernissen einer beendeten Leidenschaft litt, lag denn auch weniger an einer eventuellen Gefühllosigkeit als an seiner Begeisterung für die Liebe an sich. Er verliebte sich immer wieder neu in die Idee der Liebe – und in den Traum von einem immerwährenden Glück. Eine bekannte Tatsache, die eine Reihe von illustren Damen auf den Plan rief, den vakant gewordenen Posten der königlichen Mätresse neu zu besetzen. Doch August hatte seine Wahl in aller Heimlichkeit bereits getroffen.

Nach dem angeblichen Verrat durch Sophie und die eigene unkontrollierte Reaktion darauf hatte er sich kurzfristig aus der Öffentlichkeit zurückgezogen und Vergessen in einer Reise nach Polen gesucht. Bald nach seiner Rückkehr tröstete er sich mit einer neue Affäre. Seine Wahl fiel auf eine der Hofdamen seiner Ehefrau. Henriette von Osterhausen war nicht nur ausnehmend hübsch, sondern obendrein unabhängig und vermögend, intelligent und gebildet – kurz, sie war eine jüngere Ausgabe von Sophie de Bouvier. Und sie hatte sich ebenfalls verliebt. Es bedurfte also nicht der Überredungskunst einer lebenserfahrenen Mutter, wie im Fall der jungen Leipziger Geheimratstochter Sofia von Dieskau, die ihre Tochter erst dazu anstiften mußte, mit dem Kurfürst-König ins Bett zu gehen. Aus Rücksicht auf ihre schwierige gesellschaftliche Stellung als Hofdame der Kurfürstin Christiane Eberhardine beschlossen August und Henriette, ihre entflammte Leidenschaft vorläufig mit Diskretion zu behandeln, was den beiden überraschenderweise anfänglich recht gut gelang.

Der überzeugendste Grund hierfür war weder eine Veränderung von Augusts gewohntem Lebensstil noch die aufkommende Verschwiegenheit der nach Skandalen suchenden Hofgesellschaft, sondern der sich zunehmend verschlechternde Gesundheitszustand des Monarchen. Dieser sorgte für so viel

Gesprächsstoff, daß darüber der sonstige Klatsch verblaßte. Seit jenem Vorfall auf Schloß Moritzburg ging es August nicht sonderlich gut – und das sah man ihm auch an. Es schien, als rebelliere sein Körper mehr als je zuvor gegen zu viel Wein und zu üppiges Essen, gegen Leutseligkeit und körperliche Anstrengung. August litt unter permanentem Durst und fühlte Schwindelanfälle, wenn er sich – etwa bei einem Jagdritt – verausgabte. Er suchte dieses Unwohlsein zu verdrängen, denn Schwäche war nicht unbedingt das beste Synonym für einen absolutistischen Herrscher. In der Hoffnung, ein Heilmittel zu finden, vertraute er sich seinem Leibbarbier an. Johann Friedrich Weiß, der vor seiner Hofkarriere viele Jahre lang als Bader praktiziert hatte, besaß sogar das Privileg, chirurgische Arbeiten ausführen zu dürfen, und war damit einem Wundarzt gleichgestellt.

Den gängigen medizinischen Verordnungen folgend, verschrieb der königliche Leibbarbier Weiß kurzerhand einen Aderlaß. Diese Blutentnahme konnte allerdings trotz des sich verschlechternden Gesundheitszustands des Patienten nicht unvermittelt durchgeführt werden. Ein bestimmtes Zeremoniell war notwendig; so sollte ein glücklicher Aderlaß etwa nur bei abnehmendem Mond erfolgen. Des weiteren wurde der Kurfürst-König gebeten, vor der Prozedur einige Tassen Kaffee oder Tee zu sich zu nehmen, damit das Blut schön flüssig sei, und sich möglichst wenig anzustrengen. Zur Vorbeugung eines Ohnmachtsanfalles riet Weiß zu einer Prise Salz, die der Patient nebst einem Teelöffel Essig im Mund zergehen lassen sollte.

Dennoch fühlte sich August am Ende der Prozedur nicht weniger elend als zuvor. Seine Laune hatte einen Tiefpunkt erreicht, als sich der Abend über das Schloß zu Dresden senkte. Trotz des von seinen Leibdienern immer wieder neu geschürten Feuers fror der König. Ihm schien, als verfolgten ihn die Schatten, die seine massige Gestalt im Feuerschein auf die brokatbespannten Wände warf, mit bösen Ahnungen. Seit dem Tode Böttgers ging es ihm manchmal so. In den seltenen Augenblicken, in denen August ganz alleine in seinen Gemächern weilte, verfolgten ihn die eigenen Schatten wie ein Alpdruck. In diesen Momenten wanderten seine Gedanken zurück zu Sophie, zum Verrat des Porzellangeheimnisses und der eigenen Sehnsucht, ja, der Notwendigkeit, künstliches Gold zu besitzen.

Er wies sämtliche Besucher ab, ließ sich ein leichtes Abendessen bringen und verfügte, niemand außer seinem Kammerdiener dürfe ihn stören. Dann wandte er sich der Kassette zu, in der man ihm die Habseligkeiten des verstorbenen Johann Friedrich Böttger übergeben hatte. Im Schein des flackernden Feuers durchforstete August Papiere und Briefe, in denen es sich um nichts anderes handelte als um die immer wiederkehrende Frage, welches Arkanum zur Herstellung künstlichen Goldes notwendig sei. Er war überzeugt davon, daß Böttger den Stein der Weisen besessen, dieses Wissen aber nicht mit ins Grab genommen hatte.

Immer wieder blätterten Augusts Finger in dem Notizbüchlein des Alchimisten, einem abgegriffenen Pergamentband, dessen Inhalt eine Ansammlung von geheimen und manchmal unleserlichen Aufzeichnungen und Formeln war. August hatte Mühe, Böttgers in späteren Jahren zunehmend zittriger werdende Schrift zu entziffern. Auch war das Wissen des Kurfürst-Königs um die Alchimie nicht so fundiert, daß er problemlos den wissenschaftlichen Notizen folgen oder durch eigene Kombinationen einen Zusammenhang herstellen konnte. Die Notizen waren Rätsel. Die Frage war nur, ob hinter der Lösung das Arkanum des künstlichen Goldes stand oder Spott, mit dem Böttger seinen Herrn aus dem Grab verhöhnte.

August legte das Notizbuch zur Seite und blätterte wieder in den Briefen. Unter den Dokumenten älteren Datums befand sich eine Mitteilung von Samuel Stöltzel. Überrascht hielt August dieses Schreiben ins Licht. Er war weniger am Inhalt interessiert als an der Handschrift, mit der es abgefaßt worden war. Den einen Brief Stöltzels, beziehungsweise dessen Fragmente, die August ohne Unterstützung eines Sekretärs gelesen hatte, würde er niemals vergessen. Die Linien der verhaßten Hand hatten sich so stark in sein Gedächtnis eingeprägt, daß er glaubte, diese Schrift unter Dutzenden auf Anhieb wiederzuerkennen. Eine gewisse

Ähnlichkeit mit den an Böttger gerichteten Worten war zwar vorhanden, aber identisch waren die Schriften nicht.

Das Resümee dieser Erkenntnis war katastrophal. Augusts Hand zitterte, die den an Böttger gerichteten Brief hielt, an dessen Authentizität kein Zweifel bestand.

Es war unvorstellbar, daß der König einer zwar geschickt eingefädelten, im Grunde aber lächerlich simplen Intrige zum Opfer gefallen sein sollte. Doch konnte er seine Befürchtungen mit keinem Beweis bekräftigen oder gar ausräumen, denn jeden der eingegangenen anonymen Briefe hatte August ins Feuer geworfen. Daß Stöltzel vielleicht gar keinen kompromittierenden Brief an Sophie geschrieben hatte, war nichts als Vermutung.

Tatsache blieb der Fund der Porzellanerde in Sophies Räumen. Nach dem ersten Schock, der ihn wegen des Betruges überfallen hatte, quälte sich August bis heute mit der Frage, warum Sophie die Probe der Porzellanerde in ihrem Schlafzimmer versteckt hielt, während Stöltzel, der das Arkanum kannte, bereits auf dem Weg nach Wien war. Außerdem konnte er sich nicht erklären, welche Person über die Requisiten in Sophies Privaträumen so genau informiert war, daß daraus eine Intrige geknüpft werden konnte. Als einzige Personen kamen die Dienstboten in Frage, doch da den anonymen Briefen keine finanziellen Forderungen gefolgt waren, schied Erpressung aus.

War es möglich, daß er Sophie unrecht getan hatte?

Augusts Faust schloß sich in einer wütenden Geste um das Schriftstück in seinen Händen. Mit atemberaubender Energie, als handele es sich nicht um einen Papierball, sondern um einen Stein, warf er den zerknüllten Brief in den Kamin. Das Feuer erfaßte das Schreiben, eine Stichflamme zischte und loderte empor. Einen Augenblick lang war der Raum in unnatürlich orangerotes Licht gehüllt, als sei dies ein Zeichen des Teufels, der nach dem Beweis für Betrug und Verrat griff und die Wahrheit in einer einzigen wütenden Bewegung erstickte.

Unwillkürlich wich August zurück. Trotz des lodernden Feuers fröstelte er. Hatte in jener Nacht in Moritzburg der Teufel nach seinem Urteilsvermögen gegriffen, so wie die Flammen nach dem jetzt zu Staub zerfallenden Pergament fingerten? Wer hatte ein Interesse daran, den Kurfürst-König von seiner Favoritin zu trennen? Religiöse Fanatiker kamen auf Grund der jüngsten Vorfälle dafür ebenso in Frage wie eine skrupellose Frau, die Sophies Platz einzunehmen gedachte. August zermarterte sich seinen Kopf, aber er fand keine Antwort.

Um sich abzulenken, griff er wieder nach Böttgers Notizbuch. Gedankenverloren blätterte er zurück zum Herbst des vorigen Jahres. Zwischen den Formeln und wissenschaftlichen Erkenntnissen fanden sich persönliche, tagebuchartige Aufzeichnungen. August las ein Protokoll des sich stetig verschlechternden Gesundheitszustands des Alchimisten. Trunksucht, Depressionen und eine geheimnisvolle Krankheit, die niemals ordentlich als Vergiftung diagnostiziert worden war, erschienen vor Augusts Augen so lebendig, als befinde er sich an Böttgers Krankenstatt. Seine Blicke glitten über das Protokoll eines Leidens und nahmen den Namen, der sich vor ihm auftat, zunächst nur am Rande wahr. Erst als sein Unterbewußtsein reagierte, fixierten auch Augusts Augen die schwungvollen Linien, die einen ihm bekannten Namen bildeten: *Katharina von Serafin* ...

Verblüfft las August den Abschnitt noch einmal. Offenbar hatte die Baroneß mehrfach bei Böttger vorgesprochen, war aber von Jungfer Liesgen stets abgewiesen worden. Es war verwunderlich, daß der Name der Besucherin überhaupt in Böttgers Notizen auftauchte. August nahm an, daß es vor Böttgers Privathaus in Dresden ein ständiges Kommen und Gehen gegeben hatte. Doch bald nach dieser Eintragung erschien der Name noch einmal: *Katharina von Serafin soll auch bei Maximilian Altenberg gewesen sein* ...

August blätterte vor und zurück, doch nach dieser Mitteilung fand sich kein weiterer Hinweis auf das Bestreben der Baroneß Serafin. Was immer Katharina bei Böttger gesucht hatte, entweder hatte sie es bei Maximilian Altenberg gefunden oder aber das Interesse daran verloren. Und das war der kritische Punkt. August kannte Katharina von Serafin gut genug, um sich keine Illusionen über ihren Verstand zu machen. Sie war weder an der Alchimie noch an den künstlerischen Aspekten der Porzellanherstellung interessiert. Porzellangefäße waren ihrer Ansicht nach nur dazu da, um damit eine Tafel zu schmücken oder ein Getränk daraus zu sich zu nehmen. Schönheit war für sie nur dann von Bedeutung, wenn es sich um ihr eigenes Spiegelbild handelte. Es gab keinen vernünftigen Grund, der ihre Schritte zum Administrator der Porzellanmanufaktur erklärte. Ebenso unverständlich war ihr Besuch bei einem Bildhauer.

Eine Idee griff nach Augusts Verstand. Der einzige Grund, den er sich für Katharinas Interesse an der Porzellanherstellung vorstellen konnte, war ihr Hang zur Selbstdarstellung. Möglicherweise hatte sie die Porzellanfigur der Schäferin gesehen. Es war durchaus naheliegend, daß sie selbst das Modell einer solchen Statuette abgeben wollte. Die optischen Voraussetzungen dafür besaß sie zweifellos. August nahm sich vor, Maximilian Altenberg danach zu fragen.

Ein Rest Unsicherheit blieb – und die Erkenntnis, daß Katharina zu den wenigen Menschen gehörte, die sich einen Vorteil aus seiner Trennung von Sophie erhofft haben könnten. Zu deutlich waren ihre Avancen gewesen, zu wenig klar aber auch seine Absagen, sofern es diese überhaupt gegeben hatte. Beschämt wurde er sich bewußt, daß er mehr als einmal nachgegeben hatte, als Katharinas Drängen unübersehbar wurde, anstatt ihr mit aller Offenheit die Situation darzulegen. Niemals käme sie als Mätresse für ihn in Frage. Nach der Gräfin Dönhoff, die ihm im wesentlichen von Flemming schöngeredet worden war, stand ihm der Sinn für den Rest seines Lebens nicht mehr nach einem hübschen Dummchen mit Ambitionen. Katharina war Maria Magdalena von Dönhoff zu ähnlich, als daß die kleine Wienerin von irgendeinem Interesse für ihn sein könnte ...

Ach, ja, Katharina war Österreicherin. Sie war katholisch und ein treuer Untertan des Kaisers. Wenn man ihren Ehrgeiz berücksichtigte, so war anzunehmen, daß Katharina damit rechnete, in den Hofstaat der künftigen Kurfürstin aufgenommen zu werden. Wahrscheinlich würde sie als Mittel zum Zweck ihr wundervolles Dekolleté einsetzen und August um seinen Einfluß bitten, doch war er überzeugt, daß Erzherzogin Maria Josepha von Habsburg Personen ihres Vertrauens nach Dresden mitbrachte und die Positionen der Hofdamen bereits besetzt waren. Er würde seiner Schwiegertochter in spe in diese Belange nicht hineinreden – und er hatte auch nicht die Absicht, noch einmal mit Katharina von Serafin ins Bett zu gehen.

Was aber sollte aus der Frau werden, die ihm nachlief wie ein albernes Hündchen? Man könnte sie an ein Mitglied der Hofgesellschaft vorteilhaft verheiraten. Doch plötzlich hatte August nicht mehr den Wunsch, Katharina in seiner Nähe zu wissen. Wann immer er sich an eine Begegnung mit ihr erinnerte, brachte sie Unmut und den Gedanken an ein verlorenes Kartenspiel und einen gewaltigen Kater. Merkwürdigerweise verband er keine einzige Erinnerung an sie mit einem glücklichen Erlebnis. Vielmehr drängten sich ihre ständigen Wünsche in den Vordergrund, ihr Besitzanspruch und ihr maßloser Ehrgeiz.

Katharina ist Österreicherin, katholisch und ein treuer Untertan ihres Kaisers...

August beschloß, sie nach Wien zurückzuschicken. Sicherlich hatte man in der Hofburg irgendeine Verwendung für sie. Und dort gab es ja inzwischen auch Alchimisten, Künstler und Scherben, für die sie sich interessieren konnte. In der Residenz des Kurfürsten von Sachsen und Königs von Polen gab es jedenfalls keinen Platz mehr für eine Frau, deren Ansprüche zu hoch geschraubt worden waren.

Das war eine gute Entscheidung, fuhr es August durch den Kopf, und eine große Erleichterung erfaßte ihn.

Mit diesem neuen Hochgefühl befaßte er sich wieder mit den wissenschaftlichen Notizen des Johann Friedrich Böttger – und er suchte weiter nach dem Rezept für chemisches Gold...

49

Durch die Verhaftung des Baron Klettenberg bin ich mittellos geworden«, berichtete Thomas von Ulmenhorst bedrückt. Er starrte auf das rege Treiben in dem Weinhaus, atmete Sägespäne ein, roch die Ausdünstungen der dicht beieinander sitzenden Männer, sauren Wein, abgestandenes Fett und den beißenden Duft der Räucherkammer. Im stillen fragte er sich, wie viele Becher Wein er sich wohl noch würde leisten können und ob der angebotene Ziegenbraten seinen finanziellen Möglichkeiten entsprach.

»Ich weiß nicht mehr weiter«, sagte er mit gesenkter Stimme und einem flüchtigen Seitenblick auf den Gast neben sich. Doch der kursächsische Offizier hörte ihm nicht zu, nahm weder von Thomas noch von Rakowski Notiz.

Seit die beiden Männer das gutbesuchte Lokal betreten und die freien Plätze ergattert hatten, starrte der Offizier in seinen Weinpokal, als wolle er sich in ihm ertränken. Lustlos hatte er auf die Annäherungsversuche eines jungen Mädchens reagiert, deren Beruf die Aufheiterung mißgestimmter Männer war. Weiteren Gesprächen ging der Offizier aus dem Wege, und Thomas fragte sich neidvoll, wieso ein Mann, der offenbar über ein kleines Vermögen und ein geregeltes Einkommen verfügte – das sah man an seinem Berufsstand –, derart sorgenvoll Zwiesprache mit seinem Weinglas führte. Zweifellos hatte er keine Ahnung von den wirklichen Qualen des Lebens, die Thomas erheblich zusetzten.

»Ohne den geringsten Hinweis darauf, wie der Stein der Weisen zu finden ist, bin ich verloren. Manchmal scheint es mir, als würde Klettenberg doch recht behalten: *Es stirbt der eines gewaltsamen Todes, der das Geheimnis ergründet, sich aber nicht als würdig für dieses Wissen erweist* . . .«

»Ihr seid pleite«, warf Rakowski lakonisch ein, »aber nicht tot. Ergebt Euch nicht Eurem Selbstmitleid. Dazu sind die Zeiten zu schlecht . . .«

Meine eigenen auch, fügte er in Gedanken hinzu, unterließ es aber, die eigenen Nöte zu offenbaren. Der Kaolinschmuggel hatte ihn für einen gewissen Zeitraum über Wasser gehalten, sich inzwischen aber als zu wenig einträglich erwiesen, um weiterhin die damit verbundenen Unbequemlichkeiten und Gefahren zu riskieren. Noch immer nach Höherem strebend, hatte Rakowski mehrfach erwogen, auf der Suche nach der berühmten schwarzen Schatulle des Barons von Tschirnhaus und des Nachlasses des verstorbenen Herrn Böttger in dessen Haus einzubrechen, doch schien dieses Vorhaben wegen der häufigen Präsenz von Hofbeamten und Soldaten nicht durchführbar. Obwohl er die eigene Freiheit über alles schätzte, sah Rakowski über kurz oder lang den einzigen Ausweg aus seiner Misere in einer vorteilhaften Ehe. Doch, wo fand er eine Frau, die seinen sexuellen Ansprüchen Genüge tat, aber gleichzeitig über ein Vermögen verfügte, das er sorglos verprassen konnte? Eine gewisse Verbindung bestand in diesem Fall zwischen dem Schlafzimmer und dem Geldbeutel der Dame. Denn es war kaum zu erwarten, daß sich die betreffende Person großzügig zeigte, wenn er sich seinen Mannespflichten verschloß. Doch weder eine wohlerzogene höhere Tochter noch eine alternde Witwe mit spießigen Vorstellungen war in der Lage, jene Wünsche zu erfüllen, die bei ihm einzig und allein zu einem gewissen Höhepunkt führten. Andererseits war sein Name nicht klangvoll genug, um über eben diese Praktiken hinwegzutäuschen. Mit Wehmut dachte er an Katharinas unermeßliche Geduld.

»Habt Ihr Madame de Bouvier wiedergesehen?« erkundigte sich Rakowski plötzlich.

Thomas schüttelte den Kopf. »Nein. Natürlich versuchte ich, bei ihr vorzusprechen, aber sie scheint seit Ewigkeiten nicht mehr in Dresden gewesen zu sein, und auch auf Schloß Elbland wird mir der Zutritt verweigert. Dabei reichen die mir gewährten Darlehen nur noch wenige Tage.«

»Ihr sucht am falschen Ort«, versetzte Rakowski ein wenig ungehalten. »Man sagt, Madame befinde sich in Quedlinburg. Schreibt ihr ein paar Zeilen und bittet sie um Hilfe. Sie hat Euch immer aus der Patsche geholfen und wird es auch dieses Mal tun. Ihre Gefühle für Euch scheinen denen für einen verlorenen Sohn nicht unähnlich. Laßt ihr dieses Vergnügen, nachdem sie aller anderen offenbar beraubt worden ist. Dem König jedenfalls scheint der Sinn nach frischem Blut zu stehen.«

Der Offizier hob flüchtig den Kopf. Mit glasigen Augen starrte er auf Rakowski, senkte seinen Blick aber sofort wieder in den Weinpokal, als sei der Inhalt ein Orakel. Eine schwere, dunkle Locke fiel dem Mann in die Stirn.

»Ich bin sicher, Madame bedarf Eures dringenden Zuspruchs«, drängte Rakowski leise. »Allein, beraubt aller Menschen, die sie liebte, seid Ihr das einzige Wesen weit und breit, das ihr in diesen schweren Stunden zur Seite stehen kann. Diese Gelegenheit dürft Ihr nicht verpassen, Ulmenhorst!« Der Graf aus Polen ärgerte sich über die Begriffsstutzigkeit seines Freundes, der die Chance auf eine freundliche Zukunft besaß, aber nicht zugreifen wollte. Seiner Ansicht nach war eine schöne und verlassene Frau so leicht formbar wie ein Stück warmes Wachs. Vor allem, wenn sie aus ihrer Einsamkeit durch einen attraktiven Mann errettet wurde, dem sie sich ohnehin verpflichtet fühlte.

»Meine Vorsicht läßt mich zögern«, meinte Thomas nachdenklich. »Der Besuch der Porzellanausstellung im Holländischen Palais hat mich tief betroffen gemacht...«

»Macht Euch nicht lächerlich!« fuhr Rakowski ungehalten und eine Spur lauter als beabsichtigt auf. »Ihr verschwendet Eure Phantasie an eine Porzellanfigur, während...«

»Ach?« ließ sich plötzlich der Bariton des Offiziers am Tisch vernehmen. Die grauen Augen des Mannes streiften ziellos über die Gesichter der anderen, schienen keinen festen Punkt fixieren zu können. Seine Zunge war bereits schwer vom Wein, dem er offenbar stark zugesprochen hatte, bevor er beschloß, sich in diesem zu ertränken.

»Habt Ihr Euch auch in eine Porzellanfigur verliebt? Das bringt kein Glück, glaubt mir. In diesem Ton liegt kein Glück...« In den letzten Worten verlor sich sein Tonfall zu einem Raunen, das in dem allgemeinen Geräuschpegel kaum zu verstehen war. Der Kopf des Offiziers sackte wieder nach vorne, seine Hand griff nach dem Weinpokal, ohne den Krug zu erreichen, und er faßte ins Leere.

Eine ungewohnte Welle von Gutmütigkeit schlug über Rakowski zusammen. Er schob dem Offizier den Wein in Reichweite, so daß die Hand des Betrunkenen den Henkel erreichte, doch der billige Tropfen rann weniger zielsicher in die Kehle des Mannes, sondern vielmehr auf dessen roten Uniformrock. Angesichts der eigenen unbezahlten Schneiderrechnung und der sich ausbreitenden Flecken auf dem teuren Tuch, einer Mischung aus Wein und Speichel, wandte sich Rakowski angeekelt ab.

»Die Ähnlichkeit meiner Verlobten mit dieser Porzellanfigur läßt mich nicht schlafen«, erklärte Thomas. »Seht Ihr denn nicht die Gefahr, die von all den Möglichkeiten ausgeht, die sich daraus ergeben.«

»Nein«, widersprach Rakowski ruhig. »Ich sehe nur einen gefühlskranken Mann, der sich und andere in Gefahr bringt. Ihr träumt, Ulmenhorst, und ich rate Euch: Hört auf damit! ... Nein, dies ist kein Rat, dies ist ein Befehl!«

Thomas hatte ihm kaum zugehört. Mit seinen Gedanken war er bei dem jungen Mädchen, an die ihn die Porzellanfigur im Holländischen Palais erinnert hatte. Er dachte an ihr hübsches, lächelndes Gesicht, als habe er es eben zum ersten Mal gesehen. Doch tatsächlich war es vor gut drei Jahren in einer Postkutsche gewesen – auf dem Weg von Prag nach Dresden. Sie hatte ihm gegenübergesessen in ihrem hellblauen Schulmädchenkleid, das nicht schlicht genug war, um nicht die Farbe ihrer Augen und ihres Haares hervorzuheben. Ihre blauen Augen und der Mahagoniton ihres Haares leuchteten im Halbdunkel der Kutsche und hielten Thomas' Blick gefangen.

Stundenlang zerbrach er sich den Kopf darüber, wie er sie ansprechen könnte. Sie würdigte ihn keines Blickes, sondern sah unverwandt durch das Fenster auf die vorbeiziehende Landschaft, als sei die Natur ihre persönliche Offenbarung. Sie reiste ohne Begleitung, was auf einen niedrigen Stand schließen ließ, doch Thomas kümmerte sich augenblicklich nicht um gesellschaftliche Formen. Das Mädchen gefiel ihm, und er wollte es kennenlernen. Der dritte Fahrgast der Postkutsche war dabei keine Hilfe, denn es war ein katholischer Geistlicher, der sich offenbar frei von Sünde fühlte und den Schlaf der Gerechten schlief. Wenn das Mädchen wenigstens ein Buch oder eine Handarbeit in Händen gehalten hätte, Gesprächsstoff also . . .

»Langweilt es Euch nicht, so alleine zu reisen?« entfuhr es ihm, und er biß sich auf die Zunge wegen dieser einfallslosen Bemerkung.

Sie schenkte ihm ein unbekümmertes Lächeln. »O nein, immerhin ist es meine erste Reise. Ich meine, so ganz alleine. Ihr könnt Euch gar nicht vorstellen, mein Herr, wie aufregend solch eine Reise ist, wenn man sie alleine unternimmt.«

Seine Augen wanderten von ihrem Haar zu den Spitzen ihrer Schuhe, die unter dem Rock hervorlugten, verweilten dabei an ihrem züchtig mit Spitzen bedeckten Dekolleté und dem, was sich möglicherweise unter der Schulmädchentracht verbarg. Überraschenderweise wirkte sie kein bißchen eingeschüchtert und auch nicht verlegen. Entweder war ihre Garderobe die Kostümierung eines gerissenen jungen Dings oder aber sie war ziemlich naiv. Auf jeden Fall war sie eine Augenweide, und sie stellte eine angenehme Reiseunterhaltung dar.

»Es ist reichlich ungewöhnlich, wenn eine junge Dame ohne Begleitung auf Reisen geht«, bemerkte Thomas.

»Das stimmt. Deshalb finde ich es ja so aufregend.«

»Tatsächlich? Nun, Mademoiselle, das hört sich nach einem Geheimnis an.« Er warf einen Seitenblick auf den Geistlichen, der seligst schlief. Mit der gesenkten Stimme eines Verschwörers fragte Thomas: »Wollt Ihr Euer Geheimnis nicht mit mir teilen?«

»Nachdem ich nun schon unterwegs bin, ist es eigentlich kein Geheimnis mehr«, antwortete sie fröhlich. »Wenn Ihr es genau wissen wollt: Ich bin aus der Schule davongelaufen. Aber nun bin ich ja schon auf dem Weg nach Hause, und der Direktor kann mich nicht mehr einholen . . .« In ihrer aufgeschlossenen, herzlichen Art informierte sie ihren Mitreisenden, einen ihr bislang gänzlich unbekannten jungen Mann, darüber, daß sie eine weiterbildende Schule für höhere Töchter in Prag besucht habe, aber dort schließlich und endlich an Langeweile zu sterben drohte. »Ich spreche doch schon Französisch. Es ist eigentlich meine Muttersprache. Und über Gemälde weiß ich mehr als manch eine meiner Lehrerinnen, denn ich bin in einem Haus aufgewachsen, das vollgestopft ist mit berühmten Bildern. Meine Lehrerinnen haben mir etwas beizubringen versucht, das ich schon weiß. Aber vom wahren Leben habe ich keine Ahnung. Und das brachte man mir in der Schule auch nicht näher. Dagegen mußte ich doch dringend etwas unternehmen.«

»Nun seid Ihr also auf dem Weg nach Dresden, um das pralle Leben zu genießen«, resümierte Thomas hoffnungsfroh.

»Nein«, wieder dieses bezaubernde, unbekümmerte Lächeln. »Ich bin auf dem Weg nach Hause. Meine Familie wohnt in der Mark Meißen.«

»Tatsächlich? Darf ich fragen, wo genau sich Euer Heim befindet?«

»Ihr dürftet es kaum kennen. Es ist ein verwunschenes Gut, fernab irgendwelcher Nachbarn. Mein Urgroßvater schätzt die Einsamkeit, und deshalb empfangen wir keine Besucher. Im Grunde ist es zu Hause nicht weniger langweilig als in der Schule, aber es ist doch wenigstens mein Zuhause, nicht wahr? Oh, Ihr fragtet nach dem Ort: Ich wohne auf Schloß Elbland. Aber das sagt Euch natürlich nichts.«

Thomas widersprach nicht, obwohl er wußte, daß Schloß Elbland der Alterssitz des Grafen Morhoff war, des berühmten Diplomaten Seiner Majestät. Wer in Dresden wußte das nicht? Er hatte zwar dem Redeschwall des jungen Mädchens gelauscht, doch schien eine Verbindung zwischen ihr und dem Grafen Morhoff zu fern. Thomas hielt sie für die Tochter eines hochgestellten Bediensteten. Deshalb meinte er: »Eure Eltern werden Eure überraschende Ankunft vielleicht nicht bedauern, aber doch sicher nicht glücklich darüber sein, daß Ihr die Schule verlassen habt und auf eigene Faust angereist kommt. Was werdet Ihr jetzt tun? Wie soll Eure Zukunft aussehen, Mademoiselle?«

»Irgendwann wird ein Ritter in einer goldenen Rüstung kommen, seine Hand ausstrecken und mich in ein wunderbares Land des Glücks entführen.«

Thomas grinste. »Das habt Ihr irgendwo gelesen. Du lieber Himmel, hat Euch die Schule mit derartiger Literatur versorgt?«

Zum ersten Mal wirkte sie betrübt. »Nein, natürlich nicht, aber ich werde das Gefühl nicht los, daß die Schule einen grundsätzlich nicht mit Dingen versorgt, die wirklich wichtig sind. Glaubt Ihr etwa nicht an Ritter?«

»Ich fürchte, das ist keine Frage des Glaubens, Mademoiselle...«

Das Schnarchen des Geistlichen wurde lauter und unregelmäßiger. Es folgte ein wütendes Schnauben, dann schlief der Pastor aber ruhig weiter.

Die Unterbrechung hatte Thomas an seine Umgangsformen erinnert. Mit einer leichten Verbeugung, jedenfalls so galant, wie es ihm in der beengten Umgebung der rumpelnden Postkutsche möglich war, stellte er sich seiner Reisebekanntschaft vor. Diese streckte ihm erfreut ihre Hand entgegen. »Ich bin Constanze de Bouvier, mein Urgroßvater ist Graf Morhoff...«

In Gedanken versunken murmelte Thomas: »Die Sache mit dem Gold ist wie ein Fluch. Da schickt einem der Himmel eine wunderschöne, reiche Erbin, und man fühlt sich aller Sorgen entledigt. Doch das Glück währt nicht lange: Man sieht sich gezwungen, die eigenen Vermögensverhältnisse offenzulegen, und aus Furcht vor der Wahrheit läßt man sich auf etwas Verbotenes ein... Es ist wie ein Kreislauf. Immer dann, wenn man sich seines Glücks sicher ist und nach dem Gold greifen möchte, rückt es wie von fremder Hand gelenkt, in weite Ferne...«

»Ja, und daß Ihr dem Vermögen Eurer Verlobten so nahe wart, hat Euch übermütig werden lassen«, konstatierte Rakowski. »Hört auf, in der Vergangenheit nach einem Strohhalm zu suchen. Richtet Eure Kraft auf die Zukunft. Da gibt es eine Frau, die ein Vermögen besitzt und Eurer Zuneigung bedarf, Ulmenhorst, aber Ihr seid so dumm und seht es nicht einmal. Die Tochter wolltet Ihr doch. Was macht es für einen Unterschied, wenn Ihr die ältere Version nehmt?«

»Aber sie ist Constanzes Mutter!« protestierte Thomas. Er sprach so laut, daß einige Herren an den Nebentischen die Köpfe drehten. Doch da sie keinen Skandal beobachten konnten, wandten sie sich wieder ihren eigenen Problemen zu.

Nur der Offizier am Tisch von Thomas wurde hellhörig. Seine verwirrten Augen wanderten unruhig von Thomas zu Rakowski und zurück.

»Was?« lallte er. »Ihr kennt Constanzes Mutter?«

Rakowski seufzte. Er beschloß, daß dieser einer der Abende sein würde, an dem er den Geboten seiner Mutter folgend für eine gute Tat und seinen Platz im Himmel sorgen wollte. Allerdings wollte er dies nicht umsonst tun. Er schob dem Offizier seinen leeren Weinkrug hin. »Wenn Ihr uns eine Runde schmeißt, Bruder, werden wir uns alles über Constanze und ihre Mutter anhören. Oder jedenfalls alles, was Ihr uns erzählen wollt, damit Ihr Euch besser fühlt.«

»Was soll das?« zischte Thomas. »Mir steht nicht der Sinn nach dem Katzenjammer eines Betrunkenen.«

»Und mir steht nicht der Sinn nach Eurem Katzenjammer«, gab Rakowski brutal zurück. »Außerdem«, fügte er hinzu, während der Offizier mit dem Kellner verhandelte, »bezahlt der Mann wenigstens dafür, daß man sich seinen Kummer anhört. Das ist nicht nur eine angenehme Abwechslung, sondern unterscheidet die seinen ganz wesentlich von Euren Möglichkeiten, Ulmenhorst.«

Die Briefe, die Nikolaus an seine Mutter schrieb, waren eine einzige Lüge. Er war in der Residenz nicht zur Tagesordnung übergegangen, und es ging ihm auch nicht gut. Im Gegenteil. Er hatte sich von seinem Bataillon beurlauben lassen und trieb in einem vernichtenden Strudel aus Alkohol, wenig Essen und noch weniger Schlaf. Es war nicht nur der Verlust all des Glücks, das er sich mit Constanze erträumt hatte, sondern auch die Erkenntnis, wie wenig Freiraum er in seinem Leben tatsächlich besaß. Das Wissen um die fundamentale Abhängigkeit von seinem Bruder Friedrich brachte ihn fast um, doch das eigene Unvermögen, an der bestehenden Situation etwas ändern zu können, war mindestens ebenso schlimm. Noch fühlte er sich nicht in der Lage, eine Zukunft nach dem Willen seiner Familie zu akzeptieren, was unausweichlich schien. Eine vorteilhafte Ehe, die wahrscheinlich über kurz oder lang zur Tragödie werden, aber die Namen verschiedener Familien ehren würde, bedeutete eine Zukunft, die allen Glanz verloren hatte. Diese Aussichten erschienen ihm nur erträglich mit reichlich genossenem Wein. Nur so konnte er seine Hoffnungen vergessen, die Friedrich mit einem Satz böswillig vernichtet hatte.

Natürlich hätte sich Nikolaus wieder in sein altes Leben gleiten lassen, aller Lustbarkeiten dieser Welt frönen und die Zukunftsvorstellungen seines Bruders ad acta legen können, doch der Gedanke an Constanze hinderte ihn am Wiederbeleben alter Affären. Die Erfahrung der Liebe wirkte wie ein Hemmschuh. Nikolaus wußte, daß er es nicht würde ertragen können, sie der Einsamkeit ihrer Waldhütte zu überlassen, wenn er sie noch einmal besuchte. So hüllte er sich in Schweigen und ließ den Termin seiner angekündigten Rückkehr verstreichen, obwohl er ihren Schmerz teilte. Ohne Maximilian einzuweihen, konnte er ihr nicht schreiben. Also blieb ihm auch dieser Weg versperrt, sich für sein gebrochenes Versprechen zu entschuldigen. Er mußte schweigen und mit dem Wissen leben, daß sie auf ihn wartete, was seine Tage fast unerträglich und seine Nächte zur Hölle machte. Den Ausdruck ihrer Augen, als er damals gegangen war, vergaß er allerdings auch über dem größten Rausch nicht.

Es hätte ihm zweifellos gutgetan, über seine Gefühle zu sprechen. Doch besaß Nikolaus überwiegend oberflächliche Freundschaften, die ihm in dieser Situation kaum Rückhalt bieten konnten. Christoph von Stachwitz bildete hier vielleicht eine Ausnahme, aber Nikolaus wollte ihn nicht ins Vertrauen ziehen, denn dann hätte er zu viel von sich und Constanze offenbaren müssen, was Stachwitz ohnehin nicht verstanden hätte. Außerdem pflegten sie keinen Umgang miteinander, nachdem

Nikolaus sich hatte beurlauben lassen und in seinem Kummer versank wie ein Stein im trüben Gewässer.

Der reichlich genossene Wein veränderte Nikolaus' Wahrnehmungsvermögen, als er an diesem Abend seine Probleme in einer Weinschänke in der Neustadt zu ertränken versuchte. Es war dies keine Gegend, die er üblicherweise frequentierte, deshalb aber um so erbaulicher, da er hier ungestört seinen Erinnerungen an Constanze nachhängen konnte. Im Selbstmitleid darbend, hatte er plötzlich den fremden Mann in dem Lokal ihren Namen aussprechen hören. Er war schon zu betrunken, um darüber nachzudenken, daß vermutlich eine andere Person gemeint war, aber durch die Möglichkeit, endlich auszusprechen, was er fühlte, öffnete sich Nikolaus den beiden Fremden an seinem Tisch.

»*Aber sie ist Constanzes Mutter!*«
»*Was? Ihr kennt Constanzes Mutter?*«

Der Mann mit dem starken slawischen Akzent wandte sich zu Nikolaus um. »Meint ihr, unsere Constanze und die Eure kommen aus denselben Kreisen? Das ist reichlich unwahrscheinlich, denn mein Freund glaubt, seine frühere Verlobte habe sich in eine Porzellanfigur verwandelt, was an sich nichts anderes als ein böser Spuk ist.«

Nikolaus zwinkerte dem blonden Mann zu. »Eure Freundin hat sich also in eine Porzellanfigur verwandelt...«, er schüttelte den Kopf, und das Lokal drehte sich einen Augenblick lang um ihn. »Laßt das nicht zu! Gebt ihr die Freiheit. Die Frau, die ich ›meine Constanze‹ genannt habe, ist bereits eine Porzellanfigur und um ihre Freiheit betrogen worden. Und ich kann ihr nicht helfen.«

Der blonde Mann befürchtete offenbar einen Weinkrampf des Offiziers. Er rettete sich in Roheit. »Was redet Ihr da für einen Unsinn?« blaffte Thomas. »Wirklich, ich habe keine Lust, mir Euer Gefasel anzuhören. Der Wein ist gut, aber damit zu teuer bezahlt.«

Rakowski hob die Hand, um Thomas zum Schweigen zu bringen. Mit stechenden Augen musterte er Nikolaus. Der Offizier sah nicht aus wie ein Verrückter. Deshalb forderte er ihn auf: »Sprecht weiter. Was ist mit Eurer Frau geschehen?«

»Sie war nie meine Frau, und sie wird es niemals sein«, murmelte Nikolaus. »Sie ist eingeschlossen in Porzellan ... Mein eigener Bruder hat sie eingeschlossen, und mein anderer Bruder verhindert, daß ich sie befreie ... Ich wollte, sie könnte meine Frau werden. Dabei weiß ich nicht einmal ihren Namen.«

Thomas stieß seinen tiefen Seufzer aus. »Ihr sagtet doch aber, sie hieße Constanze ...! Wirklich, Rakowski, das ist zu viel des Guten. Ich habe nicht die Absicht, mich für einen Betrunkenen zum Narren zu machen. Trinkt Euren Wein, Rakowski, und laßt uns gehen. Unsere Gesellschaft entbehrt jeglicher Form der Erquicklichkeit ...«

»Constanze. Sie heißt Constanze. Das weiß sie bestimmt«, brabbelte Nikolaus, als habe er die Beleidigungen des anderen nicht gehört. »Sie ist eine Porzellanfigur. Die *Goldene Schäferin*. Das weiß ich ganz genau, denn ich habe miterlebt, wie sie entstanden ist.«

Rakowski erbleichte. »Sprecht Ihr von der Porzellanfigur, die im Holländischen Palais ausgestellt wird?«

»Was weiß denn dieser betrunkene Idiot«, wehrte Thomas ab, doch dann bemerkte er plötzlich das Aufflackern in Nikolaus' Augen, ein Leuchten, das einen Moment lang Ruhe in diesen verwirrten Blick brachte. Thomas klappte den Mund auf, um etwas zu fragen, schwieg aber, denn Nikolaus erzählte bereitwillig eine Geschichte, die er bei klarem Verstand niemals einem Wildfremden offenbart hätte.

»Ihr glaubt diesem Verrückten, nicht wahr?« fragte Thomas, als er eine halbe Stunde später neben Rakowski aus der muffigen, rauchgeschwängerten Luft der Weinschänke auf die Straße trat.

Rakowski ließ seine Schnupftabakdose, der er gerade eine Prise entnommen hatte, zuschnappen. »Ich weiß es nicht«, gab er zu, »aber es ist immerhin eine Möglichkeit. Die Geschichte des Mannes ist fast zu unglaubwürdig, um erfunden zu sein, aber andererseits zu phantasievoll, um der Wahrheit zu entsprechen. Jedenfalls bietet sie Stoff für eine Reihe von interessanten Überlegungen.« *Und gefährlichen Schlußfolgerungen*, fügte er in Gedanken hinzu.

»Ich kann mir nicht vorstellen, daß der alte Morhoff seine geliebte Urenkelin im Wald versauern läßt«, gab Thomas zurück. »Vergeßt nicht, wir sprechen hier von einer Familie, die mir gut bekannt ist.«

»Allerdings wart Ihr es, der eine Ähnlichkeit zwischen der Porzellanfigur und Constanze de Bouvier hergestellt habt«, erinnerte Rakowski. »Die Geschichte, die uns dieser liebeskranke Militarist auftischte, mag unwahrscheinlich klingen, aber sie ist nicht von der Hand zu weisen ...«

»Außerdem wäre es für Madame de Bouvier viel zu gefährlich gewesen, wenn irgend jemand in der Hofgesellschaft von dem Betrug erfahren hätte«, schloß Thomas seine Bedenken. »Eine Tochter, die offiziell begraben ist, aber heimlich und quicklebendig im Wald lebt, scheint mir nicht das familiäre Umfeld der königlichen Mätresse zu sein. Nein, nein, Rakowski, fallt nicht auf das Ammenmärchen dieses Offiziers herein. Ich kenne Madame de Bouvier. Sie ist eine kluge Frau und würde sich niemals in eine Situation begeben, die ihr zum Nachteil gereichen würde.«

Rakowski packte Thomas bei den Schultern. Seine Finger schlossen sich in eisernem Griff um das Revers am Rock des anderen. »Hört zu, mein Freund«, sagte er gepreßt, aber mit einer unverhohlenen Drohung in der Stimme, »hört genau zu: Ihr habt durch Eure Gutgläubigkeit schon einmal einen groben Fehler begangen. Wenn Ihr das wiederholt, bringt Ihr nicht nur Euch, sondern auch mich in große Gefahr. Das kann ich nicht dulden, denn dann ist Euer Portemonnaie nicht mehr Euer einziges Problem, sondern es wartet der Strick des Henkers – auf uns beide.«

Mit beißendem Sarkasmus fügte er hinzu: »Sollte Euch daran gelegen sein, Seite an Seite mit Eurem Baron Klettenberg zu hängen, so empfehle ich Euch, die Geschichte des Mannes dort drinnen zu vergessen.«

Thomas zog und zerrte an seinem vorbildlich geschnittenen

und demzufolge hervorragend sitzenden Rock. »Was schlagt Ihr zu tun vor?« fragte er und schnippte einen imaginären Faden beiseite.

»Wir werden Mademoiselle einen Besuch abstatten«, lautete die prompte Antwort.

»Was?« Thomas erstarrte. »Wie wollt Ihr eine Frau finden, die Constanze heißen soll und das Trauma eines kursächsischen Offiziers ist? Das ist unmöglich.«

»Keineswegs. Ihr kennt die Gegend, Ulmenhorst. Es ist doch immerhin möglich, daß Madame de Bouvier ihre Tochter auf dem eigenen Besitz untergebracht hat. Also kommt nur jener Teil des Waldes in Frage, der zu Schloß Elbland gehört. Außerdem war die Beschreibung unseres betrunkenen Freundes gar nicht so schlecht. Wenn wir ein bißchen suchen, dürften wir über kurz oder lang fündig werden. Wir haben schließlich nichts zu verlieren. Entweder ist die geheimnisvolle Waldbewohnerin eine harmlose Schäferin, die ihrem Verehrer hahnebüchende Geschichten erzählte. Oder es ist tatsächlich Mademoiselle.«

»Und dann?«

Rakowski lächelte geheimnisvoll. »Dann habt Ihr Eure Verlobte wieder, mein Freund, mitsamt ihrem Batzen Geld. Als Entschädigung erwarte ich übrigens ein gelegentliches Schäferstündchen mit der Dame. Ich bin sicher, Ihr geht da konform mit mir.«

»Und wenn sie sich an die Vorkommnisse jener Nacht erinnert?« insistierte Thomas. »Das wäre, wie Ihr selbst sagtet, höchst unangenehm. Von einer Verheiratung kann dann kaum noch die Rede sein.«

»Nein, natürlich nicht. Dann aber, mein Freund, werden wir für unseren Seelenfrieden sorgen. Dann werden wir sie mundtot machen.«

50

Später konnte sich Sophie nicht mehr daran erinnern, was eigentlich geschehen war, nachdem August fluchtartig den Bankettsaal von Schloß Moritzburg verlassen hatte. In ihrem Gedächtnis war nur seine Gewalttätigkeit geblieben. Sie wußte nicht einmal mehr, wie lange der Schrecken gedauert hatte und wie sie in ihr Schlafzimmer gekommen war. Es war wie ein böser Traum, aus dem sie irgendwann in der Nacht in ihrem Appartement erwacht war, allein mit ihrem Schmerz und ihrer Verzweiflung.

Sie hatte auch Wochen später keine Ahnung, was der Anlaß für diesen gewalttätigen Ausbruch gewesen war. Was mochte August derart erzürnt haben? Sie war sich keiner Schuld bewußt. Oder hatte er etwa das Geheimnis um die *Goldene Schäferin* entschlüsselt, um eine Porzellanfigur, die ihre Tochter darstellte? Aber das war eigentlich kein Grund, gewalttätig zu werden. August demonstrierte zwar gerne seine Stärke, aber roh war er deshalb nie. Was mochte ihn so in Rage versetzt haben, daß er jede königliche Würde verlor? Sophie stellte sich die Frage nach dem Warum wieder und wieder. Stunde um Stunde verrann, Tage und Wochen verstrichen, ohne daß sie erfuhr, was eigentlich los gewesen war.

Damals, in jener Nacht, war sie rastlos in ihrem Schlafzimmer auf und ab gewandert, hatte ihre kalten Hände an das Kaminfeuer gehalten und doch keine Wärme gespürt. Es schien ihr, als habe Augusts Tun ihr Herz in einen Eisblock verwandelt. Irgendwann hatte sich in ihre Grübelei die brisante Frage nach ihrer Zukunft gedrängt. Im Gegensatz zu den meisten Mätressen hoher Herren war sie finanziell ausreichend abgesichert. In diesem Punkt bestand also kein dringender Handlungsbedarf. Schloß Elbland war ebenso ihr Eigentum wie das Palais in Dresden. Niemand konnte ihr diese Sicherheiten nehmen. Allerdings war ihr klar, daß sie unter den gegebenen Umständen nicht nach Hause zurückkehren wollte. Der Klatsch würde blühen, man würde hinter vorgehaltener Hand, aber doch deutlich genug, zu flüstern beginnen, wo immer sie auftauchte. Der Skandal würde ihr Leben unerträglich machen. Jedenfalls so lange, bis sich die Wogen ein wenig geglättet hatten.

Als Sophie ein paar Tage später in der Stiftskirche zu Quedlinburg betete, dankte sie Gott für ihre Entscheidung. Ihre Flucht hatte verhindert, daß irgend jemand von dem Geheimnis erfuhr, von dem sie nun mit Sicherheit wußte, daß sie es unter ihrem Herzen trug. Unter den gegebenen Umständen wollte sie keinesfalls den zusätzlichen Klatsch ihrer Neider riskieren. Zwar würde sie ihrem Geliebten die freudige Botschaft eines Tages überbringen müssen, aber sie war dankbar, daß ihr das Schicksal eine Atempause ließ. Sie war zwar durchaus bereit, August zu verzeihen, aber es war kaum vorstellbar, daß ihre Position an seiner Seite unverändert stark sein würde. Acht legitimierte Söhne und Töchter besaß August bereits, um die er sich freilich kaum kümmerte. Dieser Mangel an väterlicher Fürsorge scherte Sophie allerdings herzlich wenig, denn sie besaß die finanziellen Mittel, um aus dem *natürlichen* Kind des Königs einen wahren Edelmann oder eine große Dame zu machen. Ihrem Einfluß entzogen war lediglich die Frage, ob August auch ihren Sohn oder ihre Tochter offiziell anerkennen würde, denn allein diese Legitimation würde die gesellschaftliche Zukunft des Kindes sichern.

Unwillkürlich preßte Sophie die Hände auf ihren sich bereits leicht rundenden Bauch. Hier wuchs ein Kind der Liebe, das stand fest. Ebenso ein Kind der Liebe, wie ihre Tochter ein Wunschkind gewesen war. Der Unterschied zwischen diesen beiden Schwangerschaften bestand jedoch nicht nur in der Tatsache, daß sie ihr zweites Kind zur Welt bringen würde, ohne mit seinem Vater verheiratet zu sein. Als weitaus größeres Problem stellte sich ihr Alter dar, denn eine Geburt in ihren Jahren galt als lebensgefährlich. Es kamen zunehmend weniger Kinder auf die Welt, was einzig und allein an der Tatsache lag, daß die meisten Frauen ihres Zeitalters erst im reifen Alter heirateten. Bei Affären behalf man sich normalerweise mit allerlei Tricks, um eine Schwangerschaft zu vermeiden, was mehr oder weniger erfolgreich vonstatten ging. Es war also nicht unbedingt sicher, daß sie die Geburt des Kindes glücklich überstehen würde. Deshalb war sie gezwungen, für die Zukunft des ungeborenen Königssprosses Vorkehrungen zu treffen. Das Damenstift zu Quedlinburg war ein perfekter Hintergrund, um Ruhe und Frieden zum Nachdenken zu finden.

Eigentlich war Sophie nicht wohl dabei gewesen, ihr Zuhause zu verlassen. Schon zweimal hatte eine Flucht ihr Leben grundlegend verändert. Der Unterschied zu ihren Erlebnissen als Kind in Paris und später als Witwe im Rhône-Tal zu heute bestand freilich darin, daß sie jederzeit heimkehren konnte, wenn die Wogen geglättet waren, und sie die Zukunft ihres ungeborenen Kindes geplant hatte. Doch bei all diesen Überlegungen durfte sie ihre Verantwortung für einen anderen Menschen nicht vergessen – für ihre Tochter.

Sie konnte ihrer Zofe soweit vertrauen, daß sie sie mit einem genauen Lageplan der Waldhütte und dem Auftrag nach Schloß Elbland zurückschickte, Constanze mit ausreichend Lebensmitteln zu versorgen. Doch wußte Sophie auch, daß der Zeitpunkt gekommen war, an dem sie sich mit der Zukunft ihrer Tochter auseinandersetzen mußte. Es war nicht mehr das eigene Glück, das flüchtig in den Vordergrund getreten war und ihr die Möglichkeit des Verdrängens gegeben hatte. Sie mußte endlich die Entscheidung treffen, wie Constanzes weiteres Schicksal aussehen sollte.

Sophie hätte sich gerne mit einem Menschen ihres Vertrauens beraten. Natürlich hätten sich dazu die Äbtissin des Damenstifts oder auch ein Pastor bestens geeignet, doch blieben diese Leute Fremde, so freundlich sie auch von ihnen aufgenommen worden war. Während Sophie unschlüssig durch die Stiftskirche schritt, den Umhang fest um die Schultern gezogen, tauchte ein gütiges Gesicht vor ihrem inneren Auge auf, und ihr Herzschlag schien einen Moment lang auszusetzen. Im Geiste erwiderte sie das offene und ein wenig hilflose Lächeln. Plötzlich wußte sie, was zu tun war. So unerfreulich ihre ersten Begegnungen auch teilweise gewesen sein mochten, sie fühlte, daß sie ihm vertrauen konnte: dem protestantischen Pastor Martin von Altenberg.

Es überraschte sie kaum, daß er ihren Brief durch seinen

Besuch beantwortete. Mit einem nachsichtigen Lächeln registrierte sie sein nur flüchtig gebürstetes und zusammengebundenes Haar, das leicht derangierte Äußere seines Rocks, die schiefsitzende Krawatte. Offensichtlich war er unmittelbar nach Erhalt ihres Schreibens aufgebrochen und hatte sich auch in Quedlinburg nicht die Zeit genommen, sich auf das Gespräch mit Sophie vorzubereiten.

»Ihr seid außer Atem«, stellte Sophie freundlich fest.

Sie deutete auf einen der hohen Gobelinstühle vor dem Kamin im Empfangsraum des Stifts. Ein flaches Feuer brannte, und die Kerzen auf dem einfachen Beistelltisch warfen bereits Schatten in den in tiefe Dämmerung getauchten Raum. »Setzt Euch, Herr Pastor von Altenberg«, sagte sie, und ihre Augen blickten ihn so sanft an, wie er es sich erträumt hatte, »aber erlaubt mir, noch ein wenig im Raum umherzustreifen. Was ich Euch zu sagen habe, erledigt sich besser im Gehen.«

Martin zögerte. Normalerweise hätte er sich nicht gesetzt, solange eine Dame noch stand, aber seine Schenkel brannten von seinem rastlosen Ritt, und seine Knie zitterten. Sophies Geste war eine gutgemeinte Aufforderung, und deshalb sank er auf den Stuhl. Er streckte seine müden Beine aus und dankte Gott für die Wärme des Kaminfeuers, die seinen Muskeln wohltat. Obwohl sie sich abgewandt hatte und er sie nicht ansehen konnte, ohne den Kopf zu drehen, spürte er Sophies Nähe, als würde er sie berühren. Es war ein angenehmes Gefühl, ein Nachhausekommen, unendliche Geborgenheit.

»Es ist mir eine große Ehre, von Euch empfangen zu werden«, sagte Martin in die Stille.

Sophies Röcke raschelten leise, als sie sich bewegte. »Ich habe Euch einmal vorgeworfen, glaube ich, daß Ihr nicht aufrichtig zu mir seid und nur im Interesse Eures Propstes handelt. Das mag auf unsere damalige Begegnung zutreffen. Heute möchte ich mit Euch wie zu einem Freund sprechen...« Sie brach ab. Die unausgesprochene Frage, ob sie ihm tatsächlich vertrauen könne, hing wie ein feines Spinnennetz in der Luft.

Martin richtete sich auf und wandte sich zu ihr um. Seine

Augen suchten ihren Blick. »Ich mag meinem Propst gegenüber loyal sein, aber ich bin kein Verräter, Madame. Muß ich wirklich aussprechen, wie ich zu Euch stehe? Wenn Ihr mich als Euren Freund betrachtet, so macht Ihr mich zum glücklichsten Mann auf Erden.«

Unwillkürlich stockte er. War er zu weit gegangen? Würde sie die Deutlichkeit, mit der er ihr den Hof machte, als Beleidigung auffassen?

Doch Sophie schenkte ihm ein strahlendes Lächeln. »Meint Ihr nicht, jetzt gehen die Pferde mit Euch durch?«

»Pardon, ich ...«

Ihre Handbewegung brachte ihn zum Schweigen. »Schon gut. Ich habe Euch nicht um Euren Besuch gebeten, um über Galanterie zu plänkeln. Mir liegt ein Problem am Herzen, für dessen Lösung ich Eure Hilfe benötige. Wenn Ihr mir diese gewähren wollt, ganz gleich, aus welchem Grund, werde ich Euch tief zu Dank verpflichtet sein. Ich muß mich allerdings auf Euer Stillschweigen verlassen können.«

Martin verneigte sich leicht. »Ich bin Euer Diener, Madame.«

Sophie begann, ziellos durch den Raum zu wandern. Mal blieb sie am Kamin stehen und wärmte ihre Hände, mal spielte sie mit dem tropfenden Wachs einer Kerze, dann wieder sah sie scheinbar blicklos aus dem Fenster. In der zunehmenden Dunkelheit wirkte ihre Gestalt fast schemenhaft, doch ihre Stimme war so klar wie ein Glockenspiel. Sie erzählte Martin von ihrer Ehe mit Jean Paul de Bouvier und von der Geburt ihrer Tochter. Sie sprach von ihrer Flucht nach Sachsen und davon, wie großzügig und dankbar der einsame alte Mann, der ihr damals unbekannter Großvater war, sie und ihr Kind in seinem Schloß und in seinem Herzen aufgenommen hatte. Der Alltag voller Zurückgezogenheit an der Seite Graf Morhoffs hatte ihr viele Jahre lang genügt, und rückblickend bezeichnete sie diese endlosen Stunden des Alleinseins als die vielleicht friedlichsten ihres Lebens.

Doch Constanze brauchte schließlich Leben um sich, Gleichaltrige, mit denen sie spielen oder sich auseinandersetzen konnte. Damals hielten die Schweden das Kurfürstentum Sachsen besetzt, und Graf Morhoff plädierte dafür, seine Urenkelin ins sichere Ausland zu bringen. Die Klöster, Stifte und Mädchenpensionen in Prag hatten einen guten Namen. Immerhin befand sich an der Moldau die älteste Universität deutscher Sprache und ein reich beackerter Boden für höhere Bildung. Constanze wurde also nebst einer Zofe in die Postkutsche nach Prag verfrachtet. Dort blieb sie zehn Jahre, bis sie den letzten Schliff als junge Dame erhalten und es nicht mehr für nötig befunden hatte, weiterhin im Zölibat eines Schulmädchens zu leben. Immerhin war sie ja mittlerweile über achtzehn und somit in einem Alter, in dem sie sich nach Kavalieren und einem Reichtum weniger an Bildung als an Vergnügen sehnte.

»Mein Großvater hatte für meine Tochter natürlich Pläne«, erzählte Sophie und blieb hinter dem Stuhl stehen, in dem Martin saß. Sie starrte ins Leere, als suche sie vor ihrem geistigen Auge jene Szene, als sie mit Graf Morhoff über die Zukunft Constanzes gesprochen hatte. »Er bestand auf eine vorteilhafte Verbindung. Selbstverständlich war auch ich der Ansicht, daß meine Tochter in eine bedeutende Familie einheiraten sollte. Doch Constanze hatte sich inzwischen verliebt. Er war zwar der erste junge Mann, der ihr über den Weg gelaufen war, aber seine Reputation war gar nicht so schlecht.«

Schweigend hörte Martin zu, wie Sophie von der überstürzten Verlobung ihrer Tochter mit einem jungen Herrn berichtete. Es habe Thomas von Ulmenhorst zwar an ausreichenden Mitteln gemangelt, aber im Gegensatz zu ihrem Großvater war Sophie noch heute der Ansicht, daß sich der junge Mann in Constanze verliebt habe, bevor er überhaupt wußte, wer sie war. Was also konnte man gegen eine Liebesheirat sagen? Keine noch so vorteilhafte Verbindung, die auf Familienstolz und einem großen Vermögen basierte, konnte das Glück ersetzen, das die wahre Liebe bedeutete. Sophie wußte schließlich, wovon sie sprach, und die Mitgift ihrer Tochter würde dem jungen Paar ohnehin ein sorgenfreies Leben sichern. Constanze war glücklich, und die Hochzeit mit Thomas von Ulmenhorst wurde also verabredet.

Hier brach Sophies Bericht plötzlich ab.

Martin, der sich als geduldiger Zuhörer erwiesen hatte, wandte sich erstaunt um. Er sah fragend zu Sophie, die inzwischen am Fenster stand und auf die Lichter der Stadt blickte. Ihre Gestalt verschmolz mit der Dunkelheit des Zimmers, nur die Kerzen auf dem Beistelltisch und das Kaminfeuer spendeten ein wenig Licht. Er konnte ihren Gesichtsausdruck unmöglich erkennen, und doch glaubte er zu sehen, wie sich ihre Züge verhärteten.

Als er zu sprechen anhob, klang seine Stimme unnatürlich rauh: »Was ist geschehen? Hat Eure Tochter geheiratet?«

Sophie schluckte. »Nein. Sie hat ihren Verstand verloren!«

Sie drehte sich um. Schwer atmend, als habe ihre Lebensbeichte sie unendlich angestrengt, fiel sie auf den zweiten Stuhl am Kamin. Sie verbarg ihre nervösen Finger in den Falten ihres Rocks, doch Martin beobachtete, wie sie die Hände rang, während sie weitersprach. Martin hätte sie gerne in die Arme genommen, ihr seinen Schutz und Geborgenheit geboten, aber er rührte sich nicht.

An einem Märznachmittag des Jahres 1716 warteten Sophie und Graf Morhoff vergeblich auf Constanze. Es war das erste Mal, daß Constanze wortlos der Teestunde fernblieb. Graf Morhoff reagierte wenig diplomatisch und mit großem Zorn auf dieses unentschuldbare Benehmen, Sophie begann über kurz oder lang, sich Sorgen zu machen. Eine Vernehmung der Dienstboten ergab, daß Constanze ihr Pferd hatte satteln lassen und ohne Begleitung zu einem Ausritt aufgebrochen war. Niemand wußte, wohin sie wollte, und als der Abend dämmerte, war Sophie bereits außer sich vor Sorge. Stunden verrannen wie Minuten. Von Constanze fehlte jede Spur. Kurz vor Mitternacht organisierte Graf Morhoff einen Suchtrupp, der die Gegend nach dem Verbleib der Reiterin durchforsten sollte. Immerhin war die Möglichkeit nicht von der Hand zu weisen, daß Constanze einen Unfall erlitten hatte und deshalb nicht nach Hause kam. Doch auch der Gutsverwalter und die für diese Aufgabe ausgewählten Arbeiter und Pächter fanden von Constanze keine Spur.

Die Köchin, die Sophie zu später Stunde mit einer heißen

Schokolade versorgte, brachte die Überlegung ein, daß Constanze vielleicht mit dem jungen Herrn durchgebrannt sei. Zwar klang das in Sophies Ohren absolut unwahrscheinlich, denn immerhin stand die Hochzeit des Paares kurz bevor, aber sie wollte nichts unversucht lassen. Also wurde ein Stallbursche losgeschickt, um in Dresden, im Haus des Herrn von Ulmenhorst, nach dem Rechten zu sehen.

Als der Bursche am nächsten Morgen mit der Mitteilung nach Schloß Elbland zurückkehrte, das Haus des Herrn von Ulmenhorst sei in der Nacht fast bis auf die Grundmauern niedergebrannt, war Constanze bereits gefunden worden. Ein Bauer hatte das Mädchen gesehen, als er im Morgengrauen aufgebrochen war, um seinen Acker zu bestellen. Aufgebahrt auf einem Karren war Constanze nach Schloß Elbland gebracht worden, mehr tot als lebendig.

Stumme Tränen liefen über Sophies Wangen. Martin hatte den Eindruck, als bemerkte sie gar nicht, daß sie weinte. Ihre Stimme zitterte zwar etwas, aber sie ließ den Tränen freien Lauf, hob nicht einmal die Hand an die feuchten Wangen oder benutzte ihr Taschentuch. Er ließ sie weinen, denn es war das einzige, womit er ihr im Augenblick helfen konnte. Sie sollte ihren Kummer ausleben können, ohne sich schämen zu müssen oder in Verlegenheit zu geraten. Also verhielt er sich so, als sei er gar nicht anwesend.

»Sie sah entsetzlich aus«, fuhr Sophie fort. »Die Verletzungen und die zerrissenen Kleider deuteten tatsächlich auf einen Reitunfall hin. Niemand konnte sich allerdings erklären, warum sie nicht schon früher gefunden worden war, denn der Pächter schwor, daß er jenen Feldabschnitt bereits in der Nacht abgesucht hatte. Aber es ist natürlich nicht anzunehmen, daß sie zu einem späteren Zeitpunkt dorthin gekommen ist...«

Sophie unterbrach sich, schüttelte von Fassungslosigkeit geplagt den Kopf. »Jedenfalls haben wir nie erfahren, was in dieser Nacht wirklich geschehen ist. Ihr Pferd wurde nicht weit entfernt gefunden, aber ansonsten erhielten wir keine Anhaltspunkte... bis auf...« Wieder brach sie ab. Mit schmerzverzogenem Gesicht schloß sie die Augen. Unter ihren Wimpern quollen Tränen hervor, aber sie gab keinen Laut von sich.

Martin beugte sich vor und streckte den Arm aus. Zuerst vorsichtig, verhalten und zögernd. Seine Finger berührten ihre eiskalten Hände. Er fürchtete, daß sie vor der Berührung zurückschrecken würde, doch sie bewegte sich nicht. Zärtlich schlossen sich seine Finger um ihre Hände. Er wünschte, er könnte ihr auf diese Weise all die Wärme einhauchen, die er in ihrer Nähe fühlte – ganz gleich, welchen Schrecken sie mit ihm zu teilen gedachte.

»Madame . . .«

Ihre Lider hoben sich. Durch den Tränenschleier sah sie in seine Augen, und er las in ihrem Blick zu seiner größten Überraschung unendliche Dankbarkeit.

»Es ist das erste Mal, daß ich darüber spreche«, sagte sie stokkend. »Nicht einmal mein Großvater hat je erfahren, was der Arzt aus Königsberg, der damals zufällig auf der Durchreise bei uns vorbeikam, herausfand. Ihr seid der erste Mensch, Herr Pastor von Altenberg, dem ich das Entsetzliche anvertraue. Es . . . es ist der Beweis dafür, daß es doch kein Reitunfall war . . .«

»Ihr könnt mir vertrauen, Madame. Ich schwöre es.«

»Meine Tochter ist wahrscheinlich vergewaltigt worden!« brach es aus Sophie heraus. Doch als es gesagt war, wurde sie von einem Weinkrampf derart geschüttelt, daß ihre Schultern bebten, ihr Kinn auf ihre Brust sank und sie nicht mehr fähig war, weiterzusprechen. Sie schüttelte seine Finger ab und schlug ihre Hände vor ihr Gesicht.

»Constanze ist entehrt und zerstört worden«, schluchzte Sophie, und ihre Stimme klang hohl in der Muschel ihrer Hände. »Ihr ist alles genommen worden. Ihr Glück und ihre Zukunft, ihre Ehre und – ihr Gedächtnis. Das Erlebnis war so schrecklich, daß sie aus Furcht, sich erinnern zu müssen, ihre gesamte Vergangenheit vergaß.«

Eine vage Ahnung überfiel Martin. *Ich glaube*, hörte er sich in Gedanken sagen, *in der Skizze eine Dame zu erkennen, die mich einmal sehr beeindruckt hat.* Und er hörte Maximilians Stimme, damals in der Bibliothek am Weihnachtsabend vor über einem

Jahr: *Ihr habt mich gefragt, wer das Modell für meine Entwürfe war. Ich will es euch sagen, auch wenn euch die Geschichte ein wenig merkwürdig vorkommen wird.* Er erinnerte sich noch genau an die Unterhaltung, die er mit Maximilian und Nikolaus über das Modell für die Porzellanfigur geführt hatte. War es wirklich möglich, daß er sich damals doch nicht geirrt hatte und eine Ähnlichkeit zwischen der Waldbewohnerin und der Mätresse des Königs tatsächlich vorhanden war? War das Mädchen, dem Maximilian zufällig begegnet war, jene unglückliche Tochter Sophie de Bouviers, die über die Schrecklichkeit eines Erlebnisses alles vergaß, was einmal ihr Leben ausgemacht hatte?

»*Sie ist wie gefangen in dem Kreislauf ihrer Tage, aus dem es kein Entrinnen mehr gibt . . .*«

»Was sagt Ihr da?« unterbrach Sophie verblüfft in seine Gedanken hinein.

Martin starrte sie an. Er hatte gar nicht bemerkt, daß ihm der letzte Satz laut herausgerutscht war, und er fühlte sich unangenehm ertappt dabei.

Sophie schenkte Martin ein dankbares Lächeln. Sie hielt seine Worte für den Trost des Geistlichen. Ohne weiter darauf einzugehen, beendete sie Constanzes Geschichte. Sie erzählte von ihrer Ausweglosigkeit, von ihrer Machtlosigkeit, das Schicksal ihrer Tochter gnädig zu gestalten, und von der Hütte im Wald. »Es ging eine Weile relativ gut, aber jetzt fürchte ich um Constanzes Sicherheit. Deshalb habe ich um Euren Besuch gebeten. Ich brauche Eure Hilfe, denn ich fühle mich alleine nicht mehr fähig, über ihre Zukunft zu entscheiden.«

Maximilian hörte sich schweigend Martins Bericht an. Die beiden Brüder hatten sich in die Abgeschiedenheit des Ateliers zurückgezogen, nachdem Martin wie vom Teufel verfolgt nach Schloß Altenberg geritten war.

Je mehr Martin erzählte, desto weniger Farbe verblieb in Maximilians Gesicht. Um seine Nervosität zu bekämpfen, nahm er ein Stück Kohle in die Hand, doch aus der geplanten Skizze wurde nichts anderes als ein Strichmännchen. Schließlich warf er das Zeichengerät zur Seite. Um sich zu beschäftigen, spielte er planlos mit einem gehärteten Stück Wachs.

Natürlich hätte er jetzt sagen können, daß er es von Anfang an gewußt habe. Maximilian suchte in seinen Gefühlen nach so etwas wie Hochstimmung über die Tatsache, daß seine Vermutungen über Constanzes Herkunft bestätigt waren. Doch er fühlte nichts als grenzenlose Leere und nicht einmal den Hauch einer Freude über die Gewißheit, daß sie keine Betrügerin und auch sonst keine unehrenhafte Frau war. Eigentlich hätte er Friedrich nunmehr zur Rede stellen und – auch im Namen von Nikolaus – eine Entschuldigung verlangen müssen, aber danach stand ihm nicht der Sinn. Maximilian spürte einen bisher unbekannten Sinn für Verantwortung in sich aufsteigen. Er fühlte eine Verpflichtung, der er sich nicht entziehen konnte.

»Wir sollten Nikolaus eine Nachricht schicken«, entfuhr es ihm, während Martin noch über Sophie sprach.

Die Augen des Bruders weiteten sich. »Wieso das? Was hat Nikolaus damit zu tun?«

Maximilian blickte auf das gelbe Stückchen Bienenwachs zwischen seinen Fingern, das nun glänzend grau war, weil er es so malträtiert hatte.

Es ist Constanzes Entscheidung, nicht meine, dachte er.

»Nikolaus hat ein Recht darauf, zu erfahren, wer sie in Wahrheit ist«, erwiderte er überraschend ruhig, obwohl er innerlich aufgewühlt war wie an jenem Morgen, als er Constanze und Nikolaus quasi in flagranti ertappt hatte. »Er sollte wissen, daß sie die Urenkelin des Grafen Morhoff ist.«

»Wenn dir so viel daran liegt, kann er es erfahren, nachdem wir mit ihr gesprochen haben«, erwiderte Martin. »Ich gab Madame de Bouvier mein Ehrenwort, mich unverzüglich um das Wohlergehen ihrer Tochter zu kümmern. Madame macht sich große Sorgen. Sie konnte es nicht erklären, aber ich nehme an, da ist so eine seelische Verbindung zwischen Mutter und Tochter, die auf eine Art himmlischen Weg Gefühle überträgt. In Anbetracht von Madames Ängsten scheint es mir besser, wenn Mademoiselle nicht länger alleine im Wald verbleibt. Deshalb schlug ich ihr vor, sie für eine Weile auf Schloß Altenberg aufzunehmen. Ich bin sicher, Mama und Charlotte sind einverstanden.«

Möglicherweise wird Friedrich nicht begeistert sein, dachte Maximilian, aber er sprach seinen Gedanken nicht aus.

»Madame hat mir einen Plan gezeichnet«, fuhr Martin euphorisch fort, glücklich darüber, Sophie einen Gefallen erweisen zu können. Den inneren Kampf, den Maximilian gerade ausfocht, bemerkte der Geistliche nicht. Zu sehr war Martin mit seinen eigenen Gefühlen beschäftigt und damit, sich des Vertrauens von Sophie würdig zu zeigen. »Dennoch meine ich, du solltest mich begleiten. Du bist ihr Freund, nicht wahr, Maximilian? Ich brauche dich. Würde Mademoiselle ihr Heim, wenn man es so nennen will, verlassen, um einem völlig Fremden zu folgen? Ich meine, *du* solltest derjenige sein, der sie im Namen ihrer Mutter aus ihrer Einsamkeit befreit.«

»Nein«, widersprach Maximilian und wunderte sich über die Ruhe und Kraft in seiner Stimme. »Ich möchte, daß Nikolaus dabei ist. Auch wenn ich es dir jetzt nicht erklären kann, Martin, so gibt es doch Gründe dafür.« Seine Hand schloß sich um das Wachsstück, als könne er auf diese Weise Gefühle zermalmen, die unzerstörbar waren. »Martin, ich werde dich nicht davon abhalten können, in den Wald zu reiten und Constanze zu holen, aber ich bitte dich, damit zu warten, bis wir eine Nachricht von Nikolaus erhalten haben . . .«

»Aber . . .«, versuchte Martin einzuwenden, doch Maximilian fuhr ihm mit ungewohnter Schroffheit über den Mund: »Es wird Constanze kaum etwas ausmachen, ein oder zwei Tage länger im Wald zu leben. Gönne Nikolaus das Glück, wenn es denn eines ist, ihr wenigstens ihren Namen zu schenken. Er liebt sie.«

Merkwürdig, fuhr es Maximilian durch den Kopf. Nachdem die Erkenntnis von jenem unheilvollen Morgen ausgesprochen war, tat sie nicht mehr so weh. *Vielleicht*, dachte er weiter, *ist es einfacher, einen Feind zu bekämpfen, wenn man sich ihm stellt*. Doch bei näherer Betrachtung wurde die Situation keineswegs einfacher, denn sein Widersacher war noch immer sein Bruder.

51

Obwohl sich Constanze auch nach Wochen nicht eindeutig im klaren darüber war, wem sie den Vorzug geben würde, wartete sie doch fast atemlos auf die Rückkehr von Nikolaus – und auf einen Besuch von Maximilian. Natürlich versuchte sie in den Tagen nach jenem unglücklichen Vormittag eine Entscheidung zu treffen. Diese war sie sich selbst, aber vor allem den beiden Männern schuldig, die ihr Gefühlsleben durcheinandergewirbelt hatten, doch je mehr sie sich die Endgültigkeit ihrer Wahl vor Augen hielt, desto schwieriger wurde das Entweder-Oder. Zweifellos fühlte sie sich sehr stark zu Nikolaus hingezogen: Sie liebte seine Lebendigkeit, seinen Charme, die Aufmerksamkeiten, die er ihr schenkte, seine Kraft und seinen Humor. Andererseits war da ihre Seelenverwandtschaft mit Maximilian, die Bewunderung für den Künstler, seine leise Schwermütigkeit, die sie so tief berührte, und natürlich die Sicherheit, die sie vom ersten Augenblick in seiner Gegenwart gespürt hatte.

Niemals hätte Constanze für möglich gehalten, daß die beiden Männer, die ihr so viel bedeuteten, ihre Freundschaft verraten würden. Denn genauso fühlte sie, als ihr bewußt wurde, daß keiner von beiden zurückkommen würde. Stundenlang zermarterte sie sich den Kopf darüber, was Nikolaus bewogen haben mochte, sein ihr gegebenes Versprechen zu brechen. Daß sie der eigenen Situation niemals entfliehen könnte, nicht noch einmal vor einer Wahrheit davonlaufen würde, die diesmal allerdings nicht so schrecklich war, daß sie ihre Erinnerungen ins Vergessen tauchte, war eine Seite der Geschichte. Doch daß sie Nikolaus' Liebe brauchte, war eine andere. Wie konnte er derart roh sein und sie der Einsamkeit und all den Fragen aussetzen, die sein plötzliches Schweigen beinhalteten? *Er hat mich doch geliebt, und ich weiß bestimmt, daß ich ihn wenigstens ein kleines bißchen glücklich machen konnte. Warum tut er mir das an? Wenn er doch wenigstens adieu sagen würde ...* Doch Constanze hatte Bücher gelesen über Lebemänner und deren Geliebte, sie hatte eine vage Ahnung davon, wie es einer Frau erging, die ›abgelegt‹ worden war – und nun besaß sie die Gewißheit, wie man sich als solche fühlte.

Daß auch Maximilian nicht mehr auftauchte, versetzte Constanze schließlich in Panik. Sie hatte sich an seine Besuche, an ihre gemeinsamen Gespräche und an seine Freundschaft zu sehr gewöhnt, um jetzt darauf verzichten zu können. Die geistige Regsamkeit fehlte ihr ebenso wie die menschliche Wärme. Hatte sie zuvor geglaubt, sie müsse den Verstand verlieren, weil sie sich selbst nicht kannte, so fühlte sie in diesen Tagen einen Wahnsinn kommen, der alle Menschen über kurz oder lang befällt, die ausschließlich mit sich selbst beschäftigt sind. Daß auch hier die Frage nach dem Warum unbeantwortet blieb, machte ihre Situation nicht einfacher.

Die Tatsache, daß ihre Mutter plötzlich verreist war, brachte Constanze fast vollends um ihren Verstand. Als die Zofe mit reichlich Eßwaren beladen plötzlich vor ihrer Hütte stand, war Constanze vor Schreck wie gelähmt gewesen. Sie brachte keinen Ton, nicht einmal ein Wort des Dankes heraus. Die Begegnung mit der Bediensteten ihrer Mutter war zudem höchst unerfreulich, da das Mädchen in ihr offenbar eine von der Inquisition verschonte Hexe sah und fluchtartig das Weite suchte, um dem bösen Blick oder dergleichen zu entgehen. Allerdings mußte das arme Geschöpf noch einmal umkehren, um Constanze den Brief zu übergeben, den sie in der Tasche ihres Umhangs aufbewahrt hatte. Doch dann war das Mädchen so schnell gelaufen, wie seine Füße es nur tragen konnten – verfolgt von dem Gebell des blonden Hundes, der eigentlich nur spielen wollte.

Constanze fühlte sich verlassen wie noch nie. Ihre Mutter schrieb, daß sie aus persönlichen Gründen habe verreisen müssen und nicht wisse, wann sie heimkehren würde, daß aber für Constanzes leibliches Wohl durch die Hilfe der Zofe gesorgt sei. Das freilich bezweifelte Constanze, denn sie hatte nicht den Eindruck, daß das junge Mädchen noch einmal den Mut aufbringen würde, in die geheime Welt des Waldes einzutauchen. Allerdings war die Sorge um Nahrung das geringste Problem für Constanze. Viel schlimmer wog das Bewußtsein, ohne wenigstens gelegentliche menschliche Gesellschaft überleben zu müssen.

Mit dem März hatte die Natur den Frühling begrüßt, doch Constanze hatte im Gegensatz zu früher keinen Blick mehr für die erwachende Schönheit von Flora und Fauna. Es war einer dieser Tage, an denen sie lieber tot als lebendig gewesen wäre. Sie erledigte ihre Hausarbeit mit dem Automatismus einer Marionette, zwang sich, nicht nachzudenken und grübelte dennoch unaufhörlich darüber, wie ihr Leben weitergehen sollte.

Das Winseln ihres Hundes erlöste sie aus ihren unerfreulichen Gedanken und den ungeliebten Handgriffen. Mit einem tiefen Seufzer öffnete sie die Tür.

Nachdenklich lehnte sie sich gegen den Türrahmen, während der Hund in die für diese Jahreszeit erstaunlich milde Frühlingsluft stürzte, um seinen natürlichen Bedürfnissen nachzugehen.

Im Gegenlicht der Sonne bildete sie sich ein, im dichten Geäst des Waldes menschliche Schatten zu erkennen. Unwillkürlich machte ihr Herz einen kleinen Sprung. Maximilian . . .! Nikolaus . . .! Endlich. Einer von beiden kam zurück. Alles würde gut werden. Die Freundschaft und Liebe des Mannes, den sie herbeisehnte, würde sie davor bewahren, den Verstand zu verlieren . . .

Ein Insekt, das ihr leuchtendes Haar offenbar für eine seltene Blume hielt, verflog sich und landete auf ihrer Nasenspitze. Instinktiv hob Constanze die Hand, um es zu verscheuchen. Diese Bewegung, so simpel sie war, zerstörte das leise aufkeimende Glück ihrer Hoffnungen. Constanze blickte mit zusammengekniffenen Augen in das Dämmerlicht des Waldes. Nichts rührte sich. Sie war einem Trugbild zum Opfer gefallen. Ihre Sehnsüchte hatten sich zu einer Illusion verdichtet, die im Gegenlicht des Sonnenscheins zu einer Luftspiegelung geworden war.

Sie fuhr sich müde mit der Hand über die Augen. Warum war es nur so schwierig zu vergessen, was in den vergangenen zwei Jahren geschehen war, um ihr altes Leben wieder aufzunehmen? Warum war ihr Geist so ungnädig? Ihre persönliche Vergangenheit blieb umnachtet, aber die Erinnerung an die Freundschaft, die Liebe und das Glück war so allgegenwärtig, daß Constanze jede einzelne Sekunde mit Maximilian und Nikolaus in Gedanken immer wieder erleben konnte.

Im nahen Gebüsch raschelte etwas, ein Tier knurrte, dann ein schmerzverzerrtes Jaulen. Wahrscheinlich war ihr Hund einem Wildschwein näher gekommen, als gut für ihn war. Besonders jetzt, zur Zeit der Frischlinge, war das nicht ganz ungefährlich.

Constanze seufzte. Ihr Hund war ein liebenswerter Begleiter, aber er erwies sich in mancher Beziehung als etwas trottelig. Hatte er denn nicht im vergangenen Frühjahr aus der Begegnung mit einem Wildschwein gelernt, daß man sich von diesen Zeitgenossen möglichst fernhielt? Constanze erinnerte sich noch lebhaft daran, wie ihr Hund wie vom Teufel verfolgt aus dem Wald und in die Hütte gelaufen war und anschließend stundenlang Schutz unter ihrem Bett gesucht hatte. Glücklicherweise war es zu keinem Kampf mit der Wildsau gekommen, aber Constanze hatte eigentlich erwartet, daß ihr Hund seine Neugier künftig zügeln und nicht mehr im Dickicht herumschnüffeln würde.

Sie wollte ihren Hund gerade mit einem energischen Pfiff nach Hause rufen, als sie plötzlich das blonde Fell im hohen Gras ausmachte. Ohne sich im ersten Moment bewußt zu sein, was sie da sah, beobachtete sie, wie das Tier aus dem Gebüsch taumelte und auf halben Wege zu ihr zusammenbrach. Den Bruchteil einer Sekunde starrte sie fassungslos auf den verendenden Hund, dann rannte sie los.

Als sie das Tier erreicht hatte, sank sie auf die Knie. Sie bemerkte nicht den kleinen, scharfen Stein, der im Rasen lag und ihren Rock aufriß. Die Tränen, die über ihre Wangen rannen, blieben unbeachtet. Sie fühlte nur einen unsagbaren Schmerz, als sie hilflos über das Fell des Hundes strich, das nicht mehr blond war, sondern blutdurchtränkt.

Ihr zuverlässigster Freund war tot.

Während sich Constanze diese entsetzliche Tatsache eingestand, meldete sich in ihrem Bewußtsein eine Beobachtung. Sie starrte auf den Hund, und erst nach einer Weile begriff sie, was sie wirklich sah. Da waren keine Bißwunden, entstanden durch die scharfen Hauer einer Bache. Kein Wildschwein konnte einem anderen Tier so die Kehle durchbeißen, wie das von menschlicher Hand geführte Messer in den Hals einschnitt . . .

Durch ihren Tränenschleier nahm Constanze plötzlich die Schuhe wahr, die neben dem Kopf ihres toten Hundes standen, und die Männerbeine, die darin steckten. Reglos starrte sie auf die silbernen Schnallen, während in ihrem Gehirn eine Uhr abzulaufen schien, die vor drei Jahren gestellt worden war.

»Guten Morgen, Constanze«, grüßte eine Männerstimme, und sie wußte, daß sie diese Stimme kannte. Sie brauchte nicht einmal den Kopf zu heben und den Mann anzusehen, um zu wissen, wer da vor ihr stand.

Reglos vor Schreck starrte sie auf die Schuhe und bemerkte schließlich den zweiten Mann, der sich ein paar Schritte hinter dem anderen aufgebaut hatte.

Constanzes Finger krampften sich in das blutige Fell ihres Hundes. Sie fühlte, wie ihr übel wurde, und wie rasende Kopfschmerzen ihre Schläfen malträtierten. Der Schock ließ sie trotz der milden Frühlingssonne frösteln. Einen Herzschlag lang dachte sie, daß sie auf der Stelle tot umfallen müßte. Da war wieder die Furcht, die in den vergangenen drei Jahren ihr Begleiter gewesen war, doch plötzlich regte sich in Constanze, die vor wenigen Minuten am liebsten Selbstmord begangen hätte, ein unbändiger Wille zu leben. Es war wie ein Aufbäumen des Lebens gegen die Angst. Obwohl sie noch immer nicht in die Gesichter der beiden Männer sah, wußte sie, daß sie in Gefahr schwebte. Und sie wußte endlich auch, was so schrecklich gewesen war, daß ihr Verstand es nicht hatte verarbeiten können. Ihre Augen schwammen in Tränen und doch sah sie klarer als je zuvor.

52

Thomas von Ulmenhorst war der erste Mann im heiratsfähigen Alter, den Constanze de Bouvier kennenlernte. Ihre überstürzte Abreise aus der Schule für höhere Töchter in Prag und die Tatsache, daß sie zum ersten Mal in ihrem Leben ganz alleine unterwegs war, verliehen ihrer Reisebekanntschaft einen gleich zweifachen Zauber, den des Abenteuers und dank seiner Galanterie auch eine gehörige Portion Romantik. Das reichte aus, um dem lebenshungrigen jungen Mädchen den Kopf zu verdrehen.

Thomas wußte seine Begegnung mit der Urenkelin des Grafen Morhoff für seine Zwecke zu nutzen. Sie besaß genug Geld, um ihm ein Leben in Luxus zu ermöglichen, und sie war als Zugabe hübsch und begehrenswert – was sollte sich ein mittelloser junger Mann aus gutem Hause sonst noch wünschen? Auch verstand es Thomas, seine künftige Schwiegermutter derart einzuwickeln, daß sie an seine unerschütterliche Liebe glaubte und sogar den alten Diplomaten überzeugte. Am Ziel seiner Wünsche angelangt, erschien es Thomas als lächerliche Tortour, auf die Hochzeitsnacht warten zu müssen. Wer heiratete denn heutzutage überhaupt eine Jungfrau? Thomas betrachtete eine Kostprobe von Constanzes Reizen durchaus als berechtigtes Verlobungsgeschenk.

Doch erstaunlicherweise erwies sich die junge Dame als spröde. Nicht nur, daß sie ihm mit ihren intellektuellen Ansprüchen zuweilen den Nerv raubte, sie machte ihn völlig verrückt damit, indem sie ihn hinhielt. Später würde sich sein Drängen und das eigene Unvermögen, auf die Hochzeitsnacht zu warten, als ein schwerwiegender Fehler erweisen, doch die Leidenschaft machte Thomas blind für die Gefühle der Frau, die er mit Haut und Haaren besitzen und durch die körperliche Liebe an sich binden wollte. Schließlich fühlte er sich ihrer niemals ganz sicher. Die Möglichkeit, daß sie plötzlich doch noch eine vorteilhaftere Verbindung eingehen könnte, war nicht von der Hand zu weisen.

Constanze fühlte sich zu ihrem Verlobten weit mehr hingezogen, als dieser zu träumen gewagt hätte. Nächtelang lag sie in ihrem mit Rosen geschmückten Schlafzimmer und erlebte erotische Wachträume, die so manch anderer jungen Frau die Schamesröte ins Gesicht getrieben hätten. Constanze, die gemeinsam mit ihren Freundinnen in der Schule recht viel Schund über die Liebe gelesen hatte, sehnte sich nach den starken Händen eines Mannes, wünschte seine Zärtlichkeit herbei und träumte von jener Wollust, die in diesen Büchern als Gipfel der Herrlichkeit beschrieben wurde. Sie hatte sich völlig blind in Thomas verliebt und litt jeden Tag, an dem sie sich seiner Zuneigung zumindest körperlich entziehen mußte. Schließlich war sie bereit, seinem Drängen nachzugeben. Ihre strenge Erziehung hin oder her – es schien doch nicht so wichtig zu sein, ob sie sich *vor* oder *nach* der Trauung einem Mann hingab, mit dem sie für den Rest ihres Lebens das Bett teilen wollte.

Es war ein Nachmittag im März des Jahres 1716, als Constanze glaubte, ersticken zu müssen, wenn sie nicht endlich mit Thomas schlief. Sie wollte sich ihm als Geschenk anbieten und erwartete natürlich, daß ihr diese Überraschung gelingen würde.

Da sie wußte, daß ihre Mutter niemals erlaubt hätte, wenn sie ohne Begleitung nach Dresden reiten würde, und es ja eben dieser Aufpasser war, den sie bei ihrem Vorhaben nicht brauchen konnte, ließ Constanze ihr Pferd heimlich satteln. Sie schlich sich aus dem Schloß und erzählte nicht einmal ihrer Zofe oder dem Stallburschen, welchen Weg sie einschlagen wollte. Doch obwohl sie nur einmal ganz kurz in der Residenz gewesen war, fand sie die Straße dorthin dank der Postmeilen auf Anhieb. Atemlos vor Glück, aber auch angesichts der sich ihr darbietenden Schönheit, im Blick die Kirchtürme der Stadt, ritt sie über die Elbbrücke hinein in das, wie ihr schien, pralle Leben.

Die Straßenlaternen brannten bereits, als Constanze in Dresden eintraf. Die Wächter am Stadttor beäugten sie zunächst etwas skeptisch, doch Constanze straffte ihre Schultern und bedeutete den jungen Männern mit jedem Atemzug, daß sie eine Persönlichkeit von Stand war. Als hilfreich erwies sich dabei freilich auch ihr hervorragend geschnittenes und aus feinstem

Tuch gefertigtes Reitkostüm. Die Schildwachen hielten sie offenbar für ein junges Mitglied der Hofgesellschaft, das die außerhalb der Stadttore gelegene kufürstlich-königliche Reitbahn benutzt hatte und stellten keine Fragen. So fand sich Constanze schließlich in einem Gewirr von Straßen und Gassen wieder.

Einen Augenblick lang sank ihr Mut. Wie sollte sie hier das Haus des geliebten Mannes finden? Aus den weit geöffneten Fenstern eines Palais' drangen Lachen und Musik, aus einem Kaffeehaus torkelten zwei Männer, die sich aneinander festhalten mußten, um nicht umzufallen. Kutschen rasten an Constanze vorbei, und sie hatte alle Hände voll zu tun, ihr wegen dieser ungewohnten Geräusche scheuendes Pferd zu beruhigen. Langsam ritt Constanze durch die Straßen der Residenz und beobachtete mit Staunen und Fassungslosigkeit den Glanz, das Licht und die Schwerelosigkeit, die diese Stadt auszumachen schien.

Als sie ein Liebespaar bemerkte, das sich im Schatten eines Torbogens küßte, erinnerte sich Constanze ihrer Sehnsüchte und an den Grund für ihr Hiersein. Ihren Mut zusammennehmend, fragte sie einen vorbeieilenden Nachtwächter nach der Adresse, an die sie Briefe für Thomas sandte. Ein wenig überrascht dachte sie, daß es vielleicht besser wäre, wenn der Mann die Straße nicht kennen würde und sie umkehren müßte. Doch gleichzeitig wünschte sie sich nichts sehnlicher, als nach den Strapazen des ungewohnt langen Rittes ihrem Liebsten endlich in die Arme sinken zu können.

So verwirrt über die eigenen Gefühle und Gedanken, hörte sie anfangs gar nicht auf die Wegbeschreibung des Nachtwächters, doch nach zweimaliger Nachfrage ihrerseits hatte sie endlich begriffen, wo sie das Haus Thomas von Ulmenhorsts finden konnte.

Das schmale Kaufmannshaus in einer Seitenstraße des Altmarktes wirkte auf den ersten Blick dunkel und abweisend. Nur der sich leicht kräuselnde Rauch aus einem Schornstein ließ eine gewisse Lebendigkeit und Geborgenheit erkennen. Constanze schlang die Zügel ihres Pferdes um die dafür vorgesehene Halterung neben dem Hauseingang. Tief Luft holend betätigte sie den

Klopfer. In diesem Augenblick erst fiel ihr ein, daß wahrscheinlich nicht Thomas selbst, sondern ein Diener öffnete, der nach ihrem Anliegen fragen würde. Was sollte sie dem sagen ...?

Doch niemand öffnete auf ihr Klopfen.

Ratlos trat Constanze von einem Bein auf das andere. Was sollte sie tun? Sie hatte nicht damit gerechnet, das Haus verwaist vorzufinden. In all ihren Träumen war Thomas zu Hause gewesen. Auf der anderen Seite war es im wahrsten Sinne des Wortes zu spät, um nach Schloß Elbland zurückzureiten. Auch wenn Constanze es sich eigentlich nicht eingestand, so fürchtete sie sich doch davor, mitten in der Nacht den Rückweg anzutreten. Wo aber sollte sie in der fremden Stadt übernachten, wenn nicht bei dem Mann, der ihr alles bedeutete?

Zögernd schlossen sich Constanzes Finger um den kalten Griff des Türknaufs. Zu ihrer eigenen Überraschung schwang das schwere Eichenportal auf.

Im Inneren des Hauses war es fast dunkel, lediglich eine einzige Fackel tauchte den Flur in ein gespenstisches Licht. Constanze zögerte. Es erschien ihr, als breche sie ein Sakrileg, wenn sie jetzt ungebeten dieses Haus betreten würde. Doch eine magische Hand schien sie vorwärtszuschieben. Sie raffte ihre Röcke und trat über die Schwelle.

Es dauerte eine Weile, bis sich ihre Augen an die Dämmerung gewöhnt hatten. Schließlich nahm sie eine Kommode wahr, eine schmale Treppe, die in die obere Etage führte, und eine Tür am Ende des Ganges, hinter der vermutlich der Küchen- und Dienstbotentrakt begann. Einen romantischen Augenblick lang erwog Constanze, nach oben zu gehen und in seinem Bett auf Thomas' Heimkehr zu warten, doch dann gewann ihre Erziehung die Oberhand, und sie steuerte zielstrebig auf die Tür am Ende des Ganges zu, wo sie das Personal vermutete.

Als sie die Tür öffnete, entstand zwangsläufig ein Luftzug, der das Feuer in der im rückwärtigen Teil des Hauses gelegenen Küche auflodern ließ. Eine Stichflamme schoß aus der offenen Ofenklappe. Im hellen Licht des Feuers erkannte Constanze die Silhouetten von drei Männern, die in einer Umarmung verstrickt schienen, als würden sie tanzen. Einen flüchtigen Augenblick lang fiel Constanze die antike Legende vom *Tanz auf dem Vulkan* ein.

Gebannt von dem unwirklichen Schauspiel, einer Art Hexenzauber, erstarrte sie in ihrer Bewegung. Aus den Augenwinkeln nahm sie wahr, wie die Stichflamme auf den hölzernen Küchentisch übergriff. Dann sah Constanze die Hand, die nach dem Feuerhaken griff und auf den Kopf des vierschrötigen Mannes niedersauste. Sie spürte den Lebenssaft des Mannes, Gehirn und Blut, das auf ihr elegantes Reitkostüm spritzte, bevor sie die Flecken bewußt sah.

Während die leblose Gestalt zu Boden sackte, begann Constanze zu schreien. Gleichzeitig erstarrte sie, unfähig, sich zu bewegen. Eine unbekannte, perverse Neugier hinderte sie daran, davonzulaufen. Sie stand da, beschmutzt vom Totschlag an einem hilflosen Mann, gelähmt vor Schreck, als sie das Gesicht erkannte, das zum Helfershelfer des Mörders gehörte.

»Constanze!« Thomas' Stimme brachte sie zwar zum Schweigen, doch sie blieb reglos in der Tür stehen.

Das um sich greifende Feuer knisterte. Nie hätte Constanze für möglich gehalten, daß Flammen so laut sein konnten. Doch die beiden Männer in der Küche schienen blind und taub für das Unheil, das sich über sie gesenkt hatte. Die Blicke aus den dunklen Augen des zweiten Mannes trafen Constanze wie Blitze.

Voller Verachtung fragte er den Hausherrn: »Kennt Ihr das Täubchen?«

»Das ist meine Verlobte...« In diesem Augenblick bemerkte Thomas den Brand. Wild mit den Armen fuchtelnd wandte er sich um. »Feuer!« schrie er überflüssigerweise. »So helft mir doch! Es brennt! Er hat mein Haus in Brand gesetzt!«

»Er ist tot!« versetzte der Besucher. »Euch kann nichts Besseres passieren, als daß die Leiche mitsamt der Küche und den lächerlichen Utensilien verbrennt, die Ihr besorgt habt.« Er packte Thomas' Ärmel. »Vergeßt dieses Haus. Rettet Euren Kopf!«

Constanze spürte die nahende Hitze. Ein Rest ihres Verstandes, der noch nicht von dem Schrecken des Augenblicks erfaßt war, wunderte sich, daß die beiden Männer, Thomas und sein slawischer Besucher, eine Unterhaltung führten, als sei es nicht dringend notwendig, die Feuerglocke zu läuten.

»Hütet Euch, die Feuerwehr zu rufen!« schrie Rakowski.

Hilflos warf Thomas seinen Rock über den brennenden Küchentisch. Seine Aufmerksamkeit galt ganz der Rettung seines Eigentums. Die Anwesenheit von Constanze hatte er vergessen. Den Ausdruck in den Augen seines polnischen Freundes bemerkte er ebenfalls nicht, als dieser Constanze mit unverhohlenem Interesse betrachtete. Thomas wußte nicht – und im Moment war es ihm auch gleichgültig –, daß Rakowskis Libido, besonders in Gefahr und nach einem Blutbad, nach Erfüllung dürstete. In dem verzweifelten Versuch, seinen Besitz zu retten, war Thomas alles andere gleichgültig. Nicht einmal die Leiche des armen Arkanisten Gerhardius, über die er in seinem Bestreben, das Feuer zu löschen, immer wieder stolperte, brachte ihn zu Sinnen.

Im Hintergrund ging plötzlich alles sehr schnell. Rakowskis Hände griffen brutal nach Constanzes Schultern. Seine Finger hinterließen grobe Risse in dem feinen Tuch ihres Reitkostüms. Ihre weiße Haut schimmerte wie durchsichtiges Alabaster im gespenstischen Licht des Durchgangs, in den sie zurückgewichen war.

»Thomas!«

Ihr Schrei schien Rakowskis Brutalität zu beflügeln. Er stieß sie zu Boden. Ihre Röcke schwangen bei ihrem Sturz nach oben und gaben ihre wohlgeformen Schenkel frei.

Ihr Kopf schlug gegen eine Ecke der Kommode, die Constanze bei ihrem Eintreten bemerkt hatte. Einen Augenblick lang erlöste der Kopfschmerz sie aus dem Schrecken der Wirklichkeit. Als Constanze aus ihrer Benommenheit erwachte, spürte sie bereits das Gewicht des Mannes auf sich. Sie spürte sein Gewicht und die Brutalität seiner Hände auf ihren Schenkeln – und dann war da dieser Schmerz, als würde eine Lanze ihren Körper in zwei Hälften teilen.

Ihrer wie ausgedörrten Kehle entrang sich ein Schluchzen,

das mehr ein Flüstern war: »Lieber Gott, mach, daß das nicht wahr ist . . .!«

Und Gott reagierte: Er tauchte Constanzes Verstand in tiefes Vergessen . . .

»Verdammt, ich kann das Feuer nicht löschen . . .« Mehr verblüfft als erzürnt starrte Thomas auf das kopulierende Paar zu seinen Füßen. Fast wäre er über den Mann gefallen, der sich auf dem Boden seines Hausflurs in erlösender Ekstase wand. Einige Sekunden verstrichen, bis Thomas begriff, daß sich Rakowski mit einem tiefen, befriedigten Grunzen an seiner eigenen Verlobten verging.

Im unwirklichen, diffusen Licht zwischen Flammen und Nacht leuchtete Constanzes Haar wie dunkles Kupfer. Ihre Augen waren geschlossen und ihre Lippen leicht geöffnet, als erwarte sie einen Kuß. Ihr Atem war so flach, daß sich ihre Brust kaum hob, doch das bemerkte Thomas schon nicht mehr. Hingerissen starrte er auf ihre Brüste, und sein Begehren schien ihm die Gurgel zuzudrücken. Nie hatte er eine Frau so stark gewollt wie sie in diesem Augenblick. Und nie zuvor und niemals danach hatte er eine Frau mit solch tierischer Gier genommen wie Constanze, nachdem sich Rakowski befriedigt aufgerichtet hatte.

Es war wohl mehr das nahende Feuer als irgend etwas sonst, das der Vergewaltigung ein Ende machte. Mit einem letzten Rest Vernunft bestand Thomas auf ein christliches Begräbnis, obwohl Rakowski vorschlug, sie gemeinsam mit dem armen Gerhardius in dem Haus verbrennen zu lassen. Beide Männer waren der Ansicht, daß sie im Sterben lag, als sie endlich von ihr abließen.

Im Schatten der Dunkelheit brachten sie die leblose junge Frau auf dem Rücken ihres Pferdes zurück. In den frühen Morgenstunden erreichten die Reiter die Grenzwälle von Schloß Elbland. Es war Rakowskis Idee, einen Reitunfall vorzutäuschen, um Thomas langfristig Sophies Sympathie zu erhalten – und deren finanzielle Zuwendungen.

53

Constanze wagte nicht, den Kopf zu heben und einem der beiden Männer ins Gesicht zu sehen. Mit tränenverschleierten Augen starrte sie auf ihre blutverschmierten Hände, und dieser Anblick vermischte sich mit den Szenen in ihrer Erinnerung. Bilder aus ihrer Vergangenheit jenseits ihrer Amnesie wirbelten wie ein Kaleidoskop durch ihren Kopf, verwandelten sich in Erlebnisse aus den letzten Monaten im Wald. Ihr war schwindelig, und einen Moment lang glaubte sie, sie würde unter der Last und der Gewalt ihrer Erinnerungen zusammenbrechen. Sie hatte jegliches Zeitgefühl verloren, sekundenlang wußte sie nicht einmal mehr, ob sie sich in jener Nacht in dem schmucken Kaufmannshaus in Dresden oder hier und heute auf der Waldlichtung in der Mark Meißen befand.

Während sie sich noch darüber wunderte, warum sie nicht in Ohnmacht fiel, hörte sie Thomas' schneidende Stimme: »Nun, Constanze, bist du nicht glücklich, deinen Verlobten wiederzusehen? Ein wenig Freude hatte ich eigentlich erwartet.«

»Mein Freund hat recht«, bemerkte Rakowski mit unverhohlener Ironie. »Ihr laßt zu, daß der arme Mann an Eurem Grabe weint, während Ihr hier quicklebendig den Waldgeist spielt. Das ist fast unverzeihlich, mein Täubchen, und bedarf wenigstens eines kleinen, liebenswürdigen Entgegenkommens.«

Es war fast wie eine Erleichterung, daß Constanze endlich den Grund für ihre Angst kannte, die ein ständiger Begleiter ihrer Einsamkeit gewesen war. Wie grausam das Leben doch war. Vor nicht einmal einer halben Stunde wäre sie am liebsten gestorben, weil ihr Gedächtnis ein dunkles Loch war. Nun, da ihre Erinnerung so lebendig war wie sie selbst, sehnte sie sich aus Scham und Verzweiflung nach dem Tod. Wie sollte sie, nachdem sie nun wußte, was in jener Nacht geschehen war, je wieder einem anderen Menschen unter die Augen treten können? Der Mann, den sie geliebt hatte und heiraten wollte, hatte sich als Mörder entpuppt, er und sein Freund hatten sie geschändet und entehrt und all ihrer Möglichkeiten beraubt. Mit dieser Erkenntnis würde sie nicht weiterleben können – hier nicht, in der Einsamkeit des Waldes, und auch nicht hinter den kalten Mauern von Schloß Elbland.

Flüchtig streiften ihre Gedanken die Erinnerung an Nikolaus, an seine Zärtlichkeit und Liebe, und sie schickte ein Dankgebet zum Himmel, weil ihr wenigstens diese Augenblicke vergönnt waren, in denen sie frei von ihrer Vergangenheit das Zusammensein mit einem Mann genießen durfte. Einen schrecklichen Moment lang überlegte sie, ob die Vergewaltigung der Grund für Nikolaus' Schweigen war. Hatte er möglicherweise erfahren, was ihr geschehen war und sie deshalb verlassen? *Das ist mein Ende*, fuhr es Constanze durch den Kopf. Ein langsames Ende, das vor drei Jahren begonnen hatte ...

Merkwürdigerweise nahm ihr ihre Hoffnungslosigkeit die Furcht. Langsam richtete sie sich auf. Sie wollte es nicht, glaubte nicht einmal, seinen Anblick ertragen zu können, und doch war es wie ein Zwang, als sie Thomas direkt in die Augen sah.

»Warum?« fragte sie, und ihre Stimme war nichts als ein heiseres Krächzen.

Thomas mißverstand sie. Obwohl er ihrem Blick nicht standhielt, zerrte ein Lächeln an seinen Mundwinkeln. »Ich habe dich vermißt, und ich bin gekommen, um zu holen, was mir gehört.«

Lieber sterbe ich, dachte sie, aber sie blieb stumm.

Schweigend sah sie ihn an, fast ein wenig stolz darauf, wie sehr ihr Blick ihn verunsicherte. Die Vergangenheit hatte Spuren auf seinem einst hübschen Jungengesicht hinterlassen, und plötzlich erkannte sie die Bosheit in seinen Zügen. Sein burschikoses Äußeres war durchsetzt von Gemeinheit und Primitivität. Unwillkürlich fragte sie sich, warum ihr das damals nicht aufgefallen war. Und wenn schon nicht ihr in ihrer blinden Liebe, warum hatten weder ihre Mutter noch ihr Urgroßvater bemerkt, welch niederträchtiger Charakter sich hinter der Fassade dieses Mannes verbarg? Im Grunde war es nur eine Frage der Zeit gewesen. Früher oder später hätte er sie in jedem Fall vernichtet, dessen war sie sich jetzt absolut sicher, und nun war er gekommen, um sein Werk zu vollenden.

Während sie noch überlegte, was sie sagen sollte, spürte sie eine leichte Vibration unter den Füßen. Sie hatte zu lange im Wald gelebt, um nicht die leisesten Veränderungen zu erkennen. Es waren die Hufe von Pferden, die über den Waldboden donnerten. Kaum war sie sich dieser Entdeckung bewußt, als Panik sie überfiel. Sie erwartete keinen Besucher. Vielleicht war es ihre Mutter, die von ihrer Reise heimgekehrt war...

Lieber Gott, fuhr es Constanze durch den Kopf, *laß es nicht Mutter sein! Dann werden sie uns beide umbringen.*

»Du hast ein hübsches Häuschen«, sagte Thomas im Plauderton. »Willst du uns nicht hereinbitten, wie es sich für alte Freunde gehört?«

»Scht! Seid still...«

Rakowski hob mit einer unmißverständlichen Drohgebärde die Hand. Die jahrelange Existenz am Rande der Legalität, das Doppelleben zwischen Kriminalität und Hofgesellschaft und nicht zuletzt auch die Schmuggelfahrten in jüngster Vergangenheit hatten das Wahrnehmungsvermögen des polnischen Grafen geschärft. Noch bevor sein Gehör das unverkennbare Poltern galoppierender Hufe registrierte, meldete sich bereits sein Unterbewußtsein.

Mit einem Satz stand er neben Constanze, sein eiserner Griff umschloß ihren Arm. »Wen erwartet Ihr?«

Thomas blickte verblüfft von seinem Freund auf Constanze. »Was ist los?« fragte er. Seine Ratlosigkeit stand ihm deutlich ins Gesicht geschrieben, und hätte sich Constanze nicht plötzlich so um das Wohl ihrer Mutter gesorgt, sie wäre in schallendes Gelächter ausgebrochen.

Rakowskis Finger bohrten sich in ihre Haut. Sein Atem streifte ihr Gesicht. »Du kannst deinen Kopf retten, mein Täubchen, wenn du tust, was ich verlange. Ansonsten wäre es schade um deinen schönen Hals. Sieh dir den Köter an.« Er riß sie herum, so daß sie gezwungen war, auf ihren mißhandelten Hund zu blicken. »Wenn du nicht augenblicklich spurst, geht es dir ebenso wie ihm.«

Das dumpfe Hämmern der Hufe wurde deutlicher. Oder war das Pochen in ihrer Brust so laut? Constanze spürte ihren Herzschlag bis in den Hals. Ihre Kehle war wie zugeschnürt, und sie mußte würgen, bevor sie antwortete: »Ich erwarte niemanden. Ich schwör's. Das werden Reisende sein, die von der Poststraße abgekommen sind oder eine Abkürzung nehmen.«

»O mein Gott«, wimmerte Thomas, der nun endlich registrierte, welche Bedrohung auf ihn zukam, »wenn sie den toten Hund sehen ... dann ... unsere Absichten könnten mißverstanden werden ...«

»Haltet den Mund!« wurde er von Rakowski angeherrscht. »Werft Euren Rock über die Kreatur. Nun, macht schon, steht nicht da und glotzt blöd. Werft den Rock ins Gras und benehmt Euch, als wolltet Ihr es mit Eurer Verlobten im Grünen treiben ...«

Thomas war den Tränen nahe, als er seinen vornehmen Reitrock als Totendecke ins Gras warf, aber er erkannte die Dringlichkeit des Augenblicks. Die Blutflecken würden niemals zu entfernen sein, und wenn er demnächst nicht von Constanzes Geld würde profitieren oder einen anderen Gewinn machen können, waren die Zeiten, in denen er sich derartige Garderobe leisten konnte, endgültig vorbei.

»Verdammt, Rakowski, warum bin ich nur wieder auf Euch hereingefallen?« jammerte er, während er fröstelnd die Arme um sich schlang.

»Zum Teufel, Ulmenhorst«, gab der andere zurück, »benehmt Euch nicht wie eine Memme!«

Das Hufschlagen war jetzt unüberhörbar. Die Reiter waren in unmittelbarer Nähe.

Rakowski riß Constanze zu sich herum. Eine gespenstische Sekunde lang begegneten sich ihre Blicke. »Ich habe das Messer in meiner Tasche, und ich werde davon Gebrauch machen, wenn du unserem Spiel nicht folgst ...«

»Dann tötet mich doch!« rief Constanze. Sie stand kurz vor einem Weinkrampf oder wenigstens einem hysterischen Anfall, vielleicht aber auch vor einem Nervenzusammenbruch. »Bringt es hinter Euch, aber laßt meine Mutter in Frieden.«

Thomas erbleichte. »Deine Mutter?«

Weiter kam er nicht, denn drei Reiter tauchten in Sichtweite auf.

Constanze spürte, wie sich Rakowskis Griff veränderte, und sie fürchtete, ihre Knie würden nachgeben, doch da hatte er bereits in einer anscheinend freundschaftlichen Geste den Arm um ihre Schultern gelegt und hielt sie fest, so daß sie nur leicht schwankte.

Einen hoffnungsvollen Moment lang glaubte sie, es wären tatsächlich unbekannte Reisende, doch dann erkannte sie plötzlich zwei der drei Pferde. Fassungslosigkeit mischte sich mit Freude, Erleichterung mit Beklemmung. Einen wahnwitzigen Augenblick lang war ihr Gedächtnis gnädig und schenkte ihrem Geist das Bild eines Ritters in goldener Rüstung, der über die Waldlichtung auf sie zukam. Doch dann wurde sie sich des Mannes unmittelbar neben sich bewußt, der sie geschändet hatte, und sie sackte in sich zusammen. Wie als Antwort darauf verhärtete sich Rakowskis Griff.

Thomas, der mit dem Rücken zu Constanze stand und den Ausdruck in ihrem Gesicht nicht sehen konnte, bemühte sich um einen möglichst unverbindlich-fröhlichen Tonfall, als er rief: »Wohin des Weges?«

Das Bild, daß sich den drei Reitern auf den ersten Blick bot, war recht idyllisch. Tatsächlich hätte man meinen können, mitten auf der zur Blüte erwachenden Frühlingswiese wollten es sich drei junge Leute bequem machen und die ersten Sonnenstrahlen genießen, vielleicht bei einem Picknick oder bei einem Schäferstündchen. Wahrscheinlich hätte ein Fremder keinen Verdacht geschöpft, und hätte Martin, der Constanze nie begegnet war, nicht ihre Geschichte gekannt, wäre er auf das Spiel hereingefallen. Angesichts der anwesenden Herren und der tiefen Verzweiflung, die ihr ins Gesicht geschrieben stand, war aber allzu deutlich, daß dies kein Augenblick friedvoller Zerstreuung war. Erstaunt registrierte Martin ein Gefühl des *déjà-vu*, dem eine leise Verärgerung folgte.

Der Mann, der sich so demonstrativ vor Constanze aufbaute, war jener Beileidsbesucher auf Schloß Elbland gewesen, den Sophie als einen alten Freund bezeichnet hatte. Das Wiedererkennen war wie ein Peitschenhieb. Hatte sie auch diesen Mann ins Vertrauen gezogen? Von welcher Schlange mochte die Frau besessen sein, die Martin Hoffnungen auf ihre Freundschaft und Zuneigung geschenkt hatte, gleichzeitig aber Verrat an seiner Aufrichtigkeit übte, indem sie einen anderen bat, sich um die in Gefahr befindliche Tochter zu kümmern? War es ein perverser Tick, der sie derart mit den Gefühlen eines Mannes spielen ließ, der zudem ein Geistlicher war? Am liebsten wäre Martin auf der Stelle umgekehrt.

Er zügelte sein Pferd und wandte sich im Sattel ratlos zu Nikolaus um, der ein paar Längen und im Schatten des Waldes zurückgeblieben war. Doch Nikolaus bemerkte die stumme Frage in den Zügen seines Bruders nicht. In dem verzweifelten Versuch, die Mosaiksteine in seinem Gehirn zu sortieren, starrte er auf die beiden Männer bei Constanze. Er wußte, daß er ihre Gesichter schon einmal gesehen hatte, aber er konnte sich weder an den Ort noch an den Grund ihrer Begegnung erinnern. Da war lediglich eine Alarmglocke, die in seinem Unterbewußtsein Verwirrung stiftete und zur Vorsicht mahnte.

Maximilian ritt unbeirrt auf die kleine Gruppe in der Waldlichtung zu. Seine Augen streiften über die Wiesen, vorbei an den drei Menschen, hin zu der Blockhütte. Nichts schien verändert, und doch wußte er, daß etwas anders war. Einen Herzschlag lang war er sich nicht bewußt, was bei dem Bild, das sich ihm bot, fehlte. Doch plötzlich wußte er, daß er den Hund suchte. Bevor er sich darüber Gedanken machte, wer die beiden unbekannten Männer bei Constanze waren, fragte er sich, wo der Hund, der nie weit weglief, abgeblieben war. *Ein Wachhund ist das ja nicht gerade . . . Er ist mein Kamerad, kein Polizist . . .* Aber er hätte Constanze bei Gefahr verteidigt, dessen war sich Maximilian absolut sicher.

Nachdenklich betrachtete er die beiden Fremden. Offensichtlich waren es Herren von Stand. Waren es die eleganten Anzüge, die sie so unpassend wirken ließen? Einem Bauern wäre Maximilian weit weniger skeptisch gegenübergetreten.

Er sprang aus dem Sattel und kam direkt neben der kleinen Gruppe auf die Füße. Sekundenlang suchte er Constanzes Blick, doch sie wich ihm aus.

»Schöner Tag heute«, murmelte er, während seine Finger mit dem Zügel spielten.

»Ja, ein herrlicher Tag«, plapperte Thomas. »Was führt Euch in diese Gegend?«

Maximilian hob in einer unbestimmten Geste die Hände. »Wir sind Nachbarn, sozusagen. Und Ihr, mein Herr? Wir sind einander noch nie begegnet, nicht wahr?«

»Wir sind alte Freunde«, meldete sich Graf Rakowski mit einem überheblichen Grinsen zu Wort, »und kamen auf einen Besuch vorbei.« Er neigte sich näher zu Constanze: »Sag dem Herrn, wie sehr du dich darüber freust, mein Täubchen!«

Doch sie schlug stumm die Augen nieder. Der Griff an ihrer Schulter wurde brutaler.

»Tja«, seufzte Thomas, »können wir Euch irgendwie helfen? Wenn nicht, wollen wir Euch nicht weiter aufhalten.«

Maximilian fuhr herum. »Ihr haltet mich nicht auf, Herr ... Verzeiht, wie war Euer Name?«

Aus den Augenwinkeln beobachtete er, wie Nikolaus langsam aus dem Schatten des Waldes ritt. Dumpf klangen die Hufe des Pferdes im Gras. Das Metall in Nikolaus' Hand fing die Sonnenstrahlen auf. Der Lauf einer Pistole blitzte.

Um die Aufmerksamkeit der Männer abzulenken, insistierte Maximilian: »Wenn ich versäumt haben sollte, mich vorzustellen, möchte ich das nun nachholen: Altenberg ist mein Name. Mit wem habe ich es bitte zu tun?«

Die befehlsgewohnte Stimme von Nikolaus drang schneidend über die Waldlichtung: »Laßt sie los!«

Rakowski erstarrte, gab Constanze jedoch nicht frei. Ein Schatten des Erkennens huschte über sein Gesicht, wurde aber von seinem lakonischen Grinsen abgelöst: »Ahhh. Ich glaube, wir sind uns schon einmal begegnet. Ist das Euer Mädchen, mein Freund?«

Maximilians Lider flatterten. Er hatte nicht erwartet, daß Nikolaus den Mann kannte.

Tränen liefen über Constanzes Wangen. »Bitte, geh weg«, schluchzte sie. »Geh und komm nie wieder.«

»Ihr regt die Dame auf«, bemerkte Rakowski.

Er hatte ein wenig Unterstützung von Thomas erwartet, doch sein Freund starrte völlig verwirrt auf den Reiter im roten Rock der kursächsischen Kavallerie. Mit der freien Hand zauberte Rakowski ein Taschentuch aus seinem Rock und reichte es Constanze, doch die würdigte das feine Leinen keines Blickes. Das Taschentuch segelte zu Boden. Wütend erwog Rakowski einen Augenblick lang, das Messer zu zücken und dieser widerspenstigen jungen Frau zu zeigen, wer das Recht des Stärkeren auf seiner Seite hatte, doch angesichts der gezückten Pistole sah er von weiteren Provokationen ab.

Sein Zorn entlud sich in seinen Worten: »Habt Ihr nicht gehört? Die Dame will in Ruhe gelassen werden. Was immer Ihr von ihr wollt, Mademoiselle steht unter meinem persönlichen Schutz.«

»Das ist vermutlich Auslegungssache«, versetzte Nikolaus ruhig. »Ihr befindet Euch auf dem Besitz derer von Morhoff, und wir sind hier auf ausdrücklichen Wunsch von Madame de Bouvier . . .«

»Das ist nicht möglich!« fuhr Constanze entsetzt auf. »O mein Gott, du hast es wirklich erfahren . . ., du weißt also . . .«

»Sei still!« unterbrach Nikolaus grob.

Maximilian wünschte sich nichts sehnlicher, als Constanze in seine Arme nehmen zu können, doch er durfte sie nicht einmal berühren und mußte sich damit begnügen, tatenlos in ihrer Nähe zu stehen. Ihre saphirblauen Augen schwammen in Tränen, waren nichts als ein tiefes Meer aus Verzweiflung und Schmerz. Er hatte nicht die geringste Ahnung, was ihr angetan worden war, doch war die Gefahr, die von den beiden Männer neben ihr ausging, fast greifbar.

Nikolaus und Rakowski starrten einander an.

»Laßt sie los!« wiederholte Maximilian und trat einen Schritt näher an Constanze heran. Dabei blieb sein Stiefel an einer Manschette des am Boden liegenden Rocks hängen.

Gedankenlos zerrte er das Kleidungsstück zur Seite und trat gegen etwas Weiches. Als er unwillkürlich den Blick senkte, sah er auf blutgetränktes, blondes Fell.

In diesem Moment ließ Rakowski von Constanze ab. Er versetzte ihr einen so heftigen Stoß, daß sie taumelte und schreiend über den Kadaver fiel. Es war ein gelungenes Ablenkungsmanöver, denn die flüchtige Beobachtung von eben verschwand aus Maximilians Bewußtsein, bevor er überhaupt begreifen konnte, was er gesehen hatte. Seine Hände umfaßten Constanzes Arme und zerrten sie hoch.

»Ihr seid sehr unhöflich, meine Herren«, sagte Nikolaus. »Ihr habt Euch noch nicht vorgestellt und versäumt, uns den Grund für Euer Hiersein zu nennen. Ein Schreiben von Madame de Bouvier legitimiert mich. Was könnt Ihr vorweisen?«

Thomas erwachte aus seiner starren Haltung. Er besaß nicht halb so viel kriminelle Energie wie sein polnischer Freund und deshalb bedeutend weniger Phantasie, wenn es hieß, sich aus einer brenzligen Situation zu retten. Aus reiner Naivität rettete er sich in die Wahrheit: »Mademoiselle wird Euch bestätigen, daß es sich bei meiner Person um ihren künftigen Ehemann handelt. Ihr wollt wissen, wer ich bin?« fügte er mit fester Stimme hinzu, als er voller Zuversicht die pochende Ader an Nikolaus' Schläfe bemerkte. »Ich bin Constanzes Verlobter!«

Die Reaktion, die diese Eröffnung auslöste, war mehr, als Thomas erwartet hatte. Er hatte sozusagen ins Schwarze getroffen. Völlig überrascht ließ Maximilian Constanze los, und Nikolaus' Hand mit der Pistole sank herab.

Im selben Moment sprang Rakowski nach vorne und auf Constanze zu. Zwischen seinen Fingern blitzte die blutverkrustete Klinge des Messers auf. Als Thomas gesprochen hatte, waren alle so abgelenkt gewesen, daß Rakowski unbeobachtet gewesen war und nach der Waffe in seiner Tasche hatte greifen können. Jetzt richtete er die Spitze auf einen Punkt an Constanzes Hals, der schmal und weiß wie der Kelch einer Blüte aus dem Kragen ihres Kleides ragte.

Den Hund hatte er vergessen. Sie standen so dicht beieinander, daß ihm der Blick auf den Boden ohnehin versperrt war. Während er nach vorne sprang, blieb sein Fuß in Thomas' Rock hängen. Die Stahlklinge fing das Sonnenlicht auf.

Sekundenlang wurde Nikolaus geblendet, doch die Zeit reichte aus, um seine Sinne zu schärfen. Mit dem Instinkt eines Soldaten schnellte seine Hand nach oben und spannte den Hahn. Einen Herzschlag später hallte der Schuß wie der einsame Donner eines Gewitters durch den Wald. Irgendwo kreischte ein aufgeschreckter Vogel im Geäst.

Rakowski hatte Constanze fast erreicht. Die Klinge schnitt in ihr Kleid und riß den Stoff auf, bevor ihm das Messer aus der Hand glitt. Er ähnelte auf bizarre Weise einem gefällten Baum, als seine Knie langsam nachgaben und er umfiel.

Constanzes Kehle entrang sich ein schrecklicher Laut, eine Mischung aus Schluchzen und Schreien, gefolgt von einem hysterischen Lachen, als würde nun doch der Wahnsinn von ihr Besitz ergreifen.

Und Thomas klatschte Beifall.

»Bravo, Herr Offizier!« lobte er. Der Erfolg seiner Nachricht, der Verlobte von Constanze zu sein, hatte ihn blind gemacht gegen jegliche Vernunft. Noch nie hatte er sich derart stark gefühlt. »Mein Freund war mir ohnehin lästig.«

Auch diese Aussage traf den Nerv seiner Kontrahenten. Maximilian und Nikolaus starrten ihn fassungslos an.

»Constanze«, mahnte Thomas und streckte die Hand nach ihr aus, »beruhige dich bitte und komm zu mir. Bestätige diesen Herren, daß ich dein Verlobter bin und einen rechtmäßigen Anspruch auf dich habe. Deine Mutter wird so freundlich sein, diese Tatsache bei Gelegenheit zu bestätigen.«

Das Lachen erstarb auf Constanzes Lippen. Ihre Blicke sprangen von Thomas auf Nikolaus und Maximilian, ihre Augen glänzten fiebrig. Zuerst zögerte sie, und Maximilian, der ihr am nächsten stand, befürchtete, sie würde die Hand des Mannes ergreifen, der ihr Schicksal sein wollte. Doch dann wich sie plötzlich zurück.

»Was hat meine Mutter damit zu tun?«

»Ich könnte Graf Morhoff um Referenzen bitten, wenn er noch am Leben wäre«, erwiderte Thomas ruhig, »aber auf Madame de Bouvier ist ebenso Verlaß, dessen bin ich mir sicher. Deine Mutter erinnert sich des mir gegebenen Versprechens. Wußtest du nicht, daß ich in freundschaftlicher Verbindung zu ihr stehe?«

Sie begriff nur, daß ihr Urgroßvater nicht mehr lebte. Eine Welle zwiespältiger Gefühle stürzte auf Constanze ein. Sie erinnerte sich an einen einsamen, alten Mann, der zwar furchterregend, aber überraschenderweise weder bösartig noch verbittert war. Alles, was sie über Malerei wußte, hatte sie von ihm gelernt, und er hatte einst einem verschüchterten kleinen Mädchen aus Frankreich erklärt, daß ein Mann, der sich mit der Schönheit der bildenden Künste umgab, niemals allein sein konnte. Sie hätte ihn gerne gefragt, warum er zugelassen hatte, daß sie sich mit Thomas von Ulmenhorst verlobte. Sie wollte wissen, warum er sie ihrem Schicksal im Wald ausgesetzt hatte. Und sie würde ihn niemals mehr danach fragen können!

Thomas nutzte Constanzes offensichtliche Verwirrung für seine Zwecke. Er nahm ihre Hand und zog sie neben sich, was sie scheinbar willenlos geschehen ließ. Dann hob er den Kopf und blickte Nikolaus scharf an.

»Man erinnert sich des mir gegebenen Versprechens. Daran besteht kein Zweifel, wie Ihr seht. Solltet Ihr irgendwelche persönlichen Absichten haben, mein Herr, so muß ich Euch eine Absage erteilen. Mademoiselle de Bouvier und ich werden heiraten!«

Es war das erste Mal, daß Maximilian den richtigen Namen seiner *Goldenen Schäferin* hörte. Eigentlich hätte er sich freuen müssen, Constanzes Identität auf diese Weise bestätigt zu wissen, doch es blieb nichts anderes als ein unangenehmer Nachgeschmack. Langsam drehte er sich nach Nikolaus um. Einen flüchtigen Augenblick lang befürchtete Maximilian, sein Bruder würde den anderen auf der Stelle erschießen, doch Nikolaus stieg mit übertriebener Bedächtigkeit aus dem Sattel. Die Pistole hatte er in das Halfter zurückgesteckt.

War alles ein Irrtum? fuhr es Maximilian voller Entsetzen durch den Kopf. *Sind seine Gefühle nicht einmal stark genug, um die Frau zu kämpfen, die er angeblich liebt? Er kann sie doch nicht einfach diesem Mann überlassen!*

»Mein Bruder ist Pastor«, erklärte Nikolaus und schritt langsam auf Thomas und Constanze zu. »Es wird ihm eine Ehre sein, Euch auf der Stelle zu trauen . . .«

»Nein!«

Constanzes gellender Schrei schnitt in Maximilians Herz. Sie riß sich von Thomas los, wich zurück, wobei sie beinahe strauchelte und sich nur mit Mühe auf den Beinen halten konnte.

Diesmal rührte sich Maximilian nicht, um sie aufzufangen. Am liebsten hätte er den Mann, der ihr Verlobter war, mit bloßen Händen erwürgt – und seinen Bruder gleich danach. In einer hilflosen Geste hob er die Arme und bewegte die Finger, aber Hände, die Kostbares schaffen konnten, waren nicht die Hände eines Mörders. Resigniert ließ er die Schultern fallen.

»Mademoiselle scheint mit Eurem Arrangement nicht einverstanden zu sein.« Beißender Sarkasmus troff aus Nikolaus' Worten.

Aus den Augenwinkeln beobachtete Nikolaus seinen Bruder. Hoffentlich würde Maximilian jetzt nichts Unüberlegtes tun! Und wo, um Himmels willen, hielt sich eigentlich Martin, dieser Feigling, versteckt? Er schluckte und versuchte, jeden unwichtig erscheinenden Gedanken aus seinem Gehirn zu verbannen und sich vollkommen auf die Bewegungen des Mannes neben Constanze zu konzentrieren. Die Gefahr war noch nicht vorbei. Er wußte ja nicht einmal, ob der Mann bewaffnet war.

»Erlaubt mir eine Frage, mein Herr«, begann Nikolaus. »Warum habt Ihr Euer Recht eigentlich nicht eingefordert, als Constanze . . . ehm . . . Mademoiselle de Bouvier . . .«, wie fremd doch dieser Name aus seinem Munde klang, »alleine hier im Wald lebte?«

Plötzlich schrie Constanze: »Er lügt. Er hat mich vernichtet. Er und sein Freund waren es . . .«

Die Worte erstarben in ihrer Kehle. Mit weit aufgerissenen Augen starrte sie auf den Lauf der Pistole, die Nikolaus blitzschnell gezogen und auf Thomas gerichtet hatte.

Es wäre möglich, daß der andere Mann für ihre Amnesie verantwortlich war. Das wäre ein Verbrechen. Dafür müßte man ihn umbringen.

Bevor Constanze oder Maximilian reagieren konnten, hatte Thomas begriffen, was Nikolaus beabsichtigte. Sein Mut war zwar nur ein Strohfeuer, aber bevor es zu Asche versank, raffte er sich noch einmal auf. So schnell ließ er sich nicht nehmen, wofür er zum Verbrecher geworden war. All seine Hoffnungen beruhten auf der Verbindung mit Constanze de Bouvier. Er würde sie nicht hergeben – er würde sie mit in den Tod nehmen, wenn es sein mußte.

Er warf sich herum, um sich auf Constanze zu stürzen. Er würde mit ihr als Geisel fliehen.

Nikolaus bemerkte den Seitenblick, den Thomas in Constanzes Richtung warf. Er ahnte, was der andere vorhatte. In diesem Augenblick schoß er.

Mit einem Aufschrei warf sich Constanze in Maximilians Arme. Schluchzend hing sie an seinem Hals, und ihre Tränen durchnäßten sein Hemd. Ihre Hände suchten Halt am Körper des Freundes, der ihr so vertraut war und ihr die Geborgenheit gab, die sie in diesem Moment mehr als sonst etwas ersehnte. Sie atmete seinen Duft ein und wünschte, nie wieder etwas anderes zu spüren als den Schutz und die Verläßlichkeit, die er ihr schenkte.

Von Müdigkeit übermannt schloß Nikolaus die Augen. Die Hand, die noch immer die Pistole hielt, mit der er zwei Menschen getötet hatte, sank kraftlos herab. Er hatte gehandelt, ohne zu wissen, was eigentlich vorging. Er hatte die Bedrohung gespürt und reagiert, als ihm endlich einfiel, wo er Rakowski und Ulmenhorst schon einmal begegnet war. Es war seine Schuld, daß Constanze in Gefahr geraten war, weil er ihren Aufenthaltsort verraten hatte. Es war vielleicht auch ein Funken Eifersucht dabeigewesen, als der andere auf seine Rechte pochte. Also hatte er getötet.

Die Verzweiflung über diese Tat schnürte Nikolaus die Kehle zu. Er war zum Soldaten erzogen worden, aber er war kein Mörder. Tief durchatmend hoffte er, den Kloß in seinem Hals auflösen zu können, aber es schien, als wollten sich nicht einmal seine Lungen mit Luft füllen. Es gab kein Zurück. Im Fall von Rakowski könnte man es als Notwehr auslegen, aber Ulmenhorst hatte er ermordet, es gab nicht einmal die Chance einer gnädigen Version der Geschichte, die das Geschehen als Duell auslegte. Die Folgen standen klar vor seinem geistigen Auge.

Eilige Schritte weckten Nikolaus aus seiner Lethargie. Als er aufsah, bemerkte er Martin, der sich in stummem Gebet über die beiden Leichen beugte.

»Welchem Zeitvertreib bist du in der Zwischenzeit nachgegangen?« fragte Nikolaus matt.

»Ich war wie gelähmt«, gestand Martin mit betretener Miene. »Ich mußte annehmen, daß Madame de Bouvier mich belogen und benutzt hatte. Das brachte mich fast um den Verstand.«

Nikolaus warf einen flüchtigen Blick auf Maximilian, der sein Gesicht in Constanzes Haar barg. Ihre Arme hatte sie um seine Mitte geschlungen. »Wenn es weiter nichts ist . . .«, murmelte Nikolaus.

Martin legte ihm die Hand auf die Schulter. Er erkannte die Qual, die auf Nikolaus' Seele drückte. »Es tut mir leid . . .«

»Du hättest ja ohnehin nicht helfen können.« Nikolaus steckte die Pistole in das Halfter. Seine Bewegungen waren wie die eines alten Mannes. Gedankenlos wischte er sich über die Augen, und Martin erkannte das Glitzern von Tränen. »Ich habe gesündigt, Martin . . .«

»Ja, aber steht nicht auch in der Bibel *Aug' um Aug', Zahn um Zahn?* Das Mädchen befand sich in größter Gefahr. Ich vermute, daß einer von beiden der Mann war, der . . .« Martin stockte. Er hatte Maximilian nichts von der Vergewaltigung erzählt, und er würde es auch nicht Nikolaus anvertrauen. Glücklicherweise war der Bruder so mit seinen eigenen Gedanken beschäftigt, daß er gar nicht zugehört hatte. Also fuhr Martin fort: »Es blieb dir nichts anderes übrig, Nikolaus, wenn du ihr Leben retten wolltest. Ich habe es gesehen . . .«

»Hör zu«, unterbrach Nikolaus plötzlich. Martins Zuspruch war gut gemeint, half ihm aber im Moment herzlich wenig. »Der Ausschluß aus der Armee ist das Geringste, was mich erwartet. Da ich nicht vor dem Henker enden will, bleibt mir nicht mehr viel Zeit. Ich bitte dich, dafür zu sorgen, daß die beiden Männer ein anständiges Grab erhalten. Versuch die Angelegenheit als Duell darzustellen. Das ist die wahrscheinlich gnädigste Version für Constanze . . .«

Nikolaus' Augen wanderten zu dem Paar, das räumlich so

nahe und doch so weit weg war. Maximilian schob Constanze sanft von sich, nahm ihre Hand und führte sie in Richtung Hütte. Die beiden bewegten sich, als wären sie ganz alleine auf der Welt, steckten die Köpfe zusammen und sprachen leise miteinander. Ihre Verbundenheit war zum Greifen spürbar. Obwohl Nikolaus wußte, daß es für Constanze am besten war, wenn Maximilian sie vorläufig weg vom Ort des Grauens brachte, fühlte er einen Schmerz in seiner Brust, der ihm den Atem raubte. Er wünschte, er wäre an Maximilians Stelle. Nicht nur, um *ihr* Schutz zu bieten. Er brauchte ihre Nähe nach den Geschehnissen der vergangenen Stunde mindestens ebenso dringend. Doch sie hatte sich offensichtlich entschieden.

Natürlich bemerkte auch Martin, was Nikolaus sah. Dabei war Maximilian es gewesen, der Martin über die Gefühle von Nikolaus aufgeklärt und darauf bestanden hatte, daß dieser sie bei ihrer Mission begleitete. *Nikolaus hat ein Recht darauf, zu erfahren, wer sie in Wahrheit ist. Gönn Nikolaus das Glück, wenn es denn eines ist, ihr wenigstens ihren Namen zu schenken. Er liebt sie.*

»Was wirst du tun?« fragte Martin besorgt.

Ein bitteres Lächeln spielte um Nikolaus' Lippen. »Ich muß fliehen, Bruder. Das ist die einzige Möglichkeit, meinen Kopf zu retten. Man hört, in Preußen werden Offiziere gerne gesehen. Es ist nicht ungewöhnlich, daß Ausländer rekrutiert werden. Also werde ich mein Glück in Berlin versuchen . . .«

»Unter einem König, der Sparta auferstehen läßt«, seufzte Martin. »Wirst du dort glücklich werden?«

Wieder folgten Nikolaus' Augen seinem Bruder und der Frau, die er liebte. »Ich weiß nicht, ob ich je glücklich werden kann. Also ist es eigentlich gleichgültig, wo ich unglücklich bin. Es ist schon seltsam, was das Leben mit uns anstellt. Hätte ich früher erfahren, daß sie die Urenkelin des Grafen Morhoff und die Tochter von Madame de Bouvier ist . . ., wer weiß, wie sich die Dinge entwickelt hätten. Auf jeden Fall dürfte sie eine vorbildliche Gräfin Altenberg werden. Friedrich wird entzückt sein . . .«

Wenn auch mit einem anderen verheiratet als mit mir, fügte er in Gedanken hinzu.

Als habe sie seinen Blick in ihrem Rücken gespürt, löste sich Constanze von Maximilian und wandte sich um. Sie sah Nikolaus direkt in die Augen. Obwohl sie ganz still stand und nicht einmal die Lippen bewegte, verstand er sie sofort.

»Ich . . . ich sollte mich verabschieden«, seine Stimme klang plötzlich rauh.

Es erschien ihm wie der längste Weg seines Lebens, als er ihr entgegenging. Er wußte, daß seine Brüder ihn beobachteten, und er fühlte sich wie nackt, weil sie seine Gefühle für Constanze kannten. Doch waren derartige Empfindlichkeiten unwichtig geworden. Es blieb ihm nur noch wenig Zeit. Die Gefahr, durch einen unglücklichen Zufall als Mörder entlarvt zu werden, war zu groß.

Obwohl er Constanzes Blick nicht losließ, bemerkte er aus den Augenwinkeln, wie Maximilian zunächst verlegen von einem Bein auf das andere trat und sich schließlich entfernte, um sich mit den Pferden zu beschäftigen.

Stumm trat Nikolaus vor sie hin. Sie wirkte unendlich zerbrechlich, wie sie da verloren vor der Tür ihrer Hütte stand. Das Sonnenlicht fiel auf ihr Haar, und Nikolaus dachte, daß er diesen mahagonifarbenen Glanz wohl nie vergessen würde.

Sie öffnete den Mund, um etwas zu sagen, aber es kam kein Ton heraus. Er wollte sich gerade nach vorne neigen, um sie besser verstehen zu können, da sprach sie endlich: »Ich habe mein Gedächtnis wiedergefunden, Nikolaus. Ich weiß, wer ich bin.«

»Ich wußte immer, wer du bist«, erwiderte er mit einem kleinen Lächeln. »Jetzt weiß ich allerdings auch deinen Namen. Ich werde ihn nie vergessen.«

Ihre Wangen färbten sich mit hektischen roten Flecken. »Heißt das . . ., ich meine . . ., was willst du damit sagen? *Ich werde ihn nie vergessen* klingt nach Abschied . . . O mein Gott! Ist es, weil . . . weil . . .« Ihre Augen füllten sich mit Tränen, und ihr versagte die Stimme.

Seine Augenbrauen hoben sich zu einer stummen Frage.

Voller Unglauben starrte sie ihn an. »Du . . . du weißt es . . . nicht? Aber . . . warum bist du dann nicht zurückgekommen, wie du es versprochen hattest? Ich . . . ich dachte, daß du . . . ich meine, daß du mich verachtest, weil . . .« Wieder brach sie ab. Es war ihr unmöglich, das Schreckliche in Worte zu fassen. Die Scham über das, was ihr angetan worden war, überwältigte sie.

»Bestimmte Gründe zwangen mich, länger als beabsichtigt in Dresden zu bleiben«, log Nikolaus. Niemals würde er ihr eingestehen, daß sein ältester Bruder als Familienoberhaupt vereitelt hatte, was ihm selbst so unendlich wichtig gewesen war. »Mit deiner Person hatte das nichts zu tun. Doch wovon sprichst *du*?«

Sie blickte in seine unschuldigen Augen und begriff ganz langsam, daß Nikolaus nichts von der Vergewaltigung wußte. *Eines steht fest, mein Liebling: Ich war nicht der erste in deinem Leben* . . . Offenbar ahnte er noch nicht einmal, welchem Grauen ihr Gedächtnis, ihre Seele und ihre Ehre zum Opfer gefallen waren.

»Was weiß ich nicht? Warum sollte ich dich verachten?« insistierte er und deutete ihre Verblüffung schließlich falsch: »Glaubst du wirklich, ich würde dich mit Despektierlichkeit strafen, nur weil du und Maximilian . . . Das Offensichtliche macht mich sehr traurig, Constanze, aber ich würde dich deshalb niemals verachten.«

Constanze konnte nicht fassen, daß alles plötzlich so einfach war. Wenn er jetzt nicht wußte, was ihr seinerzeit angetan worden war, so brauchte er es niemals zu erfahren. Wenigstens so lange nicht, bis sie nicht bereit für die Wahrheit war. In diesem Fall gab es keinen Grund, der ihn davon abhalten könnte, zu wiederholen, was er an jenem unglückseligen Morgen in ihrer Hütte gesagt hatte: *Heirate mich!* Jetzt, da sie ihre Vergangenheit wiedergefunden hatte, würde sie frei entscheiden können. Unbewußt hatte sie ihre Wahl bereits getroffen, als sie die drei Reiter im Wald bemerkt hatte. Es würde vielleicht eine Weile dauern, bis ihr Leben wieder halbwegs normal lief, und solange müßte man wohl noch warten, aber dann stand ihrem Glück nichts mehr im Wege. Trotz des Schreckens der vergangenen

Stunde leuchteten ihre Augen auf. Die aufflammende Hoffnung und die Erkenntnis, welchem Irrtum er zum Opfer gefallen war, brachten ihre Lebendigkeit zurück.

»Bei allen Heiligen, Nikolaus!« rief sie halb lachend, halb weinend aus. »Was redest du da für einen Unsinn? Maximilian ist ein Freund, der beste, den ich je hatte. Doch das ist alles.«

»Aber . . . aber . . .«, stammelte er vollständig überfordert.

Sie wollte ihm eine Hand reichen, als ihr Blick unerwartet auf ihre Finger fiel und sie die Reste von getrocknetem Blut sah. Als würde sie sich erst jetzt wieder bewußt, was geschehen war, erlosch der Hoffnungsschimmer in ihren Augen.

»Du hast von Abschied gesprochen«, erinnerte sie sich.

»Ja.« In einer hilflosen Geste strich sich Nikolaus die schwere Locke aus der Stirn, die sich immer dann aus seinem Zopf zu lösen schien, wenn er sich nach Constanzes Berührung sehnte. »Ich muß so schnell wie möglich die Grenze erreichen.«

»Wenn du gehst, sterbe ich!«

Ein zärtliches Lächeln erhellte seine angespannten Züge. »Du brauchst keine Angst mehr zu haben. Das schwöre ich. Es wird dir nichts geschehen. Meine Brüder kümmern sich um dich. Während Martin Hilfe holt, wird Maximilian bei dir bleiben . . .«

»Du verstehst nicht!« rief sie verzweifelt aus. Sie klammerte sich an das Revers seines Uniformrocks wie eine Ertrinkende an den Rettungsanker. »Ich überlebe es nicht, wenn du mich verläßt. Wie soll ich weiterleben, wenn du mir nicht dabei hilfst?«

Er legte seine Arme um ihren zitternden Körper. »Aber . . . du hast doch Maximilian . . .«

»Er ist ein Freund«, wiederholte sie, doch die Worte gingen in den Tränen unter, die sie an seiner Brust vergoß. »Nimm mich mit, Nikolaus. Es ist ganz egal, wohin du gehst, Hauptsache, ich darf bei dir sein. Ich bitte dich.«

Er konnte es nicht glauben. Es war zu schön, um wahr zu sein. Noch immer das Bild vor Augen, als sich Constanze in Maximilians Arme geworfen hatte, hielt Nikolaus ihre aufwallende Zuneigung für die Verwirrung einer jungen Frau, deren Geist innerhalb einer Stunde auf grausamste Weise erschüttert und durcheinandergebracht worden war. Er hielt ihre überschäumenden Gefühle für Dankbarkeit. Wahrscheinlich war ihr erst jetzt bewußt geworden, was er für sie getan hatte. Dennoch tat ihm ihre Nähe unendlich wohl. Einen Herzschlag lang befürchtete er, den Boden unter den Füßen zu verlieren und kopflos mit ihr davonzulaufen. Doch sein Realitätssinn schützte ihn vor überstürzten Handlungen, und er rettete sich in Geplauder.

»Deine Mutter macht sich große Sorgen um dich«, sagte er in einem Ton, als erzähle er einem kranken Kind ein Märchen. »Madame zog Martin ins Vertrauen und hat uns tatsächlich zu dir geschickt. Das war keine Notlüge. Martin wird dir ihren Brief geben. Wenn du willst, kannst du für eine Weile auf Schloß Altenberg bleiben. Aber vielleicht möchtest du auch nach Hause, jetzt, wo du weißt, wo das ist. Allerdings würde sich unsere Mutter deiner gerne annehmen bis Madame aus Quedlinburg heimgekehrt ist.«

Constanze legte den Kopf in den Nacken und sah Nikolaus erstaunt an. »Was macht meine Mutter in Quedlinburg?«

Er zögerte, als ihm einfiel, daß Constanze nicht wissen konnte, welche Rolle ihre Mutter in den vergangenen zwei Jahren bei Hofe gespielt hatte. Doch während er noch überlegte, wie er ihr erklären sollte, welche bedeutsamen Veränderungen es in der Zwischenzeit gegeben hatte, wiederholte sie ihre Frage.

»Martin wird es dir sagen«, versprach er. »Ich wünschte, ich könnte dich in dein altes Leben zurückbringen, glaube mir, aber dafür habe ich keine Zeit mehr. Vertrau dich meinem Bruder an. Er wird dir erzählen, was immer du wissen möchtest. Und nun, Constanze, muß ich gehen . . .« Er sah ihre Tränen und schloß die Augen, um nicht doch den Kopf zu verlieren. »Küß mich, mein Liebstes. Küß mich zum Abschied.«

Es war ihm gleichgültig, ob seine Brüder ihn jetzt beobachteten. Er würde Constanze wahrscheinlich niemals wiedersehen, und es war die letzte Gelegenheit, ihre Zärtlichkeit zu spüren, an die er sich für den Rest seines Lebens erinnern wollte.

In einem Moment wie diesem erfahren wir mehr Glück, als den meisten Menschen in ihrem ganzen Leben beschieden ist . . .

Epilog. 1730
Constanze

Ich bedauere den armen Goldmacher Böttger. Er hätte es eher als zu ihrer Zeit die schöne Helena verdient, daß man um ihn einen Krieg führt.
Sophie von Hannover
(1630-1714)

54

Im Frühsommer des Jahres 1730 hatten die Museumswärter des Holländischen Palais' alle Hände voll zu tun. Durch Dresden flanierten Tausende von Besuchern, die angeregt durch berühmt gewordene Reiseberichte, aber auch dank einer Einladung des Kurfürst-Königs in die Residenz gekommen waren. August von Sachsen und Polen hatte zur Demonstration seiner Macht eine Vielzahl internationaler Gäste und vor allem den König von Preußen nebst Gefolge an die Elbe gebeten. Während die Herren die militärische Stärke des Kurfürstentums in einem eigens zu diesem Zwecke prachtvoll errichteten Lager bei Zeithain bewunderten, staunend Einzelexerzitien, Truppenübungen und Gefechte beobachteten, amüsierten sich die Damen im Theater oder in der Hofoper, beim Tanz und glanzvollen *Diners*. Als besonders effektvoller kulinarischer Genuß erwies sich dabei der Riesenstollen, ein Gemeinschaftswerk der Dresdner Bäcker, der aus zwanzig Zentnern Mehl, dreihundertsechsundzwanzig Kannen Milch und dreitausendsechshundert Eiern gemacht wurde und aus dem eigens für diese Köstlichkeit errichteten Backofen mit Walzen und Ketten gezogen werden mußte.

So gut es ging, hielt sich Constanze von den umtriebigen Massenveranstaltungen der Hofgesellschaft fern. Die Jahre in der Einsamkeit des Waldes verlangten ihren Tribut. In geschlossenen Räumen litt sie häufig unter Klaustrophobie, und Menschenansammlungen machten ihr angst. Deshalb verbrachte sie viel Zeit auf Spaziergängen und genoß die leichte Gärtnerarbeit in ihrer eigenen Orangerie. Doch konnte sie sich nicht immer von gesellschaftlichen Verpflichtungen ausschließen, und das war auch der Grund, warum sie jetzt, nach langer Zeit im Ausland, in den Manövertrubel nach Sachsen zurückgekehrt war.

Die vergangenen Jahre hatten Constanze zumindest optisch wenig verändert. Ihr kastanienrotes Haar durchzog eine erste graue Strähne, aber das fiel dank der Perückenmode und des gängigen Haarpuders eigentlich nicht auf. Da sie sich viel im Freien aufhielt, hatte sich ihr Gesicht jene Gesundheit und Lebendigkeit erhalten, deren Basis das Leben im Wald gewesen war. Dennoch fand sie die ersten zarten Falten in ihren Augenwinkeln, aber Constanze schrieb sie als Lachfalten ab. Tatsächlich lachte sie viel. Ihr Mann und ihre Kinder gaben ihr all das Glück, nach dem sie sich so lange gesehnt und das sie eigentlich schon verloren geglaubt hatte. Doch gab es auch in ihrer unmittelbaren Vergangenheit schmerzliche Stunden.

Ihre Mutter hatte Augusts Kind nicht geboren. Vielleicht war es Sophies Alter, wahrscheinlich aber die Aufregung damals, daß sie die Frucht ihres Leibes verloren hatte. Constanze dankte Gott, daß Sophie diese schweren Stunden überlebte, denn eine gewisse Zeit war durchaus nicht sicher gewesen, ob Sophie selbst nicht dem Tod geweiht war. Inzwischen wohnte sie auf Schloß Elbland, eine Frau jenseits ihrer besten Jahre, die die Einsamkeit aus ganzem Herzen schätzte und sich mit Literatur beschäftigte. Nachdem sie ein Großteil der morhoffschen Gemäldesammlung an August verschenkt hatte, füllte sie die leeren Wände mit Bücherregalen. Sophie kaufte Bücher ohne Unterlaß und hatte begonnen, französische Autoren in die deutsche Sprache zu übersetzen. Sie sagte, sie sei zufrieden, und meist glaubte die Tochter ihr, aber manchmal machte sich Constanze Sorgen um das Seelenheil ihrer Mutter, deren einziges Lebensglück die wenigen gemeinsamen Stunden mit dem Kurfürst von Sachsen und König von Polen gewesen waren.

Vielleicht hätte sich Sophies Schicksal in eine andere Richtung wenden können, wenn sie die Aufmerksamkeiten zugelassen hätte, die Martin ihr entgegenbrachte. Anfänglich hatte sie sich zwar des Vertrauens und der Freundschaft des Geistlichen versichert, aber dann hatte sie tiefere Gefühle abgelehnt. Schließlich war es zu spät für eine Umkehr. Martin fiel den anhaltenden Religionskonflikten in Sachsen zum Opfer. Vor acht Jahren war er, gerade zum Vikar der Kreuzkirche in Dresden ernannt, nach dem Gottesdienst von einem fanatischen Katholiken erstochen worden. Obwohl sie natürlich keinerlei Schuld an Martins Tod traf, betrachtete es Sophie als persönliche Sühne, ihren Beitrag zum Bau jener Kirche zu leisten, die ein Sieg der protestantischen Bürger Dresdens über die katholische Religion des Kurfürsten und des Kronprinzen sein sollte: Sie stiftete eine erhebliche Geldsumme für den 1726 begonnenen Bau der Frauenkirche, deren Vorbilder die Basilica San Pietro zu Rom, der Dom von Florenz und Santa Maria della Salute in Venedig sein sollten. Obwohl es noch immer kein calvinistisches Gotteshaus in Sachsen gab, betrachtete es Sophie als Pflicht, ihre Spende für eine Kirche zu entrichten, die einmal der glanzvolle Mittelpunkt barocker Kunst und protestantischen Glaubens würde. Sie hielt die Erinnerung an Martin lebendig und verschaffte ihm damit auf gewisse Weise einen kleinen Teil Unsterblichkeit.

Als Constanze an diesem Juninachmittag die kühle Marmorhalle des Holländischen Palais' betrat, um sich bei der Besichtigung der Porzellanausstellung ein wenig auszuruhen, kam sie von der Baustelle der Frauenkirche am Neumarkt. Ihre Mutter hatte sie gebeten, nach den Fortschritten zu schauen und einen ausführlichen Bericht nach Schloß Elbland zu schicken, denn nach Dresden war Sophie seit nunmehr elf Jahren nicht mehr gekommen. Als feststand, daß auch Constanze nicht in der Residenz leben wollte, und Sophie ihr Kind verloren hatte, verkaufte sie ihr Palais an einen Hofbeamten.

Constanze folgte einer Gruppe Museumsbesucher die breite Treppe hinauf. Ihr Führer zeigte sich äußerst beflissen und redete fast ununterbrochen, aber Constanze hing meistens ihren eigenen Gedanken nach. Mehr am Rande schnappte sie auf, daß der im Jahre 1723 verstorbene vormalige Inspektor der kurfürstlich-sächsischen königlich-polnischen Meissener Porzellanmanufaktur, Johann Melchior Steinbrück, die Kennzeichnung der Scherben eingeführt habe, die auf Befehl des Königs fast ausnahmslos betrieben wurde. Die für den Hof bestimmten Porzellane trugen anfänglich Augusts Monogramm, die anderen die Buchstaben *K.P.M.* (Königliche Porzellan Manufaktur), aber dann signierte man alle Scherben mit den kursächsischen Schwertern, um sich von der wachsenden Konkurrenz abzugrenzen. Man benutzte hierfür blaue Farbe, obwohl die Unterglasur-Blaumalerei für die Porzellanherstellung an sich noch immer nicht perfekt entwickelt war, denn zu viele Fehlbrände zerstörten die feinen Arbeiten.

»Trotz der wachsenden Konkurrenz behält die Meissener Porzellanmanufaktur die Führungsrolle in der Herstellung des weißen Goldes«, erklärte der Führer stolz, und als Echo darauf erklangen die Ahhhs und Ohhhs der Besucher.

Constanze neigte beeindruckt den Kopf. Es war mehr eine Geste der Höflichkeit, denn die Geschichten aus Meißen waren ihr nicht neu. Maximilian hatte ihr damals aus erster Hand berichtet, daß Samuel Stölzel ein Jahr nach seiner Flucht aus Sachsen dank einer Rehabilitierung durch den König zurückgekehrt war. Den hohen Lohn und die eigene Kutsche, die ihm von Claudius Du Paquier versprochen worden waren, hatte er nie erhalten. Ansonsten waren die Arbeitsbedingungen an der Donau wohl noch schlechter als in Meißen, so daß sich Stölzel dazu entschloß, die Unterstützung des sächsischen Gesandten am kaiserlichen Hof zu suchen und seine Heimkehr vorzubereiten. Im Schlepptau hatte er einen schmächtigen jungen Mann, der gebürtig aus Jena stammte, abgesehen von seinem Genie absolut mittellos war und den Namen Johann Gregorius Höroldt trug. Die beiden abtrünnigen Porzellanmacher verließen nach einem Sabotageakt die Manufaktur zu Wien, um wenig später das Unternehmen in Meißen zu neuem Leben zu erwekken, denn Höroldt prägte einen bald berühmten Porzellanstil: Seine Malereien waren die feinsten Bilder, die man diesseits der Seidenstraße herstellte. Constanze selbst besaß einige Gefäße mit japanischen Dekoren, die aus Höroldts Feder stammten.

Der Führer geleitete die kleine Gruppe an den Dragonervasen des preußischen Königs vorbei zu einer goldgeschmückten Vitrine, in der verschiedene Porzellanfiguren aufbewahrt wurden. »Dies sind die Arbeiten des Bildhauers Maximilian Altenberg«, wußte der Museumsangestellte zu berichten. »Der Künstler arbeitete einige Jahre in Meißen, bevor er an die neugegründete Porzellanmanufaktur nach Venedig zog.«

Dort lebt und arbeitet er noch heute, fügte Constanze in Gedanken hinzu. Ein kleines Lächeln umspielte ihre Lippen, als ihre Augen über die Figuren streiften. Sie erkannte den Papagei aus der Orangerie ihrer Schwiegermutter, einige Kopien von asiatischen Statuetten und schließlich die *Goldene Schäferin*.

Eilige Schritte hallten durch die hohen Ausstellungsräume. Es klang nach einer Besuchergruppe, die sich mit einer Lautstärke und Selbstverständlichkeit im Holländischen Palais bewegte, die den anderen Gästen fremd war. Unwillkürlich reckten die Museumsbesucher die Köpfe, kaum jemand hörte noch auf die Berichte des Führers, und seine Bemühungen erstickten schließlich in einem verlegenen Hustenanfall, als er sich bewußt wurde, daß ihm wirklich keiner mehr zuhörte und er vor der Neugier kapitulierte.

Ein paar Sekunden später versanken die anwesenden Damen in den Falten ihrer Reifröcke, und die Herren knickten zu tiefen Verbeugungen ein. Der Hausherr persönlich gab sich die Ehre. Mit energischen Schritten und klirrendem Degen an seiner Hüfte marschierte August durch die Gänge, begleitet von einem Gefolge aus hochgestellten Beamten. Er lächelte den Ausstellungsbesuchern huldvoll zu, während seine Augen auf der Suche nach einem bestimmten Gegenstand über die wertvollen Scherben wanderten.

Durch die Wimpern ihrer züchtig gesenkten Lider beobachtete Constanze den Herrscher. August war alt geworden. Von seiner Stärke war zwar auf gewisse Weise die imposante Erscheinung geblieben, doch war er sehr schmal und wirkte kränklich. Seit drei Jahren war er Witwer, aber die angeblich spruchreife Hochzeitsvereinbarung mit Prinzessin Wilhelmine von Preußen, der Tochter König Friedrich Wilhelms I. und Schwester des Kronprinzen, hatte sich in Wohlgefallen aufgelöst. August selbst legte wenig Wert auf diese Verbindung, die ihm allerdings politisch sicherlich zum Vorteil gereicht hätte. Seit seine Schwiegertochter Maria Josepha das Fräulein Henriette von Osterhausen bald nach der Hochzeit des Kronprinzen in ein böhmisches Kloster verfrachtet hatte, lebte der Kurfürst-König alleine. Sein privates Dasein bestand inzwischen weniger aus Eskapaden als vielmehr aus einem fast geregelten Familienleben, das ihm einige seiner natürlichen Kinder schenkten.

Plötzlich blieb August stehen. Nachdenklich blickte er auf die elegante Dame, die zu einem vorbildlichen Hofknicks in einer Fülle von blauer Seide versunken war. Er starrte auf die feinen Linien ihres Gesichts und wußte, daß er diesen Mund schon einmal geküßt hatte. In einem verwirrenden Moment wurde ihm jedoch klar, daß er diese Person noch nie gesehen hatte.

August wedelte mit der Hand, ein Zeichen, daß sich die Umstehenden erheben könnten. »Verflixt! Helft Uns auf die Sprünge, Madame: Wo seid Ihr Uns vorgestellt worden?«

Constanze richtete sich auf. Sie war August niemals begegnet, und zu gerne hätte sie den Mann, der das Schicksal ihrer Mutter gewesen war, einer neugierigen Betrachtung unterzogen, doch allzu große Offenheit war nicht angebracht. Deshalb senkte sie schüchtern die Lider.

Obwohl sie sich ihrer vorbildlichen Erziehung erinnerte, hatte ihr niemals jemand beigebracht, wie und ob man einem Herrscher bei derartiger Gelegenheit widersprach. Ihr Herz stolperte etwas hektisch, als sie erwiderte: »Sire, ich bedaure, aber wir sind einander nie vorgestellt worden . . .«

»Nein?« Er lachte leise und ungläubig. »Dann sind Wir allerdings einem Irrtum zum Opfer gefallen, Madame, den Wir jedoch keineswegs bedauern.«

»Vielleicht ist es doch kein Irrtum, Majestät«, antwortete Constanze, die sich zur Flucht nach vorne entschlossen hatte. Sie wußte, daß sie dem König in den nächsten Tagen vorgestellt werden sollte, und es war albern, sich jetzt in Ausreden zu flüchten, die er später schlimmstenfalls als Lüge auslegen würde.

»Meine Mutter war . . .« Sie stockte.

Du meine Güte, fuhr es ihr durch den Kopf, *wie spricht man mit einem König über dessen ehemalige Geliebte, die die eigene Mutter ist?*

Tief Luft holend fuhr sie fort: »Meine Mutter hatte die Ehre, Sire, mit Euch bekannt gewesen zu sein. Möglicherweise stellt Ihr eine Familienähnlichkeit fest, für die ich sehr dankbar bin.«

Er schenkte ihr ein charmantes Lächeln, und Constanze begriff, was Sophie zu ihm hingezogen haben mußte.

»Dürfen Wir erfahren, wer Eure Mutter ist, Madame?«

»Sie heißt Sophie de Bouvier, Majestät.«

Ein Schatten der Wehmut trübte das Strahlen seiner Augen, der gleichsam Constanzes Herz für August öffnete. Er hatte Sophie also nicht vergessen, vielleicht trauerte er ihrer Verbindung sogar ein wenig nach. Es tat Constanze irgendwie wohl, zu beobachten, daß sich auch der glanzvollste Herrscher eines deutschen Landes die traurigen Gefühle eines gewissen Liebesleidens gestattete. Sie wußte, daß die Erinnerungen an ihre Zeit bei Hofe Sophie sehr nahegingen, aber andererseits war ihre Rolle in der Residenz von vornherein zum Scheitern verurteilt gewesen.

Mit ruhiger Stimme, die jegliches Amüsement verloren hatte, fragte August: »Wie geht es Madame de Bouvier?«

»Vorzüglich, Majestät. Danke der Nachfrage.«

Offensichtlich erfreute ihn diese Information, denn das charmante Lächeln kehrte in seine Züge zurück. »Dann beantwortet Uns bitte eine weitere Frage, Madame: Wie kommt es, daß Ihr bei Hofe niemals vorgestellt wurdet?«

Wie kommt es, daß Ihr mir damals nicht über den Weg gelaufen seid? formulierte Constanze in Gedanken.

Sie antwortete mit einer Halbwahrheit, die seit dem Frühsommer 1719 allerdings Tatsache war, als sie dem Mann, den sie liebte, Hals über Kopf nachgelaufen war: »Ich lebte immer im Ausland, Sire. Bedauerlicherweise hatte ich somit nie die Gelegenheit, die sächsische Residenz kennenzulernen.«

»Dann habt Ihr nun allerdings eine Menge nachzuholen, Madame.« Seine Augen streiften flüchtig die Porzellanfiguren in der Vitrine. »Ihr habt Euch für den Anfang Unsere liebste Ausstellung ausgesucht...«

Er unterbrach sich, als seine Gedanken zur Eröffnung des Holländischen Palais' und damit zwangsläufig zu Sophie zurückwanderten. Seine Augen, die noch immer auf die Statuetten gerichtet waren, blieben an der Schäferinnenfigur hängen. Es dauerte eine Weile, bis die Erkenntnis zu seinem Bewußtsein vordrang. Die Ähnlichkeit war verblüffend. Erstaunt wandte er sich zu der Ausstellungsbesucherin neben sich um.

Als er das stille Lächeln in ihrem Blick bemerkte, rief er aus: »*Mon Dieu*, das kann kein Zufall sein!«

Die Begleiter des Kurfürst-Königs und die umstehenden Museumsbesucher wurden unruhig. Jeder hatte dem Dialog zwischen August und der eleganten Dame voller Neugierde gelauscht. Einige fragten sich, ob man hier Zeuge des Beginns einer neuen königlichen Affäre würde. Die am Klatsch Interessierten standen regungslos da, um ja nichts zu verpassen, was bei mindestens drei Gesellschaften für ausreichend Unterhaltung sorgen würde. Nach Augusts Bemerkung über die Ähnlichkeit zwischen der Dame und der Porzellanfigur reckten sich die Hälse, um einen Blick auf die eine oder andere zu werfen.

»Majestät hat recht«, sagte Constanze leise.

Am liebsten wäre sie im Boden versunken. Es war nicht mehr die Verlegenheit über die Aufmerksamkeit des Kurfürst-Königs, das Geplauder mit ihm bereitete ihr sogar Spaß. Peinlich war ihr allerdings der optische Vergleich mit einer Porzellanfigur und die unzähligen Augen, die auf ihr ruhten. Sie haßte es, auf diese Weise im Mittelpunkt zu stehen. Bei gesellschaftlichen Anlässen vergewisserte sie sich normalerweise der Nähe ihres Mannes, die ihr Geborgenheit und Schutz bot. In dieser ungewöhnlichen Situation auf sich gestellt, beschloß Constanze, die Geschichte der *Goldenen Schäferin* für sich zu behalten. Vielleicht würde sie sie August erzählen, wenn sich bei ihrer Vorstellung bei Hofe die Gelegenheit dazu bot. Ganz sicher aber war sie nicht für die Ohren der Neugierigen bestimmt, die sie umringten.

Mit einem stummen Flehen im Blick sah sie ihm direkt in die Augen. Einen Herzschlag lang fürchtete sie, er würde sie mißverstehen, doch dann nickte August kaum merklich und wechselte das Thema: »Ihr habt Uns noch nicht gesagt, was Euch nach Dresden geführt hat, Madame.«

Sie schenkte ihm ein dankbares Lächeln mit all der Offenheit, die sie anfänglich gescheut hatte.

»Mein Gatte gehört zum Gefolge Seiner Majestät, des Königs von Preußen. Ihr seid ihm begegnet, Sire, als Ihr vor zwei Jahren zu einem Besuch in Berlin weiltet. Leider war mir damals die Ehre verwehrt, Euch vorgestellt zu werden.« Sie hatte unmittelbar zuvor ihr drittes Kind zur Welt gebracht und hatte das Bett hüten müssen.

August wurde leicht ungeduldig. »Dann verratet Uns den Namen Eures Gatten!«

Ihr sanftes Lächeln verwandelte sich in ein glückliches Strahlen. »Mein Gemahl, Sire, ist Oberst Nikolaus Graf Altenberg...«

Nachwort

»In Dresden gibt es heute kein Porzellan mehr.«
Ein Sprecher der BBC am 16. Februar 1945

Nachwort

Die Hauptpersonen dieser Geschichte wie Constanze und Sophie de Bouvier, die Familien Altenberg und Morhoff, Katharina von Serafin, Andrzej Graf Rakowski und andere entstammen der Phantasie der Autorin. Allerdings hätten sich die Begegnungen mit den historischen Persönlichkeiten der Handlung tatsächlich so oder jedenfalls nur wenig anders abspielen können. Konfliktsituationen, die in der erzählten Geschichte eine wichtige Rolle spielen, wie etwa die Aktivitäten des Wiener Gesandten Graf Virmont beim Verrat des Porzellangeheimnisses oder der ›Überfall‹ Augusts des Starken auf Sophie de Bouvier sind keine reinen Erfindungen. Der erwähnte Vorfall auf Schloß Moritzburg ereignete sich viele Jahre zuvor: Das Opfer der damaligen Intrige war Maria Magdalena von Dönhoff.

Der letzte Goldmacher des Kurfürsten von Sachsen und Königs von Polen, Baron Hector von Klettenberg, wurde am 1. März 1720 auf der Festung Königstein hingerichtet. Der *Lapis philosophorum* oder Stein der Weisen, so es ihn je gegeben hat, wurde nie gefunden. Der im März 1713 von Johann Friedrich Böttger künstlich hergestellte, 170 Gramm schwere Goldklumpen befindet sich heute im Besitz der Staatlichen Porzellansammlung zu Dresden und ist dort zu besichtigen. Ein Aktenvorgang bescheinigt die Authentizität des Schatzes.

Die Investitionen Augusts in die Goldmacher-Versuche Böttgers machten sich indirekt schließlich doch bezahlt, denn der Siegeszug des Meissener Porzellans um die Welt hatte noch zu Lebzeiten des prunkliebenden und ständig in finanziellen Nöten steckenden Herrschers begonnen. Bereits 1733 unterhielt die Kurfürstlich-sächsische königlich-polnische Manufaktur immerhin mit 32 Orten Geschäftsverbindungen – und das, obwohl zwischen 1717 und 1733 die Hälfte der gesamten Produktion für den Hof bestimmt war.

Zur Jahreswende 1732/33 gelang Samuel Stöltzel endlich eine weitere Sensation in der Herstellung europäischen Porzellans. Durch eine Veränderung der Glasurzusammensetzung schaffte er die Möglichkeit zur besseren Bearbeitung der Blaumalerei, die künftig problemlos unter Glasur gebrannt werden konnte. Er legte damit den Grundstein für das bis heute bekannteste und am häufigsten kopierte Dekor des Meissener Porzellans: das 1745 von Johann Joachim Kaendler entworfene Zwiebelmuster. Doch besonderen Wert legen die Porzellanmacher in Meißen auch heute noch auf ihre weltberühmten Figuren.

August der Starke starb, gezeichnet von Zuckerkrankheit, am 1. Februar 1733 in Warschau. Sein Leichnam wurde in der Gruft der polnischen Könige in Krakau beigesetzt, doch auf seinen eigenen Wunsch hin wurde sein Herz nach Dresden überführt und dort begraben. Obwohl sein geplantes Museum aus Geldmangel niemals gebaut werden konnte, ist der kulturelle Besitz des heutigen Freistaates Sachsen von unermeßlichem Reichtum und zu einem beachtlichen Teil erhalten geblieben. August hinterließ neben berühmten Gemälden und unschätzbaren Werten der Goldschmiede- und Bildhauerkunst, seiner Porzellansammlung und der sächsischen Schatzkammer die bedeutendste Barockstadt Europas, die bei den schweren Bombenangriffen 212 Jahre nach seinem Tod in Schutt und Asche versank.

Vor allem dem persönlichen Engagement einzelner Dresdner ist es zu verdanken, daß trotzdem der Glanz dieser Stadt erhalten blieb.

Literaturhinweise

Maurice Ashley: *Kindlers Kulturgeschichte Europas: Das Zeitalter des Barock*, München 1978
Hagen Bächler/Monika Schlechte: *Sächsisches Barock*, Leipzig 1986
Barbara Beuys: *Familienleben in Deutschland*, Hamburg 1980
Bruce Chatwin: *Utz*, Frankfurt/Main 1991
Karl Czok: *August der Starke und Kursachsen*, Leipzig 1990
ders.: *Am Hofe Augusts des Starken*, Leipzig 1989
Joachim Fernau: *Knaurs Lexikon alter Malerei*, München/Zürich 1958
Günther Feuereißen: *Burgen und Schlösser in Sachsen*, Bindlach 1995
Klaus Hoffmann: *Johann Friedrich Böttger*, Berlin 1985
Eva Howarth: *DuMont's Schnellkurs Kunstgeschichte*, Köln 1992
Albert Jackson/David Day: *DuMont's Handbuch zur Pflege und Restaurierung von Antiquitäten*, Köln 1985
Kindlers Handbuch der Weltkunst, München 1982
Otto Kaemmel: *Sächsische Geschichte*, Dresden 1990
Erich Köllmann: *Meissener Porzellan*, Braunschweig 1975
Harald Marx/Gregor J.M. Weber: *Gemäldegalerie Alte Meister Dresden*, München 1994
Julius Matusz: *Porzellan*, Frankfurt/Main 1996
Dieter Nadolski: *Die Affären Augusts des Starken*, Leipzig 1995
ders.: *Die Ehetragödie Augusts des Starken*, Leipzig 1996
ders.: *Wahre Geschichten um August den Starken*, Leipzig 1992
ders.: *Wahre Geschichten um das Meissener Porzellan*, Leipzig 1990

Carl Ludwig von Pöllnitz: *Das galante Sachsen*, München 1992
Heinz Quinger: *Dresden und Umgebung*, Köln 1996
George Rudé: *Kindlers Kulturgeschichte Europas: Europa im 18. Jahrhundert*, München 1978
Jean-Marie Ruffieux: *A Day in the Life of the Sun-King*, Paris 1996
Jacques Ruppert: *Le costume époques Louis XIV et Louis XV*, Argentonsur-Creuse 1990
Jürgen Schärer: *Meissener Manuskripte: Höroldt '96*, Meißen 1996
Bettina Schuster: *Meissen*, München 1993
Hans Sonntag: *Porzellan – Krönung des Töpferhandwerks*, Darmstadt 1992
Hans Sonntag/Jürgen Karpinski: *Meissener Porzellan*, Würzburg 1996
Hans Sonntag/Bettina Schuster: *Meißen & Meissen*, Berlin/Gütersloh/München/Stuttgart 1990
Hermann Schreiber: *August der Starke*, München 1981
Dagmar Vogel: *Vorkommnisse am Augusteischen Hof*, Leipzig 1994
Heinz Weise: *Mark Meissen*, Leipzig 1989
Johann Willsberger/Rainer Rückert: *Meissen*, Dortmund 1982

Band 12613

Patricia Shaw
**Der Ruf des
Regenvogels**

Eine neue, großartige Australien-Saga
der Bestsellerautorin

Australien mit seinen eindrucksvollen Landschaften, mit seiner strahlenden Sonne – ein Land, in dem man es zum reichen Plantagenbesitzer bringen kann. So einfach jedenfalls hatte sich das Corby Morgan vorgestellt und England voller Zuversicht verlassen. Doch er muß einen steinigen Weg ins Ungewisse gehen, und auch Jessie, seine Frau, hat es nicht leicht. Das Leben mit Corby ist alles andere als idyllisch, und ihre Schwester Sylvia, die ein Auge auf ihn geworfen hat, ist für sie keine Hilfe…

Band 12624

Dieter Breuers
**Ritter, Mönch
und Bauersleut**

Eine unterhaltsame Geschichte des Mittelalters

Wer im Mittelalter ein Brett vor dem Kopf hatte, war nicht begriffsstutzig, sondern übte einen hochangesehenen Beruf aus: Er war Schmied, und das Brett vor dem Kopf schützte die Augen vor Funken und Splittern.

In diesem Buch kommen Menschen zu Wort, die zwischen 800 und 1300 gelebt haben. Das Mittelalter als bunter Bilderbogen, mal düster, mal farbenprächtig, prall und derb, grausam und fröhlich. Ein Lesevergnügen für jung und alt!